imaginist

想象另一种可能

理
想
国
imaginist

HELEN OF TROY

GODDESS
PRINCESS
WHORE

BETTANY
HUGHES

［英］贝塔妮·休斯 —— 著
曾小楚 —— 译

特洛伊的海伦

海伦

女神、公主与荡妇

九州出版社
JIUZHOUPRESS

HELEN OF TROY: GODDESS, PRINCESS, WHORE

by Bettany Hughes

Copyright © 2005 by Bettany Hughes

This edition arranged with LUCAS ALEXANDER WHITLEY（LAW）through Big Apple Agency, Inc., Labuan, Malaysia.

Simplified Chinese edition copyright © 2023 by Beijing Imaginist Time Culture Co., Ltd.

All rights reserved.

地图审图号：GS(2023)2380 号

北京市版权局著作权合同登记号 图字：01-2023-5283

图书在版编目(CIP)数据

　　特洛伊的海伦：女神、公主与荡妇 /（英）贝塔妮
·休斯著；曾小楚译 . -- 北京：九州出版社，2023.11

　　ISBN 978-7-5225-2372-9

　　Ⅰ . ①特… Ⅱ . ①贝… ②曾… Ⅲ . ①神话—人物形
象—文学研究—古希腊 Ⅳ . ① I545.077

　　中国国家版本馆 CIP 数据核字 (2023) 第 203158 号

特洛伊的海伦：女神、公主与荡妇

作　　者	［英］贝塔妮·休斯 著　曾小楚 译	
责任编辑	牛　叶	
出版发行	九州出版社	
地　　址	北京市西城区阜外大街甲35号（100037）	
发行电话	（010）68992190/3/5/6	
网　　址	www.jiuzhoupress.com	
印　　刷	山东临沂新华印刷物流集团有限责任公司	
开　　本	965毫米×635毫米　16开	
印　　张	36.75	
字　　数	477千	
版　　次	2023年11月第1版	
印　　次	2023年11月第1次印刷	
书　　号	ISBN 978-7-5225-2372-9	
定　　价	118.00元	

献给我的母亲和父亲，
是他们教会了我一切。

同时献给阿德里安（Adrian）、
索雷尔（Sorrel）和梅（May），
我依然在向他们学习。

目 录

前言与致谢 i

书中人物 vii

家族世系 ix

地 图 xii

引 言 001

第一部分 史前时代海伦出生

1 危险的地貌 019

2 强奸、出生 025

3 消失的城堡 033

4 迈锡尼人 039

5 史前时代的公主 047

第二部分　美女如云之地

6　强奸"漂亮的海伦" 055

7　美女如云之地斯巴达 063

8　温柔的女孩 073

第三部分　全世界的渴望

9　英雄的战利品 083

10　王位继承人 091

11　王室婚礼 096

第四部分　考罗卓芙丝

12　赫尔迈厄尼 107

13　一个可喜的负担 114

14　高级女祭司海伦 119

15　美丽的海伦 127

第五部分　爱情游戏

16　金苹果 137

17　携礼物而来 144

18　亚历山大诱拐了海伦 158

19　女性比男性更具杀伤力 165

第六部分　厄洛斯和厄里斯

20　荡妇海伦 ……………………………………… 173
21　阿佛洛狄忒的痛苦 …………………………… 179
22　浪花四溅的海上航道 ………………………… 186

第七部分　特洛伊在召唤

23　东方是东方，西方是西方 …………………… 201
24　美丽的特洛阿德 ……………………………… 210
25　伊利昂高耸入云的塔楼 ……………………… 216
26　东方的黄金屋 ………………………………… 228
27　舰队出动 ……………………………………… 235

第八部分　特洛伊被围

28　海伦——城市的毁灭者 ……………………… 249
29　死神的乌云 …………………………………… 258
30　美丽的死亡——KALOS THANATOS ……… 263
31　特洛伊陷落 …………………………………… 269

第九部分　不朽的海伦

32　回到斯巴达 …………………………………… 281
33　王后之死 ……………………………………… 288

34 英雄时代落幕 295

35 "芬芳的宝库" 300

36 海洋的女儿 307

第十部分　那张使千帆齐发的脸孔

37 海伦在雅典 317

38 失而复得的海伦 328

39 海伦、荷马，以及幸存下来的机会 333

40 虚妄之言 341

41 特洛伊的海伦和糟糕的撒马利亚人 346

42 PERPULCHRA——怎一个美字了得 356

43 与魔鬼共舞 368

44 海伦的涅墨西斯 381

附　录

附录1 弥诺陶洛斯之岛 389

附录2 "巴黎女人" 397

附录3 用石头、黏土和青铜制成的女人 406

附录4 强大的海伦——女上帝和女魔鬼 411

附录5 皇家紫——凝血的颜色 420

尾声　神话、史书和历史 423

大事年表 425

缩 写 431

注 释 433

参考文献 495

索 引 531

前言与致谢

　　将海伦作为一名真实历史人物的研究，一直都被人们所忽视。历史学家和浪漫主义者一样，都在热情地寻找希腊的英雄，却看不到它的女英雄。或许，人们太容易记得海伦是"全世界最漂亮的女人"，太想要维持她那完美而无趣的形象——如果要深挖这位举世渴望的女人[1]并发现她的缺陷，则会令人大失所望。然而现有的学术研究成果已足够让我们认为，荷马所写的关于海伦的故事——《伊利亚特》（*Illiad*）的背景位于青铜时代晚期（Late Bronze Age，公元前1600—前1050年）。我希望通过探索一名生活于青铜时代晚期的贵族的一生，使海伦美丽的形象变得有血有肉，使一个熟悉却虚幻得令人奇怪的名字变得真实起来。

　　关于海伦的故事有许许多多，在欧洲和地中海东部被反复述说。为了把一系列杂乱无章的"海伦"拼凑起来，我也走遍了那片土地。寻找特洛伊的海伦（Helen of Troy）的真相并没有一条主要途径，而是有许多条在时光中迂回的小路：历史记录中稍微提到了海伦，而在那些没有文字可考的地方，我则让手工艺品、艺术品和风景说话。这种融合了思想和物品、人物和地方、过去和现在的写作方法非常的希腊式，因为对早期地中海周围的文明来说，物质领域和精神领域之间、美学和政治之间的界限相当模糊。我希望这本书成为一本古人心目中的"史书"（historia）：一个包含了评论、叙事、调查、分析和神话的故事 [2]；成为一次对一个著名女人的有形探索，尤其是这个女人因为对周围的人有着肉体上的影响力而闻名于世。

有不少事情不是我在本书中试图去做的，我既没有试图证明特洛伊战争（Trojan War）的历史真实性，也没有试图证明海伦确有其人，而是考察了两者的特征和历史背景。一些博学之作曾经论证海伦是一名植物女神，这并不在本书考证的范围之内。如果要对海伦的接受情况做一次全面调查，可能要写上许多卷；本书的重点放在一些例子上，在我看来那些例子特别生动地展示了她对 2800 多年来的男男女女意味着什么。

我用"希腊人"（Greeks）这个词来描述那些居住在希腊大陆和希腊领土上的人，用"安纳托利亚人"（Anatolians）来描述那些主要居住在土耳其亚洲部分的人 [3]；为了避免混淆，希腊、克里特（Crete）和土耳其表示的是地理区域而不是政治实体。在适当的地方我会使用安纳托利亚（Anatolia）的罗马名字——小亚细亚（Asia Minor）。青铜时代的希腊人似乎被分别称为亚该亚人（Achaioí）、达奈人（Danaoí）和阿尔戈斯人（Argeioí），这几乎明确解释了为什么荷马（Homer）会称他们为亚加亚人（Achaeans）、达南人（Danaans）和阿尔戈斯人（Argives）[4]。这群人我总称他们为迈锡尼人（Mycenaeans）——一个他们最早于 19 世纪获得的称呼。当我在谈论青铜时代的海伦时，我所描述的是那些确实生活在地中海东部的真正的女王所留下的痕迹，我相信她们正是荷马笔下海伦的雏形（prototype）。即使海伦只是一个原型（archetype），她也是一个有着显著历史特征的原型。"古人"（the ancients）并不是一个精确的词语，这里指的是那些生活于公元前 8 世纪和公元 3 世纪之间，即我们所说的"古代"（antiquity）的人。

我已经改写了所有的希腊文，包括青铜时代的古希腊"线形文字 B"（Linear B）；因此 PA—MA—KO 已经变成了"*pharmakon*"［意为"有用的小东西"——我们现在使用的"药房"（pharmacy）一词 3500 年前的词根］。通常情况下，我将古文献中的人名和地名拉丁化，对于那些来源于现代希腊语的词，也给出了和它们读音大致相同的对应词。

对于那些我严重依赖，或者读者可能有兴趣进一步了解的作品，无论是古代的还是现代的，我都列出了参考书目。我对许多走在我前面的学者和探险家心存感激，尤其是那些好心帮我完成这项研究的人。这些人包括：彼得·阿克罗伊德（Peter Ackroyd）、罗伯特·阿诺特（Robert Arnott）、布鲁斯·巴克—本菲尔德博士（Bruce Barker-Benfield）、乔纳森·贝特教授（Jonathan Bate）、玛丽·比尔德教授（Mary Beard）、丽莎·本多尔博士（Lisa Bendall）、丽贝卡·贝内特（Rebecca Bennett）、朱莉亚·博菲教授（Julia Boffey）、朱利安·鲍舍博士（Julian Bowsher）、尼古拉斯·博伊尔教授（Nicholas Boyle）、杰里·布罗顿博士（Jerry Brotton）、特雷弗·布莱斯教授（Trevor Bryce）、露西拉·伯恩博士（Lucilla Burn）、吉尔·坎内尔（Gill Cannell）、保罗·卡特里奇教授（Paul Cartledge）、理查德·卡特林（Richard Catling）、赫克托·卡特林博士（Hector Catling）、尼克·克莱布尼科夫斯基（Nick Chlebnikowski）、保罗·科恩博士（Paul Cohen）、罗宾·科马克教授（Robin Cormack）、玛丽·克兰尼奇（Mary Cranitch）、詹姆斯·戴维森博士（James Davidson）、杰克·戴维斯教授（Jack Davis）、沃尔夫冈·迪特里希—尼梅尔教授（Wolfgang- Dietrich Niemeier）、奥德·杜迪博士（Aude Doody）、妮可·杜克（Nicole Doueck）、克里斯托斯·杜马斯教授（Christos Doumas）、马克·爱德华兹博士（Mark Edwards）、马蒂和尼古拉斯·埃贡夫妇（Matti and Nicholas Egon）、亨利·法耶米罗昆（Henry Fajemirokun）、莱斯利·菲顿博士（Lesley Fitton）、凯蒂·弗莱明博士（Katie Fleming）、约翰·弗朗斯教授（John France）、伊丽莎白·弗朗茨博士（Elizabeth French）、西蒙·戈德希尔教授（Simon Goldhill）、尼古拉斯·戈尼斯博士（Nikolaos Gonis）、芭芭拉·格拉齐奥西博士（Barbara Graziosi）、米特·哈扎吉博士（Myrto Hatzaki）、大卫·霍金斯教授（David Hawkins）、约翰·亨德森教授（John Henderson）、卡罗尔·赫申森（Carol Hershenson）、西蒙·霍恩布鲁尔教授（Simon Hornblower）、理查德·亨特教授（Richard Hunter）、研究特洛伊的汉斯·詹森博士（Hans Jansen）和图宾根团队（the Tübingen team）、理查德·琼斯博士（Richard Jones）、哈里·加古拉基斯（Hari Kakoulakis）、迈克尔·基弗博士（Michael Keefer）、约翰·基伦教授（John Killen）、朱莉亚·金特博士（Julia Kindt）、曼弗雷德·科夫曼教授（Dr Manfred Korfmann）、西尔文·科萨克博士（Silvin Kosak）、奥尔加·克日斯基科斯卡博士（Olga Krzyszkowska）、詹妮弗·拉森教授（Jennifer Larson）、迈克尔·莱恩博士（Michael Lane）、米里亚姆·伦纳德博士（Miriam Leonard）、玛丽亚·里亚卡塔博士（Maria Liakata）、阿利斯泰尔·洛根博士（Alistair Logan）、黛博拉·莱昂斯教授（Deborah Lyons）、劳里·马奎尔博士（Laurie Maguire）、斯特·曼宁教授（Sturt Manning）、罗莎蒙德·麦基特里克教授（Rosamund McKitterick）、克里斯托弗·米教授（Christopher Mee）、丹尼尔·奥瑞斯博士（Daniel Orrells）、伊丽莎白·奥伊—玛拉教授（Elisabeth Oy-Marra）、托马斯·G.帕莱玛教授（Thomas G. Palaima）、斯皮罗斯·帕夫利德斯教授（Spyros Pavlides）、保罗·波拉克（Paul Pollak）、约翰·布拉格教授（John

Prag）、劳拉·普雷斯顿博士（Laura Preston）、杰马尔·普拉克博士（Cemal Pulak）、吉尔·奎斯珀尔教授（Dr Gilles Quispel）、乔治·"里普"·拉普教授（George 'Rip' Rapp）、科林·伦弗鲁教授（Colin Renfrew）、罗曼·罗斯博士（Roman Roth）、黛博拉·鲁西洛博士（Deborah Ruscillo）、琳恩·舍帕兹教授（Lynne Schepartz）、辛西娅·谢尔默丁教授（Cynthia Shelmerdine）、艾伦·谢泼德教授（Alan Shepherd）和金·耶茨博士（Kim Yates）、詹姆斯·辛普森教授（James Simpson）、奈杰尔·斯皮维博士（Nigel Spivey）、简·泰勒教授（Jane Taylor）、西奥多·斯派罗普洛斯博士（Theodore Spyropoulos）、娜塔莉·切尔涅茨卡博士（Natalie Tchernetska）、贝拉·维万特教授（Bella Vivante）、索菲亚·沃茨基博士（Sofia Voutsaki）、黛安娜·沃德博士（Diana Wardle）、肯尼斯·沃德博士（Kenneth Wardle）、彼得·沃伦教授（Peter Warren）、彼得·沃特金牧师（Peter Watkins）、迈克尔·韦德博士（Michael Wedde）、马丁·韦斯特博士（Martin West）、托德·怀特劳博士（Todd Whitelaw）、戈瑟尔夫·维德曼博士（Gotthelf Wiedermann）、迈克尔·伍德（Michael Wood）、珍妮·沃尔莫德博士（Jenny Wormald）、尼尔·赖特博士（Neil Wright）、索夫卡·齐诺维耶夫博士（Sofka Zinovieff）。

阿希莫林博物馆（Ashmolean Museum）、大英博物馆（British Museum）、卢浮宫博物馆（Louvre Museum）、剑桥大学图书馆（Cambridge University Library）、马修·帕克图书馆（Matthew Parker Library），圣体学院（Corpus Christi College）、三一学院图书馆（Trinity Hall Library）、苏格兰国家美术馆（National Gallery of Scotland）和威尔顿别墅（Wilton House）的工作人员都提供了巨大的帮助。

我必须再次特别向以下这些人表达我诚挚的谢意：保罗·卡特

里奇，因为他为我提供了莫大的支持，还阅读了无数遍手稿；肯尼斯和黛安娜·沃德夫妇、特雷弗·布莱斯和丽莎·本多尔，他们为我提供了超出他们职责范围的细致帮助，以及科林·伦弗鲁、彼得·米利特（Peter Millett）、理查德·布莱德利（Richard Bradley）、贾斯汀·波拉德（Justin Pollard）、莱斯利·菲顿、索菲亚·沃茨基、辛西娅·谢尔默丁、简·泰勒、阿利斯泰尔·洛根、马克·爱德华兹、斯蒂芬·哈格德（Stephen Haggard）、约翰·弗朗斯、朱利安·鲍舍、劳里·马奎尔和布鲁斯·巴克—本菲尔德，他们阅读了本书的部分章节或全部手稿，并提出了宝贵的建议。黛安娜·沃德只花几个小时，就画出了第 136 页上的线形文字图像。埃拉·奥弗雷（Ellah Allfrey）对底稿进行了精心的打磨，安妮丽丝·弗赖森布鲁赫（Annelise Freisenbruch）在整个研究和写作期间一直都是我忠实的盟友，对于她，我只能用出色一词来形容。

同时还要感谢克里斯坦·道辛（Kristan Dowsing），谢谢你提供的咖啡，尤其要感谢简，她把审读这本书放在了一些重要得多的事情前面。

书中人物

宙斯
Zeus
众神之王、海伦的父亲

丽达
Leda
廷达瑞俄斯的妻子、海伦的母亲，被化身为天鹅的宙斯强奸

廷达瑞俄斯
Tyndareus
海伦的养父、斯巴达国王

海伦
Helen
斯巴达国王墨涅拉俄斯的妻子，被特洛伊的帕里斯拐走

卡斯托耳和波吕丢刻斯
Castor & Pollux
海伦的双胞胎兄弟，又叫狄俄斯库里兄弟

克吕泰涅斯特拉
Clytemnestra
海伦和狄俄斯库里兄弟的姐妹、阿伽门农的妻子

忒修斯
Theseus
雅典的英雄、国王，试图拐走海伦

墨涅拉俄斯
Menelaus
斯巴达国王、海伦的丈夫

阿伽门农 Agamemnon	迈锡尼国王、墨涅拉俄斯的兄弟
伊菲革涅亚 Eileithyia	克吕泰涅斯特拉和阿伽门农的女儿，在一些传说中是海伦和忒修斯的女儿
厄勒提亚 Eileithyia	前希腊时代的生育和分娩女神
赫拉 Hera	宙斯的女神妻子，特洛伊战争中站在希腊人一边
波塞冬 Poseidon	海神、宙斯的弟弟
帕里斯 Paris	把海伦从斯巴达拐走的特洛伊王子
普里阿摩斯 Priam	特洛伊国王、帕里斯和赫克托耳的父亲
赫克托耳 Hector	特洛伊王子、帕里斯的兄弟、特洛伊最优秀的勇士
赫卡柏 Hecuba	特洛伊王后，赫克托耳、帕里斯和得伊福玻斯的母亲
得伊福玻斯 Deiphobus	特洛伊王子，在帕里斯死后娶了海伦
卡珊德拉 Cassandra	帕里斯和赫克托耳的姐妹、一名预言家，可惜她的咒语没有人相信
阿波罗 Apollo	特洛伊的保护神、宙斯和勒托之子
阿佛洛狄忒 Aphrodite	性爱女神、埃涅阿斯的母亲、特洛伊（特别是帕里斯）的捍卫者
阿瑞斯 Ares	战神、特洛伊的另一名保护神、宙斯和赫拉的儿子

家族世系

希腊神祇

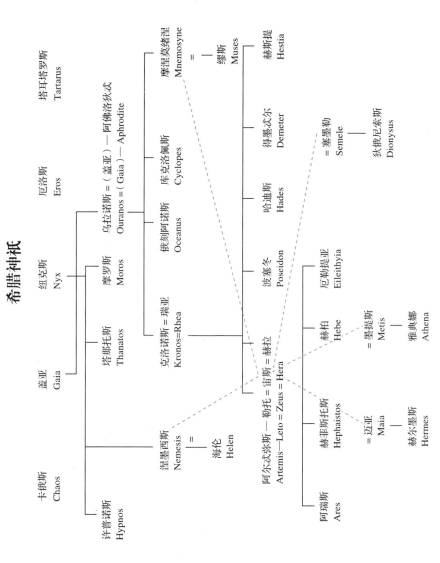

卡俄斯
Chaos

许普诺斯
Hypnos

盖亚
Gaia

纽克斯
Nyx

厄洛斯
Eros

塔耳塔罗斯
Tartarus

塔那托斯
Thanatos

摩罗斯
Moros

乌拉诺斯＝（盖亚）—阿佛洛狄忒
Ouranos＝(Gaia)—Aphrodite

克洛诺斯＝瑞亚
Kronos＝Rhea

俄刻阿诺斯
Oceanus

库克洛佩斯
Cyclopes

摩涅莫绪涅
Mnemosyne
＝
缪斯
Muses

涅墨西斯
Nemesis
＝
海伦
Helen

阿尔忒弥斯—勒托＝宙斯＝赫拉
Artemis—Leto＝Zeus＝Hera

波塞冬
Poseidon

哈迪斯
Hades

得墨忒尔
Demeter
＝塞墨勒
Semele

赫斯提
Hestia

狄俄尼索斯
Dionysus

赫柏
Hebe

厄勒提亚
Eileithyia

＝墨提斯
Metis

雅典娜
Athena

赫菲斯托斯
Hephaistos

＝迈亚
Maia

赫尔墨斯
Hermes

阿瑞斯
Ares

特洛伊家族
House of Troy

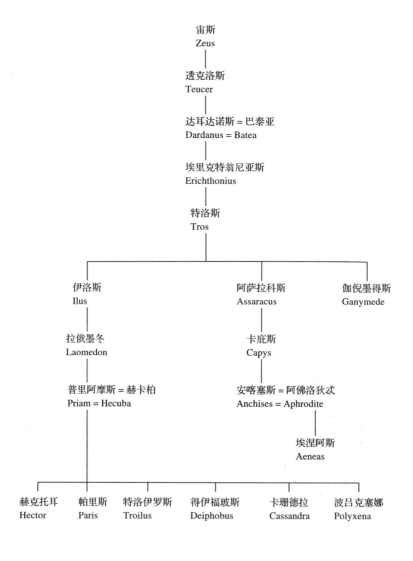

宙斯
Zeus

透克洛斯
Teucer

达耳达诺斯 = 巴泰亚
Dardanus = Batea

埃里克特翁尼亚斯
Erichthonius

特洛斯
Tros

伊洛斯
Ilus

阿萨拉科斯
Assaracus

伽倪墨得斯
Ganymede

拉俄墨冬
Laomedon

卡庇斯
Capys

普里阿摩斯 = 赫卡柏
Priam = Hecuba

安喀塞斯 = 阿佛洛狄忒
Anchises = Aphrodite

埃涅阿斯
Aeneas

赫克托耳
Hector

帕里斯
Paris

特洛伊罗斯
Troilus

得伊福玻斯
Deiphobus

卡珊德拉
Cassandra

波吕克塞娜
Polyxena

阿特柔斯和廷达瑞俄斯家族
House of Atreus and the Tyndareids

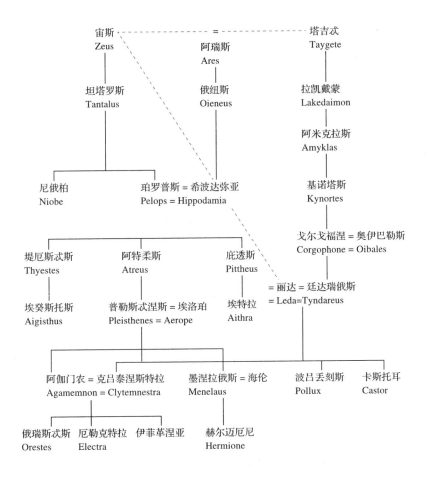

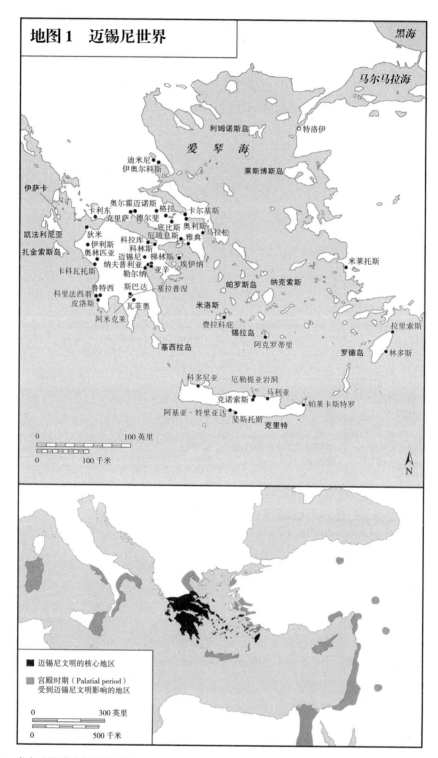

地图1 迈锡尼世界

黑海

马尔马拉海

利姆诺斯岛　　　　特洛伊

爱琴海

迪米尼
伊奥尔科斯

莱斯博斯岛

伊萨卡

卡利东　　奥尔霍迈诺斯　格拉　　卡尔基斯
　　　克里萨·德尔斐
狄米　　　　　　底比斯　奥利斯
凯法利尼亚　伊利斯　科拉库　厄琉息斯　雅典　马拉松
扎金索斯岛　奥林匹亚　科林斯
卡科瓦托斯　迈锡尼　梯林斯　埃伊纳
　　　纳夫普利亚　亚辛　　埃伊纳
　　　勒尔纳　　　　　　帕罗斯岛　纳克索斯

米莱托斯

科里法西翁　鲁特西　斯巴达　塞拉普涅
皮洛斯　　　　瓦菲奥　　米洛斯
阿米克莱　　　　费拉科庇　　锡拉岛　　　　　　拉里索斯
　　基西拉岛　　　阿克罗蒂里　　　　　罗德岛　林多斯

科多尼亚　厄勒提亚岩洞　马利亚
克诺索斯　　　　　帕莱卡斯特罗
阿基亚·特里亚达　斐斯托斯　克里特

0　　　　　　　100 英里
0　　　　　　　100 千米

N

■ 迈锡尼文明的核心地区

■ 宫殿时期（Palatial period）
　受到迈锡尼文明影响的地区

0　　　　300 英里
0　　　　500 千米

书中地图系原书插附地图

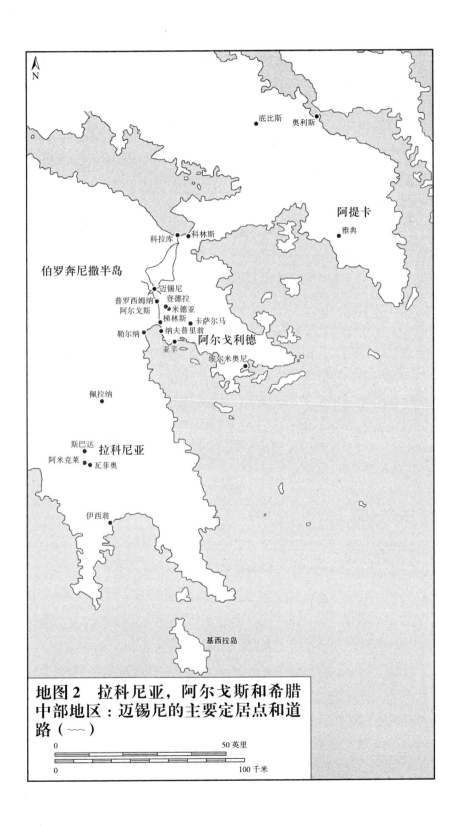

底比斯 •
奥利斯

阿提卡

雅典 •

伯罗奔尼撒半岛

科拉库 •• 科林斯

迈锡尼 •
普罗西姆纳 • • 登德拉
阿尔戈斯 • • 米德亚
• 梯林斯 • 卡萨尔马
勒尔纳 • • 纳夫普里翁
• 亚辛 阿尔戈利德
• 埃尔米奥尼

佩拉纳 •

斯巴达 •
拉科尼亚
阿米克莱 • • 瓦菲奥

伊西翁 •

基西拉岛

地图2 拉科尼亚，阿尔戈斯和希腊中部地区：迈锡尼的主要定居点和道路（〜）

0   50 英里

0   100 千米

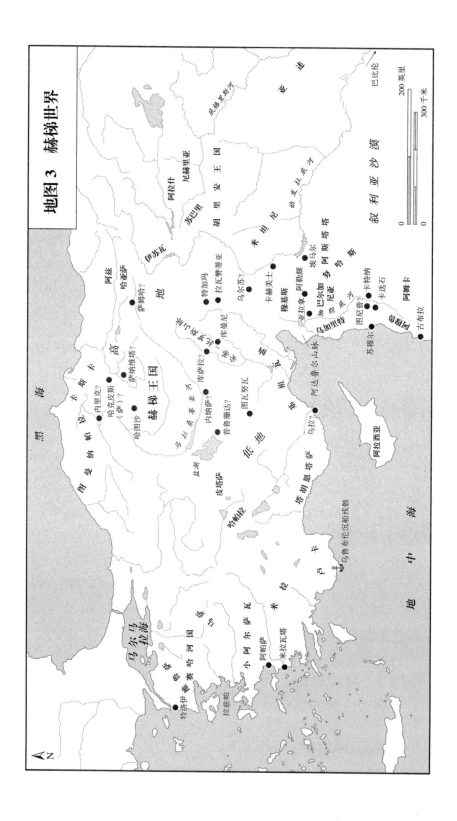

地图 3　赫梯世界

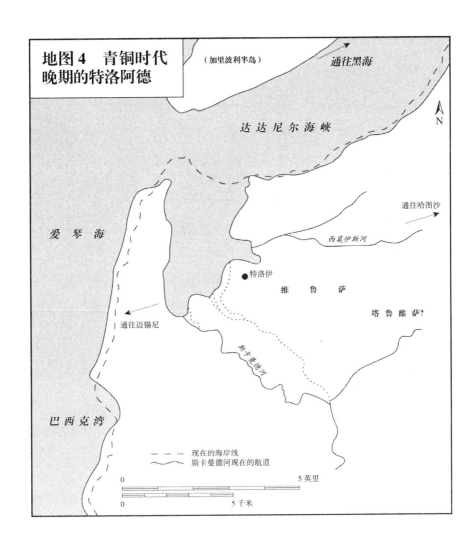

地图 4 青铜时代晚期的特洛阿德

（加里波利半岛）

通往黑海

达达尼尔海峡

N

通往哈图沙

西莫伊斯河

爱琴海

特洛伊

维鲁萨

塔鲁维萨?

通往迈锡尼

斯卡曼德河

巴西克湾

- - - 现在的海岸线
斯卡曼德河现在的航道

0   5 英里

0   5 千米

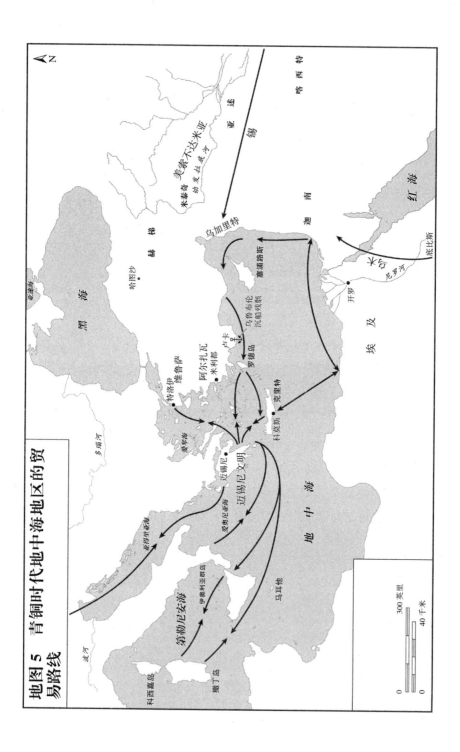

地图 5 青铜时代地中海地区的贸易路线

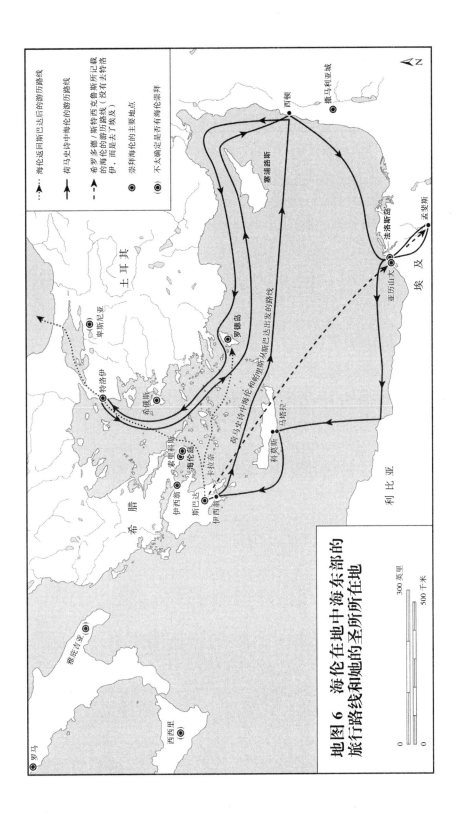

地图 6 海伦在地中海东部的
旅行路线和她的圣所所在地

引　言

寻找那个女人

> 每个案件都有一个女人；每一次他们提交报告，我都会说：
> "寻找那个女人。"
> ——大仲马《巴黎的莫西干人》（Les Mohicans de Paris），2—3

在伯罗奔尼撒半岛（Peloponnese）的中部，斯巴达的中央，有一个种满棕榈树和玫瑰花的小广场。从小广场横穿一条裂纹纵横的铺路石，有一个古怪的喷泉，喷泉后面便是斯巴达博物馆（Sparta Museum）。这座建筑是希腊和美国于19世纪合资建造的，如今已不复往日辉煌，兴建之初的油漆应该是赭黄色的，现在已经斑驳脱落，变成了奶黄色。博物馆入口两侧摆放着一些古典雕塑，没有脑袋，许多也没有胳膊，都很安静和古旧。博物馆里有少量希腊史前、古风和古典时代的器物：每一件都很特殊和珍贵，然而旁边的描述性文字却少之又少，而且写得相当没劲："可能是公元前6世纪的器物"

或"塞拉普涅（Therapne）出土，被认为是献给女神的祭品"。[1] 每一次去那里，保安都挤在后面的一间屋子里看希腊购物频道，于是整个博物馆都是我一个人的。

我做的第一件事是向一块半米高的石灰石致意。这块大石头有2500年的历史，边缘刻有蛇纹，占据了博物馆里的一个房间。它的前后两面都刻着虽已风化却引人遐想的场景，其中一面刻的是一名武士温柔地搂着一个年轻女孩，另一面刻的是这名武士身体前冲，持剑刺向这个女人的喉咙，准备杀死她。但是由于女人转过头来，看着这个男人，在她的美貌的影响下，他的袭击变成了拥抱。[2] 这个男人就是斯巴达的国王墨涅拉俄斯，那个女人则是他的王后——特洛伊的海伦。

海伦，几千年来一直都是美貌的象征，她同样也提醒着人们，美貌有着多么可怕的威力，"她的美貌使希腊人武装起来 / 并驱使着一千艘船前往忒涅多斯（Tenedos）"。[3] 她有两场婚姻，先是嫁给希腊国王墨涅拉俄斯，后来又跟特洛伊王子私奔，由此被认为挑起了东西方之间的永恒冲突。根据现存最古老的古希腊文字记载，她是宙斯为了解决地球上的多余人口而安放到人间的[4]："有一支像神一样的英雄种族……无情的战争和可怕的战斗摧毁了他们中的一部分……为了有一头浓密秀发的海伦，他们的船一艘艘地驶过大海湾，来到特洛伊。"[5] 在将近3000年的时间里，海伦都被认为是一名绝妙的毁灭使者。

从西方人开始写作起，他们就把海伦作为书写的对象。公元前700年左右出生的赫西俄德（Hesiod）是历史上最早的有姓名的作者之一，也是第一个记录她的"盛名遍布世界"的人；诗人萨福（Sappho）形容"她的美貌举世无双"。[6] 这个形容长盛不衰，在今天的人们心中，海伦仍是如此。《新科学家》（New Scientist）杂志曾讨论如何量化美貌，有人提议应当将度量衡设定为"1毫海伦"

（millihelen）。[*7] 在得克萨斯州的埃尔帕索市（El Paso）有一家价值数百万美元的企业：特洛伊的海伦有限公司（Helen of Troy Ltd），其美容产品正从这座金属包裹的现代主义总部大楼销往全世界。这家公司的网站标语是："特洛伊的海伦，让你看上去更美，感觉更梦幻。"海伦依然是个家喻户晓的名字，依然是人们心目中完美身体的黄金标准。

* * *

距离英格兰南部海岸伯恩茅斯（Bournemouth）码头的棉花糖店以及令人愉快的木偶戏表演（Punch and Judy）一箭之遥，沿着一条微风吹拂的山崖小径走上去，可以看到一座维多利亚时代的豪华别墅，别墅内是罗素－科特斯（Russell-Cotes）收藏的艺术珍品。里面有一幅 1885 年埃德温·朗（Edwin Long）画的油画，题目是《被选中的五人》（*The Chosen Five*）。画的背景是意大利南部的一个工作室。一个中年男人面对着 5 个华丽的女子：一个是金发女郎；一个全身一丝不挂，脖子上戴着一条项链，一头浓密的红发用金环箍了起来；一个深褐色头发的女子背对着我们，长袍半脱，垂在臀部上；一个有着罗马风格的漂亮女孩正俯身在桌上下跳棋；第五个女孩的肤色比其他人都要深，她全身赤裸，怀抱里拉琴，一张豹皮地毯铺在大腿下方。她们身躯优美，却一脸漠然。男性画家饥渴地凝视着眼前这些女人，但她们却没有一人看向他。

这幅画讲述了公元前 5 世纪的大画家宙克西斯（Zeuxis）的故事。[3] 他非常受顾客的欢迎，尤其是在大希腊地区。[8] 宙克西斯受托为西西里阿格里根顿（Agrigentum）的赫拉神庙绘制一幅特洛伊的海伦的画像，他认为，只有当地提供 5 名最漂亮的女子作为模特，他才有可能完成这一任务——5 人的美貌加起来庶几可以和海伦相比拟。

选拔赛在市镇体育馆进行。宙克西斯看完年轻男子的训练之后，要求会见他们中最英俊的几个人的姐妹。消息传开后，这些英俊男孩的漂亮姐妹们排起了长队。埃德温·朗创作的另一幅画《寻找美人》（The Search for Beauty）描绘了接下来发生的事。那场面可真够撩人的。宙克西斯正在"面试"他的模特，几十个女人围着他；许多人开始脱衣服；一个女人正拔出发簪，好让一头蓝黑色的头发披下来。这些女孩必须肉眼可见的完美，如果她们想成为第二个海伦的话，每个细节都不能有瑕疵。[9]宙克西斯热切地审视着她们，沉醉于手头的工作。

在英吉利海峡的对面，巴黎卢浮宫的二楼，还有一幅关于宙克西斯的画，他正试图描绘另一个海伦。[10]这幅18世纪油画的尺寸完全配得上它周围的环境：这幅画规模庞大，4米宽，3.3米高。画上也画了五个热情洋溢的少女，同样个个都是尤物。一个头上系着蓝色丝带，脖子上戴着珍珠项链的金发女孩全身赤裸着，唯一能表现其庄重的是一块轻薄的遮羞布——一名老妪用手拨弄着女孩，贪婪地注视着这具即将不朽的年轻丰满的肉体。然而整幅画的中心并不是这群美女，而是作品中央那块荒凉的、几乎空无一物的画布。这是给海伦留的位置：宙克西斯正拼命想填补这片空白，然而一切终究只是徒劳（参见插图1）。

这是因为，关于这个全世界最漂亮的女人，最绝妙的讽刺之处在于，没有人知道她长什么样。特洛伊战争被公认发生于公元前13世纪，但没有留下任何当时有关斯巴达王后的画像。现存的这一时期（青铜时代晚期）希腊贵族妇女的形象，全都是按同一个标准和同一个模板复制出来的。这一时期的希腊艺术还没有形成自己的特点。考古人员发掘出了一些引人注目的青铜时代的死人面具，但是只有男性的。有一些属于该时期贵族的珍贵图章戒指，但上面的女性都是些半神半人的抽象面孔，这些都不是人物肖像。

到了公元前 7 世纪，古人终于开始绘制海伦的画像，或是把她的形象刻在石头、黏土和青铜器上。[11] 然而这些也都是高度风格化的作品，它们彼此之间非常相似，仿佛临摹的一般，因为希腊和罗马的花瓶画家、雕刻家和壁画艺术家工作时都有一套既定程式；我们没有一幅从古代流传下来的海伦的逼真画像。全世界博物馆库房的架子上摆满了画有海伦的花瓶，这些花瓶展示了海伦一生的各个方面以及她成为偶像的演变过程——少女海伦、王后海伦、半神半人的海伦、妓女海伦——然而这些形象无一例外都是虚构出来的；它们展示的不是海伦本人，而是男人们希望看到的海伦。

不幸的命运

> 神灵为我们设置了不幸的命运，
> 我们将世世代代
> 成为歌手演唱的主题。

> ——海伦，节选自荷马《伊利亚特》[12]

虽然人们一直都记得海伦的美貌，但她可不是只有漂亮的脸蛋这么简单。她还象征着某种强大、复杂而又迷人的东西，以致成了古代最优秀的作家创作的那部伟大史诗中的关键人物。公元前 8 世纪初古希腊字母表被发明出来之后，[13] 仅仅几代人之后，一部长达 15693 行的史诗《伊利亚特》就诞生了。[14] 又过了大约 30 年，《奥德赛》（Odyssey）面世了。荷马用超过 20 万字的古希腊文告诉人们，海伦这样的女人可以让男人做什么。荷马给西方带来了最早也最有影响力的文学作品。他让海伦以一个令人着迷和不安的偶像的方式广为流传。

荷马的诗歌时而咆哮，时而窃窃私语。他讲述激情和复仇、责任和不忠、死亡和爱情，他笔下的人物披着狼皮和豹皮活动：他们和我们一样思考，衣着则和野蛮人差不多。《伊利亚特》描写了希腊的亚加亚人以及特洛伊人为争夺海伦而一决胜负的故事，对这本书最基本的解读是，它讲述了一个男孩遇见女孩，女孩又遇见另一个男孩，从而导致了后续所有纷争；对这本书最复杂的解读是，它探讨了神与人、女人与男人、性与暴力、责任与欲望、欢乐与死亡之间的关系。它责问：为什么人类会选择那些明显通往毁灭的道路，为什么我们会渴望得到自己没有的东西？

5　　《伊利亚特》和《奥德赛》的面世标志着西方的人们首次意识到个人道德的观念正经受考验。海伦是这一拷问的关键，因为她本身就是个难解之谜。作为一名美得炫目且感情上并不诚实的王后、一枝引发数十年灾难的出墙红杏，她却完好无损地活了下来。她是神秘的混合体，兼有固执和敏感、智慧和本能、脆弱和强大。在她出生的年代，善恶的界限并不分明，因此她两者兼具。她拥有完美的肉体，然而这完美的肉体却酿成了灾难。她无疑充满危险，但男人们依然忍不住爱上她。她是作为一个不甘心只当花瓶的女性被载入史册的。

　　公元前 8 世纪荷马创作《伊利亚特》时，人们对社会的构成和运作方式并没有任何先入之见。一切都是一场实验。地中海东部地区是一个巨大的社会和政治实验室。在荷马生前及他死后的 300 年里，希腊人做了各种各样的冒险尝试：僭主政治、民主政治、极权主义训练营、原始共产主义乌托邦。一切都可能发生变化，但有一样重要的东西却一直保持不变：所有这些实验的成果都要和史诗作者（尤其是荷马）描绘的那个久远时代做比较。那个星光熠熠的时代被人们称为"英雄时代"（the Age of Heros），[15] 而那个英雄时代唯一一名重要的女性便是斯巴达王后"美丽的海伦"（orea Eleni）。海伦的故事就这样成了古典世界用以评判自我的标准。

青铜时代那些久已逝去的英雄（和女英雄）被想象为思想、身体和精神上的巨人。恐龙骨头在古希腊和罗马时期被吹嘘为居住在史前时代的超人遗骸。[16] 青铜时代的要塞遗址上残存的巨大石块被形容为"库克洛比安"（Cyclopean），因为人们猜测只有巨人，例如独眼巨人库克洛佩斯，才搬得动它们。[17] 奥林匹亚有一块巨大的肩胛骨被安放在一座特制的神龛中供人们景仰，人们认为它属于赫拉克勒斯的曾孙珀罗普斯。[18] 所有这些都明确证明，古希腊英雄都是些受人尊敬的人。从他们那巨大的生命中，可以找到作为人类意味着什么的终极表达。[19]

荷马的文字[20] 与信仰多神教的希腊人整体的正统观念非常接近，因此他的思想便成了他们的思想。对于古人来说，诗人的作品就是正典。《伊利亚特》在许多地方有着和神圣经文一样的影响力。萨福、柏拉图、埃斯库罗斯（Aischylos）、欧里庇得斯（Euripides）和亚里士多德继续探讨着海伦涉及的主题。这场发生在特洛伊的冲突代表了所有战争的开始，而不是结束。荷马笔下的海伦成了女性及其缠绵的拥抱所带来的危害之典范。

然而荷马刻画的海伦并不完整。《伊利亚特》和《奥德赛》只描写了海伦的一部分故事，这两部史诗只涵盖了她丰富多彩的一生中很短的一段时期（《伊利亚特》只写了 51 天里发生的事）。荷马在《伊利亚特》的第 2 卷中第一次提到海伦时，并没有介绍她是谁，因为作者认为读者对海伦多姿多彩的故事背景已经非常熟悉。虽然海伦的存在贯穿于整部史诗，作为令人憎恨的开战缘由而无处不在，但还有很多关于她的事荷马没有告诉我们。我们从花瓶画和戏剧、诗歌以及哲学辩论中的故事片段里了解到，古人对海伦离奇一生的其他细节了如指掌。

其他的史诗会接着把荷马没有讲完的故事讲下去。这些史诗大多在很久以前就已失传，或者散落四方；我们能零星地拼凑起其中的一些，其他的则只剩下名字，例如《小伊利亚特》(*Little Iliad*)、《伊利昂的陷落》*(*Sack of Ilium*)、《返乡》(*Homecomings*)和《塞普利亚》(*Cypria*)。[21]《塞普利亚》对海伦的描写特别多，这组诗歌是在荷马死后不久创作出来的。[22]它最初是描写从创世纪到英雄时代结束的"史诗集成"(Epic Cycle)的一部分，而且似乎把焦点放在了海伦早年的生活上。这些断断续续的残片如今成了我们追寻海伦传奇一生的最佳材料。

* * *

本书将按照荷马的方式讲述海伦一生的遭遇。我还会研究其他那些不太为人所知的文献资料和考古学所提供的证据，以此拼凑出海伦从胎儿时期一直到死亡为止的人生历程。我会追寻海伦形象的演变过程——一个生活在青铜时代晚期的人、一股精神力量和一个象征着无与伦比的美貌与色情之爱的偶像——跟随她的足迹走过地中海东部。

我的旅程将是一次身体之旅和时间之旅。海伦在《伊利亚特》中哀叹：神灵给她下了恶毒的诅咒，使她"世世代代成为歌谣传唱的主题"，这句话可谓是未卜先知。海伦竟然会被人们传唱！在那个女人通常被剔出历史的年代，海伦却被写进了史册。她是少数几个从古至今声名长盛不衰的女性人物之一。[23]

7   罗马人声称他们的城市是参加过特洛伊战争的老兵埃涅阿斯的后代所建，因此特洛伊的故事是罗马传统的核心。罗马暴君尼禄（Nero）重新装修他那座富丽堂皇的"金宫"（Golden House）时，其精心制作的壁画讲述的就是特洛伊战争的故事；罗马城发生大火

---

*　伊利昂，特洛伊的拉丁语名称。（若无特别说明，全书脚注均为译者注）

时，尼禄正在弹琴作乐，据说他唱的就是特洛伊陷落的故事。[24] 即使在罗马陷落之后，全欧洲的统治家族也争相证明自己是罗马帝国的继承人，王室为此会把自己的家谱直接追溯到特洛伊的英雄那里，认那些为了争夺海伦而表现神勇的人为祖先。

7 世纪，塞维利亚的伊西多尔（Isidore of Seville）所著《词源》（*Etymologies*）一书——这部作品在中世纪思想界极具影响力——将海伦被特洛伊王子帕里斯掳走一事视为 132 个震惊和影响世界的时刻之一。"征服者"威廉（William the Conqueror）入侵英国时，他在与哈罗德国王（King Harold）对战中所展示的军事才能，被传记作者纪尧姆·德·普瓦捷（Guillaume de Poitiers）认为可与试图营救斯巴达王后的阿伽门农相媲美，甚至有过之而无不及："阿伽门农用了 10 年时间才攻破特洛伊，威廉只花了 1 天。"[25]

古代和中世纪的抄工把海伦的故事认真地誊写到莎草纸、羊皮纸和牛皮纸上，1476 年卡克斯顿（Caxton）把印刷机带到威斯敏斯特（Westminster）之后，海伦的故事开始大量出现。那本《特洛伊故事集》（*The Recuyell of the Historyes of Troye*）的底本，[26] 成了有史以来第一本印刷出版的英语书。《特洛伊故事集》的首次出版是一项艰辛的工作：卡克斯顿花了五六个月的时间印刷这本 700 多页的书。从此以后，海伦不仅将存在于人们的想象中，还将出现在大众传媒上。

但丁（Dante Alighieri）、弗拉·安吉利科（Fra Angelico）、乔叟（Geoffrey Chaucer）、达·芬奇（Leonardo da Vinci）、马洛（Christopher Marlowe）、莎士比亚（William Shakespeare）、斯宾塞（Edmund Spenser）、德莱顿（John Dryden）、歌德（Johann Wolfgang von Goethe）、雅克-路易·大卫（Jacques-Louis David）、罗塞蒂（Dante Gabriel Rossetti）、格莱斯顿（William Gladstone）、叶芝（William Butler Yeats）、柏辽兹（Hector Louis Berlioz）、

斯特劳斯（Richard Georg Strauss）、鲁珀特·布鲁克（Rupert Brooke）、加缪（Albert Camus）、蒂皮特（Michael Tippett）和埃兹拉·庞德（Ezra Pound）：他们全都维持着海伦的鲜活形象。不同文化创造出了符合自己理想的美女海伦。海伦让人无法抗拒，因为她非常神秘。那些模特和替身通通不尽如人意。宙克西斯的方法是创造一个容貌拼图，但是这种合成品同样无法让人感到满意。由于难以捉摸，海伦的魅力一直持续至今。她是惊人的，她是西方文化和政治的一个组成部分。

8

寻找海伦

他们叫我海伦。让我来告诉你发生在我身上的一切。

——欧里庇得斯，《海伦》[27]，公元前 412 年

古代作家告诉我们，青铜时代的海伦曾经广泛游历，穿过希腊的路线颇为曲折，在安纳托利亚受到过围攻，还去过埃及。他们相信，死后海伦的灵魂依然生活在那片土地上。

研究海伦，确定地点尤为关键，因为我们绝不可能从书面材料中直接听到她的声音。虽然海伦出生于一个已经有文字（一种称为"线形文字 B"的希腊语早期形式）的时代，但是那些偶然因为大火（许多青铜时代的宫殿正是毁于这些大火）炙烤变硬而保存下来的线形文字 B 泥板，讲述的却是青铜时代相对日常的生活细节。上面都是一些行政工作清单，像是葡萄酒、陶罐、谷物、油和家畜的数量，反映着战士出身的统治者所控制的物质文明。

线形文字 B 主要用于行政系统。在最新出土的泥板中，很少有立刻被认出是文明内在声音的东西，（大多数）都是些不自觉的历史记录。[28] 这是一个没有把文字用于抒发感情的文明。要等到

公元前 800 年之后的荷马时代，文字再次出现时它才会被用于这
类目的。海伦生活的时代，即公元前 13 世纪的希腊，依然处于史
前时期。

　　然而海伦却是两个文明的故事：希腊文明和特洛伊文明。从"另
外"一侧得到的书面资料更加完整。海伦的特洛伊情人帕里斯占领
了特洛阿德（Troad）的领土，这是一片海岸缓冲区，位于现今的
土耳其境内，在史前时期是伟大的赫梯帝国（Hittite Empire）所统
治的安纳托利亚大陆的边缘。20 世纪初，考古学家在土耳其中部发
掘出了一批赫梯文稿：外交协定、用于仪式的刻写板、王室传记、
贸易和冲突的记录。从那以后发现了数以万计的铭文。它们有些刻
在边远山口的岩石上，其余的正不断从地下挖出来。许多残片自
100 年前出土之日起，就一直躺在博物馆的库房里，没有被破译出来。
至今仍有大约 7000 块残片没有公布，原因仅仅是没有足够的赫梯
学者或研究经费来做这件事。[29] 这些赫梯文字为特洛伊的故事提供
了一个东方视角，而这一视角尚未得到充分研究。如果要把海伦同
时看成一个真正的女人和一个抽象的偶像，并在青铜时代的背景下
进行研究，那么这些资料将成为关键的证据。

＊ ＊ ＊

　　从有记录以来，人类就相信海伦。相信她是一个真实的历史人
物，也是美貌、女人、性感和危险的原型。在研究海伦的过程中，
我不仅关注她现在意味着什么，还关注她对以前的人来说意味着什
么。我将研究人们是怎么运用海伦这个人物的，努力想象古代乃至
更久之前的人——当他们走过她的神庙时，当他们看着崇拜海伦的
女祭司验视血淋淋的肠子来推断海伦的旨意时，当他们在罗马的墙
壁上乱刻有关她的猥亵文字时，当他们听到政治家和哲学家在雄辩

中提到她时，当他们用她的形象装点自己的宫殿和庙宇时——是如
何体会她的。

　　仰慕海伦的人（和诋毁她的人）非常多。奥维德（Ovid）的《拟
情书》（*Heroides*）一书收录有海伦和帕里斯的往来信件，中世纪
的修女们曾认真研读这些凭空想象出来的情书，当这些诗被偷偷带
到男人手里，甚至在修道院的女孩之间传播时，她们也磨炼了自己
用文学调情的技巧。[30] 在文艺复兴时期的英国，叛逆的父母会给自
己的女儿起名"海伦"，尽管小册子作家把这个名字归入会带来耻
辱的那一类。[31] 17 世纪的欧洲艺术家受客户之托，为他们的宅邸绘
制海伦被诱拐的大幅画作。其中一幅由乔凡尼·弗朗西斯科·罗马
内利（Giovanni Francesco Romanelli）绘制，依然保存在巴黎的旧
国家图书馆（old Bibliothèque Nationale）内。这幅构图惊人的画
作就高悬于马扎林美术馆（Galerie Mazarine）的天花板上。在 18
世纪末和 19 世纪初新古典主义盛行的那段时期，弗里德里希·席
勒（Friedrich Schiller）之类的哲学家、历史学家和剧作家把"海
伦"当作骂人的词来使用，意指卖弄风情的女人、妓女和不道德的
女人。[32] 如果你在 19 世纪 60 年代的巴黎蒙马特区（Montmartre）
闲逛，你将会和一群放荡不羁的人擦肩而过，偶尔还会遇到一名皇
室成员——威尔士亲王或者俄国的沙皇，他们全都正赶往综艺剧院
（Théâtre de Variétés）观看奥芬巴赫（Jacques Offenbach）那部轰
动一时的轻歌剧《美丽的海伦》（*La Belle Hélène*）。[33]

　　19 世纪那些浪漫的绘画作品把海伦描绘成一个穿着半透明衣
服，有着一头金发的、丰满的希腊古典美女，这明显是犯了以今揆
古的错误。许多妓女发现自己从街头走进了油画里，成了不朽的"可
爱的海伦娜"（Sweet Helena）。这名斯巴达王后催生了 20 世纪最优
美与最丑陋的诗歌。现在互联网上有些网站称她为强大的白人女巫，
还有一些网站则称赞她为第一个有记载的女性楷模。海伦激发了真

正意义上的思考——把一面镜子举到她那张瞬息万变的面孔前，看看能从镜中窥见什么样的世界。

女神、公主、荡妇

> 把女神变成女巫、把处女变成荡妇都毫无技巧可言，但是如果倒过来，要把被人鄙视的变得有尊严，把堕落的变得受人欢迎，那就需要技巧或者性格了。
>
> ——歌德（出自其死后整理的遗作）[34]

历史上的海伦让人感到既困惑又着迷，对她的含糊态度可以追溯至近 3000 年前。人们难以将她归类，这是有充分理由的；若我们对海伦进行跨时代的追踪，会发现 3 种完全不同，但是却交织在一起的伪装。当我们谈论她时，实际上我们是在说一个三位一体的人。

最为人熟知的海伦，是史诗里那个明艳照人的王室美女，尤其是荷马笔下的海伦：一个有着神圣父亲的斯巴达公主，希腊的英雄们为她争得死去活来，后来被富有的墨涅拉俄斯揽入怀中。在爱情女神阿佛洛狄忒的引诱下，这名王后趁丈夫出国之机和特洛伊王子上了床。出身高贵、顽固任性的她抛弃了希腊人，渡过爱琴海，然后长期滞留于特洛伊，成为周围所有人憎恶的对象。流落异乡的她目睹了英雄豪杰们因为自己而遭受的痛苦：健步如飞的阿喀琉斯、红头发的墨涅拉俄斯、机智的奥德修斯、人王阿伽门农；当然还有东方阵营的那些小伙子们——驯马的赫克托耳、宏伟城堡的主人普里阿摩斯，以及有着一头闪亮秀发的情人帕里斯。

这就是那个惹人嫉恨的海伦，她在特洛伊木马旁边走来走去，模仿希腊人妻子的声音，希望以此让昔日的同胞离开这个马形攻城工具。在特洛伊过了 10 年悲伤、辛苦和不忠的日子之后，这个荡妇依旧很有魅力，连她那被戴了绿帽的丈夫墨涅拉俄斯也不忍心杀死她。就在帕里斯的尸体在特洛伊平原燃烧时，这个谜一样的人回到了斯巴达，回到了被她抛弃的女儿身边，回到了冰冷已久的床榻上。这个虽有缺陷却异常高贵的生物表明，女性的美貌既令人垂涎，又令人畏惧。

然而海伦并不只是希腊史诗中精心描绘的一个人物，并不只是文学意义上的"性感女神"。她还是一个半神和女英雄，崇拜并供奉她的神庙遍布整个地中海东部。她被认为是这一地区精神世界里不可或缺的一部分。男人和女人都希望能得到她的世俗力量的帮助。斯巴达的年轻少女向她祈祷；在埃及，她有照顾新娘和老妇人的义务；在伊特鲁里亚（Etruscan），她半裸的形象被刻在贵妇人的骨灰瓮上——这是一件陪伴死者进入来世的贵重物品。[35] 一些学者认为作为凡人的海伦从未存在过，她仅仅是一个有着人类脸孔的古代自然女神，一个成熟的女神，一个泛希腊地区的植物和丰产女神。一股可以带来生死的原始力量。

所以，海伦是"无耻的荡妇"[36]，是"毫无节操的婊子"[37]，是"嫁了 3 个丈夫，却只生女孩的爱琴海婊子"[38]，是"妓女"[39]，是令男人无法抗拒的性感尤物。海伦是画里梦幻般的金发女子，被经文疯狂谴责却又被挂在欧洲美术馆墙上，是色情的"eidolon"（这个希腊词的含义是幽灵、幻象或观念），是一个让人既渴求又鄙视的美女和性感偶像。[40]

* * *

我相信这 3 个化身——公主、女神和荡妇——全都源于青铜时代一个名为海伦的人。特洛伊的海伦的原型是一名富有的斯巴达王后，她生活于公元前 13 世纪的希腊大陆。这个女人晚上睡觉白天醒来，是个有血有肉的理想人物，一个要负责"*orgia*"（指神秘的丰产仪式）的贵族。这个女人神圣、尊贵和强大，俨然如神灵一般。千百年来，这个凡人已经被夸大了。

因为海伦是这样一个迷人的幻影，因为她所到之处人人均拜倒在她的石榴裙下，人们很难看到那些走过青铜时代地中海东部宫殿的女人们。然而正在进行的考古和历史研究却表明，这些女人非常重要：那些有文字的泥板断断续续地告诉我们，贵族妇女被用作外交交易的筹码，被作为高价商品在国与国之间流通，她们是青铜时代的"黑郁金香"。从时代的背景考虑，历史上完全可能有海伦这个人。

青铜时代末期，希腊和安纳托利亚之间的关系复杂、敏感而又紧张。两边的权贵娶对方的女人，争夺对方的领土，同时又在贸易中互相合作。潜水者在土耳其水域发现了适于航海的青铜时代船只，上面满载着贵重物品，它们是在希腊大陆和小亚细亚之间航行时沉入海底的。官方的信件在爱琴海上穿梭，从一位大首领手中送到另一位大首领手中，信中可以满是谄媚的话，也可以是毫不掩饰的怒火。在特洛伊的城墙发现了用作武器的成堆石块。而海伦和帕里斯所代表的文明——（以希腊大陆为基础的）迈锡尼文明和（控制着土耳其和中东的大部分地区）赫梯文明，以及它们的盟友，例如特洛伊——在公元前 13 世纪末一场突如其来的大火和混乱中迅速崩溃。有什么东西或什么人让这些正值鼎盛之际的巨人倒下了。

一块块碎片正慢慢地被拼到一起。随着越来越多青铜时代的文字被翻译出来，越来越多的物质文化在考古挖掘中被重新发现，荷马那部描写希腊人[41]和特洛伊人战争的史诗显得与事实越来越近，海伦的故事也越来越真实。尽管特洛伊的考古发掘至今没有发现赫克托耳被毁的尸体，也没有发现那个脚后跟被箭射穿的神一样的英雄阿喀琉斯的遗骸，也没有发现无氧状态下被奇迹般保存下来的大木马的距毛。他们可能永远也不会发现这些，但他们为我们展示了一座被大火烧毁的城市，和一个内核受到剧烈震动的文明。赫梯文明和迈锡尼文明都很强大，可在特洛伊战争之后不到100年，它们却都消失了。[42]海伦是属于全人类的，但她的故事正被证明越来越符合青铜时代晚期的社会环境。

一个警告：到目前为止，尚未找到任何公元前13世纪斯巴达王后的遗骸。只有当我们在斯巴达本地发现一处青铜时代晚期的墓葬，里面有一具骨骼，借助其未被污染的DNA可以确定这是一具女尸，女尸的旁边躺着一名希腊国王，两具尸体都佩戴着特洛伊黄金，周围的献词用青铜时代的文字写着"eleni"——只有这时我们才能肯定地说，我们找到了海伦。为这个结果而做的等待，几乎可以肯定将永无止境。

13　　史前时代是一块充满了如果、但是与可能的时间之地，这里直到150年前还一直被静静地埋在地下。然而那里的人却构想出了一个女人，这个女人促成了西方最有影响力的史诗作品的诞生。我们知道这个故事，现在我们有责任找到它的源头。

如果海伦是一件精心创作出来的作品，那她也是最先由史前时代的人创造出来的；如果她是一名自然女神，那么对她的崇拜从史前就开始了；如果她是一个真实的人，那么她会和史前时代的公主一样生活和恋爱。为了理解这3个海伦，我们必须进入她生活的史前世界——一个别样、富饶而又奇异的世界。

第一部分

史前时代海伦出生

在伯罗奔尼撒半岛梯林斯发现的金质图章戒指，一群精灵正排队走向一名坐着的女性，向她敬酒。这名妇女的头上戴着"波洛斯"（*polos*），说明她是一名宗教权威人士，可能是一名女神，约公元前 1400 年。现藏于雅典国家考古博物馆，拍摄者：Zde。

1

危险的地貌

突然波塞冬迈着闪电般的巨大步伐，

从山上的岩石峭壁那冲下来

就在海神奔跑之时

巍峨的山峰和高大的林木在他的脚下瑟瑟发抖。

—— 荷马，《伊利亚特》[1]

为了了解这块生养海伦的动荡不安之地，我们必须从传说中海伦的出生地，即斯巴达东南方 175 英里（约 282 公里），爱琴海对面基克拉泽斯群岛（Cyclades）的锡拉岛（Thera）开始讲起。[2] 3500 多年前，这里发生的一次灾难性事件改变了西方文明的进程。

* * *

1859—1869 年，一群群工人来到锡拉岛上开采用于制造水泥的原料。水泥的需求量巨大：这是在为新开凿的苏伊士运河做准备。

工人们在寻找火山灰，将这种粉末状的浮石与石灰加以混合，干燥硬化后，能够产生一种堪比建筑石膏的物质；他们在正确的地方挖掘着。浮石层厚达 10 米，这是这里发生过大规模的地球物理活动的明证。锡拉岛上的火山喷发过很多次，而随着工人们越掘越深，人们发现，它最壮观的一次喷发在罗马人、古希腊人和荷马到来之前。当鹤嘴锄触到基岩时，工人们已经穿透积累了 3500 年的火山喷发物，来到了爱琴海青铜时期（Aegean Bronze Age）的考古层。他们所挖出来的，是一场巨大的自然灾难留下的尘埃。

18 　　直到今天，锡拉岛的地貌依然昭示着这是个不平静的地方。我们乘坐小船，朝坍塌的火山口划去，然后嘎吱嘎吱地走在一座座布满灰尘的小山丘中间，这些山丘是火山熔岩接触空气后形成的。在前往火山口的路上，岩浆冷却后形成的浮石在我们的脚下轻快地滚动着。地面仍在散发着缕缕轻烟。巨岩一半埋在土中，一半露在空中，有人在旁边踩出一条条蜿蜒的小路。这些巨岩本是岩浆状的地下矿物质，现在则凝固成形，像是乌黑发亮的糖蜜块。千百年来，锡拉岛的地貌就像一本冷酷而真实的备忘录，它告诉古人，在大地、海洋和天空的愤怒面前，人类只是草芥而已。

　　时至今日，这里都是一片可怕的蛮荒之地。让我们来想象一下大约公元前 1500 年火山喷发的情景。[3] 在火山喷发约一个月前，锡拉岛上地动山摇，这是躁动的神灵发出的第一个信号。接着，这座海中的高山开始喷出一团团灰云，犹如给天空染上一块污渍，从几百公里外的地方都能看得到。伴随着压力释放时的一声尖叫，蒸汽从滚滚浓烟和喷射的气流中逸出。随后震撼人心的一幕出现了：碎屑和灰烬从长达三四十公里的浮石间猛然刺向云霄，形成巨大的喷发柱。岩浆从火山口喷涌而出，火山碎屑流在一些地方留下了 20—50 米厚的沉积物，天空中电闪雷鸣[4]。

　　虽然火山喷发可能只持续三四天，影响却很深远。火山喷发时释放的气溶胶会阻挡太阳光，使之无法到达地面，全球气温因而会随之下降。在东北方向距离锡拉岛约 515 公里以外的土耳其波兹达格山（Bozdag mountain）的格尔居克湖（Lake Gulcuk），人们发现了一层来自锡拉岛的火山喷发物，有 12 厘米厚。[5] 黑海的沉积岩芯中也发现了来自锡拉岛的物质。火山灰最远可以飘过 50 万平方公里以外的地方，盖住庄稼，闷死家畜。

火山喷发后，其他灾厄将会接踵而来。地壳运动使海水的位置发生变化，因为海水要去填补坍塌了的岩浆房（magma chamber）——那个新张开的锡拉火山口已经降至水下 480 多米——一股巨大的海浪，也就是一场海啸开始形成，朝着该地区的海岸呼啸而至。据估计，锡拉火山爆发引发过一系列海啸，其中最大的一场浪高 12 米，每小时行进 160 多公里。[6] 111 公里外的克里特岛北部海岸受到的打击尤其严重。在克里特岛的马利亚（Malia）有一座青铜时期的宫殿，人们在宫殿不远处的泥质沉积物中发现了细小的海贝壳化石，这些贝壳通常只存在于深海地区。停泊在浅滩上的小船在海啸中会被猛地抛起，撞在山上。腐烂的死难者尸体被冲上岸，像霍乱和伤寒这类会导致痢疾的疾病会蔓延开来。海啸将造成巨大的破坏和巨量的人员死亡。那个青铜时代的世界受到了沉重的打击。

然而，对于一群散居于希腊本土的人来说，锡拉岛上发生的剧变为他们提供了一个意想不到的机会。

* * *

从公元前 19 世纪到前 15 世纪，克里特岛上的居民米诺斯人［Minoans，1895 年，考古学家阿瑟·埃文斯（Arthur Evans）根据传说中的克里特国王米诺斯如此命名］控制着爱琴海上的交通要道。[7] 游荡于欧洲、中东和非洲之间的米诺斯人，成功地利用了自己优越的地理条件。500 年来，地中海东部的民众不仅和"克弗悌乌人"（Keftiu，这可能是青铜时代人们对米诺斯人的称呼）做生意，还在政治和宗教方面学习他们。[8] 安住于岛上家中的米诺斯人富有，精力充沛，还很有影响力。他们曾被称为"*thalassocracy*"，意思是海上霸主、统治海浪之人。

锡拉岛的火山爆发改变了米诺斯人的命运。他们的文明是一种高度复杂的文明，他们的作坊所需的锡和铜、半宝石、油和药膏全部依赖外部世界的供应。然而那些停靠在繁忙的岛屿北岸和东岸的船只（一支对米诺斯人的生活而言至关重要的船队）却全部毁于火山爆发所引发的海啸。爱琴海上的贸易和联络方式中断了。赖以维生的农田被海啸淹没了。难民们在逃离锡拉岛时，可能把一些未知的病菌也带了出来。拥挤的贫民区一夜之间遍布克里特岛沿岸，病菌在这些贫民区中迅速传播开来。[9]

这场灾难在心理上肯定产生了深远的影响。对于米诺斯人这样本质上非常迷信的史前文化群体来说，这种反常的自然现象只能从超自然的角度来解释。以匪夷所思的可怕速度、不知从哪里铺天盖地朝岛上袭来的大水，还有火山爆发后地平线上出现的神秘晚霞，一定会被解释为愤怒的神灵发出的重要信号。米诺斯人的信心——几百年来，他们似乎都幸运地拥有这种东西——将彻底动摇。

20　　海伦的迈锡尼祖先准备乘隙而入。[10]

大约在公元前 1700 年，迈锡尼文明首次进入了人们的视线。迈锡尼人以希腊本土（特别是南部的伯罗奔尼撒半岛）为中心建起城堡，划分农田，建立了一套道路和贸易航线网络。他们组织完善，野心勃勃，重视物质和享乐。一代又一代的贵族战士为迈锡尼文明开疆扩土，以战利品充实迈锡尼宫殿的宝库。当迈锡尼人向南眺望时，米诺斯人的宫殿和港口肯定吸引着他们——控制克里特岛将开辟一条直达埃及，继而通往小亚细亚的贸易航线。所以，当蛰伏多年的迈锡尼人决定振翅高飞，头一个盯上的自然就是克里特岛。锡拉岛的火山爆发所引发的力量格局的变化，不仅是地质学意义上的，也是政治意义上的。

整个公元前16世纪，米诺斯人似乎慢慢失去了对爱琴海的控制权；然后在大约公元前1450年，迈锡尼人的陶器完全代替了米诺斯人的手工艺品。克里特岛北部宏伟的克诺索斯（Knossos）宫殿群里的迈锡尼人掌控了整个岛屿。岛上各处的其他宫殿全都毁于大火。所有的米诺斯行政记录都改以希腊文字书写。独立的米诺斯文明消失了。在接下来的300年里，控制这一地区的是希腊的迈锡尼人，不是米诺斯人。锡拉岛的火山爆发后，希腊本土的领导人逐渐加入全世界最有权势的一群人中——到了公元前13世纪，海伦的祖先和埃及、巴比伦（Babylonia）、亚述（Assyria）与安纳托利亚的领导人[11]一样，被称为"伟大的国王"（Great Kings）。[12]

* * *

因此，虽然在许多画家的想象中，海伦那一代人是一群生活安逸、肤色健康的人，身穿半透明的长袍，悠游于饰有凹槽的古典立柱之间，但如果我们想在脑海中描绘出青铜时代晚期妇女的真实形象，以及她们生活的真实环境，就必须在这些画家的调色盘里加一些不那么柔和顺眼的颜色。

锡拉火山的爆发是青铜时代晚期最引人注目的一次灾难，然而灾难却不止这一场。这是一个脆弱且高度紧张的时代，各个社会群落经常因政治和环境的影响而变得不稳定。地中海东部地区跨越构造板块的边缘，两块地壳像暴躁的恋人一样在这里互相拉扯；海伦的故事就发生在地球上地震最频繁，同时也是火山活动最频繁的地区之一。不仅是锡拉火山爆发这样的极端事件，对于青铜时代晚期

21 的爱琴海居民来说，自然灾害是常有的事，他们深受其苦。这里不仅会发生强烈的地震，宇宙的活动也异常频繁。[13] 从公元前 14 世纪到前 12 世纪，平均每过 10 年，伯罗奔尼撒半岛就会遭逢劫难，不是小震（earth tremor）就是大震，要不然就是宇宙射线引发的灾害。

这些灾难的证据以"破坏层"的形式存在于整个青铜时代的爱琴海：破碎凌乱的建筑、手工艺品与植物和动物残骸。考古地层中的日常用品都出现在一些原本不太可能出现的地方。最极端的情况是，考古挖掘出的残骸碎片已经化为齑粉，或者有被火烧的痕迹，人骨则被碾碎；种种混乱说明这里曾发生巨大的灾难。底比斯（Thebes）是希腊中部彼奥提亚（Boiotia）一个迈锡尼人的主要聚居地，根据荷马的说法，底比斯派了 50 艘船参加特洛伊战争，该地卡德美亚（Kadmeia）山上一座迈锡尼建筑的破坏层有整整一米厚。建筑物楼上一个异常狭小的房间里困着一副骷髅，骷髅的主人可能是一名妇女，年龄介于 20 岁到 25 岁之间，她似乎是在楼房土崩瓦解时，头部受到重击而亡。[14]

破坏层见证了创伤。它们让发生在个体身上的悲剧为世人所知，但是还有一些毁灭性事件，未曾留下任何考古痕迹。山崩和尘埃云、源头被堵的泉水，还有洪水暴涨、河流改道：这些都会打断人们的生活。[15] 从公元前 1800 年到前 1100 年，地中海东部的许多聚居地遭受的似乎不是一次，而是多次打击。[16] 海伦留下了一份棘手的遗产。她诞生（不论是作为女人还是作为概念）时，天地正处于一种好斗的情绪中。宫廷中（例如海伦的宫廷）那些把早期神话粘合在一起的砂浆已经布满了血痕。迈锡尼人从地中海东部的瓦砾、碎石和破碎的生活中艰难地脱颖而出，他们是在熊熊火焰的照耀下崛起的。公元前 13 世纪，他们达到鼎盛时期时，空气中依然散发着一股死亡的味道——不管罪魁祸首是人类还是大自然。

难怪海伦的故事总笼罩着一股不祥和令人不安的气氛。

2

强奸、出生

腰际一阵颤抖，从此便种下
败壁颓垣，屋顶和城楼焚毁，
而亚加曼侬死去。[*]

—— W. B. 叶芝，《丽达和天鹅》
（*Leda and the Swan*），1928 年

通常认为海伦出生于希腊本土南部的伯罗奔尼撒半岛，这里即使在没有发生自然灾害时，也是一个极端的地方。在海伦的家乡斯巴达，夏天的气温可以高达华氏 104 度（40 摄氏度），到了冬天，满坑满谷都是令人窒息的浓雾，杏树上挂满了白霜。镇子周围的高山上结着冰柱，尺寸有一个成年人那么大。看看路边的寡妇就知道，有多少贫弱之人死于严寒。这可能是块蛮荒之地，而这里的传说也相应地有些原始。

---

[*] 这里采用的是余光中先生的译本。亚加曼侬即阿伽门农。

海伦的概念就是一个最好的例子。根据希腊神话，海伦出身名门，但她的诞生过程却很残暴。她的父亲宙斯是奥林匹斯山上的众神之王，海伦是他唯一的人类女儿，备受他的宠爱。海伦的母亲丽达[1]是斯巴达国王廷达瑞俄斯的妻子，非常美貌。一天，丽达在欧罗塔斯河（Eurotas，这条河流水量充沛，灌溉了斯巴达平原）边洗澡，宙斯看到后被迷住了。他决定占有丽达，于是变成了一只巨大的天鹅，然后强奸了她。

古代雅典人依然记得这些遥远的传说，在欧里庇得斯的剧作《海伦》中，副歌部分就提到了这件事，悲叹道："如此悲伤的命运，我的夫人，降临到你身上，这生命最好从未有过，然而，当宙斯在一个明亮的日子里，化身为一只洁白的天鹅，使你母亲怀孕后，你就这样来到了人间。有什么不幸是你不知道的？什么样的生活你没有经历过？"[2]

在人们的回忆中，这是一个残暴、淫秽的开端。在塞浦路斯（Cyprus）的帕福斯（Paphos），一座阿佛洛狄忒神庙的马赛克壁画描绘了丽达的形象，她臀部丰满，背对着我们，用薄纱披肩遮住了天鹅的喙。[3] 早期希腊人对这个故事的描绘相对温和一些，天鹅不大，而丽达也只是在抚摸它。然而在稍晚时代的画中，这只天鹅变得越来越大，画风也越来越暴力。阿尔戈斯（Argos）一名富有的希腊商人定制的一块墓碑，描绘了天鹅进入这名年轻女子体内的那一刻。[4] 这块雕像现在立在小小的阿尔戈斯博物馆（Argos Museum）入口处。丽达蜷着身子（可能是因为痛苦，也可能是因为陶醉）手摸向自己的阴户。我们分辨不出，她是想把宙斯拽出来，还是想帮他进去。在79年维苏威火山爆发时和庞贝一同被掩埋的赫库兰尼姆（Herculaneum）古城中，也发现了一幅类似的壁画，在这幅画上，那只神灵变成的天鹅咬住了丽达的脖子。到了16世纪，米开朗基罗笔下的丽达[5]似乎沉醉于肉欲的享受；收藏者于1838年捐献了这幅画，随后它被临摹了几幅，其中一幅在位于伦敦的英国国家美术馆（National Gallery），但不是挂在展厅里，而是挂在馆长办公室，因为人们认为它不宜公开展览。[6]

达·芬奇也画过一幅这个题材的画，很有名。有传言说，这幅画被梵蒂冈（Vatican）销毁了，[7]但在被投入火炉之前有人紧急临摹了几幅。后来，鲁本斯（Rubens）根据这些匆匆完成的草图中的一幅，绘制了那幅露骨的油画（画中的天鹅紧紧地压在丽达身上，而丽达则吮吸着天鹅的喙）。[8]18世纪的绅士携带的怀表那精美的金盖下面，往往隐藏着丽达兽交的画面。在一幅 D. H. 劳伦斯（D. H. Lawrence）创作的绘画中，丽达仰卧着，天鹅的脖颈蜿蜒于她的双乳之间。1929年，劳伦斯的作品在伦敦的沃伦美术馆（Warren Gallery）展出，有12000人观看了这幅画，《每日电讯报》（*Daily Telegraph*）戏称这是一场"粗俗淫秽"的展览，随后这幅丽达（和另外12幅画作）被警方当作色情制品扣押和没收。丽达和她的女儿海伦一样，因其天生丽质而付出了代价。这两个女人太美了，不能只是远观；她们得被人亵玩，亵玩的样子得被人细细地看着。

尽管岁月会粉饰呈现这个故事的那些作品，让它们稍显体面，但我们却不得不去想象许多作品最开始的粗俗状态。不久前，我在日落时分参观了罗马新宫［Palazzo Nuovo，现为卡比托利欧博物馆（Capitoline Museum）的一部分］。[9]那是1月底平静的一天，夕阳的余晖照在庭院的砖墙上，透过古老的厚玻璃窗反射进来，将一切笼罩于柔和淡雅的微光中，那光是杏子和奶油的颜色。走廊里整齐地排列着一座座大理石雕塑，在爬完两端宽敞的楼梯向右拐时，我意外地发现了一座公元前1世纪的丽达雕像。

与摆放在一起的那些苍白雕塑相比，这名年轻女子显得恬静而端庄。画中的两个形象（天鹅和王后）由同一块石头雕刻而成，因此看起来非常和谐。但是，请想象一下，这座雕像一开始是涂有油彩的。如果上了色的话，那条贴在丽达肚子上和两腿之间粗大的天鹅脖子，看起来就会非常像一根勃起的阴茎，天鹅的喙则像阴茎的龟头。丽达撩起衣服掩着脸，露出了一侧的暗红色乳房。雕塑久经风化，敏感部位也被遮住了，看起来并无任何起眼之处，成了游客可以放心欣赏的无害展品。但它刚被创作出来时，描绘的却是一个骇人听闻的可怕场景，是一件极富挑逗性的艺术品，呈现了一次变态而激烈的受孕过程。

* * *

虽然我们不相信海伦是人兽杂交的后代，但是古人对于海伦的神圣基因来自一只鸟的说法却深信不疑。鸟（老鹰、天鹅、云雀、鸽子、燕子）被认为是神灵的摆渡人。[10] 化身为天鹅的宙斯在丽达的大腿上有规律地扇动翅膀，也带来了不朽的力量。这个在欧罗塔斯河畔成形的美丽怪物是个迷人的综合体，既是可人的美女，也是令人敬畏的女神。

吟游诗人讲到，年轻的王后丽达在欧罗塔斯河畔被强奸后，下了一窝奇怪的蛋。[11] 有的说丽达当时已经怀孕，因此海伦和廷达瑞俄斯的血脉一起待在丽达的子宫里。[12] 这是一组奇特的兄弟姐妹。海伦同母异父的姐妹克吕泰涅斯特拉将冷血地杀死自己的丈夫阿伽门农，接着又被自己的儿子俄瑞斯忒斯杀死。海伦的双胞胎兄弟，人称狄俄斯库里兄弟[13] 的卡斯托耳和波吕丢刻斯，以骑白色种马和成功强奸了琉喀波斯（Leucippides）之女希拉里亚（Hilareia）和福柏（Phoebe）而广为人知。[14] 他们在短暂的一生中一直保护他们那人见人爱的妹妹，而且多少算取得了成功。

为了藏匿这群暴脾气的小宝宝，丽达把蛋放在泰格图斯山（Mount Taygetus）隐蔽的山脚下孵化。这座大山是斯巴达西部群山中最高的一座，和现在一样，当时那里弥漫着迷迭香、桃金娘、野梨和杜松的香气。[15] 一个牧羊人发现了这些蛋，并把它们收集起来，带回了斯巴达王宫。正是从这里开始，海伦稳稳地坐在了一个强大世俗国家的母系继承人的位置上。

海伦不寻常的出生激起了画家的好奇心。许多油画都展示了她破壳而出的样子：一个白白胖胖，像蚕蛹一样的小东西。1506—1510 年，塞萨雷·德·塞斯托（Cesare de Sesto）在莱昂纳多的米兰工作室画了一幅这样的木版画，这幅画今天挂在英国南部多塞特郡（Dorset）和威尔特郡（Wiltshire）交界的一栋豪宅——威尔顿别墅内。虽然角落里的光线不佳，但这却是一幅值得一看的杰作。象征着丰产和富饶的草莓环绕在左下角海伦那枚卵周围。刚刚诞生的公主有着白皙而光滑的皮肤。海伦是禽类的后代，这一点被认为是她容貌娇艳的一个原因："她肌肤雪白，对于天鹅的女儿来说这实在是再正常不过，而且非常娇嫩，因为她是在蛋壳里孕育的。"[16]

奇怪的是，上次我去看这幅画时，这栋豪宅的花园里正在拍摄一部新的简·奥斯汀（Jane Austen）的《傲慢与偏见》（*Pride and Prejudice*）。主角是一位以皮肤白皙而著名的英国美女。我问一名工作人员，为什么他们认为这个瓷娃娃适合演这部剧，他们说，"她看起来像个洋娃娃""男人都喜欢这种"。

海伦的白色肌肤被认为是她魅力的一个重要方面。在荷马创作史诗时，白皮肤无疑是顶级美女的一个标志，在青铜时代晚期也很可能如此。女神们经常被描述为拥有"雪白的胳膊"和"白皙的脸庞"。[17] 在迈锡尼的壁画残片中，出身高贵的妇女脸部和四肢总是白色的。一些最精美和最有价值的迈锡尼人形（不管男性还是女性）艺术品，是用象牙雕成的。许多埋葬有女性尸骨的雅典坟墓都发现了白铅的痕迹，这说明，1000 年后的公元前 3 世纪，妇女们为了追求身体的完美而努力使皮肤变白。[18]

25

　　白色的皮肤在西方逐渐流行起来，难怪在人们的想象中，全世界最美的女子总是拥有洁白的皮肤。在约翰·格奥尔格·普拉策（Johann Georg Platzer）[19]描绘的一幅海伦图［现悬挂于伦敦的华莱士珍藏馆（The Wallace Collection）］中，肤色惨白、身体半裸的海伦正被帕里斯及其同伙匆匆推入船中。海洋和天空正怒目而视。这些挤在斯巴达王后周围的男人又黑又老。她白色的身体显得异常醒目，一颗珍珠正被人从贝壳里抠出来（参见插图2）。[20]

　　海伦那完美而等待被糟蹋的雪白肌肤，也为作家提供了创作灵感，使诗人和散文家得以用细腻的笔触描写海伦残酷的出身。我们在剑桥大学基督圣体学院珍藏的14世纪手稿中，找到了中世纪神学家埃克塞特的约瑟夫（Joseph of Exeter）对海伦的描写：

　　　　丽达的女儿在性格上很像朱庇特（Juppiter），到哪儿都闪闪发光，她全身上下都散发着那只欺骗她母亲的乳白色天鹅的气息。她的前额在夸示自己是天然的象牙白，她的头发呈现出均匀的金色，她白色的脸颊像亚麻，她的手像雪花，她的牙齿像百合，她的脖子像白色的女贞花。[21]

＊　＊　＊

26　　伟大的希腊作家帕萨尼亚斯（Pausanias）[22]于160年前后写道，海伦孵化后，蛋壳被热心人保存下来，2世纪中叶，那枚用丝带绑起来的蛋壳遗骸，依然挂在斯巴达卫城一座神庙的屋梁上。[23]帕萨尼亚斯去斯巴达参观了这座用于供奉希拉里亚和福柏（根据传说，两姐妹被卡斯托耳和波吕丢刻斯在一次袭击牛群时掳走）的神庙，目的是亲眼看一看这件奇特的遗物。

　　帕萨尼亚斯从小亚细亚出发，穿越爱琴海，并在旅途中写了一本旅行指南。他不仅记录下自己的所见所闻，还从当地人和其他旅行者那里收集信息。当我们在爱琴海各地追踪希腊神话和历史的有形遗址时（这些遗址被形容为"怀旧的考古"），我们非常感激他。[24] 虽然帕萨尼亚斯那部包罗万象的作品并非完全靠得住，但是有许多地方体现了他对这一领域的仔细探索。他那部《希腊志》（*Periegesis Hellados*）完稿时，足足有 10 卷之多。[25]

今天我们参观斯巴达的卫城，已经再也找不到海伦的蛋壳了。除了罗马时代的剧场，这里只剩下几处膝盖高的断壁残垣。卫城处于一个绝佳的地理位置，然而留下的遗迹却很少，跟雅典的辉煌比起来，这些零零碎碎的东西让人感到极度失望。游客很少。挖了一半的古剧场是城里青少年最喜欢的去处，孩子们在斜坡上表演各种自行车特技。然而卫城的北面却非常宁静，那里有几条种着桉树的林荫大道，细长的桉树叶在微风吹拂下沙沙作响。古希腊曾被形容为"一道无形幽灵在其中窸窣走动的精神景观"，[26] 如果你清晨坐在那个高高的地方，你将很容易理解为什么人们会这么认为。

当你眺望这片希腊最富庶的山谷时，你可以想象出古希腊人对海伦的遗物感到好奇并深深崇拜她的原因。对希腊人来说，蛋是公认的生育能力和性能力的象征。[27] 巨型的蛋至今没有丧失它们的图腾地位；在这一地区的希腊东正教堂，依然可以看到悬挂着装饰华丽的鸵鸟蛋。整个上古时代，到庙里来瞻仰海伦之蛋的朝圣者络绎不绝，她们会站在蛋壳的遗骸下，祈祷自己也能和廷达瑞俄斯家的女人丽达和海伦一样，拥有绝世的美貌和繁殖能力。[28]

帕萨尼亚斯看到的，很可能是一件青铜时代晚期的遗物，被挂在了希拉里亚和福柏古庙的屋梁上——迈锡尼人确实从非洲进口过鸵鸟蛋，而那些史前时期遗留下来的工艺品往往被古人认为拥有神秘的力量。[29] 真相如何，我们不得而知。然而不管出处如何，2 世纪时，这里确实有过一枚装饰着丝带的蛋，以及围绕着这颗蛋的一连串故

27

事。斯巴达人在她奇怪的破壳而出后残存的蛋壳下，纪念着丽达这个心爱的混血孩子：海伦。

* * *

帕萨尼亚斯的描写有力地提醒着我们，海伦在斯巴达是一个备受尊敬的存在。至少从公元前7世纪开始，她就作为斯巴达的保护神，被斯巴达人供奉在神庙里。善男信女为她留下了珍贵的祭品。他们为了纪念她而宰杀牛羊，通常这可是神灵才享有的权利。一代代男祭司和女祭司热情地维持着对海伦的信仰，直到罗马帝国时代。年轻的斯巴达女孩还会在婚礼前夕向她祈祷。[30] 斯巴达人，无论那时还是现在，都拼命捍卫着海伦是当地女孩这一观点，尽管现代城里人对她的态度有些含糊。酒店大堂的服务生依然会为了吸引年轻女士的注意，而把对方比作他们的特洛伊海伦。那些每天在咖啡馆一起吸烟、喝咖啡和观看路人的老年男子，居然会为了海伦有无德行而争得面红耳赤；许多人依然谴责她是个"坏女人"[31]，然而这座城市的第一张导游DVD已经由"海伦之声"（Voice of Helen）来解说。

斯巴达坐落于一个山谷之中，四周是荷马所描写的"斯巴达的美丽群山"。我上次去那里时正值早春，从酒店的房间望出去，可以看到远处白雪皑皑的泰格图斯山，老鹰在上空盘旋，山脚下点缀着一片片野生的鸢尾花田。[32] 甘菊和百里香在这座城市随处可见的小型考古现场周围肆意地生长着，夜晚的空气里夹杂着它们的香味。古人奔走相告，这里就是刚出生的斯巴达公主将要继承的那块富裕领土。而我们要从这片生机勃勃而又香气馥郁的土地上寻找的，将不仅仅是海伦之蛋的踪迹，还有我们青铜时代的海伦。

3

消失的城堡

看，皮西斯特拉图斯（Pisistratus）——我心头的喜悦，我的朋友——青铜的光泽，金子和琥珀，还有银和象牙的光辉，全都荡漾在这所大宅子里！奥林匹斯山上的宙斯宫廷想必也不过如此，整屋子闪闪发光的宝物！晃得我的眼睛睁不开……我惊讶得说不出话来。[*]

——荷马，《奥德赛》[1]

围绕着海伦的宫殿存在许多难解之谜。英雄时代的斯巴达在正统的希腊神话中有着重要地位，然而至今没有发现明显的宫殿遗址，也没有人们想象中的青铜时期的重要建筑，这些建筑使荷马创作出了那些讲述宫廷阴谋和武士荣耀的故事，或者使忒勒马科斯因震惊于海伦在斯巴达的住所之富丽堂皇而作出夸张的描述。希腊最近的考古发

---

* 奥德修斯的儿子忒勒马科斯（Telemachus）向涅斯托耳国王（King Nestor）描述海伦和墨涅拉俄斯的宫殿。

现[2]表明，现在的拉科尼亚（Lakonia）在青铜时代晚期确实是一个独特的地方；[3]诗人告诉我们，这是一个富有的王国。那么，3500年前统治这一地区的迈锡尼人总部，拉凯戴蒙（Lakedaimonia）*的皇宫在哪里？斯巴达王后，我们青铜时代的海伦的住所在哪里？

考古学家曾在今天的斯巴达地下寻找迈锡尼人的宫殿群，但是一直无果。初步的勘测结果显示，这座现代都市最早的居民和永久居住者可以追溯到公元前9—前10世纪。我们依然有一丝希望在那里发现青铜时代晚期的墙壁、房间和大厅，但是在这类踪迹被发现之前，我们必须把目光投向别处，尽可能找到青铜时代斯巴达人生活的地方。

最有可能的地方，是斯巴达城外一座名为塞拉普涅的小山丘。通往塞拉普涅的道路位于城市的东南方。道路沿欧罗塔斯河上溯大约1英里（约1.6公里），然后便开始分叉，一块考古现场的金属牌子显示，向右转将进入一处低矮的丘陵。这里的位置绝佳，但是考古发现却寥寥无几。因"发现"了特洛伊遗址而著名的德国考古学家和探险家海因里希·施里曼（Heinrich Schliemann）19世纪末来到这里时感到大为失望，他宣布这里不是荷马史诗中英雄的故乡。但是当地农民对此却深信不疑。他们犁田时往往会发现上古时期的青铜制品和陶制品——向神许愿时献上的祭品。一些人把他们发现的东西交了上来；1909年，来自英国雅典学院（British School at Athens）的专家们开始了挖掘工作。[4]

通往塞拉普涅山顶的泥土呈现出浓郁的焦红色；即使是春天，山上的草也已经被漂成了金黄色。站在最高处，温暖的风开始变得猛烈。从这里，你可以看到一块南北跨度约80公里、蕴藏着丰富自然资源的领土。平坦而肥沃的塔伊格坦（Taygetan）平原一直延

---

* 拉凯戴蒙，古希腊对今日拉科尼亚地区的称呼。

伸到山影下，这里是雅典等地的菜园子——斯巴达的柑橘最终变成果汁被运往世界各地。山坡上依然长着野菜"霍尔塔"（horta），它们曾经为古人提供富含矿物质的饮食，也帮助现代希腊人熬过了德国占领期。动物遗骨证明了在青铜时代晚期，这里出现过迈锡尼艺术品所热情描绘的打猎对象：鹿、野兔、鸭子、鹅、野猪和鹧鸪。[5]欧罗塔斯河一年四季蜿蜒流过这片谷地，春天的河水异常清澈，11月大雨过后，河水因冲蚀堤岸而变得浑浊。

这一带河岸存在着两个含义截然不同的考古区域。年代最久远的，是一栋已被截平的青铜时代晚期建筑，四周环绕着众多引人遐想的人类活动线索：彩色的陶瓷碎片、女性小雕像[6]和半宝石做的珠子、锭盘、纺锤，以及做饭用的瓦罐。第二个考古区域最引人注目的地方，在于一块扭曲变形的岩心上方，矗立着一截摇摇欲坠的、由上古石块砌成的矩形墙体（一栋宗教建筑的遗址），其地基刚被证明属于青铜时代晚期。2000 年来，这个希腊上古时期的特别遗址都被称为"莫内莱恩"（Menelaion）。[7]但是在那之前，矗立于此的那栋公元前 8 世纪末修建、公元前 5 世纪重修的建筑，只是被简单地称为"海伦神庙"（Helen's Shrine）。[8]

至少从公元前 7 世纪起，"海伦神庙"就被认为是海伦及其丈夫墨涅拉俄斯的合葬地。海伦在这里有着极高的荣誉。[9]斯巴达人可以选择在这个显眼的地方敬拜任何神灵：雅典娜、赫拉克勒斯、波塞冬，或者众神之王宙斯本尊。然而，至少在 1000 年的时间里，这个壮观、平静，而又让人敬畏的地方都为海伦及其家人保留着，[10]而且晚至 300 年，海伦依然被诗人里斐奥多鲁斯（Tryphiodorus，他写了另一部描绘海伦被掳的史诗）称为"塞拉普涅的女神"（nymphe）。[11]

考古发现证明，海伦和文学作品中的海伦有联系。人们于 1909年和 1910 年首次对这片山坡进行了零星的挖掘，随后它便沉寂了

60多年。但是当考古学家1974年开始更加系统的挖掘之后，立刻发现了宗教活动的证据："海伦神庙"的角落里有几个用来放置供品的小坑；神庙前方有一个很深的贮水池，为神父净身和举行集体宴饮提供用水，后者是宗教活动的一个重要环节。[12] 一件6世纪的供品肉钩（harpax）[13] 上刻着"献给海伦"的字样。这件看起来像凶器的八爪器物（现藏斯巴达博物馆）是用来挂肉的钩子，这说明献给海伦的动物祭品和随后的宴饮中都出现了牲口，"无愧于神灵和英雄的祭品"，公元前4世纪的伊索克拉底（Isocrates）如是说。[14] 这里还发现了一个青铜做的香水瓶（aryballos）。这件公元前7世纪的物品上面同样简陋地刻着海伦的名字。[15] 虽然字迹已经模糊，但依然可以看出刻的是："代尼［斯］为感谢墨涅拉俄斯的（妻子）海伦而献上。"[16]

塞拉普涅出土了大约300件陶制小雕像，其中许多是骑马的女人。这些雕像的原型可能是海伦本人，[17] 或者更有可能是那些崇拜者。山坡上同样发现了用青铜和铁制成的、坚固的扣衣针（fibulae）；它们可能是女孩子和海伦的灵魂交流后，脱下原来的少女服装，换上成熟女性的服装后在下山前留下的供品，这是她们告别少女时代的一个仪式。[18] 在大约公元前7世纪到前2世纪这段时期，应该有络绎不绝的人手里拿着供品，走在这片山坡上，同时心里热切地念叨着海伦。[19]

如果海伦的神庙就在这里，那么，那座距此约910米的青铜时代晚期的建筑会是海伦的宫殿吗？多年来考古学家和浪漫主义者一直争论不休：这处青铜时代晚期的小型遗址，曾被最不吝赞美的人称为"大宅子"，它是否住得下整个王室，是否是海伦成长的地方、墨涅拉俄斯在她和特洛伊王子私通后把她带回的那座宫殿？荷马曾通过生动的想象描绘了一幅场景，在此处宫殿，她接待了奥德修斯的儿子忒勒马科斯，并听说了为把她从外国人的城里救出来，

西方世界如何联合行动的故事。²⁰ 然而有个问题，其他大约同一时
期建造和被毁的宫殿建筑群都比它大得多。往西 100 公里的皮洛斯 32
（Pylos）的"涅斯托耳宫殿"（Nestor's Palace）看起来有这里的 5
倍大。和伯罗奔尼撒半岛上其他雄伟的城堡比起来，塞拉普涅遗址
显得太渺小了。阿尔戈利德（Argolid）平原上的迈锡尼宫殿群大
概有 110000 平方英尺（10220 平方米），周围还有一个面积超过 32
公顷的居民区；梯林斯（Tiryns）和皮洛斯的宫殿群大约有 55000
平方英尺（5110 平方米）。²¹ 海伦一直以来都被认为是个富有的女人，
其住所肯定也达到了这种规模。

　　接着出现了一些令人费解的谜团。塞拉普涅证明存在着浓厚的
海伦崇拜，以及迈锡尼人所喜欢的，一座可以俯瞰富饶平原、易守
难攻的山丘（他们几乎无一例外，都喜欢易于防守的高处）。这里
有一处公元前 13 世纪（特洛伊战争最有可能发生的时间）的青铜
时代晚期建筑，其中散布着迈锡尼陶片。我们有一块线形文字 B 泥
板，上面提到了一个名叫"拉凯戴蒙"的地区，可是却没有发现明
显的宫殿遗址。在迈锡尼文化的其他地方，也没有发现任何大城堡
群的踪迹。没有一个地方是富裕的斯巴达王后的华丽宫殿。

　　然而最新的研究确实为我们提供了一点线索。²² 塞拉普涅山的
东面山坡毫无遮拦，山顶尤其容易受到侵蚀，表层下的黏土极易沉
降。那处小小的"大宅子"遗址现在已被认定只是一处坚实的地下
储物区。这里发现了青铜时代晚期的黏土瓶塞，这里是储存食物和
葡萄酒的地方。这些朴素的遗迹看起来不像宫殿，因为它们本来就
不是。当你面对着日落的方向时，任何一座迈锡尼宫殿都应该位于
你左侧远处一个高耸入云的地方。山丘的最高处发现了这座建筑的
一丝痕迹，还有一条危险的楼梯从"地窖"通往上方曾经存在的房屋。
这些地窖是一个大型建筑群的一部分，它们能保存下来，仅仅是因
为它们所处的位置比较隐蔽。

　　然而原来宫殿耸立的那个地方都被风雨侵蚀掉了。现在的塞拉普涅山已经比3000年前矮了很多，由于自然的侵蚀，随着时间的流逝，大量泥土缓慢而又不可阻挡地溜走了。随着土壤的流失，斯巴达宫殿的墙壁也将破裂和坍塌。那些破碎而裸露的迈锡尼宝物，将被拾荒者迫不及待地捡走。我们无法找到青铜时代晚期斯巴达国王和王后住的宫殿，因为它已经完全消失了。虽然海伦没有逃过历史的记载，但她所住的宫殿几乎确定已经逃过了考古学家的记录。

　　然而有个青铜时代晚期的神秘女人被遗留在了塞拉普涅山。考古学家在地窖附近挖掘时，发现了3具骸髅。[23] 第一具是一名女性，年龄大约30岁；另外两具是儿童。女人的腿顶着下颌，说明她被反剪着绑住了双手。[24] 她甚至连一个浅浅的墓穴也不配拥有，她的尸体被放在一堆垃圾上面。她的死不是自然死亡。几乎可以肯定，她不是一次袭击的受害者，就是用于祭祀的人牲。她死时的地窖发生了火灾，火势之大，就连上面的宫殿也不能幸免，甚至可能完全被毁。此时正值公元前13世纪末，塞拉普涅的居民目睹了一场可怕的灾难。斯巴达宫殿的被毁标志着"英雄时代"的结束，希腊大陆上盛极一时的迈锡尼政权衰落和崩溃了。考古发现讲述了这次毁灭的特点但不是其原因。在斯巴达，我们只剩下一名成人目击者，而且她已经沉默良久。

　　荷马笔下那座闪耀着金子、琥珀、青铜、银和象牙光辉的不朽的斯巴达王宫[25]，似乎永远无法从泥里出土了。因此，为了更好地想象海伦这样的青铜时代晚期公主的早年生活，我们不得不把目光投向别的地方：来到斯巴达东北方120公里外的阿尔戈利德平原，和那座雄伟的迈锡尼城堡——迈锡尼文明的名字即来源于此。

4

迈锡尼人

34

……黄金之国迈锡尼。

——荷马，《奥德赛》[1]

　　海因里希·施里曼一开始是一名体弱多病的杂货商助理，却在圣彼得堡的蓝靛贸易、加州的淘金热，以及最后克里米亚战争开始时的硝石和硫磺生意中积累了一笔不小的财富。1871 年，他来到地中海东部，寻找特洛伊海伦的踪迹和英雄时代留下的宝藏。施里曼贪婪地吸收各种知识和考古经验。他自学了 18 种语言，包括希腊语、拉丁语和希伯来语，而且，作为一名荷马作品的崇拜者，他决心找到《伊利亚特》和《奥德赛》的实物证据。48 岁这一年，他来到土耳其寻找特洛伊城，并且挖对了地方。

　　施里曼的运气配得上他的财富。他斥巨资在希沙利克山（Hisarlik）进行挖掘，并很快发现了大量史前文物。不到一年，这名德国业余考古学家就宣布自己发现了普里阿摩斯国王的辉煌城堡，和荷马笔下那些英雄们所拥有的珍宝。但是后来出了问题：由于没有按照之前的协议和奥斯曼当局分享自己的宝物，施里曼被禁止在土耳其的土地上挖掘。又气又恨又无法抑制寻宝欲望的施里曼把目光投向了希腊。1874年，他来到伯罗奔尼撒半岛，未经官方许可，就开始了一系列青铜时代迈锡尼遗址的挖掘活动。

迈锡尼是传说中全希腊最伟大的部落领袖、"万人之王"阿伽门农的故乡。这名凯旋的战士是踏着一块紫色的布走进自家城堡大门的。[2] 欢迎仪式非常短暂，因为这位回家的英雄在浴缸里沐浴时，被不忠的妻子——海伦同母异父的姐妹克吕泰涅斯特拉给一刀刺死了，她还把他的骨头扔给狗吃。这个恐怖的故事迎合了古希腊人阴暗的想象。在古希腊时期，游客到迈锡尼观看露天表演的希腊悲剧[例如《俄瑞斯忒亚》(Oresteia)]的地点，就是这些著名罪行的发生地。[3]

对施里曼来说，迈锡尼是个一点儿也不逊色于特洛伊的宝库。自从在迈锡尼城堡内的一座竖井式王陵中发现了黄金面具，施里曼便（不无夸张地）宣布自己又找到一座英雄武士的宅邸，并"亲眼看到了阿伽门农的脸"。[4] 在这名喜欢炫耀的考古学家的这番浪漫声明之后，学者、作家、诗人、艺术家和帝国的缔造者们齐集迈锡尼，准备一探究竟。我们之所以对这些考古爱好者了解得特别详细，是因为他们中的许多人就住在施里曼下榻的地方，即沿古堡前面这条路走下去，一家名为"美丽的海伦"的小旅馆。

"美丽的海伦"依然在开门迎客。现在的旅馆主人坐在新扩建的旅舍的霓虹灯下，向房客们讲述他祖先，即他的祖父和他的俄瑞斯忒斯叔叔的故事，他们徒手从土里刨出了迈锡尼的黄金。接着，在参观完施里曼先生住过的房间之后，主人将会骄傲地列举几个这么多年来在他这里住过的迈锡尼文化爱好者。萨特（Sartre）来过，弗吉尼亚·伍尔芙（Virginia Woolf）、弗赖伊夫妇（the Frys），以及阿加莎·克里斯蒂（Agatha Christie），都来过这里。纳粹也来

35

过，戈培尔夫妇（Goebbels）、希姆莱（Himmler）和赫尔曼·戈
林（Herman Goering），他们从过去的战争文化中吸取经验。作曲
家德彪西（Debussy）和本杰明·布里顿（Benjamin Britten）、"垮
掉一代"的诗人艾伦·金斯伯格（Allen Ginsberg），他们全都来过，
并且在经过这里时留下了自己的痕迹，在一本厚厚的留言簿上写下
了自己的名字。[5]

　　虽然"黄金之国迈锡尼"现在只剩下一堆断壁残垣，但是遗址
的范围之大（整整一公顷）依然显示着它最初的影响。在希腊大
陆挖掘的所有青铜时代晚期的宫殿式城堡中，迈锡尼城堡似乎是
最雄伟也最壮观的。[6]它被阿拉克克翁（Arachneion）山脉包围
在中间，[7]如果你从现代村庄米尔金尼斯（Milkines）走过去，城堡
就像石灰岩大山的一座小型缩影，一座岩石做的玩具城，这些岩体
本身就是巨大的堡垒。可是，当你跨过著名的狮子门（Lion Gate），
站在城堡上眺望阿尔戈利德平原时，得到的却是完全不同的印象。
现在，迈锡尼在嘲笑下面的地貌。这个看起来坚不可摧的地方，填满
了世间最精致的艺术品和最凶残的武器，这里是历史赢家的故乡——
为什么迈锡尼文明会成为一个享有盛名的文明，从这里可见一斑。[8]

　　公元前 13 世纪的旅行者将会经过一块块令人印象深刻的处女
地，其中大部分无人居住，有些未经开垦。然后，越过山岭或者转
过山脚，进入一片谷地之后，眼前会出现一座迈锡尼军事领袖的大
城堡，这些城堡一般建在高高的山上或者突出的岩石上，且中央均
有豪华的中央大厅或设有宝座的正厅（megaron）。为了见到瓦纳克
斯（wanax，迈锡尼国王）和他的王后，必须爬一段辛苦的山路——
只有极少数人才有这种权利。任何人到了那里都不会感到失望，那
是一座布置得美轮美奂的宫殿。一块线形文字 B 泥板描绘了皮洛斯
的一件宝座，这件宝座的制作材料主要是水晶，上面装饰着蓝色的
玻璃涂层、仿制的绿宝石和贵重的金属，背后是黄金雕刻的人物和

36

棕榈树，非常醒目。[9]

　　城堡中也有圣所，这些宫殿式城堡既是人的住所，也是神灵的住所，是世俗权力和非世俗权力发号施令的地方。[10]难怪荷马会提到迈锡尼是黄金之国，会提到斯巴达宫殿轩敞的房间和令人眼花缭乱的大厅，会提到装扮得像神一样的男人和女人，难怪流浪的英雄会对部落首领家中那"亮闪闪的墙壁"发出惊叹，因为这些宅邸本身就是一座座"宝藏"。[11]公元前800年左右，荷马回忆了这些宫殿给当时人们留下的印象，这个印象经过了至少500年还依旧存在于人们的脑海中，它通过吟游诗人的传唱，还通过普通人家深夜的炉边闲话，一代代地流传下来。

　　施里曼和其他后来者在迈锡尼发现了大量财宝，这些财宝配得上荷马的赞美之词。在施里曼的一份发掘报告上，从一座坟墓中发现的宝物就列了将近50页纸。其中有精致的牙雕狮子，小到可以放在手里。狮子蹲伏着，正伺机出击，它肌肉紧绷，说明已经蓄势待发。工匠的水平由此可见。还有坚固的黄金杯、[12]水晶雕像和带有丰富抽象图案的砂岩墓碑。匕首、宝剑和首饰上的镶嵌图案由黄金、白银和乌银（一种硫和银的化合物）打制而成，精致得如同棉花糖。有个象牙雕刻的男孩头像雕工特别精致，[13]男孩凝视着外面的世界，看起来敏感而忧郁。

　　由于与死者一起葬在圆顶墓（*tholos*，洞穴般的圆形建筑物）和竖井墓（岩层开凿的墓室）中，这些宝物中的许多得以保存下来。竖井墓中的陪葬品表明，迈锡尼人非常喜欢黄金。[14]看起来精巧得可以用来装饰糕点的金箔，被用在了珠宝上，或者被制成了国王死后戴的面具。在迈锡尼两个看似毫无关联的例子中，婴儿的尸体上包裹着纸片一样的金箔。工匠们模仿现在希腊随处可见的花，打制出大小和实物一样的金花；他们在圆形的金片上印出女人的形象，然后缝在衣服上。这些宝贝许多将成为主人的随葬品，但是也有一些会被生者保存下来，作为献给神灵的礼物，或者作为父亲传给儿子，母亲传给女儿的传家宝。像海伦这样的公主将会住在伯罗奔尼撒的城堡里，被祖先留下的金银财宝拥在中间。

迈锡尼城堡的墙壁上曾经画着栩栩如生的彩色人像，它们是宏伟而华丽的房间装饰计划的一部分。它们现在已经全是碎片，但依然令人震撼。一个女人手里举着一串项链，可能是献给女神的礼物。她穿着橘黄色的紧身胸衣，一条黄色的半透明薄纱遮住了她的胸脯。她优雅地伸着左手，可以看出是用最细的黑貂毛笔画的。[15] 这些就是诗人们所吟唱的，随着特洛伊战争一年拖过一年，那些在伯罗奔尼撒的宫殿里等待和祈祷的女人。有人告诉我们，最先诅咒海伦名字的，正是这些女人。

施里曼及其追随者从一座座城堡中挖出的丰富宝藏说明，虽然荷马的史诗创作于公元前 8 世纪，但这里确实就是他诗歌中所回忆的那个世界。[16] 一个由上层武士居住的豪华宫殿群组成的地方。一个喜欢宴享、劫掠和黄金，且部族间喜欢合作的社会。一个具有先进工艺意识的野心勃勃的文明。

从荷马到青铜时代晚期，即从公元前 1100 年到前 800 年，这段被称为"希腊的黑暗时代"（*Greek Dark Ages*）的时期当然也有辉煌的时刻，但是和迈锡尼的成就及其所代表的开放文明相比，则显得无足轻重。难怪荷马和赫西俄德会把海伦的时代视为"英雄时代"，[17] 这是一个必须被铭记的时代，一个男人和女人均有着非凡本领和成就的时代。

* * *

迈锡尼城堡宏伟而又壮观，但维护它们的却是一群无名英雄。这些不为人知的劳苦大众是青铜时代的人，诗歌和历史书几乎把他

们忘得一干二净，然而他们在希腊这块土地上却留下了异常清晰的
线索。

38　　善于观察的旅行者会留意到伯罗奔尼撒半岛上那些用茅草和泥
砖盖的简陋房屋：每一间的颜色都是红褐色，它们是牧人和流动工
人的住所。这些房屋冬暖夏凉，非常实用。在距离梯林斯的迈锡尼
城堡遗址一箭之地的路边石榴丛中，就有一间这样的泥砖房，只剩
下几堵破墙，现在已被遗弃。用不了多久，这些残垣断壁就会完全
坍塌，泥砖将会在雨水的冲刷下，重新回到土壤中。

在梯林斯的城堡上方，挂着自 1967 年便在此挖掘的德国考古
队引以为荣的一段话。[18] 考古学家在城墙的外面，发现了鳞次栉比
的简陋房屋，即迈锡尼工人住的简易窝棚，每一间都由泥砖砌成，
其规模和 21 世纪的（贫民窟）不相上下。想起来真是讽刺，青铜
时代晚期最有权势的人今天走过自己那破碎、烧焦和空荡荡的宫殿
时会哭泣，但是奴隶、农奴和童工可能会觉得景色没多大变化，因
为他们那些粗陋的泥砖房子似乎依然挺立在那儿。

一个如迈锡尼这样雄心勃勃的文明需要动员大量的人力来干那
些脏活。这些泥砖房子肯定住满了男人和女人，他们每天为主人的
事忙得直不起腰：磨玉米，捶打亚麻来制作亚麻布，挥汗如雨地生
活，为建造壮观的城堡而把巨大的石块搬运到指定位置。青铜时代
晚期，梯林斯东部有几千吨的泥土挪动过位置，修筑水坝，改变河
水的正常流向，这些成就在今天依然可以看到。少数青铜时代挖筑
的水道和沟渠依然在发挥作用，为伯罗奔尼撒的农田提供灌溉用
水。直到不久前，阿尔戈利德地区的妇女还在迈锡尼周围的拦河
坝上洗衣服。[19] 这类工程需要动用几百个劳动力。难怪线形文字 B
泥板上写着，有一类男女分别被称为"杜埃罗"（do-e-ro）和"杜
埃拉"（do-e-ra），意思是男奴隶和女奴隶。[20]

几乎可以肯定存在奴隶贸易，例如在皮洛斯，有一群被称为"阿

斯维埃"（*Aswiai*，意为"亚洲人"）[21] 的妇女，她们很可能被用来交换物品，甚至为了换取美酒或者黄金而遭到绑架。荷马的一些伟大诗句提到了战争期间妇女的命运：在丈夫、兄弟和儿子被杀后，她们被掳走并沦为奴隶。[22] 线形文字 B 泥板上列出的女性奴隶肯定比男性多。我们很容易想象这个场景：一个像迈锡尼这样盛气凌人的政权在对外扩张时，一旦杀死了这些女人的男性亲属并把他们的土地抢了过来，是非常乐于好好利用这些女性俘虏的。根据荷马的描述，这是一个为了荣耀和物质利益而扩张领土（特洛伊战争即一个典型例子）的时代，人是其中最重要的产品。

* * *

全盛时期的迈锡尼文明当然并非只限于伯罗奔尼撒半岛。他们 39 的影响可以追溯到北非、塞浦路斯、巴勒斯坦（以色列）和腓尼基（Phoenicia，黎巴嫩）——北至克罗地亚，西至意大利。人们在多瑙河的山谷里发现了迈锡尼人使用的剑，在开罗以南 587 公里，尼罗河东岸阿马纳（Tel el Amarna）的垃圾堆里发现了迈锡尼的破碗。从埃及法老阿蒙诺菲斯三世（Amenophis III）[23] 葬礼神庙的一尊塑像底座上，我们得知，北方有个名为"穆卡纳"（Mukana）的强大城邦。[24] 西班牙东部曾挖掘出迈锡尼的瓦罐，西西里锡拉库扎（Syracuse）的坟墓中发现了迈锡尼的小珠子；这类文物正源源不断地从地下被挖掘出来——约旦安曼机场（Amman Airport）[25] 的建筑工人无意中发现了一堆精美的迈锡尼花瓶。[26]

土耳其西海岸的米利都（Miletus）是迈锡尼人的定居点，希腊大陆北部的哈尔基迪基半岛（Chalkidiki）也是。迈锡尼人的日历体现了他们控制沿海地区和与海对面联络的重要性。青铜时代晚期的希腊人把一年的第一个月叫做"普劳伊斯托斯"（Plowistos）——

航行之月。肯定有很多人在讨论迈锡尼商人野火般的行进速度和就连最有冒险精神的水手也无法到达的奇妙国度，但是地中海东部已经足以吸引这些粗暴的海盗了。当他们占领了米诺斯人的克里特岛之后，[27] 有人说，他们就把目光投向了东面的安纳托利亚海岸和富裕的城邦特洛伊。另一个等待洗劫的文明，另一个等待奴役的族群，另一个等待陷落的城邦。时代太早，希腊内部的民族观念尚未成型，然而迈锡尼人显然有联合行动的能力，无论是在和平时期还是在战争时期。[28]

　　迈锡尼墓穴中的随葬品说明了这是一个好战的社会。施里曼对迈锡尼的 5 号竖井墓（Shaft Grave V）做了一番统计后发现，3 个公元前 16 世纪的男人的随葬品有 90 把剑之多。几乎所有现存的遗骸都存在外伤。一个 30 岁不到的男子 [29] 头骨上有一处 2.3 公分长的椭圆形凹陷——被尖锐的武器刺伤后痊愈的伤口。临近海边的亚辛（Asine）遗址发现了一具 35 岁左右的武士的骸骨，左侧胫骨有严重的擦伤——因为战斗或军事训练而持续被盾牌撞击所致。位置这么低的擦伤很可能是"塔盾"（tower shield）造成的——《伊利亚特》中埃阿斯（Ajax）所拿的盾牌即为塔盾，迈锡尼的艺术品对此作了大量的描绘。人们在迈锡尼占领的克里特岛阿尔迈尼（Armenoi）发掘出一具 25 岁的男子残骸，遗骨上共有 10 处严重的切割痕迹，可能是斧头造成的，某些部位的骨头已被劈穿。[30]

40　　妇女们同样全副武装，带着剑、盔甲和独特的 8 字形盾牌。到了公元前 13 世纪（迈锡尼的势力达到顶峰），就连宗教人物（祭司和女祭司，神灵和女神）也都带着武器。[31] 有人认为战斗女神是迈锡尼人创造出来的，她是一名头戴野猪獠牙做的头盔，驾驶战车，挥舞着长矛的女性。[32] 海伦的故事即诞生于这样的背景，一个斯巴达贵族的成长环境。对于一名迈锡尼公主来说，这些都是儿童时代的强大榜样。[33]

5

史前时代的公主

冒名顶替的海伦来了，

吃着无花果和白面包；

是有几分姿色，不过比不上她的族人

用车床加工的，那些在床上供人拥抱的普通货。

——劳伦斯·达雷尔（Lawrence Durrell），

《特洛伊》（Troy），1966 年

我们青铜时代的海伦一生既奢侈又短暂。迈锡尼女性的平均寿命是 28 岁。女孩子 12 岁就做了母亲，24 岁就当上祖母，30 岁不到就死了。[1] 绝大部分人都是在盛年被疾病夺去了生命。荷马提到了"岁月的痕迹"（scurf of age），然而，史前时期的希腊其实住着一群特别年轻的人，以及与此相称的活力四射的文化。

考古发现证明了黄金、银、琥珀、玛瑙、安山岩、黑曜石、红碧玉、青金石、象牙和河马牙贸易的存在。人们在用来储存东西的巨大陶罐（pithoi）里，发现了橄榄油、乳香、没药和葡萄酒的痕迹；

香菜和芝麻被用作调味品，玫瑰花瓣、鼠尾草和大茴香被用来增加香水的甜味。[2] 最富有的迈锡尼人的衣裳都由羊毛、亚麻，甚至柞蚕丝制成，然后用番红花和一种从海螺中提取的紫色染料染上颜色。[3]

迈锡尼文化是一种喜鹊文化[*]。为了把最好的原材料和产品带回希腊大陆，迈锡尼人不远万里地在海上航行。成就越大的部族首领，他的宫殿就越是金碧辉煌，仓库和坟墓都将堆满金灿灿的宝贝。为了使衣料带有一种特殊的光泽，圣像穿的衣服都在橄榄油里浸泡过，特权阶层穿的衣服同样用这种方式处理过。[4] 那些位于最高等级的人第一次实现了真正意义上的光芒四射。也许吟游诗人回想起海伦时所使用的"明艳""亮丽""耀眼""金色"等词，就是这个意思吧。[5]

因此，我们可以想象年轻的海伦，从出生的第一天起，就像个公主一样，被各种宝贝和亮晶晶的饰品包围着。她坐着时，脚可能搁在最精致的脚凳上，脚凳上用象牙镶嵌（aiamenos）着人物、狮子或章鱼，荷马史诗[6]和线形文字 B 泥板[7]都记录了这种装饰效果。她的珠宝首饰都放在一个象牙做的首饰盒里。[8] 现有的一些首饰盒样本装饰着人头、动物和盾牌的图案，另一些则做成了鸭子的形状——一种象征女性性欲的禽鸟。[9]

年轻贵族女子佩戴的项链有许多依然留存至今，并被保存在希腊国家考古博物馆（National Archaeological Museum of Greece）里，这些由玛瑙、滑石、红玛瑙和紫水晶制成的漂亮而华美的首饰，今日看来依然令人惊叹。一些项链还有与之配套的手镯。珠子的大小不一，有糖球那么大的，也有扁豆那么小的。一些黄金首饰也保

---

* 西方人认为喜鹊有偷窃亮晶晶的小东西的习惯，所以作者把迈锡尼人这种搜罗各地物产为己所用的文化称为"喜鹊文化"。

留下来：王冠、腰带、一串由精致的三角形隔开的华丽的玫瑰花形首饰。贵族妇女的耳边，肯定摇荡着壁画上所描绘的，又从青铜时代晚期的坟墓中挽救出来的大大的黄金耳环。

那些出身高贵的人，都戴着金银制成的图章戒指——或者，如果他的地位确实很高的话，会用铁装饰戒指，因为铁在这一时期是非常罕见的贵重金属。1965 年，在阿卡尼斯（Archanes）的圆顶墓 A（Tholos Tomb A）中发现了一具女性的骨骼，遗骸的胸部放着一枚巨大的图章戒指，上面描绘的是树神崇拜的场景。[10] 戒指位于胸骨的位置，说明它（和其他类似的戒指一样）可能是作为一颗吊坠佩戴在身上的。这些令人印象深刻的神秘珠宝上刻有宗教庆典、公牛上的跳跃者、猎人、搏斗和性感的女性形象等图像。大小和纹理均像硬糖的红碧玉看起来非常简单，但只要你用手在上面摸一下，就可以感受到蜜蜂、公牛和豹子、祭司和女祭司的形状——这是为了区分不同的印章石而雕刻的。这些刻有凹形图案的宝石对男女统治者来说都是重要的身份象征。1968 年，迈锡尼一个地方［考古学家暂时将之命名为"礼拜建筑群"（cult complex）］出土了一块神秘的壁画。这是一幅以女性为主的壁画。画中的 3 名女性，有 2 人的手腕上确实（也可能 3 人全都）系着印章石。[11] 在公元前 14 世纪和前 13 世纪的古墓中，男女残骸的手腕骨旁边，依然可以找到印章石。

海伦这样的女孩大部分时间会待在装饰考究的房间里。刷了一层石灰砂浆的墙壁上画着蓝色、赭黄色和橙红色的生动图案，从留存下来的壁画残片中依然可以清晰地看出这一点。工匠在描绘这些图案和形状时使用了湿壁画（buon fresco）和干壁画（fresco secco）两种技法，石灰砂浆未干时在各个部位涂上颜料，并在干后再涂一次。一些地板甚至也呈现出艳丽的色彩，涂上颜料或者用切割过的鲜艳石头铺就；皮洛斯宫殿的地板就饰有几何图形，而且还画了一只章鱼正悄悄滑到中央的壁炉附近。三人高的柱子同样涂了一层鲜艳的粉红色颜料，这些等距排列的柱子支撑着屋顶，并形成一条柱廊，年轻的公主在其间穿行，也许她正赶去整座建筑装饰最为考究的中央大厅。[12]

我们从线形文字 B 泥板中知道，亚麻籽油被用来制作衣服、帆布、丝线、绳索以及渔网的亚麻纤维[13] 这类亚麻制品是伯罗奔尼撒半岛，尤其是皮洛斯周围地区重要的出口物资。在亚麻花早晨开放，直到中午凋谢的这段时间，亚麻田将给这片土地涂上一抹靓丽的蓝色。许多贵族妇女都戴着由模具压制而成的玻璃珠子，有的是艳蓝色，有的是靛蓝色，有的是深蓝绿色。她们坐在轿子里，由奴隶抬着经过自己的领地时，身上佩戴的珠宝恰好就是周围风景的绝妙回响。

迈锡尼城堡和坟墓中的发现说明了视觉信号在史前的重要地位。在文字被用作宣传工具以前，外表和（视觉）感受都是极端重要的。形象必须比语言更有说服力才行。迈锡尼的统治阶层能够获得整个地中海东部的宝贵原材料，其品质和种类远超过去。因此，为了与其他人群形成鲜明的对比，贵族阶层戴上了人工制造的饰品，以确保自己永远闪闪发光。海伦这样明艳动人的女孩，肯定从很早的时候起，就开始有意识地增强自己的尊严、价值和魅力。

这是一个新生的社会，但我们却在希腊大陆上第一次看到了富人和穷人，城镇和乡村之间那种普遍存在的、系统性的、极端的分化。从骨骼中得出的数据说明存在着社会隔离的现象：一生都养尊处优，死后又葬在城堡附近的贵族要比迈锡尼的劳动者平均高整整 5 公分，相比之下，无论是住在城市贫民区还是乡村的后者，显然都需要经常挨饿。[14] 高高在上的城堡并不是随随便便就能进去的。当住在那里的部族首领能满足你的需求，并保护你的家庭时，它们就是童话般的城堡；而当他们把权力和制度反过来对着你时，这些城堡也就变成邪恶的了。[15]

* * *

今天，构成宏伟的迈锡尼城堡的那些大石头显得柔和了不少。 44
每年都有 100 万左右的游客来迈锡尼游览，他们在城堡四周穿行，
经过几个世纪的踩踏和磨损，石头和小径都已经变得光滑铮亮。一
年中的某些时候，石头的接缝处会零星迸出几个粉红色和黄色的小
点，那是紧贴着缝隙生长的纤细的野生仙客来和秋水仙开的花。

太阳炙烤下的废墟，加上阵阵清风和开阔的视野，可能在今天
看来是一幅美妙的图画。但是请想象一下，在外墙厚达 7.5 米，每
个房间均由好几千吨重的石头砌成的宅子里行走会是什么感受。宫
殿建筑群的大部分区域肯定既阴暗又散发着霉味，由于燃点天然油
灯的缘故，走廊里一直有一股蔬菜烧焦和燃烧羊脂的味道。而从锻
造金属的城堡作坊那又飘来一股强烈酸味，因为迈锡尼时代末期制
造了大量的武器。[16]

对于青铜时代的大部分人来说，生活既紧张又不稳定。大多数
迈锡尼人都没有巨大的石墙保护。明天可能会来一场新的地震，或
者换个新的首领，而后那些野花就不是在微风中，而是在敌人炮火
的回风中起舞了。敌对部落可能会选择扩大自己的疆域，使新的领
土与其自身的体量相匹配。还有来自海对面的抢劫，这种可能性一
直都存在。想象一下你望向海面，发现海平面上有个黑点时，那种
让人心跳几乎停止的焦虑，因为你不知道那是商船还是信使，抑或
是敌人的先头部队；反叛者一步一步坚定地向你走来，他们的目标
非常明确，就是要烧毁你的庄稼，把你的房子夷为平地，把你的丈
夫打成重伤，把你的孩子变成奴隶，或是把你的妻子抢走。

在《伊利亚特》中，荷马的故事围绕着一群盟友展开，这些人
被称为亚该亚人、达南人或者阿尔戈斯人。[17]他们的族群首领阿伽
门农、奥德修斯、墨涅拉俄斯、阿喀琉斯等，都有一种集体认同感。

然而在战场上，在后方的营地里以及卧榻上时，他们都被私人恩怨撕扯着——在希腊联盟内部，存在大量的装腔作势和心照不宣。这些部落间的小冲突（从许多方面来看都是《伊利亚特》一书的乐趣所在）证明了青铜时代晚期可能出现的一种情况，那就是每块地盘都由一名部落首领和他的妻子，以及一群忠于他们的贵族管理着。每个部落和山谷对面的部落都是竞争关系。

一只迈锡尼陶瓶上画着一队正在顽强行军的精锐步兵。这只坚固而又容量巨大的"勇士瓶"（Warrior Vase）高 40 公分，制造的时间比较晚，大约在公元前 1150 年，这件文物现藏雅典的国家考古博物馆。乍一看，你会以为上面画的全是男性。这些机械般的勇士正准备出征，然而他们后面有个身材细长的人正在挥手。这是个女人。是母亲在跟儿子道别吗？是正在呼救的迈锡尼人吗？是即将受到攻击的外国人（甚至可能是特洛伊人）吗？是正把自己的士兵送上战场的王后吗？我们不得而知，但是却可以读懂其中的信息。迈锡尼文明末期是一个嗜杀成性、极不稳定的时代，男人从小接受的教育便是并肩杀敌，女人则在一旁观看。

插图 1　18—19 世纪法国新古典主义画家弗朗索瓦 - 安德烈·文森特（François-André Vincent）的一幅油画，画中的古希腊画家宙克西斯正在从众多女孩中选择代表海伦形象的模特，宙克西斯试图创造海伦（却失败）的故事成为所有艺术家试图捕捉自然之完美的寓言。

插图 2　18 世纪奥地利画家约翰·格奥尔格·普拉策描绘海伦被特洛伊人强行带走的一幅油画，画面明暗对比强烈，海伦看上去无比纯洁却又十分无助，只能被迫接受命运。现藏于华莱士珍藏馆。

插图 3　锡拉岛阿克罗蒂里上的一幅壁画，描绘了采集番红花的迈锡尼少女，公主海伦在少女时期的发型可能就是这样的。约公元前 17—前 16 世纪，图片来源：Le Musée absolu（Phaidon, 2012）。

插图 4　18—19 世纪法国新古典主义大师雅克·路易–大卫的一幅油画，描绘了海伦与帕里斯的爱情。两人光滑得如同雕塑，沐浴在微妙的光线中，相互吸引。左边的柱子上安放着爱神阿佛洛狄忒的雕像，我们还看到两个香桃木花环，这是阿佛洛狄忒的圣物，也是婚姻忠诚的象征。现藏于卢浮宫。

插图5 约公元前15—前13世纪的迈锡尼女神雕像。她怀里抱着一个孩子,似乎是幼童的养育者和守护者。现藏于雅典国家考古博物馆,拍摄者:Zde。

插图 6　一幅迈锡尼女人的壁画，来自伯罗奔尼撒半岛上的梯林斯。这个女人带着一个大化妆盒，表明年轻的海伦几乎肯定化过妆。约公元前 1300 年，拍摄者：Nergal。

插图 7　庞贝古城壁画上所描绘的帕里斯的审判，阿佛洛狄忒露出美丽的胴体正在诱惑帕里斯。现藏于拿波里国立考古博物馆（Museo Archeologico Nazionale di Napoli）。

插图 8　16—17 世纪意大利画家吉多·雷尼（Guido Reni）的一幅油画，画中的帕里斯没有强行带走海伦，而是温柔地牵着她的手；海伦也表现得十分顺从，仿佛是主动参与了这次"绑架"。现藏于卢浮宫，拍摄者：Coyau。

插图 9　15 世纪意大利匿名画家描绘海伦被绑架的一幅油画，这幅画让人感到绝望，无论海伦如何呼救，其他人都显得无动于衷。现藏于英国国家美术馆，© Private collection 2000。

插图 10　20 世纪美国画家布莱森·巴勒斯（Bryson Burroughs）的一幅油画，描绘的是现代人对于海伦的想象，但仍然表现了东西方地位不对等的偏见，与东西方之间潜藏的敌意。海伦是一名白人妇女，正受到一名东方奴隶的照料。此外，这名虚荣的美女只顾着梳妆打扮，而特洛伊却在背后燃烧。现藏于沃尔特斯艺术博物馆（Walters Art Museum）。

插图 11 15世纪一份手稿中的插画，画中的海伦作为一位受人尊敬的贵族受到了特洛伊的欢迎。海伦戴着头饰，侧鞍坐在马上，身边跟着两个戴着头饰的女骑士，缓缓步入特洛伊城。

插图 12 14世纪的一份手稿中的插画，画中的特洛伊人热情地欢迎海伦，但图片中间偏右下方的卡珊德拉却双手掩面，仿佛已经预知可怕的未来。

插图 13　一张 18 世纪比利时羊毛挂毯上描绘的墨涅拉俄斯与帕里斯之战，现藏于洛杉矶艺术博物馆（Los Angeles County Museum of Art）。

插图 14　19 世纪法国画家古斯塔夫·莫罗的一幅油画，描绘了斯卡恩门前的海伦。画中的特洛伊正在缓慢瓦解，而海伦看起来像一个幽灵。这一切的战争、计谋都是徒劳的，只为了一张茫然、空虚的脸。现藏于古斯塔夫·莫罗博物馆，图片来源：Shonagon photos。

插图 15　18—19 世纪意大利画家乔瓦尼·多梅尼科·提埃坡罗（Giovanni Domenico Tiepolo）的一幅油画，特洛伊木马的建造代表了希腊对特洛伊的胜利，也代表了地中海东部地区的分裂。现藏于英国国家美术馆。

插图 16　17 世纪的一幅描绘海伦被绑架的中国刺绣，刺绣者在纯粹的西方叙事中融入了许多中国的主题和诠释。现藏于纽约大都会博物馆（The Metropolitan Museum of Art）。

第二部分

美女如云之地

奔跑的斯巴达女孩的青铜雕像，可能是一个大型金属容器边缘的装饰品。考古记录表明，斯巴达女性经常进行表演和体育运动。在奥林匹亚举行的纪念赫拉的节日只有女性可以参加，斯巴达女孩们会开展女性之间的竞技比赛。约公元前 520—前 500 年，现藏于大英博物馆，拍摄者：Caeciliusinhorto。

6

强奸"漂亮的海伦"

我让美人坐在我的膝上

我发现她神情哀伤

于是我冒犯了她。

——兰波（Rimbaud），《地狱一季》（*Season in Hell*），1873 年

古代作家在描绘年轻海伦在斯巴达的生活时，发现这并非易事。除了她被特洛伊王子帕里斯掳走的那次著名事件之外，他们还想起仍然只是个孩子的海伦在欧罗塔斯河边被年老的雅典国王忒修斯侵犯过。[1] 忒修斯当时 50 岁；一些资料说海伦 12 岁，[2] 一些说她 10 岁，[3] 一些说她只有 7 岁[4]——已经"有着举世无双的美貌"。刚刚丧妻的忒修斯看到海伦时，她正裸着身子和其他女孩一起训练和跳舞。忒修斯眼里看不到其他人，他那双色迷迷的眼睛完全被这位斯巴达公主吸引了。

伊索克拉底（Isocrates）在公元前 4 世纪[5] 写道，尽管国王有着强大的权力和地位，但海伦已经成了一切世俗欲望的总和：

> ［忒修斯］被她的美貌迷住了，虽说他已习惯征服别人，且已拥有一个面积最大且最稳固的王国，但他认为，若是无法和她亲近，生活便毫无意义。[6]

＊　＊　＊

一个夏日清晨，我沿欧罗塔斯河寻找斯巴达的跳舞场地遗址时迷路了。[7] 这里的芦苇有 3 米高，对于窥伺年轻女孩的忒修斯来说是个绝佳的藏身地。我七拐八拐地来到一片橘子林，河岸上点缀着几百个这样的橘子林，像给欧罗塔斯平原铺了一层地毯。比邻的那块地，有妇女正在给橄榄树削枝，以便让顶部的枝条获得足够养分。她们焚烧树枝时，烟雾中混杂着枝干上缠绕的茉莉花的香味。我正在调查罪案的发生地，然而这个地方给人的感觉却充满了芳香，令人难以抗拒。公元前 5 世纪的诗人品达（Pindar）在描绘希腊人的地上天国"极乐境"（Elysium）时，写下了下面的诗句，也许他描绘的正是那个芬芳的午后斯巴达：

> 阳光普照。
> 城市周围的平原开满了红色的玫瑰花，
> 缀满金色果实的香木给大地带来阴凉。
> 一些人在骑马、摔跤，或玩桌面游戏和弹里拉琴
> 一种极乐之花在附近绽放。
> 撒在神坛炉火中的乳香散发的
> 香气一直萦绕在这片土地上空。[8]

真是一个令人心碎的强奸发生地。[9]

有人说，忒修斯侵犯海伦时，她正在一处供奉女神阿尔忒弥

斯·奥尔提亚（Artemis Orthia）的圣所跳舞。阿尔忒弥斯·奥尔提亚是一名拥有双重身份的强大女神，既是童贞狩猎女神以及母亲和孩子的保护神阿尔忒弥斯，又是与青年、生育仪式和黎明有关的多利安（Dorian）女神奥尔提亚（Orthia）。[10] 至少从公元前 700 年开始，[11] 这里就是妇女经常光顾的地方：此处挖掘出了大量用于还愿的供品，包括超过 10 万件铅制小雕像，其中许多是跳舞或骑马的女孩；一些雕像被认为刻画的即海伦，是那些崇拜她的人留下的。[12]

今天这处圣所已被遗忘，变得非常丑陋。旧塑料袋在古祭坛周围旋转，或者挂在遗址周围的铁丝网上。这处宗教建筑群临近欧罗塔斯河，位于一块沼泽地上：蚊蚋"嗡嗡"地叫着在断石残垣间飞来飞去。一条灰尘弥漫的颠簸小路通往考古遗址。每一次我来这里，都会遇到意想不到的人：路那头的吉普赛营地有很多邋遢而好奇的小孩，他们迫切地想知道是谁来探访他们的废墟。

然而这处神圣遗址的陈旧气氛却惊人地合适。其中一个原因，是古代斯巴达（Classical Sparta）的年轻女孩（先是希腊人后来是罗马人）为了庆祝青春期的到来而来到这里。男孩子也会来参加残酷的成人仪式。他们必须冒着被比自己年长的年轻人鞭打的危险，从女神的祭坛那窃取奶酪。面对鞭子，男孩子们有两个选择：达到目的，或者以教育和社会发展的名义被活活打死。阿尔忒弥斯·奥尔提亚圣所是一处污秽之地，一个鲜血浸泡的地方。[13]

而当忒修斯跑来这里掳走海伦时，他则一如既往地加快了这一系列的流血事件。这名英雄的鼻孔呼吸着别人恐惧的味道。根据古老相传的故事，忒修斯除了强奸少女，还做了几件事使他声名远播，包括杀害克里特岛的弥诺陶洛斯（Minotaur）*，试图把珀耳塞福涅

---

* 弥诺陶洛斯，克里特岛上的牛头人身怪物。

从冥界掳走，并向亚马逊（Amazons）*女王求爱。[14] 即便死后，他的鬼魂也在公元前 5 世纪出现：马拉松之战（Battle of Marathon），一个巨大的幽灵跑在雅典军队的前面，激励他们一举取得胜利。忒修斯是那种得到雅典人认可的斗士，一个以积极残忍的领土扩张政策及其艺术、哲学和政治而闻名的城邦的幸运儿。

传说忒修斯把海伦掳来之后，把她锁在狄凯里亚（Dekeleia）附近阿斐德纳（Aphidna）的一个山寨里。[15] 随着行凶者转向下一个目标（这一次是珀耳塞福涅），[16] 海伦的兄弟卡斯托耳和波吕丢刻斯攻陷了这座监狱。雅典国王掳走斯巴达公主这件事，等于是给拉凯戴蒙的部族下了战书。海伦的兄弟把解救海伦作为入侵阿提卡（Attica）的借口："［他们］毁了周围的全部土地"[17]，然后奴役了忒修斯的母亲埃特拉。[18] 忒修斯玷污海伦这件事只是传说，却使斯巴达人心中充满了怒火，并成为进一步挑衅的借口。伯罗奔尼撒战争（Peloponnesian War）期间，从公元前 431 年到前 425 年，每一年斯巴达都会袭击阿提卡。[19] 他们唯一没有碰的地方是狄凯里亚，据说是因为感激狄凯里亚的老人为卡斯托耳和波吕丢刻斯带路，把他们带到阿斐德纳的忒修斯老巢。[20]

掳走其他社会群体的女人是一种必须要报复的挑衅行为。[21] 海伦被掳这件事是三重冒犯：侵犯别人的领土；搅乱了一个最重要的宗教仪式（年轻少女在神圣场所的舞蹈表演）；以及，不用说，侵犯了一名未成年的王室成员。[22] 她的被掳变成了一桩必须洗雪的耻辱。在希腊人的心目中，小小年纪的海伦已经开始了她制造冲突的一生。

---

* 亚马逊，古希腊神话中的一个纯女性部落，居住在今土耳其北部的特尔莫冬河附近，以骁勇善战著名。

* * *

海伦的被掳（被忒修斯和帕里斯）与斯巴达城邦有着无尽的政治关联。统治这片古老土地的斯巴达人其实是闯入者，多利安人在大约公元前 1050 年入侵了这一地区。然而斯巴达的竞争对手雅典人却自称是土生土长（从土里自然生长出来）的，一个生来便统治雅典地区的部族，而把斯巴达人看成后来者，这一史实让他们极为敏感。斯巴达人大力宣扬自己的古老承袭，他们之所以认为自己合法拥有斯巴达，原因之一便是他们是美丽的海伦的直系后代。

海伦在斯巴达人中拥有一群与众不同的支持者。"Spartan"（朴素、能吃苦、严厉）和"Laconic"（简洁，语言精炼）[23] 这两个形容词已经进入英语。它们恰如其分地提醒着我们，这确实是一群极端、强硬而又不爱说话的人。斯巴达人始终相信责任和自我牺牲。他们从一个可能是虚构的、被称为"立法者"来库古（Lycurgus）的可疑之人那里得到启发，不仅宣布金钱为非法，禁止妇女卖淫和使用香水，还摈弃了为其他希腊城邦所钟爱的男性装饰。真正的斯巴达人一生都赤着脚，而且无论冬夏身上都只穿着一件破破烂烂的薄外套。斯巴达人不喜欢外人：一项被编入法典的名为"排外条例"（xenelasia，字面上的意思是"避免接触外人"）的政策规定，不得进行海外贸易。一切社会和政治组织的目的都是保存斯巴达城邦的"洁净"和力量。

虽然斯巴达是个极权主义社会，而且相当神秘，但是斯巴达人严厉的政治和社会制度对许多希腊人却有着很大的吸引力——看起来似乎是秩序（eunomia）的保证。热爱拉科尼亚的人（Laconophiles）中包括哲学家苏格拉底和历史学家色诺芬（Xenophon）。多亏了严厉的社会管理，秩序在很大程度上才得以维持。男孩子从 7 岁起便离开母亲，到"阿戈革"（*agoge*，一种全男性的军事训练营）中生活：训练最主要的目的，为把他们培养成忠心耿耿而又坚强不屈的士兵。斯巴达的男性无需操心生活中的其他需求，斯巴达这个国家由"黑劳士"（helots，奴隶）和"庇里阿西人"（*perioikoi*，住在周边地区的工匠）支撑着。斯巴达公民活着的目的就是成为一名职业战士，只有战场上牺牲的斯巴达男人和难产死亡的斯巴达女人才能获得一块刻有名字的墓碑。各阶层之间毫无交流。斯巴达妇女（理论上）只和成年的斯巴达公民交配。[24] 由于所有 7 到 30 岁的斯巴达男性白天都待在军营里，晚上又在公共食堂（*syssition*）聚餐，家务事便落在了斯巴达妇女的肩上，有时日常的国事也是如此。[25]

与雅典人不一样，斯巴达人瞧不起对有形财富和宏伟建筑的追求。斯巴达人不屑于资助大型的艺术创作，他们从未建过帕台农神庙（Parthenon）这样的建筑。公元前 5 世纪，头脑清晰、文笔简洁的历史学家修昔底德（Thucydides）曾指出，假如斯巴达变得荒无人烟（只剩神庙和世俗建筑的地基），将没有人可以从这些寒酸的建筑中看出它是个多么重要的城市。[26] 这座古代城邦的遗址确实很稀少，而且由于人们对它本来就不抱希望，在 19 世纪欧洲各国争夺古代文物的竞赛中，斯巴达是最后一批被挖掘的遗址。对斯巴达卫城的挖掘直到 1906 年才开始。

英国人主导了斯巴达城的挖掘工作。情况过于复杂，进度很缓慢：19 世纪中叶兴建的新古典主义小镇斯巴达（Sparti）直接建在了古城的上方。[27] 后来，一件件有趣的文物开始从土里冒了出来。毫不意外，其中有重甲步兵雕像，[28] 上面刻着在残酷的近身肉搏比赛中取得骄人战绩的铭文，除此之外，还有斯巴达人心目中完美勇士的雕像。还有一些更赏心悦目的物品：精美的象牙梳子、香水瓶、黑色的眼线笔、精致的镜子，以及陶制和青铜制的小雕像，比如演

53

奏乐器的少女、跳舞的少女、骑马的女士（有的偏坐在马鞍上），许多都是专门献给海伦的。然而这些女性小雕像都用硬纸盒装着，放在档案馆的最低层，许多至今仍静静地躺在那里。这种不尊重女性崇拜对象（包括海伦）的态度，古代的斯巴达人要是知道了，肯定会觉得很过分。

古代斯巴达的每一个男人、女人和小孩对自己的著名祖先都有着栩栩如生的记忆。城里随处可见与海伦有关的雕刻、铭文和塑像，这种现象一直持续到罗马人的统治结束。除了位于莫内莱恩和普拉塔尼斯塔斯（Platanistas）的崇拜场所，海伦在市中心诗人阿尔克曼（Alcman）和赫拉克勒斯（Heracles）的坟墓附近，还有一座神庙。[29] 为公开展出，一代又一代人在石碑上雕刻海伦的故事。其中一块刻于公元前 6 世纪的石碑，描绘了海伦和那枚孵化她的天鹅蛋。[30] 在另一块公元前 2 世纪的石碑上，海伦的身旁站着她的兄弟（狄俄斯库里兄弟），她非常醒目，头顶发散出一道道长长的光芒——这是天国的象征。[31] 她的手上垂着奇怪的束发带，在毫无经验的现代人看来就像一串串洋葱，但是对古希腊人来说，这些打结的布或绳子具有神圣的含义，它们象征着海伦的宗教权力。[32]

从希腊化时期开始，[33] 就有专门的组织（其成员的名字都刻在石板上）为海伦和她的双胞胎兄弟举行祭典。[34] 只有那些"内部人士"才能以这种方式祭拜丽达的孩子。会员需遵守严格的行为规范。"妇女监察官"是协会的一名官员，其职责是确保这个宗教团体的妇女穿着得体，举动适宜。到了罗马时代，世袭的神职人员如祭司和女祭司，声称海伦和狄俄斯库里兄弟是他们的祖先；海伦的预言者察看被献祭动物的内脏以获得神谕。[35] 每一年，斯巴达的女孩都会为春季举办的几场奢华而狂欢的节日精心做准备，以纪念年轻的海伦曾在阿尔忒弥斯·奥尔提亚圣所和欧罗塔斯河边跳舞。在正式的公众场合，人们歌颂海伦，并赞美她。不管这位"全世界渴望的人"

是否肉身凡胎，有一点毫无疑问，那就是她一直栩栩如生地活在古代斯巴达人的心中。我们称呼她为特洛伊的海伦，对于希腊人来说，应该叫她斯巴达的海伦才是，这点毫无争议。[36]

7

美女如云之地斯巴达

没有一个斯巴达女孩会长成端庄的女子，即使她想。
你永远别想在家里找到她们；不，她们穿着宽松的衣服，
光腿走在外面，和男孩子一起摔跤和比赛。
我觉得这无法忍受。

——欧里庇得斯，《安德洛玛刻》（*Andromache*）[1]

公元前 428—前 424 年

作为一名斯巴达女人（古代的作家希望我们这么认为），海伦的命运就是从一名强奸受害者成长为年轻的新娘，接着变成不忠的情人，再成为情妇战利品，最后回归家庭，成为一名尽职的妻子。她人生的每个阶段都和性有关。几乎没有人关心那些与令人心醉神迷的激情邂逅无关的年月。一旦不再是男人追逐的目标，海伦也就从荷马的史诗中隐去了，这绝非偶然。《奥德赛》中她最后一次出场是夫妇俩从特洛伊回来后，她和墨涅拉俄斯一起在斯巴达王宫就寝。[2] 荷马对她平静的晚年生活毫不关心。经由世间的曲折经历，

海伦遇到了许多男人，并学会了如何很好地应对性冲动的表现和后果。[3]

斯巴达城邦认为自己的著名先祖——她那令人难忘的一生包含了一系列的成人仪式——是一名性方面的专家。美丽的海伦并没有因此而蒙羞。相反，她被认为非常有助于斯巴达年轻女孩的成长。因此她出现在了国家赞助的庆典的中心，这些庆典旨在促进城里年轻人的交往，把天真无邪的少女变成好妻子的人选，引导她们从处女（parthenos）状态进入新娘（nymphe）状态。

欧罗塔斯河中的一个小岛几乎可以肯定就是斯巴达少女崇拜海伦的场所。这是一块距离阿尔忒弥斯·奥尔提亚圣所很近的沼泽地，位于边缘地带，一半是河水，一半是陆地，这里一度种满了梧桐树，因而以这种树木的名字而被命名为普拉塔尼斯塔斯。这里的河岸宽阔平坦，泥土坚实，是天然的运动场所。

56　　从公元前 7 世纪起，斯巴达女孩便在普拉塔尼斯塔斯练习进献给海伦的舞蹈。这些表演是为了模仿海伦年少时在城里所跳的舞。斯巴达博物馆陈列的鬼脸陶土面具，[4] 使人联想到中世纪教堂上的滴水石兽——有人认为，这些怪诞的面具是崇拜者对舞或对唱时用来遮脸的。[5] 少女们整夜地留下来向海伦表达敬意。她们的表演令人陶醉，有着强烈的节奏感，而且充满了青春活力。她们在黑夜里接连几个小时地跳舞，累了就休息，然后在日出之前再跳一次。周围火把通明，摆放着美酒和丰盛晚宴。[6] 庆典的参与者们旋转着，逐渐变得成熟，夜幕降临时她们还是天真无邪的少女，到了黎明时分，她们已经变成了可以结婚的"美丽"年轻女子。[7] 这些舞蹈的目的，似乎是引出海伦的非凡魅力：希腊语叫"kharis"。

"Kharis"是"charisma"和"charismatic"的词根，其含义简单地说就是"魅力"。但是古希腊人在使用这个词时，还有一个更加性感的含义：一种点燃情欲的魅力。"Kharis"是性欲女神阿佛洛狄忒的赏赐。使海伦凌驾于其他人之上的，正是这种原始的诱惑力。这些在普拉塔尼斯塔斯跳舞的女孩，在她们的精神偶像海伦的引导下，正在经历一场令自己变美的仪式，一旦仪式结束，她们将变得更迷人，全身将散发出成熟的性魅力。对她们来说，海伦不是全世界最"漂亮"的女人，而是最性感的女人。

这些受海伦故事[8]启发而产生的纯女性参加的狂热庆典被斯巴达诗人阿尔克曼记录下来，并成为不朽。[9]公元前7世纪，阿尔克曼写了一组合唱颂歌《少女之歌》（*Partheneia*），由几组女孩秘密练习后，在合唱和体育比赛上演唱。这组《少女之歌》是斯巴达女孩教育的一个重要部分，一代又一代的斯巴达女孩都要学会唱这些歌，并传下去。这些诗歌赞美了女性之美，尤其是金发女郎之美。它们赞美了斯巴达妇女的身体之美。

阿尔克曼的诗热情而容易引起共鸣。在下面几节诗歌中，每位少女都在称赞别人的美貌。流传下来的诗句都非常零碎，因此诗歌的节奏感荡然无存，但是仍然可以欣赏歌曲的音色。

阿尔克曼《少女之歌 3》

57

　　奥林匹斯山的女神们……我的心……歌和我……听到

　　……的声音（5）女孩们正唱着一首动听的歌……将甜美的睡意

从我的眼皮底下驱除……并带领我走向竞技场，在那里，

　　我定将甩动自己的一头金黄秀发。

　　（10）娇嫩的双足……

　　（61）带着四肢放松的欲望，她用比睡眠和死亡更温柔的眼波，

凝视着……她的甜美也不是徒劳。

写有这些诗句的珍贵莎草纸保存在牛津的萨克勒图书馆（Sackler Library）和巴黎的卢浮宫。[10]这些本来都是奢华的手稿（看那漂亮的字体和书页周围宽大的空白就知道了），现在却悲惨地遭到遗弃。一些纸片只有指甲那么大，上面用针扎的希腊文已经难以辨认。卢浮宫保存的那份手卷于1855年在埃及的萨卡拉（Saqqara）被发现时，已经严重损毁（这些手卷是用来包裹鳄鱼，然后制成木乃伊的，难怪发现时已经破破烂烂），现在它们被博物馆馆长安全地保存在避光的地方。

诗人在一首诗中，把少女的美貌被比喻为天上炙热的天狼星，一颗令人联想到邪恶势力和毫无节制的星体。女孩们坦率地称颂彼此的激情和曼妙身材，她们用语言抚慰对方，这种含有一丝女同性恋意味的调情实在引人注目。

阿尔克曼《少女之歌1》

（45）她本人非常醒目，仿佛马群中来了一匹

蹄声响亮的高大骏马，一匹战胜了山洞野马的梦想之马。

（50）你没看到吗？这个坐骑是维内蒂式（Venetic）的：但我表妹

哈格西克拉（Hagesichora）的头发像纯金一样亮泽；

（55）还有她洁白的脸庞——为什么我要清楚地告诉你呢？这就是哈格西克拉；美貌仅次于阿吉多（Agido）的她，跑起来就像科拉西亚马（Colaxian horse）跟在伊比利亚马（Ibenian horse）的后面。

（60）因为当我们在芳香的夜里披着斗篷来到奥尔提亚时，昴宿星团（the Pleiades）升得和天狼星一样高，似乎在向我们发起挑战。

（65）没有足够的紫色可以保护我们，没有我们的纯金斑点蛇形手镯，没有作为温柔女孩装饰的我们的吕底亚（Lydian）帽，没有娜诺（Nanno）的头发（70）也没有看起来像女神的阿雷塔（Areta），没有泰拉西斯（Thylacis）和克莱瑟拉（Cleesithera）。

……

——不，使我爱到精疲力尽的是哈格西克拉。

因为有着漂亮脚踝的哈格西克拉不在我们身旁。

……

她有一头浓密的金色头发……[11]

58

斯巴达人留下的历史资料可能很少，然而类似阿尔克曼《少女之歌》这样的罕见文献资料却暗示着，斯巴达女孩是古代世界中同性恋的支持者这一传闻已经得到证实。[12] 众所周知，爱上海伦这个人或者这个理念的都是男人，但是通过吟唱阿尔克曼所作的热烈诗句，女人们也有了仰慕她的机会。

对这些夜里独自聚在一起，练习她们的独特颂歌的斯巴达女孩来说，海伦是真真切切存在的人物。也许需要一些帮助才能感受到脸颊上海伦呼出的气息或者听到她的声音，但是火炬的亮光加上整夜的跳舞和宴饮，可能已经足以改变这些孩子的感觉，使她们相信海伦就在她们中间。在这些容易受影响的头脑里，海伦不仅仅是抽象的，而是个有形的存在。[13] 我们可能难以理解，已经死去那么久的海伦在古风和古典时代的斯巴达人心目中是多么栩栩如生，但是请注意：对古希腊人来说，所有的神祇和精灵并非游荡在天上，或者住在人们心中，而是有着实实在在的人间住所。[14] 因此，我们知道宙斯住在奥林匹亚，雅典娜住在雅典卫城，而海伦至少从公元前7世纪起就是斯巴达人的教育女神，她住在斯巴达。

* * *

荷马第一次描写斯巴达时形容其为"美女如云之地"（*Sparte kalligynaika*），[15] 这个形容词的灵感几乎可以肯定来自海伦。备受尊崇且有着巨大影响力的德尔斐神谕（Delphic Oracle）证实了斯巴达女孩的"*kallistai*"——"最美丽""最漂亮"，或者简单地说，"最出色"。[16] 海伦无与伦比的美貌是斯巴达妇女手中的资源，在演出精心准备的典礼（例如普拉塔尼斯塔斯的舞蹈）时发放给城邦的一项赏赐。"变美"是斯巴达人一个公开追求的目标，他们拒绝一切俗气的装饰，一心迷恋着不经任何修饰的人体自然美。据说形体美超过了其他一切品质，最为斯巴达人所欣赏。[17]

在对形体美的追求上，斯巴达妇女比雅典妇女有优势。与雅典人不一样，斯巴达女孩获得的食物份额和男孩子一样，而且可以饮用不兑水的葡萄酒。[18] 正在发育的女孩子必须遵守一套严格的训练制度，这使得她们和自己的兄弟以及堂兄弟一样身材匀称。妇女经济上也能获得独立。她们会骑马，接受过音乐和诗歌朗诵方面的训练。[19] 在阿尔忒弥斯·奥尔提亚圣所发现了一组奇特的金属小雕像：敲铙钹、吹笛子和弹里拉琴的女孩。[20] 我们听说女诗人（在希腊相当罕见）麦格罗斯塔特（Megalostrat）和海伦一样，长着一头金色秀发。[21] 有个可能是虚构的故事，描述了自信的斯巴达妇女在祭坛周围粗暴地对待斯巴达的单身汉。[22] 总而言之，她们身上有一股咄咄逼人的气势，和那种"尽量少看，少听，少说"的雅典妇女典范完全相反。[23]

斯巴达女孩训练时全身赤裸或者半裸，她们的动作如此有力［其中一个是提起脚后跟踢自己的屁股，次数越多越好——这个动作叫做"必巴西斯"（*bibasis*）[24]］，她们因此而赢得了"闪闪发亮的大腿"的外号。古代的文献资料列举了女孩训练的部分内容，包括赛跑、摔跤、掷铁饼和标枪，以及力量测试。[25] 这些孩子的形象出现在精美的青铜镜手柄上，她们都很健美，而且全身赤裸（在如此早期的希腊艺术品中出现裸体女性形象实属罕见），一些人的耳后戴着花，长长的头发梳拢起来，以便训练。

这些就是崇拜海伦的古风和古典时代的斯巴达美少女。这些参加海伦祭典的孩子被称为"小马驹"（*poloi*）——尚未受到婚姻桎梏的女孩。[26] 剧作家阿里斯托芬（Aristophanes）在他的《吕西斯特拉忒》（*Lysistrata*）一剧中，把海伦的追随者形容为"小牝马"，他的灵感来源于希腊一种流传甚广的古老观念，那就是觉察到了女人身上那种未被驯服的母马般的魅力[27]，而由于她们正徘徊于被驯服的边缘，这就更令人感到兴奋。[28]

关于斯巴达女孩好色而强壮的悍妇形象，可能只是人们凭空捏造出来的，部分原因是对斯巴达的"错觉"，部分原因是神秘和隐秘的异域风情如欧罗塔斯河上的迷雾一般笼罩着这座独特的城邦。斯巴达人选择不记录自己，不宣扬自己的历史和习俗。因此，其他希腊人只能从别人那里听说斯巴达发生的事。[29] 他们的报道可能有夸张的成分。但是到了希腊化和罗马时期，所有人都深信不疑地认为斯巴达女孩具有健美的体魄，十分讲究身材。现在，斯巴达人这些极端的特征受到了大力提倡。男孩被鞭打和女孩裸体赛跑形成了一种奇特的受虐产业，吸引着整个罗马帝国的游客前来观赏。为了观看这类表演，奥古斯都·恺撒（Augustus Caesar）曾亲临斯巴达卫城新建的罗马剧场，[30] 并把一名斯巴达女孩带到罗马，让她当众和一名罗马的元老院议员格斗。[31]

敏感的作家们设想海伦也出现在这样暴烈的场景中。例如，奥维德便用诗意的笔触描写了年轻的斯巴达公主在体育馆裸体摔跤的姿势。[32] 其他作家则津津有味地讲述了一丝不挂的儿童海伦，皮肤闪烁着橄榄油的光辉，和同伴一起训练、赛跑和跳舞的故事。罗马

60

诗人普罗佩提乌斯（Propertius）[33] 在一首最色情的挽歌中回忆了年少的海伦，他在描写斯巴达女孩那些"令人钦佩的训练方法"时随意发挥了自己的想象力：

> 那里的年轻女子会通过体育运动合理地锻炼自己的身体，全身赤裸地和年轻男子摔跤，扔出一个他们接不住的球，转动漂亮的铁环；或者最后停下来喘息，身上沾满了摔跤场的泥土，且因粗暴的摔跤动作而导致伤痕累累；或者把皮带绑在她勇敢的拳头上；或者转圈然后把沉重的铁饼掷出去，或者绕着场子赛马，剑鞘在她雪白的大腿上跳动，青铜头盔保护着她的头部；或者像在特尔莫冬（Thermodon）河游泳的亚马逊女战士一样光着上身游泳；或者带着一群本地猎犬在长长的泰格图斯山脊上狩猎。[34]

虽然外界关注的是斯巴达女性的运动和舞蹈给他人带来的愉悦，[35] 但是我们有充分的理由相信，这种积极的生活给了她们无穷的力量。大约公元前 520 年斯巴达制造 [但是却在塞尔维亚的普里兹伦（Prizren）被发现，可能是游客带回来的纪念品] 的一尊青铜小雕像 [36]，雕刻的即一个有着清晰的二头肌和强健的小腿肌肉的女孩。这名女孩正在跳舞，向前跳跃的同时看着身后。斯巴达的训练场上肯定响着这类女孩咚咚的脚步声。我曾把这尊雕像托在掌心仔细观察，雕像虽小，但这些崇拜海伦的斯巴达妇女的活力和热情却表露无遗。

海伦身上让大多数古代作家反感的地方，在于她的自由、身体素质和主动性，可能有助于斯巴达女孩获得自我意识。斯巴达的海伦不是红颜祸水，而是楷模和榜样，占据着斯巴达这个富庶之国最神圣的领域。

* * *

　　生活于公元前 5 世纪，被誉为"历史之父"希罗多德（Hero-dotus）曾讲过一个和海伦的美貌有关的神奇小故事。有个斯巴达女婴身体严重残疾（希腊语叫"*dysmorphia*"，意为"畸形"或"丑陋"）。女婴的家境很好，她的保姆灵机一动，把这个丑陋的孩子带到塞拉普涅的山上，向海伦的神庙求助。这座小型的石头建筑[37] 和所有的古代圣所一样，供奉着一位长居此地的神灵塑像（*agalma*）。这尊可能由木头雕刻而成的海伦像年复一年地矗立于此，接受信众，例如希罗多德笔下那位哀求者的顶礼膜拜。有一天，保姆正坐在海伦神像附近的石头上，不知从哪里来的一位漂亮女人，把手放在了婴儿的头上。自从得到神秘幽灵（自然是海伦）的祝福之后，这个畸形的孩子渐渐长成了全国最漂亮的女孩。[38]

　　比希罗多德晚 800 年出生的帕萨尼亚斯于公元 160 年前后来到斯巴达，他参观了莫内莱恩，想弄清楚海伦及其丈夫的神庙为什么会如此受尊崇。[39] 他为我们的故事增加了一个细节。[40] 在转述这则有关聪明的保姆和不幸的婴儿发生转变的轶事时，帕萨尼亚斯制造了一个语言上微妙的（差异）点。由于海伦的介入，最丑陋的"女孩"变成了最漂亮的"女人"［他的描述是"*gunaikon to eidos kallisten*"：最漂亮的"妻子—女人"（wife-woman）］。故事的结尾，这名新晋美女不仅嫁给了斯巴达国王阿里斯顿（Ariston）的一个朋友，后来还陷入了一段混乱而痛苦的三角恋，因为国王自己也爱上了她。

　　在塞拉普涅的山坡上，在欧罗塔斯河畔，在斯巴达的街道中，海伦展现了她的灵性之美。人们相信，她那强大而有时会给人带来伤害的魅力（*kharis*）并没有因为时间的流逝而减弱，她的祖国依然为她的能力感到疯狂。[41] 历史上斯巴达人就是这么崇拜海伦的：

她是一名情爱导师、自然女神和女性生殖的代言人。仍然在挖掘的考古证据显示，在1000年前的青铜时代晚期，人们对历史上那位活生生的海伦公主的膜拜方式，与此出奇地相似。

8

温柔的女孩

我们放逐美；希腊人却为她拿起了武器……

黑暗哲学将再次崩溃并隐灭于

波光粼粼的海上……现代城市

可怕的城墙将再次崩塌，从而交出——"如大海般平静的

灵魂"——海伦的美。[1]

——阿尔贝·加缪，

《海伦的放逐》（Helen's Exile），1948 年

克里特岛北部有个沿海城镇叫哈尼亚（Chania）。1987 年的一天，建筑工人在奥多斯·帕拉马街 4 号（4 Odos Palama）一处私人场所做例行清理时，发现了一些出乎意料的东西——一系列青铜时代晚期的坟墓，墓中有 29 具公元前 14 世纪的尸骸。[2] 人们对尸骨进行了仔细的分析，牙科检查表明，这些年龄在 11—12 岁之间的女孩的牙齿存在着应力问题——教科书上所写的青春期来临的标志。如果青铜时代的女孩 12 岁就可以成为性伴侣，那么 12 岁的迈

锡尼贵族，青铜时代的海伦，几乎可以肯定会被推向婚恋市场。

早期的迈锡尼社会把可以婚嫁的少女视为至关重要的珍贵物品——一种已届适婚年龄的生物，她们生机勃勃的繁殖力是族群延续的保证。海伦被忒修斯绑架时经常被贴上 12 岁的标签，这并非偶然——有一点已经非常清楚：这个孩子在她变得最有价值的一刻受到了玷污。[3] 我们没有任何青铜时代晚期的书面资料，无法量化 12 岁女孩的魅力；但是我们确实有重要的线索，一些画面展示了海伦所处的青铜时代青春期孩子的模样、她们经历的成人仪式，以及她们所拥有的极高价值。

公元前 13 世纪迈锡尼、梯林斯和皮洛斯的壁画、小金片、金戒指[4] 和牙雕制品，均出现了年轻女子的形象。[5] 但是，为了寻找那些最显著的例子，我们必须往上追溯 300 年，同时跨越爱琴海，来到基克拉泽斯群岛的锡拉岛。[6] 火山的剧烈喷发摧毁了无数当地人的性命，改变了西方世界的发展方向，却在文化上向我们展现了一丝情意。在阿克罗蒂里（Akotiri）的火山灰下，埋藏着一个辉煌的惊喜。

1967 年的挖掘[7] 有了意外的发现：浮石之中出现了一个完整而全新的青铜时代定居点。里面有街道、庭院、圣所和房屋，许多都保存得异常完好。随着更多发现浮出水面，人们发现，史前时期的阿克罗蒂里是个繁忙而富裕的城镇。城镇的下方有一套巧妙而复杂的排水系统，许多房子都有两三层高，而且布置得富丽堂皇。然而，最大的发现还没到来。当考古学家轻轻拂去内壁的浮石后，几块摇摇欲坠的美丽壁画出现在他们眼前：裸体的男孩拎着几串刚刚捕获的鱼、为庆典而装饰一新的小船、生活着许多神奇生物的异国河流。而且，对于研究海伦的人来说最重要的是，许多场景描绘了处于性发育各个阶段的贵族女子。

这些壁画原作现保存于雅典，但是到锡拉岛（它们的诞生地）

去缅怀一下，还是颇为值得的。坐船是最好的方式，这样可以和青铜时代的商人们一样欣赏这座多山的小岛。这是一堆耸立于爱琴海上的黑色岩石。现在的锡拉岛（就和魔鬼蛋糕上面的糖霜一样）坐落于公元前1650—前1525年火山口陷入海底后留下的凹地上。这是青铜时代恐怖而绚烂的一幕。

现在，这个岛已经成为全世界游客以及有钱人和名人的游乐场。我们走过卖芭比比基尼和杀手鸡尾酒的狭窄而漂亮的街道，穿过自悬崖边蜿蜒而来的巷子和小路，来到一座藏有壁画复制品的博物馆。一开始，我们很难想象史前的锡拉岛——一个阴沉而富裕的巨人，处在重要的战略位置上，吸引并养活了一群吃苦耐劳的商人。锡拉岛享受着青铜时代贸易的种种好处，直到地球开始反常，发出不祥的预警——地震。浮石率先从不稳定的岩浆房坠落，地面喷出一股股莫名其妙的蒸汽。考古挖掘显示，青铜时代的作坊是在匆忙中被抛弃的，颜料和灰泥的罐子只用了一半就被扔下，锡拉岛上的居民奔向海边，把能带走的东西装满他们的小船，然后逃往附近的克里特岛。

在远离游客景点的史前锡拉博物馆（Museum of Pre-historic Thera），陈列着青铜时代壁画残片的复制品，瞬间把游客的思绪带回过去那个久远的世界。馆内有一系列以女性为主体的壁画展馆塞斯特3号建筑壁画群（the Xeste 3 complex），从中可以看到"经典"的神性象征：系着红色皮带的格里芬（griffin）*、荷花。一只蓝色的猴子把手伸向壁画中央的一名高贵女子，[8] 后者靠在一堆华丽的布料上，浑身珠光宝气。她脖子上戴的项链，由雕成鸭子和蜻蜓形状的红、黄、蓝三色珠子组成。这名女神还很小，乳房才刚刚发育，[9] 她周围有四名侍女。女神看起来像是儿童的守护者，她的手镯上有

64

---

* 格里芬，即狮鹫，希腊神话中鹰头狮身有翅的怪兽。

月亮形状的装饰[10]（月亮的形象经常和初潮联系在一起），说明这是一名引导女孩身体成长的守护神。

墙壁上点缀着田园风光。[11]燕子在不同的自然景观上方飞过，或求偶或养育幼雏。嶙峋的峭壁令人想起锡拉岛的地形。小鹿两两对峙，百合花、莎草和岩蔷薇在微风中摇摆。这是一首赞美四季循环、自然美景和女性地位，以及两者中涌现的性意识的颂歌。

阿克罗蒂里的壁画上有一种花特别引人注目：番红花，这种纤细而脆弱的植物，其雄蕊的价值比同等重量的黄金还要高，因为它是制作上等衣料的黄色染料和烹调用的香料的来源。为了达到使用的效果，必须大量采集番红花，4000株雄蕊才能生产出一盎司（28克）上等的金色染料。[12]古代人意识到这种小小的植物除了装饰之外还有其他用途。用得巧的话，番红花还是一种很有效的止痛药——这是一种珍贵的作物。壁画的后墙上画着一簇簇番红花（它们的排列可能意味着它们是种植的而不是野生的），番红花点缀着女神的胸衣边缘，花粉不仅沾满了她们的衣服，也在她们的脸颊上留下了痕迹（也可能是文身）。[13]一艘装饰着番红花的商船发现于阿克罗蒂里的其他地方，也许暗示着这种神奇的作物曾被大量出口。当然，历史上锡拉岛曾是地中海东部著名的番红花产地。[14]

这些采集番红花的妇女和女孩显然都是贵族，从她们的衣着和发型等细节就可以看出来：这些壁画为我们详细展示了一名青铜时代公主的外貌（参见插图3）。[15]这（几乎可以肯定）就是海伦在迈锡尼城堡中穿行时的模样——一开始还是孩子，后来梳起了准新娘的新发型。锡拉岛的小女孩头发几乎剃光，只在前额留一绺头发，和在后面扎一小束马尾。剃发的区域用蓝颜料表示，因此这些小女孩看起来就像戴着一顶蓝色的便帽，时不时有一簇头发从帽子底下俏皮地冒出来。四名侍女耳朵以上的部位各剃去一块长方形的头发。其中一人手里拿着贝壳形的香炉，她的嘴唇和耳朵都涂成了深红色，显得非常醒目。另一个女孩正向门口走去，门楣上在滴血。[16] 场面极端而又富于异国情调——这些削发的年轻贵族和千百年来画家们所描绘的那个甜美娇媚的海伦公主不可能差太远。

再长大一点，这些女孩子的头发似乎可以留长一点和卷一点了（虽然依旧顶着一绺蓬松的刘海和马尾），接着，到了完全成年时，剃刀就被扔到一边了。成年妇女都有一头茂密的头发，有时会用丝带和珠子精心地扎起来，以及裸露的健美丰满的酥胸。成年妇女穿长袍，女孩则穿长及小腿的短袖外衣。少女们一边聊天一边采集宝贵的番红花。一名妇女受伤了，抱着脚坐在地上，眼睛看着正在流血的脚底，双手痛苦地抱着头。[17] 一名女孩向前走来，手里拿着一条项链，也许是献给神灵的供品；另一个女孩正微笑着穿过田野。许多妇女戴着大大的圆形耳环和厚重的脚镯，这些首饰和考古记录中的发现完全一致。

在维护壁画时，人们发现，站在那位少女女神身后的女孩中，至少有一个长着黄褐色的头发和蓝色眼睛。[18] 这个意料之外的发现激起了人们强烈的好奇心，它还和海伦的故事有关。荷马经常称笔下的英雄和女英雄为"xanthos"，意思是有一头红发或金发，想一想红头发的奥德修斯、红头发的墨涅拉俄斯、金发的海伦。许多年来人们以为"xanthos"只是个比喻，一个用来表达"金光闪闪"的文学手法，意味着崇高或者神圣的地位。但是锡拉岛的壁画却暗示了另一种可能性。青铜时代的贵族圈子中肯定存在黄褐色、金黄色或者红色头发的基因，或者至少得到了认可。在一个大部分人均为深褐色头发的族群中，生来便拥有一头金发的男人和女人可能在某些方面会被认为是幸运儿，值得拥有特殊的地位。[19] 锡拉岛的这名红发女孩便站在女神旁边，而且是唯一一名被允许佩戴项链的"凡人"，那显然是一串红玉髓项链，这种宝石因为具有鲜艳的红色而价格不菲。

这些画作中被宣福的年轻女子（尤其是那些有一头金发者）可

66 能并非女神，而是被视为具有神性的人。这幅宗教画暗示着正在进行某种宗教活动。这名红发少女是海伦的原型吗？一个因为被认为"不同寻常"而被赋予独特宗教权威的金发女孩？一个似乎获得神的恩赐的女人？一个几百年后在荷马的史诗中变成了神的孩子的女人？这仅仅是猜测，但同时也具有一种历史可能性：锡拉岛的金发女孩因为被画在了富人之家的墙壁上而得以不朽；"金发"海伦则因为伯罗奔尼撒半岛上的诗人的吟咏而得以不朽。

我们在锡拉岛看到的这些繁忙的年轻女孩是社会的一小部分，她们如此重要，又受尽宠爱，以至于当她们接近成年时，便受托照看起了古代世界最宝贵的一种作物。[20] 或许采集番红花本身就是一种成人仪式，学习如何管理自然界——商业活动和精神活动的完美结合。由于没有成文的历史，对锡拉岛上华美的塞斯特 3 号建筑壁画群只能如此解释。但是，无论我们如何解读这些壁画，有一样东西却是显而易见的：几乎不见男性的踪影。[21] 反而是衣着华丽的年轻贵族女子在负责这些宝贵的番红花。如果我们想在脑海中想象一位临近婚期的青铜时代公主（例如海伦），一个竞相争夺的目标，一个被认为同时拥有世俗权力和宗教权力的女人的形象，那么锡拉岛壁画上的那些少女就是我们最先应该参考的对象。

锡拉岛上这些被遗弃的生动而富有田园风情的女性画像，和1000 年后流行的年轻希腊妇女的压抑形象迥然不同，尤其是公元前5 世纪的雅典妇女。海伦故事中最著名的几个场景就诞生于这个时期。那个世纪记录了海伦并把她变成一个"荡妇"，一个"城市的摧毁者"。这种对照在一个小小的化妆盒（pyxis）上得到了完美的呈现，这个画有海伦的化妆盒现存大英博物馆，它的年代可以追溯到公元前 470 年。[22] 盒子上的海伦还是个娴静的少女，正和姐姐克吕泰涅斯特拉坐在一起。海伦身边放着一篮毛线，随时可以做些针线活（温顺的雅典女孩最完美的消遣方式），只有两姐妹附近的一面镜子，才透露了这位美人的苦恼。

　　这里还有其他令人难忘的女性，但她们全都困在屋内，不是在梳妆打扮，就是忙着打理家务。伊菲革涅亚在绑发带，帕里斯的姐姐卡珊德拉从别人那里接过一个工具篮，吕泰涅斯特拉手里拿着一只香水瓶。所有形象都与化妆盒主人的身份相吻合——一个坐在家里，用珠宝首饰和化妆品装扮自己的富有人家的妻子。

　　与她们史前时期的希腊祖先（青铜时代的锡拉岛儿童）不同，这些各方面均受到限制的瓶瓮上的女孩生活并不丰富，她们头顶烈日，脚踩石子，为了采集一种获利颇丰的农作物而忙碌着。她们没有围着大树跳舞，没有袒胸露乳，也没有因为饮用了忘忧水而显得飘飘欲仙——这就是你在许多戒指和印章石上看到的迈锡尼妇女的形象。[23] 时代不同，风俗不同（Alia tempora, alii mores）。雅典人压制、害怕和贬低女性。古希腊人从未因为女人而兵戎相见。虽然我们最熟悉的那个海伦已经渗透到了古希腊世界，但海伦最原始的本质不应该到雅典和科林斯（Corinth）的瓶画作坊中去寻找，而应该到青铜时代晚期那些色彩斑斓而又摇摇欲坠的墙壁中去寻找。[24]

第三部分

全世界的渴望

迈锡尼3号竖井墓（Shaft Grave III）发现的公主金冠，顶部有叶形部件，饰有浮雕圆圈。约公元前1550—前1500年，现藏于雅典国家考古博物馆，拍摄者：George E. Koronaios。

9

英雄的战利品

希腊的贤明之士同时为了一个妓女而趾高气昂。

——托马斯·纳什（Thomas Nashe），

《关于四旬斋的事》（*Of Lenten Stuff*），1599 年

锡拉岛的壁画表明，正值妙龄的史前公主是无价之宝。现在，海伦故事的缔造者告诉我们，在英雄时代的斯巴达，这是一件通过竞争才能得到的奖品。海伦在欧罗塔斯河畔初识性事时年纪还小。从某种意义上说，她是个被玷污的女人，但是侵犯她的忒修斯再不济也是个国王。海伦并不是被一个无名小卒侵犯了。这是一个有土地有名望的公主，还有大量的财富，和她结婚的人可能无法得到一个处女，却可以得到富裕的斯巴达王国。他们还将（我们被如此告知）得到一个漂亮的女人，一个长着一头漂亮金发、无比美丽的年轻女子。信使们被派往希腊各地发布消息：廷达瑞俄斯将为绝世美貌的女儿举办比武招亲大会。一直到公元前 3 世纪，希腊人都会吹嘘自己的祖先曾去斯巴达比试过。输了也不丢人，能参加奖品如

此丰厚的比赛，本身就是一种荣耀。[1]

只有最优秀的人才配得上海伦，因此父亲廷达瑞俄斯为她安排了一场比赛，让全希腊的武士都来展示他们的力量和财富。[2] 除了廷达瑞俄斯家，人们对比赛地点并没有形成统一的看法。一些古代作家说举办地就在斯巴达，[3] 另一些人则语焉不详。但我们在欧里庇得斯的作品中发现，廷达瑞俄斯的领土和一个叫阿米克莱（Amyklai）的地方接壤。[4] 阿米克莱原本是一个史前村落，位于斯巴达正南方 7 公里处。这里有一片广袤的平原，足以为英雄们提供比试的场地（马车比赛、赛跑、摔跤），更不用说求婚者随身携带的庞大礼物了：诗人赫西俄德告诉我们，为了赢得海伦的芳心，英雄们信心满满地带来了成群牛羊和光洁明亮的锅碗瓢盆。[5] 就让我们想象这场比武招亲大会就在这里举行吧。

72　　阿米克莱是个独特的地方，如果你面向东方的话，背面就是塔伊格坦山脉，那里的积雪一直延续到夏天。顺着遗址所在的小海角望过去，你会看到一片东拼西凑的绿色农田，丘陵众多、四分五裂，小小的地块上布满了一丛丛的橄榄树。小树苗和夹竹桃长在挖了一半的石头上。只有拖拉机的突突声打破了周围的平静，这些拖拉机穿梭于村道上，车上装载着这个与世隔绝的地方一直盛产的农产品。

在瓦菲奥（Vapheio）附近一条整洁的橄榄树大道上，有一座公元前 15 世纪的蜂巢墓，一位迈锡尼武士的安息之地。这座坟墓千百年来多次被盗，然而盗贼们忽略了一个下沉的葬坑，这个葬坑随后由希腊考古学家克里斯托·聪塔斯（Christos Tsountas）于1889 年进行了挖掘。除了死者的随身物品，如香水瓶、镜子、匕首、小刀、打猎用的矛枪、斧头、珠子和耳挖，人们还发现了两只豪华的金杯，上面均有模子浇铸而成的波澜壮阔的驯牛场面。[6]

阿米克莱本身的史前遗迹很少。公元前 1200 年左右，在许多大型的宫殿建筑群（如迈锡尼）被毁之后，这个地方似乎被人占用了。这里出土的迈锡尼物品有些颇为独特——几乎真人大小的陶制人偶，这些人偶可能负责监督某种庆典活动。这里同样充斥着数不清的粗糙的女性小雕像。这是一个宗教上有着重要意义的地方。阿米克莱现在一派平静，但它曾经见证过独特而热烈的宗教庆典，虽然这些庆典早已消失在时间的长河里。

整个古风和古典时代，这里都是户外庆典的发祥地，例如纪念阿波罗和亚辛托斯（Hyakinthus）的亚辛提亚节（Hyakinthia）。[7] 原始的文本写得很含糊，但海伦很可能也是这里的膜拜对象，纪念她的节日叫"海伦节"（Heleneia）。[8] 一家人带着帐篷、食物和大量的美酒来到圣所，边吃边跳，直到深夜。女孩子们驾着马车（kannathra）从斯巴达城赶来，一些马车被华丽地装扮成了奇异的动物——格里芬或鹿角羊（goat-stags）。[9] 赶车者的叫喊声和车上饰品的叮当声，几公里外都听得见。这些斯巴达年轻人为纪念海伦而展开了一场比赛，比赛的路线从斯巴达郊外一直延伸到阿米克莱，或到海伦的圣所（eis to Helenes）。[10] 比赛很受欢迎，竞争非常激烈。这里和雅典有天壤之别，那里的妇女只有在参加婚礼和葬礼时才被允许坐马车。

* * *

在青铜时代的阿米克莱或者就在斯巴达的某处地方，聚集着大批的追求者，迈锡尼世界最优秀的男子齐聚此地，个个满头大汗、神情紧张，这个画面非常生动，也启发了西方最初的一批知名作家。赫西俄德列出了为争夺斯巴达公主而"初次"见面的一众英雄的名单——因为，当然了，他们还将在特洛伊的战场上为争夺海伦而再次碰面。他提到了一名追求者，菲罗克忒忒斯（Philoctetes），接着很快便用优美的笔触描绘起英雄们竞争的目标来。在这一连串的精英名士之中，赫西俄德很少提到海伦的美貌。她长着"匀称的脚踝""茂密的头发"，"是个名满天下的女孩"。[11]

赫西俄德的诗只留下一些片段，因此我们无法追踪到完整的英雄名单，尽管根据传说，所有29岁到99岁的男子都参加了。海伦未来的丈夫，迈锡尼王子墨涅拉俄斯没有参加，但他那个比他有钱的哥哥阿伽门农来了。[12] 阿喀琉斯因为年纪太小而没有参加，他的缺席引人注目。赫西俄德在旁白中讽刺说，墨涅拉俄斯幸运地得到了海伦："墨涅拉俄斯不可能夺得海伦，其他任何凡夫俗子都不可能得到她，如果健步如飞的阿喀琉斯从佩立翁（Pelion）回来并见到海伦的话。"[13]

故事中的每个英雄和每个部落领袖都有自己的一帮随从（etai）。这是一个社会阶层，相当于青铜时代晚期的赫科台（hequetai，似乎是一个驾驶战车的武士阶层）。这类比赛并非古代人凭空想象出来的。为了筛选出强者，青铜时代的上层人物肯定都在激烈的体育比赛中交过手——从而判定谁才是他们这些贵族（aristocrats）中真正的佼佼者（古希腊语为"aristos"），谁又应当屈服（kratos）。我们在青铜时代的各种视觉资料中看到了一决雌雄的男人们，不是在战场上，而是在复杂而"友好"的比赛中，在以提升近距离搏击技巧为目的的交锋中。降伏式格斗、降伏式摔跤、一方持矛一方持盾的模拟战和拳击都很有代表性。这些比赛是重要的战前准备，同时也有助于鉴别出城堡中真正的"英雄"。这些比赛在古希腊语中被称为"agones"，这个词正是英语"agony"（极度痛苦）的词根，这个词根一定程度上传达了这种竞争的激烈程度。

这些衣着光鲜、昂首阔步地从彼此（可能还有海伦）面前走过的迈锡尼有为青年，身上应该穿着由麻或羊毛制成的褶裥短裙或者剪裁合身的束腰外衣。皮洛斯的壁画上画有穿黑色皮裙的男人，裙子上布满了坑坑点点，说明皮革提供了皮肤之外的第二层保护。似乎只有上层阶级才有可能穿打褶的外衣，下层阶级的服装要简单一些，上面偶尔装饰有穗子。劳动者只缠着一块裹腰布。[14]

荷马滔滔不绝地描述这些杰出人士在战场上聚集时给人的印象：“……用青铜武装起来的阿尔戈斯人。”[15] 1960 年，从阿尔戈利德地区的登德拉（Dendra），距离米德亚（Midea）的迈锡尼城堡不远处，传来了一个令人震惊的发现：一座青铜时代晚期的坟墓，里面藏有一副公元前 1400 年左右的武士的精美铠甲。遗址前面那座凋敝的村庄有着破败的旧世界的迷人风貌，毗邻遗址的小片耕地已近抛荒，骨瘦如柴的母鸡在生锈的汽车旁啄食，没有什么可以使你联想到几码之外那副刚出土的铠甲的华丽和庄严。青铜薄片的厚度达到一毫米，这些精心打制的金属薄片，加上皮质的衬里和花边后被缝在一起，高高的领子把嘴唇和下巴完全遮住。这件铠甲给人的整体印象是大胆和残忍的——目的就是使人望而生畏。

这件 3500 岁的精美铠甲，现正静静地躺在纳夫普利翁博物馆（Nafplion Museum）一楼的地板上，距离发现地半小时的车程。纳夫普利翁博物馆面向镇中心的广场，后者是个明亮而又生机勃勃的地方，卖冰激凌和辛辣咖啡的摊贩营业到很晚。这里的大多数娱乐活动都是既新鲜又吵闹。有儿童精品店、餐馆酒吧，和为数不多的卖五颜六色手玩念珠（komboloi）的商店。博物馆里的这副盔甲虽然是这里年纪最大的居民之一，但是却显得格格不入：由于长年埋在地下，盔甲已经晦暗褪色，显得陌生、了无生气，而又非常笨重。但是，请和荷马一样，想象一下青铜崭新和擦拭得铮亮的样子，这副铠甲将立刻闪现出生命的光辉：

　　当贪婪的火苗撕开高山上

参天的林木，烈焰在数英里之外燃烧，

行军的士兵身上的青铜盔甲发出的光芒，

辉煌而又神奇，不仅照亮了整片大地，

还向天上射出耀眼的光。[16]

在登德拉还发现了青铜护颊碎片（荷马史诗中称为"chalkoparios"，意思是"黄铜做的脸颊"），用来系在野猪獠牙制成的头盔上。荷马的描述和比他早 500 年的现有考古学样本完全吻合。[17] 瞧，大约 40 根劈开的獠牙沿着一个同心圆围成一圈，制作一个头盔需要屠杀多达十头野猪。坚硬的野猪獠牙形成一个屏障，将脑袋守护在中间，这些獠牙也具有象征意义。在所有对青铜时代的居民具有致命威胁的动物之中，最经常遇到的就是脾气暴躁而又好战的野猪。我们在分析史前狩猎技巧时，一名动物行为学家曾经告诉我，他宁可和一群狼一起关在笼子里，也不愿被一群野猪围在中间。[18] 野猪牙头盔暗示着这是一名百发百中的猎手，还是一名勇士，他身上带有一种可怕动物的战斗精神。

一场在青铜时代为海伦这样的女人（一位斯巴达的女继承人）而举行的比武招亲大赛，将会引发一番额外的精心打扮和故作姿态，因为毫无必要的夸示正是其重点。华丽的铠甲（如登德拉发现的那副）和猪牙头盔将被拂去尘埃，招摇过市地走在队伍的最前列。在一个人际关系靠礼尚往来维持的社会，像海伦这种独一无二的战利品只会吸引那些能承诺大量物质回报的人。[19] 一名性发育业已成熟的公主，一个活生生的宝贝人儿，即将和另一个家族的成员联姻，为了配得上这一荣誉，他和他的家人必须盛装出席，并且花起钱来毫不心疼才是。当廷达瑞俄斯打开大门，笑迎四方的希腊宾客时，他心里一定在说"但愿最富的那个取胜"。

＊　＊　＊

　　在迈锡尼时代的希腊，货币尚未发明。因此青铜时代的英雄只能用其他方法给别人留下深刻印象。最近的发现表明，除了赠送礼物，还有一种社交展示的方式，一种展示自己高人一等的方式，很可能就是骑术。公元前 13 世纪，骑术在博斯普鲁斯海峡（Bosphorus）以东已经非常发达，然而在希腊大陆似乎才刚刚起步。[20] 许多壁画、印章石和墓碑都描绘了迈锡尼人驾驶两轮马车的形象，但是直到 20 世纪中期，都没有发现骑马者的形象。1953 年，在迈锡尼发现了一座一个人全副铠甲骑在马上的小型雕塑。[21] 40 年后又有了意外的发现：在迈萨纳（Methana）附近圣康斯坦丁诺斯（Agios Konstantinos）的一座神庙的破坏层中，挖出了 5 尊小泥人，每一尊都是一个骑马人。骑手高高地坐在马上，他们的手臂在马肩上方挥舞，手则伸进马鬃里。其中一尊尤为特别，骑手看起来好像半站立着，身体以流线型的姿势靠在马脖子上，这是骑手比赛获胜时的姿态。[22]

　　这些人的动作和姿势并非试探性的，而是显得非常自信。骑马可能还是一种新鲜事物，其技术尚在摸索之中，然而这些人却熟练地控制着自己胯下的坐骑。迈萨纳的发现使我们明白，青铜时代晚期的希腊大陆有一群经过精挑细选的会骑马的人，而且骑得很好。掌握这种新型的交通和战斗工具，不仅是上层社会的特权，还是他们独特的标志。荷马形容阿伽门农的父亲，迈锡尼国王，如"骏马之国阿尔戈斯"[24] 的"优秀驯马师"，[23] 这一描述现在看来颇为恰当。我们确实可以想象迈锡尼的英雄们骑着马穿行于伯罗奔尼撒半岛的领土上，宣示自己高贵身份的样子。[25]

　　这些急切的求婚者声势浩大地穿过泰伊格坦平原来到斯巴达，他们的马匹唾沫星子四溅、色彩斑斓，后面还有一车为求婚而准备

76

的礼物，这个景象肯定令人印象深刻。[26] 他们全都渴望摘取桂冠，迎娶一位绝世美貌的公主，成为这个美女的主人。公元前 7 世纪，赫西俄德把男性的性意象（长矛）与海伦天赐的魅力结合在一起，出色地再现了这个令人激动的时刻：

> ……长矛兵的首领菲罗克忒忒斯找到她，
> ……他是最著名的男人
> 善于从远处用锋利的长矛射击。
> 他来到廷达俄瑞斯这座辉煌的城市，
> 为了那个美丽如金发阿佛洛狄忒，
> 眼神明亮如美惠三女神（Graces）
> 的阿尔戈斯少女［海伦］。[27]

　　然而，他们骑马进入斯巴达的疆界，为了争夺公主而举行的搏击、赛跑、唱歌和出价尚未开始，斯巴达的老国王廷达俄瑞斯便跟他们约法三章。由于只有一人胜出，许多人将铩羽而归，他们必须发誓永远忠于那位胜利者。即使他们不够幸运，没能得到海伦，他们也应该忠于彼此，在对方需要时出手相助，不能让嫉妒使他们分裂。[28] 为了显示这份契约的重要性，廷达瑞俄斯宰了一匹马。[29] 希腊的英雄们将信守诺言。

77

10

王位继承人

> ［廷达瑞俄斯］告诉女儿，让阿佛洛狄忒的薰风想怎么吹怎么吹，让她从求婚者中选一个丈夫。她选了——墨涅拉俄斯——我诅咒他梦想成真的这一天。因此帕里斯——你已经知道故事了——这个认定海伦就是三女神化身的人，从特洛伊动身前往斯巴达。他的长袍上点缀着熠熠生辉的花朵；黄金闪耀着奢华的光。
>
> 他爱海伦，她也爱他。
>
> ——欧里庇得斯，《伊菲革涅亚在奥利斯》
>
> （*Iphigeneia in Aulis*）[1]，公元前 5 世纪

在青铜时代的大型社交场合上，才艺展示是一个固定项目。[2]为了帮我弄清楚这意味着什么，一群研究健身实验的考古学家为我安排了一场摔跤表演。[3]在雅典郊外一个安静的体育馆里，他们展示了自己从青铜时代的视觉资源中辛苦推导出来的擒拿和移动技术。[4]我知道这些都是模拟演示，我以为会看到一些夸张而戏剧性的东西。但是这些人在摔投对方时，力气却大得可怕。每一次被摔

出去，他们总是背部重重着地；他们用各式各样的擒拿动作挤压和按住对方，他们的皮肤起皱、鼓起、涨成了紫色。青铜时代晚期的男性骨骼通常都伴有严重的外伤，颈部、下胸椎和腰椎的骨结节说明他们在这类训练中劳累过度[5]，他们的一些伤口并非作战所致，而是类似的"嬉戏打闹"造成的。

这就是古人认为的争夺海伦的方式，通过金钱和体力。这场牵手海伦的英雄大赛是如此具有标志性，以至于在1000年后的古希腊一再上演。公元前5世纪，希腊街头流传着一个比喻："希波克莱德斯（Hippokleides）才不在乎这些呢"，意思和我们的"毫不在乎"相接近。历史学家希罗多德告诉了我们这个典故的出处。公元前6世纪初，伯罗奔尼撒半岛东北部西锡安（Sicyon）的暴君克利斯提尼（Cleisthenes）举办了一场求婚比赛，和廷达瑞俄斯为海伦举办的那场比武招亲大会非常相似。[6] 全希腊的"勇士"（manly worth）均接到邀请，参加暴君举办的这场摔跤、赛跑和力量比赛。晚上暴君则在餐桌旁考察他们的社交和音乐才能。

虽然选拔的过程非常严格，但经过整整一年的摔跤、拳击和打斗之后，还是有许多人没有倒下。现在该由克利斯提尼挑选出那名幸运的新郎了。暴君当起了裁判，他仔细审视了所有的竞争者，最后决定由来自雅典的希波克莱德斯胜出。克利斯提尼宰了100头牛，大摆喜宴，正当他准备向新女婿敬酒时，局面变得有些失控。希波克莱德斯（人们猜测他已经喝了太多酒）开始胡闹起来，在桌子上跳舞，摆出各种可笑的姿势，最后干脆头顶着凳子，腾空扭起了屁股和双腿。克利斯提尼震惊之余，撤销了希波克莱德斯的桂冠头衔，重新为女儿挑选了一位稳重而又礼貌的男子。据说这个傻瓜回了一句："希波克莱德斯才不在乎这些呢。"人们想知道第二天醒来后，顶着头痛欲裂的脑袋，看着形单影只的床铺，摸着空荡荡的口袋，这位爱开玩笑的年轻人是否还会这么冷静。

　　虽然有大量生动的文字描述了古典和史前时期的求婚比赛，但婚姻依旧是青铜时代晚期"看不见"的几种活动之一，同时期迈锡尼文献的缺乏令人感到沮丧。对赫梯和埃及宫廷贵族之间联合的详细描写，如政治的权宜、男欢女爱，甚至富有浪漫色彩的，均保留了下来，迈锡尼的却没有。由于缺乏当时的书面证据，我们只好从现有的唯一资料，即希腊的史诗故事中寻找线索。[7]

　　我们一再从文学和神话故事中听说，女人是王位继承人，即王位不是由丈夫传给儿子，而是由母亲传给女儿。男人只有通过迎娶妻子才能获得王位。海伦同母异父的妹妹克吕泰涅斯特拉趁自己的丈夫阿伽门农在特洛伊打仗之机，让情人埃癸斯托斯当上了国王；珀罗普斯（伯罗奔尼撒半岛的名字即来源于他）通过和希波达弥亚结婚，成了伊利斯（Elis）的国王；俄狄浦斯（Oedipus）在娶了伊俄卡斯忒王后（Queen Jocasta）之后，当上了底比斯的国王。就连忠贞的珀涅罗珀（Penelope），在被奥德修斯留在家里之后，似乎也有权选择自己的下一个国王。而墨涅拉俄斯则在娶了海伦之后，理所当然地成了斯巴达的国王。

　　传说除了海伦和克吕泰涅斯特拉两个女儿，廷达瑞俄斯还有两个儿子——卡斯托耳和波吕丢刻斯。然而没有迹象表明父亲死后他们会继承他的王位。将成为女王的是海伦，只有和海伦结婚，才能获得王族的身份和统治斯巴达的权力。我们从进一步阐述荷马史诗[8]的帕萨尼亚斯那了解到，[9]继承王位的不是墨涅拉俄斯的儿子，就连他"最宠爱的儿子"也无缘成为斯巴达的国王。[10]反而是海伦的女儿赫尔迈厄尼继承了王位。而只有当俄瑞斯忒斯娶了赫尔迈厄尼之后，他才反过来成为斯巴达的统治者。

　　我们从文献资料中了解到，希腊各地的年轻人似乎可以随意流动（尽管已经通过和出身高贵的女继承人结婚而在当地生根发芽）并一直和自己家族保持着密切的联系。他可能借助妻子的地位而成为迈锡尼、斯巴达或者阿尔戈斯的统治者，但他的荣誉和财产也来自他的豪门出身。忠诚的纽带并不是一条直线，而是在政治和地理上有许多分叉，像一张细密的网，把整个爱琴海地区罩在里面。

荷马说青铜时代晚期的政治是家族性的，并以"家族"（House）制为主导。出身于阿特柔斯家族的墨涅拉俄斯是斯巴达的国王，他的哥哥阿伽门农则是迈锡尼的国王。来自西锡安家族（Sicyon）的阿德拉斯托斯（Adrastus）就和女婿阿尔戈斯的狄俄墨得斯（Diomedes）一直保持着联系。如果我们假设王位由女性继承，那么通过让王子们与希腊各地的富有贵族联姻，将产生一个强大的权力网络。而且，既然男性没有继承权，就可以避免诸子之间因为继承权而产生激烈的争吵。

奔走于伯罗奔尼撒半岛各个迈锡尼权力家族的遗址之间，我们清楚地认识到，肯定存在某种信任体系，阻止了这些组织对领土和资源的激烈争夺。每座城堡基本上都是自给自足，然而国与国之间那些可耕种的土地显得非常宝贵。走一趟阿尔戈斯到迈锡尼的旧国道，你将彻底了解这一带的地形是多么广袤而难以耕种。这里的山脉像一道道连绵不绝的屏障。对于青铜时代晚期的居民来说，在没有血缘关系这一强力纽带时，那些地理界线为防卫和政治分野提供了一个极好的机会。

80　　　然而迈锡尼人彼此之间显然有合作。公元前1450年，他们已经完全占领了克里特岛。接下来几百年，他们也是带着这种扩张的心态望着东面的安纳托利亚。[11] 米利都和穆斯凯比（Muskebi）这两个安纳托利亚城市无疑在迈锡尼的控制之下。青铜时代晚期，基于某种默契，希腊大陆上不同的组织之间能够展开联合行动。也许纵横交错的姻亲纽带和父系纽带结成的信任关系，解释了他们为什么可以对克里特岛这类富庶的国家，甚至特洛伊这类诱人的异邦城市采取统一的军事行动。

* * *

如果这就是迈锡尼时代希腊王朝政治的真实写照，那么在这样的背景之下，海伦这样的女人就不仅仅是束手就擒的绝色美女了。《伊利亚特》中有 17 次提到海伦，8 次把她的名字和"*ktema*"（意为"金银财宝"）这个词联系在一起。[12] 这笔财富——帕里斯在博得斯巴达王后的芳心后偷偷将之运往特洛伊——并不是墨涅拉俄斯的，而是海伦的。我们在特洛伊听说帕里斯开始"和墨涅拉俄斯争夺海伦的财宝"。如果说金银财宝像个蜜罐，吸引着墨涅拉俄斯这些求婚者，那么海伦这样的女人似乎就是拥有和享受蜂蜜的人。[13]

线形文字 B 泥板[14] 上记录了数字惊人的拥有财产的女性。皮洛斯出土的一套和土地所有权有关的泥板上，[15] 写着两个女人拥有大片土地，其中一个叫卡帕蒂亚（Kapatija，"掌管钥匙的人"），另一个叫埃里塔（Erita，意为"女祭司"）。泥板上列出的那些拥有"onata"（即土地"收益"）的名单中，有半数都是女性的名字。[16] 这意味着女性可以是地主，并且有权开发她们的土地。

你可能认为，拥有这么多财富的女性有权决定自己要嫁给谁。在这个婚姻故事的一个版本中，[17] 海伦选出自己心仪的男子，并给他戴上花冠。[18] 欧里庇得斯选择了这个主题：他在《伊菲革涅亚在奥利斯》一剧[19]（本章开头即引用了他的台词）中说，海伦"选择"了阿特柔斯家的小儿子，那位迈锡尼的王子。然而，无论男方和女方谁做选择，海伦都将和城里最富有的那个男人结婚。我们听说阿伽门农的珍宝箱（来自迈锡尼的金银财宝）比所有其他对手的都要重，也因此，替"好战"（war-like）的弟弟墨涅拉俄斯[20] 争取到了有史以来最大的一份回礼。[21] 伟大的阿特柔斯家族用财富获得了全世界都想得到的美丽的海伦。婚礼的准备工作可以认真操办起来了。

11

王室婚礼

现在，在金发墨涅拉俄斯的斯巴达宫殿里，

出现了一群头上挽着风信子的女孩，她们

在他刚粉刷完毕的洞房外跳舞——

12名女孩均来自城内的顶级家族，她们代表着

斯巴达年轻女性的伟大荣光……

——忒奥克里托斯（Theocritus），《献给海伦的祝婚歌》[1]

（*Epithalamium for Helen*），公元前3世纪

公元前3世纪时，来自希腊和马其顿的托勒密家族控制了位于地中海沿岸亚历山大（Alexandria）的那个自信满满的埃及宫廷，并且资助了无数的诗人。忒奥克里托斯即其中之一，这个来自西西里叙拉古（Syracuse）的诗人亲切地描绘了斯巴达王后。他在《献给海伦的祝婚歌》[2]中用华丽的文字写道，斯巴达女孩在即将步入成年之际，重演了年轻的海伦成为新娘的那一刻。后来，斯巴达女孩则在自己的婚礼前夜唱起这些祝婚歌。

忒奥克里托斯这首诗的主角是 12 名少女，而诗句则写得热情洋溢。忒奥克里托斯显然受到公元前 7 世纪的诗人阿尔克曼的影响，[3] 他和这位古风时代的诗人一样，热衷于发掘场景和人物的梦幻潜能。[4] 忒奥克里托斯对海伦的描写是偶像式和牧歌式的：她的美如黎明，如花园中的柏树，如冬天过后悄然来临的春天。这些女孩对海伦的思念，就像羊羔对母亲乳头的渴望一样温柔。[5]

随着情节的发展，这 12 名少女把橄榄油浇在一棵神圣的梧桐树四周，并把海伦的名字刻在树皮上。我们可能会以为她们刻的是"海伦爱墨涅拉俄斯"这类浪漫文字，但其实受到崇拜的是这棵树本身——希腊青铜时代和古典时代的生育力象征，可能也被认为是海伦精神的化身。这里出现了一个三角关系，这三个人不是海伦、墨涅拉俄斯和帕里斯，而是海伦、年轻的斯巴达女孩和大自然。

> 为了先献给您［海伦］，我们将用那些生长在地面附近的   82
> 忘忧花编一个花环，
> 并把它挂在阴凉的梧桐树上。
> 我们先从银瓶倒出橄榄油
> 然后把它洒在阴凉的梧桐树下。
> 为了让过路人看到，
> 我们将用多利安文（Dorian）在树皮上刻写，
> "敬畏我。我是海伦之树。"[6]

忘忧花、橄榄油，这些斯巴达女孩结婚的先兆显得性感而阴凉，然而总体而言，古典时期斯巴达人的婚礼恰恰并非如此。希腊作家普鲁塔克（Plutarch）告诉我们，斯巴达人"用掳掠的方式"来确认婚姻。这个在我们看来非常奇特的习俗是这样的：女孩长到 18 岁，会被打扮成男孩，[7] 被人从自己的住所带往她所选择的丈夫家里。[8]

房间里没有一丝光亮。人们剃掉她的头发，让她躺在草垫上，把她单独留在黑暗的房间里。她未来的丈夫将从全是男性的军营赶回来；在一些版本里，他会从一群女孩中"掳走"那个和自己订过婚的女孩。接着他会和这个"雌雄莫辨"的新娘圆房。和她发生性关系后（一些资料认为是肛交，有时候是在大腿之间，并非从阴道插入），他就走了。9 这对新人现在算是结婚了，但是却很少见面。新郎回到同伴当中，即 7—30 岁斯巴达男性生活的纯男性训练营。新婚夫妇每隔几个月见一次面，过过性生活，人们认为禁欲可以使后代更有活力。

　　掳掠式婚姻可能听起来有些羞辱，但是为什么要在婚恋舞台上煞费苦心地上演这一幕，有两个可能：第一是女扮男装的少女可能会使年轻的斯巴达男子不那么慌张，因为后者只与男性长者有过亲密的身体接触和情感关系，他们从 7 岁起就完全和女性断绝了联系。第二是通过剃光头和穿男性服装，斯巴达女孩作为斯巴达公民重要一员的身份得到了确认。斯巴达妇女婚后一直剃光头。这并非羞辱，而是在两性契约中"上升"到了和男性同样的地位。10

　　婚礼前夜，新娘会和女伴们一起唱歌跳舞。考虑到海伦自身丰富多彩的历史（尤其是她为了一名东方王子而抛弃了斯巴达国王）在这种场合吟诵忒奥克里托斯的《献给海伦的祝婚歌》显得有些令人难以置信，可能还有些奇怪，因为斯巴达男子居然乐于听到自己的女人在结婚前夜援引她为榜样。婚礼前夜选择一位任性的已婚妇女作为新娘的引导者确实令人感到意外，但是我们必须时刻记得从斯巴达人的眼光来看海伦。她尚未成为那个千百年后隐藏在人们愤怒之下的无耻娼妓，而是一个更加高贵的海伦，一个热情的女人，一股散发性感魅力的源泉，一股令人无法抗拒的自然力量。

　　《献给海伦的祝婚歌》中有个十分有趣的地方：性格保守而又喝得醉醺醺的墨涅拉俄斯应该早早就上床了，海伦则和一班亲密的朋友嬉闹到很晚。墨涅拉俄斯无关紧要，海伦则是全场的焦点，而且很可能是发号施令的人。诗歌描写了一个聪明而幸运的女人。年轻的朋友们在一起回忆她们一起参加的赛跑，她们的身体因为涂了橄榄油而闪闪发光。斯巴达公主非常开心，她正和一班少女朋友共度这难忘的最后一晚，明天她将成为人家的妻子。

然而夜晚终将过去，黎明必定会来：墨涅拉俄斯将从昏睡中醒来，海伦不得不离开女伴们；她必须结婚了。[11]墨涅拉俄斯把"备受喜爱的海伦"[12]迎进洞房，并把门锁上。少女们用风信子的鲜花编织花环，海伦戴着无忧果花冠，盛大的婚礼开始了。

* * *

为了庆祝这样一场婚姻，青铜时代的斯巴达统治家族将会准备一场荷马称为"gamos"或"gamelia"的盛宴——意思是婚礼或婚宴。随着对线形文字 B 泥板研究的深入，人们发现，在迈锡尼城堡中举办宴会显然是项浩大的工程，有时需同时招待数千人。当举办大型宴会时，会从宫廷内部抽调额外的人手帮忙。我们甚至有证据显示他们从外地运了许多床架过来——几乎可以肯定这些就是工人睡的简陋床铺，[13]为尊贵的客人准备的寝具则要更高档一些。

通过分析陶器碎片内壁残留物，我们知道了一部分在宾客间传递的菜肴：加了孜然、西芹和芫荽的扁豆汤，鹰嘴豆煎饼，烤肉和炖水果，烤野猪、野兔、鸭子和鹿肉。[14]许多菜肴并不一定由部族首领准备——这些通常都是自带食物的宴会，[15]为了提升社会地位，宾客们争相带来奢侈的菜肴。[16]部族领袖只能通过自己设法从民众那儿收集到的食物数量来显示自己的地位。例如，有的人可能会送来一只羊。[17]那些拥有更多实力和资源以满足自己野心的人，将被誉为最慷慨的人，并显示在泥板上：1 头奶牛、2 头公牛、13 头猪（1头肥猪）、1 只母羊、15 只公羊、13 只公山羊和 8 只羊羔，更不用

84

说 375 升左右的葡萄酒和 1000 多升的橄榄油了。[18] 这些个人捐赠
者的名字有时会被详细记录下来，这是一个人人渴望栖身其中的优
秀名单。关于这些泥板上刻的是强制性的应交税项还是博取名声的
礼物，研究线形文字 B 的专家们依然争论不休。然而，不管这些食
物是自愿带来的，还是应该带来的，无法否认的一点是，它们的数
量都非常庞大。[19] 皮洛斯出土的一块泥板上刻着用作牺牲的动物清单
（公牛、绵羊、山羊和一头肥猪），这些动物将产出 1600 公斤可供食
用的肉。[20] 每一头动物被选中都是因为它们具有理想的特征。[21]

　　宫殿式城堡的入口非常宽，是为了让牺畜快速通过所以如此设
计的吗？涌入城堡或指定屠宰场的牺畜，在闻到前方散发的死亡气
味时肯定会有一阵恐慌，纷纷在满是粪便和血水的石板地上滑倒。
在被吃掉之前，牺畜会被按照规矩先用祭祀工具屠宰：克里特产
的锋利斧头、刀和贴着金箔的锁链。[22] 几乎可以肯定，皮洛斯出
土的碳化动物遗骸告诉我们，煮熟的供品，包括牛舌，都会进献
给神灵。[23] 克里特岛的一具石棺刻画了一个女人在祭坛上挥刀屠宰
的情景；如果我们打算设想一下海伦在青铜时代晚期主持大型宴会
的情景，或许就是她自己的婚礼，我们应该想象她手里拿着一把祭
祀专用刀的样子。[24]

　　荷马花了很多笔墨描写他的英雄主角们大口吃肉的情景。多年
来人们都认为这是史诗式的夸张，而且实际上，希腊上层人士的食
谱主要由蔬菜和一种水果粥组成。现在，线形文字 B 泥板提供的资
料和骨骼分析显示，海伦及其同伴都是坚定不移的食肉动物，同时
酒也喝得很凶。[25] 皮洛斯的涅斯托耳宫殿不得不专门开辟一个地方，
用来储存 2856 只基里克斯陶杯（kylikes，高脚酒杯）。1939 年，宫
殿第一次挖掘时，人们发现这些酒杯整齐地叠放在储藏室里，有些
甚至没有用过。有一块泥板上似乎刻着为宾客们准备了 1700 多升
的葡萄酒。[26] 许多杯子残留的有机物的分析显示，除了纯葡萄酒，

迈锡尼人还饮用一种由蜂蜜酒和松香味葡萄酒勾兑而成的致命鸡尾酒，[27] 这一配方令人想起了《伊利亚特》中英雄们畅饮的"蜂蜜醇酒"（*honeyed, mellow wine*）。[28] 克诺索斯宫殿有一幅残缺的壁画，85 画中的贵族们坐在凳子上，各自拿着深深的酒杯啜饮。[29]

　　在大型宴会上，社会地位较高的人距离宴会的中心人物也更近。一些人会在外面的庭院里用餐，这些穷人感激地吃着罐里和杯里的食物，他们的粗陶餐具均来自附近的房间，可能就是用来招待他们的。[30] 出身底层的人从这里依然可以感受到首领的善心，也许能瞥见端坐在金碧辉煌的正厅中央的国王和王后本人，或者至少可以看到侍者端着盛有他们食物的熠熠发光的漂亮金属器皿[31]，在人群中穿梭，给他们上菜的景象。[32] 荷马对豪华婚宴上的社会隔离现象所作的细致描绘，在考古发现中一一得到了证实。[33]

> 多么美妙，此时坐在这里听这样一位诗人
> 吟唱——他的歌喉婉转如天使。
> 要我说，这就是完满的人生。没有什么
> 比这更美好的了，王国处处洋溢着喜悦的气氛，
> 宫殿上下坐满了宾客，
> 他们都被歌声迷住了，面前的桌子上
> 摆满了面包和熟肉，穿梭于人群之中的侍者
> 不断地从调酒缸里舀酒，以保证每只酒杯都是满的。
> 在我看来，人生至乐莫过于此。[34]

　　荷马告诉我们，在海伦和墨涅拉俄斯这样的婚宴上，除了食物，还会有音乐和歌声。"众神让音乐和宴会相伴相随，"[35] 奥德修斯说。他形容里拉琴和长笛伴奏下的婚歌（*hymenaios*），在火炬和旋转的舞者的衬托下，如一场舞台剧那么壮观。[36] 考古发现显示，海伦这

类高贵女子的生活确实有各种各样复杂的背景音乐做陪衬：金属和黏土制成的拨浪鼓、指钹、河马牙齿做的哨子，以及用作里拉琴共鸣箱的龟甲，全都保存了下来。[37] 米诺斯出土了一块令人浮想联翩的印章石，上面似乎刻着一个女孩吹着特里同螺（triton shell），走在队伍的前列。[38] 特里同螺（或者其他海螺）既用作奠酒的器皿，又用作酒杯；这个女孩可能在用螺壳喝酒，或者用它来发出一种罕见的声音。在克里特圣尼古拉奥斯（Agios Nikolaos）的博物馆中，有一只精美的人造海螺，这说明那枚印章石上刻的，确实是一个年轻女孩走在乐队前面的形象。[39] 这只海螺独自骄傲地占据了一个展柜，它是由能工巧匠从一块蛇纹石雕刻出来的。[40] 这只实心的海螺有好几公斤重，表面刻满了魔鬼和海洋生物。它的形状和奠酒器一模一样，一侧有孔，形成一个完美的吹口。一名博物馆工作人员确实为我们吹响了这只海螺，声音有些诡异。

　　里拉琴是青铜时代晚期最常见的一种乐器。海伦的传奇故事本身就是适于用里拉琴伴奏的——吟游诗人撰写歌词，和着里拉琴演唱。荷马想象自己笔下的神灵和英雄们"在精美的里拉琴上弹奏出有力而清晰的音符"：阿喀琉斯弹琴是为了"愉悦自己的身心"[41]，而帕里斯弹琴是为了取悦海伦，这个形象长期以来启迪了无数人。据说公元前 334 年亚历山大大帝登陆特洛伊时，特洛伊的首领为了欢迎他，特意献上了特洛伊王子为"全世界渴望的人"弹奏的那把里拉琴。[42] 据传，因为喜欢男性而为人们所津津乐道的亚历山大回答说，他更喜欢阿喀琉斯用来追求其爱人勇士帕特洛克罗斯（Patroclus）的那把琴。

　　据说，帕里斯年轻时在特洛伊周围的乡下放羊时学会了一手能勾人魂魄的琴技。淳朴的特洛伊王子那时还不知道海伦的存在，快乐地弹着里拉琴。这个形象在古代相当受欢迎，一再出现在公元前 6 世纪之后的陶瓶上。我们从许多瓶画中了解到海伦故事接下来发

生的一幕：帕里斯正独自一人坐在岩石上，这时来了 3 位女神，她
们刚参加完佩立翁山（Mount Pelion）的一场婚礼，正匆匆赶来给
小伙子布置一个艰巨的任务，这个任务将把他带到海伦的床前。现
存卢浮宫的一只陶瓶上画着特洛伊王子为眼前的这个任务吓坏了，
他明智地拿起里拉琴，匆忙准备逃走。[43]

2000 多年后的 1788 年，法国画家雅克－路易·大卫以帕里斯和
他的里拉琴为主题，绘制了一幅油画（参见插图 4）。[44] 这幅画散发
着浓郁的浪漫和性感气息，画中海伦和帕里斯这对年轻的恋人正温
柔地纠缠在一起。帕里斯身上只披着一块布，但是大腿上却架着一
把沉重的里拉琴，仿佛勃起的阴茎。一眼望过去，这幅画比同在 75
厅展出的其他大卫杰作更加甜美，也更加亲密。这对恋人互相偎依着，
但他们的表情看起来既满足又平静；画家使用了温暖而柔和的色彩。
画的标题《帕里斯和海伦的爱情》（Les Amours de Paris et d'Hélène）
起得非常合适。帕里斯的脸上洋溢着幸福，海伦的薄纱裙子已经从
一只肩膀滑落，水流正注入这对多情的恋人面前的浴池。

帕里斯心无旁骛地定睛凝视着海伦，海伦则目光低垂，似乎在   87
想什么。这是现存海伦画像中最感性的一幅。她的神态有一丝顺从
的味道，这样的海伦既是征服者又是被征服者。诱拐这一瞬间动作
被一个更大的问题所吞没：身为全世界最美丽的女人所带来的麻烦。

* * *

我们知道，荷马等铁器时代的诗人一边弹着里拉琴，一边吟唱
海伦——"这给人带来麻烦的美丽"。但是青铜时代的情况如何呢：
抒情诗人果真是海伦生活的时代的一个特色吗？[45] 帕里斯可能用甜
美的歌声向海伦求爱吗？海伦是不是青铜时代的诗人吟唱的一个故
事？里拉琴在青铜时代晚期肯定已经出现；迈锡尼的遗址中曾发现

过里拉琴的碎片，它们的形象出现在美术作品中，而可能是作为向神灵还愿的供品的微型里拉琴，则散落在神庙四周。[46]

或许里拉琴乐师和歌手如目击证人一般记录下了迈锡尼人的事迹。即使《伊利亚特》最早成书于公元前 8 世纪或前 7 世纪，有没有可能这些故事正是从迈锡尼的宫殿里传出来的呢？1953 年，皮洛斯发现了一幅画有吟游诗人及其里拉琴的残缺壁画，与那幅两个贵族在饮酒、一头公牛被捆绑着准备献祭的壁画同属一组，这个发现引起了考古界的一阵激动。在迈锡尼一座宫殿建筑群的正中央，突然发现了一名公元前 13 世纪的吟游诗人兼歌者，他的工作是歌颂自己的宫廷恩主，为他们讲解过去和现在发生的事作为消遣。这个人就这样被画在了王座所在的正厅的墙上，[47] 他可能一字不差地讲述了自己的国王和王后的故事。或许正是这些人传播了青铜时代海伦故事的雏形。

因此，和青铜时代晚期贵族们吃的食物一样，我们也可以在脑海中描绘出宫廷乐师奏乐给婚礼助兴，歌手回忆起伟大祖先的事迹，同时赞美周围那些人的成就和抱负的一番景象。请想象一下，明亮而柔和的里拉琴声在宫殿四处飘散——扫弦（ioe，荷马语[48]）发出的音符溢出了中央大厅，又沿着走廊飘送到更远的地方。

"女人中的珍品"海伦已经名花有主。墨涅拉俄斯肯定会觉得自家兄弟的慷慨获得了多倍的回报。希腊化时代的诗人忒奥克里托斯想象，结婚当晚的墨涅拉俄斯"胸脯枕着乳房，呼吸中交织着爱与欲望"。[49] 这名阿特柔斯家族的小儿子获得了荣誉：他得到了这个女孩，还有众多竞争对手留下的一堆礼物，那些铩羽而归的追求者一个个都显得闷闷不乐。然而古代诗人的听众们知道一些墨涅拉俄斯所不知道的事；几年后，一次国际性侮辱将使忒奥克里托斯口中的这名"快乐新郎"[50] 东征 800 多公里，只希望能够重新夺回自己的妻子、财产和名誉。

第四部分

考罗卓芙丝

三人牙雕组件，由两名妇女和一名女孩组成，是希腊艺术品中最早的立体雕刻之一，一些人认为雕刻的人物是女神。约公元前 1350 年，现藏于雅典国家考古博物馆，拍摄者：Zde。

12

赫尔迈厄尼

让那些鲁莽的人喝没发酵的酒，

我要喝醇美的陈年佳酿。

只有参天大树才能阻挡灼热的阳光，

刚播种的草地会使光脚丫感到不舒服。

如果海伦任人予取予求，谁会要赫尔迈厄尼？

——奥维德，《爱的艺术》(*The Art of Love*)[1]

公元前或公元1世纪

    灾难来临前，诗人们让海伦和墨涅拉俄斯度过了一段快乐时光。夫妇俩在斯巴达王宫生了一个小孩，是个美丽的女儿，名叫赫尔迈厄尼。[2]赫西俄德告诉我们，这是一次艰难的分娩："她在他的府邸生下有着美丽脚踝的赫尔迈厄尼，然而生产的过程令人感到绝望。"[3]艰难而可怕。荷马在《伊利亚特》中不经意讲出墨涅拉俄斯和女奴生了一个儿子 [墨伽彭忒斯 (Megapenthes)——"巨大的悲痛"]后，说了下面这段话：[4]

> 海伦生下第一个孩子，
>
> 和阿佛洛狄忒一样的金发美女，
>
> 在惊人美貌的赫尔迈厄尼之后，
>
> 众神就没有给她更多子嗣。

为了解决生育问题，史诗时代的海伦和我们青铜时代的王后都会向生育和分娩女神厄勒提亚许愿。这个名字的意思是"出现的人"或"到来的人"。这是一个首先在克里特岛出现的神祇，她在线形文字 B 泥板上的名字是"厄勒提亚"（*Eleuthia*）。[5] 厄勒提亚是个很受欢迎的女神，供奉她的祭坛遍布爱琴海地区。

公元前 6 世纪，一块凹凸不平的石头经过砍削，变成了一尊厄勒提亚的雕像：它现在孤零零地待在斯巴达博物馆，背靠侧墙而立。我有一次去博物馆参观时，发现管理员含糊其词，在旧纸板上写这是一尊"厄勒提亚／海伦／赫拉"的雕像。[6] 雕像的形态很美，而且有着无可辩驳的泥土气息。雕像的女阴处有一道深深的切痕，表明这名妇女正在分娩：站在她两侧的精灵正紧紧抓着她的腹部，希望减轻她分娩的剧痛。[7]

从斯巴达坐船向南行驶一天一夜之后，你将再次见到厄勒提亚。从克里特岛狭小的伊拉克利翁（Heraklion）机场朝内陆方向走大约半个小时，就到了一个名为厄勒提亚岩洞的地下洞穴，夏天这里挤满了游客，大部分是英国人。这个洞穴已经不再是正式的旅游景点，因此我们可以翻越路边的栏杆，从一小片茂密的橄榄林穿过去。洞里阴湿寒冷。眼睛逐渐适应了黑暗之后，我们隐隐看到了阴茎和阴户形状的石头。四面都是湿漉漉的石壁，淡绿色的液体正沿着岩石的表面往下滴。

遗留下来的供品表明，从公元前 3000 年起，这里一直是一处宗教圣地。洞内发现的陶器碎片，年代跨越了青铜时代和中世纪——

包括罗马帝国末期基督徒用过的油灯。克诺索斯的一块线形文字B 泥板表明，青铜时代晚期，人们会把蜂蜜带到洞里奉献给厄勒提亚。[8]《奥德赛》里面说这个洞穴是分娩女神常去的地方。[9] 洞穴的入口处有一块扁平的胃状岩石，5000 多年来被无数无名的信众摸得光滑：她们希望通过与此地的神灵接触而提高自己的生育能力。[10]

据说海伦被忒修斯强奸后，作为一名怀有身孕的 12 岁女子，海伦在阿尔戈斯建造了自己的厄勒提亚神庙。帕萨尼亚斯在希腊各地游历的时候提到过这个圣所 [11]：虽然这座神庙让人想起一名女孩被强奸和一名私生子出生的故事，但它依然是罗马时代民众祈祷的场所。[12]

* * *

而青铜时代的海伦到了 12 岁，也将担负起为斯巴达城堡产下子嗣的责任。青铜时代晚期的残骸表明，女人的预期寿命要短于男人，主要原因是不断的怀孕和生产所带来的损伤。考古学家对青铜时代晚期地中海东部地区妇女的骨骼材料进行过一次意义深远的调查，他们研究了受损的耻骨后得出结论，即妇女生前通常会怀孕 5 次。[13] 对这段时期的其他研究表明，妇女可能一年至少会生一个孩子。[14] 一名青铜时代晚期的贵族女性，她通常会在二十七八岁死去 [15]，永远不可能活到绝经期；她看上去永远都具有旺盛的生殖力。[16]

然而我们知道，青铜时代晚期的贵族女子却在努力避免自己怀孕：当时的社会上流传着一些避孕的秘方和小窍门。[17] 埃及人对此的记录尤为详细。由于和埃及之间经常有贸易往来，[18] 迈锡尼人绝对有可能学到埃及的避孕方法，它从大约公元前 1850 年起就不是什么秘密了。[19] 埃及的文献显示，埃及人曾和迈锡尼人统治下的米诺斯人交流避孕方法。[20] 在迈锡尼的祭坛附近，立着两根埃及的蓝绿色彩陶门柱，上面刻着阿蒙诺菲斯三世的王名和全名，门柱连接的房间有人说是埃及的"领事馆"，一个专门为埃及的利益斡旋和收集包括医学知识在内的情报的地方。[21]

　　埃及人喜欢使用栓剂（不管是塞入口中还是阴道）和膏药避孕。一些肯定让人避之唯恐不及，例如那些用大象或鳄鱼粪便做的药。然而老妪们偶尔知道自己在做什么：有种药剂中含有金合欢树的叶尖（含有阿拉伯树胶），叶子在发酵的过程中会产生乳酸——而乳酸是许多现代避孕药的有效成分。这些药膏和搽剂许多都用蜂蜜合成，并用天然海绵固定在适当位置——堪称蜂蜜胶囊的先驱，今天环保型避孕药的首选。

　　现有的资料无法证明迈锡尼人使用过避孕药，必须等到古典时代希腊人才会记录下他们的药方。一旦有了书面证据，有一点便很清楚，那就是许多女人在避孕和堕胎时使用多种药物；也就是说，她们将尽可能多的原料混合在一起，然后祈祷神灵保佑一切顺利。（她们）给子宫口抹上雪松树脂，用醋和油浸泡海绵，吃圣洁莓（*Vitex agnus castus*）[22]。根据许多古代文献所述，圣洁莓在分娩时能引起宫缩，促进乳汁分泌，可以用作早期流产或抑制性欲的药物（拉丁文的"*agnus*"即来自希腊文的"*agnos*"，意为"贞洁"）。现代研究显示，这种灌木的衍生物在一段时期内充当着荷尔蒙平衡剂的角色，而且确实被用来治疗许多妇科疾病。

　　关键是要对妇女使用的这些诀窍和方法进行管理，因为没有妇女的健康生产，古代社会将难以存续。因此，公元前5世纪的某个时候，《关于少女》[*Peri Partheniōn*，《希波克拉底文集》（*Hippocratic Corpus*）的一部分]，面世了。这篇文章讨论了月经、青少年的歇斯底里、正确对待处女膜的方法等问题，还有一些离奇的理论，包括月经周期期间子宫会在女性体内游走。在古代，女孩及其月经是

94

一桩令人感到困惑的严肃事件。

那些将为家族或族群诞下继承人的古希腊妇女都要定期接受身体检查。从女孩（parthenos）到女人（gyne）的转变以三次流血为标记：月经来潮、失去童真，以及分娩。[23] 家庭的其他成员会把这些步骤列成图表。而一个女人只有在她生完第一个孩子并正常地排出恶露之后，才会被认为是真正的妇女或妻子。希腊女性为了让自己的身体表现符合"正统"生理模式而承受着巨大的压力。

* * *

然而，在古希腊人流传下来的故事里，海伦经过了这项考验——她证明了自己能生育，而且在一个明显的母系社会里，她已经成功为斯巴达城堡产下一个继承人。赫尔迈厄尼显然继承了海伦完美而诱人的美貌，古代作家对女儿和对其母亲一样充满了幻想；看看罗马帝国的作家普鲁塔克引用索福克勒斯（Sophocles）的片段就知道了：

> ……那个年轻姑娘，她的袍子尚未缝合，
> 衣服的褶皱之间，露出
> 她光洁的大腿，赫尔迈厄尼。[24]

一些城镇以赫尔迈厄尼的名字命名，一些歌曲传颂着她的故事，还有一些和她有关的小小纪念品。在一张只写着下面几句话的断简残篇中，萨福[25] 把赫尔迈厄尼列入最漂亮的美人名单之中，"……［因为每当我］面对面看着你时，［就连］赫尔迈厄尼［似乎也无法］和你媲美，将你比作金发的海伦［似乎并无不妥］……"[26] 然而这个将被斯巴达王后抛弃的女孩永远也无法达到母亲那种偶像般的地

位。她长得妩媚动人，却缺乏母亲那种俘获男人的本领，即使有也失败了。首先，海伦的品行不端给她打上了屈辱的烙印。[27] 在欧里庇得斯的《海伦》(*Helen*) 一剧中，赫尔迈厄尼孤独地坐在斯巴达，她没有结婚，因为她有一个浪荡的母亲。[28] 从欧里庇得斯的另一部戏剧《安德洛玛刻》中，我们得知，她成年后便不再博得丈夫的欢心，因为她没有生育，被认为"身体不佳"。[29] 然而最重要的原因是，成千上万的男人为了海伦不惜赴汤蹈火，甚至去死，受到追捧的那个人是母亲。为海伦流的血放大了她的美貌。特洛伊战争结束后，海伦依然若无其事地生活着，然而许多人却认为赫尔迈厄尼的生活会被母亲犯下的罪行给毁了。赫尔迈厄尼是个无可指摘的美女，而她之所以让人觉得兴趣索然也正是由于这一点。

然而事实证明，千百年来，赫尔迈厄尼有效地反衬了海伦的不光彩行为。通过强调赫尔迈厄尼的无辜、被弃和牺牲，作家们终于真正把刀子插进了这位斯巴达王后的身体。罗马诗人奥维德在他的《拟情书》(一部虚构的古代名人往来书信的作品集)[30] 中，用他那聪明而巧妙的文笔，成功地唤起了人们对赫尔迈厄尼的同情：

> 噢，我的妈妈，你没有听到女儿的
> 牙牙学语，没有让她圈着你的脖子，
> 也没有把她抱在怀里；
> 养育我的并非你的双手；
> 我结婚时没有人给我铺床。
> 你回来时，我跑去见你——
> 说实话——我并不认识你。
> 你是我所见过的最美丽的女人，
> 你必须是海伦，
> 然而你却问哪个是你女儿。[31]

未能尽到做母亲的责任是海伦的又一个罪状。与往常一样，跟随她的脚步，你遇到的将不仅是历史和神话，还有那些谈论她的人的偏见。

13

一个可喜的负担

37 名澡堂服务人员

13 名女孩

15 名男孩

约 10661 斗小麦

约 10661 斗无花果

儿童减半

——线形文字 B 泥板 Ab553：配给妇女和

儿童的小麦和无花果，约公元前 1200 年

在遥远的过去，我们很难追踪到儿童的足迹，他们几乎没有留下任何声响。大多数情况下，在考古工作者接触到他们之前几百年，他们的尸体就已经被食腐动物啃光了，而他们的骨头也太脆弱，无法在考古记录中残留下来。然而，偶尔会有一丝意料之外的线索出现。克诺索斯的线形文字 B 泥板留下了他们稚嫩的手印，那是一群把泥板拍平，以供大人们书写的幼童。克里特岛哈尼亚的一座坟墓里，

埋葬着一个 19 岁的卑贱女子,和她躺在一起的,还有一个足月的胚胎,很可能是她的孩子。在这名妇女的手骨中间,掺杂着一根婴儿的腿骨。显然,有人认为让母子两人一起进入来世是件很重要的事。[1]

迈锡尼人的坟墓告诉了我们他们大部分的生活信息。然而令人沮丧的是,小孩子的坟墓却很少,而且由于史前普遍实行集体埋葬,再加上无数次的盗墓,对于找出婴儿的安葬形式,我们已经缺乏信心。一些坟墓非常简朴,另外一些却堆满了礼物。有的埋在墓穴里,有的埋在坑(在松软的岩石上凿的小洞)和石柜(石头砌成的长方形坟墓)里,有的甚至埋在地板下、墙后或者楼梯里。[2]

有个年纪大约五六岁,公元前 17 世纪死于迈锡尼的贵族女孩周围摆满了陶瓶。[3]她浑身珠光宝气:一条有蓝色吊坠的水晶项链,左手小指有一枚盘丝金戒指,头上戴着金质的玫瑰花环,太阳穴附近围着一圈半宝石,有玛瑙、紫水晶和水晶。[4]另有两具幼儿尸体埋在环形墓圈 A 的 3 号竖井墓(Shaft Grave III, Circle A)中,他们的身体上贴着没有任何修饰的金箔。幼儿的尸体早已不见,曾经是他们脸部所在的地方分别覆盖着一块更加精美的金箔。

一些儿童的尸体周围好像放有玩具[5],也许人们认为这些玩具是友好精灵的化身。[6]许多儿童墓穴还挖出了迈锡尼人的"奶瓶"。这些瓶子的构思都非常精巧,对于刚断奶的婴儿来说最为合适。许多瓶子里面残留有蜂蜜和乳制品,然而最近对残存在这些粗糙陶器内壁的有机物的分析结果显示,这些带有壶嘴的罐子装的东西五花八门,包括药酒。米德亚出土了一个有漂亮条纹的罐子[7],里面装的是大麦啤酒和蜂蜜酒的混合物,这是一种烈性的调制酒。把奶瓶用来装酒并不排除将其用于婴儿身上的可能。夭折的婴儿通常都有病。将药物和酒混在一起,很可能是为了让孩子在和致命的疾病或传染病搏斗时,感到不那么痛苦。

这是一个更高级的医学尚未发展起来的世界,有许多孩子死于疾病，尤其是穷人的孩子。在克里特岛的阿尔迈尼有一处迈锡尼人统治时期的墓地，科学家对墓地中的骨骼做了检测，检测的结果使我们知道了一个悲伤的故事。[8] 所有接受测试的人均生活于公元前1390—前1190年之间，有骨髓炎（骨髓受到感染）、布鲁氏菌病（喝了含有布鲁氏菌的牛奶后产生的类似流感的症状，甚至会导致中枢神经系统退化）和结核病，有营养不良、骨质疏松、坏血病、佝偻病、缺铁性贫血和癌症。从这个墓地抽取的调查样本中，两岁不到就夭折的孩子占40%，五岁不到就夭折的孩子占50%。[9]

即使是贵族阶层的孩子，生命也时刻面临着危险，但他们的生命却绝不廉价。有件迈锡尼文物透露给我们的不是漠不关心，而是亲切和善意，甚至可能暗示着宫廷文化中的母爱。这是一件小小的牙雕组件，上面原本有着五彩缤纷的颜色和嵌饰，于1939年在迈锡尼城堡中被发现。[10] 这个立体雕件刻着两个共围一条羊毛披肩的女人，她们拥抱着一个小孩，两个女人的神情既自豪又颇具保护性。这名女孩或男孩（尚未有定论，虽然这个孩子穿的的确是一般女孩的衣服）穿了一件束腰长裙，戴着和两位年长妇女非常相似的项链和耳坠。她或他趴在一名妇女的膝盖上，身子则靠在另一名妇女的大腿上，这是一种尽可能多地吸引成年人注意的幼稚动作。其中一名妇女手臂弯弯地搭在孩子的背上。她手指纤细，然而这个拥抱却很有力量。

不管这个场景展示的是神圣人物还是肉体凡胎，它都清楚地反映了人性的特征，以及对大人和孩子之间关系的敏锐观察。[11] 现在这组三人牙雕件存放在刚翻修过的阴凉的雅典国家考古博物馆内。然而即使在那里，隔着玻璃和安全警报器，不再任人触摸，她们依然散发着亲昵的气息。

第一次看到这组雕件时，[12] 我正在研究迈锡尼时期的服饰，脑海中立刻浮现出《伊利亚特》中海伦说过的话。海伦在特洛伊向普里阿摩斯国王吐露心曲时，坦陈自己思念家乡的东西：

> 海伦这个艳光四射的女人回答普里阿摩斯说：
> "我如此尊敬您，亲爱的父亲，我也很怕您——
> 要是死亡能让我高兴就好了，悲惨地死去，
> 那天我抛弃了一切，跟随您的儿子来到特洛伊，
> 我抛弃了自己的婚床、亲戚和孩子，
> 我心爱的孩子，现在已经长大，
> 还有和我年龄相仿的可爱女伴。"[13]

　　我认为，女伴并不仅仅是诗人的想象，迈锡尼的图章戒指和壁画均说明，女性经常和同性一起参加宗教仪式。[14] 宫廷壁画描绘了身着华服的女子肩并肩走在一起的画面。线形文字 B 泥板告诉我们，劳动妇女白天会成群结队地带着孩子参加劳作。[15] 我们甚至知道几个一起劳动的人的名字：沃迪亚（Wordieia，意思是"罗茜"或"玫瑰园"）、[16] 西奥多拉（Theodora）、亚历山德拉（Alexandra）和玛诺（Mano）。[17] 在迈锡尼的部落文化中，女人，无论穷富，大部分时光都是在彼此的陪伴中度过的。荷马说海伦承认自己不仅想念亲友，还想念在金碧辉煌的宫殿中陪伴自己的侍女和女伴，也就不足为奇了。

＊　＊　＊

　　在阿尔戈斯博物馆内，另有一尊青铜时代晚期的女性雕塑，它和其他文物一起摆放在一个玻璃柜里，几乎让人难以发现——这是一尊朴素的陶偶。她就是考古学家所说的 Φ 型陶偶（*Phi-type terracotta*）。这些原始的人体塑像一般高 10—20 厘米，而且通常是单独一个女人，双臂举起，这些雕塑可能有许多含义：女性的关怀力量、女性的生育能力、信徒或者女神，谁也说不清楚。但有一

99

点可以肯定，那就是她们是青铜时代贵族女子（例如海伦）日常生活的一个组成部分。这些人偶无一例外都是女性，她们的乳房坚挺而且分得很开，形状和大小都很像压扁的豆子。她们被称为 Φ 型人偶，因为她们的形状很像希腊字母 Φ：此外还有 Ψ 型（Psi）和 T 型（Tao）。[18]

阿尔戈斯的这尊小雕像其实是一尊"Φ 型–考罗卓芙丝"（Phi-kourotrophos）——乳母。有人用泥巴搓了一条像是虫子的东西，用襁褓裹起来，然后塞在这个女人怀里，作为她的宝宝。迄今为止，已经发现了大约 70 个这类迈锡尼时代的"考罗卓芙丝"雕像（参见插图 5）。她们大多数抱着一个宝宝，通常是抱在左侧（正如大家所预料到的，让婴儿的头部接近大人跳动的心脏，同时使保姆的右手获得解放）。在少数情况下，一个"考罗卓芙丝"会照顾两个宝宝。迈锡尼第 41 号墓穴（Tomb 41）的一尊雕塑刻的是一个妇女一边在小心地喂胸前的孩子吃奶，一边摇摇晃晃地撑着阳伞，为背上的另一个宝贝遮阳。[19]

考古学家通常是在坟墓里发现这些雕像的，但是在主人生前，她们很可能摆在地上或者架子上，无论是在迈锡尼的宫殿中还是在贫穷人家的简陋小屋里：她们是感谢新生儿诞生的礼物，是使主人在艰辛的怀孕以及抚养一个家庭新成员长大的过程中一直得到神灵保佑的吉祥物，即最早的护身符。单单迈锡尼一地就发现了整整9000 块 Φ 型、Ψ 型和 T 型女俑碎片，而每年还有大约 200 块新的碎片被发现。[20] 她们在公元前 13 世纪的村落里肯定随处可见。而男性的人偶或者雕像呢？[21] 根本就没有。这些"考罗卓芙丝"陶偶引发了青铜时代晚期妇女和婴儿之间的关系问题，而这些女陶偶作为一种集体存在，又提出了一个更大的问题，那就是青铜时代晚期的精神面貌，以及妇女在其中所起的作用。

14

高级女祭司海伦

在皮洛斯：用 14 名以上的女奴作为祭祀的黄金。[1]

——线形文字 B 泥板 *

《伊利亚特》描写了好几对剑拔弩张的关系：海伦和帕里斯、帕里斯和墨涅拉俄斯、阿伽门农和阿喀琉斯。但是最紊乱的还是宙斯和人类之间的关系。宙斯统治着宇宙万物，但他却是个不完美和变化无常的神，他对待人类就像对待一盒锡兵一样，而且他就像一个被宠坏的孩子，你永远不知道他什么时候会对游戏感到厌倦，而一脚把方阵踢飞。

……然而整个晚上首席战略家宙斯（Master Strategist Zeus）
都在为双方军队策划一场全新的灾难——
他的霹雳令人毛骨悚然——
恐慌和惶恐席卷全军。[2]

---

* "献给神庙的祭品"，可能是献给一名女祭司的，约公元前 1200 年。

　　从铁器时代开始，观众在聆听诵诗者（rhapsodes）吟诵时，都会对那些脸色惨白的武士之间的战斗产生深深的同情。这些男人和女人知道自己的生活同样被奥林匹斯山那些不朽的灵魂主宰着。他们还知道这些男神和女神自己也会受到众神之王宙斯的突发奇想、小缺点和暴脾气的影响。"司云者"（the cloud-gatherer）宙斯是《伊利亚特》中的主要人物，因为公元前7世纪这部史诗面世时，他已经是奥林匹斯山万神殿中的绝对领导者，因此也是著名的希腊世界公认的统治者。引用赫西俄德的话说，他是"众神和人类的父亲……是众神中最优秀的一员，同时也是权力最大的那一个"。³

　　然而情况却并非一直如此。在青铜时代的海伦生活的世界，宙斯才刚露头角，是一个尚未向神界证明自己才能的后起之辈。线形文字B泥板确实提到过宙斯，但丝毫没有提到他的崇高地位。⁴ 迄今为止，爱琴海地区已经挖出了四五尊公元前13世纪或前12世纪的"打击之神"（smiting god，一种大力挥舞手臂的男性"拟人神"，几乎可以肯定是宙斯或者波塞冬），⁵ 然而到目前为止，这些都是孤立的发现。当谈到已经发现的女性图腾雕像的数量时，我们发现，这些打击之神只是山脚下的尘土。

　　在海伦生活的史前时代的人看来，女性之灵和她们在尘世的代表，其谱系可以追溯到几万年前。如果把特洛伊战争之前2万多年间创作的雕像、艺术品和壁画全部收集起来，我们将看到一堆以女性为主的形象，其中只有5%是男性。⁶

　　到了青铜时代，女性的形象依旧有很多，经常是一些介于尘世和神界的人物。在一种用于储存珍贵的谷物、油和葡萄酒的大陶罐上，她们的形象尤为著名。这些容器对于农业社会定居点的存续来说至关重要，它们的样子通常很像一个巨大的子宫。一些大陶罐上雕刻或描绘了女性的面部表情、身体和性器官。伊拉克利翁博物馆（Heraklion Museum）有个大约公元前2000年的陶瓶，模样仿佛一个女孩，两个瓶嘴从她的乳头的地方突出来。哺乳期的妇女并没有被藏起来，而是受到赞美，并被灵巧的工匠制作成双乳可以流淌出琼浆玉液的陶瓷作品。

这些女性形状的器皿既可以承装滋养生命的浆液，也可以承载死亡。一些大陶罐装的不是食物，而是尸体。尸体被折叠成胎儿的形状，塞进这些巨大的陶罐里，然后淋上蜂蜜。尸体将在蜂蜜中浸泡 8 周左右的时间，以防止腐烂 [7]——仿佛最初滋养生命的羊水。[8] 死胎和流产很难解释：女人似乎既能带来生命，也能带来死亡。子宫同时也是坟墓。不管海伦是真实的还是虚构的，她都是这二元论的绝佳典范：她是一个挑起爱情和战争的女人，充斥着一股同时向正反两方拉扯的力量。

即使是在青铜时代晚期那些宗教、政治和社会激烈动荡的日子里，妇女的存在也非常引人注目。她们行走在宫殿的墙壁上，她们被刻进了印章石，并像变戏法一般出现在陶器工匠的手下。她们有的手挽手走在一起，有的坐在马车上。迈锡尼的祭祀建筑群中，有一幅绘有 3 个女人的壁画，其中一个手里拿着一把巨型宝剑，另一个拿着一根木棒，第三个抱着两捆小麦。画上还有 2 个男人，不过他们都很小，浑身赤裸，在这些手执武器的女性面前跌倒且无力自卫，显得特别无助。画中的女性给人一个印象，那就是女性并不比男性差（即使她们好不容易才做到这一点）。

女祭司是地主，她们有自己的仆人（包括男仆），一块线形文字 B 泥板似乎写着她们在做"黄金祭品"（sacred gold）的生意。[9] 女祭司控制着储存食物的供应，并被称为"克拉维福里"（klawiphoroi），意思是"掌管钥匙的人"。[10] "Potnia"这个词既可以指女神，也可以指城堡的"女主人"。[11] 在同一时期的其他地方（赫梯、埃及、巴比伦），贵族妇女都担负着重要的宗教角色，她们是神灵的主要代表。我们有充分的理由相信，迈锡尼王后（青铜时代

102

的海伦）也是一名高级女祭司，一个在宗教和俗世均享有巨大权力的人。虽然荷马笔下的海伦是个半人半神，但是在史诗中自信地对着神灵说话的，却是作为女人和斯巴达王后的海伦；她以平等的身份称呼自己的挚友阿佛洛狄忒。

　　荷马讲述的特洛伊战争和青铜时代最后的辉煌，意味着一个时代的结束。在荷马的观众看来，这个关于海伦的故事必须做到两点：第一，必须向一群生活在男性社会的观众解释女性的影响力，因为这种影响力在他们的生活中已经消失。第二，必须（更加潜意识地）描写一个更替和不断变化的历史时刻：少年宙斯是否会成为众神之王，或者他将统治的是哪一种世俗王国，一切均未见分晓。在荷马（和几乎所有后来的作家）看来，海伦是个充满矛盾的人：一个长着两张脸，一张脸看着未来，一张脸看着过去的女版雅努斯（Janus），一个象征着从俗世向灵性世界过渡的青铜时代的普通女人。一个自相矛盾的人。一个会令人不安地想起事情本来样子的人。

＊　＊　＊

　　性别政治，尤其史前的性别政治，是个不解之谜，其令人迷惑的程度，堪比米诺斯王（King Minos）的著名迷宫。但是通过追踪青铜时代海伦同龄人的故事，我们可以找到一条通过迷宫的道路。

　　让我们想象一下，我们正走在大约公元前 13 世纪中期的迈锡尼城堡中。我们走进著名的狮子门，这是我们提到的第一个地点，它经常被说成是适合孔武有力的迈锡尼统治者通过的大门。但是在比较了这一时期印章石上的雕刻后我们发现，这座雄伟的大门两侧摆放的两只已经磨损了的石雕动物不是公狮，而是一对母狮，[12] 因为迈锡尼的这两只动物脖颈非常光滑，而这一时期的狮子一般都有茂盛的鬃毛。

103

　　迈锡尼宫殿式城堡中的神庙和圣所丝毫没有埃及或希腊古典时代神庙的宏伟壮观——没有那种"看我多美"式的建筑，后者常见于男性主宰的万神殿以及各位神祇的神庙和圣所。建于公元前13世纪中叶的迈锡尼祭坛非常简朴、不引人注意，因此直到1968年才被发现。

　　我首次参观祭坛时，祭坛还在被勘察——人们希望对海伦生活的青铜时代晚期社会的宗教活动有更清晰的认识。[13] 至为神圣的密室一开始看起来不过是间美化了的花园小屋。推开一扇吱吱呀呀的木门，可以看到地板上匆忙逃窜的甲虫和垂挂的蜘蛛网。一条历经岁月侵蚀的土阶通往空旷的平台。然而这次勘察却颇有成果：这是一间存放怪诞雕像（几乎全为女性）的密室。这些长着鹰钩鼻，表情冷漠的陶偶现在安全地存放在迈锡尼的博物馆，它们每个高50厘米，而且刺有小孔：身上、眉毛上、脸颊上，上臂的洞则完全挖穿了，形成一个个可以悬挂护身符和神圣供品的小壁龛。

　　大部分陶偶均举着手臂，屈肘，目光平视着前方。这个姿势通常说明这是一位崇拜者，因此人们认为这些人偶可能象征着城堡中的女性居民——考虑到她们怪异的容貌，也可能是她们中的精灵或妖怪（demons，这个词来源于希腊语的"daimon"）。一个特别令人不安的陶偶被发现时，脸正朝着角落里。这个丑陋的人长着一双可怖的恶毒眼睛，它已经盯着一堵墙看了3000多年，那堵墙一度涂着艳丽的色彩，美轮美奂，现在却已经剥落成土。

　　祭坛原址发现的另一尊"女神"像只有29厘米高[14]。女神的脖子上有一圈完美的圆点，且一直延伸到胸前，说明这是一串珠链；她的脸颊上画着菱形的斑点，迈锡尼壁画上的女人和"斯芬克斯"（Sphinx）头像上也有这种斑点。[15] 与那些身上打孔、不袒露心胸的女性陶偶不同，这尊女雕像的面部表情显得友善而坦诚。她的胸部高耸，这是女神像的一个典型特征。[16]

104 　　精雕细琢的戒指和印章石暗示着宫殿里的女人为了获得神灵的保佑而举行盛大的仪式。在青铜时代克里特岛和希腊大陆的宗教活动中，最重要的是神灵显现，即神灵的"现身"。而在迈锡尼时期的希腊，神灵经常选择在贵族妇女面前"现身"。早在荷马描写阿佛洛狄忒打仗的故事，或者我们听说雅典娜和自负而又能干的农家女孩阿拉克涅（Arachne）进行织布比赛以前，人们就认为，男神和女神正走在他们中间，假如举行适当的仪式赢得神灵的好感，他们在任何时候都可能出现。

　　就在迈锡尼的妇女跳舞、摇树，或者累倒在祭坛上时，神灵以鸽子和流星的形式出现在天空。他们从 8 字形盾牌的后面窥视着。有一枚原本发现于迈锡尼、现在雅典的国家考古博物馆展出的图章戒指，宽度只有 1.5 英寸（约 38 毫米），但是却把整个世界都刻了进去——一个只有女人存在的世界。[17]一个女人坐着，其他人在她面前跳舞，所有人的胸脯都裸露着。坐着的那个人体型最大，2 名崇拜者正向她进献百合花和罂粟花，她的左手握着一大束罂粟花。第 4 个女性的个子很小（可能是小孩），正伸手想去树上摘什么东西。一个即将飞出天际的女神被一面 8 字形盾牌挡住了，差点看不清楚。戒指的四周刻着一圈公狮或母狮的头像，月亮和太阳出现在天空。

　　这个情景非常神秘。但是树和植物的出现说明这里正举行一场祈求丰收的仪式。[18]而且罂粟花说明了这些女人使用麻醉药来接近神灵。迈锡尼人许多其他的戒指和印章石也都刻有类似的场景。[19]科林斯湾（Gulf of Corinth）附近的提斯柏（Thisbe）发现了一枚金戒指，上面刻着一名女性正向一名神灵进献罂粟荚，同一地点发现的一块印章石上，则似乎刻着一名女人在一名年轻男子的帮助下飞升的画面。[20]另一枚在克诺索斯附近的伊索巴塔（Isopata）发现的金戒指上，刻着许多在百合花丛中跳舞的女人，有个人徘徊在她们的头顶上方：可能是一名狂喜的女祭司恍惚之中产生的幻觉，或者是一名崇拜者在吃了女神赏赐的致幻剂之后看到的神灵？

无形的精灵有时会在人的体内安身，通过凡人来散布他们的威力。那个有幸被选中的女人（偶尔会是男人）将坐在高高的底座上，俯视人群。神的精神将通过他们显示出来。这些女人和男人有着严重的缺点，但他们因为接触了神力而变得神圣。这种神灵显现的信仰可能有助于进一步解释海伦的神圣资格：一名在重要的宗教仪式中被认为是神灵附体的高级女祭司，她能够与神界进行清晰的交流，是一个有着神圣气息的凡人。 105

* * *

过去，对青铜时代晚期女性在宗教领域拥有显赫地位的讨论，一直都在一种傲慢而带有些许同情意味的气氛中进行，好像男人打仗去了，女人只能做些管理神庙的工作。但如果祭神是世俗事务的中心，那么很显然，它就不是微不足道的。而且考虑到青铜时代晚期的女性似乎对物资的生产和关键农产品的储存负有特殊责任，她们的地位立刻变得十分重要，而不是可有可无。可以这么说，当她们的军官丈夫在处理国际事务时，她们并没有忙着摆弄教堂的花朵；她们在保护和指挥维持生计的劳动力。

那些我们在迈锡尼、皮洛斯、梯林斯、克诺索斯和底比斯发现的女性形象，看起来都很重要、优秀和美丽。海伦的原型，可能是一名妖媚动人的斯巴达王后，她掌管着自己的土地，同时又要为子民的精神健康负责——她富裕、有权势，又受人崇拜。然而几百年后，这种被夸大的身份无法继续维持下去。海伦不可能仅仅是个令人赞叹的女人。作为荷马笔下那个身不由己的家庭破坏者，赫西俄德笔下那个滥交的公主（那个长着匀称的脚踝和一双明亮眼睛的女孩），欧里庇得斯笔下的"婊子—荡妇"，奥维德笔下轻佻而又狡猾的王后，"海伦是个有缺陷的人"这个印象深深地印入人们的脑海。随着时间的流逝，她的光芒变得清晰；故事里的海伦是个落入凡间的天使，因为爱上错误的人这一普通罪行而永远受到谴责。

15

美丽的海伦

斯巴达的王后海伦自天而降，

（啊，特洛伊城！）

两只乳房散发着天使般的光辉，

是殿下心中的太阳和月亮：

他所有的爱均倾注其间。

（啊，特洛伊陷落了，高耸的特洛伊城一片火海！）

——但丁·加百利·罗塞蒂，

《特洛伊城》（*Troy Town*），1869 年

　　帕里斯到来之前，海伦应该和墨涅拉俄斯一起统治斯巴达，并度过了 9 年的幸福时光！虽然作家们对此三缄其口，瓶画家们也绝不描绘，但青铜时代仍有许多资料描绘了有权势者的生活。而城堡和王陵出土的文物则往往与荷马对王后海伦的描述高度吻合。

　　在《伊利亚特》和《奥德赛》中，荷马经常用闪光的词语形容海伦：她光洁明亮，浑身熠熠生辉。她滞留特洛伊期间，荷马曾

一度想象她披着闪亮的亚麻纱：

> 说到这，
> 女神心中涌起了对
> 很久以前的丈夫、自己的城市和父母深深的思念。
> 她立刻披上闪光的亚麻纱，
> 冲出房间……[1]

这可能并不仅仅是一种文学上的修辞。如我们所知，青铜时代晚期的贵族妇女可以制造出一定的闪光效果：富人不仅食用橄榄油，还用它来使皮肤和衣服带上一种丝绸般的光泽。荷马在《奥德赛》中描写了妇女把橄榄油加进布料里面的场景："有人在织布，有人在坐着捻纱，她们的手像高高的白杨树叶一样不停抖动，柔滑的橄榄油则从她们刚织好的细密布料上面往下滴。"[2] 他提到男孩子"穿着上面涂了一层油的细纺外衣"。[3] 学者们对这些段落的含义感到迷惑不解。文中描述的是洗涤过程吗？抑或只是比喻？这些衣服是真的涂了油，还是用金子缝制而成？

在皮洛斯发现的线形文字 B 泥板为我们做了解释。涅斯托耳居住的迈锡尼城堡位于斯巴达以西 100 公里处，这里的橄榄油贸易曾经非常繁荣。许多泥板上都刻着用来涂在布料上的"香油膏"的文字和符号。[4] 看起来这些油膏的作用并不仅仅在于使布料变软。把橄榄油揉进亚麻布后再经过淘洗，会留下独特的余辉。使用油膏是一件花费巨大且耗时很久的事，只有宫殿中最漂亮的人才有资格穿上"闪亮的亚麻纱"。只有海伦这样的王后才有这种资格。

橄榄油产业一个有利可图的副产品是香水。[5] 香味包括甜鼠尾草、海索草、莎草（一种长在沼泽地的芳香植物）和玫瑰。一些橄榄油用指甲花染成了红褐色。女人和男人（两者都留长发）会在胸、脸和头发上抹上橄榄油。迈锡尼宫殿的壁画显示，女人经常把头发卷起来和盘起来——海伦那头著名的金色卷发[6]可能就用工作和生活在皮洛斯附近的"编发者"的产品点缀过。[7]

　　我最近一次去皮洛斯[8]时带了一名摄影师，（正如他所说的）我们看起来和自我感觉都像刚拍完一个俗气的饮料广告。我开着一辆白色敞篷吉普车，他则在后座摄影。古皮洛斯城坐落于陡峭的盎格利安诺斯山（Epano Englanos）山顶，因此从海边直接通往山顶的道路便有许多干脆利落的U字形转弯。每逢汽车尖叫着驶过拐角时，他的取景器都会捕捉到我的一缕奇怪的发丝、湛蓝的天空（当我无意中急刹车时），以及众多在道路两侧开满艳粉红色花朵的野生夹竹桃。

　　这里的条件似乎非常适合青铜时代的香水制造业。[9]考虑到涉及的工序，3500年前你上山时闻到的将不只是夹竹桃的气味。空气中将充满各种香气，如大茴香、玫瑰，以及焚烧碎橄榄核发出的浓烈气味，后者被画家和工匠们用作无烟燃料。

　　现在，借助于陶罐内壁残留的有机物，我们得以绘制出一幅完整的地中海东部的香料作坊图。工人们在剁碎和研磨芫荽、小豆蔻，或者松脂，所有这些物质都能够分解有机物。[10]现场还发现了用来切割原料的黑曜石刀片，一些刀片的刀刃非常锋利，可以切出一毫米厚的薄片——这是一种适合当医疗器械用的刀片。英国一名狂热的考古学家在一次外科手术时，要求医生使用他自己做的黑曜石刀片。

　　植物的果肉经过葡萄酒或水的浸泡，成了酸涩的膏状物，然后再加油熬煮。鼠尾草和玫瑰花瓣这类芳香植物会被压碎后加热。鸢尾油（提取自鸢尾根）是一种重要的原料：4000年来，鸢尾油一直被用于香水生产，现在它每公斤的价格大概是3000英镑。青铜时代的人们接着会把各种植物在芳香油中浸泡几天，然后储存在顶部有拱形把手的漂亮的陶罐里。在迈锡尼工作的考古学家说，当他们打开其中一个陶罐的泥塞时，立刻能闻到一股芬芳的气味，但很快

108

就消失了。[11]

皮洛斯生产的香水显然超过了当地市场的需求。芳香油这一液体黄金被迈锡尼人出口到外国，并换回各种奢侈品和保持青铜时代社会运转的原材料，以及塞浦路斯的铜（和锡混合后可制成青铜）。在南至努比亚和东至幼发拉底河上游的广阔区域，都发现了这种顶部带有拱形把手的迈锡尼陶罐，这是运送液体的标准容器。

对于青铜时代的海伦来说，美容方法并非只限于用芳香的橄榄油按摩身体。画像上的女人都有一双乌黑的烟熏眼，可能她们在上下眼睑上涂了黑色的眼影。眼影的配方和有机物分析均证实，埃及人在这一时期用烧焦的杏仁壳、煤烟和乳香制造眼影。[12] 方铅矿（一种深灰色的铅矿石）也被用于制造眼影。[13] 眼影肯定是一种黏糊糊的东西，这是必不可少的，因为它有三大效果：美容、保护女人的眼睑免被太阳晒伤，以及驱虫。

迈锡尼壁画上的所有女人都有明亮而白皙的肌肤（参见插图6）。女性墓中发现的一系列工具和搅拌碗说明，这里曾经制造了大量的化妆品，足够涂抹身体的各个部位和脸部。青铜时代晚期已经有白色的氧化铅，而壁画上的图像则表明，在特殊宗教场合和重大仪式上，女人会把头部、胸部、双手和胳膊涂成白色，并在上面画上五颜六色的符号。

一尊公元前13世纪的女性头像上涂有动人的油彩，这件迈锡尼出土的文物，如今正栖身于国家考古博物馆的一个橱窗内，只见她睁着一双涂有狭窄眼影的眼睛，面无表情地看着前面。[14] 她的嘴唇呈樱桃红色，脸颊和下巴上都画着红色的圆圈，周围点缀着圆点，看起来像鲜红的太阳。这些符号同样出现在女性陶偶（例如祭坛的那位"女神"）和迈锡尼壁画上的许多女人脸上。在皮洛斯、马利亚和锡拉发现的其他壁画上，女人的耳朵轮廓似乎涂了一圈鲜红的颜料。整体的效果令人着迷。[15] 女人的这种妆容产生了强烈的效果：

109

她们变成了行走的雕像。她们的脸像戴着面具，她们那涂成白色的身体正从自然走向超自然。[16]

＊＊＊

在青铜时代晚期王后成长的社会里，服饰文化应该持续了好几代人。迈锡尼城堡艺术中所展示的服饰，和比迈锡尼人早300年的米诺斯文明起源的克里特岛，甚至基克拉泽斯群岛的锡拉岛上人们的服饰几乎一模一样。海伦穿的衣服可能和她的曾曾曾曾祖母穿的衣服非常相似。她那些用羊毛或亚麻做成的衣服、裙子、斗篷和衬裙将用番红花、靛蓝、紫色、深红、洋葱皮或者球菌卵孵化的胭脂虫染上颜色。所有的颜色会用醋、盐或者尿进行加固。

她的两条腿将围着一块被撑到极薄极脆，几乎和欧根纱差不多的亚麻布——线形文字B泥板把亚麻写成"linon"。上面再用厚一些的华丽布料，裁成条状，然后像屋顶的瓦片一样，层层叠叠打上褶。[17]至今仍不断从土里冒出来的还有打孔的金片，同样来自一名迈锡尼贵族的衣橱。几十年来，考古学家都以为这些是货币的一种形式，然而实际上它们是装饰品，是确确实实地缝在最尊贵的人衣服上的硕大的迈锡尼"钻石"。

牙雕制品、壁画和有嵌饰的金戒指均表明，至少在重大庆典或宗教仪式这类特殊场合，贵族妇女会袒露胸脯，或者只披一层丝绸和亚麻做的薄纱，我们没有理由认为斯巴达王后的衣着会有什么不同。[18]古希腊人无疑认为，海伦的衣服有时领口开得极低。在欧里庇得斯的《特洛伊妇女》（*Troy Women*）中，帕里斯的母亲赫卡柏警告墨涅拉俄斯，特洛伊陷落后不要再和海伦见面，以免被这个堕落的人衣衫不整的模样吓到。墨涅拉俄斯确实和海伦见了面，也确实被她吓到了。海伦的披肩滑落到腰部，她跪下来，抱住他　110

的膝盖。[19] 这是恳求者的姿势，但同时裸露的胸脯也无声地撩拨着墨涅拉俄斯的情欲。

不管是否和色情有关，女性的乳房在青铜时代晚期无疑极受崇拜。女性在与树和植物有关的仪式上裸露胸脯，显然是将成熟的女性形象与丰产和生殖的庆典联系在一起。有一种设计是模仿一只被捧在手里的女性乳房，在一串由黄金、红玉髓和青金石组成的漂亮珠子中非常引人注目。[20] 底比斯的迈锡尼宫殿中有一幅特别精彩的壁画，上面画着一群袒胸露乳的女人，她们的身材均非常丰满，迈着坚定的步伐走在一起。

几个世纪后，海伦的迷人胸部成了人们崇拜的对象。罗马的挽歌诗人普罗佩提乌斯曾色迷迷地描写海伦及其家人："就这样，在欧罗塔斯河的河滩上，波吕丢刻斯是一流的骑手，卡斯托耳是摔跤能手，海伦据说和他俩一样一身运动装束，裸着酥胸，她的两个兄弟见了丝毫不觉得脸红。"[21] 诗人奥维德甚至走得更远，他设想帕里斯给海伦写了封情书——作者花了太多的笔墨描写这一刻：

> 我记得，有一次，你的长袍松开了，露出了你的胸脯——比冰雪、牛奶，甚至比拥你母亲入怀的朱庇特（Jove）还白的胸脯。[22]

罗马作家老普林尼（Pliny the Elder）在他那本广为流传的《自然史》（Natural History）中提到，[23] 在罗德岛林都斯（Lindus）的雅典娜神庙中，有一只典礼上用的银金高脚杯，这只杯子据说是按照海伦的一只乳房的尺寸铸造的。古希腊人偶尔会用乳形杯装圣液，其中有一个保存下来，并在大英博物馆展出。[24] 1500 年后蓬帕杜夫人（Madame de Pompadour）所使用的香槟杯，其灵感据说就来自海伦的胸脯。莫里斯·德·欧比奥（Maurice des Ombiaux）在他的杂文《海伦的乳房》（ *Le Sein d'Hélène* ）中讲述了这个故事的"神话"背景：

> 海伦和侍女一起出现了，看起来就像众星拱月一般……覆盖她胸部的薄纱被掀开，一只丰满的乳房裸露出来，它粉红如朝霞，雪白似罗多彼山（Mount Rhodope），光滑如阿卡迪亚（Acadia）的山羊乳……叙美托斯（Hymettus）的金发女儿拿来了蜡，使牧羊人帕里斯得以……印下这只乳房的模子，前者看起来就像一只即将被园丁摘下的甜美水果。帕里斯刚取走蜡模，侍女们便急忙为海伦美丽的胸脯重新盖上薄纱，然而在此之前，海伦的仰慕者们已经瞥见了一只如草莓般新鲜诱人的乳房。[25]

在青铜时代晚期，海伦的乳房可能覆盖着一层极薄的"野"蚕丝（取自当地蚕蛾所结的茧）或者是撑开的细麻布，然而不管是完全裸露还是披着一层透明的薄纱，她的胸部都会束一件紧身胸衣。这件从当时的技艺来看，有意做成贴身的胸衣，镶着一圈穗带，交叉覆盖在躯体上，并在横膈膜的下方系紧。在一些壁画（锡拉岛的阿克罗蒂里）上可以看到，妇女的肘部位置有流苏晃来晃去。

当海伦或类似她这样的女人穿着最华丽的服装从寝室出来时，那景象肯定如天仙下凡一般。各种顶级肉类和希腊最富饶地区之一的农产品把她养得白白胖胖，她的皮肤抹着芳香油，整个人看起来非同凡响。正如荷马所说："腰带飘飘，非常迷人""……她身着一袭长袍，光彩照人……"[26] 她自己的同胞，以及来访的外交官和商人，都会看到她在宫殿的各处走动，或主持一场仪式：她身上佩戴的所有金饰将捕捉到的光线反射在她的脸和胳膊上[27] ——把她的皮肤变得像刚收集的蜂蜜一样。

我们只需想象一下，女人们在自己的宫殿中行走时，身上众多的饰品互相碰撞时发出的叮当声和铿锵声。走在走廊上的海伦，声音应该比人先到。进来时伴随着各种声音是一件非常值得自豪的事，你无需悄无声息地出现或消失：当你有了崇高的地位时，这个世界必然由你说了算。当一名青铜时代的王后在她那座迈锡尼城堡的华丽地板上经过时，你将听到裙子的窸窣声和沙沙声、大型金属亮片的当啷声、珠宝的叮当声、手里拿的珠串的咔嗒声，以及皮鞋的啪嗒声。

* * *

我们无法确定青铜时代晚期美貌的评价标准：一个漂亮女人如何被评价，或者她被认为有什么价值。但是外在表现和物质文化的重要性却不言而喻。青铜时代的统治者喜欢而且购买那些鲜艳而美丽的东西。美是以礼物的形式交换的。富豪们死时，会让那些生前环绕着他们的闪闪发光的东西陪伴自己的灵魂之旅。将自己和美联系在一起是成功和权力的标志。公元前 7 世纪或前 8 世纪荷马创作史诗时，拥有一个会呼吸的活美人被认为是一件既可以获得美名，又（在世人眼中）很荣耀的事。来自近东的青铜时代晚期文字显示，统治者之间十分频繁地交换公主——她们的美貌在促成交易的外交文书中被大肆吹嘘。在青铜时代和铁器时代的文化中，美貌（"*kharis*"和"*kallos*"）和美名（"*kleos*"和"*kudos*"）都是硬通货，而海伦有很多这种通货。

第五部分

爱情游戏

线形文字 B 中表示男女的符号。绘制者：黛安娜·沃德。

16

金苹果

······她［海伦］的美貌是顶级的，而美貌是一切事物中最受
景仰、最宝贵，也最神圣的。我们很容易确定美貌的威力，因为
人们会从许多一点也不勇敢、智慧，或公正的人身上，看到比这
些品质更宝贵的闪光点，而从那些不美的人身上，我们却找不到
任何可爱的地方。

——伊索克拉底，

《海伦颂》(*Encomium of Helen*) [1]，约公元前 380 年

生活于青铜时代的海伦无疑清楚地知道自己的美貌。克里特岛
阿卡尼斯发现了一具公元前 13 世纪的女性骸骨，死者下葬时手里
拿着一面镜子，冰冷的镜面紧贴着她的面庞。早期的镜子都由金属
制成，其中一些带有弧度，有许多和我们的手持镜子差不多大。与
我们的镜子一样，这些史前器物的边缘和手柄也都有精细的纹饰。
这些都是一眼就能认出来的日常物品。你可以毫不费力地想象男男
女女拿起镜子，从眼前的圆盘中端详自己的容貌，并试着从外人的

角度审视自己。[2]

在古代，海伦的形象经常出现在镜子的底座。好像主人可以因此而自欺欺人地认为眼前的海伦就是自己的形象，或者通过手持海伦的形象，她那经典的绝世美貌可以分一些给自己。[3] 在建于维多利亚时代的宏伟而辉煌的剑桥菲茨威廉博物馆（Fitzwilliam Museum）中，有一面古镜，镜子的背面刻着一幅异常精美的海伦像。菲茨威廉博物馆是一栋新古典主义建筑，充满了浪漫而迷人的魅力；外面是科林斯式的圆柱，里面是紫红色和灰褐色的大理石。这面刻有海伦的镜子是用青铜制成的，制造的时间约在公元前 2 世纪或前 3 世纪。现在它已经变成了黯淡无光的墨绿色，但是当年肯定被擦得铮亮，光可鉴人。[4] 海伦和化身为天鹅的强奸者宙斯，以及肆意裸露着身体的阿佛洛狄忒坐在一起——与她做伴的都是很有势力的人物。

116　　有一款公元前 4 世纪的瓶画非常受欢迎，且多次被复制，图中的海伦身体前倾，眼睛盯着一面镜子，正专注地看着自己的容貌；帕里斯则站在她身后，挥舞着长矛。[5] 在欧里庇得斯的《特洛伊妇女》中，海伦是个阴险的人，许多剧情都围绕着海伦拥有"少女们梦寐以求的宝镜"这一事实展开，[6] 而在《俄瑞斯忒斯》（Orestes）一剧中，非正统派主角嘲笑海伦的特洛伊奴隶，说他们是"为她擦镜子和摆香水的家伙"。[7]

描写海伦的文学作品很多，但是对于古人认为海伦在照镜子时看到了什么这一点，我们却几乎毫无线索。对她的描绘都是些常用的词语：她有着"白皙的胳膊"，[8] 和一头"亮泽的"[9]"金色"[10] 秀发。古人对她的存在毫无疑问，却不想具体而细致地解释她如此美丽的原因。4 世纪，士麦那的昆塔斯（Quintus of Smyrna）重新讲述了《特洛伊的陷落》（The Fall of Troy），他写道："她深蓝色的眼睛里布满了羞耻，连带着把她可爱的脸颊也染成了绯红。"[11] 这就是我们所能找到的最具体的描述了。对历史上溯得越远，那张使千帆齐发的脸孔就越是无关紧要。人们对她的"感受"如何，即她非凡的魅力使他们都"做"了些什么，与这些比起来，海伦的相貌变得不那么重要了。她不仅是看不见的，还无法言喻。

对于没有基督信仰的古希腊时代来说，她的美貌太重要也太强大了，完全无法用图画或文字记录下来或加以限制。海伦的美无法仅仅用一张脸来描述，简直可以说无法用言语表达。亲眼看到海伦的美，是一种近乎宗教般的体验，皆因这是一种来自神灵的美。当特洛伊的老人看着她沿着城墙走来时，他们明白，这场仗值得一打，但他们却说她美得"令人生畏"，一如女神。

"令人生畏的美貌"对古人比对今天的我们更加重要，他们知道，只需看一眼女神或者女怪那张超凡脱俗的脸，就会有可怕的事情发生。蛇发女怪（Gorgon）眼睛一瞪，你就会变成石头；年轻的阿克提安（Actaeon）在树林里打猎时，只因看了一眼在池塘中洗澡的女神狄安娜（Diana），就被她变成了一只雄鹿，接着又在一帮不知情的朋友的鼓动下，被自己的忠诚猎犬追赶并撕成了碎片。[12] 这就是拜伦（Byron）说海伦是希腊的黄昏（Greek Eve）的原因。[13] 如果按照古人的理解方式，这名斯巴达王后的美貌并非简单地被欣赏，而是带有强制性：她迫使男人和女人都进入一种渴望的状态，她迫使他们采取行动。那些见过她的人，都无法毫发无伤地走开。她激发了人们的欲望。她是个四处散发激情的幽灵。

* * *

自有文字记录以来，人类便一直在思考美貌的力量和价值。[14] 117
萨福、柏拉图和圣奥古斯丁（St Augustine）都把心思花在美从何来，其意义和作用如何这些棘手的问题上。美被认为是神的礼物，并引起了人们的极大关注。希腊人认为一切事物均有其内在的价值，没有一样东西是没有用途的——美有其重大意义，它是一种积极而且独立存在的事实，不是一种被动而模糊的品质，后者只有在美被发现的那一瞬间才存在。柏拉图和亚里士多德、希罗多德和欧里庇得斯等人将难以接受 18 世纪休谟（Hume）那个经常被引用的观点——美存在于观者心中。在他们看来，这些都是无稽之谈。美是一种可以被测量和量化的抽象实体，这是一个兼有心理和生理两种含义的混合词，它与内在性格的关系和与胸围的关系一样重要。[15] 美一点也不虚幻，人们相信它具有清晰、明确的威力。[16]

　　古希腊一些最伟大的思想家和演说家公开分析了美的价值，确切地说是海伦的美。[17] 其中有个叫高尔吉亚（Gorgias）的西西里人，写了一篇有关海伦的意义的文章，这篇文章非常受欢迎，以至于有几千人聚集在雅典市政广场（Athenian agora）付费听他演讲。[18] 这部名为《海伦颂》的作品热情洋溢，半开玩笑似的维护着海伦的典范地位；高尔吉亚的目的主要是证明自己的机智和敏捷，以显示他有能力为无法辩解之事辩护。但是他这么做的同时，也宣扬了肉体美具有"令人无法抗拒的力量"。高尔吉亚认为，海伦的天性和血统是她拥有"堪与神灵比肩"的美貌的原因，因此人们一看到她，所有的抵抗和逻辑都将消失。她的美使人着迷——在那个迷信的年代，这种说法给人带来深深的担忧。[19]

　　美作为活力的标志，需要经过测定、评估和监督，因此，选美比赛（*kallisteia*）是古希腊一个重要的比赛项目。

* * *

　　公元前 4 世纪的文献资料显示，[20] 伊利斯城曾举办过选美比赛（*krisis kallous*），这些赛事被称为"竞赛"或者对"美貌"的"评判"。

忒涅多斯和莱斯博斯岛（Lesbos）都有选美比赛，[21] 而且程序听起来和现在的世界小姐比赛非常相似——女人们走来走去，供人们评判。[22] 男士也可以参加，尽管不同的性别永远不会同台竞赛。一只公元前 5 世纪的酒杯内壁刻着一名男性参赛者变成了一根活的五月柱[*]——参赛者那些特别迷人的部位，例如二头肌或小腿肌肉会被绑上丝带，这名天资优厚的得胜者全身都缀满了彩带。[23]

我们听说，在斯巴达有专门为纪念海伦而举行的跑步比赛，240 名涂了橄榄油、赤裸着身子的妙龄少女，沿着欧罗塔斯河岸一个劲地向前冲，她们全都渴望拥有海伦那样的完美体态。[24] 尽管通过与海伦较量，这些女孩能获得很高的荣誉，然而胜出者终究获得的是一场空洞的胜利——没有人能和这个拥有完美体态且是斯巴达有史以来最著名的女人一样美。[25] 从描写这类比赛的诗歌中可以看出，参赛者们为自己距离海伦的标准如此之远而自责不已。[26] 海伦既是获胜者又是优秀的典范，是评判其他一切美人的标杆。公元前 4 世纪，一位女子的墓志铭形容她是"希腊的光辉，拥有海伦的美貌、瑟玛（Thirma）的美德、亚里斯提卜（Aristippus）的文笔、苏格拉底的灵魂和荷马的巧舌"，她是苏格拉底一个朋友的女儿，这位朋友还在昔兰尼（Cyrene）办了一所哲学学校。[27]

选美比赛也是神话的一个重要组成部分。我最喜欢的一个故事，是说西西里建了一座神庙给"有美丽臀部的阿佛洛狄忒"（temple of Aphrodite Kallipugos）。故事里讲到必须给阿佛洛狄忒的庙选个合适的地址。这个选择将由一个能体现出人体美的活生生的典范做出。决赛在两名身材非常匀称的农家女之间进行，胜出者将有权决定神庙的选址。[28] 在选美比赛中获胜确实是一件具有宗教意义的大

---

[*] 五月柱，五朔节（May Day，每年 5 月 1 日）庆典中一个重要特色。在节日的当天，人们会在一根柱子上面扎满了各种颜色的彩带。

事。人们认为美貌既是神灵的赏赐，又能够愉悦众神，因此一些比赛（例如伊利斯）的优胜者成了公共宗教仪式上的主要参与者。"美貌之人"把神圣的器皿端到女神赫拉面前，把祭祀用的公牛牵至牺牲石，然后把动物的内脏放在圣火上，献给神灵。[29]

* * *

海伦的故事当然始于一场选美比赛——"帕里斯评判"（the Judgement of Paris）。[30] 这个开始甚至可以说是人类历史的普遍现象，即确定一份婚礼的超长名单所带来的挑战。想象一下这个场面——琼浆玉液应有尽有，阿波罗拿出了他那把装饰着银和象牙的里拉琴，每个有头有脸的人都出现在佩立翁山，因为忒提斯（Thetis）和珀琉斯（Peleus）要结婚了。忒提斯是一名仙女，在希腊诸神中很有名气。珀琉斯是一名英雄，也是一名国王，曾经和伊阿宋（Jason）等英雄一起乘坐"阿尔戈"号（Argonauts）去寻找金羊毛。为了见证这对新人喜结连理，所有的神灵都来了，只有"不和女神"厄里斯被排除在外。确定婚礼人数一向是一件棘手的事，然而这次疏忽却酿成了大错。

不和女神作为邪恶之神中的佼佼者（古代艺术作品很少表现厄里斯，但每次她出现时，样子总是非常丑陋，且经常带着两扇黑翅膀，穿着尖尖的黑靴子），对于自己受到轻视非常气愤，不顾一切地出现在了宴会上。厄里斯一来到婚礼现场，就扔下一个金苹果（可能是榅桲），上面写着"给最美的人"。这个微妙而机灵的小小行为将把原本平衡的局面一举打破。

奥林匹斯山上最有势力的 3 名女神赫拉（宙斯的妻子）、雅典娜（宙斯的女儿）和阿佛洛狄忒（性爱女神），都认为这个苹果非自己莫属。宙斯不想卷入这场女人之间的斗争，于是让 3 名女神和自己的信使赫耳墨斯（Hermes）到特洛伊附近的伊达山（Mount Ida）去找帕里斯做裁判。此时的帕里斯仅仅是个年轻的（会弹里拉琴的）牧羊人，他被自己的父亲、强大的国王普里阿摩斯赶了出来，因为有预言说这个王子将给特洛伊城带来灭顶之灾。3名女神认为很容易用世俗礼物打动这个天真的少年，因此每人都打算贿赂他。

赫拉提出可以让帕里斯统治一片广阔的疆域，雅典娜用战无不胜来引诱他，阿佛洛狄忒眨眨眼睛，摸摸自己的大腿，只简单地说了一句，她可以让他得到全世界最漂亮的女人。帕里斯是个年轻人——他被阿佛洛狄忒的礼物打动了，他选择了海伦（参见插图7）。

就这样，阿佛洛狄忒得到了金苹果。这次评判之后，令几名神灵恨入骨髓（天堂和地狱的怒火都比不上女神受辱后的怒火）的帕里斯被阿佛洛狄忒赋予了"迷人的性魅力"（machlosyne）。[31] 这名年轻英俊的特洛伊王子动身去接斯巴达王后了。他召集了一支精英部队（他的堂兄弟埃涅阿斯也在其中），并让由黑嘴柏木船组成的舰队朝伯罗奔尼撒半岛驶去。荷马是对的，他说帕里斯的船队是"运载死神的漂亮货船"。帕里斯的情欲将为他招来麻烦：金光闪闪的礼物和橄榄枝中间藏着利剑。

17

携礼物而来

美貌比任何介绍信都要有效。

——这句话据说出自亚里士多德，为第欧根尼·拉尔修
（Diogenes Laertius）[1] 所引用，约公元前 4 世纪

雅典国家考古博物馆的 13396 号展品是一尊稍微比真人大一点
的帕里斯雕像，雕像定格在特洛伊王子伸出手去，把金苹果献给阿
佛洛狄忒的那一瞬。[2] 即使在这座人来人往、热闹非凡的博物馆里，
特洛伊王子的雕像也非常引人注目。他使得人们停下脚步，看那骄
傲的表情，完美的五官。我曾在开馆之前参观过这座博物馆，多年
来，漫不经心的清洁工在凌晨 5 点扫过帕里斯时，依然会朝他点点头，
然后叹息一声，以示致敬。

这尊雕塑制作于公元前 340 年左右，是从安提凯希拉岛（the
island of Antikythera）附近的海域被打捞上来的，整座雕塑用青铜
铸造而成，衬托得两只水晶眼珠更加栩栩如生。每一块肌肉都经过
精心塑造，两瓣丰满的嘴唇微微张开。帕里斯以惊人的美貌著称于

世，然而他在许多古代艺术作品里面却经常阴险地注视着世人。他是一个多情种，尽管在更加令人难忘的情人面前他注定将是一个无关紧要的人。

按照荷马的说法，这位特洛伊的二王子有些自命不凡，他十分迷恋自己的容貌，并渴望进一步发挥自己天生的魅力。[3]公元前5世纪或前6世纪的古希腊人业已领略过博斯普鲁斯海峡对面的强大邻国波斯的入侵所带来的真正威胁，在这些焦虑的古希腊人看来，[4]帕里斯来自"东方"，属于"另一方"。按照当时的政治谋划，海伦不是钓到一个富有的外国金龟婿，就是将与敌人同床共枕。

土耳其西部是帕里斯活动的地方，特别是濒临博斯普鲁斯海峡和爱琴海的那块名为特洛阿德的富庶的新月形地带。神话故事显示，帕里斯很早就学会了如何应对困难。[5]第一个出生的王子赫克托耳在王宫长大，幼小的帕里斯却被人扔到伊达山自生自灭，只因父王普里阿摩斯曾在梦中收到警告，说这个刚出生的漂亮儿子将会毁了伟大的特洛伊城。但是帕里斯活了下来，长大之后，这个愤怒的年轻人回到王宫，并最终实现了父亲的预言。

《伊利亚特》花了很长篇幅描写帕里斯的俊美容貌。他有着舞者般的优美身材，一头亮丽的可爱头发垂在脸的四周。如果斯巴达是美女之乡，那么特洛阿德就是盛产俊男的国度——传说中伽倪墨得斯的故乡，伽倪墨得斯是以前的特洛伊国王之子，他那过分完美的容貌就是宙斯本人也把持不住。特洛伊的王子有着迷人的外表，这在地理上是有根据的。荷马用描写偶像明星的手法把他写进《伊利亚特》（从而流传千古）实在是再恰当不过：

> ……帕里斯从特洛伊的先头部队中一跃而出，
> 这个身材修长，高贵如神的挑战者，
> 肩上披着一张豹皮。[6]

千百年来，帕里斯被描绘成一个所有女孩都会嫉妒的俊美少年。欧里庇得斯详细地讲到他的"长袍上点缀着熠熠生辉的花朵"。一本 6 世纪描写特洛伊战争的书里说他有一头"柔软的金色"秀发。[7]后来的作者则从"东方"的拜占庭视角出发，把帕里斯描绘成一个13 岁的甜美少年："……一朵春天的鲜艳玫瑰，每一个见到他的人都会由衷地赞美他。他比阿佛洛狄忒本人还要美……"[8]

帕里斯可能有许多仰慕者，但是古代和现代的舆论一致认为，他纯洁美丽的外表使他显得柔弱而无男子气概——也就是说他软弱可欺。罗马诗人贺拉斯（Horace）陶醉于对帕里斯逃离墨涅拉俄斯的描写中，说"就像鹿见到狼一样"。1500 多年后的 1684 年，托马斯·克里奇（Thomas Creech）在翻译贺拉斯的《颂歌》（Odes）时冷笑着写道：[9]

> 你徒劳地把将自己的安全交给维纳斯，
>
> 并在脸上涂脂抹粉；
>
> 徒劳地修饰你的秀发；
>
> 徒劳地拨动那打动不了任何人的虚弱琴弦，
>
> 同时唱着轻柔的恋爱故事，
>
> 只为了取悦那些淫荡的漂亮女人。[10]

122　　虽然原意是为了批判，但是和雅典国家考古博物馆的那尊古代雕像相比，这类夸张的描写无意中使我们更加清楚青铜时代的帕里斯的长相。近东的统治者会给自己造石像和坟墓，会详细记录下自己的个人财产，然后精心保存在国家档案馆里，因此对于公元前 13世纪的宫廷风尚，我们有非常清楚的认识。安纳托利亚的王子确实会"装饰自己的头发"。他也会佩戴首饰和亮晶晶的东西，这些东西是安纳托利亚贵族的标志，如耳环、项链和戒指。雅典的那尊雕塑和其他英雄雕塑一样，留着短发，赤身裸体，可是青铜时代的帕里斯会把胡子刮干净，然后留一头及肩长发（或者更长）。[11] 如果他追随赫梯人的风尚，他的脚上会穿着鞋尖翘得很夸张的鞋子，脖子上会戴着闪闪发光的挂饰——由新月形、动物形以及花哨的鞋子形状的小玩意和辟邪物组成。[12] 这些安纳托利亚男孩是最早佩戴圆形大吊坠的男性。

正如荷马描写的帕里斯的肩上披着一张豹皮一样，青铜时代晚期的王子上战场时也会身披兽皮。青铜时代晚期希腊大陆和安纳托利亚的画像中均出现了身披动物皮毛的男子。从皮洛斯宫殿的壁画上可以看到，迈锡尼希腊人正和一群身穿毛茸茸兽皮的士兵打仗。荷马说，那些参加特洛伊战争的英雄们身穿狮子皮和灰狼皮做的衣服，头戴鼬鼠皮和豹皮做的帽子。[13] 1995 年挖掘青铜时代的特洛伊遗址时，在下城区（lower town）的一条阴沟里挖出了一块狮子的颚骨，它和马骨一起被当作垃圾扔掉。[14] 特洛伊的勇士兼王子们将和动物世界的猎人一样，借来百兽之王的皮毛，假扮成狮子，以展示自己的威风、吓唬对手。

因此，故事里讲到，这个躯体如神灵，软弱如女人的富家少年帕里斯坐船从土耳其到了希腊大陆。[15] 这是一名麻烦的王子。他拥有一副强壮而柔韧的身躯，却把全部精力都用在了恋爱上。"帕里斯！可怕的帕里斯！"他的哥哥赫克托耳悲叹道。"我们的漂亮王子——/ 爱女人爱到发疯，你把她们全部引向灭亡！"[16] 希腊的诗人们想象他在埃涅阿斯[17]的陪伴下，在白帆点点的爱琴海上疾驰——为了追逐海伦，他来到了斯巴达国王和王后的宫廷。

我们从《塞普利亚》这部讲述海伦早期生活的史诗片段中了解到，帕里斯在斯巴达受到了"xenos"（外宾）式的招待。[18] "Xenos"是个重要而含义有些模糊的希腊词，翻译过来便是"陌生人、客人或朋友"。"Xenos"的概念对希腊社会至关重要。它的衍生词

123 　"xenia"（仪式化友谊）指邻人和旅客、客人和主人之间达成的理解和共识。仪式化友谊是一条行为准则，是一条跨越国界，把地中海东部各国凝聚在一起的不成文规定。它体现为一套公认的礼仪，包括送礼和请客。它起源于青铜时代晚期——线形文字 B 的泥板上出现了"xenwia"（在古希腊语中变成了"xenwia"）一词，意思是"用于送礼"。[19] 事实上，"xenwia"对公元前 13 世纪外国访客进出伯罗奔尼撒宫廷的礼仪做了明确的规定。

　　为了庆祝帕里斯的到来，斯巴达宫廷举行了盛大的宴会；作为回报，帕里斯从家乡带了丰厚的礼物送给海伦和国王。后来的作者已经知道接下来发生的骇人听闻的事，他们意识到了局面的荒谬性：他们告诉我们，一开始奸夫帕里斯是被"迎"进墨涅拉俄斯的王宫的。[20] 然而这时的斯巴达王后和特洛伊王子彼此以礼相待，并没有越轨的行为——无论是道德还是历史方面。帕里斯给海伦的王宫带来了大量宝贝，[21] 海伦则给他的盘里添上了拉科尼亚最好的食物。

＊ ＊ ＊

　　多亏了当时的近东文献，我们才得以详细了解青铜时代的贵族和使节们在这类出使或商务旅行时带给主人的种种奢侈而新奇的礼物。这些并不完全是些小玩意儿，例如现代交际中那些象征性的礼物和精美礼品，而是整箱和整船宝物的交换。每一样礼物都是为了给人留下深刻印象，同时巩固统治者之间的关系。这是贵族阶层参与交易但又不会有辱自己身份的一个心照不宣的方式。

　　青铜时代晚期，赫梯人控制了今天土耳其所在的这片区域。在公元前的第三个千年里，一支印欧人的祖先逐渐越过安纳托利亚东部，通过不断的扩张建立起一个中央集权国家。在公元前 13 世纪

或前 14 世纪的鼎盛时期，赫梯人控制着广大的疆域，其范围包括
现在的土耳其大部分地区，并延伸到叙利亚北部、黑海和美索不达
米亚的西部边缘，并在叙利亚南部与埃及王国接壤。赫梯人是区域
政治的积极参与者，他们还很好地留下了文字记录，这一点对我们
来说颇为幸运。

　　特洛伊城是这个庞大帝国西边一个名为维鲁萨（Wilusa）的城
邦的一部分。维鲁萨几乎可以肯定是个富裕的属国——一个臣服于
东面那个强大政权的公国。文献资料显示，从公元前 13 世纪中期
开始往上追溯，特洛伊与赫梯当局之间（时而）友好的关系已经延
续了 150 年，这种关系由在两国之间不停走动的使节维持着。特洛　124
伊是个非常重要且非常富裕的缓冲区。[22]

＊ ＊ ＊

　　19 世纪，西方游客曾发回有关安纳托利亚中部发现了奇怪石
刻和废弃城市的报告。其背景一直是个谜：直到 1876 年，牛津的
亚述学教授，尊敬的亚奇博德·萨依斯（Rev. Archibald Sayce）在
圣经考古学会（the Society of Biblical Archaeology）所做的报告
中说，赫梯人被"正式地"重新发现。萨依斯注意到，波加斯科（
Bogazköy）、卡拉贝尔（Karabel）和卡赫美士（Carchemish）这 3
个地方的石刻非常相似，于是提出，曾经存在一个横跨整个小亚细
亚的庞大帝国。他问，这些人是否就是《圣经》中多次提到的赫人
（Heth，被认为是居住在巴勒斯坦的迦南部落）的后代，或者说是
神秘的赫梯人呢？[23]

　　想到公元前 1275 年发生在埃及法老拉美西斯二世（Rameses
II）和伟大的赫梯王之间的卡迭石战役（Battle of Kadesh，这场战
役阻止了埃及人继续向北扩张），萨依斯意识到这位赫梯国王就是

赫人后代的首领。在阿马纳发现的泥板文书（1887）中有 2 封"赫
梯国王"的来信。青铜时代的安纳托利亚已经证明自己是地球上一
个"失落"的伟大文明的故乡，它正慢慢地成为人们关注的焦点。

＊　＊　＊

今天，从伊斯坦布尔到青铜时代的赫梯帝国首都哈图沙
（Hattusa），需要至少 12 个小时，但是 20 年前我第一次去时，一路
搭顺风车往东，整整花了 2 天时间。这里是安纳托利亚的心脏地带，
需经过好几百公里人烟稀少的平原、几座现代化的工业中心，再穿
过森林密布的深邃峡谷，方能到达。我是被这里的考古挖掘吸引来
的，当时这里发现了新的石碑和泥板残片。从这些发现中流淌而出
的声音、想法和丰富的信息是相当惊人的。我在伦敦已经看过一些
翻译的文本，现在我想调查它们的出处。

没想到哈图沙给我的视觉和身体上的冲击会这么大。我已经知
道赫梯文明的巨大影响力，并查阅过相关的协议和信件，这些资料
见证了整个地中海东部甚至更远地区的国际关系。但是，只有当我
顶着冬季特有的零度以下的严寒，穿过这个 160 公顷（1.6 平方公里）
的定居点内部的丘陵、峭壁和山谷，在这个庞大的建筑群四周走上一
圈时，我才开始明白，青铜时代晚期的赫梯人是一股多么可怕的力量。

而且，只有当我的目光越过围墙，越过那片狮子、豹子、熊和
野猪曾经出没的瘴气弥漫的平原，同时想象这些统治者把触角伸到
了望不见的远方，伸到了黑海沿岸、南边的巴比伦、和西边的特洛
伊时，我才开始理解在青铜时代晚期，与哈图沙的国王和王后及其
盟友对抗意味着什么。[24]虽然古希腊的文献把生活在博斯普鲁斯海
峡东面的安纳托利亚人说成是"野蛮人"，但是这个史前文明却比
迈锡尼希腊人的文明更强大，更国际化，也更先进。

哈图沙的内城墙长 100 英尺（约 30 米），宽 600 英尺（约 182 米），中间被一条精心设计的地下通道（被称为"Yerkapi"，即"进入地下的大门"）一分为二。2004 年，一群德国和土耳其考古学家重建了一段保护遗址的城墙。这些高耸的防御工事由砖块砌成，上面再涂上灰泥和牛粪。城墙可能漆成了白色，上面是醒目的三角形城垛。考古学家们工作时，穿着藏蓝色罩衫、口嚼糖果的当地儿童会从附近的村子走来，看墙砌到哪儿了。他们村里的许多小房子就是用同样的方法和材料建造的，但这些 21 世纪的孩子一个个都看得目瞪口呆——这种规模的建筑物他们还是第一次见到。

1905 年，一支由德国东方学会（German Oriental Society）和德皇威廉二世（Kaiser Wilhelm II）委派的考古队在哈图沙取得了前所未有的突破。他们在开挖大神庙（Great Temple，单单神庙所占的地方就有 65 米长、42 米宽，接近于一个小型足球场；整个神庙建筑群的面积是 14500 平方米）的储藏室时，在遗址中央圆顶拱肋位置的废墟中，他们刨出了 10000 多块泥板碎片。随着时间的流逝，发现的残片越来越多，最终，他们一共从泥土中挖出了 30000 多块残片。[25]

每块泥板原本都是密密麻麻地排列在神庙和宫殿书库两侧的木架上的。这里是伟大的赫梯国王们的中央档案库，有协议、外交文书和行政文件，以及一卷卷的宗教经文（许多我们以为的世俗行为，在青铜时代晚期属于宗教范畴的又一明证）。赫梯人的法律规定详细：什么人可以结婚，什么人不可以结婚，对通奸的惩罚，对兽奸的惩罚，对诱拐的定义，等等。

随着这些泥板文书被翻译出来，赫梯人不仅一下子有了名字，还有了历史。那些识字的赫梯人不仅口齿伶俐，还很爱说话——他们使用的语言往往新颖而生动。一名学者指出，这些字形，即赫梯人使用的图形符号或字符以及楔形文字，可以有力地刻在书写用的

126

泥板上。[26] 书法艺术相对来说才刚起步，但是赫梯人似乎知道如何把它发挥到极致。[27] 迈锡尼人还在史前时代徘徊时，赫梯人已经在学习用文字表达自己的意思了。

哈图沙的一些发现与帕里斯和海伦的故事格外有关系。泥板上的文字五花八门，但有一种"阿卡德语"（Akkadian，一种来自美索不达米亚的闪族语言），似乎成了公元前第二个千年的旅行者、商人和外交人员使用的"国际语言"。哈图沙等赫梯遗址出土的残片中发现了按格式填写的外交文书：书记员在空格处填上适当的文字。在巴比伦和埃及的政府部门中发现了与这些赫梯文书相对应的文书。公元前 13 世纪的地中海东部地区，无疑存在一种各国认可并恪守的外交和行为语言（所有的事情一律平等）。

正是从这些外交文书中，我们详细了解到帕里斯这类王室特使到外国宫廷去时，会带上什么样的贡品和礼物。留存下来的泥板描写了赫梯人、巴比伦人、胡里安人（Hurrians，控制着今伊拉克北部的大部分地区）、埃及人和迈锡尼人之间的关系。它们是仪式化友谊生效的明证，同时也是统治者之间物质流动的详细记录。每一样宝贝都被仔细登记下来，列成一份清单，随文书一并附上，然后再把它们打包好，准备送上漫长而危险的旅途。我们听说埃及送来的礼品单上有金剃刀、镀金马车、镶有象牙的床、银筛子、镜子和洗脸盆。有一次，一只怀抱小猴的银制长尾猴也发挥了它的外交职能，作为友谊、团结和繁荣的象征被送出。[28]

在宫廷盛大的仪式上，这些礼物被当着众人的面展示或打开。

127 在某些情况下，这个场面肯定蔚为壮观；胡里安人从美索不达米亚送来了马具和战车一应俱全的骏马。每个国家都把人当作礼物来交换，有时一次就有 300 人之多。如果礼物达不到预期，那么这次送礼可能会有冒犯之嫌。国王和王后被认为对贡品的品质和安全抵达负有特别责任。公元前 1350 年左右，巴比伦国王布尔纳—布里亚什

（Burna-Buriyash）收到了埃及法老奥克亨那坦（Akhenaten）送来的一块黄金，金子的颜色灰突突的，非常可疑（黄金中如果掺有贱金属，其光泽和亮度就会打折扣）。布尔纳–布里亚什下令把这块黄金熔了，结果使他大为光火："送我40迈纳*黄金，可我发誓，我把它们全部放进熔炉，出来的却连10迈纳都不到！"他继续指责说："我的兄弟不该把送我黄金这件事交给其他人去办；我的兄弟应该亲自检查并封好后，再给我送来。"[29]

尽管安全措施已经做得很到位，抢劫的事依然时有发生。有许多敌对区域需要冒险穿过，当满载礼物的外交车队经过时，许多小国的国王会受到诱惑，许多士兵需要贿赂。那块黄金离开埃及时可能是金灿灿的，然而通往巴比伦的路途显然既遥远又充满了不测。

虽然交换礼物是大国领导人之间一种隐晦的贸易方式，但是所有这些表演的政治和外交功能同样非常重要。这些交换礼物的男男女女都是当时的玩家。礼物越多越丰富，你的社会等级就显得越高，而实际上也确实如此。在青铜时代晚期，经济日益区域化和国际化（而不是局限在当地）的情况下，来宾的友谊维持着这个公开追求实利的社会的运转。

* * *

但是回到斯巴达宫廷，这座精心建造的仪式化友谊的大厦却即将被攻破。我们得知，海伦几乎一见到那名携带礼物而来的漂亮客人，墨涅拉俄斯就出乎意料地匆匆去了克里特岛。[30]正如你可能想到的，考虑到她的地位和影响力，斯巴达王后被留下来主事，带着

---

* 迈纳，古希腊和埃及等地的重量和货币单位。按古希腊币制，1迈纳=100德拉克马（Drachma），1德拉克马=6奥波尔（Obol），1奥波尔≈0.72克白银。

丈夫的明确指示，招待这名富有、尊贵而又英俊的陌生人。谁曾料想她款待的使节会变成敌人？赫西俄德告诉我们"海伦玷污了满头金发的墨涅拉俄斯的床铺"[31]：假如帕里斯在战争中把她掳走，或者在路上把她劫走，事情都不会这么糟糕，但他是个客人——古代作家们为他的傲慢感到震惊。就好像一名访客不仅把浴缸弄得脏兮兮的，还把毛巾和金质的水龙头也一并偷走了。窃取了海伦的帕里斯，亵渎了殷勤好客的基本原则，这些原则是社会和国际关系的基础。这不仅是勾引，这是战争行为。

还有一个引发争议的可能性，希罗多德[32]发现了一个被很多人忽视的埃及人版本，后来在 1 世纪时，希腊哲学家迪奥·克利索斯当（Dio Chrysostom）再次发现了这个故事。在这个版本中，按照两位作者的说法，这个故事由埃及的祭司转述，帕里斯自称是海伦的合法丈夫，他是和"[那些]同样受到海伦的美貌及其父兄势力的吸引，从外国远道而来的许多追求者"一起，受邀来参加海伦的招亲大会的。[33]迪奥认为帕里斯有充分的理由出现在斯巴达，特洛伊距离希腊大陆非常近，"特洛伊人和希腊人之间有许多交流"，而且这名特洛伊王子带来了由父王普里阿摩斯（亚洲最富有的人之一）提供的一箱箱亚洲黄金。

按照希罗多德的描述，特洛伊王子通过把海伦带回特洛伊，以此来证明他只是拿了他该拿的东西。因为偏离航线而来到埃及海岸的特洛伊王子在埃及国王面前赌咒发誓，说他也受邀参加了海伦的招亲大会，而且实际上，（带了一船船特洛伊财宝的他）赢了比赛。埃及国王普罗透斯（Proteus）听后震惊万分，无法相信帕里斯的话。他的愤怒，不在于强奸、偷窃和诱拐人家的妻子，而在于公然蔑视不容分说的国际法规。这根本就是不该有的行为。普罗透斯没收了海伦和帕里斯的财宝，并给了帕里斯 3 天时间离开。只是碍于当地风俗，这名埃及国王才没有当场把帕里斯处死。[34]即使帕里斯有权要求海伦的父亲廷达瑞俄斯把女儿交给他，他也不该采取偷盗的方式，这么做的后果比强奸女人还要严重百倍。

希罗多德急于声明自己研究的先进性，迪奥·克利索斯当则过于宣扬一种反荷马的观点，试图证明这名伟大的诗人完全搞错了。可是尽管如此，青铜时代的帕里斯有可能向海伦求婚吗？一名安纳托利亚勇士为了在廷达瑞俄斯的领地上成功牵得一名年轻女继承人的手，而加入希腊勇士的队伍，参加招亲比赛？斯巴达公主小时候会和外国的君主订婚吗，就像赫梯文献告诉我们的许多贵族的做法那样？帕里斯带的那些礼物是为了换取一位已经许配给他的希腊公主？当时的文献多次提到有精美的礼品和许多塔兰特（talents）*的黄金被送往国外，以换回新娘；我们知道迈锡尼人和特洛伊人之间有密切的联系。[35] 希腊人是否把一个原本属于特洛伊的王室女子抢了回去？这些再一次由于书面历史的缺失而沦为纯粹的猜测，但却是完全有可能的。

海伦和帕里斯通奸的背景——经过千百年来的添枝加叶和改写——有着烂作的所有要素，但依然包含了青铜时代晚期的主要特点。公元前13世纪的宫廷肯定会设宴款待外国使节。王子、国王和王后会互赠礼物，会在彼此的床上睡觉，会和对方的女人结婚。部族首领之间会就彼此交换的无生命和有生命的财物进行刻薄的议论，这些同样都有书面证明。

* * *

一次事关重大的外交危机说明，青铜时代晚期贵族女性的不良行为可能给整个地区带来骚动。

---

*　塔兰特，古希腊的货币和重量单位。按古希腊币制，1 塔兰特 =60 迈纳。

　　大约在公元前1230年，赫梯人被请来为两个即将开战的国家调停。[36]乌加里特国王（King of Ugarit）亚米唐陆二世（Ammista-mru II）娶了阿穆鲁国王（King of Amurru）本特希纳（Benteshina）的女儿。这场婚姻和以往一样，是一场政治婚姻，目的是加强赫梯帝国两个藩国之间的联盟。但是事情的发展却有些出乎意料。令人震惊的是，这名女孩被不体面地送回了娘家。从来往文书可以看出，这名年轻女子在乌加里特时违反了某些根深蒂固的行为准则，"她只想着如何伤害他"，休书上是这么写的。难以想象她做了什么不可饶恕的事——除了不肯和国王睡觉，或者，更加糟糕，和别人同床共枕。[37]

　　故事并没有结束。虽然把公主送回去了，但是乌加里特国王的怒火显然没有平息。把公主驱逐出自己的国土并不能使他满意，他随后要求公主回到乌加里特宫廷接受惩罚——几乎可以肯定会被处决。最终，经过长时间的斡旋，这件事似乎解决了。这两个国家并没有真正挥刀相向，[38]然而这件事说明，青铜时代晚期贵族妇女的丑行可能会产生重大的政治后果。

　　对希腊人和特洛伊人因为一个女人而大动干戈这一说法，一直都有人表示怀疑。可是在青铜时代晚期，这种事情完全有可能发生，而且确实发生过。即使海伦和她那个甜言蜜语的恋人帕里斯都是虚构的，在公元前13世纪，一桩这样的丑闻也足以成为迈锡尼人入侵土耳其西海岸的绝佳借口。千百年来，虽然作者们迅速给帕里斯贴上了强奸犯的标签，但是生活在青铜时代的海伦，一个伯罗奔尼撒王后所扮演的，很可能不仅仅是一个被动角色，正如下面几段最早描写海伦风流逸事的诗歌残篇所暗示的那样：

　　　　……阿尔戈斯人海伦的心脏在胸腔里

　　　　怦怦直跳。她为这个特洛伊来的男人，

这个背信弃义的客人而疯狂，她跟着他
坐船来到海上，

把自己的孩子留在家中……
还有丈夫那张华丽的大床……
……她的心被欲望吞噬了……
［缺行］

［缺行］
……因为这个女人，
他的许多弟兄都进了这片黑土地
的怀抱，躺在了特洛伊的平原上。

尘埃中有许多辆战车……
……许多双目光炯炯的眼睛……
……被践踏，和屠杀……

——阿尔凯奥斯（Alcaeus），残篇 283，公元前 6 世纪 [39]

18

亚历山大诱拐了海伦

她俘虏了每一个
看到她的男人。
他们排着队，叹息，
跪下，恳求她"嫁给我吧"。
她嫁给了其中一个，
但是人人都
发誓要效忠于她
直到死去，人人都被她
芬芳的气息，
和她赫赫有名的外表所惑。

因此，当她找了个情人，逃得
无影无踪，
她睡的那一侧床铺空荡荡，冷冰冰，
她那枚小小的结婚戒指

像赏钱一样留在床头柜上，

衣橱里她的华服不见了踪影时，

战争就开始了……

……

此时，她正可爱地躺在

一座外国城堡的高墙内，

被一名勇士紧紧地搂怀中，爱抚，爱抚，

再爱抚，她的哭声

像灾祸之鸟的叫声一样，

传到下面城门的小伙子那儿，

他们正按照她名字的音节齐步前进。

——节选自卡罗尔·安·达菲（Carol Ann Duffy）

的诗歌《美》（*Beautiful*）[1]

　　3000 年来，帕里斯在斯巴达宫廷勾引海伦这件事给了人们无数 132
的灵感，[2] 大部分古希腊作品对此事的描述都相当含蓄，或者至少
那些现存的片段是如此。《塞普利亚》只讲述把礼物交给海伦之后，
"阿佛洛狄忒促成了这名斯巴达王后和特洛伊王子的姻缘"。[3] 公元
前 2 世纪的阿波罗多罗斯（Apollodorus）写道，在享受了 9 天墨涅
拉俄斯的热情款待之后，帕里斯"成功说服海伦和他一起私奔"。[4]
然而对于奥维德等后来的作者而言，这一幕激发了他们的想象力。
在第 16 封《拟情书》中，诗人描写了帕里斯看到海伦和墨涅拉俄
斯恩爱的场面后，如何"心中升起妒火"。帕里斯抱怨说："当他紧
紧地搂着你时，我垂下了眼睛，完全不知什么味道的食物卡在我的
喉咙里，因为我无法下咽。"海伦反过来也颤抖着说："我看到，桌
面上，用洒出的酒写着我的名字，下面还有两个字——我爱。"[5]

海伦故事中的这一刻特别引人同情：这名斯巴达王后受到引诱，是因为她的丈夫墨涅拉俄斯被叫去克里特岛主持他祖父的葬礼去了。[6] 在拉科尼亚人的热情款待中流连忘返的帕里斯，一开始似乎抑制住了自己的冲动。他们在一起吃饭时，他可能过于仔细地观察了海伦；他们道晚安时，她的手停留在他手心里的时间可能太长了点。但是到目前为止，一切都还好。一切都在有条不紊地进行。尊贵的主人得到了精美的礼物，而帕里斯作为一名超级大国的使者，则获得了接见。

一切都不会发生，假如墨涅拉俄斯这个孝顺孙子不是在祖父卡特柔斯（Catreus）下葬后和克里特的情妇欢好了一夜的话。但他确实厮混去了，在那个炎热的地中海之夜，出现在海伦门槛上的那个人影，不是墨涅拉俄斯的，而是帕里斯的。随着故事的展开，诗人们的听众肯定会不满地鼓着腮帮子："这不是太可怕了吗，接着讲下去吧。"对千百年来的视觉艺术家而言，海伦被诱拐或者被强暴这件事的巨大吸引力同样是无法改变的。

巴黎的卢浮宫及其博物馆（the Louvre Palace and Museum）收藏了几件《绑架海伦》（l'enlèvement d'Hélène）的作品。有着大理石地板、希腊式立柱和满屋子珍宝的卢浮宫，是个迷宫般的地方。迈锡尼公主在这里可能会感到很自在，她甚至可以欣赏增建的巨大建筑——一个适合追寻海伦的地方。然而，正如卢浮宫从古代世界汲取了自己的建筑灵感一样，博物馆中那些描写海伦的画作却说明，从古至今，艺术家对这名伯罗奔尼撒女孩的描绘一直都是主观的和充满恶意的。

12月天气凛冽的一天，我来到卢浮宫寻找海伦，手里拿着一张清单（上面写着档案指引和许多展示柜的号码），期待来一场贯穿海伦一生的视觉旅程。[7] 然而，我看到的却是一连串的性暴力。从古至今，无论是中世纪手稿的装饰图案、巨大的油画，还是专门为教皇定制的陶瓷盘上，艺术家和他们的资助人都希望记住一件最重要的事：海伦是被人强行带走的这一事实。我花了一个下午观看了绑架女人的 30 种方式。

1540 年，阿韦利（Avelli）在一只直径约 18 英寸（约 46 厘米）的陶盘上作画，画中壮硕的海伦俨然成了拔河的对象。[8] 柔和的金色夕阳照射在波浪翻滚和布满漩涡的海面上，斯巴达卫士扯着海伦的斗篷，想把她拉回来，特洛伊人则抱住海伦的腰，粗野地把她推上那艘等待的船。海伦抓住了一个特洛伊人的头发，看得出她很绝望。在同一年绘制的另一个盘子上，海伦令人费解地像个孩子。[9] 半裸的海伦既天真又性感，双腿紧紧地缠绕着那个绑架自己的人。她看起来像是骑到了人家的背上，但是那双因震惊和恐惧而睁得大大的眼睛，则诉说着一个更加黑暗的故事。

有一块宽仅 10 厘米，颜色主要为单色，间有一丝蓝色的圆形装饰物，画的是海伦被一群粗鲁、看似未开化的人围在中间，海伦的表情非常痛苦，这些东方来的野蛮人显然等不及要玷污这个纯洁的希腊美女。[10] 一尊 18 世纪的小雕像则表现了正面和炽热的感情。虽然只有几英尺高，但整个房间中最引人注目的却是这两个人。这尊雕像最早在路易十五（Louis XV）统治时期的杜伊勒里宫（Palais des Tuileries）展出。海伦和帕里斯困在了他们自己制造的风暴之中。这件作品极为生动。海伦飞到了帕里斯的上方，他抬头凝视着她，他们的衣服在四周翻滚。她看起来很轻，他的脸像是被她抬了起来，而不是她被他用双臂举起来。[11]

正是帕里斯和海伦的这激情一刻——无关暴力，而和"ate"[12]（放纵或蛊惑）有关——导致了成千上万的男人、女人和孩子死亡，并使希腊的勇士们陷入一场毫无意义而又旷日持久的战争中无法脱身。一次男女关系上的疏忽呈现出史诗般的效果。这个小过失在公众的心目中不断增大，直到希罗多德这样的人在他的《历史》

（*Histories*）一书中写道："……弥天大罪自有天谴。"[13] 犹太教和基督教传统经常因为把性视为女人的问题而备受指责。但是，海伦无疑是另一个夏娃。正如一名学者所说的，"围绕她［海伦］产生的所有问题，都出在男人对女人的性的感知上，也就是说，他们对女人的欲望如何变成了一个让女人承担责任的问题。"[14] 海伦的罪责被迅速放大。男人们通过海伦的故事成功使我们相信，性是邪恶的根源，而女性则是这两者（性和邪恶）的本源。

134

同在卢浮宫展出的一块 16 世纪的弧形木板彩绘，就完美概括了这一情况。帕里斯和海伦被置于画面的正中央。万众瞩目的海伦一只手扶着头，这是一个表示绝望的动作。她的头发随风飞舞，否则她和帕里斯就显得太呆板了——他们位于风平浪静的风暴中心，因为他们周围是黑压压一片、气势汹汹和群情激昂的希腊和特洛伊的军队。到处都是仇恨、恐惧、痛苦和残忍。而最重要和最根本的，是海伦和她那自私的不忠行为。

性是一股强大的力量，这个道理古人懂。荷马在《伊利亚特》中有一段色情文字，描写女神赫拉为引诱丈夫宙斯而做的各种准备。赫拉需要把宙斯的注意力从战场上吸引过来，从而使她当时偏爱的阿尔戈斯人增加获胜的机会。这里没有提到海伦，但是传递的信息却再清楚不过——这是女人控制男人的方式，这是她们把爱情当作武器的方式。而且，正如你所读到并意识到的，这里面更重要的其实是帕里斯与斯巴达王后之间的爱情故事，于是你的脑海中立刻出现了海伦（而不是赫拉）在闺房里梳妆打扮，等待客人帕里斯的画面——此时帕里斯已经闻到她的香水味道，正在自己的房间里不停地踱来踱去。

> 首先是琼浆玉液。赫拉把诱人的
> 身体上的污垢洗净，然后涂上一层厚厚的橄榄油，

她一直随身带着这种令人惊奇的芳香油膏……

只需在宙斯这座金碧辉煌的宫殿中微微搅动一下

一团香雾就会从天上飘到人间。

她用这种油膏把肌肤按摩得又柔又嫩，然后是梳头，

灵巧地编辫子，一头光滑、茂密

而华美的秀发，像瀑布一样从她那颗不死的头颅上落下。

……她给精心打过孔的

耳垂戴上耳环，

三颗成熟的桑葚摇来晃去，

它们发出的银色光辉能把人心俘虏。[15]

* * *

　　帕里斯和海伦被留在斯巴达城堡独处的那个晚上，当夜鹰鸣叫，夜深人静之时，到底是谁在谁的门口徘徊呢？是谁采取主动的呢？在《伊利亚特》和《奥德赛》中，海伦既受到责备，又是人们赞美的对象，那么，到底是谁偷走了谁呢？

　　许多古代作家对这个问题都有清晰而明确的认识，考虑到后世画家的构想多为暴力和诱骗，他们的观点可能有些令人吃惊。帕里斯肯定不占优势。根据荷马史诗，海伦勾引上特洛伊王子之后，荷马从未说她是他的妓女或者性奴，甚至不说是他的迷人新娘，而只是说她是他合法而平等的伴侣。她先是墨涅拉俄斯的 "parakoitis" [16]，然后是帕里斯的 "akoitis" [17]——这两个词都是性伴侣、配偶或妻子的意思。斯巴达国王和特洛伊王子都被说成她的配偶（posis）。[18]海伦从未被称为地位卑下的妻子（damar）。[19]

　　事实上，在欧洲的所有画廊中，都会看到海伦被描绘成了一个

135

受害者，这体现了后来的人们对海伦被抢这件事的想象。在古希腊人看来，海伦在性爱女神阿佛洛狄忒的指导下，使自己拥有了令帕里斯无法抗拒的魅力。本章的标题其实应该是"海伦诱拐了亚历山大"（*Helena Alexandrum rapuit*，参见插图 8 ）。[20]

19

女性比男性更具杀伤力

有人说，这片黑暗的土地上，
最迷人的景象是一队骑兵，有人说是一队步兵，
有人说是一支舰队；我却说，
是任何你渴望的东西：

我完全可以使大家明白这么说的理由；
因为海伦，这个美貌举世无双
的女子，抛下自己的丈夫——
男人中的佼佼者——

坐船驶向了遥远的特洛伊；她一刻也没有想到自己
的孩子，也没有想到亲爱的父母，
而是任由［爱的女神］把她引向［欲望的］
歧途。

　　　　——萨福，《残篇16》（*Fragment 16*），公元前7世纪[1]

距离荷马不到 100 年的女诗人萨福确信，是斯巴达王后引诱了帕里斯，或者至少是愿意跟他走。萨福确信，海伦在阿佛洛狄忒的驱使和情欲的诱惑下，并没有被掳走，而是自愿离开了斯巴达。

萨福对海伦的论述非常重要，原因有二。首先，同时也最明显的是，如果你相信萨福真有其人，那么她是古代世界幸存下来的一个罕见的女性声音。[2] 她没有按照男人的观念，写海伦应该怎么样。其次，萨福在古代极受尊崇。据说雅典的立法者梭伦（Solon）在一次宴饮时记住了一首萨福的歌，"我学会之后就可以死了"。[3] 柏拉图说萨福是"古时候的智者"之一。[4] 在希腊化时期，萨福被拿来和荷马相提并论，甚至被誉为"第十位缪斯"。[5] 她的看法非常重要（部分原因在于她和她的作品经常成为人们讨论的对象），因此，千百年来没有人能完全摆脱这个观点，即帕里斯可能是海伦的玩物，而不是反过来。

与海伦一样，萨福也是古代世界少数几名家喻户晓的女性之一。然而事实上，没有什么历史资料证明她存在过。除了一首完整的诗以外，她的诗歌留存至今的只剩一些片段。《残篇 16》被夹在牛津博德利图书馆（Bodleian Library）的两片玻璃之间，当我们低头看这些纸片时（像是一块令人伤感的不完整拼图），它所表现的诗意比现在的诗还要欠缺。但是，我在第一次研究这些小纸片时就认识到，1615—1620 年为了装饰图书馆墙壁而在檐壁上绘像的那些智者当中，萨福是唯一一名女性：证明了这些幸存下来的片言只语的智慧。

我们很幸运地知道萨福对海伦的全部看法；19 世纪末，埃及发现了许多残缺不全的希腊文，它们要么写在陶器碎片上，要么写在小块莎草纸上，这些莎草纸被回收用来包裹木乃伊或者堆肥。幸运的是，一名敏锐的劳动者发布消息，说他在田里干活时翻出了这些宝贵的碎片，欧洲的热心收藏家纷纷赶来，在这些稍纵即逝的东西被重新犁回地里之前，把它们收集了起来。

写给海伦的《残篇 16》是在俄克喜林库斯（Oxyrhynchus，意为"尖鼻鱼之城"）一个巨大的垃圾堆里被发现的，俄克喜林库斯曾经是埃及的第三大城市，现在则是开罗西南 160 公里处一个名为巴哈纳沙（Bahnasa）的小村庄。这张写着海伦主动决定离开墨涅拉俄斯，和一名迷人的东方王子私奔的小纸片，被埋在一堆 5 世纪丢弃的、2.5 米厚的腐烂手稿之下。[6]

我们知道萨福很可能是一名抒情诗人，她为里拉琴伴奏的歌曲创作歌词。她被普遍认为是一名女性，公元前 630 年左右出生，家庭状况良好，家乡是莱斯博斯岛的米蒂利尼（Mytilene）。她似乎是一名母亲："我有一个可爱的孩子，她的样子就像金色的花朵。"虽然公元前 5 世纪末她的诗已经被写在莎草纸上，但我们却无从知道她本人是否识字。

萨福的诗令人无法抗拒。即使在我们仅有的这些残篇中，她的语言也非常直接。通过她的表述，我们得以获得对古希腊文化的惊鸿一瞥。她的诗歌包含了宏大的主题（死亡、爱情和神灵），然而她最有名的那些诗似乎都有某种教育作用，似乎是为了引导和使其他（年轻）女孩适应社会而写的。萨福以海伦为例来说明女性在恋爱中是如何发挥自己的作用的。如果她不是徒有虚名的话，那她真可谓是一名人生导师。古人认为萨福是第一个直言不讳描写爱情和把"情欲"（eros）形容为一种"既苦涩又甜蜜的感受"（事实上她使用的词是"glukupikros"，意为"又苦又甜"）的人，除此之外，她还发明了琴拨子，并开创了一种为后世悲情诗人所使用的新的音乐调式。

海伦是萨福的理想题材，因为萨福对研究美貌和迷人外表的惊人魅力十分感兴趣。任何享受过热烈的感情或受过其伤害的人，都会认同萨福说的每一句话："我的舌头像被冻住一样说不出话，苍白的火焰渗入我的皮肤，我什么也看不见，耳朵里嗡嗡作响。"

在萨福写的海伦故事中，这是斯巴达王后自己的要求。她已经有一个丈夫，但是帕里斯来了之后，她选择了更年轻、更健壮、也更英俊的后者。这个观点受到了温和的审查。1906 年，当《残篇16》第一次被拼起来时，两名男编辑格伦费尔（Grenfell）和亨特（Hunt）原本只是让海伦对着帕里斯的男性阳刚之美垂涎欲滴，而不是凭着一股冲动，真的跳上他的船。[7]

读者很难不注意到，萨福对海伦的描写，反映了斯巴达在古代著名的一妻多夫现象。一妻多夫制（"共有一夫"或有许多男性伴侣）可能是对斯巴达的错觉之一，可能是外人对名声在外的彪悍的斯巴达女孩产生的奇怪误解。但是话又说回来，这也可能是真的。我们第一次明确听到一妻多夫制是从波利比乌斯（Polybius）那里，出身高贵的波利比乌斯是公元前 2 世纪的希腊作家，他记录了一些他认为"传统"的习俗——也就是说，这些习俗至少可以追溯到公元前 8 世纪，或者还要久远。[8]

海伦选择了那个优秀的家伙（帕里斯），萨福可能认为海伦这么做，只是遵照习俗而已，诗人通过阅读当时的斯巴达游记，对此种风俗已经非常了解。《来库古传》（Life of Lycurgus）的作者普鲁塔克告诉我们，斯巴达有一种已经存在了 500 多年的古老风俗，丈夫允许自己的妻子和适龄的情人匹配，假如她们认为年轻的血液可以使自己的后代更强壮和更有成就的话。[9]假如事实真的如此，而不是后人编造的话，那么萨福可能听说过这种习俗。可能她认为——假如时光倒流——海伦作为一名斯巴达公主，沉迷于一妻多夫制实在是再正常不过。

我们可能还见证了有关海伦的回忆对古代斯巴达产生的影响，这名性格活泼且有婚外情的祖先给了斯巴达女人许多启发。普鲁塔克说她们和海伦一样，时兴一妻多夫制。这并不是说，斯巴达女孩把英俊的小伙子带回家是一种传统的延续，这种传统起源于青铜时代晚期海伦与帕里斯之间真实存在的关系。而是说，鉴于斯巴达与海伦的故事之间的密切联系，她的事迹可以很好地为这类习俗提供文化上的解释。假如海伦是一妻多夫制的践行者，那么其他斯巴达妇女效法自己城市榜样的做法，也就无可厚非了。

虽然从古至今，最受作家和艺术家青睐的，是那个被绑架的受害者或者狡猾的狐狸精海伦，但是也有些人循着萨福的思路，认为海伦因无法抗拒阿佛洛狄忒的魔力，而唆使帕里斯把她拐走。拿破仑战争时期，士兵从意大利北部带回来一部新发现史诗的 11 世纪抄本。学者们并不知道这首诗的存在：它创作于 5 世纪或 6 世纪，作者是一个埃及人，名为莱科波利斯的科里修斯（Colluthus of Lycopolis）。[10] 这首诗从另一个角度阐释了这个三角恋故事，是《绑架海伦》（Rape of Helen）的另一个版本。在这个版本中，长着一双"漂亮脚踝"的"阿尔戈斯仙女"是自愿和情郎私奔的。

科里修斯跟我们说，帕里斯的俊美使海伦深感震惊。她犹豫过，困惑过，但外表的魅力最终还是战胜了理智，她决定冒险一试。"来吧，把我从斯巴达带到特洛伊去……"她说。她把灾难迎进了家门，就好像特洛伊将把两只（而不是一只）特洛伊木马运进城里一样，这第一只就是海伦自己。诗中一再出现的希腊语单词"aneisa"（意为拔去门闩、放开、屈服于命运或热衷于享乐）强调了这种常见的缺点。就像海伦"打开她温暖的香闺"欢迎帕里斯一样，诗的末尾，"他回来时"，特洛伊也"城门大开接纳了她，从而种下了祸根"。[11]

6 世纪出现了另一部讲述这个故事的作品（这次是匿名的）《特洛伊的陷落》（Excidium Troie），在这部作品中，海伦竟要求帕里斯把她劫走。《特洛伊的陷落》是标准的学校教材。它用拉丁语写成，却催生了西方各国自己的版本，其中有 13 世纪挪威的《特洛伊的故事》（Trjumanna Saga）、德国的《特洛伊战争》（Trojanerkrieg）、西班牙的《特洛伊故事集》（Sumas de Historia Trojana）和 14 世纪保加利亚的《特洛伊的故事》（Trojanska

Prica）。[12] 一份抄写于 1406 年且画有精美插图的法文手抄本即遵循这一传统，描绘了海伦爬下梯子去和帕里斯相会的情景，这份手抄本现保存于剑桥的三一学院。[13] 海伦抓着帕里斯的肩膀，一条腿架在矮墙上，脸颊绯红，眼睛直勾勾地望着帕里斯。这不符合我们对绑架故事高潮部分的期待，一个不情不愿的性伴侣的表现不是这样的。

＊ ＊ ＊

在调查和写作本书的过程中，我非常注意询问朋友和同事们对海伦的看法。大部分人形容她是"全世界最美的女人"，但同时也是个无足轻重和容易被征服的人。当我问一名刚客串完好莱坞电影《特洛伊》的著名女演员时，她说海伦"只是个工具"。事实上，海伦在这部 21 世纪大片中的表现，和西方艺术史中其他那些无知而顺从的海伦非常相似，这着实令人担忧。[14] 我们已经习惯把海伦当作一个被动的奖品，然而这个评价仅仅是历史上相对晚近才出现的。在 2500 年的时间里，另有一种传说意识到了海伦是个非常活跃的女英雄。她不仅不是个毫无价值的女人，反而还是个充满活力的主角，一名富有的王后。她是一名政治高手，在阿佛洛狄忒的帮助下牢牢控制着她周围的那帮男人。

第六部分

厄洛斯和厄里斯

许多迈锡尼艺术的主题都涉及军事或狩猎，这把匕首上的装饰展示了迈锡尼战士杀死狮子的场景，他们持有《伊利亚特》中描绘的大矩形"塔盾"或覆盖着兽皮的盾牌。约公元前16世纪，现藏于雅典历史博物馆（Athens History Museum）。

20

荡妇海伦

　　啊，淫荡的美人！粗俗华丽的服装和女人气的奢侈品颠覆了
希腊；古斯巴达的淳朴民风被鲜衣华服和漂亮的女人给毁了；粗
俗的外表证明宙斯的女儿是个荡妇。

　　　　　　　——亚历山大的克莱门（Clement of Alexandria），

　　　　　　　《导师基督》（*The Instructor*），2 世纪 [1]

　　给予海伦主动权和性欲，并不意味着她就有了地位。恰恰相反。
古往今来，当人们发现海伦是个主动而不是被动的情人后，便迫不
及待地给她贴上了淫妇的标签。随着 2 世纪后越来越多的人皈依基
督教，"荡妇海伦"的观点越来越深入人心。她同时成了任性女人
和妓女的典型代表。帕里斯带着大量礼物来到斯巴达宫廷这件事，
在信仰基督教的作家们看来，更进一步证明了海伦的私奔是一种卖
淫行为。

　　为了寻找海伦淫乱的踪迹，我们来到平静而又不平静的剑桥基
督圣体学院。16 世纪，一个名为马修·帕克（Matthew Parker）的

神学家向学院捐献了一批罕见的手稿。现在这批手稿依然保存在帕克图书馆，橡木板和灰绿色的百叶窗遮挡了各种噪音；这是个宁静而有秩序的地方。

这里有一份抄得密密麻麻的小抄本。其中有神学家埃克塞特的约瑟夫写的一首诗，题目叫做《伊利亚斯》（Ylias）或者《特洛伊战争》（Bellum Troianum）。[2] 约瑟夫似乎一生的大部分时间都待在法国宫廷，曾短期参加过十字军东征。他自己写的这部特洛伊史诗一共有 6 卷，完稿时间为 1184 年前后。13 世纪，这部史诗被仔细地誊写在皮纸上，深棕色的字体，写得既细密又工整，每个字母的高度只有几毫米。唯一彰显本诗丰富内容的，是在排列整齐的句子中，每隔几英寸就会出现一个朱红色的大写字母，非常醒目。

144   约瑟夫用中世纪的拉丁文写成的这首谩骂诗既有趣又令人感到悲哀。他显然十分热衷于描写海伦的特征，甚至提到了她"腿上的装饰"（crurumque decora）——她那两条美腿的魅力。[3] 然而海伦只是钉在女性棺材上的又一颗钉子。基督教延续了古希腊人（尤其是雅典人）未完成的工作，继续妖魔化女人和她们的性魅力。女性的外在美逐渐被认为是邪恶的象征，而不是内在力量和精神价值的体现。[4] 中世纪的文学可能是一种轻松读物，但它们愤慨的语言有着顽固的基础。让海伦臭名远扬，万劫不复，显然使约瑟夫这类人感到极大的满足。[5]

约瑟夫在《伊利亚斯》中明确表示，主动参与自己绑架事件的海伦，不是那个有权有势的女人海伦，而是危险的荡妇海伦。约瑟夫认为是帕里斯带来的东方奇异珍宝让海伦"轻易上了钩"，并以此为契机，展开了一大段令人震惊的色情描写：

> 她［海伦］整个人骑在他身上，两腿张开，嘴唇贴紧他，夺走他的精液。当他的热情消退时，暗中知道他们奸情的紫色亚麻

床单见证了他那些未被注意的汗水。多么令人作呕！啊，邪恶的女人，你能抑制住如此强烈的欲望吗？你的色欲是否正在等待买家？温柔的性爱具有多么奇妙的力量！为了获得财富，女性克制着自己如火的情欲，而且不会让对方满足，除非他花了钱。[6]

12世纪约瑟夫写这首诗时，女上男下的性交体位被认为是有违道德的。除了"传教士体位"之外，其他任何的性交姿势都是不自然的，因为这会让女人的身体占据优势位置；这些姿势是妓女的标志，被认为改变了精液的路径。

于是，被神学家打上通奸者和性欲倒错者两个烙印的海伦和帕里斯，成了《大自然的哀叹》（*The Plaint of Nature*）这类影响深远的基督教文献中的著名人物，《大自然的哀叹》写于1160—1175年之间，作者是诗人兼神学家阿兰·德里尔（Alan de Lille），[7] 作品表现了自然母亲（Mother Nature）对于自然法则遭到滥用而发出的由衷哀叹；德里尔甚至谴责海伦为了满足帕里斯无节制的情欲，而鼓励他去找其他男人。

> 我为什么要用天仙般的美貌来美化廷达瑞俄斯的女儿呢，后者自恃美貌而拒绝接受淫妇之名的侮辱，却在玷污婚约之后，可耻地与帕里斯结成了同盟。
>
> 除了帕里斯，弗里吉亚（Phrygian）的奸夫不会再追求廷达瑞俄斯的女儿，而帕里斯则做出了许多令人不齿的可怕行径。[8]

145

如果在性方面犯下类似的罪行，中世纪的普通信徒将会做一系列的忏悔。对于"不自然"的性交姿势的惩罚可能持续40天或者更长。剥夺权利、禁食、罚款、不断的祷告、戴着白帽子或拿着白棍子站在教堂外面，这些都是这个时期常见的赎罪方式。7世纪的《西奥多真经》（*Canons of Theodore*）对通奸罪的处罚是，3 年内每周禁欲 2 天，外加 3 段、每段 40 天的禁欲期。犯通奸罪的妇女必须苦修 7 年。[9] 11 世纪时，圣彼得·达米安（St Peter Damian）鼓吹，沉迷于"变态"性交姿势的年满 20 岁的已婚夫妇需进行为期25 年的禁食和苦行。这些"兽行"和"妓女式拥抱"被认为将导致各种各样的人类灾难；中世纪末的一位神学家甚至说，上帝让《圣经》中的大洪水发生，是因为他发现有一对夫妇在性交时采用了女上位。[10]

当然了，尽管有这样那样的警告，尽管海伦已经成为红色警戒，尽管愤怒的语言源源不断地从这些神学家的笔端流出，普通人还是不加理会，继续做出亵渎自然母亲和惹恼教会的行为。每有一个女人被打上海伦的印记，戴着白色的忏悔帽站在教堂的角落里，就有一个见习修女在修道院的图书馆里研读奥维德的情书。每有一个诗人希望看到海伦和帕里斯被地狱之火炙烤，就有十个人把帘子拉开，让这位特洛伊人进入斯巴达王后的寝宫。

荷马写作海伦之时，善恶还没有被认为像两股相互吸引的巨大力量，各自位于一个极点，各自把人类往自己的方向拉。在古希腊人看来，事情并非这么非黑即白；神灵本身也是既有优点，也有缺点。海伦是希腊人的完美原型，一个曾经明暗对比非常强烈却又模糊不清的女人。但是对业已基督化了的西方来说，这却是个难以理解的概念。虽然信仰基督教的作家们对海伦的血统没有异议，也从未否认她在民众心目中的崇高地位，但海伦却很难说得上非常高尚，因此她势必是个非常不道德的人——事实上，是个残忍的荡妇。

乔叟在描写衣着华丽的海伦时形容她是"faire queene eleyne"（意为"美丽的海伦王后"），乔叟在这里很可能使用了谐音梗，因为"a quene"（意为"妓女"）和"queene"（意为"王后"）读音相同。[11]

在但丁的《地狱》（Inferno）中，海伦居住在第二层（Circle Two）——淫荡和好色者住的地方。到了伊丽莎白时代，人们发现，海伦的名字经常和那些讨厌的卖淫者一起出现。1578年，托马斯·普罗克特（Thomas Proctor）在《海伦堕落一事对卖淫业的影响》（The Reward of Whoredome by the Fall of Helen）一书中，先是把海伦描绘成一个人人争相得到的高贵美女，接着笔锋一转，开始描写她那些"劣迹斑斑"的淫乱故事。[12] 在理查德·罗宾逊（Richard Robinson）的《邪恶的报应》（The Reward of Wickedness，1574）一书中，海伦和"教皇、妓女、骄傲的王子、暴君以及罗马天主教的主教"一起，遭受了难以形容的折磨。

《大自然的哀叹》面世后500年，海伦是个荡妇的观念依然甚嚣尘上。以苏格兰改革派牧师亚历山大·罗斯（Alexander Ross）说的一段很有影响的话为例，1648年，罗斯出版了一本宣扬民粹主义的古典文学通俗指南，这是一本按字母顺序排列的神话词典：

> ……因为她有个畸形的灵魂，做了妓女，不仅年纪轻轻便和忒修斯有染……还嫁给了墨涅拉俄斯，又背弃他，委身于帕里斯；她还不满足，又和帕里斯和俄诺涅（Oenone）的儿子戈瑞斯（Gorythus）乱伦；后来她把特洛伊城出卖给希腊人，又欺骗了自己的丈夫得伊福玻斯，使他在睡梦中被墨涅拉俄斯杀死……因此，我们知道，假如没有一颗美好的心灵，外表美只不过是一只戴在猪鼻子上的金耳环。[13]

假如它们的影响不是如此可悲，这类谴责谩骂或许可以逗我们一笑。海伦真是一个令男人又爱又恨的女人。

* * *

我们在追踪海伦事件在各个时期的发展时，必须记住一点：中世纪的人认为海伦和帕里斯的风流韵事是一种违背上帝的行为。[14] 但是在希腊人和罗马人看来，这种行为对神灵，或更确切地说是女神阿佛洛狄忒来说实在是再普通不过。海伦不仅是个情欲放纵的女人，还是一面彰显阿佛洛狄忒威力的镜子。情欲的驱动来自阿佛洛狄忒，海伦因此而保有一丝遭受屈枉的天真，例如在《伊利亚特》和《奥德赛》中。这些全都是女神的主意，不是她的。海伦完全是按爱情的规则在玩，正如罗马诗人奥维德在他那本《爱的艺术》中所说的，当然，他这番话说得毫无诚意：

147

墨涅拉俄斯外出期间，夜里，不该独眠的海伦，投向了客人的温暖怀抱。这是什么愚蠢的行为，墨涅拉俄斯？你一个人走了；让你的妻子和她的客人待在同一屋檐下。疯子，你把胆小的鸽子托付给老鹰？你把整群羊托付给一头野狼？海伦没有错；那个通奸者也没有错：他做了你和任何人都会做的事……我宣布赦免海伦的罪过：她利用了一名殷勤的爱人给她的机会。[15]

21

阿佛洛狄忒的痛苦

在她的床上，平心静气是罕见的珍品。

任何在那里怡然自得的人都是幸运的，

大部分人都异常激动。

金发男孩厄洛斯拿着一把弓在附近徘徊，

他的箭囊里只有两支箭。

一支带来快乐。

另一支带来混乱

和无序的痛苦。

——欧里庇得斯，《伊菲革涅亚在奥利斯》[1] 中的女声合唱

当帕里斯同意为三位女神的美貌比赛充当裁判时，他可能没有料到自己将永远无法摆脱其中一名参赛者的纠缠。因为海伦出现的地方，阿佛洛狄忒也会出现。帕里斯到达斯巴达宫廷时，阿佛洛狄忒出现在了宫中的希腊瓶上：倔强地挡住海伦的去路，不许她逃往其他的场景或者故事。当帕里斯在战场上和墨涅拉俄斯对决行将败

北时，她救起了这名可怜的王子。他是女神宠爱的花花公子，女神就这样一面搭救一面羞辱这位英俊的特洛伊二王子。

在这个故事的许多版本中，阿佛洛狄忒都表现得像是海伦的助理。以下面这段对阿佛洛狄忒的描写（最早的描写之一）为例。女神准备到伊达山去找帕里斯。阿佛洛狄忒的任务是说服这个少年相信，自己是三个女神中最漂亮的——她想得到那只金苹果。显然，这个从一片苍翠欲滴的富饶地方走出来的小伙子根本不是女神的对手：

> 她给自己披上美惠三女神和四季女神缝制并用春天的花朵染色的长袍，这些长袍和四季女神的服装一样，用番红花、风信子、盛开的紫罗兰、甜美的玫瑰花，以及香喷喷的水仙花和百合花染上颜色。[2]

1000多年后，作家科里修斯（就是那个写海伦打开大门欢迎帕里斯的人）想象着在帕里斯评判时，女神如何"拉开领口开得很低的长袍，露出自己的胸脯而丝毫不觉得羞耻。接着她解开甜蜜的爱的腰带，毫不在乎自己的乳房已经完全裸露"。[3]

阿佛洛狄忒并没有爱上帕里斯，但她显然从促成海伦和帕里斯的好事中得到了不少感同身受的快乐。例如，荷马描写了特洛伊战争进行得如火如荼之时，阿佛洛狄忒如何站在王子的寝宫前，命令海伦进去，并唤起她的这两头"王室役马"的热情，要求他们用性行为来表达对她的爱戴。海伦回过头来质问女神（从她的自信可以看出，她自己就是一位准神祇）："下一步你要我去哪？/到其他宏伟气派的城市去，/到弗里吉亚去……你在那儿也有喜欢的男人吗？/……那么，你自己去找他吧——你到他身边去！放弃神界的阳光大道，做个凡人去！"[4]

阿佛洛狄忒永远不离左右，因为她既是海伦的缪斯，又是她的化身。而海伦则是阿佛洛狄忒在人间的替身。在一些传说中，两人是母女的关系。如果说阿佛洛狄忒是性感女神，那么海伦就是性感的化身。两人构成了一个强力组合，谁也不能把她们分开。帕里斯被卷进了一场激烈的三角恋，他寡不敌众，值得同情而不是嫉妒：正如欧里庇得斯对公元前 5 世纪的观众所说的，阿佛洛狄忒的床是个"让你疯狂"的地方。[5]

那么，为什么爱情女神这么可怕？为什么她要做海伦的邪恶搭档？为什么海伦的魅力破坏力如此之大？为什么希腊的剧作家和诗人纷纷歌颂她的美貌，接着又说她是妓女、荡妇、魔鬼？为什么海伦和帕里斯之间那走入极端的恋爱似乎不可避免地会使特洛伊战场血流成河？为什么要把过分纵欲，导致厄洛斯射出第二支箭的罪过归咎于海伦？

为了回答这些问题，我们必须往上回溯希腊的神话史，一直回溯到开天辟地之初，回溯到阿佛洛狄忒诞生之时。公元前 7 世纪，赫西俄德写了一本系统梳理神学的著作《神谱》（ *Theogony* ），这本书讲述了神灵和宇宙起源的故事。与荷马一样，赫西俄德的著作成了举世公认的经典。书中最引人注目的一些章节讲到，宇宙从混沌中诞生，阿佛洛狄忒是这个原始世界最早的一批居民，且被认为是唯一一个从宇宙之初一直活到奥林匹斯山万神殿建立的神祇。欧里庇得斯说她"比神还要伟大"。一首古老的颂歌清楚地说明了她对神和人的影响：

神圣的天神渴望插入地神（盖亚），地神渴望着享受性交的快感：雨点从天空落下，仿佛天神夫君带给地神的吻，它养育了那些为人类而吃草的畜群，和得墨忒尔的生命果实，当春天的叶子在婚姻的露水下零落殆尽，我是造成这一切的原因……[6]

宇宙始于混沌之神卡俄斯——一种什么都没有又什么都有的可怕的混乱状态。混沌之中出现了地神（盖亚）和在她腹部的阴暗的塔耳塔罗斯。地神随后生下了"星空"乌拉诺斯，接着她便和自己这个天上的儿子睡觉。这对强大的伴侣生育了包括泰坦和怪物在内的许多后代。乌拉诺斯害怕这些怪物，于是他不断地和盖亚交配，希望将这些讨厌的孩子困在地母的子宫内。

但是盖亚希望自己的孩子获得自由，于是她和第一个泰坦儿子合谋，制订了一个鬼鬼祟祟的计划。当乌拉诺斯又在发泄他没完没了的淫威时，他们砍掉了他的阴茎和睾丸。血淋淋的阴茎和睾丸被扔进大海，阿佛洛狄忒从泡沫中涌现出来，然后慢慢地爬上了塞浦路斯海滩［因此她另有一个名字叫"塞浦丽斯"（Cypris）］。[7]对于一个给人既带来痛苦又带来快乐的女性来说，这个血腥的起源故事实在是再适合不过。阿佛洛狄忒是个让人既害怕又渴望的人。古人说爱情是"阿佛洛狄忒之病"，这种病会入侵和控制人的头脑和身体，使它们逐渐消失和枯萎。帕萨尼亚斯说，一些希腊人会在亚该亚一条名为塞拉诺斯（Selemnos）的河里洗澡，因为他们相信，这么做可以消除爱情带来的可怕痛苦。[8]

赫西俄德详细讲述了神灵的谱系，他给我们讲了阿佛洛狄忒诞生的故事，紧接着是黑夜女神的孩子们。头三个孩子的名字均相当可怕：摩罗斯（注定一死）、刻尔（横死）和塔那托斯（死亡）。紧接着出生的是不和女神厄里斯。当阿佛洛狄忒让其他人堕入情网时，这些小死神们也跟在后头。他们抓住她的漂亮长袍（当她穿了衣服时），她所到之处，空气中都会有一股甜腻到腐烂的气味。

同时抓住阿佛洛狄忒裙子的，还有她那个令人伤心的儿子厄洛斯。当阿佛洛狄忒无法赶赴海伦和帕里斯的恋爱现场时，她就派这个气量狭窄的小鬼顶替自己。厄洛斯的一双翅膀不停地扇啊扇，欲火焚身的帕里斯，终于走向了狂热与灭亡：

151

"你将带回来一场火灾！你在海上寻觅一场滔天大火，你知
不知道！"她是一名诚实的预言家；我已经找到了她说的那场大
火，此刻，爱情的火焰正在我心中熊熊燃烧。[9]

作家们继续拿海伦的热情天性做文章。她的美貌会灼伤人，它
点燃了引火纸，触发了令人作呕的性放纵。奥维德在《拟情书》第
16 首中，不加节制地使用了许多煽动性文字。帕里斯说自己"被
爱火炙烤着"。他误解了他出生时赫卡柏的预言，认为："有一名先
知说伊利昂（Ilion）将毁于帕里斯点燃的火——那正是我的心中之
火，现在已经过去了！"他对海伦说："你将像高贵的王后一样巡
幸特洛伊各个城镇，普通民众会以为是新的女神下凡；你的足迹
所到之处，大量肉桂将被焚烧，*祭祀的牲口将倒在鲜血淋漓的大
地上。"[10]

所有这些热烈的话语都带有欺骗性。火焰带来光明、温暖和舒
适，但它同时也很危险——古代世界最大的危害之一。考古记录显
示，家庭用火、军队纵火和自然山火是迄今为止造成人类死亡的最
常见因素。"据说，帕里斯看到海伦赤裸着身子从墨涅拉俄斯的床
上起来的样子时，就已经被灼伤了。"[11]古人在语言的使用上都很谨
慎，被情欲之火吞噬是一件既令人激动又暧昧不明的事。美丽的海
伦在阿佛洛狄忒和厄洛斯的帮助下，既给人带来快乐，又带来毁灭。

* * *

过了大约 400 年，希腊的厄洛斯才变成了罗马的丘比特
（Cupid）——在多愁善感的情人节卡片上，这名淘气的顽童将用他

---

*　古希腊人会在祭祀和庆典中焚烧肉桂，以达到和神灵沟通的目的。

手里的爱情之箭射中人们的心。在希腊人，尤其是早期的希腊人看来，厄洛斯生于混沌，其行为比这还要邪恶——忘了那个胖乎乎的可爱小孩吧，把他想象成一个恶毒而且身材瘦长的男孩。在古希腊人看来，阿佛洛狄忒和厄洛斯催生了强烈而疯狂的欲望，和对欲望的疯狂。

　　厄洛斯得到了母亲的良好教导。在古希腊的文学作品中，他耗损了人的肉体和精神；他可以像病毒一样侵入人体，像有毒的化学物质一样损害人的身体。[12] 苏格拉底（假如我们相信解释者忠实地解读了他的话）在描写爱情的影响时，同样富于想象力。在他看来，情人的吻就像毒蜘蛛的叮咬——实际上比这更糟糕，因为厄洛斯[13] 无须让两个有机体的身体接触就能发挥他的毒效。[14] 厄洛斯不仅有摧毁人的力量，还能让你变得软弱无力。赫西俄德对厄洛斯威力的表述和人死亡时的无力感非常相似。厄洛斯是令人松弛的（lusimeles）：他解开你的枷锁，放你自由，再打断你的四肢。[15]

　　希腊人充分领略到语言的微妙之处和文字的力量。阿尔克曼为唱歌跳舞的斯巴达女孩写了那么多富有韵律的优美歌词，他认为女人是一种比死亡还要厉害的分解物。"带着一种放松四肢的渴望[lusimeles]，她[女人]的眼神融化[takeros]起男人来，比许普诺斯（睡神）和塔那托斯（死神）还要厉害。"[16] 奥德修斯的牧猪人欧迈俄斯（Eumaios）说，海伦"松开了许多男人的膝盖"。

　　阿佛洛狄忒是原始时期的创造物，当男人爱上海伦这样的女人时，则意味着他们欣然接受了一股黑暗的原始力量。无论从哪个方面看，阿佛洛狄忒都充满了野性，[17] 而由于海伦是个城市女孩，她在服侍阿佛洛狄忒期间，就把这种野性带到了王公贵族的床上，带到了斯巴达城堡，和"伊利昂高耸入云的塔楼"上。[18] 将一种无法预知、变幻莫测而又不可理解的天性重新融入一座城市的文化，意味着不可避免的毁灭。对希腊人来说，特洛伊的断壁残垣和被遗忘的石板上长出的野草，都让人想起了海伦。

　　她在许多许多的人心中挑起了非常强烈的爱慕之情，她以一人之躯把许多男人的尸体聚集在一起。[19]

22

浪花四溅的海上航道

……［帕里斯］与其全速前进的深海舰队，乘风破浪，

他与外邦人合伙，把一个女人

从遥远的海岸带走，一个绝世美女

将嫁到一个尽是粗鲁的长矛兵的地方？

——荷马，《伊利亚特》[1]

木已成舟。海伦和帕里斯偷偷溜出王宫，向海边奔去。这是一场夜间冒险。再过几个小时，警铃就会响起。科里修斯在他的史诗《绑架海伦》中写道，直到第二天早上，人们才发现海伦不见了。他想象被遗弃的 9 岁的赫尔迈厄尼在斯巴达王宫里跑来跑去。这名天真而毫无戒心的小女孩伤心地哭了，任谁也安慰不了。她的妈妈不见了，一同不见的还有那个特洛伊来的王子。赫尔迈厄尼猜测海伦肯定是被野兽给抓走了，或者是掉在河里淹死了。当然，她绝对绝对不可能做出和另一个男人私奔这种卑鄙无耻的事情来：

赫尔迈厄尼扔掉面纱，

随着早晨的来临，她痛哭流涕。她不时把侍女

拉到寝宫门口，高声哭喊道：

"姐姐们，我的妈妈去哪了，害我如此悲痛，

昨晚拿钥匙打开一间寝宫，

和我一起睡觉的妈妈？"她就这样边哭边说，侍女们也都忍

不住呜咽。

女仆们聚集在门厅两侧，

试着稳定赫尔迈厄尼的情绪，让她不再悲伤。[2]

然而这些哭泣都是徒劳：已经太晚了。我们从荷马史诗中得知，这两名逃犯在一个名为卡拉奈（Kranai）的小岛上度过了他们的第一个良宵。根据《伊利亚特》的记载，10 年后，当特洛伊城四周的尸体堆积如山时，帕里斯又想起了这一刻。他的话里充满了渴望，还有一丝对违背社会常规的男女关系的悲叹。海伦和帕里斯刚刚吵了一架，因看到帕里斯完全不是墨涅拉俄斯的对手，海伦大受刺激，她狠狠地骂了一顿这个软弱的情人。但是她尖刻的语言不仅没能打击帕里斯，反而唤起了他的性欲：

来，［帕里斯说］

我们睡觉去，让我们沉湎于性爱之中！

对你的渴望从未像现在这般折磨着我，

不，就连那时，我跟你说，就连我第一次

在斯巴达的美丽群山中抱起你，

用全速前进的深海舰队载你离开，

我们在岩石岛（Rocky Island）上缠绵时也没有这样……

那时和现在我对你的渴望相比根本算不了什么——

　　　　无法抗拒的渴望使我的心情低落！[3]

　　可怜的帕里斯，过去的 2000 年来，就连他晚上向自己妻子求爱的这番情意绵绵的话，在许多评论家眼里，也成了钉在这个年轻人棺材上的最后一颗钉子，充分证明了他的放荡和不道德。

* * *

　　为了去卡拉奈，我们离开了环绕斯巴达的泰格图斯山脉，一直往南行驶至一个叫伊西翁（Gythion）的小港口。[4] 今天，海面上轻轻摆动的渔船和色彩柔和的家庭旅馆说明，伊西翁是浪漫约会的最佳场所。要到达城镇需要爬过几座小山，一路会很颠簸。从希腊化时代开始的旅行者，会经过一座藏有"海伦凉鞋"的路边神庙——这是海伦从斯巴达城堡奔向帕里斯等候的船只时，匆忙中留下的神圣遗物。[5]

　　从伊西翁的港口一侧，一眼就可望见卡拉奈岛。这是一个很小的岛屿，可以说只不过是一块礁石，而且距离大陆如此之近，两个地方现在有一条堤道相连。荷马说它"kranae"（意思是"峭壁嶙峋"或者"多岩石"）真是说对了；这个小岛四周依然围着一圈奇怪的鸽灰色的火山喷出物。这些岩石被侵蚀得崎岖不平，如果你想爬过它们到海边去，你的手会被割破，你的鞋子会被刺穿，因为它们的棱角就跟标枪一样锋利。卡拉奈岛是个很难让人沉迷其中的地方，但是至少海伦和帕里斯可以在这里独处。假如海伦确实是被强行带走的，那她可能是在那艘轻巧的柏木船里被强暴的，她被按在地板上蹂躏，肌肤紧紧地贴着橄榄油浸泡过的薄薄的亚麻纱里层，埃涅阿斯等人则停下手头的战利品分类工作，在一旁观看。也许卡拉奈被认为是个展示私人情感的好地方，更适合与一名王后发生性行为。

155

　　伊西翁是古代斯巴达的港口和公元前13世纪的天然良港。种种故事告诉我们，这是一个临时停靠点，时间只够让这支特洛伊舰队装上从伊西翁的商人那里买来的补给物资。[6]虽然荷马对热烈缠绵的初夜的描写可能是虚构的，但这里的环境显然非常合适；事实上这里曾有一个青铜时代的村落。[7]

＊　＊　＊

> 对于第一天拂晓，发现自己
> 睡在华美的床上，躺在海伦臂弯中的
> 强大的帕里斯来说，
> 世人的吃惊又算得了什么？
> ——叶芝，《摇篮曲》(*Lullaby*)，1929年

　　帕里斯是个强奸犯也好，是个串通一气的解放者也好，这一刻他都幸福极了。王子拥有了海伦，还有满满一船珍宝——从斯巴达城堡抢来的战利品。带着战利品和海伦一起离开斯巴达这一印象，成了后世艺术家描绘淫荡和色情的一个主题。尼可罗·德尔·阿巴特(Nicolo dell'Abate)在1512年创作了一幅画，一个世纪后鲁本斯对这幅画做了修饰，加入一些细节，使整幅画充满了暴力色彩。[8]在这幅画中，海伦的头发被人向后拉，虽然她原本的表情是听从命运的安排。鲁本斯强迫她绝望地回头看着斯巴达人。帕里斯则完全重新画过：他的左腿现在踢中了一个希腊人的腹股沟，与此同时，一个特洛伊水手则把手伸进了帕里斯那件可爱的活珍宝的长袍下面。

　　学者们好心地为这种明显同等强调偷盗财宝和海伦本人的做法提出辩护，认为这仅仅是"重塑"希腊人的一种方式。从古典时期

开始，许多作家便发现，希腊为了一个女人而诉诸武力这种观点不仅荒谬，还会让人瞧不起。因此，财宝被盗一事便一再被提及。当阿伽门农率领一帮人攻向特洛伊时，他可不仅仅是为了一个女人（只有软弱的傻瓜才会这么做），而是为了抢回希腊的珍宝而来。

156   如果青铜时代晚期的一名王公贵族在海上航行，从一座宫殿赶往另一座宫殿，那么这支一流的舰队极有可能确实装载着满满的赃物。除了海伦，帕里斯及其手下还会把迈锡尼的货物和贵重的原材料装上自己的船只。从某种意义上说，青铜时代是个极为物质化的社会——地中海东部正在变成一个松散的地方经济体，每个王室家族都从他们所拥有的奇珍异宝中获得极高的名声。毕竟，这是一个铸币尚未出现的年代。世人要一直等到公元前 7 世纪的下半叶，才由吕底亚人印制出一种粗糙的银金（一种金银合金）饼。因此，财富是由实物组成的。因而斧头、匕首、戒指、印章石、毛皮、华丽的挂毯、青铜盔甲、河马牙和罕见的宝石就被用于贸易和作为礼物交换。[9]

        使青铜时代的原材料、工艺品和战利品得以顺利流通的，是连接各大贸易港的海洋、河流和支流——荷马在诗中写到的"酒红色"（wine-dark）海水，以及埃及人口中的"巨大的翡翠"（the Great Green）。值得说明的是，地中海地区是唯一一块以邻近海域命名的大陆。我们以为水路是障碍，然而爱琴海、博斯普鲁斯海峡、地中海和利比亚海却是史前的高速公路和小路。荷马甚至说它们是"浪花四溅的海上车道"。这个时期一艘船的运输能力差不多相当于 200 头驴；[10] 虽然陆路交通非常发达，但商人、贵族、旅客、海盗和投机者还是频繁地使用海路。

        我们可能会把海伦想象成一个没有生命的物体，并记得她熬到了十年的特洛伊围城结束，然而事实上她的故事是动态的，而且地中海东部的河流和海洋在她的故事里起着至关重要的作用。她的母亲在欧罗塔斯河畔被一只巨大的水鸟侵犯，从而怀了她。8、9、10、11 或 12 年后，她也将在这条河的岸边被人强奸。帕里斯坐船来到她身边，她和他一起坐船跨越大海，返回特洛伊。希腊人为了营救她，出动了一支海军。海伦离开特洛伊后，和墨涅拉俄斯一起坐船航行了 7 年；她去了塞浦路斯、腓尼基人的城市西顿（Sidon）、克里特岛和埃及的底比斯，她在底比斯收了许多礼物，包括一只精美的金纺锤。[11] 即使死后，海伦也在极乐世界（Isles of Blest）和人间从卑斯尼亚（Bithynia）到埃及的各座供奉她的神庙（主要建于岛上，许多位于天然温泉附近）之间来回穿梭。或者，她化成一颗星，和两个孪生兄弟卡斯托耳和波吕丢刻斯一起，从天上看着海洋。[12]

　　有趣的是，海洋背景真正被突出，是在中世纪晚期绘制的有关海伦的画作之中。13 世纪，国际贸易出现了复兴的迹象。意大利的文艺复兴一部分得益于意大利港口流入的资金资助。[13] 也许艺术家和他们的资助者都对一个讲述财宝在广袤而危险的大海上来回转移的故事感到亲切。在这一时期的绘画中，海伦经常出现在水边；一只小船或者一艘漂亮的特洛伊大帆船正在港湾里等她。

　　6 世纪创作的一版特洛伊故事写到，帕里斯趁海伦在基西拉（Kythera）岛的一座海边神庙祭拜阿佛洛狄忒时，赢得了她的芳心。[14]［考古记录显示，从公元前 6 世纪起基西拉岛（Cythera）上就有供奉阿佛洛狄忒的神庙，而她的东方前身阿施塔特（Astarte）的神庙，则从公元前 8 世纪起就已存在。］这个海边版本的海伦被抢的故事，经常出现在意大利人结婚用的木箱和分娩后的庆生托盘上。用这个充满了侮辱和欺骗的画面向年轻的新娘或刚刚分娩的母亲表示祝贺，可能看起来有些奇怪，然而海伦的故事是人生步入新阶段的标志——因此，当女人们（把她们和海伦并列，可能会使她们感到高兴）在经历自己的人生旅程，成为妻子、母亲和寡妇时，海伦也会陪伴在她们左右。[15]

在伦敦国家美术馆的新古典主义荣光中，就有这样一只庆祝孩子出生的托盘。这件 1440—1450 年前后的蛋彩木板画的作者，是一个匿名画家，被称为"描绘帕里斯评判的大师"，这幅画有着恐怖的效果。[16] 整个画面很暗，一丝月光照在散布着小岛的漆黑大海上。海伦那些优雅的侍臣都站立着，他们一边看一边在聊着什么，对海伦被抓一事完全无动于衷。画面中最醒目的两个人，是即将跳出画框的海伦和帕里斯。在这个一切均静止的环境中，只有他们的动作是激烈的。帕里斯的黄色衬里的披风在风中飞舞，他的手紧紧抓住海伦的裙子，裙子在海伦臀部下面被揉成一团。海伦的脚在发抖，就在她激烈反抗和扭动时，她那双精致的红色尖头鞋踢到了白色的齿状衬裙。帕里斯饥渴地凝视着海伦的脸，而那些侍臣依旧什么也没做——海伦用尽全力回过头向他们伸出手去，但他们依旧站得笔直，依旧在边看边聊。他们仿佛冻僵似的无法动弹。海伦命中注定将坐上那艘船，驶向漆黑的大海（参见插图 9）。

克里特岛伊拉克利翁博物馆一楼的一个展柜中，散落着一些青铜碎片，令人想起精致的黄铜马铃。其实这是一件公元前 8 世纪的三角形底座的破碎残骸，作为还愿的供品而被留在了克里特岛伊达安洞穴（Idaean Cave）的地板上。金属被打制成了一艘船的形状。船头有两个人，考古学家们在讨论，他们应该是忒修斯和阿里阿德涅（Ariadne）还是帕里斯和海伦。不管这两人是谁，他们都紧紧偎依着，小小的黑色剪影朝着变幻莫测、不可思议的大海望去。

158

* * *

10 月底一个温暖的秋日，当时我正在寻找海伦崇拜的踪迹，许多都位于河边或者海边，我发现自己被困在了希腊大陆一个名为赫尔迈厄尼（埃尔米奥尼，Ermioni）的小镇上，显然即将错过许德拉（Hydra）岛上晚上 8 点的集合。[17] 我身上只带了一只粉盒、40 欧元和一部手机。我错过了最后一班水翼船，几个喝得醉醺醺的少年驾驶着一艘令人担心的大游艇，提出载我一程，被我拒绝了。正在绝望和迷惘之中，我突然想起港口租船广告牌附近的一条长椅上钉着一张手写的破纸条。我打了那个电话，不到 8 分钟，一只小船就嘡嘡嘡的出现了，驾驶员的皮肤黑黝黝的，如焦油一般。唯一的另一名乘客是一头老山羊。我相信自己的新朋友水平相当于一名伦敦出租车司机，在船上收音机的布祖基琴（bouzouki）声中，我们直奔地平线而去。

这是一种完全属于 21 世纪的体验。但是因为很新奇（也有些随意），有那么一瞬间，我体会到了一种在未知的洋面上飞驰的战栗感，以及恍惚中觉得自己属于航海民族一分子的那种感觉。这次短暂的冒险使我领略了古代水路的运作方式。许多青铜时代的海湾都有自己的船夫，他们驾驶着小渔船和沿岸行驶的大船，你可以跟他们讨价还价，让他们送你一程。青铜时代的海伦和帕里斯在从西向东行驶的过程中，会经过季节性的海滨市场和五颜六色的港口，这些港口散发着牲畜和香料的刺鼻气味，站在一旁的商家时刻准备向你兜售他们的商品。广阔的洋面上，海盗正伺机抢走旅客的重要物资和河马牙之类的无价之宝。

考古发现和青铜时代的文字记录为我们描绘了一幅非常详细的奢侈品海上迁移图。例如，从刻于公元前 14 世纪（且包含了这一时期的政治和社会细节）的埃及阿马纳泥板中，我们了解到在地中海东部的王公贵族之间流通的都有哪些诱人的工艺品。1887 年，一名正在耕地的农妇首次发现了这些泥板，其中一些现在保存在大英博物馆。[18] 这些工艺品的清单非常详细，令人神往，但它们仅仅体现了文明的巅峰、创造的终点——我们从中看到的是最终的成果而不是过程。

159

接着，1983 年，在乌鲁布伦［Uluburun，位于今天的卡斯市

（Kas）附近］，幸亏一个潜到水里采摘天然海绵的土耳其男子眼睛够尖，我们才得以通过一个意想不到的发现了解青铜时代的交易现场。[19] 这名潜水者说他看到了每个重量在 17 公斤到 26 公斤的金属锭，就跟"长了耳朵的饼干"一样。考古学家们经过调查，发现了一艘埋在淤泥里的青铜时代的沉船。一批明确而又完好无损的青铜时代物品就这样突然出现在考古学家面前。

这里有制造青铜器所需的铜锭和锡锭；一块块的钴蓝色玻璃将被熔化，再重新铸造成醒目的 8 字形玻璃珠，戴在海伦这类女人的脖子和手腕上。这里有波罗的海的琥珀、河马牙和用彩陶做的漂亮的公羊头状酒杯。象牙做的小号和龟甲做的共鸣箱无声无息地待在水下。船上装载着黑檀木，对部分木材的年代学研究显示，这艘船沉没的时间在公元前 1318 年和前 1295 年之间。[20] 纳芙蒂蒂（Nefertiti）* 的圣甲虫雕饰物说明，这艘船在公元前 1345 年之后还行驶过。

除了精致的工艺品，如两脚和前臂在金液中浸泡过的女性雕像、刻有纳芙蒂蒂王后名字的圣甲虫、鸭子形状的化妆盒（两个翅膀是盖子，可以打开）、精美的油灯，这里还有"幽灵货物"（ghost cargo）：七大文明的基本要素，这些原始物资极少流传给后代。

这类船只，如果从南方起航的话，可能会从埃及直接到克里特岛再驶往土耳其，但是大多数会从尼罗河口沿利比亚海岸慢慢驶向克里特岛和意大利，它们可能会在基西拉岛短暂停留，然后驶向希腊大陆，经过基克拉泽斯群岛、罗德岛、安纳托利亚，再往南，经过塞浦路斯、叙利亚－巴勒斯坦，最后回到埃及。[21]

《塞普利亚》是最早描写海伦故事的文献之一，其中写道（我们从希罗多德口中得知这一细节），这两名爱人在海上疾驰，只花 3 天就到了特洛伊。[22] 我曾走过这段路，坐在一艘和青铜时代晚期

---

* 纳芙蒂蒂，埃及法老阿肯纳顿的王后，古埃及历史上最有权力和地位的女性之一。

最新式的船只相仿的、长 15—17 米、配有桨和帆的船中奋力前进，在现代航海技术的帮助下，仅用 2 天半的时间完成这段旅程是完全可能的。但是荷马却告诉我们，这对亡命鸳鸯选择了那些爱琴海商人、土匪和海盗常走的那条路线。据《伊利亚特》的记载，帕里斯在途中接载了漂亮的衣料和西顿（腓尼基）女人。[23] 这些文学作品中的奴隶是刻在青铜时代泥板上真实的人口贸易清单的一部分。[24] 海伦和帕里斯的故事再一次与青铜时代晚期的现实生活产生了巧妙的交叉。

160

* * *

公元前 6 世纪，诗人斯特西克鲁斯（Stesichorus）在西西里写了一个令人感到陌生的特洛伊故事。[25] 在他所阐述的海伦的"历史"中，这位斯巴达王后从未去过特洛伊，而是派了一个"幽灵"（eidolon，替身或幻影）渡过雾蒙蒙的海面，真正的海伦实际上在埃及隐居了 10 年。柏拉图说，斯特西克鲁斯因为中伤海伦而双目失明，在这种情况下写了这个故事。

一旦斯特西克鲁斯恢复理智，意识到自己的研究对象是个很强大（且爱生气）的生灵时，他写了一首诗向海伦赎罪，诗中辩解说，海伦的真身一直无可非难地待在埃及，直到特洛伊战争结束。由于他的态度来了个明智的大反转，他的视力也恢复了。[26] 斯特西克鲁斯很可能去过斯巴达（在他生前，西西里和斯巴达政治上有着密切联系）。[27] 也许我们从他的诗句中听到的，是对海伦故事更为爱国主义的阐释，一个更为斯巴达民众所推崇的版本，他们决心维护自己高贵的偶像和先祖的尊严。虽然这种诠释并非最有说服力，也不怎么流行，但依然有许多古代作家对它感兴趣。

历史学家希罗多德通过罗列一堆自己的观点，进一步扩大了埃及说的影响——他说他曾经沿着海伦的路线亲自到过埃及，并采访了孟斐斯（Memphis）的埃及祭司。[28] 他说，祭司查阅了他们的记录后确认，特洛伊战争期间，海伦确实在埃及住了 10 年。希罗多德还声称在一间圣所发现了一座漂亮女人的雕塑。他描述说，上面刻着"外国人阿佛洛狄忒"；希罗多德认为这座迷人的雕像就是海伦。于是，突然之间，我们了解到，海伦不仅早先在埃及住过很长一段时间，还作为一名神灵在那里逗留了几个世纪。[29]

埃及方面的证据有着重大意义。"历史之父"希罗多德可能弄错了，把"外国人阿佛洛狄忒"的雕像误以为是海伦，但是他显然认为斯巴达王后极有可能去过非洲，并且给当地人留下了深刻印象，以至于 800 年后人们依然在谈论她。希罗多德没有低估海伦的活动范围，同理，我们也不应该低估。[30]

在《历史》一书中，希罗多德详细地列出了海伦从未到过特洛伊的种种理由。与大多数作者一样，这位"历史之父"对海伦的故事有着个人而情绪化的观点：

> ……假如海伦真的在特洛伊，那么不管帕里斯同不同意，她都会被交给希腊人；因为难以想象普里阿摩斯或他的其他任何亲属会愚蠢到愿意拿自己和孩子的生命以及整座城市的安全去冒险，仅仅为了让帕里斯和海伦在一起。事实上他们［特洛伊人］没有交出海伦，因为海伦不在他们手里；他们对希腊人说的是实话。[31]

显然在希罗多德看来，爱情并不意味着一切。

埃及之行非常有趣，这种有趣不仅是历史意义上的，还有象征意义上的。史前的克里特岛和伯罗奔尼撒半岛似乎与非洲保持着活跃的联系。[32] 对于希腊人来说，埃及是非洲大陆离自己最近的一个地方。因为众所周知的原因，青铜时代和远古时期的水手们喜欢沿着海岸线规划自己的航线，而不是贸然驶向茫茫大海。希腊人去非洲，会沿着小亚细亚南部海岸行驶，再绕过塞浦路斯和叙利亚。人们之所以记得海伦在埃及盘桓过这件事，是因为它使青铜时代的后裔们明白，和非洲的交往是青铜时代迈锡尼人生活中一件很重要的事。它也提醒着我们，此时的地中海东部地区尚未有东西方之分，而是贸易和地方主义的一个有力连接点。

不管这是真实的事件，还是仅仅是个传说，海伦前往特洛伊的路线，和荷马列举她回国时经过的那些国家，都强化了我们脑海中那幅国际化时代的共享地图。[33] 这是海伦的故事明确传达给我们的一个观点。海伦的这条线路提醒着荷马的听众，在他们那些生活在地中海地区的祖先中，谁才是国际化的参与者。这些人来自诸国列邦，隶属于不同的统治者，居住在各个商业中心，形成了东地中海这个五方杂处的水陆通衢。当然，海伦故事的高潮部分也提醒着他们，从公元前 13 世纪的某个时候开始，这个强悍的地区不可逆转地变得不安定起来。

* * *

到目前为止，海伦和帕里斯都是爱情故事的主角。他们离开墨涅拉俄斯的宫殿时，可能造成了一些有形和无形的伤害，但是迄今为止没有发生大规模的杀戮事件。所有这些都将发生改变。在古人的心目中，这个英雄时代终将被一个斯巴达王后泛滥的爱情推翻。对海伦来说，从她离开家乡与特洛伊王子私奔的那一刻起，就已经永远失去了匿名的机会。她将作为东西方利益的共同敌人而永远被人铭记在心。海伦和帕里斯的船泛起的涟漪越扩越大——这艘向特洛伊驶来的船装载的可是危险物品。

162

第七部分

特洛伊在召唤

海因里希·施里曼著名的"普里阿摩斯的宝藏"中的金耳环，
发现于特洛伊。约公元前 2500 年，现藏于柏林古物收藏
馆（Museum of Antiquities），拍摄者：Klaus Goeken

23

东方是东方，西方是西方

因为那时，由于掳走海伦，特洛伊开始唤醒一班阿尔戈斯的首领与自己作对，特洛伊——啊，可怕！——欧洲和亚洲的共同坟墓，特洛伊这座墓穴埋葬了所有早夭的英雄及其事迹。

——卡图卢斯（Catullus），公元前 1 世纪 [1]

希腊北部德尔斐（Delphi）的宗教遗址（尽管大巴车不断地带来一群群游客）依然是个令人惊叹的地方。它紧挨着帕纳索斯山（Mount Parnassus）的南坡，高高耸立于山巅，周围的空气清新而又甜美。德尔斐被希腊人认为是 "omphalos" ——地球的肚脐，世界的中心。[2] 整个古代，人们会不远千里地从叙利亚和西西里等地来到这里，他们祈祷、经商、达成政治交易，同时试图弄清德尔斐神谕的隐秘含义。[3]

神谕处理各式各样的问题。有人带来了自己的问题：他们是否应该结婚？他们怎样才能生儿子？政客们问的问题则更宏大：他们应该实施哪类法典？他们是否应该入侵邻国的地盘？圣道（Sacred

Way）上挤满了各国奉献的宝库和使节。当时的领袖们在这里见面、交谈，并欣赏为这条繁忙的交通要道而专门定制的自画像。每隔 4 年（一开始是 8 年），操多国语言的体操运动员、拳击手和驾驶两轮马车的御者会为希腊最热闹的宗教节日之一皮提亚运动会（Pythian Games）做热身。德尔斐是个举足轻重的地方，而神谕的内容也确实非常受重视。

这处古代遗址有一部分没有向公众开放。到达这个地方需要经过一番长途跋涉，那些意志不坚定的游客往往半途而废，但是，这里的风景平静却又有些怪异。在漂亮的古代运动场附近，有一块独特的卵形石——曾为一座从火山岩剜出的小小神殿。这块石头就是皮提亚（Pythia）的家，皮提亚是个老妇人，象征性地穿着少女的衣裳，她闻到烘烤天仙子或揉碎的月桂叶的香气后会变得异常兴奋，从而说出德尔斐神谕。这些含糊不清的话经过一名男性祭司的整理分析后，变成了一首六音步的诗歌。神谕通常会被翻译成可以有多种解释的令人费解的谜语。然而和海伦有关的那部分告示却毫不含糊。它刻在一块石头上，用直白的语言对古代的人们说：

> 海伦将在斯巴达长大，她将给亚洲和欧洲带来灭顶之灾，因为她的缘故，希腊人将占领特洛伊。[4]

* * *

任何一名穿越土耳其的现代旅行者一定会记得船只通过博斯普鲁斯海峡，或大巴通过阿塔图尔克大桥（Atatürk Bridge）的那一刻，箭鱼、海豚和鲲鱼在下面的海里游泳，播音器里传来一个带有浓重鼻音的骄傲声音，告诉大家正离开欧洲，进入亚洲。我们的世界观部分来自对特洛伊战争故事的反应，认为地球实际上分为两部分：

东方和西方是两个同时存在而又截然不同（经常互相对立）的实体。

两名青铜时代的情人是否在某个时刻穿越了一条想象中的分界线，西方在这个时刻变成了东方呢？这无疑是公元前 5 世纪非常流行的一个观点，当时欧亚之间的紧张局势正日益突出。从公元前 6 世纪起，波斯人便清楚地向希腊人表明，他们的目标在西方。波斯帝国确实非常强大，在公元前 522—前 486 年大流士一世（Darius I）统治下的巅峰时期，它的疆域从现在的土耳其海岸一直延伸到阿富汗和巴基斯坦，包括埃及部分地区、亚美尼亚、伊朗和伊拉克。希腊被比下去了，没有退路的希腊人很快便诋毁起了海那边的强大对手。[5]

戏剧和文学作品中经常提到那些堕落腐化的波斯人，与之相对的是坚韧而机敏的希腊受害者。[6] 不知是公元前 479 年还是前 478 年，通俗演说家西蒙尼得斯（Simonides）作了一首挽诗，把波斯人和特洛伊战争画上了等号。[7] 现存最早的希腊悲剧，是公元前 472 年首次上演的埃斯库罗斯的《波斯人》（Persians），剧中展示了波斯和希腊之间的对抗——埃斯库罗斯本人即参加过波斯战争的退伍老兵。特洛伊城陷落作为希腊人的一次重大胜利，给了被围困的雅典帝国巨大的希望。特洛伊战争的故事迅速成为政治和文化争论的一部分。埃斯库罗斯把青铜时代的特洛伊人比作现在的波斯人，或者他对这两个民族的共同称呼"弗里吉亚人"。[8]

公元前 5 世纪的历史学家希罗多德清楚地知道德尔斐神谕是真的，是海伦的罪行造成了东西方象征意义上的分裂，是欧洲和亚洲之间仇恨的开端。他两次引用波斯文献作为证明："他们认为，特洛伊被占开启了他们与希腊人之间的纠纷"；还有"仅仅为了一个斯巴达女人，希腊人就召集了一支舰队到亚洲来，摧毁了普里阿摩斯的统治。从那以后，我们就把希腊人视为我们的敌人"。[9]

希罗多德生于动荡和流血的波斯战争期间，当时希腊人和"东面的人"再次成了仇敌。这场战争见证了许多史诗级别的争夺：马拉松、温泉关（Thermopylae）、萨拉米斯（Salamis）和普拉提亚（Plataea）战役。公元前449年，《卡里阿斯和约》（Peace of Kallias）的签署，终于达成了一份不太靠得住的停战协议：协议丝毫没有减轻希腊人和波斯人对彼此的怀疑和不信任。当希罗多德收集资料写他那部《历史》时，找到这条种族界线开始的时间，对他来说就非常重要。

波斯战争期间，双方都犯下了可怕的暴行。神庙被烧，人口被大规模屠杀或沦为奴隶。希罗多德说，波斯军队进入敌境后，会把最英俊的男孩变成阉人，最漂亮的女孩则送给国王当奴隶。温泉关战役爆发前夕，漫山遍野都是波斯军队，他们构筑了一张邪恶的"人之网"，彻底摧毁任何挡住他们去路的东西。[10] 他们野蛮和残忍的行为罄竹难书。深夜，人们压低声音讲述着这些可怕的故事，而随着敌军的炮火在地平线上出现，这些恐怖故事也从一个村庄传到了另一个村庄。

希罗多德来自小亚细亚沿海的哈利卡纳苏斯［Halicarnassus，今土耳其博德鲁姆（Bodrum）］，因此他早年生活的地方是波斯的辖地，或者说吕底亚行省。[11] 今天的博德鲁姆是个充满活力的旅游城市，欢迎世界各地的游客，你可以在这里找到土耳其最好的（也是最贵的）的地毯和按摩。它现在是个国际大都会，当时也是。哈利卡纳苏斯的人口构成非常复杂，有爱奥尼亚人（Ionian）、多利安人（Dorian）和卡里亚人（Carian）。当地的独裁者里格达米斯（Lygdamis）得到了波斯人的支持，希罗多德和家人因为试图推翻里格达米斯的统治而被放逐到萨摩斯岛（Samos）。10年后希罗多德来到了雅典（可能再次被流放），死前，他接受了意大利南部图里（Thurii）市授予的公民权。[12] 他享受过，也受过苦，他见过世面，也理解人性——包括希腊人和非希腊人。

虽然希罗多德顶着"历史之父"的著名光环，但是比起我们伟大的教育机构这座象牙塔，他的史学技巧更适合今天舰队街（Fleet Street）的一名漫游（同时又才华横溢）记者。[13] 希罗多德是一名四处漫游的人：他称自己在为史书（《历史》或者调查）搜集资料时，游历了广大的地方，从巴比伦到黑海，从提尔（Tyre）到塞萨利（Thessaly）。他会见官员，收集当地见闻，并保持高度敏锐。他游历的范围可能有些夸大，但重要的是，除了确凿的事实，希罗多德还有机会吸收到各种不同的看法和观点。他发现自己正处于一个东西方互相敌视的环境之中。[14]

剧场一直以来都是检验公共思维的一个重要处所，我们发现，在公元前 5 世纪的希腊剧场上，经常上演着慷慨激昂的"反野蛮人"剧目。排外情绪是取悦民众最简单的方法，因此，在许多剧本中，"雅典人"成了民主、人人平等和男子气概的象征，"野蛮人"则成了专制、等级森严和娘娘腔的象征。海伦是这场与东西方有关的戏剧化辩论的关键人物。在欧里庇得斯的《特洛伊妇女》一剧中，帕里斯的母亲赫卡柏在怒斥海伦的同时，也散布了东方人生活放纵的特点："你习惯了阿尔戈斯的一小班随从；离开斯巴达之后，你迫不及待想在金河环绕的弗里吉亚过上奢侈的生活。墨涅拉俄斯的宫殿不够宽敞，不够你在里面肆意挥霍。"[15] 在他 3 年后写的《海伦》一剧中，这名斯巴达王后叹息地说："没有一个活着的人不痛恨海伦，海伦在整个希腊的名声已经臭了，因为我背叛了自己的丈夫，到金碧辉煌的东方宫殿生活。"[16]

舞台上的这种刻板成见，同样存在于雅典艺术家的工作室中。皮肤黝黑的东方人（例如帕里斯）垂涎皮肤白皙的希腊美女（例如海伦）。从公元前 5 世纪开始，瓶瓮和壁画上的特洛伊人越来越多地穿上了波斯人的装束。这两个人种和历史截然不同的民族逐渐变成了彼此：波斯 ＝ 特洛伊 ＝ 坏消息。[17]

偶尔，海伦会因为把希腊大陆上不同的族群团结起来对抗东方而受到赞扬。然而这种颂扬却有着很深的讽刺意味。显然，排外的原始民族主义已经成为古代雅典的常态。例如，伊索克拉底在《海伦颂》中写道：

169　　　　除了艺术、哲学研究以及所有其他可能是她和特洛伊战争所带来的好处以外，我们应该有充分的理由认为，正是因为海伦的存在，我们才没有沦为野蛮人的奴隶。因为我们知道，正是因为她，希腊人才团结一气，组织了一支讨伐野蛮人的远征军，正是那个时候，欧洲才第一次赢得了对亚洲的胜利……[18]

在古代文献中，海伦通常作为灾难性的例子出现，是导致希腊人和特洛伊人痛苦死亡的原因：

> 你是两个国家的
> 瘟疫、浩劫、霉菌——看看这片英雄的墓地
> 和那些散落四处的
> 未埋的白骨。你在婚礼上抛洒了它们。
> 因为正当你冷漠地看着两个丈夫决斗——
> 不知道自己该选哪个时，
> 你既切开了亚洲的血管，也切开了欧洲的血管。[19]

＊ ＊ ＊

荷马是引入"野蛮"（barbarism）这一概念的人——"*barbarophonoi*"（意为"巴巴说话的人"），用以指那些人的语言对希腊人来说含糊不清、难以理解，听起来就像一直在念"巴－巴－

巴—巴—巴"。[20] 然而荷马对希腊人和特洛伊人一视同仁，他从两者中都发现了英雄和堕落分子。《伊利亚特》并非一部记录东西方分裂的史诗，虽然千百年来人们一直如此宣传它：荷马被绑架了。[21]

　　没有任何当时的迹象表明，青铜时代的人们从东西方的角度来思考问题。地中海东部地区完全就是一个权力频繁更迭的舞台。我们手头掌握的确凿证据是，青铜时代晚期，东西方的人口流通是双向的。公元前 1260 年左右，赫梯国王给迈锡尼的统治者送了一块名为"塔瓦伽拉瓦书"（Tawagalawa letter）的泥板。[22] 在泥板中，赫梯国王哈图西里三世（Hattusili III）抱怨说，至少有 7000 个他的安纳托利亚西部子民已经在希腊定居下来，这些人来自阿希亚瓦地区（Ahhiyawan）的卢卡人居住区（Lukka Lands）。最新的分析结果已经证明，我们所说的"迈锡尼"领土，指的就是青铜时代晚期的"阿希亚瓦地区"。[23] 那些安纳托利亚移民可能是被希腊领主用来填补劳动力，以建造巨大的迈锡尼城堡。1000 多年后，斯特拉波（Strabo）说是独眼巨人库克洛佩斯（来自吕底亚即青铜时代的卢卡人居住区）建造了梯林斯。[24] 迈锡尼城堡等工程项目的城墙由一块块巨大的石头砌成，这些石头的尺寸经常大得超出人们的想象。斯特拉波时期的民间记忆是否令人想起了吕底亚原住民哼哧哼哧地将巨石运往指定地点的画面，仿佛在做一项只能由巨人完成的工作？

　　另外一块破碎的泥板似乎记录了希腊大陆人（阿希亚瓦的国王）与赫梯国王之间，关于"阿苏瓦一侧"领土［Assuwa，很可能是指利姆诺斯（Lemnos）、伊姆布罗斯（Imbros）和萨莫色雷斯（Samothrace）三个小岛］归属权的纷争，这些岛屿可能是用来换取一位公主的，这位公主便是"卡德姆"（kadmu，可能是底比斯的统治者）之女。[25] 今天希腊和土耳其的本地人都能感受到这种紧张状态。此事与海伦的故事有关的地方在于，人们认为，用一名公主来交换这样的战略领地是值得的。[26]

170

因此，青铜时代晚期的爱琴海两侧的关系既密切，又令人感到紧张和不安。尽管中间隔着大海，但迈锡尼和特洛伊是两个强大的邻国。这是两群会购买和出售彼此的商品，耕种彼此的土地，为彼此的统治者干活，并且能够彼此沟通的人。他们也卷入了彼此的政治。对于在青铜时代晚期跨越达达尼尔海峡的任何商旅或移民而言，西边的人在某些方面比东边的人更先进或更高级这种想法显得非常可笑。希腊人驶向特洛伊，并不是为了去和一群文化上比自己低一等的野蛮人对抗。反过来想想，青铜时代处在边缘地区的是希腊大陆。希腊本身就处于一个比它古老得多的文明的西端，这个文明主要发源于美索不达米亚，通过赫梯帝国及其盟友直接与希腊大陆产生交集。

* * *

海伦的美貌和不忠（请注意，不是帕里斯的傲慢和色欲）被认为触发了一场国际规模的崩溃与冲突，以及欧亚之间的反目。国际冲突乃至文明的终结通常有许多诱因，古希腊人只需要一个：一个男女关系混乱的美人（参见插图 10）。[27]

海伦是一件如此完美的作品，她就像被希腊人称为"*psyche*"（意为灵魂或呼吸）的蝴蝶一样，被认为在真实与奇幻的世界之间飞翔。[28] 然而海伦同时也是蝴蝶效应的一个绝佳例子。在宏大的计划中，她的地位并不重要——她是拉科尼亚的一名统治者，帕里斯是特洛伊的一名小王子。这个故事讲述的，不是当时能左右政局的那班人的丑闻，例如牵涉迈锡尼或底比斯的王后，特洛伊国王本人或者他英勇的长子赫克托耳。海伦和帕里斯一开始都是无足轻重的人，但他们在性方面的小小过失改变了整个世界：一种私人的、地方性的行为，最终把人类历史卷了进去。

因此，当这对朝特洛伊奔去的恋人听着夜晚的潮声，抚摸着对方的手臂；当海浪拍打着船舷，海伦把她那头"蓬松亮丽的秀发"拢向脑后时，这幅现世极乐图的背后隐藏着的可怕的必然性，使人觉得接下来会有事情发生。[29]一只蝴蝶正在扇动翅膀。混乱即将到来。

24

美丽的特洛阿德

啊，维奥莱特（Violet），我简直不敢相信。我想不到
命运对我如此仁慈……我在看地图。
你能想象或许亚洲角落里的这座堡垒需要
攻陷，我们将登陆并从后面包抄它，他们将
反击，并和我们在特洛伊平原相遇吗？……大海
还会是喧嚣、酒红色的和不可饮用的吗……？

——鲁珀特·布鲁克，1915 年 2 月 [1]

　　只有当船只从斯巴达港口伊西翁向东驶去时，我们才意识到特洛伊距离希腊大陆有多近。小船紧靠海岸行驶，从这条最安全的路线穿过爱琴海，接着绕过基克拉泽斯群岛，随即进入达达尼尔海峡和博斯普鲁斯海峡。在顺风的情况下，这段旅程颇为简单。徒步的话，沿着迈锡尼公路和伯罗奔尼撒半岛上那些若隐若现的道路，从迈锡尼走到斯巴达，需要 3 天以上的时间。同样的时间，走海路的话，迈锡尼希腊人可以去到一个全新的大陆。在希腊的勇士兼领主心目

中，安纳托利亚海岸想必近在咫尺，而且非常吸引人。

　　我第一次去特洛伊是坐船去的。[2] 半夜，微明的海上，汹涌的波涛泛着丑陋的油光。这是一个不平静的夜晚。荷马完美地描绘过这种时刻："黢黑的海水一浪高过一浪，抛出一团杂乱的海草浮在浪尖。"我连续几个小时看着海岸线上的浪花，但是接着，黎明的曙光照亮了陆地，土耳其海岸的荒凉令人震惊。大海现在是一大片无辜的蔚蓝色，不时闯入低矮的群山和长长的慵懒的海滩。特洛伊坐落于一个原始的地方——这种地貌和原始的激情以及（荷马告诉我们的）这个地方曾经发生过的两败俱伤的殊死搏斗倒是很匹配。

　　达达尼尔海峡的对面，另一群朝圣者正在凭吊另一个战场。一天，我跟在他们后面，沿着一条狭窄的碎石小路往前走。脚下尘土飞扬，这些神情严肃的年轻男女正低着头，朝着 1915 年加里波利（Gallipoli）战役的遗址走去。在特洛伊战争结束 3000 多年后的 1915 年，第一次世界大战期间，这里死了很多人。一排又一排简单的大理石墓碑纪念着加里波利战役的死难者。他们的墓碑上刻着统一的安慰和承诺：他们的名字永垂不朽（THEIR NAME LIVETH FOR EVERMORE）。

　　战场附近的小博物馆收藏了这些年轻烈士的少量物品。20 世纪 80 年代中期我首次参观这个地方时，看到有个玻璃柜里放着一盒巧克力和一双手织的羊毛手套，这是一个英国女人担心她的孙子受冻而寄来的。天气酷热，因为长时间走路，我的后背已经湿透；从炫目的阳光下进到博物馆里面，我的眼睛需要一段时间才能适应：没有比这更不合适的礼物了。这些航行在达达尼尔海峡的士兵精神奋发，活力充沛——这些孩子离家时，心头萦绕着荷马的诗句——个中的讽刺意味，也确实为那些留在后方的人所无法理解：

　　蜜蜂嗡嗡作响，安静的房间外白嘴鸦嘎嘎叫个不停

男孩杰维斯（Gervais）在窗边显得坐立不安

他在为板球烦恼，一边读着帕特洛克罗斯之死，

一朵盛开的鲜花凋谢在了遥远而多风的特洛伊。

他离开快乐的校园，匆匆地告别童年，

参加了悲惨的英国伊利亚特。这些古老而模糊的故事，

现在是否浮现在他的眼前？山脊上的希腊美女

带着濒死者的疑惑，不悦地望着希沙利克（Hissarlik）的

天空！ ³

　　特洛阿德海岸飘着许多鬼魂。20世纪和公元前13世纪（也许）的无辜者都葬身于此，这些人远离家乡，为了政治和军事巨头们而战，他们对自己的目标已经糊涂或早已忘记。

＊ ＊ ＊

　　史前时期的达达尼尔海峡航行条件非常恶劣，因此船只一旦进入距离特洛伊西南方大约5公里的巴西克湾（Bay of Basik），船上的人就可以轻松地喘息一下了。5月到10月间，水手们在进入海峡时，将不得不同时应付从马尔马拉海（Sea of Marmara）涌向爱琴海的强劲水流，和从东北方吹来的当头风。⁴ 3500年前，这里有一条狭长的海湾伸向内陆，有人认为直抵特洛伊城。难怪特洛伊的港口和相关城堡会变得如此神圣和具有代表性，它们的位置是为了服务三个大海：爱琴海、黑海和马尔马拉海。⁵ 当巴西克湾在望时，水手们一定松了口气。在这里，终于有了一些安全感和交易的机会。

　　每艘停泊在特洛伊港口的新来的满载之船，都会引得众人纷纷回头，商人和在那里劳作的奴隶向船上投去贪婪的目光。这里既是

十字路口，又是检查站。这里肯定"巴–巴–巴"的声音不绝于耳，
然而这是整个地中海东部地区的人彼此交谈的声音。他们做生意，
学唱彼此的歌曲，祭拜彼此的神灵。赫梯帝国内部的各个安纳托利
亚城邦并非海上强国，但它们利用外国船只运来的原材料推动了地
中海东部文明的发展——由锡和铜制成的青铜是当时统治者垂涎欲
滴的东西。

　　从特洛伊遗址及其周围地区抢救出来的陶器等工艺品的种类之
多，证明了这座文学作品中的国际大都会确实名不虚传：这里有希
腊的象牙珠子、波罗的海的琥珀、克里特的陶器，还有巴比伦、塞
浦路斯和黎巴嫩的食物。[6]特洛伊城内那些极其宽敞的建筑物地基，
已经确定是用来存放谷物、食用油和葡萄酒的巨大的存储中心。从
土耳其海岸西行时出事的那艘乌鲁布伦的沉船上，就发现了石榴、
杏仁、松子、鸵鸟蛋，和整整一吨刺鼻的松脂。这些货物和买卖的
人口一起，会在特洛伊附近的停泊点被卸下。

　　任何一个来到巴西克湾的迈锡尼希腊人都会听到各种语言汇集
而成的闹哄哄的声音。没有人知道哪种语言才是通用语。在赫梯帝
国的首都哈图沙，用于记述的文字有8种之多，[7]为了在这里通行
无碍，语言能力成了必不可少的条件。[8]过去的学者利用特洛伊人
和希腊人在战场上沟通起来似乎毫不费力这一点来质疑《伊利亚特》
的真实性。然而，即使只是戏剧性手法，这种事在历史上也是完全
有可能发生的。[9]考虑到他们之间紧密的贸易联系，青铜时代的特
洛伊人和迈锡尼希腊人实际上对彼此的情况非常了解。[10]

* * *

　　巴西克湾现在是个被人遗忘的陌生地方。这里的沙质尚可，是　175
个不错的海滩，偶尔会有人（主要是当地人）来这里散步和游泳。

靠近青铜时代晚期停泊点的是一处灌木丛生的地方，已被开辟为停车场，这个地方有着破垃圾桶的美誉，据说偶尔能找到远古遗留下来的零星东西；近处的树枝上缠着塑料袋，随风飞舞，好像一群群毛色发亮又参差不齐的海鸟。大团大团的灰色水草被抛到水滨。成群的山羊在沙丘中穿行，一边走一边拉屎。

乍看之下，没有一处地方和英雄有关，或暗示这个港湾见证了3500 年前的国际贸易盛况。然而 1984 年和 1985 年两次挖掘的结果均证实，迈锡尼的存在不容置疑。在距离此地仅仅约 270 米的内陆发现了一块墓地，100 多座坟墓里埋葬着男人、女人和小孩。[11] 对墓内物品的鉴定显示，它们来自公元前 13 世纪，且并非全部产自安纳托利亚，而是大多来自希腊或者是希腊的仿制品。人们在一座精美的"墓室"中发现了融化的金属，这说明墓主是和他的刀剑一起火化的。一些死者被埋在巨大的陶罐里。其他地方发现了一些衣冠冢，里面什么也没有。

巴西克湾的人类遗址可能代表着一群为希腊的敌对势力提供物资的迈锡尼人，或者仅仅是一群平静地和特洛伊人做生意的混血商人。从我们掌握的证据来看，这里显然不是史诗式战斗发生的地方。假如遗址证明这里发生过暴力事件，那么这些暴力事件所反映的，也更有可能是特洛伊周围发生的一系列小冲突。然而，不管这个小小的希腊人群体的死亡情况如何，也不管迈锡尼人来到特洛伊附近的这片海岸时心情平和还是充满了敌意，有一点非常确定，那就是他们来过这里。

地形中的另一条线索暗示了巴西克湾的重要性：往内陆方向走 455 米，有一座奇特的小山丘，现在名为"巴西克特佩"（Basik Tepe，意为巴西克山），但是千百年来人们都叫它"阿喀琉斯冢"（Mound of Achilles）。这座宏伟的土堆一直以来都是政治家作秀的重要场所，古代的伟大将领都会来这里参观。[12] 公元前 480 年，波斯首领薛西斯一世（Xerxes I）来到这里时，已经用美酒祭奠了死去的特洛伊英雄，用 1000 头牛祭奠了特洛伊的雅典娜。[13] 公元前 334 年，自诩为阿喀琉斯第二的亚历山大大帝（Alexander the Great），携他的挚友，堪称帕特洛克罗斯第二的赫费斯提翁（Hephaestion）参观了这里："幸运的小伙子，在荷马史诗中发现了你勇气的先兆！"[14] 据说整个参观期间，他都在大喊大叫，因为嫉妒阿喀琉斯的不朽。[15]

事实上，这个名为"阿喀琉斯冢"的圆锥形土堆是千百年来自然的产物。考古挖掘显示，其主体建筑是希腊化时期的，因此亚历山大等人瞻仰的是一座幻想中的坟墓。我最后一次去巴西克湾时，挖掘的洞穴已经回填，土堆恢复了原貌。冒着被毒蛇咬伤和被荆棘刺伤的危险，我爬到了山顶。站在满是石头的土堆顶部，背朝大海，向内陆望去，我只能勉强认出 8 公里外，现存的特洛伊遗址坐落在一座名为希沙利克的小山上。几乎可以肯定，荷马在写作他的《伊利亚特》时，脑子里想到的就是这个定居点。古代和现代无数作家和冒险家愿意相信，这里也是国王普里阿摩斯那壮丽宫殿曾经矗立的地方。

希沙利克山的西边发现了一个巨大的出入口。这个出入口宽 3.5 米至 4 米，朝向西边的大海。最近的考古挖掘显示，从这座城门开始，一条石板路横穿斯卡曼德平原（Scamander Plain），直达巴西克湾。[16] 对于特洛伊这样一个希望海上客商给它带来财富的城市而言，自然会把最壮观的一条道路留给大海。城堡南侧另有一座主要城门，位于曾经宏伟的瞭望塔遗址旁边——特洛伊人知道，他们在吸引仰慕者的同时，也引来了敌人。进出巴西克湾和特洛伊港口的船只和货物将受到严密的监控。船只既能带来生意，也能带来疾病和敌人。它们能带来海伦。

176

25

伊利昂高耸入云的塔楼

一个希腊来的可疑的陌生人，

她是奴隶还是王后？

——H.D.，《海伦在埃及》（*Helen in Egypt*），1961 年 [1]

几千年来，希沙利克一直是游客感兴趣的地方。最迟在公元前 950 年，这里的青铜时代晚期建筑已经遭到废弃，然而口口相传的传说并没有中断（荷马几乎可以肯定是其传播者），那就是，这个被弃的遗址其实就是英雄时代的伊利昂（*Ilios*）。[2] 这座城堡俯瞰着斯卡曼德河两岸富饶的平原，并在古风时代、希腊化时代和罗马时代一再被重建和占领。[3] 324 年，君士坦丁大帝（Emperor Constantine）开始在耶尼谢希尔（Yenishehir）附近建造他的"新罗马"，后来他将工程向北移了 200 英里（约 322 公里），到了拜占庭，也就是君士坦丁堡，后者是他给这座城市重新起的名字。业余的古典学者兴奋地认为，他们已经在这个地区找到了特洛伊和特洛伊战争的确凿证据。1631 年，一个幼稚得可爱的年轻水手在一面他认为是赫克托耳墓碑的石墙上刻字：

　　我确实认为这里就是特洛伊

　　我的名字叫威廉，是个快乐的小伙子

　　我的另一个名字叫哈德森（Hudson），因此，

　　请上帝保佑水手，不管他们去到哪里。

　　我于基督纪年 1631 年来到这里，

　　我们打算前往旧英格兰（Old England），

　　上帝保佑她。[4]

　　正式确认希沙利克就是特洛伊遗址的是另一名英格兰旅行家爱德华·克拉克（Edward Clarke），但是直到半个世纪之后，才对这个长满青草的大土丘进行探测和勘察。[5] 19 世纪时，这座山以东的土地为卡尔弗特（Calvert）家族所有——这个家族作为土地主、外交家和商人涉足这一地区已经有一段时间了。他们的一个后裔弗兰克（Frank）坚信，"伊利昂高耸入云的塔楼"就在自己家门口。1865 年，他开始了试探性的挖掘：卡尔弗特的勘测既仔细又很有眼光，但他没有足够的资金进行连续的挖掘。特洛伊似乎固执地不肯露面，直到一名幸运（或者绝望，取决于你怎么看待他的挖掘方式）天使化身为德国商人海因里希·施里曼来到这里。

　　施里曼说他从 8 岁起就决心找到荷马史诗中的特洛伊城。40 年后，与卡尔弗特的一席话使他相信，希沙利克就是他应该重点搜索的地方。1868 年，他写信告诉卡尔弗特："我现在决定挖开希沙利克的整座山。"[6] 他没有食言。1870 年，他和工人们（一支任何时候都不少于 160 人的队伍）以一种近乎执拗的热情，从北到南纵贯整座希沙利克山，开凿了一条 14 米深、79 米宽的大沟，把这片考古遗址的核心区域（同时也是最有可能结出丰硕成果的区域）挖了

178

出来。从大约公元前 3000 年起，希沙利克就是一个贸易中心。特洛伊的遗址上有 41 个居住层（habition layers），急于寻找海伦、阿喀琉斯、赫克托耳等人踪迹的施里曼，把这些地层大部分都破坏了，一些不可替代的历史证据也因此被毁。[7]

这名自学成才且爱出风头的考古学家一开始挺失望。施里曼在寻找普里阿摩斯的宏伟宫殿，这个人有 50 个儿子，还有数不清的财产。可是，施里曼私下里却对一名同事说，整个定居点看起来"还没特拉法加广场（Trafalgar Square）大"。[8] 但他内心的热情却丝毫不减。施里曼的动机，与其说是为了了解青铜时代晚期，还不如说是为了找到荷马史诗的证据——他表现得像个第一次得到玩具的小狗一样——当他看到一条倾斜的马路（实际上这条路可以追溯到公元前 2500 年，比特洛伊战争最有可能发生的时间还要早 1000 多年），就欣喜地断定，这就是特洛伊人把那只可恶的木马拉进城去的那条大马路。[9]

施里曼确信自己已经找到海伦的爱巢，接下来他要设法还原海伦的生活。他的方法即使说不上傲慢，也一定是任性的。当工人们在特洛伊挖上来一只陶俑时，他立刻断定这是"海伦的半身像"。[10]
1873 年 5 月，[11] 他挖到了一个意想不到的宝库（铜质长矛、银质刀身、金杯、一个大银瓶），施里曼一下子扑了上去，并把这些宝贝命名为"普里阿摩斯的珍宝"（Priam's Treasure），[12] 那些塞在瓶子里的王冠、项链、手镯和戒指则是"海伦的珠宝"（The Jewels of Helen）。施里曼对这位斯巴达王后的幻想一直延续到坟墓外。他死时，遗体旁边摆放着《伊利亚特》和《奥德赛》两本诗集，葬礼上朗诵了海伦为死去的英雄赫克托耳发表的悼词，朗诵者为他的希腊籍妻子。[13]

为了再现海伦在特洛伊翩然行走的画面，走火入魔的施里曼甚至运来了一名希腊美女。在和俄罗斯籍的发妻（他和她一共生育了

3 名子女）离婚之前，施里曼曾经指示希腊大主教西奥克利托·宾波斯（Theokletos Vimpos）为他物色一个人选："典型希腊式的，黑发，最好长得漂亮……"[14] 他们找到了 16 岁的希腊女孩索菲亚·恩加斯特梅诺斯（Sophia Engastromenos），并在她家进行了面试。施里曼（他的条件包括贫穷和学识）要求这名女孩背诵荷马史诗，并回答一个有关罗马历史的问题。索菲亚做到了，面试结束后不久，两人就结婚了。按照施里曼的说法，他们是快乐的一对："她对我的爱就像希腊人一样，充满了激情，我也一样爱她。我只和她说希腊语，因为希腊语是世界上最美丽的语言，是众神的语言。"[15]

施里曼给他的新婚妻子戴上"海伦的珠宝"，并给她照了张相，为那些关心他发掘进展的聒噪阶层（chattering classes）*创造了一个令人炫目的传奇王后形象。这些小巧的戒指（我们一共发现了 8750 件金首饰），对这位夫人的手指来说太小了。她黑玉般的秀发也许可以很好地衬托出一件镶有珠宝的头饰，但她不是海伦。那顶由金线和 16353 件金饰制成的王冠，[16] 将与海伦那头著名的金色卷发相得益彰，那是男人难以抗拒的秀发。然而这一切全是幻想。专家们对这些珍宝研究后发现，它们根本不可能戴在一名公元前 13 世纪的青铜时代王后身上，因为它们的年代比这名王后还要早上 1200 年——当真正的海伦抵达特洛伊时，这些珍宝的主人早已化成了土灰。[17]

如同用"海伦的珠宝"打扮索菲亚一样，施里曼还在雅典市中心为她建造了一座特洛伊宫殿，他把它命名为伊利乌·梅拉特隆（*Iliou Melathron*），意思是"特洛伊宫"。[18] 他和妻子、两个孩子，

---

* 聒噪阶层，"都市中产阶级"中政治活跃、关心社会、受过高等教育的一部分，尤其是那些在政治、媒体和学术上有联系的阶层；通常是一个贬义词。

以及一群仆人住在这里。孩子们的卧室装饰着手绘的明信片，上面画着希腊的风景和挖了一半的废墟。我有一次去伊利乌·梅拉特隆参观，发现考古学家和艺术学院的学生正在修复壁画——这些壁画已经被冷落了几十年。修复一新后，它们再次焕发出勃勃生机。施里曼显然希望自己的后代（小阿伽门农和小安德洛玛刻）熟睡时，会梦到在他们多彩的地中海游乐场展开英雄式的冒险。[19]

我们可以毫不费力地嘲笑施里曼的浪漫，同时批评他那狂热的挖掘方式。然而后来的探测结果却证明，施里曼这种依赖直觉的探索法给他带来了回报。施里曼在挖掘那条穿山而过的大沟时，并没有毁掉所有的考古地层。20世纪30年代[20]和80年代的挖掘出土了大量的线索，这些线索和一个书中没有提到，但历史上却真实存在的时期和国家有关——一个青铜时代强大的，当时文献称为"维鲁萨"的城邦。[21]这座城市是一名富有国王的大本营，和迈锡尼希腊人有贸易往来，但在公元前13世纪城邦遭到攻击后，变得穷困潦倒。几乎可以肯定，这里就是荷马史诗中的伊利昂或者说特洛伊。[22]

1988年，考古学家们在曼弗雷德·考夫曼教授（Manfred Korfmann）的带领下开始挖掘，他们横跨高原挖到山丘的南侧，并一直挖到特洛伊内港所在的位置，这次考古活动使我们得以清楚地了解这个青铜时代城邦的运作方式。虽然"宫殿"的规模一开始让施里曼颇为失望，但特洛伊其实是个很大的定居点，是这一带面积最大、防御设施最强的城邦之一。现在已经清楚，遗址的面积比原先想象的大了整整15倍。因此，如果我们打算想象一下青铜时代的海伦来到青铜时代的特洛伊的情况，就可以在脑海中确定，她的目的地是希沙利克山。

* * *

波士顿美术馆（Boston Museum of Fine Arts）藏有一件公元前490年到前480年之间的陶瓶，上面所绘的海伦和帕里斯显得特别精致。[23] 这对恋人已经离开了斯巴达。海伦似乎很紧张——她低着头，胸部紧缩，好像屏住了呼吸。阿佛洛狄忒慈爱地摆弄着这名斯巴达王后的头饰，厄洛斯则在摸海伦的额头，以确保她只看到爱情。劝说女神珀伊托（Peitho）在这对爱人的头顶翱翔，不管这对亡命的爱人有何疑问，珀伊托都会向他们保证，这种"疯狂的行为"（mania，希腊语的原意是过分迷恋情欲）似乎是正确的，也是唯一可能的行为。与此同时，帕里斯牵着海伦的手——这个有礼貌的行为向当时的人传递了一个明确的信号，那就是这既不是强奸也不是绑架。这一颇具象征意味的身体接触清楚地表明，这是一种正常的结婚礼仪。

这件精美的，表现宠妻画面的陶器上，故事有一个转折。转到瓶的背面，时间已经过去了10年。现在的海伦不是在走，而是在跑，她正试图逃避前来带自己回家的丈夫墨涅拉俄斯，帕里斯则不见踪影。斯巴达国王正低头谴责自己的妻子，盾牌上刻的那头猛冲过来的公牛生动地展现了他的愤怒。这个陶瓶是1879年在发掘苏埃苏拉（Suessula）的墓地时发现的，苏埃苏拉是意大利卡普亚（Capua）东南方的一座城市；出土时，瓶内还装着牺牲燔祭后留下的含有脂肪的灰烬；事实上，由于脂肪的润滑作用，瓶画的下半部分保存得非常好。这件珍贵的物品不仅记录了海伦和帕里斯结婚的合法性，还是献给神灵的礼物。对于死者来说，这是一种病态的回忆，提醒着人们爱欲与不和之间亲密而又不可避免的关系。

但是我们应该让这个陶瓶帮我们回想起另外一些东西。波士顿美术馆中的那个海伦，尽管得到了3位女神的帮助和支持，但却

181

是自己选择与帕里斯步调一致。这是勇敢的爱人，他们的恋情是相互的。这就是希腊人心目中的海伦，一个参与了绑架自己行动的女人。

尽管没有被诱拐的海伦那么流行，这名私奔的贵族却经常出现在西方的艺术作品——尤其是中世纪的世俗插画中。欧洲统治家族中的艺术赞助人清楚地知道海伦是一名王后，有的甚至把自己家族的谱系一直追溯到英雄时代的贵族阶层。特洛伊的故事讲述了上层阶级的生活，当那些贵族赞助人在向插画师和抄书人定制艺术品时，他们的要求是描绘"我们"，而不是"他们"。

在一份手稿（创作于意大利北部，现藏马德里）中，画着海伦轻轻地走下踏板，乐手在吹奏号角，欢迎她的到来。[24] 她的头巾保持了她谦卑的姿态：这是一名举止得体的王后。在另一份创作于1470 年的佛兰德语（Flemish）手稿中，海伦正骑着白色小马进入一座有着哥特式拱门的城市，她头上戴着埃宁帽（henin hat）*，帽子上的薄纱随风飘拂（参见插图 11）。[25] 15 世纪晚期, 她和帕里斯"结合"的故事被织进了一张佛兰德的挂毯里面。[26] 帕里斯左手紧握着海伦的左手，右手以夸张的姿势，举着一枚戒指。簇拥在这对恋人四周的，是一卷卷的丝绸和锦缎——这些高级布料均出自海伦的侍女之手，我们从荷马以来的所有文字资料中得知，一众侍女跟随这位斯巴达王后来到了特洛伊。[27]

海伦带着许多侍女来到特洛伊这一观点，千百年来孕育了各种各样耸人听闻的故事。[28] 作家们激动地想象，海伦是作为一名心甘情愿的俘虏，在裙子的沙沙声和希腊睫毛的扑闪扑闪之中进入特洛伊的。作为一名光彩夺目的贵妇，她带来的侍女同样非常迷人。17世纪的旅行家被指责为是"东方化"时尚的始作俑者（喜欢幻想一

---

* 埃宁帽，一种圆锥型的高帽子，通常从上至下覆盖着薄纱，为 15 世纪欧洲妇女的头饰。

群妇女在女人的闺房和东方的宫闱中亲密地住在一起）[29]，然而这种风气其实早就开始了。

《苏达辞书》（*Souda*）是拜占庭世界一本雄心勃勃、于 10 世纪编纂而成的无与伦比的百科全书。编纂者不详，但他们非常勤勉——《苏达辞书》包含了 30000 个条目。其中一条和阿斯蒂安萨（Astyanassa）有关，阿斯蒂安萨是海伦的侍女，或者更确切地说，是她的"*therapaina*"（负责打理她的个人健康和形象）。《苏达辞书》说，阿斯蒂安萨受到她那位美得不可方物的主人的启发，有史以来第一次编写了一本性爱手册。更准确地说，她是"第一个发现性交有各种不同体位（*katakliseis*）的人，并认真地描绘了'各种性交姿势（*skhēmatō*）'"。这本手册非常流行，《苏达辞书》告诉我们，菲朗妮斯（Philaenis）和艾拉芳汀（Elephantine），[30] 这两个受到基督教神父大力斥责的著名妓女对它的借鉴也不少。[31] 人们猜测，这类手册是在亲身体验的基础上写出来的。[32]

正如你可能料到的，海伦出现在特洛伊城堡这件事被认为既令人兴奋，又会带来危害，许多作者都拿这名斯巴达王后带来的可怕东西做文章。剧作家埃斯库罗斯在描写海伦"轻轻走进普里阿摩斯的特洛伊"这个画面时，说她带来了"死亡和毁灭两样嫁妆"，从而定下了否定的基调。[33] 公元前 350 年左右制作的另一只瓶瓮上，再次描绘了海伦和帕里斯结婚的场面，然而隐藏在她面纱后面的，并不是美丽的脸庞，而是一个丑陋的面具。[34] 13 世纪，科隆的圭多（Guido delle Colonne）写了一本有关特洛伊传说的书，在这本书的一份 14 世纪手抄本的插图中，可以看到海伦舒服地骑着马来到特洛伊，然后在神父的见证下和帕里斯举行了婚礼。画面的左侧站着帕里斯的姐姐卡珊德拉，那个被阿波罗诅咒过的女预言家，虽然拥有真正的预言能力，但从来没有人相信她。卡珊德拉的头发披散在背，她绝望地捂着脸，预示着即将发生的可怕情况（参见插图 12）。在一份抄于 14 世纪的那不勒斯手稿［现藏大英图书馆（British Library）］中，海伦在和帕里斯打招呼，但手却伸向聚集在他背后的另一名特洛伊王子。[35] 善变的女人（*Semper mutabile femina*）。这名不检点的王后刚刚来到特洛伊，就已经有了新的选择。

＊ ＊ ＊

假如海伦真的在公元前 13 世纪走进特洛伊城堡，那她将会闻到一股从城内仓库飘散出来的混合香味。我们知道在这一时期的地中海东部地区，乳香、鸢尾油、孜然、芫荽和散发出硫磺气味的雌黄是青铜时代土耳其港口装卸的主要货物。

183　　香料是这里重要的商品，就跟在迈锡尼时代的希腊一样。那些浑身散发出玫瑰香味的人已经证明，他们可以超越那个臭烘烘的平凡世界：荷马便使用香味来暗示人的地位："安德洛玛刻将孩子紧紧抱在芬芳馥郁的胸前，/ 含泪笑着……"[36] 作者在描写海伦在特洛伊和斯巴达的房间时，用了和她的衣服一样的形容词"芳香四溢"。这里起作用的并不仅仅是诗人的想象力：青铜时代晚期，只有富人身上才有可能散发出好闻的香味。希腊大陆和安纳托利亚的最高统治者一样，用香味来标记自己的领土。

特洛伊城周围的空气中弥漫着的另一种气味应该是马匹的气味。荷马说特洛伊"以马闻名"，英雄赫克托耳是一名"驯马师"。在《圣经》中，赫梯人是以马上政权的拥护者形象登场的："因为主使亚兰人（Aramaeans）的军队听见车马的声音，是大军的声音，他们就彼此说，'这必是以色列人贿买赫人的诸王和埃及人的诸王来攻击我们！'"[37]

在特洛伊最近的考古发掘中，发现了一副完整的马骨架和大量错位的马骨。[38] 这里真的是马术训练和马匹交易的中心吗？与希腊大陆比起来，安纳托利亚人驾驭马匹的技术更加先进。在这里，骑马至少从公元前1600年起就是贵族生活的一个特征。基库里（Kikkuli）在公元前1360年的赫梯文著作《马经》（*Horse Book*）中，就详细描述了如何饲养、制服和训练马匹。[39] 在迈锡尼的一座坟墓中发现了东方风格的马钉。[40] 马作为一种战争工具，正在博斯普鲁斯海峡东面发挥越来越重要的作用。

2004年，为了模拟青铜时代的海伦和帕里斯周围的景象和声音，我和一个考古小组在希沙利克山的阴影里开始了一项实证研究。迈锡尼和赫梯的艺术品中对战车均有详细的描绘。[41] 考古小组汲取视觉和文本资料中的信息，[42] 用公元前13世纪希腊人和特洛伊人均能获得的原材料，制作出了安纳托利亚和迈锡尼马车的复制品，同时从当地的吉普赛人营地弄来成对的马匹进行训练，然后在特洛伊平原上把它们安装在一起。[43]

青铜时代晚期希腊的战车看起来相对较轻。轮子上只有四根辐条，而轮框（特别是那些连接轴承的轮框）都没有包上皮革。在一块描绘公元前1275年的卡迭石战役的精美浮雕上，出现了安纳托利亚战车。这些马车要厚重一些，而且轮子上有六根辐条。埃及的统治者拉美西斯骄傲地站在这块卡迭石浮雕的正中央，他手持弓箭，趁着自己的战车在战场上快速驰骋之机，一一射杀掉那些弱小的战士。在青铜时代晚期特洛伊以外的地方，也可看到这样的场景。 184

我们知道，公元前8世纪时，战车参战的现象几乎完全消失。战车依然被一些民族用于作战，例如叙利亚人，但却不是希腊人和安纳托利亚人。这是荷马所描述的他自己所处的铁器时代的情况，而不是青铜时代的情况。我们发现，荷马史诗中的战车很少用于实际作战，而是作为出租马车或者由私人御者驾驶的马车，用来在军营和战场之间接送那些大人物。

直到不久前，荷马对战车功能的理解依然被奉为正统：人们认为希腊人没有把战车用于战争。但是我们现在已经掌握了文本证据，可以证明安纳托利亚的土地上曾经出现过数目惊人的迈锡尼战车。据记载，大约公元前 1400 年，一个名为阿塔西亚（Attarssiya）的希腊部族首领曾指挥一支步兵和 100 辆战车，在赫梯帝国的西部边境作战。[44] 为了和特洛伊人进行有效的战斗，迈锡尼人必须带着他们的战车参加艰苦的斗争：尽管迈锡尼的战车比安纳托利亚的要轻，但我们的实验表明，它们在平坦的斯卡曼德平原上纵横驰骋，效率非常高。

公元前 13 世纪的赫梯战车上通常坐着 3 个人：1 名御者、1 名战士（弓箭手或长矛兵）和 1 名盾牌手，后者的任务是保护两位同伴。[45] 战车上的所有人都必须切切实实地可以和马匹沟通交流。为了使自己的技艺臻于完善，这些男人可花了不少时间。没有项圈或缰绳，马的后蹄四处乱踢，要在这些轻巧的战车上保持直立状态，需要精神的高度集中和非凡的技巧。在战车疾驰而过时，既要保持身体平衡，又要用长矛、弓箭和石子杀敌，我们发现，这确实是一门功夫。

然而那些驾驭战车的高手给敌营带来了巨大的伤害。除了瞄准对方的勇士，一举将其除掉，他还可以驾驶战车冲进步兵群，这些屠杀场面会令人感到恶心。当复制的战车摇摆着驶过转弯处时，车上的皮革会发出嘎吱嘎吱的声音。战马的挽具上系着铃铛，目的是用声音"干扰"对方——在战斗的混乱和喧嚣中，这一点极为重要。荷马用最悲惨的诗句描绘了英雄们在斯卡曼德平原上为海伦而战时发出的喊叫：

> 男人的尖叫声和胜利的呐喊声同时传来，
> 战士杀戮，战士殒命，地上鲜血横流。[46]

185　　公元前 13 世纪的战争中投入的战车并不多：这是少数人参与

的战斗，目的是摧毁人多势众的对方，并给对方留下深刻印象。从壁画上可以看出，这些战车侧面均有鲜艳的装饰，且包裹着黑白分明的生牛皮，非常醒目。那些战车上的人立刻跃升于战场上的普通士兵之上：他们独特而又令人难忘，驾着战车好好厮杀一番，获得不朽名声的机会就会迅速降临。我们从赫梯文献中得知，那些在安纳托利亚驾驶战车的人往往不是单纯的御者，而是政府的高级官员。那些拥有特权，人数极少的统治阶层代表需要给周围的人留下直接而持久的印象——不管那些人是朋友还是敌人。

我们的战车复制实验已经接近尾声，只有那些摘番茄和棉花的人给我们鼓掌，他们也正咔哒咔哒地赶着自己的马车在田野上穿梭。当然，我们的事迹不会流传下去，但我们对这座城市城墙外的战斗情况有了进一步的了解。迈锡尼人的战车就像移动的导弹发射台一样发挥出色。在精巧又极度灵活的情况下，战车仍能承载1名御者和2名佩带弓箭或长矛、具有极大杀伤力的战士。不管特洛伊王子准备向迈锡尼希腊人投掷什么东西，希腊大陆的战车制造术都完全可以应付。[47]

那么，听着马厩中马的嘶鸣，嗅着空气中弥漫的气味，我们青铜时代的海伦在缓步进入特洛伊城堡时，对自己的新家有何看法呢？风在耳边呼呼作响（和现在一样），她站在城堡的顶端，看着下城区拥挤的简陋棚屋，以及伸向达达尼尔海峡的金色港湾时，这些景观肯定跟她离开的那块拉科尼亚腹地很不一样。这里的泥泞潟湖很容易滋生疾病——传播疟疾的蚊子和疟疾。[48] 今天希沙利克周围的田地里，种满了烈日下低着头的向日葵。这和长满苔藓的湿润的欧罗塔斯平原以及迂回曲折的泰格图斯山麓完全不同。

在故事中，海伦背弃了希腊。为了了解这样一个女人在青铜时代晚期的特洛伊城堡中的生活，我们也不得不离开西方和迈锡尼，把目光投向东方。

26

东方的黄金屋

> 盟友们的军队聚集在坚不可摧的普里阿摩斯之城，
>
> 确实如此，但他们说着一千种不同的语言，
>
> 战士们从王国的各个角落赶赴这里。
>
> ——荷马，《伊利亚特》[1]

海伦和帕里斯、阿喀琉斯和赫克托耳、阿伽门农和普里阿摩斯的故事把全世界的游客都吸引到了特洛伊遗址。尽管这里贫乏的考古发现没能让人立刻感受到这座青铜时代城市的嘈杂，但是不断涌入的游客却奇怪地没有给人突兀之感。这里有各个年龄段的男人和女人，他们来自不同的国家，从事着各种不同的职业，就跟3500年前一样。叙利亚、巴比伦、迈锡尼时期的希腊，和塞浦路斯的原料均已在特洛伊出土——由家住城里的商人带来。外交文书表明，政府首脑之间的来往信件经常进出特洛伊的城门：这里面既有大臣和书记员，也有外交官和特使。在公元前13世纪，这个远离大国影响的权力据点肯定是个五彩缤纷而又热闹非凡的地方。

由于特洛伊城本身没有留下任何书面记录——施里曼对遗址中心部分的蓄意破坏，使得人们对发现特洛伊的历史文件已经完全不抱希望——我们不得不从当时的其他信息源头那里了解青铜时代生活的详细情况。特洛伊是赫梯帝国的一个附庸国，在社会、政治和文化方面，都与赫梯帝国内部的其他大城邦非常相似。[2] 为了了解近东文化对一名外国访客或俘虏（例如我们青铜时代的海伦）产生的影响，我们必须把目光转向赫梯帝国首都哈图沙出土的大量证据。

由于赫梯帝国把他们的事情都详细记录在泥板上，现在这些泥板正源源不断地被挖掘出来，1990 年，哈图沙东北的萨皮努瓦（Sapinuwa）出土了 3000 多块泥板残片，我们可以深刻体会到任何一名来访的希腊大陆贵族的切身感受。[3] 这里有祭司、女祭司和神庙助理、医疗顾问、理发师、看门人、马夫、官员、抄写员、吞剑者、杂技演员（岩画精彩地描绘了"爬梯人"比赛，即看谁在没有支撑的梯子上站立的时间最长）[4]、演奏风笛、响板和铙钹的乐师、舞者，以及一群普通的家政人员。公元前 13 世纪是赫梯文明的鼎盛时期，彼时城堡内肯定人头涌动。

和迈锡尼社会内部一样，妇女在这里非常引人注目。宽阔的马路上铺着厚重的大石板，许多妃子（naptartu）在上面走来走去，这些都是为了充实宫廷要员的后宫而引进的外国女人。赫梯文中甚至有"妾"这个称呼，叫"E-ŠER-TU"，或"esertu"。引进这些女人的目的，通常是加强与其他国家之间的联系，同时诞生更多的王室后代。[5] 安纳托利亚的王室需要有正式的后裔来充当外交官或婚嫁的对象，同时在王国内部或王国外的广阔世界充当家族的代表。普里阿摩斯就以生了 50 个儿子而著名，而青铜时代晚期的文献资料则显示，安纳托利亚的统治者们确实都拥有庞大的家庭。控制宫中女人行动和婚姻的是"塔瓦娜娜"（Tawananna，王后）。[6] 这就是环绕在我们青铜时代的海伦周围的王族和社会状况，不管她是做俘虏、小妾，还是正房。

　　一块被称为《阿拉克桑杜条约》（Alakšandu Treaty）的破碎赫梯泥板告诉我们，嫔妃生的儿子也能继承王位。[7] 对文本的宽泛解释甚至可以得出一个结论，那就是泥板中所说的特洛伊王子，一个叫阿拉克桑杜的人，他的母亲是一名希腊小妾。[8] 我们已经知道，荷马在《伊利亚特》中对帕里斯还有一个称呼（亚历山大）几乎可以肯定就是阿拉克桑杜的希腊语形式。只不过我们没有足够的证据把荷马笔下的特洛伊王子亚历山大（一个喜欢希腊女人的男人）和青铜时代晚期、可能拥有希腊血统的维鲁萨王子阿拉克桑杜联系起来，然而这一参考资料证明，这些史前时代的伟大宫殿内部，都有着国际化的家族关系。[9]

　　安纳托利亚半岛上的王室家族，拥挤地生活在一个个孤立的地方，他们似乎也有着堪与任何肥皂剧相媲美的家庭关系，而神谕和文字资料也提到了他们之间发生的争吵和激烈斗争。你可以想象他们之间的竞争——更不用说叛乱了。涉及特洛伊历史的文本很少，其中就有一篇讲到一个名为"瓦尔姆"（Walmu）的国王被废黜的事。[10] 早在公元前 1500 年，《铁列平法令》（Edict of Telipinu，在这位国王的妻女惨遭杀害之后）的颁布，就是为了努力停止安纳托利亚宫廷的争吵和血腥的权力斗争。

> 将来，不管谁在我之后担任国王，都要把自己的兄弟、儿子、姻亲、家族其他成员以及军队团结起来！这样一来，你就能用自己的强大力量控制这个国家。千万别说"我要消灭它"，因为你无法消灭任何东西。相反，你只会连累你自己！不要杀害家族中的任何人，这么做是不对的。[11]

一个非常切题又能增加阅读趣味的女人是普度赫帕（Puduhepa），

她是一名玩弄阴谋诡计和权力寻租的老手：一名赫梯王后，活跃于公元前 1280—前 1230 年之间，正好是后世普遍公认的特洛伊战争发生的时间。我们在土耳其南部卡帕多西亚（Cappadocia）一块风化的石刻那里面对面地见到了普度赫帕：在一座菲拉金浮雕（Firaktin relief）上。她穿着女祭司的袍子，正向赫梯万神殿中一位重要的神祇奠酒——太阳女神阿瑞纳的赫帕特（Hepat of Arinna）。作为这名女王唯一幸存的雕像，这块石刻表现得非常得体。普度赫帕一开始是一名女祭司，一名"伊什塔尔*的女仆"（hand-maiden of Ishtar）。据说她拥有绝世的容貌，国王哈图西里三世称自己被迫依照梦中的指示娶她。多年以后他写道，女神伊什塔尔给了他们"夫妇之爱"。[12] 伊什塔尔负责安纳托利亚核心地区的事务，就像阿佛洛狄忒会到古希腊等地方去一样。[13]

> 一个男人和他的妻子彼此相爱，并使他们的爱情得以实现：
> 这都是你的命令，伊什塔尔。
> 他去引诱一个女人，并完成了这项任务：
> 这都是你的命令，伊什塔尔。
>
> ——《胡里安人献给伊什塔尔的颂歌》
> （Hurrian Hymn to Ishtar），约公元前 14 世纪 [14]

极度虔诚的普度赫帕热情地重整了赫梯历法中的许多宗教节日。我们之所以知道她的影响力，是因为她留下了一条了不起的痕迹——不是在纸上，而是在岩石和黏土上。

与当时的许多女性配偶一样，普度赫帕和国王共用一枚印章。 189
2004 年 10 月，在绕着广阔的哈图沙遗址游览了一圈，又喝了一杯

---

* 伊什塔尔，古代中东的战争和爱情女神，在众神中地位至高无上，被称为宇宙女王。

浓汤般的土耳其咖啡之后，我开始研究这件王室官僚机构的重要工具留下的少数几块泥封之一，这块泥封现存古色古香的波格兹卡雷博物馆（Museum of Bogazkale），博物馆位于毗邻考古遗址的现代村庄内。

泥封上有许多裂痕，边缘也有些脱落，但是它大小合适，只有1 英寸（约 2.5 厘米）宽，字迹也很清楚。拿在手里，几乎感觉不到任何重量——这块 3000 多年前使用的小泥封，能保存到今天实属令人惊奇。泥封的表面，可以辨认出普度赫帕的卢维语（Luwian，象形文字）名字，旁边则是她丈夫的名字。对于赫梯王后来说，和配偶共用一枚印章，同时拥有一定程度的独立地位，实在是再正常不过了。然而普度赫帕更进一步，她拥有自己的专属图章。[15] 在做复杂的司法仲裁时（例如，王室法庭遇到过一个棘手的案子，关于船只遇袭沉没后，船上贵重物品的归属权问题），最后一锤定音的，往往不是国王哈图西里，而是王后普度赫帕。[16]

当普度赫帕加入有关她女儿与埃及国王拉美西斯二世结婚一事的谈判时，我们才真正领略到她的声望（kudos）。拉美西斯写给她丈夫的信她都能收到一份完全一样的副本，不仅如此，对事情进展感到不满意的她，还亲自去信叱责法老本人。

公元前1270年前后，普度赫帕位于哈图沙的宝库发生了火灾。[17] 王后致信拉美西斯，跟他说如此一来，外交事务不得不延迟，她将无法在短期内把女儿送去埃及王宫完婚。拉美西斯似乎在催促她尽快把这件事情办了——想必他想同时得到这名女孩和她的嫁妆。普度赫帕的回答颇为尖酸刻薄：

> 我的兄弟是否一无所有？只有当太阳神之子、雷神之子，和大海都一无所有时，你才会一无所有！可是，我的兄弟，你为了增加自己的财富，不惜拿我做牺牲。这既不符合你的名声，也不

符合你的地位。[18]

普度赫帕非常自信地训斥了全世界最强大的男人之一。她的历
史提醒我们，在公元前 13 世纪，只要个性足够强，贵族妇女同样 190
可以在周遭世界留下永恒的印记。当你把目光聚焦于像她这样的王
后身上时，你会明显地感到，这不仅是一个英雄的时代，也是一个
女英雄的时代。

* * *

哈图沙的文本是极为宝贵的，除了让我们见识宫廷生活，也非
常有助于理解海伦和帕里斯之故事的重要前提。大量涉及法律事务
的文本表明，强奸、诱拐和通奸是热议的问题。在赫梯帝国的 200
道法律中，有 14 道和性方面的不轨行为有关。[19]

赫梯文本中有一个观点，那就是，为了受到法律保护，婚姻必
须遵循一夫一妻制的原则，这种婚姻也伴随着实质性的利益和责任。
如果一个男人和另一个男人的未婚妻私奔，那么他（而不是女孩的
家人）自己要对此负责，用与女孩的嫁妆同等价值的物品赔偿给这
个被拒的求婚者。[20] 通常来说，婚姻都是双方协商好的，但是偶尔
也会有不好的结果出现。如果双方友好地解除婚约，那么所有财产
都将五五分。然而在强奸案中财产的处理将不会这么公平。虽然法
律上妇女确实可以得到赔偿，但如果一个女人在自己家里被人强奸，
那么她将被视为同谋，是有罪的。

> 如果一个男人在山里抓到一个女人（并强奸了她），那么这
> 个男人有罪，必须死；但如果他是在女人的家里侵犯了她，那么
> 有罪和该死的就是这个女人。如果（两人在作案的过程中）被女

人的丈夫撞见并杀害，女人的丈夫将没有任何过错。[21]

　　涉嫌强奸或通奸可能会被判处死刑。[22] 赫梯人意识到，激情会破坏精心策划的婚姻，大量的法律和私奔有关。"*pupu*" 这个词，表达的就是情人这个概念。但是你如果勾引他人的妻子，那么你就是在拿自己的性命开玩笑。按照安纳托利亚法律，和帕里斯私通的海伦，可能会被判处死刑。听说那个被戴了绿帽、复仇心切的丈夫正在追捕他们，而且坚信自己有理由对他们实施最严厉的处罚，青铜时代的帕里斯和他的非法恋人对此将不会感到惊讶。

27

舰队出动

因为他在渴望一样已经消失在大洋彼岸的东西，

所以房间里似乎住着一个幽灵，

而那些按照美人的模样塑造的优雅雕像，

已经变成这个男人仇恨的目标。

在一双茫然的眼睛看来，

所有的阿佛洛狄忒都是空的，一去不复返的。

——埃斯库罗斯，《阿伽门农》，约公元前 458 年[1]

　　《史诗集成》中的海伦在特洛伊城朝西边的大海张望时，她将会看到地平线上的两个小黑影，[2] 那是两艘船——希腊一开始派来的特使。[3] 我们从种种文献资料中了解到，当听说妻子失踪后，墨涅拉俄斯的第一反应是不要流血，不要发动闪电攻击，而是寻求用外交途径解决这件令人遗憾的事。[4] 希腊军队已经集结完毕，在忒涅多斯待命，但是这名不幸的斯巴达国王却和奥德修斯一起出发，去商讨释放海伦的事。

与队伍切断联系的墨涅拉俄斯完全暴露在敌方的视线之下，而且人数上完全不占优势。当他们向特洛伊人提出他们的请求时，帕里斯企图策划一场暗杀行动，他想收买一个名为安提玛科斯（Antimachos）的特洛伊人，让他说服与会代表宰了这两名希腊勇士。[5] 然而这名好色的王子可以省下这笔钱了。暗杀计划进行得一团糟，两名勇敢的希腊人竭力说服普里阿摩斯和朝臣们同意归还海伦，并补充说（当然少不了明里暗里的威胁），这么做可以帮他们省却大量的麻烦。特洛伊人选择了抵抗到底这条路，一致决定不交出他们的战利品。希腊观众曾在舞台上看过这一幕，那是在索福克勒斯散佚的戏剧《追讨海伦》（Helenes Apaitesis）中。这是一个永远会受大众欢迎的主题（无聊的事后诸葛），对没有流血牺牲、这个世界原本可以更好的一种无用幻想。

192 　　然而这里起作用的并不仅仅是悲剧因素。这个故事反映了青铜时代晚期，由协议、条约和外交斡旋把各个族群联结在一起的国际关系；战争是一桩昂贵的事，而且后果无法预测。谈判极受重视。胡里安族的国王和巴比伦国王谈判，赫梯帝国的国王给希腊大陆的首领们去信；为了避免普遍的、无法持续的和大规模的冲突，赫梯人和希腊人缔结了古代世界最著名的一份和平协议《永恒和约》[Eternal Treaty，现在通常称之为《卡迭石和约》（Treaty of Kadesh）]。公元前 1259 年，这份和约被刻在了一块泥板上，现在这块泥板的复制品就放置在联合国安理会的外面。13 年后的一桩王室婚姻再次确定了这份协议——一名赫梯公主和埃及国王拉美西斯大帝（Rameses the Great）：

　　　　阿蒙（Amon）*[所钟爱的]、[英雄、埃及]国王拉美西斯

---

*　阿蒙，古埃及的主神和太阳神。

大帝，和他的兄弟、赫梯国王哈图西里［大帝］在［银板上］［订立了这份协议］，目的是在他们俩之间缔结长久的［伟大］和平和伟大的［兄弟情谊］……现在我们之间已经永远缔结了美好的兄弟情谊和美好的和平，这么做同样是为了让埃及和赫梯之间美好的和平和美好的兄弟情谊永远持续下去。[6]

承载着这些信息的泥板或者青铜板在各个政府首脑之间传递，那些刻写的人显然已经达成共识，尽管一些外交文书中冷冰冰的问候和甜言蜜语下隐隐露出的威胁实在是再熟悉不过。外交辞令几千年来似乎没什么变化。例如，大约在公元前 1263—前 1255 年之间，赫梯国王写信对巴比伦国王卡达什曼·恩利尔二世（Kadashman-Enlil II）说：

> 你父亲和我建立外交关系，我们俩变得像好兄弟一样，并不只是一天两天了；难道我们不是在平等理解的基础上缔结了长久的友好关系吗？
> ……你父亲死后，我抹干眼泪，派出一名信使前往巴比伦，向巴比伦的高级官员传达下面的信息："如果你们不让我兄弟的儿子当统治者，我将与你们为敌，我将入侵巴比伦；但是（如果你们做到了，那么）如果有任何人起来反抗或者威胁你们，请告诉我，我将赶来支援你们！"[7]

这些泥板和青铜板揭示了青铜时代晚期一些至关重要的东西。从许多方面来看，这个遥远的时代和它的英雄之名是颇为相称的。并不仅仅因为这是收缩期（我们将之命名为"黑暗时代"）之前，一个充满了传奇财富、豪情壮志和巨大成就的时代，还因为那些掌管着地中海东部宫殿式城堡的人，从某种意义上说，都是人中豪杰。

只需看一眼当时赫梯帝国与其他伟大领袖之间签订的条约及其使用的语言，我们就会明白，这些并非在国家之间，而是在个体之间签订的协议：两个男人（有时是女人）之间——男英雄和女英雄的行为确实可以改变整个文明的走向。

例如，赫梯国王经常自称"大帝、英雄"。[8] 考虑到青铜时代晚期的贵族仅凭一己之力就能调动庞大的军队（根据古代的记述，卡迭石战役中赫梯盟军的数量有 47500 人）[9] 这些强大的领袖在公众的想象中变成了超人，他们的决定和行动变成了传说，也就不足为奇了。

然而，尽管这是一个英雄之间使用外交手段和谈判的时代，在特洛伊战争这个故事中，外交却失败了。帕里斯不愿放走这个他刚刚到手的外国王后，于是希腊人空手而归。不管海伦是愉快地走进普里阿摩斯的城堡，还是遍体鳞伤地被拖进城门，特洛伊人都不准备放弃她。希腊领袖墨涅拉俄斯、奥德修斯和阿伽门农开始重整旗鼓，起草作战计划。

* * *

他们回想起在海伦的比武招亲大会上，他们曾和所有其他的希腊英雄一起，对着一匹马的尸体发誓效忠彼此。他们一致同意，一旦有蔑视他们的荣誉和自我牺牲精神的潜伏者和外国人出现，并在斯巴达王宫做客时掳走海伦，那将是他们集体蒙受的耻辱。希腊最强大的国王阿伽门农和他的弟弟，被戴了绿帽的墨涅拉俄斯，都有十足的理由调动军队。接二连三受辱的希腊领袖，下一次决不会善罢甘休。

194   海伦躺在帕里斯的床上，听到墨涅拉俄斯的外交行动颗粒无收，正灰溜溜返回的消息时[10]，不知是喜是悲。此时一支希腊舰队正在希腊东海岸底比斯附近的奥利斯集结，这支舰队早前曾试图在特洛阿德登陆，可惜失败了。[11] 希腊人是不会让人骗走他们的女人的。把物资装上船，把战鼓擂起来，士兵们在沙滩上操练，为战斗做准备。希腊的荣光都在这里，他们当中的勇士和英雄是克里特岛和希腊大陆的统治者。女人被留在希腊掌管宫殿式城堡的事务，为了形成一台统一的战争机器，各族群抛弃了各自的分歧，他们热血沸腾。特洛伊海岸预示着复仇、战利品和大量的女人。在后来对这场战争的描述中，忒尔西忒斯（Thersites）* 罗列了战争带来的种种好处：青铜、金子，"……最好的是美女"。[12] 为了激励士兵，阿伽门农提出的奖品有"一只三足鼎，或一队配有马车的纯种战马 / 或者一个可以和你同床共枕，让你骑在她身上的漂亮女人"。[13]

一切已准备就绪，然而风向却对希腊人不利，聚集在奥利斯的船只无法起航。随着时间一天天流逝，士气将变得越来越低迷。只有极端的行为才能带来宣泄。海伦的恋爱行为导致了一场著名的战争，然而杀戮早在希腊人登陆安纳托利亚海岸之前就已经开始。她的风流韵事启动了一连串的屠杀。第一个牺牲品是个孩子，阿伽门农的女儿伊菲革涅亚。[14]

希腊船只被困在奥利斯的原因是一名希腊士兵（有人说是阿伽门农自己）在狩猎女神阿尔忒弥斯的圣所杀死了一头鹿。更糟糕的是，这名傲慢的猎手还吹嘘说他的猎杀技术比神还要高妙。女神被激怒了。只有用最完美的物种的鲜血献祭，才能平息阿尔忒弥斯的怒气。于是阿伽门农便派狡诈而又油嘴滑舌的奥德修斯去说服自己年轻的女儿赴死。"跟她说阿喀琉斯在等她，"这名绝望的国王说，"跟她说她将嫁给所有英雄中最伟大的那一个。"[15] 伊菲革涅亚和母亲吕泰涅斯特拉一起从迈锡尼启程。然而她来到之后才发现，并没

---

* 忒尔西忒斯，《伊利亚特》中的一名希腊士兵，以容貌丑陋和说话恶毒而著名。

有人给自己穿上婚纱，相反，父亲把她带到了祭坛的石板前。她将在这里成为牺牲，表面上是为了取悦女神，实际上是为了希腊的荣誉，为了保证希腊人能够为了美的象征而战。这真是一个绝望的时刻。伊菲革涅亚哭喊着看向父亲，但她还是被抬了起来，"像一只山羊一样，脸朝下，放在祭坛上"。她的"嘴被蒙上，马嚼子被人粗暴地拉扯着，本该给整个家族带来诅咒的一声叫喊被抑制住了"。她认识所有攻击她的人，但她什么也做不了，除了"用眼睛射出悲伤之箭"，射击那些把她送上祭坛的人，"[她的眼睛]生动如画，仿佛要一个个叫出他们的名字"。而所有这些，正如一名守夜人刻薄地指出，都是海伦的错。伊菲革涅亚为"防卫，／为一个女人的复仇之战"献出了自己的生命。[16]

伊菲革涅亚死得如此恐怖残忍，这使阿伽门农的妻子，海伦同母异父的姐妹吕泰涅斯特拉在阿伽门农从特洛伊回来之后就把他杀了。父亲遇害的惨状，反过来又刺激了俄瑞斯忒斯，使他杀死了自己的母亲吕泰涅斯特拉和她的情人埃癸斯托斯。俄瑞斯忒斯因不孝和仇恨而受到复仇女神（the Furies）的惩罚，并被逼疯。海伦是全世界最著名的一场连环悲剧的始作俑者。

* * *

伊菲革涅亚的故事涉及几个最基本的问题——爱情与责任、豪情与谦卑、迷信与信仰之间的冲突。正因为如此，这个有关迈锡尼的纯洁公主被杀的故事依然在全世界的舞台上演。最近，我看到一张小海报，说歌德版本的这个悲剧将在伦敦西区诺丁山（Notting Hill）阿尔伯特亲王酒吧楼上的小剧场上演。由于很想知道普通观众对这个用一名未成年孩子献祭的故事有何看法，我在冲动之下买了一张票，并在戏剧开演前等了半个小时。观众们都坐在楼下的酒吧里，谈论电影明星和在诺丁山的时髦街区购物的事。为了盖过电视声和背景音乐，他们基本都是在吼，头顶的电扇嗡嗡转个不停——在这个烟雾缭绕的拥挤场所，电扇非常有必要，尽管是在寒冷的 11 月的一个夜晚。吸着烟的男士，一边翻阅《标准晚报》（*Evening Standard*），一边在用手机讲电话——在上楼被一出 2500 年前首演的戏剧震撼之前，首先要处理完大量的日常事务。

当然，所有这些关于激情和原则、自由意志和命运的想法，都和一个女人为了让希腊人能够继续他们的事业，把海伦从特洛伊解救出来而被杀的故事有关。在欧里庇得斯的版本中，伊菲革涅亚的母亲吕泰涅斯特拉肯求丈夫再考虑一下，因为这个决定即使在古希腊人看来，也是非常不道德的。

> 告诉我：如果有人问你为什么要杀死她，
> 你会怎么回答？还是要我帮你说？
> "这样一来墨涅拉俄斯就能夺回海伦。"多么冠冕堂皇的行动，
> 用一个孩子的生命作为一个荡妇的赎金！
> 用我们最挚爱的东西换回我们最憎恨的东西！[17]

在杀死伊菲革涅亚之前，阿伽门农试着向女儿解释她必须死 196 的原因。他说到了厄洛斯和厄里斯之间的亲密关系，谴责是爱情女神的一种存在方式唤起了希腊人的斗志，使他们不惜离开家乡投入战争。"一种本质上和阿佛洛狄忒相同的东西使军队变得极为激动，使他们疯狂地想尽快起航"[18]，这些话压根儿没有给这名年轻女孩带来任何安慰。[19]

伊菲革涅亚平躺在祭坛上，高级祭司把刀刺向她的咽喉。在这个故事的一些版本中，此时会有电闪雷鸣，女孩被阿尔忒弥斯亲自带到了陶里斯（Tauris，现在黑海岸边的克里米亚）。在其他的

一些版本中，刀刃刺中了目标。然而阿伽门农之女的命运现在已经不再重要，因为圣所周围的树叶突然间开始奇迹般地动了起来。风回来了，士兵和将领都大大松了一口气，他们要出发去特洛伊了：10万人乘坐1186艘船，从奥利斯港启程，去接回流浪在外的斯巴达王后。[20]

今天的奥利斯海岸是个令人伤心的地方，因为这里被大片的水泥工厂占据着，工业化对风景的入侵是不屈不挠的。这里有古典时期和迈锡尼时代留下的废墟，还有一个阿尔忒弥斯的圣所，然而这一切都覆盖着一层细细的水泥灰。空气很难闻。大理石的石板上偶尔会有一束小花，那是人们为纪念年轻的伊菲革涅亚尔而留下的。她是一个无辜者，诉说着战争的残酷无情和野心的盲目无知。

* * *

荷马没有讲到伊菲革涅亚的故事，但他那份描写希腊海上实力的著名的"战舰清单"（Catalogue of Ships），对于我们探讨《伊利亚特》的起源提供了一个有趣的观点。荷马告诉我们，有29支舰队从希腊北部彼奥提亚的奥利斯出发。这份舰队名单和线形文字B泥板上刻的食品、税收和人员清单，以及财产分配和等级划分的清单出奇地相似。它单调、枯燥而又一再重复，这是一次明显且细节非常到位的实力宣示。首先列出的是为战争出了力的地区和城镇，接着是指挥官的名字，最后是战舰的数量和船上全体人员的数量。

这份清单不可能是由一个人来研究和制定的，也不可能是一份为了充实这首已经很长的诗而虚构出来的庞大的记忆测试表。在荷马记录的总共178个名字中，没有一个是捏造的，而且清单中的几乎每一个地名都对应着适当的地理位置。[21] 事实上值得注意的是，有许多荷马所处的公元前8世纪希腊的地方没有出现；诗人并不仅仅是在罗列自己生活的铁器时代的权力中心。这些遗漏表明，史诗在这方面是真实可靠的，那些被排除在外的城镇和地区实际上并不属于青铜时代的"希腊"。这份被一些人称为"行军次序"（order of march）的清单，是青铜时代晚期一名将领所能获得的可信的武装汇编。

1993 年，底比斯发现的一块线形文字 B 泥板 [22] 使清单的问题有了全新的进展。这块泥板是无意中被发现的，当时底比斯中心城区的佩洛皮达斯街（Pelopidas Street）正在铺设水管。自来水厂的工作被叫停，考古调查开始了。这次挖掘的成果非常有价值，截至目前，已经出土了 250 多块泥板。这些泥板表明，底比斯实际上是一块庞大领地的中心，这块领地比皮洛斯、斯巴达、迈锡尼都要大。[23] 如果底比斯地区是青铜时代晚期一个举足轻重的强大地区，那么希腊联军的行动为什么会从底比斯的港口奥利斯港出发，也就突然解释得通了。

新出土的底比斯泥板上有个名为"埃利昂"（Eleon）的城镇，一直以来考古学家和历史学家都为它头疼不已——"战舰清单"中提到过这个名字，是从彼奥提亚出发的舰队中的一支。然而埃列昂却像是从地球上消失了一般，作为希腊北部的一个地名，它从未在其他的古代文献中出现过。因此，一些学者认为，这个城镇肯定是荷马虚构出来的。

底比斯出土的公元前 13 世纪的泥板却讲述了一个截然不同的故事：泥板 TH Ft 140 上出现了埃利昂这个名字。[24] 这么说来，荷马的诗句是在直接向我们传达青铜时代的信息。

而且，通过比较荷马的诗句和青铜时代的确凿证据，特洛伊故事中的另一个难题也将迎刃而解。人们经常问，为什么荷马要用两个名字来表示特洛伊。为什么他既叫它特洛伊，又叫它伊利昂？为什么这本讲述特洛伊战争的叫《伊利亚特》？多亏了研究赫梯的语言学家和历史学家的通力合作，我们才得以知晓其中的答案。

荷马很可能是希腊爱奥尼亚地区的人，他可能生活在士麦那（Symrna）或者希俄斯（Chios）。公元前 7 世纪他的口述被记录下来时，爱奥尼亚地区的人会把通常出现在字母"i"前面的"w"省略掉［"w"在伊奥利亚（Aeolian）地区的方言中则保存了较长时间；例如，萨福就使用过"w"这个字母］。赫梯文本告诉我们，在特洛阿德的特洛伊地区存在着两个领地，一个叫维鲁萨，另一个叫塔鲁维萨（Taruwisa）。[25] 如果这些名字流传到后世，并由一名省略"W"的吟游诗人唱出来，那么"Wilusa"（维鲁萨）就变成了"(W)Ilusa"，接着变为"(W)Ilios"，最终成为了"Ilios"，而"Taru(w)isa"则变成了"Taruisa"并最终演变为"Troia"。因此我们有了这个讲述伊利昂（Ilios）的故事《伊利亚特》，和特洛伊（Troia）战争。

《伊利亚特》的节奏也有助于我们明确认识到，荷马史诗中的许多诗句是在迈锡尼时代创作的。整首诗由六步韵写成，许多诗句读起来很完美，但是有些句子却完全不符合韵律，在通常应该很流畅的地方出现了刺耳的不和谐音。但是，如果不用古希腊语，而是用青铜时代线形文字 B 的元素（迈锡尼人使用的语言）把它写出来，那么这些诗句将非常合韵。[26]

* * *

尽管"战舰清单"有其历史依据，但为了寻找一名任性的王后而派出 1000 艘船，是完全不可能的。如果迈锡尼的贵族如此大规模地离开故土前往特洛伊，每艘 50 桨的战船运载 30 名勇士，每名勇士至少带一名出身高贵的男仆，那么迈锡尼的经济将会彻底崩溃。公元前 13 世纪，黎凡特（Levant）海岸仅仅发现了 7 艘船，就已经引起整个地区的恐慌。[27] 而在传奇故事中，赫拉克勒斯据说只用

6 艘船就洗劫了一座更古老的特洛伊城。我们必须等上将近 1000 年，才有另一支规模远远不及荷马"清单"的舰队被记录下来，而且即使那时（波斯为了占领希腊而发动的远征军）的数量，也只有 500 艘左右。[28]

回到基克拉泽斯群岛，锡拉岛火山喷发使那里的青铜时代的出色壁画得以保存下来，其中有一幅很小的壁画描绘了一队船舶扬帆起航的画面。这些船都装饰得很漂亮，随风摆动的花环、用作牺牲的动物皮毛、旗帜和彩色布条——显然是为某个盛大的国家典礼而准备的。画面的后方，一群男女正匆忙地在一座巨大的城堡周围走动；可以明显地看到士兵，但是难以判断这些船受到的是欢迎，还是排斥。青铜时代晚期没有专门的战舰。画中出现的这些船是多用途的，有时运送物资，有时运送商人和外交官，有时运送士兵到遥远的地方。船头可能会焚烧樟脑和香料，燃起一点星火，用来对付无边黑暗笼罩下的茫茫大海。[29]

把迈锡尼希腊人送往巴西克湾的，正是这种船。而且，如果传说属实的话，把埃阿斯、阿喀琉斯、奥德修斯和其他希腊引以为荣的人物飞速送往大海对岸的，也是这种船。这些已知世界最伟大的勇士，离开他们的故乡和家人，任由他们的城堡无人保护，任由他们的庄稼在田里烂掉，义无反顾地踏上征程，只为了兑现 10 年前在斯巴达附近平原上所作出的承诺。[30] 其中心情最迫切的，当属被戴了绿帽的斯巴达国王墨涅拉俄斯，为了让他的王后回家，他坐的那艘船正扯着满帆，驶过风急浪高的大海。

199

第八部分

特洛伊被围

迈锡尼环形墓圈 B 出土的青铜剑，金柄上刻有两只狮头。约公元前 16—前 15 世纪，现藏于雅典国家考古博物馆，拍摄者：Gary Todd。

28

海伦——城市的毁灭者

那么现在让大家别急着回家，还不到时候⋯⋯

直到他和一名忠诚的特洛伊女人同床共枕，

直到我们为海伦所受的

战争之苦获得补偿。

——荷马《伊利亚特》中涅斯托耳语[1]

希腊语中的动词"φρίσσω（phrisso）"非常有意思，我们的"frisson"（意为"颤抖、战栗"）的词根即是它。这个词的用途很广，用法非常灵活，然而不管它有多少种解释，总是离不了"刺激"这一含义。荷马在与海伦有关的诗句中使用了这个词。"πάντες δε με πεφρίκασιν"，"我周围的人无一不瑟瑟发抖"。在其他地方，她是"ρίγεδανή Ελένη"，"那个使你战栗"或"让你发抖的海伦"。她是一剂甜蜜的毒药，可怕而又可口。[2]现在她已经来到特洛伊，因为海伦会给所到之处带来灾难，所以特洛伊平原也将刀枪林立。正如卡珊德拉所预言和宙斯所期待的，希腊人想要回海伦。

荷马生动地描绘了船只在博斯普鲁斯海岸集结的景象，一排排
战船的船体染黑了沙滩，直至下面的海滨完全隐没不见。军队像一
群群苍蝇，在新鲜的牛奶上方翻腾不已。[3] 在《伊利亚特》的其他
地方，他写到了希腊新营地在夜里点燃的篝火，以及宿营的军人紧
张而又满怀期待的心情。他设想这些士兵充满了攻击性。请听《伊
利亚特》的开头几句：

> 愤怒吧——神灵，唱给珀琉斯之子阿喀琉斯的愤怒之歌，
> 凶残而又在劫难逃，这令亚该亚人损失了无数人的愤怒。[4]

从史诗的一开始，荷马便清楚地表明，《伊利亚特》是一个有
关爱与恨，有关人类生命因冲突而沉沦的故事。第 1 卷中用好几节
热闹的文字描写了两个男人因一个女人而生口角之事——不是墨涅
拉俄斯和帕里斯为海伦而吵，而是"优秀的"阿喀琉斯和"万人之王"
阿伽门农为"长着一对闪亮眼睛的女孩"布里塞伊斯（Briseis）而
吵架。阿伽门农一直扣留着另一个女孩克律塞伊斯（Chryseis）。关
于克律塞伊斯，我们知道的第一手资料并不多，但是我们听说她深
受其祭司父亲克律塞斯（Chryses）的钟爱，听说女儿被阿伽门农当
作娼妓看待后，她的父亲大为光火。当她被人从阿波罗神庙拖出来，
似乎注定将成为一件战利品时，阿伽门农对克律塞斯怒吼道：

> 这个女孩——我不会交出这个女孩。在那之前，
> 她将在我阿尔戈斯的家中生活到老，
> 她将远离故乡，在织机旁辛苦劳作，
> 被迫和我同床共枕！[5]

我们仿佛看到了海伦的命运，假如我们认为她也是被迫远离故

204

乡，和一个异乡人同床共枕的话。这些诗句还预示了特洛伊妇女的命运，悲剧作家欧里庇得斯和埃斯库罗斯在描写这种命运时的出色技巧往往令人感到难堪。荷马清楚地告诉我们，男人之间总喜欢用占有女人的方式来羞辱对方。阿伽门农对阿喀琉斯吹嘘说，他将把另一个女人，阿喀琉斯的布里塞伊斯收入囊中："让你看看我有多厉害。"希腊人已经来到特洛伊的领土上，他们准备惩罚所有和海伦一样，用爱情削弱男人的女人。他们准备强行打开特洛伊的城门，同时强行打开这座城墙保护下的女人。

荷马补充了特洛伊战争的许多细节，然而我们发现，在他所使用的语言中，情欲和杀戮欲之间并没有严格的区分。利剑刺向对手屈服的身体，英雄们从切割敌人的肉体中得到满足。赫克托耳逗弄和恐吓埃阿斯说："我的长矛将吞下你白皙的肉体。"[6] 或者，正如菲格尔斯（Fagles）把这句话翻译成："假如你胆敢抵挡我的长矛 / 它的尖头将把你柔软温暖的皮肤撕成碎片！"[7] 在激烈的斗争中，身材高大的埃阿斯突然变成了女人：在希腊艺术和文学的象征手法中，通常女人才会以拥有柔软和雪白的肌肤而自豪。

阿佛洛狄忒的爱人是战争之神阿瑞斯和冥界的引路神赫耳墨斯。[8] 因此，对帕里斯和海伦来说非常不幸的是，他们的爱情经过之处，厄里斯（不和、争吵或致命的冲突）也如影随形。海伦的爱情是热烈的，在追求这种爱情的过程中，必须抛洒大量的鲜血。她有多迷人，就有多致命。当我们谈论欲望和死亡、性爱和暴力时，往往会把这些词连在一起，那是因为它们的意思截然不同，甚至完全相反。然而在古人眼里，它们却是近亲，是未受约束的大自然的邪恶子孙，是宇宙的一部分，是和混沌之神卡俄斯非常亲近的生物。海伦的爱是致命的。她以鼓动男性交配和搏斗而著名。因此在我们的记忆中，她不是斯巴达的海伦，而是特洛伊的海伦。[9]

希腊人把性和暴力混为一谈的思想也体现在他们的语言中。爱人和勇士两个词可以结合在一起："*meignymi*"。"*Damazo*"的意思可以是屠杀、强奸、引诱，或者征服。"*Kredemna*"既可以指城堡上的雉堞，也可以指女人的面纱。当特洛伊陷落时，两者都将被撕裂和炸开，他们藏在后面的东西将被玷污和摧毁。修昔底德和欧里庇得斯等作家使用了"*eros*"这个双关的词，来形容激励男人战斗的那种狂热心态。斯巴达人在走上战场之前已经把自己奉献给了爱神厄洛斯。

难怪"人人倾慕的"海伦会作为一件战利品被载入现存的文字。我们第一次听说她是在《伊利亚特》的第 2 卷，当时她被形容为"战利品"和毁灭的工具。众神在聊天，赫拉提醒雅典娜，阿尔戈斯人已经心灰意冷，准备返乡：

> ……难以置信！/……全体阿尔戈斯人正航行在大海宽阔的脊背上 / 他们正飞速往家赶？给普里阿摩斯 / 和所有特洛伊人留下一件骄人的战利品 / 阿尔戈斯的海伦，那么多阿尔戈斯人为她 / 付出了生命，在遥远的异邦特洛伊。[10]

荷马在这里不经意地把海伦引入《伊利亚特》的剧情，说明他不需要解释她的由来，荷马相信观众已经对海伦的整个故事非常熟悉。《史诗集成》的成书时间比荷马史诗大约晚 100 年，里面的诗歌讲述了海伦早期的生活，这些诗肯定是现已佚失的古老歌曲的遗留，后者更详细地描述了斯巴达王后的故事。

在《伊利亚特》的第 3 卷，我们面对面见到了海伦，当时她被带上来检阅那些在特洛伊平原上为她浴血奋战的士兵。普里阿摩斯，这名伟大的国王即将看到一帮最优秀的希腊人在他的国土上慢慢挺进，一边屠杀他的士兵，一边掳掠他的女人，他让海伦过来看："过来，亲爱的孩子。坐在我前面 /……我不会怪罪你的。"[11] 于是，著名、美丽和人人希望得到的海伦出现在了我们面前。一件特洛伊人和希腊人竞相争夺的奖品。她正看着他们为她大打出手，就像20年前在她父亲安排的比武招亲大赛上一样。但是现在比赛的门槛提高了，因为安纳托利亚的英雄也参加进来。对这位绝色佳人势在必得的欲望使希腊人和特洛伊人之间充满了深深的仇恨。

* * *

　　今天，我们依然可以站在特洛伊城堡上俯瞰斯卡曼德平原，后者一直延伸到"斯卡恩门"（Scaean Gate）外。导游一边带领游客沿着城墙游览，一边用五花八门的语言向他们兜售形形色色的特洛伊故事。走在城墙上，手里拿着一本《伊利亚特》，俯瞰现在矮树丛生的"下城区"，一个浪漫主义者在荷马的指引下，可以在脑海中想象饥饿而疲惫的特洛伊人聚集在城下，看着自愿被俘的海伦在上面展示自己。这番展示是为了鼓舞士气而特意安排的，目的是提醒这些疲倦而愚昧的居民知道，为什么他们必须忍受这种痛苦，为什么为了得到这个奖品，这场漫长而血腥的战争依然值得一打。

　　这些个人的华丽露面是为了提升士气而设计的，而且确实有起作用，即使在经历了多年的贫困匮乏和个人损失之后。根据荷马史诗的记载，特洛伊的长者说，海伦的光辉确实值得他们献出自己的生命。当她经过时，老人们开始喋喋不休；他们的声音时高时低，就像蝉一样。[12] 她长着一张女神的脸，他们说。在一个神灵亦善亦恶的世界，这件事既可以很美好，也可以很恐怖：

> 看到海伦从城墙上走过，
>
> 他们彼此喃喃低语：
>
> "到底谁能责怪他们呢？啊，难怪

特洛伊和阿尔戈斯的勇士为她，为这样一个女人，
忍受了多年的痛苦。
美女，可怕的美女！" [13]

* * *

　　当青铜时代的海伦在特洛伊的城墙上走过时，她看到的就是这些。公元前 13 世纪，特洛伊城有 5 个入口，其中最大的 3 个开在希沙利克山的城堡上，通过它们可以直接进入城堡，入口的有些地方高达 9 米。这些城门不知什么时候已经被焚毁。瞭望塔 [14] 建在城墙上，3000 年后克里斯托弗·马洛称之为"伊利昂高耸入云的塔楼"。[15]与迈锡尼一样，这里的贵族居住区也是建在台地上，由两层楼房围绕着中央的"宫殿"。按照荷马的说法，特洛伊的街道都有围墙，"路面铺着平坦的石板"，虽然历经 3000 年，这些破裂的大石板已经变得高低不平。

207　　1988 年考夫曼教授开始的挖掘和随后对遗址进行的磁力勘测，使我们得以更加完整地了解这座公元前 13 世纪的城市。西南侧的"斯卡恩门"一直使用到公元前 1300 年，随后被封上，城门的填充物至今依然清晰可见。紧挨着开有城门的城垛附近有大量的小规模发现（证明这里是特洛伊繁忙的贫民区），接着，再往外走，就到了城堡的南边，那里是特洛伊的下城区。可以看出下城区（施里曼没有发现这里——1891 年，他还没来得及开始自己的挖掘计划就死了）由两条壕沟保护：一条距离城堡 400 米，另一条距离城堡 500 米。两条壕沟都呈 U 字形，直接在石灰石基岩上开凿而成，壕沟宽约 11.5 英尺（3.5 米），深约 6.5 英尺（1.98 米）——几乎可以肯定，它们是为了对付战车这种青铜时代最凶猛的武器而开凿的。这块可能由木栅围起来的区域，其面积至少有 75 英亩（27

万平方米）。[16]

　　这一发现表明，特洛伊这座城市足以容纳7000至10000人。这里有储藏坑、人行道和铺着鹅卵石的街道、无花果和葡萄藤的踪迹，有意思的是，还有相当多的迈锡尼陶器——有进口的，也有仿制的；特洛伊人显然对希腊风格非常感兴趣。

　　与这一时期安纳托利亚的其他要塞城（fortress-towns）一样，特洛伊实际上（根据荷马史诗的记载）既是一座贸易城，也是王室家族的所在地。[17]而保护这些贵族和商人的，是围绕城堡一圈的巨大的斜土墙，即荷马所说的"euteikheion"，"围墙"城市。荷马在《伊利亚特》中生动地描写了阿喀琉斯的爱人，希腊英雄帕特洛克罗斯4次试图攀越特洛伊的"高墙"的故事。这名心急的英雄付出了巨大的努力，眼看就要成功了。[18]然而这不仅是一场人类之间的战争，也是一场神灵之间的战争，帕特洛克罗斯最终还是被愤怒的阿波罗轰了下去。受到特洛伊人虔诚爱戴的阿波罗，正奋力保护这座他心爱的城市。

　　荷马花了很大篇幅讲述阿波罗对特洛伊的喜爱之情，而且考古学家最近发现了一件非常振奋人心的公元前13世纪的证据。[19]土耳其各处都可以看到门口和门柱上雕刻的巨大"神石"（god-stones）。青铜时代的安纳托利亚人相信，这些巨石可以保护他们的神祇和灵魂。特洛伊也挖掘出了神石——截至本书写作时，已经发现了17块。《阿拉克桑杜条约》的铭文告诉我们，在维鲁萨特别受尊敬的一位"誓言神"是男神阿帕琉纳斯［Ap（p）aliunas］。荷马在《伊利亚特》中清楚地说过阿波罗是城里最重要的神祇——这是荷马说得没错的又一个例子吗？阿帕琉纳斯是否就是阿波罗呢？

208

　　拥有神石、圣所、武器储备、豪宅、大量芳香的高级衣料和黄金，以及国际化人口的特洛伊，在古人的心目中和在青铜时代的现实中，无疑都是一个值得抢劫的城市，不管有没有海伦。

* * *

著名的特洛伊围城持续了十年。在寻找古典时代的海伦纪念品期间，我去了一趟英国北部的曼彻斯特，因为曼彻斯特大学博物馆（the Museum of Manchester University）有许多精彩的收藏。[20] 其中有一只阿提卡出土的精美的黑纹双耳大饮杯（skyphos），杯上刻画了这样一场无休止的战争中那些单调、沉闷而又漫长的岁月。英雄阿喀琉斯和埃阿斯正在下棋，[21] 两人均全神贯注于眼前的棋子，沉迷于某种与死亡和毁灭无关的东西。一场漫长而且可能毫无意义的斗争带来的紧张感和倦怠感因此得以缓解。在安静的博物馆里，这件沉默的物品使我们想起了任何一场大型战争中的温和时刻。

其实特洛伊人（或任何一座青铜时代的城市）不可能挺过长达十年之久的围城。而在特洛阿德宿营了十个寒冬的迈锡尼人，也将变得虚弱不堪。[22] 然而箭镞、大量的石头和被毁的城墙确实说明特洛伊在青铜时代晚期不断地受到攻击。公元前第二个千年，特洛伊自始至终都在加强防卫，而且新的考古发现表明，特洛伊的居民拥有挺过短期进攻所需的物资。荷马提到了特洛伊的地下泉水和河流。不仅描写维鲁萨的赫梯文本中提到了"地下的水渠"，[23] 最近的考古发掘 [24] 也显示了特洛伊的隐秘力量，一条隐蔽的地下水道，一个可能早在公元前 3000 年即已建成的"水库"。现在，每天仍有多达306 加仑（1400 升）的水流经这里。[25]

我上次去时，很容易就找到了那个地方。周围满是芦苇丛，一条以遗址为家的狗会领你去那里，从水渠口外流水徐徐注入的小池塘中快速地饮水，现在那里被一道金属栅栏围起来了。栅栏后面有四条水渠，一大三小，最深的一条有 100 米长。洞穴深处有个水库，溢出来的水用水池贮存起来。虽然审美上没有什么吸引人之处，但这个地方却莫名地非常感人。也许这些人工水池补充了荷马对特洛伊斯卡曼德河（河流本身依旧"宽阔而多沙"）两岸附近"洗涤池"（washing pools）的描述。[26] 听着涓涓的水流声，你不禁会想，不管这种自然资源是否延续了海伦的生命，它都将在特洛伊的历史上挽救许多人的生命。

那么，是谁想出了那些十年围城的故事，让迈锡尼人在特洛伊的领土上耀武扬威，让富于侵略性的邻国在一个小小的国际化王国中占有一块地盘？也许特洛伊战争的故事，是特洛阿德周围那片闪耀的新月形地带的居民所遭受的许多场小型冲突的总和？因土地、税收、贸易路线和奴隶而起的争执，在人们的想象中，丑陋而无谓的小争执变成了史诗式的大事件？一切解释均有可能。[27]

可以肯定的是，特洛伊人在公元前 13 世纪和前 1180 年左右两次遭受了灭顶之灾。[28] 经过分析，城堡防御工事上的裂缝和大量坠落的岩石已经确定是地震造成的——火灾也随之而来。[29] 一座因人类行为业已遭受重创的城市，一场自然灾害是否可能敲响它的丧钟？这一时期特洛伊出土的几具人体残骸，身体均有残缺。公元前 1180 年，"伊利昂高耸入云的塔楼"彻底被毁。考古学家无法告诉我们它毁灭的确切原因，但是 2500 多年来，人们毫不犹豫地把它怪罪到海伦头上，而不是火灾、地震，或军事野心上面。

29

死神的乌云

伊多梅纽斯（Idomeneus）径直刺穿了埃里马斯（Erymas）的
嘴巴，

无情的黄铜色的矛头，

向上直挑到脑袋，把他闪亮的头颅一分为二——

牙齿破碎，两只眼睛

溢出鲜血，两个鼻孔喷出鲜血，

张开的嘴巴，抽搐着吐出鲜血，

死神的乌云笼罩着他的尸体。

——荷马，《伊利亚特》[1]

特洛伊可能曾经芬芳扑鼻，但不久它将散发出恶臭。为了争夺
海伦，希腊人和特洛伊人卷入了一场迂回曲折的战争，一方曾经占
尽优势，而后又被另一方占据了上风。

帕里斯和墨涅拉俄斯提出两人来一场决斗（参见插图 13）。已
经有太多的人在这场斗争中丧生。事关双方的荣誉，因此他们要用

英雄的方式（两个人近距离决斗）来解决这件荒唐的事。他们穿着
最好的、铮亮的铠甲，走向那片曾是耕地的荒漠，并划好范围。决
斗以象征性的华丽动作开始了：彼此朝对方扔一根长矛；墨涅拉俄
斯提着一把镶银的宝剑冲向帕里斯。然而随后的情况变得更加混乱，
也更加针锋相对；希腊国王和特洛伊王子勇猛地冲向对方，在这片
无人之地扭打成一团。墨涅拉俄斯更强壮，也更有经验，看来他即
将赢得胜利。他揪住帕里斯的头盔带，开始把他拖向希腊人的剑锋。

　　阿佛洛狄忒无法忍受自己的漂亮王子碎成齑粉。她藏在一团云
雾中冲了下来，从决斗场带走了帕里斯，再缓缓把他放在他那张"雕
花大床"上。女神假扮成一名老妇找到海伦，命令她回去照看自己
的第二任丈夫。海伦十分气愤，不仅因为"提供欲望，从而导致灾
难发生"的阿佛洛狄忒，还因为自己那过分自信实则孱弱不堪的恋
情失败了。她试图反抗女神和她的玩物，但是女神冷冷地威胁要毁
了海伦的美貌，而美貌可是她安全感的唯一来源。海伦偷偷潜回帕
里斯的寝室，看到这个英俊青年一脸兴高采烈的样子，真是让人恼
火。他已经脱离了死神的魔掌，尽管海伦嘲笑他，他还是恳求她与
他共坠爱河："他带头走向床铺。他的妻子跟着他。/ 两人在雕花大
床上亲热，/ 这时墨涅拉俄斯正像野兽一样来来回回寻找——/ 哪
里能看到那个了不起的帕里斯的身影？"[2]

211

　　猎物逃走了，斯巴达国王更加怒不可遏。正当帕里斯和海伦在
王子"豪华宫殿"的"穹顶"下顶礼膜拜阿佛洛狄忒时，外面硝烟
滚滚的战场上，暴行还在持续。墨涅拉俄斯一度想俘虏一名特洛伊
士兵而不是杀死他。已经杀红了眼的哥哥阿伽门农向这位颜面扫地
的斯巴达国王怒吼道：

　　　　母亲肚子里的孩子一个也不许留，
　　　　即使他逃走也不行——把整个伊利昂毁掉，

不许为他们流泪，不许为他们的坟墓竖立墓碑。[3]

《伊利亚特》是一场杀戮的狂欢。荷马在令人痛彻心扉的诗句中夹杂着对死亡和痛苦的详尽描写，仿佛乐在其中。我们读起来可能会感到很难受。[4] 荷马在详细描述一个可以写满好几张羊皮纸或莎草纸的场景时写到，希腊人狄俄墨得斯冲进了特洛伊的兵阵：

> 一个人被他用青铜长矛刺中了乳头上方，
> 另一个被他的重剑砍中了锁骨，
> 剑正好落在肩膀上，使他的一边肩膀
> 和脖子以及后背分离。

100多行后，屠杀仍在继续：

> 他把长矛掷出去，在雅典娜的助力下，
> 从两眼之间把那名弓箭手的鼻子劈成两半——
> 弄碎了他闪亮的牙齿，坚固的青铜
> 把他的舌头连根砍断，撞碎了他的颚骨，
> 矛头直接贯穿他的下巴。[5]

青铜时代晚期的骨骼证实了荷马的描述，在战斗中死亡的方式有许多种。法医的调查显示，青铜时代的安纳托利亚人和希腊人均遭受了可怕的伤害。在特洛伊城内，有个被匆匆掩埋的十六七岁女孩，她的脚被火烧坏了。[6] 在希腊大陆气候宜人的亚辛遗址（荷马的"战舰清单"中提到过这个地方，[7] 一片风景如画的大海紧邻着迈锡尼遗址，石头中间生长着刺橡树）有一具接受过颅骨环钻术的男子残骸。为了取出战斗中进入脑部的头骨碎片，头皮被一片片地

212

向后割开。重新长出的骨骼说明，这名战士不仅挺过了最初的头部创伤，还挺过了后来的手术。[8]

在雅典市政广场附近，发现了一具青铜时代晚期中年男子的骸骨，他的肩胛骨有一道伤口，几乎可以肯定是长矛或背后射来的利箭所致。许多战士为了避开向自己右前臂袭来的武器而严重受伤。而为了抵消自己发明的武器所造成的创伤，例如长剑、砍刀、短剑，青铜时代的人们发明了一系列令人印象深刻的医疗器械。1971 年，在对海边城市纳夫普利翁附近的帕拉米迪-普罗诺亚公墓（Palamidi-Pronoia cemetery）进行挖掘时，发现了一批看似手术器械的东西——一把长锯、镊子、弧形剃刀、一把勺子、两根长探针和三只凿子。[9]这是些可怕而原始的东西，可是青铜时代的许多外科手术似乎都成功了。迈锡尼环形墓圈 B 的一具女尸（显然是一名贵族）就恢复得很好，她是肱骨骨折，有人对她进行了出色的治疗和护理。我们在线形文字 B 的泥板上发现了"*pharmakon*"这个词［正如我在前言中所说的，这个词是我们的"药房"（pharmacy）这个词的来源］，在皮洛斯出土的泥板 Eq 146 上发现了"*iater*"，这个词的意思是"医生"。"*E-ri-ka*"（可能是木槿）和"*Althea officianalis*"（药蜀葵）也出现在线形文字 B 的泥板上；今天药蜀葵的根是解毒茶的关键成分之一，因为它可以缓解肠胃问题。松脂（松树的汁液，线形文字 B 泥板上写作"*kirtanos*"），既用于制造香料，还有医疗用途。它的消毒功能显然已经得到开发：乌鲁布伦沉船上发现了数量惊人的松脂，重达整整一吨，被仔细地装在 100 个坛子里。考古人员把它从罐里拿出来，用手指捻了捻，依然可以闻到浓烈的松脂气味。

难怪这个时期需要那么多的消毒剂。假如一名士兵没有死于肉搏战（或后来的手术），他依然有可能被阿波罗的"黑色的瘟疫闪电"射中，荷马告诉我们，这种病夺去了特洛伊平原上许多士兵的生命。[10]《伊利亚特》中写道，瘟疫爆发 9 天后，"……尸体没日没夜地焚烧，213

看不到尽头"。[11] 人体的残骸再次证明，传染病曾无情地肆虐过这一地区。而即使是那些努力逃过战争或疾病的人，每天的抢劫也可能导致他们早早离世。荷马史诗描写了士兵分赃的情景，这里没有现金经济，因此，任何人在遭遇入侵军队时，都会被洗劫一空。

* * *

当我们试图想象一名史前公主及其同龄人的生活时，在铭记她们真实而非凡的成就，和偶尔精明世故之外，我们永远不应该忘记迷信、偏见和无知对她们生活的影响有多大。有一个与海伦的故事有关的特殊仪式。公元前 13 世纪初，赫梯国王的妻子盖苏拉维亚（Gassulawiya）病重。绝望中，她派了一名替身代表自己前往伟大女神莱尔瓦尼（Lelwani）的神庙。这个女人因为美貌而被选中。生病的王后祈求神灵："这个女人是我的替身。我把她打扮得漂漂亮亮地献给您。和我相比，她显得出类拔萃、纯洁、美丽、白皙，而且身上的装饰一应俱全。啊，至高无上的女神，我的主人，现在请好好看看她。请让这个女人站到我的主人、至高的神灵面前。"[12]

也许这个"美丽""白皙"的女子将会被献祭。文本受毁严重，我们永远也无法知道她的结果。但可以肯定的是，她的美貌使她值得被用来祭祀，成为祭品。一个垂死的王后（近东最有权势的女人之一）相信，在地球上所有的已知物品之中，在赫梯帝国的巨额财富所能换取的所有物品之中，美女是最能讨得女神欢心的。美女是她唯一的希望。如果在公元前 13 世纪的地中海东部地区诞生了一位美得不可思议的女子，我们对她变成图腾应该不会感到惊讶。听到男人们为了"一个海伦"而兵戎相向的事，我们应该不会感到惊讶。然而，正如墨涅拉俄斯和帕里斯发现海伦的美貌并没有带来预期的完美生活，这场为盖苏拉维亚施行的美女巫术也失败了。王后还是死了。

30

美丽的死亡——KALOS THANATOS

在特洛伊大风劲吹的古城墙边发生的，

有关伟大战争和坚强的心被扭曲，

有关兵刃相接，议会争吵，

有关红颜必然薄命，

有关仇恨之战和快乐之战的故事。

现在战争又开始了，

古老的战争之喜和古老的战争之痛。

海那边一群人的后裔

我们无惧与他们厮杀——

——查尔斯·汉密尔顿·索利（Charles Hamilton Sorley），

《我没有带我的〈奥德赛〉》（I Have Not Brought My Odyssey）[1]

虽然全世界最漂亮的女人（在希腊人眼里）可能触发一场终结所有纠纷的战争，但特洛伊的英雄们并非仅仅为了一个女人而战，他们还为死亡所能带来的荣誉和所有赞美而战。"*Kalos thanatos*"（美丽的死亡），"*euklees thanatos*"（光荣的死亡）和"*kleos aphthiton*"（不朽的名声）是活着（和死去）的根本原因。《伊利亚特》提到了一条希腊男性贵族的准则，一套以第一勇士阿喀琉斯为代表的信仰系统。真正的英雄既要生得伟大，又要死得光荣。[2]

可是，战场上满目的痛苦和疮痍，哪里有光荣的影子？当耳边传来死亡和痛苦的尖叫声，哪里听得到名誉的呼唤？当刀剑和长矛撕开亚麻做的盔甲，当奔驰的战车碾碎骨头，把附着在肌肉上的皮肤拉长撑大，当毒箭使血液变黑，让英雄们无法控制地上吐下泻，当父子和兄弟在离家几百公里的地方死去，当乌鸦啄食他们的眼睛：这种事有什么荣耀可言？战争让一个人在希腊人所说的"*akme*"（盛年）即戛然而止，怎么会是一个真男人的标志？

古风时代和古典时代人认为，战死沙场其实是最好、也是最光荣的一种死亡方式。

在适当而且遵照惯例的情况下，准英雄们可能会主动寻死。[3]那些把壮年牺牲作为自己毕生追求的英雄，例如阿喀琉斯，每天都在和死亡打交道。对他们来说，危险、残忍而短暂的一生比漫长幸福的一生更有吸引力。与其惬意地活着，等待老年屈辱地降临，不如年纪轻轻就死去。与其被同龄人和历史所遗忘，不如做一名英雄，永远活在人们心中。[4]

当然，没有变得"*aoidimos*"（值得称颂），要获得不朽的名声是不可能的。一名战士只有在被人知道（"*kleos*"的词根是"*kluo*"，意为"闻知"）的情况下才有可能得到"*kleos*"（荣誉）。古代的艺术品并不仅仅是生活的再现，它们还赋予了生（和死）独特的含义。史诗集成是英雄荣誉获得承认的机制。在雅典和斯巴达这类城邦中，荷马史诗的朗诵被认为是上流社会的一个关键时刻——海伦的故事是西方文明基因的一个组成部分。

那些参加战争的人纷纷以荷马史诗中的英雄作为自己效仿的对象，然而门槛却很高。即使一名战士在展示了令人敬畏的英雄气概后战死沙场，也不能保证他会得到不朽的名声。如果他的尸体和赫克托耳一样受到凌辱（赫克托耳死后，两脚被绑在阿喀琉斯的战车后，在地面上环绕特洛伊城拖行），或者他的尸体腐烂了，那么丑陋、破烂和狼狈的身体将彻底消除他战死沙场所获得的荣誉。一旦尸体腐败或者污损，这名勇士便失去了成为完美英雄和不朽的机会。

我接触过史前的男女残骸，他们的尸体曾被遗弃在野外，任其腐烂，[5] 许多都有被犬科动物咬啮和啃噬的痕迹。无法判断这些是家犬，还是在人类居住地附近徘徊不去的野狗和狼干的。然而不管是什么种类的动物，它们撕咬尸体时的那种疯狂状态将没有什么不同：腐肉散发的令人作呕的甜味，争夺人肉时发出的声声低吼。

因此，为了避免这种耻辱的情况发生，在《伊利亚特》中，死去英雄的尸体都会从战场上迅速运走，并尽可能在尸体完好的情况下把他们送往冥府。他们的尸体会被清洗干净后涂上油，伤口会用药膏处理，头发、衣服和皮肤上会洒上芳香的橄榄油。一番擦洗、轻抚和按摩之后，他们的尸体会被放置在火葬用的柴堆上。按照史诗的常规，此时，随着火种点燃，火焰腾空而起，闪亮的肉体在烈火中熊熊燃烧。英雄的尸体会哔剥作响，并发出嘶嘶的声音，在火光中走向永恒：

216

> 没有比这更合适的死亡了。
> 现在已不必渴望或叹息。
> 我们知道荣耀属于他，
> 一种永远也不会消逝的荣耀。
> 我们想必很久以前就已知道，

我们自始至终都知道他是为了

一个转瞬即逝的明媚的早晨而生，为了

一个转瞬即逝的牺牲的夜晚而生。

——查尔斯·汉密尔顿·索利，《为了纪念》（In Memoriam）[6]

这种幻想和现实被那些参加了"一战"和"二战"的年轻人又体验了一次。特别是在1914—1918年的战争期间，许多士兵都带着荷马、赫西俄德、希罗多德和欧里庇得斯的作品走上战场。一些人从自己所受的古典教育中汲取灵感和安慰。[7]其他人则认识到一个令人绝望的事实，那就是，鲁莽而欠考虑、凶多吉少的斗争是人类历史中亘古不变的东西。他们反复地阅读荷马在《伊利亚特》中审视战争的矛盾和混乱时那些谴责和怒斥的段落，荷马认识到，希腊人和特洛伊人的仇恨和忠诚、动机和策略均非常脆弱，就跟糖结晶做成的杯子一样。而在特洛伊城陷落3000多年后，一些人在质疑斗争和苦难的目的时，想到了海伦。参加过加里波利战役的士兵帕特里克·肖-斯图尔特（Patrick Shaw-Steward）的诗作似乎借鉴了古希腊剧作家埃斯库罗斯的作品：

今天早上我看到一个

不想死的人：

我问自己，（然而却无法回答）

自己的希望是否有所不同……

啊，船舶和城市的地狱，

像我这样的人的地狱，

可怕的海伦第二，

我为什么要跟着你？[8]

217

虽然死亡，充满男子气概的塔那托斯，可能受到希腊人和那些受英雄精神鼓舞的人的欢迎和尊敬，但它还有更加可怕的女性化一面：刻尔。这种死亡血腥、凄凉而又怨恨难消：

冲突和破坏之神（Strife and Havoc）一头扎进战争，暴烈的死神（Death）——

立刻抓住一个刚负伤的人，这以后是一个没有受伤的人，

之后又从杀戮中拖出一个已死的人，

她的斗篷已被人类的鲜血染红。[9]

海伦和刻尔串通的故事一直流传至今。她依然在为特洛伊战争造成的众多人间惨剧而受到谴责——她被认为是恐怖，而不是光荣死亡的始祖。

* * *

19 世纪，法国浪漫派画家古斯塔夫·莫罗（Gustave Moreau）在创作一幅以海伦为主题的作品时，让这位斯巴达王后背弃了塔那托斯。[10] 莫罗的海伦其实是刻尔的朋友。在莫罗的画作《特洛伊城墙上的海伦》（Helen at the Ramparts of Troy）中，天空是铁灰色的，尸体成堆地摞在海伦脚下，海伦阴沉地望着特洛伊城外这些亵渎神明的景象。她是灵车的铸造者，而非英雄的铸造者。眼前的一切并没有使她感到震惊，她的脸上显露出共谋者的阴郁神色。

为了了解作者在创作这幅以及其他许多幅有关海伦的画作时，为什么会想象海伦昂首阔步地走在特洛伊的城堡上，我走访了巴黎特立尼达区拉罗什福柯大街（14 rue de la Rochefoucauld, in the Trinité district of Paris）的莫罗故居。[11] 莫罗非常高产，其故居（现

为博物馆）每一面墙上的每一寸地方都挂满了画。参观者不得不伸长脖子凝视黑暗的角落，努力分辨这些挤在一起的大量准神话人物都是谁——其中大部分为女人。这位是莎乐美（Salome），这位是克利奥帕特拉（Cleopatra），这位是丽达。其中以海伦出现的次数最为惊人。[12]

当我循着螺旋楼梯和咯吱作响的木地板，爬上这座故居兼博物馆的二楼时，我见到了堪称这位斯巴达王后有史以来最令人难忘的形象之一。莫罗在许多作品中，都给海伦画了一副结实的身体，而脸的部分则一片空白。[13] 最能体现海伦这一无脸的可怕形象的，是 1880 年莫罗画的一幅油画:《斯卡恩门的海伦》(Helen at the Scaean Gate)。海伦白得不太真实，像个幽灵，她更像是特洛伊升起的一缕青烟，而不是真正的女人。画面上血肉模糊，一团一团和一绺一绺的颜料——红色、黑色、蓝色和棕色。这幅滴血的、令人作呕的青灰色画作描绘了海伦给特洛伊带来的毁灭和痛苦。包围并紧贴着海伦的这堆乱七八糟的东西似乎也在燃烧（参见插图 14）。

在这里，斯巴达王后已经变成了令人毛骨悚然的东西。这些致命的小小色块，是画家用画笔对海伦进行的无情鞭挞，它们提醒我们不要忘了，千百年来，海伦都被认为是这场大屠杀的始作俑者；她开始意味着，男人可以把爱情作为仇恨的借口。那些以她的名义杀人和被杀的英雄依然受到人们的尊崇，然而海伦却被认为是卑鄙和肮脏的化身。

31

特洛伊陷落

我母亲是不是把我当成世人眼中的怪物生出来？
我的一生和命运都是畸形的，部分是因为赫拉，
部分是因为我的美貌，我希望自己像一幅画一样
被涂抹干净，再画上平凡，而不是美丽的容貌……

——欧里庇得斯，《海伦》[1]

荷马笔下的特洛伊的海伦是悲惨而孤独的，他暗示这是长达 10 年的自责。海伦说自己是个堕落而狡诈的坏女人，并希望在造成这么多不幸之前，来一场风暴把她吹走。[2] 在她给赫克托耳写的悼词中（《伊利亚特》中的最后一次伟大演说），海伦提到了她那颗"被厄运击中的痛苦的心"，并希望自己在遇到"和神灵一样高贵的"帕里斯之前即已死去。在荷马史诗中，海伦 4 次提到自己是个"kuon"（坏女人）。[3] 这个希腊词是经过认真选择的：那些聆听诵诗者吟诵的人将会想起食腐动物啃噬人体的场面。海伦和那些在特洛伊城外游荡（如今依然在游荡）的野狗一样，也是一半属于这座城，一半

是个流亡者。

饥饿，再加上几千年来和海洋的关系被停泊在巴西克湾的希腊战船切断，导致战争临近结束时，特洛伊人已经开始憎恨海伦，尽管她美若天仙。她经过时，他们不寒而栗，嘀咕着转过身去。我们无法知道她自己的疑惑是什么时候开始的，她什么时候意识到自己惹了个大麻烦。两人的欢爱在卡拉奈岛达到顶点的时候吗？还是帕里斯的光环褪去，这场婚外恋最初的热情消失之后？荷马所暗示的似乎是，遮蔽海伦双眼的东西很快就滑落了，她意识到帕里斯是个自命不凡的蠢家伙。他变成了"鲁莽而疯狂的帕里斯"。海伦以调情老手的口气对帕里斯的哥哥赫克托耳说："我希望自己的丈夫是个更优秀的人，一个 / 知道愤慨，知道受人鄙视的滋味的人。"[4] 这位特洛伊大王子被阿喀琉斯杀死之后，海伦带头唱起了挽歌：[5]

220

> 因此，我同时哀悼你和我自己，
> 我这颗被厄运击中的痛苦的心！现在广阔的特洛伊王国
> 已经没有一个人，没有一个朋友对我好——
> 所有的国人都远离我，讨厌我！[6]

海伦在《伊利亚特》中和男人的关系奠定了她轻浮女人的形象，[7] 然而只有等到特洛伊木马出现后，她才明确成为两面三刀的典型。[8] 特洛伊木马在《奥德赛》中只提到过一次，在《伊利亚特》中则压根没有出现，对特洛伊木马最完整的描绘要数维吉尔的《埃涅阿斯纪》(Aeneid)。早期诗歌均以特洛伊陷落前赫克托耳的死作为终结，然而，借助于希腊瓶画、戏剧，以及在后世作品中浮现的散佚史诗的片段，我们可以看到这场戏的结尾。

我们听说，经过十年征战和十年不分冬夏的露营生活，希腊人已经变得非常虚弱，而且士气低沉，他们把所有的信仰都寄托在智多星奥德修斯那个疯狂而绝妙的策略上。希腊人藏在忒涅多斯附近，并烧毁了他们的帐篷，至少看起来他们已经放弃了海伦。依然矗立在特洛伊城外的是一只巨大的木马。特洛伊人产生了分歧：应该把这只粗笨的东西推下悬崖，还是这么做会亵渎神明——这只木马会不会是他们敬爱的雅典娜女神送来的礼物？疲惫而又天真，脱离实际而又非常迷信的特洛伊人决定接受这只木马，并用鲜花和供品大肆庆祝了一番（参见插图 15）。维吉尔接着说，海伦像个酒神女祭司一样满城奔跑和没完没了地跳舞，为特洛伊终于要毁灭了感到高兴。[9]

可是她到底属于哪一边呢？海伦同时也是诱饵，试图引诱以前的同胞出来送死。她围绕木马走了 3 圈，边走边抚摸马的侧腹，还模仿留在家乡的希腊女人的嗓音，喃喃地说些毫无意义的温柔话，用甜美的回忆折磨里面的男人。[10] 勇士安提克鲁斯（Anticlus）便受到她歌声的蛊惑而拼命想离开，奥德修斯因此不得不杀了他，以免藏在木马中的这支精英小分队暴露。不过，这一次海伦的魅力还不够强大。藏在木马中的希腊士兵（按照说书人的说法，人数从 13 到 3000 人不等）都坐着没有动。[11] 月亮升起来了，希腊士兵西农（Sinon）悄悄地溜出木马，点燃烽火，告诉等在忒涅多斯的阿伽门农的军队，计谋已经成功。攻陷特洛伊的行动可以开始了。

希腊人进入城堡后，制造了各种各样的暴行。帕里斯的姐姐卡珊德拉被埃阿斯强奸了。赫克托耳的小儿子阿斯蒂阿纳克斯（Astyanax）不是被扔出墙外，就是被用作人形棍子，打死了老国王普里阿摩斯。[12] 最早描绘这个故事的艺术品之一，是一只公元前 700 年的希腊瓶（现藏大英博物馆），瓶画上可以看到孩子们被士兵的重剑刺伤后，躺在地上流血的场面。[13] 特洛伊的妇女则在一旁观看这场屠杀，等待自己的耻辱和痛苦降临。

现存的公元前 13 世纪的法律条文清楚地表明，战争过后经常发生的奴役会带来可怕的灾难：

惹主人生气的奴隶会被杀死，或割去鼻子、耳朵，或剜掉眼睛；要不然主人会叫他和他的妻子、孩子、兄弟、姐妹、姻亲、家人一起赎罪，不管对方是男奴还是女奴……如果这个奴隶必须死，那么他不会一个人死；他的家人会和他一起入狱。[14]

在《特洛伊妇女》一剧中，欧里庇得斯对征服的瞬间做了可怕而又令人难忘的描绘。特洛伊被一把火烧光。歌队讲述了神庙、家庭和生命所遭受的悲哀而明确的侵犯，暴力将永远不会停止。士兵会折磨俘虏，因为他们自己也饱受折磨。身受重伤的女人们呆呆地挤在一起。写于伯罗奔尼撒战争期间（雅典和其老对手斯巴达之间长达 27 年的战争）[15] 的《特洛伊妇女》也有其政治涵义。这部戏剧在讲述海伦和特洛伊的故事的同时，也探讨了战争造成的穷困和愤怒等问题。欧里庇得斯要求他的观众正视的，不是战争的胜利者，而是其受害者的命运。

这些往往非常自负的雅典观众在观看该剧时肯定会感到不寒而栗。双方骇人听闻的残暴行径是正在进行的伯罗奔尼撒战争的一个特点：双方都把对方的城市夷为平地 [最恶劣的例子便是公元前 427 年斯巴达人在普拉提亚 [16] 和公元前 416 年雅典人在米洛斯（Melos）[17]]，大肆屠杀平民，把女人和孩子卖为奴隶。演员念台词时，真正的军事、道德和心理崩溃的幽灵正在舞台的侧翼徘徊。

剧作家埃斯库罗斯同样知道这种暴力循环有多么可怕。"他们强奸了我们的王后，我们洗劫了他们的城市，我们做得对……" [18] 他的戏剧元素（性别政治、市民身份、抽象的普遍原则和军事策略）已经在沸腾，再加上海伦，无异于火上浇油。因为，当然了，她不仅是海伦而已，她还是斯巴达的海伦。在正与斯巴达人打仗的雅典人看来，这位淫荡的王后既是他们政治上的对手，也是他们道德上的大敌。

222

青铜时代的文本告诉我们，有大量的男人和女人在公元前 13 世纪的战争中被掳走。在赫梯的文本中，这些人被称为"人战利品"（booty-people）。皮洛斯和底比斯出土的描绘人口买卖的线形文字 B 泥板上刻着"*Tros*"和"*Troia*"这样的名称，意思是特洛伊人和特洛伊女人。[19] 在一个一切均依赖人力的世界里，战争的发动并不仅仅是为了侵占领土，还为了掠夺人口。赫梯国王穆尔西里二世（Mursili II）自鸣得意地说，在一次特别成功的征战之后，他把 15000 名新得到的俘虏赶回了自己的城市。[20] 难怪这些暴行已经深深烙进了地中海东部各民族的意识和民间神话之中，并提醒人们应该记住，女人的欲望是这些暴行最原始的诱因。

* * *

帕里斯的情况如何呢？《伊利亚特》和《奥德赛》都没有花一个字赞美他的死。我们从《小伊利亚特》中知道，他最后中箭身亡——在当时那个时代，弓箭是一种为英雄豪杰所不屑的阴柔武器。[21] 对于一个不光彩的人来说，这是一个足够耻辱的结局，[22] 英俊而受到排挤的帕里斯和海伦不一样，他只是个愚蠢的人。一旦他去世，海伦就以可耻的速度投向了另一名王子得伊福玻斯的怀抱。[23] 在知道希腊人已经进到城里之后，海伦偷走了新丈夫的宝剑，让他任由墨涅拉俄斯和奥德修斯宰割。[24] 维吉尔在《埃涅阿斯纪》的第 6 卷中，以反常的欢乐笔触，详细描写了最后这幕背叛的戏。英雄埃涅阿斯在冥界行走时，意识到了这位斯巴达女王的不忠：

> 他［埃涅阿斯］在这里也见到了普里阿摩斯的儿子得伊福玻斯，他的身体残缺不全，脸已被撕烂。他的脸和两只手全都损毁严重。耳朵被从头上扯下。他没有鼻子，样子十分恐怖。埃涅

阿斯几乎认不出他来……埃涅阿斯走上前去，对他说……"得伊福玻斯，继承透克洛斯高贵血统的强大勇士，谁会想到对你施加如此残忍的刑罚……"对此，普里阿摩斯的儿子回答说……"是我自己的命运和那些受到打击的斯巴达人的罪行使我走到了这一步。这些都是拜海伦所赐。"[25]

223　　　在特洛伊城冲天的火光中，海伦在街上不顾一切地奔跑，寻求庇护。人人都带着敌意看着她：斯特西克鲁斯告诉我们，希腊人和特洛伊人一起向她投石子，希望她死。[26] 当墨涅拉俄斯最后找到她时，她正蜷缩在一所神庙（古代的作者对这座神庙供奉的是雅典娜、阿波罗，还是阿佛洛狄忒争论不休）里面，他高高举起宝剑，准备刺过去。

　　然而，古代作者的描述再次证明，欲望之火比复仇之火更加强烈。墨涅拉俄斯扔掉了剑。[27] 厄勒克特拉悲叹道："啊，可怜的我！他们的剑在美女面前变钝了吗？"[28] 古代的瓶画生动地再现了这一场景。尽管墨涅拉俄斯有绝佳的机会把海伦切成两半，有足够的理由把她刺穿，但他没有这么做。相反，他爱她，正因为如此，她才显得既迷人又可怕。她用完美的性爱承诺，让男人把剑"收入鞘中"。[29] 即使在这个困在角落里的表里不一、声名狼藉的王后面前，墨涅拉俄斯依然没有任何优势。海伦是一个让你永远忘不了的女人，一个性感却从未从属于他人的女人，正因为如此，她是历史的一个警告。

　　现存最早的海伦图像出现在一个巨大的陶缸上，这个陶缸是米科诺斯（Mykonos）岛上的一个小农偶然发现的。[30] 这件公元前7世纪的庞然大物现在正在岛上的考古博物馆展出。陶缸上的人物是印上去的。墨涅拉俄斯挥舞着一把大刀，正逼近海伦，金属做的刀柄很可能有1.2米长。海伦四周全是可怖的场景：垂死挣扎的士兵、

惨遭杀害的女人和孩子。可是海伦没有退缩。她只是拉了拉自己的
头巾，这个动作在她被找到的画作中一再出现。很难判断这位斯巴
达王后是要解开头巾，还是把它包得更紧。这个动作在希腊艺术中
很常见，而且可以有三种解释。有时这是一种受到惊吓的反应：当
女人害怕时，会把自己的脸藏起来。有时它意味着结婚：也许海伦
在欢迎她的合法丈夫归来。还有人说，这是一种色情手段，宽衣解
带暗示着即将到来的欢愉，让她那著名的双乳若隐若现，以此来挑
逗墨涅拉俄斯。[31]

　　"墨涅拉俄斯一看到海伦的胸脯——不管以何种方式呈现——
就把剑扔了。"[32] 阿里斯托芬的《吕西斯特拉忒》中有个角色这样说
道。而在欧里庇得斯的《安德洛玛刻》中，墨涅拉俄斯却受到严厉
斥责："含情脉脉地看着她的胸脯，你解开佩剑，把嘴巴凑上去吻她，
安抚这个不忠的婊子。"[33]

　　在许多表现海伦被斯巴达国王夺回的艺术作品中，海伦都是披
头散发，一副心烦意乱的样子；在一枚伊特鲁里亚人使用蚀刻工艺
制造的精美的有柄镜子上，可以看到墨涅拉俄斯的手指穿过海伦的
卷发，把她从紧紧依偎的雅典娜画像上拉开。[34] 然而，在另一个场
景，墨涅拉俄斯却温柔而有礼貌地牵着海伦的手，领着她向自己的
船只走去。在（几乎可以肯定为）斯巴达当地出土的一件青铜盾牌
纹饰（shield-band）上，刻着墨涅拉俄斯手举宝剑，回头看着头戴
花环的海伦——这里丝毫看不出威胁的意思。[35] 然而尽管墨涅拉俄
斯把海伦带回家，大部分图画均清楚地表明，海伦的行为既不可原
谅，也不会被忘记。

224

　　在埃斯库罗斯的戏剧《阿伽门农》中，点燃烽火是为了把打败
特洛伊人的消息告诉希腊人。考古学家伊丽莎白·弗朗茨博士（她
在爱琴海地区工作了很多年）估计，迈锡尼城堡的选址都很好，因
此博斯普鲁斯海峡两侧的希腊人都可以看到，烽火先在土耳其的

伊达山（Mount Ida）点燃，然后是利姆诺斯、阿索斯山（Mount
Athos）、西塞隆（Cithairon），最后到达阿尔戈斯平原上迈锡尼自
己的瞭望塔。迈锡尼的瞭望塔位于阿拉克尼翁山脉的埃利亚斯山
（Agios Elias），后者如把巨大的城堡置于自己的怀抱中。[36] 烽火意
味着特洛伊的陷落，宣告了希腊人的胜利，同时预示着斯巴达王后
就要回来了。

I

墨涅拉俄斯手持宝剑，穿过特洛伊滚烫的废墟，
闯进普里阿摩斯的官殿，他将向那个
私通的淫妇尽情展示十年的仇恨，
和一个国王的荣耀。穿过血淋淋的死亡、烟雾，
和哭喊声，然后走进安静的区域，
直至寂静的寝官出现在他面前。
他挥舞宝剑，满腔怒火地闯进那间昏暗
而奢华的闺房，一如神灵。

肤色白皙的海伦高高地坐着，神情落寞而安详。
在他的印象中，她从未如此漂亮过，
她的脖子弯曲的角度是如此之美；
他感到疲倦。他把剑挂起来，
亲吻她的脚，然后跪在她面前，
完美的骑士在完美的王后面前。

II

以上就是诗人的陈述。他该如何看待
那段回家的旅程，那段漫长的婚姻岁月？
他没有告诉你肤色白皙的海伦
生了一个又一个婚生子，变成了一个　　　　　　　　225
因美德而憔悴的泼妇。英勇的墨涅拉俄斯
则变得唠唠叨叨，在中午和晚饭之间
解雇了 100 个特洛伊人。随着他的耳朵越来越聋，
她甜美的嗓音也变得刺耳。两人都老了。

他常常感到好奇，自己到底为什么要去
特洛伊，或者可怜的帕里斯为什么会来。
她时常哭泣，眼睛黏糊糊的，已经有气无力；
每次模模糊糊听到帕里斯的名字，她那干枯的小腿就会抽搐。
墨涅拉俄斯为此不断地责骂她；海伦放声大哭；
帕里斯则在斯卡曼德河边长眠。
　　　　　　　　　　　——鲁珀特·布鲁克，《墨涅拉俄斯和海伦》
　　　　　　　　　　　　　（"Menelaus and Helen"）[37]

第九部分

不朽的海伦

描绘墨涅拉俄斯与海伦的花瓶（局部），墨涅拉俄斯打算攻击海伦，但被她的美貌所吸引，丢下了剑；飞行的厄洛斯和阿佛洛狄忒（左边）观看这一场景。约公元前 450—前 440 年，现藏于坎帕纳画廊（Campana Gallery），拍摄者：Jastrow。

32

回到斯巴达

战争结束，海伦理所当然地恢复了自己在墨涅拉俄斯官中的地位。她的表情自然而庄严；她与丈夫的关系看不出一丝可悲的痕迹，只有点点滴滴不可磨灭地留在了她自己的悔恨之中。

——法学荣誉博士、牛津大学议员
W. E. 格莱斯顿阁下[1]

是海伦优美的脖颈阻止了墨涅拉俄斯的利刃吗？天赐的美貌和魅力是这位王后唯一的盾牌吗？墨涅拉俄斯仅仅是因为对她旧情复炽吗？我怀疑不是这样的。不管他是一名迈锡尼领主的真实郎君，还是一个半神半人的女人传说中的丈夫，站在他面前的这个美丽尤物都有着一帮精英亲属。墨涅拉俄斯在回程途中被告知，他只要站在海伦一边（而且只能感谢这种关系），就有机会成为不朽：

但是关于你自己的命运，墨涅拉俄斯，/ 宙斯亲爱的人，你不会死 / 也不会在种马之地阿尔戈斯送命，/ 不，那些不死之人会把你带往世界的尽头，/ 极乐世界（Elysian Fields）……/ 那里的生活对凡人来说优游自在；/……/ 所有这一切都是因为你现在是海伦的丈夫—神灵认为你是宙斯的女婿。[2]

当海伦蜷缩在特洛伊的一个角落里时，墨涅拉俄斯怎么可能割她的喉？如果那样做，他将彻底割断自己与富饶的拉科尼亚领地的联系，杀死宙斯在人间唯一的女儿，同时断绝自己到极乐世界永享清福的机会。海伦去到哪里，墨涅拉俄斯就跟到哪里。

在古人的想象中，海伦乘坐斯巴达国王的船只回国，其兴奋和紧张劲儿，某种程度上和10多年前她跟特洛伊王子私奔时不相上下；那些过往的岁月够国王夫妇聊的了。有多少怨恨，又有多少疑问？她把心留在了特洛伊吗？东方国家是否使她变得跟以前不一样了？她是目空一切还是低声下气？她在发火吗，她感到身心交瘁吗？她的牙齿有没有烂掉？[3] 她的背有没有驼？她，正如悲剧作家欧里庇得斯在一句罕见的滑稽旁白中所问的，有没有变胖？

> 墨涅拉俄斯：她将坐船回国。
> 赫卡柏：你的船不行！
> 墨涅拉俄斯：为什么不行？她长胖了吗？[4]

胖也好，瘦也罢，不管她泼辣蛮横还是羞惭满面，故事到了这个时刻，人们都认为海伦（一个"头发结满死人血痂"[5] 的不名誉女子）会被以羞辱的方式拖回家乡。事实并非如此。墨涅拉俄斯扔掉了手里的宝剑。他没怎么责怪她，这着实令人惊讶。看来这个犯了通奸罪的女人将不会受到惩罚。

这对重逢的王室夫妇有大把时间可以用来接吻和弥补以前的别离，因为回程的途中，他们和其他希腊英雄一起，在马里阿角（Cape

Malea）遇到了风暴，他们的船被吹到了距离航线很远的地方。特
洛伊的英雄们就这么开始了他们艰难的回国之旅，另一部仅留下片
段的史诗《返乡》（Nostoi）对此有详细的记载。荷马在他那部著
名的《奥德赛》中，描写奥德修斯在海上漂泊了 10 年。他的妻子
珀涅罗珀在特洛伊战争期间一直忠于丈夫，但她位于伊萨卡（Ithaca）
的宫殿里，挤满了那些追求她的贪婪的投机者。因为风暴的影响，
阿伽门农回国的时间延迟了。一场盛大的欢迎宴会结束后，阿伽门
农和他的特洛伊情妇在洗澡时，被自己的妻子吕泰涅斯特拉和她的
情人埃癸斯托斯双双害死。[6] 狄俄墨得斯的妻子也变心了，当他回
来时,他的王国已经不再属于他了。涅斯托耳安全地回到皮洛斯,"晚
年在家乡过着优裕的日子",但是许多人（埃阿斯、阿喀琉斯和帕
特洛克罗斯）现在都已变成特洛伊平原的尘土。[7]

　　海伦和墨涅拉俄斯也遇到了重重困难。大风把他们刮到了克里
特岛的戈尔廷（Gortyn），还把他们带到塞浦路斯、腓尼基、埃塞
俄比亚和利比亚。荷马史诗中再次描绘了青铜时代的贸易路线。而
荷马、斯特西克鲁斯、希罗多德、欧里庇得斯、《史诗集成》的匿
名作者都认为，"家家户户金银满箱"[8] 的广袤富饶的埃及，是这对
王室夫妇回国旅途中的重要一站。[9]

　　希罗多德记下了真实的海伦留在埃及，勇士们在特洛伊为了
一个幻影而战的真相，[10] 而他也记录说，就连这里也流了血，因
为她的存在导致了活人献祭。[11] 墨涅拉俄斯离开特洛伊，沿尼
罗河溯游而上，来到了孟斐斯，他在埃及找到了海伦。急于把
（现在已毫无过失的）妻子带回家的墨涅拉俄斯试着起航，但是风
向不对。愤怒的他杀了 2 名当地儿童献祭，此举导致包括国王普罗
透斯在内的埃及全国上下所有人都对他怀恨在心。斯巴达国王和王
后不得不逃亡，直到他们逃到遥远的利比亚，愤怒的埃及人这才停
止跟踪。[12]

231

当然，希罗多德并不是第一个把海伦和人牲联系在一起的人。最著名的一次活人祭便是她的侄女（或者女儿，按照故事的来源而异）伊菲革涅亚，而德尔斐神谕也认为海伦和活人祭有关，神谕提到斯巴达发生了一次可怕瘟疫，解决方法是每年用出身高贵的斯巴达处女献祭。有一年，轮到海伦被领到了祭石上。刀子插进肌肉前的瞬间，一只鹰俯冲下来，打掉了祭司手里的凶器；掉落的刀子，刀尖朝下，插在了一只小母牛身上。从那时起，便改用小母牛而不是年轻的女孩献祭。[13]

在没有确凿证据的情况下，要判断青铜时代是否确实存在活人祭面临巨大的困难。[14] 然而，克里特岛上一次令人震惊的挖掘似乎无可辩驳地暴露了活人祭的存在。从首都伊拉克利翁朝内陆方向驱车半个小时，就来到了"风之洞"（Anemospilia）的下方，这里有一处香气馥郁的遗址。为了重走文学作品中海伦离开特洛伊后的回家之路，我第一次来到这里，当时必须拨开满是香草的高大草丛才能到达圣所。[15] 脚下就是爱琴海，头上耸立着朱克塔斯山（Mount Juktas）的高峰。[16] 20 世纪 70 年代这里发现了 4 具尸体（三男一女）年代全部为公元前 1600 年左右。对这些人体残骸的分析显示，他们全部体格健美，既吃得很好也穿得很好：是社会的精英人士。一个男人手里拿着一只大碗，另一个男人倒在地板上。附近摆着几个装有黏性液体的罐子。第三个男人年纪在 18 岁上下，正躺在祭坛上，一把青铜短剑横放在胸前。他的脚被绑起来，身上的血已经流干。进一步的法医检验显示，他的左侧脖子被切穿。这个场景如此骇人，以至于一些学者（他们做得很对）小心翼翼地避免做出耸人听闻的解释。但是，除了用年轻人献祭以外，实在很难解释这种现象。[17]

以人作牺牲的观念是如此简单，以至于 21 世纪的读者感到难以理解。牺牲意味着"使某件东西神圣化"。对普通人来说，成为神圣阶级的一员可能被认为是一种巨大的荣誉，虽然这种荣誉只能通过极端的方式授予。海伦的故事非常极端（她给周围世界留下的印象是既肯定生命，又否定生命），我怀疑这就是我们发现她的名字和许多活人祭的故事联系在一起的原因。海伦使自己的同胞沦为活人祭的牺牲品，这件事在古希腊人看来实在没什么好惊讶的。毕竟，这是一个在鲜血和美貌之间做交易的女人。

232

* * *

可是，荷马史诗中，海伦在埃及逗留期间却没有任何丑闻，也没有任何不幸死亡的事件发生。相反，这对王室夫妇收集了大量的故事和珍宝，并把它们带回了斯巴达。海伦在埃及停留期间慷慨获赠的礼物中有一只金纺锤，一个浪漫的，故事书道具似的物什，如果真的有这么一个纺锤的话。可是现在，从安纳托利亚妇女的坟墓中发现了真正的金纺锤，其中有一个特别精致，来自土耳其中部的阿拉加霍裕克（Alaca Höyük）。不管迈锡尼王后是否真的收到了"……珍贵的礼物：/ 一只金纺锤，一只装有脚轮的篮子，/ 擦得锃亮的镶金边的纯银器皿"[18]，我们又一次发现荷马没有凭空想象，而是详细地列出了属于青铜时代的礼物清单。[19]

海伦就这样回家了。而且，按照荷马的说法，她重新踏上希腊的土地时，并没有受到任何惩罚。她的特洛伊丈夫死了，他的尸体在特洛伊的火葬堆上烧掉了；她可以再次做一个希腊人的好妻子。[20]在《奥德赛》中，我们发现她回到斯巴达，在自己出生的宫殿里轻松自在地生活着。她管理家务，和客人们聊天；当特洛伊战争的老兵来时，她会搬张椅子，听他们讲他们的故事，同时加上她自己的故事（请注意，是海伦而不是墨涅拉俄斯首先开启讲故事的环节——在荷马史诗中的社交界，这是对她尊重的表示）；她正确解释了空中出现的预兆，从而给来宾留下了深刻印象。[21] 她和自己疏远的女儿团聚了。她的侄女厄勒克特拉在欧里庇得斯的戏剧《俄瑞斯忒斯》中犀利地指出："她在她［赫尔迈厄尼］身上享受着快乐，忘记了烦恼。"[22] 她似乎心满意足，几乎让人误以为没有什么不幸的事情发生过。

　　但是，表面之下也有烦恼的迹象。荷马只是非常巧妙地描绘了一个既放松又警惕、既机智又狡诈的女人形象。这对王室夫妇正在举办一场婚礼，赫尔迈厄尼将嫁给阿喀琉斯的儿子，来宾中有奥德修斯的儿子忒勒马科斯。王宫中宾客如云，一个吟游诗人弹着里拉琴，高兴地唱着"一对杂技演员又跑又跳，一边旋转一边翻筋斗，带头跳起了舞蹈"。[23] 海伦领着一群妇女从她那"香气浓郁的高贵房间"来到了现场。可是，当宴会结束，烛光变暗时，心境的变化，使人们的思绪转到了过去 10 年的痛苦遭遇上。死去英雄的故事，使屋子里所有人都伤心地哭了起来。海伦对此自有办法。[24]

　　　　她往调酒的大缸里偷偷放了一种能赶走悲伤和愤怒的药物，让他们忘掉所有的痛苦回忆。任何人只要喝了这种调制过的酒，一天都不会流一滴泪，即使他的爹妈死了，即使有人要杀他的兄弟或者儿子，他也会眼睁睁看着他们被害。[25]

　　这种药物很可能是鸦片，这种东西和酒精混合后便成为纯粹的鸦片酊。[26] 毫无疑问，青铜时代晚期的宫廷中有使用鸦片的习俗，而且迈锡尼人非常喜欢鸦片。除了罂粟果形状的水晶胸针，迈锡尼妇女还会戴雕刻成罂粟花形状的红玉髓珠子，[27] 以及反映以罂粟为中心的狂欢仪式的金戒指。[28] 克里特岛发现的一尊迈锡尼占领时期的女神像，头上即戴着罂粟果编成的花冠。这名动作僵硬、昏昏欲睡的女神目光呆滞，手臂弯曲，掌心向外、向上。她额头上的罂粟果已经裂开，这是提取鸦片汁液的最佳时机。荷马告诉我们，"忘忧草"（*nepenthes* drugs）是从埃及进口的。对古人而言，"埃及制造"是高档药品的代名词。[29] 然而法医的分析结果显示，罂粟（*Papaver somniferum L.*）是青铜时代晚期伯罗奔尼撒本地的出产。梯林斯和卡斯塔纳斯（Kastanas）均从公元前 13 世纪晚期的地层中发现了罂粟种子。[30] 罂粟不仅能有效止痛，还是一味猛烈的精神类药物。[31]

　　一名拥有特权（可能是一名高级女祭司）的迈锡尼王后知道如何使用这些药劲强大的麻醉品，就跟荷马笔下的海伦一样，这是毫无疑问的。鸦片对治疗创伤有很大帮助，无论是身体上的还是精神上的，它打开了梦幻的通道。荷马笔下的海伦既是女巫又是宽慰剂，她调制麻醉药，解释预兆，迷惑所有来宾，直到最后一个也沉醉其中。把屋里的人都迷昏之后，她收拾好金纺锤和紫色毛线，与墨涅拉俄斯双双回到内室就寝："墨涅拉俄斯和身着宽松长袍的绝色佳人海伦一起，回到位于大宅深处的内室。"[32] 这是我们在荷马的作品中最后一次看到海伦。

　　荷马告诉我们，在特洛伊期间，海伦开始编织一幅错综复杂的挂毯，这是一件讲述英雄和战争故事的永远也不会完结的作品。现在看起来，好像最后一针已经完成，多余的线头也已剪断。然而，这个故事注定会被一而再、再而三地加工；海伦在《伊利亚特》中的预言，"神灵为我们设置了不幸的命运，我们将世世代代成为歌手演唱的主题"将应验。海伦也许完成了她自己在特洛伊的故事，一个带有虚构成分的传奇故事，但是现在你会听到一阵嗖嗖声和嘎嘎声，因为其他人正坐在织机前，编织他们自己的关于斯巴达王后一生的故事。

　　荷马史诗中的海伦回家时也许受到了热烈的欢迎。然而几百年后，那些跟随她脚步的海伦，她们的航程则要凄凉许多。

33

王后之死

俄瑞斯忒斯：我们今天的口号是："杀死海伦"——就是这样。

皮拉德斯（Pylades）：没错 /……人们将上街欢呼，
点燃篝火，祈祷所有的神灵 /
保佑我们俩，因为我们理直气壮地除掉了 / 一个
坏女人。杀死她，你"杀母"的罪名将会被人们忘记，
代之以 / 一个更加光荣的称号：你将被称为"那个
除掉海伦，为成千上万人报仇的人"。

厄勒克特拉：杀死她，捅死她，除掉她，你们俩！ / 瞄准你
们的宝剑——
刺进去！——刺进去！ / 两把锋利的宝剑在你手里挥舞！
/ 杀死她！
她抛弃了父亲，她抛弃了丈夫；/ 无数的
希腊人死在河边的战场上——是她杀死了他们！

眼泪像洪水般泛滥，/ 在那，铁矛纷飞的地方 /
斯卡曼德河畔。

——欧里庇得斯，《俄瑞斯忒斯》[1]

欧里庇得斯在他的悲剧《俄瑞斯忒斯》中，罕见地描写了这位斯巴达王后的死。故事发生在阿尔戈斯的王宫里，墨涅拉俄斯和海伦从特洛伊返回斯巴达时路过这里，时间正好是俄瑞斯忒斯杀害母亲克吕泰涅斯特拉 6 天后。这对王室夫妇抵达时，俄瑞斯忒斯正被一群武装的护卫包围着，他的头上悬着一道阿尔戈斯宫廷颁发的死刑令。墨涅拉俄斯拒绝支持他，也不肯支持和他串通一气的姐姐厄勒克特拉，墨涅拉俄斯的反对激怒了这位与本剧同名的反英雄主角，他（和同谋者皮拉德斯一起）策划杀死海伦，把墨涅拉俄斯逼疯。皮拉德斯说这次行动是甜蜜的复仇。他说，杀死海伦，意味着所有希腊人将忘记俄瑞斯忒斯不名誉的弑母行为，反过来会称他为"那个除掉海伦，为成千上万人报仇的人"。俄瑞斯忒斯被说服了，不到几分钟，宫里就传来了海伦的尖叫声。

讲述这桩谋杀案的是海伦的特洛伊奴隶。这名奴隶站在斯巴达 236
王后旁边，为她扇着羽毛扇，当时她正在纺一种极薄的纱线，以便装饰那件她送给克吕泰涅斯特拉陪葬的紫色长袍。俄瑞斯忒斯怂恿海伦走近祭坛，皮拉德斯则把海伦的奴隶全都锁了起来。海伦被团团包围，两名杀手从紫色的披风下拔出剑，海伦穿着咔哒咔哒响的金色凉鞋试图逃跑，但是俄瑞斯忒斯一把抓住她的头发，并把她的头扭过来，准备割喉。

过了一会儿，赫尔迈厄尼冲进来，却只看到母亲鲜血淋漓的尸体，因痛苦而扭曲着。俄瑞斯忒斯和皮拉德斯冲向赫尔迈厄尼，把她抓住，再回到原来的猎物身边。然而海伦却奇怪地不见了。这是奇迹吗？还是幻术？是神灵把她带走了吗？

　　暴行传到了墨涅拉俄斯的耳朵里，这名对战争已经厌倦的国王提起全身力量，冲出去追赶凶手，只见俄瑞斯忒斯这次正把剑架在赫尔迈厄尼的脖子上。发誓报仇的斯巴达国王号召阿尔戈斯人民拿起武器，除掉俄瑞斯忒斯。但是正当他怒吼着说出最后的呼吁时，阿波罗出现了，他说他已经把海伦带到了安全的地方：

　　　　因为海伦的美貌是神灵的工具
　　　　用来使希腊人和特洛伊人陷入战争
　　　　造成大量的人死亡，从而为这个臃肿的世界除去
　　　　那些乱糟糟的多余的人。
　　　　关于海伦，我想说的就是这些……[2]

　　　　现在，我们已经翱翔在灿烂的星空，
　　　　我将把海伦带到
　　　　宙斯的府邸；
　　　　人们将会仰慕她，一个
　　　　和赫拉、赫柏以及伟大的赫拉克勒斯并肩而立的
　　　　受人爱戴的女神。
　　　　她将作为水手们的海洋女王（Queen of the Ocean），
　　　　和她的兄弟，
　　　　廷达瑞俄斯的两个儿子一起，
　　　　永远受到人们美酒的祭拜。[3]

　　这是一次标准的情节大反转。海伦的尸体不见了，因为她已经被神灵解救，变成了天上的星星。而这正是许多希腊人想象中的海伦，永远完美，永远存在，却遥不可及。

* * *

　　作为目前讲述海伦故事最重要的作家，荷马没有交代她的结局，又因为没有人喜欢看到她死，因此出现了大量的理论。有人说她过着斯巴达王后的幸福生活；罗马诗人奥维德想象她最终敌不过时间，哭泣地看着"镜子里衰老的皱纹，含泪问自己为什么要两次沦为爱情的俘虏"；[4] 其他作家则写她遭到放逐，过着孤独的生活，最后死得非常恐怖和惨烈。[5] 有三种观点一再出现。第一种是这名血债累累的淫妇最后并没有在冥界受到折磨，而是成了极乐世界的一员。第二种观点认为，海伦在最后去见造物主之前，为自己酿成的所有苦果接受了某种惩罚。第三种观点认为她获得了不朽——没有人想失去海伦，没有人希望她死。

237

* * *

　　迈锡尼的坟墓提供了非常丰富的考古发现，因此我们可以详细地重演一遍为我们青铜时代的海伦所举行的葬礼。[6] 有些事情需要注意：迈锡尼的"阿特柔斯宝库"（Treasury of Atreus，大约建于公元前 1370 年）或"克吕泰涅斯特拉之墓"（Tomb of Clytemnestra，约公元前 1300 年）这类建筑都是惹眼的考古项目，非常容易受到盗墓者偷袭。[7] 当考古人员来到墓葬的中心时，发现墓中的物品被扔得到处都是，骨头混杂在一起，那些最珍贵的东西早就不见了。[8] 有时候盗墓者是罪犯，有时候盗墓者乔装成官员，有时候是青铜时代的人自己把一具尸体及其随葬品移到一边，从而为自己家族的成员腾出空间。[9] 然而，将青铜时代晚期整个迈锡尼世界的可靠证据拼接起来，我们依然可以得到一张贵族女性葬礼的合成图片，而且从这张图片上确实可以看出，女性的葬礼和男性一样风光。

　　为了给海伦这样的女性准备一场葬礼，首先要仔细地为她洗涤身体，抹上芳香油，穿上定制的丧服，再把她轻轻地放在停尸架上。她的手腕上会放置一枚雕刻精美的印章石，[10] 手指上套着银戒指，头上可能戴着金冠。[11] 她的头发可能缠着螺旋形的金色头饰，[12] 头和肩膀裹在一块缀有珠子的披肩里，惨白的脖子上围着彩陶和琥珀做的项链。

　　这具点缀着宝石的漂亮尸体一旦装饰完毕，就会被从头到脚盖上一块裹尸布。[13] 葬礼的队伍将向墓穴的入口走去，在公元前 14 世纪，他们可能沿着墓道（dromos，有围墙的通道）走向一座圆顶墓，一种与众不同的蜂巢形坟墓。"克吕泰涅斯特拉之墓"有一条 36 米长的墓道入口，十分庄严；而在"阿特柔斯宝库"内，仅仅是那块门楣石的重量就超过了 100 吨。这些陵墓建筑之大胆至今依然令人吃惊。

　　在这具刚刚死去不久的尸体前，几乎可以肯定有一群孩子紧紧挨着死者的头部，他们的后面站着女人，这些人有的把手举到头顶，其他人则穿着破烂的衣服，脸上也有抓痕。[14] 彼奥提亚的塔纳格拉（Tanagra）出土了许多青铜时代的"拉纳克"（larnakes，箱形棺材），上面描绘了儿童和妇女聚集在尸体周围哀悼的画面。伊利斯的阿基亚·特里亚达·帕里亚布科尼亚（Agia Triada Palaioboukounia）发现了一只破碎的双耳罐（一种大瓮），上面描绘着葬礼的场面，可以看到有一个孩子就站在死者的脑袋旁边。[15] 荷马向我们证明了女性是葬礼的主要参与者，他提醒着我们，在这个远古的时代，女性被同时认为是生和死的使者。

　　一旦进入阴冷的墓穴，死者的贵重物品就会摆在她四周或者一张精心制作的凳子上。迈锡尼的"克吕泰涅斯特拉之墓"在 1876

年和 1891 年两次打开时，里面都有一只被压坏的丰饶角*，装满了瓜果和谷穗，这证明为死者所选择的都是最好的。[16]

在坟墓本身和墓道的一个墓坑内发现的众多宝物中，有一只精美的青铜镜，雕花的象牙把手上装饰着青金石，还刻着两个顶着浓密卷发坐在棕榈叶上的胖女人。[17] 还有为了方便缀在尸衣上而打了孔的刻有浮雕的金片、心形和百合花形状的金珠、光滑的紫水晶，以及破碎的女性和动物陶偶。克里特岛上有一座大约公元前 14 世纪的坟墓，[18] 墓中的女性骸骨左手举着一枚青铜镜，镜子紧贴着她的脸。[19] 会有一枚金属镜子在冰冷的地下陪伴着青铜时代的海伦，以便她可以永远凝视自己那张美丽的脸孔吗？

最近，我随身带着 1926 年第一次考古发掘的报告，参观了登德拉一处出土了许多文物的青铜时代晚期的公墓遗址，这里位于迈锡尼向东南方延伸的一块坡度和缓的农田里。[20] 我在墓地的上方读着这篇报告，这次考古发现所带来的兴奋感溢于言表。主持挖掘的是瑞典人阿克塞尔·佩尔森（Axel Persson），他描写了工人们如何在酷热的 7 月，用刀子和鹤嘴锄挖出了一具骸骨，骸骨躺在一层满是炭屑的蓝色黏土中，接着：

> 开始出现了金子；脖子和胸前围着一条硕大的迈锡尼项链，玫瑰花形的金珠大的有 18 颗，小的有 12 颗。重新串好之后，项链的长度差不多有 80 厘米。胸前的玫瑰花珠子最大，脖子后面的最小……胸部下方是腰带的金绳边和 35 个金箔做的螺旋形坠子，这些无疑都是腰带上的修饰……我们发现了一个小公主。[21]

239

7 月 30 日，考古人员接着发现了一名女性，这位女士显然有一

---

* 丰饶角，羊角或羊角形状的装饰品，里面装满了花果、谷穗，为丰饶的象征。

盏小小的滑石灯伴随她走过黄泉路。她的右臂抱着一只金杯。人们用软毛刷和水把这只装饰着金牛头、银和乌银的杯子洗干净后，发现它依然可用。佩尔森和他的团队给这只获得自由的供品倒满了尼米亚（Nemean）葡萄酒，和一帮当地村民一起，庆祝他们的胜利和希腊的光荣，然后所有人一起分享了这杯美酒。

虽然这种对待文物的夸张方式会被今天的考古学家认为是亵渎，但它其实是富有同情心的举动。阿尔戈斯附近科克拉（Kokla）的一座圆顶墓中，[22] 有两只杯子[23] 喝完后被打碎了。这些杯子里装的是给死者的最后一杯祝酒吗？克里特岛西部阿尔迈尼的米诺斯墓地出土了一批大约公元前 1390—前 1190 年的饮具和炊具，科学家们从其中残留的有机物中发现了掺有松脂的葡萄酒（葡萄酒中加入松脂，一方面是为了方便保存，一方面是为了掩盖酒精变质时发出的酸臭味）和掺有大麦的葡萄酒。这些都是劲头很大的酒精饮料。迈锡尼人死后都有一个风光的葬礼。

随着祈祷的结束，吹笛人和里拉琴师陷入沉默，[24] 空气中依然香雾缭绕，那是香炉和尸体抵达前为熏蒸墓室而点燃的火把发出的。坟墓将关闭，墓道的入口将被封上。在一些葬礼中，墓道会被回填。随着尸体旁的油灯熄灭了最后一丝火苗，这名贵族和她那些闪闪发亮的珍品被留在了黑暗中。

海伦的尸体就葬在一座类似的坟墓里。[25]

34

英雄时代落幕

[海伦的美貌]耗尽了荷马的才思……[也]使许多伟大的画家和雕刻家感到筋疲力尽。

——薄伽丘,《关于著名的女性》
(*Concerning Famous Women*), 1364—1370 年[1]

那些青铜时代的尸体被留在了坟墓里,但世界并不太平。就像古人认为海伦的行为导致了英雄时代的崩溃一样,迈锡尼文明确实在青铜时代晚期瓦解了。壮丽的宫殿倒塌,贸易消失,英雄们暗淡无光,而这些全都在一个人的有生之年中发生。

"特洛伊战争"的年代是个争论不休且非常棘手的问题。传统的古代世界分类法将其定在公元前 1334—前 1135 年之间。[2]然而,最流行的一种观点认为它发生在公元前 1184 年左右;考古学告诉我们,大约这个时期,克里特岛、希腊大陆和安纳托利亚的文明确实都消失了,而且最近的研究表明特洛伊发生了一系列灾难:公元前 13 世纪上半叶发生的战争和宫廷阴谋,公元前 1200 年的火灾,公元前1180年左右发生的火灾和可能的地震，导致接下来100年这座城市的经济受到重创，并于公元前950年完全被弃。大众的记忆有一点是对的：海伦的死预示着整个生活方式的结束。

大约在青铜时代晚期，现今希腊和土耳其的大部分地区都经历了强烈的地震。在大约50年的时间里，受地震影响的区域达到2000平方公里。因此，举个例子，在现代有记录的一个地震活跃期内（例如，1900—2000年），伯罗奔尼撒半岛东部每30或40年就会发生一次强度里氏6.5级以上的地震。[3]这种地震对精巧的建筑损坏不大，可是对青铜时代的建筑工艺来说，[4]造成的破坏却异常严重，而且似乎许多青铜时代的中心受到的打击还不止一次。[5]青铜时代的遗址中发现了数以千计的原油灯。当建筑物坍塌、圣所摇动和宫殿崩塌时，这些油灯将东倒西歪，从而引发毁灭性的火灾。那些没有死于地震和火灾的人将眼睁睁看着壁画、彩绘地板、金杯、手纺布，还有青铜时代文明的标志和英雄时代的标记，在自己面前毁掉。考古学家在挖掘底比斯的青铜时代武器库时，发现了碳化的水果。平静的米德亚遗址坐落在距离阿尔戈斯约9.6公里的内陆地区，这里发现了烧焦的鹰嘴豆、扁豆、苦豌豆、山黧豆和蚕豆；这些人类的储藏物毁于一炬。

迈锡尼城堡建筑群宽敞的储藏室中，最宝贵、数量也最多的一样东西是橄榄油，它们被装在带有塞子的大陶罐里，每个陶罐都装着40加仑（182升）左右高度易燃的液体。难以解释的一点是，就在迈锡尼宫殿被毁时，这些陶罐许多都被锯掉了颈部，仿佛这些罐子被用作纵火的工具。克里特岛阿基亚·特里亚达一座宫殿发生的大火（堪比青铜时代的炼油厂火灾），[6]不仅使橄榄油储藏室的石质地板弯曲，边缘裂开呈锯齿状，还把它们变成了玻璃。

这些灾难没有彻底摧毁海伦的世界，但其影响确实足以破坏迈锡尼社会的稳定。混乱无序的状态将刺激当地的投机者：男人和女人有权质疑领导者（不管是宗教的还是世俗的）的权威，因为后者显然点燃了神的怒火。迈锡尼人精密的行政系统将被打断。神灵被降级：迈锡尼祭祀中心内奇怪的女性塑像被放倒，画有漂亮女人的壁画被巧妙地涂上一层白粉。祭祀用品和供品都被撒上一层薄薄的泥土，大石板被放在房间的一侧，以掩盖那些曾经以此为家的作用强大的物品。[7]

地上和天上的神灵都表达了他们的不满。女神和壁画上的漂亮女性丢脸了吗？她们被委婉地降级了吗？这些地震和随之而来的大火完全可以说是迈锡尼文明瓦解的罪魁祸首，这些灾祸是新时代来临的先兆吗？一个使善于钻营的神灵宙斯（几乎可以肯定他起源于东方）获得主宰地位的新时代？[8] 一个结束女性在宗教领域至高无上地位的新时代，一个经由希腊"黑暗时代"的诗人们的吟诵而被铭记和曲解的时代？一个荷马等史诗诗人用渴望和恐惧来赞誉"英雄时代"的新时代？一个所有勇士不惜为一个女人豁出一切同时又咒骂她的新时代？

那种灭亡，那种一度强大的民族逐渐消失的过程，在迈锡尼北部平坦的土地上清晰可睹。一块孤零零、破旧不堪的蓝色路牌指向阿凯亚·克里奥奈（Archaiai Kleonai）考古遗址。这个定居点远离主干道，到达那里需要越过铁路线，经过一排排干枯的烟草叶子和低矮的葡萄藤。荷马在《伊利亚特》中形容克里奥奈为"坚固结实的克里奥奈"。[9] 事实上，这个定居点现在已不存在了。剩下的其实只是一座剥蚀严重，年代也很晚的希腊化时期的赫拉克勒斯神庙（Temple of Heracles），根本看不到任何青铜时代的辉煌。20世纪初经过此地的旅行者说，当时尚留存着一些迈锡尼的遗迹。然而这里是典型的耕地——我上一次来实地考察时，摘葡萄的流动工人经过时裙摆发出有节奏的沙沙声，让我想起农业是现在这里的主要产业。那些妨碍农业生产的青铜时代的石头和文物早就不见了，不是被犁割断，就是被当地人拿去做其他用途。宫殿的石料做了谷仓和牛舍的地基，牺牲石变成了炉膛。

如果我们推测荷马讲述的故事大部分都发生在公元前13世纪末，那么海伦的凡躯死后大约100年，许多壮丽的城堡都面临着这样的命运。一些城堡缩小了规模继续存在，例如福基斯（Phokis）的伊拉提亚（Elateia）和优卑亚（Euboia）岛上的莱夫坎迪（Lefkandi）。雅典、阿米克莱的迈锡尼人定居点和迈锡尼依然有人居住，但是大部分都被统治精英抛弃了。从大约公元前1150年开始，就有无家可归者住在王宫的遗址上，过去神灵的圣所也有猪在拱土觅食。随着灿烂的迈锡尼文明逐渐接近尾声，希腊的黑暗时代开始了。

达达尼尔海峡对面强大的赫梯文明同样崩溃了。哈图沙已经失去其有利的政治地位，楔形文字停止使用，波加斯科连同其宝贵的档案馆都被遗弃了。到了公元前1175年，赫梯帝国已经不复存在。特洛伊被大火所摧毁，大火可能是阿伽门农、奥德修斯、墨涅拉俄斯和阿喀琉斯率领的入侵军队点燃的，但更有可能是当地的反叛者点燃的。一座因自然灾害、外敌入侵和内斗频繁而变得虚弱不堪的城市，暴徒通常会一把火把它烧光。

今天的考古学家和历史学家会用"系统性瓦解"（system collapse）一词来形容这些早期帝国的灭亡。假如迈锡尼人、赫梯人和希腊人之间确实存在密切联系，假如他们之间经常有贸易往来，互相娶对方的女人和窃取对方的劳动力，那么一个倒下之后，其他的也会跟着倒下。这些曾经的英雄民族，现在就像九柱戏*中的巨大柱子一样，在一片空荡荡的海洋四周纷纷倒下。

青铜时代结束了，随着铁器时代的到来，世界将进入一个不安

243

---

* 九柱戏，起源于3—4世纪，是当时欧洲贵族间一种颇为盛行的游戏。人们在教堂的走廊里放置9根柱子（象征着叛教徒与邪恶），然后用球滚地击倒它们。

全也不活跃的时期。迈锡尼绘画中那些细腻曲折的线条，那些耗时耗力完成的细微而完美的金属制品已经一去不复返。宏伟的宫殿不再建造，书写的艺术已经式微，这是一个紧缩的时代而不是扩张的时代。

可是，在那些安静、漫长而又寂寞的夜晚，当人们聚在一起时，故事仍然被讲述，且具有十足的生命力。整个"黑暗时代"，吟游诗人和他们的里拉琴在艺术中都占有一席之地，这些人没有消失，他们没有停止传播他们的故事。口述文化在历史学家或考古学家眼里是个透明的空间，但在它所处的时代，口述可能是最有效的方法，用来传递形象、资讯和有关世界及其过去的观念。而在这片想象的苍穹中，海伦是其中最闪亮的星星之一。这位富裕而任性的斯巴达王后不会被遗忘，她永远不会死。现在她已经挣脱了美丽的躯壳，她不再只受到希腊英雄或特洛伊王子的崇拜。这位不朽的传奇名人现在可以接受每一个人的崇拜，男人和女人，劳力者和贵族。

35

"芬芳的宝库"

你是女巫吗？

秃鹫，象形文字，

女神的符号或名字？

这是什么样女神？

——H.D.，《海伦在埃及》[1]，1961 年

为了寻找与海伦有关的庙宇，我在爱琴海地区开始了一段艰难
而孤独的旅程。罗马时期的旅行作家帕萨尼亚斯把我带到了一个神
圣地点——"新娘子阿佛洛狄忒"（Bridal Aphrodite）的圣所，他说，
这个圣所是忒修斯"迎娶"海伦时所建的。[2] 这处位于山中的遗址，
距离伯罗奔尼撒东岸的赫尔迈厄尼小港口大约 18 公里。为了和古
代的信徒一样，从赫尔迈厄尼到圣所去，我只好踏上一条偏僻而有
些危险的小径。[3] 如果想从西侧翻越山岭则完全没有路牌指引，就
连当地人也忘了这个地方的历史。在赫尔迈厄尼镇上问路，你将开
始一段从花店到药房的徒劳无功的寻找，不管你问什么，对方都会

还以茫然的眼神，并耸耸肩，表示毫无头绪。

可是这座神庙周围依然有两条显而易见的线索：一眼山泉和一块名为"忒修斯之石"（Theseus' Rock）的巨石。古人相信，这块石头下面藏着国王埃勾斯（King Aegeus）给儿子忒修斯准备的一把宝剑和一双格子皮靴。当少年忒修斯的力气大到可以徒手搬开这块石头时，只有到那时，穿上新鞋，挥舞着闪光武器的引人注目的忒修斯，才能说自己已经成年。

坐在忒修斯之石上，太阳照耀，周围只有一只小乌龟做伴，我竭力使自己的思绪回到 2000 多年前。我在脑海中努力想象着，这个地区的农夫、渔夫或织工为了赞美或化解（有害部分的）"新娘子阿佛洛狄忒"的性能力（这种能力在美丽的海伦身上表露无遗），和我一样翻山越岭来到这里。虽然圣所位于密林深处——现在的它和 2000 年前一样安静（从遗址的规模来看，这不是一处大型的宗教建筑群）——但它所服务的海边村落一个个都生机勃勃，而且人口众多。

在古代，赫尔迈厄尼的水上运动非常出名。它举办过小型的水上奥林匹克运动会，有赛艇和类似于跳水或游泳的项目。[4] 男孩子们潜入水中，捞出沉在水底的物品；在附近的港湾，可以看到他们现在依然在这么做。这些比赛非常受欢迎，吸引了很多人来参加——单人划的小艇和体型更大的帆船争抢位置，后者正排队赶来参加比赛，船上的索具和亚麻帆布迎风招展。

赫尔迈厄尼也有音乐比赛，这些娱乐和竞赛全都是为纪念"害群之马"狄俄尼索斯（Dionysus of the Black Goat）而举行的，他是所有奥林匹斯山的神祇中最放荡不羁的一个。然而，在纵酒和狂欢过后的感伤时刻，可以猜到人们把思绪转向了他们的"英雄祖先"，那些怀着更加严肃的目的（在特洛伊战争中为希腊的荣誉报仇）从这个港口起航的人。荷马在他的"战舰清单"中记载了从赫尔迈厄尼出发的舰队。[5] 除了"阿尔戈斯人和有着巨大城墙的梯林斯人"，他还提到了"统辖着深深海湾的赫尔迈厄尼［人］和亚辛［人］"。特洛伊战争在赫尔迈厄尼的民间记忆中非常明显。当本地人回忆起自己那些死去很久的祖先，他们的思绪不可避免地转向了战争的起因——皮肤白皙，一身宽松长袍的海伦。

当我坐在那块远离赫尔迈厄尼的岩石上，伊德拉（Hydra）海湾在我的脚下，我试着想象阿佛洛狄忒和她的人间代表海伦，是如何在附近这所神庙的祭坛上被纪念的。我从帕萨尼亚斯的作品中挑选了一些该地区仪式活动的条目，希望能有所帮助。[6] 这些都是 2 世纪盛行的习俗，有许多起源于古希腊文化。对于 21 世纪的读者来说，这些习俗很少能令人感到舒适。

有一个条目介绍了得墨忒尔圣所举行的仪式。这里（帕萨尼亚斯写道），男人、女人和小孩皆一袭白衣，头戴野风信子编成的花冠，牵着一头野性十足的小母牛走向得墨忒尔的神庙，这头小母牛"尚未驯服，依然跳跃不止"。其他母牛排成一行跟在后面。神庙里面有 4 个手持大镰刀的老妇人在等着。领头的那只小母牛被哄进神庙后，大门立刻关上。宰杀开始了，一开始是第一头母牛，接着是第二头，第三头，第四头……

帕萨尼亚斯讲述了附近迈萨纳举行的另一种一年一度的仪式，
246 农夫们希望借此使狂风平息下来，解除刚抽芽的葡萄所受的威胁。两个雇农会抓住一只白色的小公鸡，把它撕成两半。这两个人接着会朝相反的方向绕着葡萄园跑——他们的手满是鲜血，鸡毛乱飞——直到把公鸡埋在他们相遇的地方。这是原始的时代。我们知道，在祭拜海伦时也会用动物献祭。[7] 海伦的崇拜者，不论男女，指甲上通常都有残留的血污。

帕萨尼亚斯生动地描绘了一幅 2 世纪的仪式活动图，然而在多数情况下，仪式过程的细节已经不可考。圣所和神庙的装置和设施很少在考古记录中留存下来。宗教用品一般都太脆弱，是临时性的而无法持久，或者太宝贵而无法留在原处。那些留下来的，诸如古代宗教中心那些笨重的基础石料，躺在草丛中或者依然骄傲地站立着的白骨，使我们对神庙和圣所有一种缄默的印象。然而，对于那些来古希腊旅行的人，以及海伦的追随者来说，他们的观感将会非常不同。

2002年，基斯诺斯岛（Kythnos，属于基克拉泽斯群岛）上的一次考古挖掘，使我们得以一窥难以捉摸的希腊宗教仪式。[8] 这里有一座建于公元前7世纪的神庙，被公元前5世纪一次可怕的地震给摧毁了。这座神庙供奉的并不是海伦，但它确实供奉着一名女性神祇，几乎可以肯定就是赫拉或者阿佛洛狄忒。灾难发生时，神庙还在使用，历史的一个瞬间就这么被封存下来。

这名女神颇受尊重。圣所最神圣的"密室"（adyton，字面意思是"禁止进入的区域"）覆盖着一层瓦砾，因此保存完好。由于地震造成的破坏提供了意外的保护，密室中那些短暂存在的东西，一样也没有被当地人、盗墓者或业余的考古学家拿走。单单第一阶段的挖掘，就发现了1500件珍贵的重要文物，令人震惊，其中大部分作为供品而被留在那里。这些空前丰富的出土文物使我们对远古女神崇拜的环境和丰富传统有了一个异常全面的认识。

这间地面下陷的密室似乎有一部分被贝壳串成的帘子挡住了。墙上的壁龛摆着小小的黏土塑像。一个架子上摆着大约在荷马史诗被记录下来的那个年代，有人奉献的一件米诺斯—迈锡尼时期的珠宝，即一件象征着最高荣誉的传家宝，变成了献给神灵的礼物。密室内到处散落着玛瑙和水晶做的珠子：非常符合神灵那种喜欢亮晶晶物品的癖好。这里也有人体残骸，以及一些装着有机物质的瓶瓶罐罐。另一块空地上摆着一排排珊瑚，是"普通"民众直接从大海采来奉献的礼物。对于公元前5世纪基克拉泽斯群岛的贫穷居

247

民来说，珊瑚是一种无需购买（不需要通过物物交换或现金）即可获得的礼物。[9]

公元前 5 世纪的诗人品达说这些密室是"芬芳的宝库"，确实如此。[10] 除了焚烧燃油和香料，这里还会宰杀动物作为牺牲，弥漫着烤肉诱人的香味和刺鼻的血腥味，而周围的声音则使这种气味更加强烈。信徒在朝见神灵时往往伴随着超凡脱俗的竖笛声、嘎嘎的叉铃声和铿锵的铜钹声。当音乐停止时，还会有另一种低沉的声音，一群群苍蝇不断发出恼人的嗡嗡声，它们要么躲在密室的阴凉处，要么在吸食那些在仪式上忘我跳舞的舞者身上的汗水。

海伦就是在这样一种环境中接受人们的朝拜的，而且不止是在伯罗奔尼撒地区。因为她对那些野心勃勃的斯巴达居民多利安人特别重要，他们到哪儿都带着她，把对她的信仰往西带到了大希腊地区，往东带到了罗德岛，并跨过利比亚海（Libyan sea）带到了埃及，从而不仅使"特洛伊的海伦"，还使"斯巴达的海伦"这个名字一直留存在人间。

在屡遭斯巴达人和阿卡迪亚人侵扰的埃及，[11] 存在着相当坚定的海伦信仰。[12] 希罗多德在他的《历史》一书中告诉我们，孟斐斯有一座廷达瑞俄斯之女海伦的雕像，被当成"外国的阿佛洛狄忒"而受到当地人的膜拜。[13] 对这尊雕像的鉴别可能有误，然而在北非无疑存在海伦信仰。[14] 开罗博物馆（Cairo Museum）有一只漂亮的金盘子，已经相当破旧，盘子的边缘刻了一圈极小的字母，每个字母的高度只有大约 1 毫米，只能勉强认出来刻的是 [15] 一份献词，说明将这件用于调制化妆品的金器献给"阿佛洛狄忒的姐妹海伦"，[16] 可能其含义是指海伦在美貌上和阿佛洛狄忒不相上下。[17]

大约在公元前 340 年刻于一块石头上的索里科斯历（Thorikos calendar）同样记录了阿提卡地区的海伦信仰。[18] 在这里，每年的埃拉斐波里昂月（month of Elaphebolion，即流星月：3 月或 4 月），人们都要宰杀成年的动物献给她。这确实是一项荣耀，其他女神通常只能得到葡萄酒和谷物，人们不会为她们献上牺牲。我们从公元前 4 世纪末卡尔基斯的吕哥弗隆（Lycophron of Chalcis）写的诗歌《亚历山大城》（*Alexandra*）中了解到，意大利南部的雅庇吉亚（Iapygia）有一座神庙，供奉着一双海伦穿过的毛皮里子的拖鞋。[19]
据说这双鞋是特洛伊陷落后，寻找海伦的墨涅拉俄斯在悲伤寂寞中献给神庙的——因为他发现，整座特洛伊城保护的，只是一个幽灵。

　　说回特洛伊，我们从一封写给罗马共治皇帝马可·奥勒留（Marcus Aurelius）和康茂德（Commodus）的 2 世纪的信中了解到，海伦甚至被这座被迫屈服于自己的城市奉为神灵。176 年，一个名叫雅典纳哥拉（Athenagoras）的基督徒恳求两名皇帝宽大为怀，他指出，帝国境内存在着各种古怪的信仰，这些信仰从未受到迫害：

> 两位伟大君主治下的帝国居民有许多风俗习惯和清规戒律，他们中没有一人受到法律的禁止或者担心因坚持祖先的生活方式而受到惩罚，不管这些方式有多荒谬。特洛伊人称赫克托耳为神，他们同时崇拜海伦，把她视为阿德剌斯忒亚（Adrasteia）；斯巴达人敬畏阿伽门农，就跟他们敬畏宙斯一样。[20]

　　阿德剌斯忒亚是复仇女神涅墨西斯的另一个名字。在特洛伊的废墟上，当地人显然记得海伦的强大和邪恶。

* * *

　　本书写作期间，在距离斯巴达西北 25 公里的佩拉纳（Pellana），一处迈锡尼建筑群的挖掘工作已进入最后阶段。今天的佩拉纳给人的印象是，它一直蹲在地下，静静地倾圮，显得卑微而满足；它一

248

直蛰伏着，直到考古学家捅了捅它，鼓励它讲出自己的故事。我上次去考古现场是在下班时间，附近的农家院子里拴着一头驴，因为怕生而不断尖叫。[21] 我问驴的主人挖掘工作进行得怎么样，他们对自家后院可能是英雄出没的地方这种看法不屑一顾，同时竭力向我兜售他们自己种的卷心菜。

然而，主持挖掘的考古学家之一 T. G. 斯派罗普洛斯博士却提出了一个意想不到的看法。他说，佩拉纳就是古斯巴达或拉科尼亚的首都，也就是海伦的家乡。挖掘工作迄今为止主要集中在两座 50 英尺（约 15 米）深，埋葬着迈锡尼贵族的巨大圆顶式坟墓（这些从岩石上开凿出来的坟墓其实是穴状墓）上。遗址已经有丰富的文物出土。有漂亮的梨形瓮，其中一只点缀着复杂的海洋景观，表面覆盖着一层海草图案，并镶有象牙，装饰风格明显和克里特岛的米诺斯文明有着密切联系。从卫城脚下延伸出去的高耸的迈锡尼城墙说明，一个有钱的家族控制着伯罗奔尼撒半岛这个富饶的角落。

除了宏伟的青铜时代晚期建筑，考古学家断定这里是著名的斯巴达国王和王后宅邸所在地的一个关键证据，是这里有一座原始几何时期（约公元前 1050 年）建造，又在公元前 700 年左右重建的神庙遗址。有人留下了供品，献给这里的神祇。这些奉献的礼物——一大堆陶器和一批打孔的圆形黏土圆片（迄今为止，已经发现了 30 个）——证明这里确实存在宗教活动。这些黏土片上面全部刻有希腊字母 E。有人说，E 代表了 "Eleni"。[22]

许多圆顶风格的坟墓尚未挖掘。在佩拉纳进行的挖掘工作很可能具有重大意义，假如这里没有海伦的宅邸，也可以肯定是她的家乡。斯派罗普洛斯的诸多看法具有深远的影响，不仅因为它们见证了又一座青铜时代晚期城市的横空出世、另一种对女性精神的崇拜，还因为它们提醒了我们，海伦依然是个令男人着迷，并决定追求的女性。

36

海洋的女儿

阿波罗（对俄瑞斯忒斯）：首先，关于海伦，你想杀死她并 /
激怒墨涅拉俄斯——你的行动失败了；因为这就是她，正如你所
看到的，此时的她正笼罩在天国耀眼的光芒中；/ 没有死在你手里，
而是活了下来。在她父亲宙斯的命令下，/ 我救了她一命，并把
她带到天国。/ 宙斯的骨肉是不死之躯，她必须一直活着，/ 作
为水手的保护神受到尊崇，/ 并和她的两个兄弟一起在天国封神。

所以，墨涅拉俄斯，为你的家庭再挑选一名妻子；/ 因为海
伦的美貌是神灵的工具，/ 目的是点燃希腊人和特洛伊人之间的
战火 / 造成无数人死亡，从而为臃肿的地球 / 去除多余而嘈杂的
人类。关于海伦我要说的就是这些。

......

墨涅拉俄斯：再见！海伦，宙斯的女儿。你真幸福，在神灵
之间找到了自己的归宿！

——欧里庇得斯，《俄瑞斯忒斯》[1]

在斯巴达，海伦作为一名女神和巾帼英雄受到人们的顶礼膜拜；在埃及，她作为一名高雅体面的妻子而备受尊崇，在整个埃及大陆，她都被奉为天地之灵。她是一条变色龙。然而正如史诗所言，海伦在爱琴海上漂泊颠簸了很长时间，因此，她最常见的装束和水中精灵有关。

古代世界那些具有强大性能力的神灵和仙子通常被认为住在溪水、河流和海洋中。² 阿佛洛狄忒本身就是从海水中诞生的。一首残缺不全的诗歌（据说是赫西俄德所写）说，海伦的母亲不是丽达，而是"海洋的女儿"。³ 因此，我们经常会到水源地和沿海地区去寻找海伦的神庙。

科林斯以南几公里，距离肯彻里埃（Kenchreai）古代遗址不远，有个小村庄，名字叫做鲁特拉埃拉尼斯（Loutra Elenis，海伦的温泉浴场），或者正如几年前希腊地图和路牌上所标示的，"Τα λοντρα της ωραιας Ελενης"（美女海伦的温泉浴场）。这些有治疗作用的水体第一次被提到是在帕萨尼亚斯的作品中，他说当时这里是个宗教场所。⁴ 现在这些温泉已经很难找到。一旦来到海边，你就会看到那些迷人的希腊妇女（通常又老又胖），她们对待此地非常虔诚。

通往温泉口的小路长满了月桂树，到处散落着用过的婴儿湿纸巾，这似乎已经成为那些不太有名的古代遗址的标配。站在岩石上，很容易看到温泉产生的银色气泡从清澈的水里浮上来。我很怀疑这些"圣水"能有什么疗效，直到我自己跳了进去。在温泉水中游泳，交替经过冷热截然不同的水层，这种感觉实在太奇特。帕萨尼亚斯说热水在"沸腾"，而且你能感到水下的泡泡正拼命地往上挤。这种体验（自然地）被认为能使人变美，而且确实能使人精神焕发。

上一次去那里时，我和一名前商船水手进行了一番有关海伦的奇特谈话，当时我正在温泉里泡着，泉水嘶嘶作响，对方只穿了一条黑色的三角游泳裤。这名水手上岸后做了厨师，由于日复一日站着做饭，他的血液循环出现了严重的问题。他严肃地跟我说，他的一条腿一度和他的躯干一样黑，然而现在（说着他向我展示了一条只在脚踝处有一小块灰色的匀称的腿）已经基本没什么问题了。他郑重地告诉我，这神奇的疗效，发生在他来几次鲁特拉埃拉尼斯之后。

这名海伦的现代崇拜者接着为我指明温泉的中心，淡水经奥尼亚山（Mount Oneia）过滤后和海水交汇的地方。由于温泉被引流、改道和加上围栏，游客现在必须半游半爬，才能到达一个咸淡水交汇的小凹坑。两手抓在刚好高过头顶的岩石上，强烈的水柱从足尖到胸部，不断地击打我的全身。我突然明白那名虔诚的水手为什么恢复得那么好了。信徒们固执地认为，这个地方之所以很灵验，除了因为崇拜海伦，还因为她亲自在这里泡过澡。

在一个起雾的日子里，当天空模糊不清、挡住了现代建筑的轮廓时，这里的风景可能和几千年前没有丝毫差别。向东望去，聚集在肯彻里埃考古发掘现场上方的，是几处日光兰花田。拥有长矛形叶子和浅粉色星状花朵的日光兰在古希腊随处可见。一般的希腊人相信，冥府的日光兰草地接受着死者消瘦的尸体；荷马则说，阵亡的英雄以这种植物为食。肯彻里埃的日光兰花田是一处骇人的景观，每一棵都和人一样高高地直立着：很容易理解为什么古人会从这些多刺的茎秆联想到先人的骨骼。

整个古典时期，都可看到地平线上正朝科林斯港驶来的船只的轮廓。考古发现证明，这里既有来自本地的游客，也有来自摩洛哥、塞浦路斯和希俄斯等海运中心的游客。许多水手在游览完海伦的温泉浴场之后，会去探望美貌与海伦不相上下的阿佛洛狄忒，他们直接带上春药（*ta aphrodisia*，直译是"阿佛洛狄忒的用品"），用性交这一方式来朝拜这名性爱女神。

肯彻里埃的遗迹许多都在修路时遭到破坏，当下正在抹杀过去。

那些遗留下来的东西似乎特别为当地的渔民所钟爱，渔民们把它们用作解缆开船的平台。我们知道，至少从罗马时代起，阿佛洛狄忒在肯彻里埃就有一座神庙和一座巨大的雕像，[5] 但是，为了到达这个阿佛洛狄忒最宏伟的神庙建筑群，你必须穿过科林斯老城（一堆乱七八糟的罗马时代废墟，[6] 大部分的希腊石柱已经被毁，游客商店在贩卖各种印有阿佛洛狄忒的商品，从围裙到门垫，应有尽有），然后直奔那块高得令人难以置信的摩天大石，灰白斑驳的科林斯卫城（Acrocorinth）。从公元前 500 年起，游客在任何时候攀登科林斯卫城（需爬坡 4 公里），都很可能看到成群的妓女和神庙的用人下来迎接这些城镇里来的虔诚客户。[7]

我们从品达的诗歌残篇中了解到，公元前 464 年，一个名为色诺芬（Xenophon）的奥林匹克双料冠军为了庆祝自己的胜利，向科林斯卫城的阿佛洛狄忒奉献了 100 个女孩。[8] 斯特拉波告诉我们，在他生活的时代，有 1000 名这样的女人在为爱神服务。[9] 我们应当想象，她们的客户主要是在各港口之间往来的水手，因此这些神圣的妓女经过的地方，大都会有一股性病的酸臭味。

然而科林斯卫城上这座海拔 1880 英尺（约 573 米）的阿佛洛狄忒神庙，却与妓院肮脏隐秘的刻板印象背道而驰。这里微风轻拂，空气清新。从石柱和楣梁曾经矗立的地方望过去，可以看到整个科林斯湾以及远处伯罗奔尼撒半岛的山脉。古代神庙的下方有一汪泉水，可以提供淡水资源。这个地方给人一种舒心而安全的感觉。这里发现了一尊迈锡尼时代末期的 Φ 型女性雕像，说明青铜时代晚期的迈锡尼人也曾站在这个地方眺望和遐想。[10] 我们无法确切知道他们为什么来到这里，以及向谁祷告，但是他们带来了供品这件事确实说明，游览此地是一次重要的心灵体验。

在古代，由于担心阿佛洛狄忒信仰的盛行，早期的基督徒千方百计抹去了他们一座教堂下方的异教神庙痕迹。[11] 那些纪念品（明确使我们想起这个手执武器，守护着科林斯及其周围地区的性爱女神的重要性）现在都被锁在科林斯博物馆（Corinth Museum）的一间密室里。[12] 许多供品和颂扬性爱力量的艺术品被认为不适合公开展示。

然而海伦这个阿佛洛狄忒的女儿、姐妹和化身，同时也是肉体和精神上始终和她势均力敌的人，在今天依然受到信众们公开的爱戴。"太神奇了！"在海伦的温泉浴场（正好位于科林斯卫城山脚下）游泳的希腊老头老太喊道，"*Ephcharisto orea Eleni*"（"谢谢你，美丽的海伦"）。[13]

一名活跃于525—550年的拜占庭注释者写道，在鲁特拉埃拉尼斯以东200公里，靠近土耳其海岸的希俄斯岛上，对海伦的崇拜和祭祀活动在一汪泉水周围展开。[14] 帕萨尼亚斯讲到斯巴达塞拉普涅山的海伦神庙附近有一股泉水，[15] 另一股在"新娘子阿佛洛狄忒"的神庙（为庆祝海伦和忒修斯结合而建）附近。[16] 在罗马广场朱图耳娜（Juturna）水潭的大理石祭坛上，可以看到海伦手持火炬的形象，朱图耳娜水潭本身即由泉水汇流而成，是为了纪念水中仙女朱图耳娜而建的。[17] 朱图耳娜水潭的祭坛建于图拉真时期，[18] 位于卡斯托耳和波吕丢刻斯神庙与维斯塔庭院（Atrium Vestae）之间。与斯巴达以及埃及的情况一样，对海伦的信仰又一次得到官方的支持。

并不是说海伦的魅力需要国家资助才能不朽。对于罗马人来说，她的影响力并不只限于官方的宗教圣地和伟大的文学作品，它还渗透进了街头文化。土木香这种植物的拉丁名称依然叫"*Inula helenium*"，即"海伦之花"。老普林尼的《自然史》告诉我们，这种花因其长在海伦落泪之地而得名。"海伦之花"被罗马的老妇人和兴奋的女孩热情地用于美容，她们把这种苦涩的植物磨碎，然后制成美容膏。另一种常见的做法是把这种植物的种子拿去烤，或者喝下浸泡过"海伦之花"（*helenium*）的液体，同时祈祷自己能得到一点儿海伦那危险的美貌。奥古斯都·恺撒的女儿朱莉亚（Julia）每天要喝一杯"海伦之花"。为了掩盖其苦味，人们会把这种植物"晒干后磨成粉，再淋上一些甜浆"，要不然"掺入浓缩的葡萄汁，或加上蜂蜜、葡萄干、成熟的枣子以增加风味"。[19] 我们的信息来源普林尼热情地推介其功效，他说这种植物非常有名，不仅能维持皮肤和身体的清爽，还能增添性感。假如"海伦之花"的爱情魔力不明显，它还有第二层功效——治疗蛇咬和消灭老鼠。

由于具有滋补和提神的效果，"海伦之花"从古至今都是医生和药剂师的好帮手。土木香脑（Helenin，C_6H_8O）即提取自这种植物的根茎。这种植物被草药师用来治疗月经不调，或者更确切地说，用于刺激女孩来月经。它和海伦的关系并非偶然。这种草药使青春期前的女孩进入性成熟，从而变得更美。古人认为，海伦这个全世界最漂亮的女人落泪在地上，从泪水形成的深色小水洼里突然长出了第一株"海伦之花"。他们认为，她哭泣是因为想起了伴随性爱而来的痛苦，是因为引导年轻女孩走上了性爱这条路，而这条路她再熟悉不过了。

据说，"海伦之花"第一次从海伦的眼泪中涌现出来，是在一个名叫"海伦"[Helene[21]，现在叫马克罗尼索斯（Makronissos）]的小岛上，这里是"海伦驻足过的岛屿"（Helen's Islands）之一。[20]马克罗尼索斯有一段令人不安的恐怖历史。如今，岛上一片沉寂。港湾里没有一艘船，没有山羊或绵羊活动留下的污迹，绳子上没有随风飞舞的衣裳。但在希腊内战（Greek Civil War）期间，[22] 这里是"白色恐怖"（White terror）的发生地。超过 10 万名政治犯被驱赶至此，关进残忍的集中营。等待他们的，是无休止的大屠杀和严刑拷打。囚犯的尖叫声，就连在大陆上都听得到。这个岛现在无人居住，它已经变成一座沉重的纪念碑，提醒着人们不要忘记人类可怕的愚蠢和嗜血。据说古代这里就是个阴沉的地方，是海伦叹息的地方，似乎预示着马克罗尼索斯将有一段悲惨的历史。

＊＊＊

　　风高浪涌的夜晚，那些听到海伦在"海伦"岛上叹息的水手，也可以认出天上的海伦，因为已经变成星星的海伦和她的兄弟卡斯托耳和波吕丢刻斯（两个骑着白马，跨海而来的救星）一起，被认为是海上遇险者的守护神，他们化身"圣艾尔摩之火"（St. Elmo's Fire），给船上带来惊人的光亮。任何夜里曾被海上暴风雨困住的人，都会被突然出现的"圣艾尔摩之火"所蒙蔽，从而对古人确实非常尊重海伦这一点深信不疑。[23] 在这种通电现象被基督教圣人挪用之前，"圣艾尔摩之火"只是简单地被称为"海伦"（Helene）。雷电发生时，空气中充满了强大的电场，空气中的离子相互摩擦后会产生发光放电的现象，从而导致桅杆尖端出现两三股跳跃的电流。微薄的空气中似乎出现一团蓝白色的焰火，这种现象令人感到既惊奇又不安。

　　这些"放电的光球"（corposants，字面意思是"圣体"）通常单独或者成对出现。在暴风雨肆虐的漆黑夜晚，这些光球可能成为受欢迎的光源，也可能引发火灾——在古代，这是一个很严重的问题，因为桅杆和索具完全由木头和大麻或莎草制成。因此，尽管孪生兄弟卡斯托耳和波吕丢刻斯的出现令人感到舒心，单独出现的"海伦之火"（Helen flame）却经常被指责为灾难的始作俑者。希腊化时期的作者索西比乌斯（Sosibius）[24] 的作品残篇提到，海伦之火是不祥之兆，另一名罗马作家则有些啰嗦："在妹妹的火即将吞噬船帆之际，塞拉普涅的孪生兄弟离开了，整艘船随之沉没。"[25] 人们相信，海伦即使远在大海的中央，也浑身充满了危险的能量。

255

第十部分

那张使千帆齐发的脸孔

基克拉泽斯群岛发现的大理石女性头像，眼睛的痕迹表明它们最初是用颜料绘制的。约公元前 2700 —前 2500 年，现藏于纽约大都会博物馆。

37

海伦在雅典

听说海伦已回到迈锡尼的家中，
所有的欧洲人蜂拥而至，他们对
普勒斯特涅斯（Plisthenes）的儿媳感到好奇，急于知道
这张推翻了亚洲的脸蛋长什么样。事实上，对于自己激怒
领袖，把世界撕成两半并让它们彼此对抗，
以及自己臭名昭著的可耻美貌，她感到非常自豪。

——埃克塞特的约瑟夫，《特洛伊战争》

（*Trojan War*），约公元 1180 年[1]

假如青铜时代的海伦在一连串的不幸事件之后，确实从特洛伊回到了斯巴达，那么，当她眺望土耳其、埃及和希腊那些曲折而又充满了田园气息的海岸地带时，她万万料想不到自己和特洛伊战争的其他幸存者经过的这些普通的史前港口和小小定居点，有朝一日会成为伟大的古代城市：底比斯、科林斯、雅典。她可曾想过，自己将来会在这些城市继续存在，并成为它们最重要也最富争议性的

一个女性象征呢？她可曾想过，自己的故事会一次又一次地在哲学学院和大型公共剧院，在操各种不同语言、如醉如痴、严格而又贪婪的观众面前上演呢？

有关海伦的故事不仅回荡在她的故乡斯巴达，还回荡在古代的雅典。公元前5世纪，多亏了新的戏剧艺术，以及当时哲学家和演说家之间的对话，海伦的故事才有了重大转变。她已经在伯罗奔尼撒的神庙中受人膜拜，她的歌曲在豪华宅邸之间传唱，她的脸蛋被刻在金属上，绘在瓶画上，但她即将变成一只政治动物。从这名斯巴达王后踏上雅典舞台的那一刻起，关于海伦的概念就成了雅典民主活动的核心，从而成了西方社会蓝图的核心。[2]

260　对于雅典这类野心勃勃的城市，海伦的故事包含了令人难以抗拒的主题：死亡和责任，公民义务和个人抱负，陌生人和亲戚之间的关系，战争的目的，女人的目的，人性的弱点。而由于海伦身上有一股原始的力量（性感），于是产生了这个问题：不完美、本能和兽性的人，如何成为社会和政治团体的一部分。

荷马笔下的海伦一直很模糊，也一直很吸引人。然而正是在雅典的舞台上，她变得非常矛盾：一个童话剧中的两极化生物，不是非常非常好，就是非常非常坏。正是在这里，有关海伦的那些火热讨论才真正开始。海伦意味着什么？如何看待她？在希腊戏剧中，即使只是个没有台词的角色，海伦也会抢了其他角色的风头，她的存在超出了她的场景。希腊剧作家使用的语言，是为了使观众吓一跳而故意设计的。可以想象，他们在观看埃斯库罗斯、索福克勒斯，尤其是欧里庇得斯的戏剧时，是如何吃惊地盯着海伦。

今天在雅典，我们依然可以参观狄俄尼索斯剧场（Theatre of Dionysus，这座依然矗立的建筑物建于公元前4世纪），许多希腊悲剧首演的地方。该遗址位于古雅典城的地理中心，距离卫城、市政广场（agora）和公民大会（assembly）只有一箭之遥。参观的最佳时间是游客回酒店之后，21世纪的雅典人都涌到街上，他们在大理石砌成的步道上徜徉，一边聊天，一边嚼无花果，一边吐出果皮和果核，就跟2500年前的雅典人一样。那些卖廉价宗教偶像的小贩使人想起这个地方曾经的宗教影响——剧场原本是圣所的一部分，圣所供奉的是那个声名狼藉、行为放荡的酒神和丰收之神狄俄尼索斯。剧场被神庙和圣坛围在中间，到处可见还愿的供品。

希腊戏剧诞生于宗教典礼，因此，按照定义，它具有政治性，是城邦结构的一部分。正如一名学者所说的："[戏剧]会演具有……政治性，因为它们和宗教有关，从基督教诞生前的古希腊时期起，宗教和政治就是由相同丝线织成的思想和行为的织物。"[3] 正是在剧场里，和现场的许多观众在一起时，（热爱分析的）希腊人才能反身自问自己是谁，应该如何思考，以及应该如何生活。海伦就处在这些问题的中心。

因此，人们正是在公元前5世纪的狄俄尼索斯圣所，观看精心挑选的海伦故事，尤其是欧里庇得斯作品中那种揭露的形式。[4] 欧里庇得斯用他平易、通俗而又迷人的语言，把海伦塑造成悲剧舞台的中心人物。在对海伦摇摆不定的复杂刻画中，欧里庇得斯出色地总结了人们既希望海伦完美，又希望她成为完美替罪羊的方式。欧里庇得斯明确表示，史前的海伦已经成为古希腊的每一个女人，也就是说，希腊世界的每一个女孩和少女、妻子和妓女心中都住着一个"海伦"。

在《特洛伊妇女》（公元前415年首演）一剧中，海伦和自己曾经的婆婆，已故的普里阿摩斯的妻子，已故的帕里斯的母亲赫卡柏有过一次语言上的交锋。墨涅拉俄斯准备杀死通奸的妻子，但是海伦坚持认为自己不应该为特洛伊的尸横遍野和毁灭负责，她认为自己不应该死。[5] 特洛伊王后做出反击，她将所有的过失都算到了海伦头上。锋利的语言穿过舞台，刺向对方，这是一场唇枪舌战

（agon）。赫卡柏聪明地强调了海伦的"东方"和"野蛮"的品位以及忠诚，她提醒墨涅拉俄斯，海伦已经在特洛伊人的床上睡了10年。老妇人拼命地争辩，因为她深信，海伦的美貌将击垮眼前这个男人。欧里庇得斯的观众非常熟悉荷马史诗，他们感受到了老妇人话里的悲哀和无力。赫卡柏的预感是对的：墨涅拉俄斯无法抗拒海伦，他将原谅她。他将让自己的视线游走在她美妙的身体和脸蛋上，然后决定带自己的王后回家。帕里斯对海伦的强烈追求践踏了社会准则和国际礼仪。作为一名被戴了绿帽的勇士，墨涅拉俄斯放弃了自己复仇的权利。

歌队交互轮唱出庄重哀伤的乐曲，伴着呜咽的阿夫洛斯管（auloi，古代世界的一种双簧管，声音类似报丧），此剧的中心思想昭然若揭：海伦很危险，女人，尤其是那些伶牙俐齿、性感妖媚、迷人和狡猾的女人靠不住。正是这些尤物导致了文明的毁灭。

在雅典，看戏是一种公民义务，悲剧作家也因此成为非正式的社会教育工作者。公元前4世纪，据估计有50%有资格的公民会去看戏。[6] 不论从时间还是空间上看，这都是希腊世界有史以来最大的公民集合［奥林匹克运动会和甲级联赛（first-division battles）除外］，所有人的眼睛都盯着小小的舞台。所有人（几乎可以肯定在他们一生中的某个时刻）都在观看海伦的故事，这个故事就在他们的眼前上演。[7]

作为宗教庆典的一部分，雅典观众的体验是充满激情的。其中一个活动更是特别发展成为史诗级别的欢乐聚会——酒神节（the Great Dionysia）。酒神节在3月底或4月初举行期间，雅典的气氛肯定非常火爆。希腊各地的人，不论贫富，[8] 全都涌向这座城市。酒神节一开始是一场兴高采烈而又声势浩大的游行。领头的是一头装饰华丽的健壮公牛，公牛头戴花环，身上洒了香水，正一步步走向血腥的牺牲台，就像接下来3天城里的无数其他动物一样。公牛的后面跟着一个手拿金色篮子的少女。人们拼命地唱歌、跳舞、喝酒，一直闹到很晚。

这些快乐的活动给了许多人一个难得的节日，给了他们一个放下锄头、镰刀和犁铲的机会，[9] 因此，肯定有许多人是撑着头痛欲裂的脑袋在观看欧里庇得斯的《海伦》和《特洛伊妇女》。对一些人来说，这是一年一度的活动，对其他人来说则是一辈子一次的经历。[10] 在酒神节上演的剧目之间是对手关系，彼此之间互相竞争。观众们翘首以盼，情绪高亢。悲惨的海伦就是在这些兴奋而健谈的群众面前亮相的。

那些在阿提卡地区得到公认的部族的男性成员会拿着戏票（这些戏票不是用铅做成，就是从骨头或者象牙上削下的薄片）进场，[11] 然后坐在帕台农神庙的阴影里，静静地聆听和观看。碑刻和铭文暗示我们，座位区是按照社会地位划分的。议事会成员（boule）在一个区，战争孤儿在另一个区，外国人（foreigner）或许在一个单独的区域，其他地方则有外邦人（metics），可能还象征性地零星有些奴隶。狄俄尼索斯剧场内的座位原本都是木头做的，到了公元前4世纪末，当局投入了更多的资金改善装备，使观众可以坐在温暖的石凳上，一边吃着小贩在剧场周围叫卖的点心，一边观看下面歌舞场内（orchestra，"起舞的地方"）的演出。[12]

卫城的岩石为剧场提供了一个地质上的摇篮。倾斜的坡度使这里成为一个音响效果极佳的天然大礼堂。[13] 剧场上方高高耸立着帕台农神庙（雅典权力和虔诚的象征）其北墙面西端的石雕上刻有海伦，这个不朽而美丽的麻烦制造者。墨涅拉俄斯正和帕里斯激烈对峙，海伦则躲在阿佛洛狄忒的雕像底下。[14] 正是在这块提醒我们不要忘记这名斯巴达王后罪行的雕像下，舞台上的海伦将要接受审判。

女人似乎没有出现在剧场里，尽管一些学者说，她们会被安排坐在全场最差和最热的位置上。[15] 所有的角色都由男人扮演。[16]

想象一下，一个温暖的 4 月清晨的剧场：昨晚的垃圾还在街上乱飞，在酒神节中纵饮洒下的酒引来了阵阵苍蝇。而在剧场里面，有14000 到 17000 人在盯着一个戴着面具的男演员饰演海伦，这些人正在努力了解他们的世界，以及这个世界中的女人。

263

扮演海伦的男人（或男孩）通过从刻板的悲剧面具后吟诵台词，将变成全世界最漂亮的女人。这些面具用亚麻或者软木和木头制成，再配上逼真的头发，能够成为令人满意的中性面罩，用来传递有关美之力量的看法。[17] 巧妙使用的话，人工制成的这第二层皮肤能够放大表演者的想法、观点和行为。演出结束时，演员会把面具留在狄俄尼索斯圣所的神殿里，献给神。这些面具并不仅仅是道具，还是一种启动装置。戴上它们，人们就可以说出他人的话语和思想，同时探讨生命中的基本问题。

在神秘而又醉醺醺的节日气氛中，观众对眼前上演的戏剧非常敏感。普鲁塔克在 2 世纪的评注中，讲述了公元前 4 世纪的一个故事，有个叫亚历山大的塞萨利亚（Thessalian）暴君，以可怕的残暴著名。亚历山大的精彩节目包括活埋敌人或者让他们披上兽皮，再放狗咬。可是有一次在看《特洛伊妇女》时，这名暴君却冲出了剧场，他这么做是为了避免被吓坏的国民看到他的眼泪喷涌而出，避免他们看到他的弱点，和他对赫卡柏和海伦的人间悲剧的理解和同情。[18]

由于《特洛伊妇女》含有如此令人惊叹的形象，如此令人激情澎湃的台词，和对人类境况如此悲切的探索，欧里庇得斯的这出戏成了一部横跨希腊化时期、罗马时期、中世纪和文艺复兴时期的教科书。例如，亚历山大大帝就曾大段大段地朗诵欧里庇得斯的《安德洛墨达》（Andromeda），作为自己的宴会娱戏之一，[19] 2000 年后的伊丽莎白一世（Elizabeth I）也曾学习翻译欧里庇得斯的戏剧。[20] 欧里庇得斯把海伦刻画成一个娼妇和妓女，一个靠出卖色相骗取钱财的人，一个杀人犯；他的戏剧都是天才之作，它们保证了西方将永远记得她是个麻烦制造者。

其他剧作家也在舞台上攻击海伦。在埃斯库罗斯的《阿伽门农》中，海伦被简单地称为"女人"，其暗含的口气是"那个肮脏的女人"。她回到墨涅拉俄斯身边后，剧作家勉强给了她一个名字，尽管歌队极为重视"海伦娜"（*Helenan*）听上去颇为不祥这一事实，因为她同时也是"海伦纳斯"（*Helenas*，船只摧毁者），"海伦德罗斯"（*Helandros*，人类摧毁者）和"海勒普托波利斯"（*Heleptopolis*，城市摧毁者）。[21] 西蒙·戈德希尔曾指出，一份忠实于原著的翻译读起来将是这样的：

> 到底是谁给你起的名字，这么贴切？
> 难道是某个看不见的人预见到
> 未来必定会发生什么，用语言做的标记，
> 谁给你起的名字，长矛新娘（spear-bride），众人争抢的
> 海伦？
> 这名字起得真是合适，因为她是船队的地狱，
> 男人的地狱，城市的地狱……[22]

264

公元前 5 世纪的雅典人痛恨海伦，不仅因为她的所作所为，还因为她似乎引发了社会现状的重大变化这一事实。她的故事标志着英雄时代的结束和迈锡尼文明的终结；她把男人搞得心烦意乱，无法继续他们原来的事业。一个正痴迷女人的男人是无法打下事业的基础，无法书写自己的历史，也无法战斗的。

* * *

在古风和古典时期的雅典瓶画上，经常可以看到逃跑中的海伦，

她在特洛伊陷落后，为了躲避墨涅拉俄斯的谴责和报复而四处奔逃。[23]雅典人不想纪念那个骄傲而不可一世的王后。在许多人看来，他们自己的女人被关在家中不能出声，而海伦则囊括了一个"坏女人"可能拥有的一切。一个雅典女人要拥有好名声，应该做的是自我牺牲，而不是自我实现。

在公元前5世纪的希腊观众看来，海伦的丑事简直有一箩筐。她抛弃了自己的孩子，她和野蛮人上床，她沉溺于肉体的享乐，她还向外界证明，女人即使结了婚，依然有能力让男人为自己大打出手。欧里庇得斯经由克吕泰涅斯特拉之口说出了古代希腊男性对海伦的典型评判。克吕泰涅斯特拉解释了自己杀死丈夫阿伽门农的原因，阿伽门农为了取悦神灵而牺牲了自己的女儿伊菲革涅亚，10年后却又带了一个情妇回来：

> 如果他杀她是为了避免我们的城市被占领，或者为了我们家族的利益和拯救其他孩子，舍小家为大家，我都可以原谅他。
>
> 然而实际上，由于海伦是个荡妇，而她的丈夫又不知如何控制一名奸妻，他就因为这些原因而杀了我的女儿。[24]

可是，从某种意义上说，海伦最大的罪恶无非就是她的坏名声。在欧里庇得斯写下《特洛伊妇女》的15年前，雅典人都听他们的天之骄子伯里克利（Pericles）说过一段特别专制的话。伯里克利在公元前431年那份著名的悼词中说，最大的美名将为那些看不见的女人所得："或许我该为你们中那些守寡的女人讲一讲女人的职责。我可以把所有要说的话浓缩为一句短短的忠告……一个女人最大的荣耀是尽量不被男人议论，不管他们是赞美你还是批评你。"[25]色诺芬在他的著作《家政论》（*Household Management*）中加进了自己的劝诫："因此女人留在家里不外出是合适的；但是对男人来说，

265

留在家里而不是去外面追求自己的事业则是可耻的。"[26]公元前5世纪雅典的理想妇女是不见其人，不闻其声，也没什么传闻。在这样的前提条件下，海伦不仅放荡，还嘲弄了女性身份，是文明人的大敌。

考虑到海伦犯下的种种罪行，她的复原能力因此显得尤为惊人。《特洛伊妇女》上演不到3年，欧里庇得斯就写了另一个剧本《海伦》，这次的主角是斯特西克鲁斯笔下那个无辜的海伦，在特洛伊战争期间一直生活在埃及，无可指摘。不管他是被海伦这个观念所诱惑，还是担心自己激怒神灵海伦，也不管他是否在写一部有关一个大笑话（有什么比海伦无罪这种观点更可笑的呢）的喜剧，欧里庇得斯看来都是海伦魅力的又一个受害者。[27]

有时她确实会成为讽刺的对象，被写进羊人剧（satyr plays）*中，那些在戏剧节上演了一天悲剧之后，作为完美收官的吵闹、粗鄙的滑稽剧。几乎所有羊人剧的完整剧本现在都已丢失［除了欧里庇得斯的《独目巨人》（Cyclops）］，它们可能是和《赫卡柏》（Hecuba）这样的悲剧同时上演的。请想象一下羊人嘲弄从特洛伊回家的奥德修斯时，观众哄堂大笑，不停捶打座椅的场面。

> 你们抓到那个女人后，有没有轮流
> 上她？她喜欢各种各样的男人，
> 这个善变的婊子！哎呀，一看到
> 穿绣花裤，戴金链子的男人
> 她就心绪不宁，她离开了墨涅拉俄斯，
> 这个不错的可爱男人。我希望世上

---

* 羊人剧，希腊戏剧中一种融合了滑稽和严肃素材的滑稽英雄剧，常放在悲剧三部曲之后演出，因歌队身披山羊皮，化妆成半人半羊的森林之神而得名。

没有女人——除了［若干个］为我所用的。[28]

我们还知道一部似乎完全围绕着海伦的羊人剧的名字。这出名为《海伦的淫荡婚姻》（*Ο Ελενης Γαμος Σατυρικος*）的戏充满了欢乐的笑声，剧中描写了海伦和帕里斯在卡拉奈岛上共度春宵那无限浪漫的一刻。[29]另外四部流传下来的有关海伦的喜剧片段，均由公元前4世纪的剧作家亚力克西斯（Alexis）所作。[30]海伦既能把雅典的观众弄哭，又能把他们逗笑。[31]

266　　　公元前412年，距离欧里庇得斯的戏剧《海伦》开演仅仅一年，阿里斯托芬的喜剧《吕西斯特拉忒》就在雅典首演了（可能是在狄俄尼索斯剧场），我们看到了有关海伦现存的另一部戏剧作品。阿里斯托芬的海伦令人惊叹，而不是恐惧或讨厌。这出戏所赞美和传播的，是海伦的灵性和她与年轻少女之间的特殊关系。海伦只是在剧的末尾才（作为丽达的女儿）被提到。在之前的剧情中，我们已经想起了斯巴达女孩是一群多么美丽的生物。在精彩的一幕中，讲述了一个有着傲人胸脯、名叫兰比多（Lampito）的女孩，如何为了使屁股变得结实，而跑去健身场锻炼的事。结尾的台词非常有趣，气氛也非常热烈。

斯巴达人［唱道，同时一对对舞者翩翩起舞］：

踏步，嘿！
轻轻地腾跃，嘿！
以便我们赞美斯巴达，
这个为了向众神致敬而欢欣鼓舞
和跺脚的国度，
这个少女们在欧罗塔斯河畔

腾跃的国度，

她们像小牝马一样，用脚踢起

阵阵灰尘，

她们把头发剪短，

就跟熟练玩弄酒神杖的酒神祭司一样；

带领她们的是丽达的女儿，

她们歌队纯洁而美丽的领袖。[32]

　　随着一声召唤，海伦的幽灵出现，并带领那些可爱的斯巴达女孩"像小牝马"一样走下舞台，进入男人的幻想——至此全剧终。

38

失而复得的海伦

nisi Taenario placuisset Troica cunno

Mentula, quod caneret, non habuisset opus.

如果特洛伊人的屄子没有给斯巴达婊子带来这么多快乐，

荷马老弟的那本书就不可能开始。

——《普里阿匹亚：献给阳具之神的诗歌》

（Priapea：'Poems for a Phallic God'）[1]

19 世纪初，图书管理员安杰罗·迈（Angelo Mai）满腔热情地研究起一份罕见的荷马史诗早期手抄本。这份珍贵的手稿写于 5 世纪，被称为"安布罗西的《伊利亚特》"（Ambrosian *Iliad*）或"米兰的《荷马史诗》"（Milan Homer），在米兰的安布罗西图书馆保存了 200 年，已经面目全非，而且修补得一团糟。几张纸片粘贴在微型插图的后面，迈意识到纸片下面有荷马的诗句，他急于知道那是什么。也许，纸片里面隐藏着秘密，一个遗失了好几百年的《伊利亚特》版本。[2]

　　于是，迈把粘贴纸张和手抄本的胶水溶解，并用化学试剂设法让皮纸上的字显现出来。他积极处理的那部分手稿中，有一张的背面画着海伦（穿着紫红色围裙，长裙的滚边也是同样的紫红色，仿佛身处深闺）和帕里斯紧挨着坐在一起的画面。虽然在处理的过程中，化学试剂有可能会渗透皮纸，损坏图像，但是迈并没有停止。

　　剑桥大学图书馆的"善本室"（Rare Books Room）保存了一份这幅插图的精美摹本。这是拜占庭帝国对特洛伊故事的描绘中，最出色和生动的一幅。它被安放在图书馆提供的橙红色垫子上，士兵在翠绿色的环境中奔跑，四周只有橘红色的手稿边框，色彩的调配在 1500 年后依然栩栩如生。

268

　　可是迈使用的化学试剂在保护手稿的同时，也的的确确毁坏了它;污损尤其严重的，是海伦的形象。她依旧娴静地坐在帕里斯身旁，但她的名字已经难以辨认。她的脸蛋，因为被人长时间触摸的缘故，已经变得模糊不清，成为一团丑陋的黑影。

＊　＊　＊

　　1204 年 4 月 13 日—15 日之间，那些行驶在博斯普鲁斯海峡的水手，如果朝君士坦丁堡的方向望去，会发现整个天空红彤彤的，像着了火一样。一支由法兰克人（Franks）和威尼斯人组成的东征联军正在拜占庭帝国的首都肆意杀戮。第四次东征的十字军战士无视教皇的命令，占领了这座富裕的基督教城市。悬在入侵者头上的，是可能被逐出教会的危险：但是与此同时，也有诱人的金银财宝和战利品。

　　赛马场（Hippodrome）位于君士坦丁堡的市中心。这个可以容纳 10 万人的地方是拜占庭帝国的运动和社交中心。赛马场的建

造可能早在 2 世纪就开始了，它确切的完工时间是在 4 世纪。到了
1204 年，赛道扩充了一倍，使这里成为一个举办大型城市、政府和
宗教庆典的地方。现在这里很少举办高级赛事：伊斯坦布尔的工人
们在这里吃他们的三明治午餐；防水帆布罩的下面，是一个锈迹斑
斑的废弃游乐场；写信人在敲击键盘，为这座城市的文盲代写书信。

鼎盛时期，这里以拥有世界各地的精美艺术品而自豪。这里汇
集了希腊和罗马众多伟人的青铜像和石雕像：赫拉克勒斯、宙斯、
罗慕路斯（Romulus）和雷穆斯（Remus）；帕里斯把金苹果递给
阿佛洛狄忒；奥古斯都大帝（Emperor Augustus）。这里也有海伦。
在 1204 年那世界末日般的 3 天里，十字军战士烧得最狠的地方就
是赛马场这里。

这些亵渎神圣的行为都有着令人信服的理由。这些雕像大都是
异教徒的偶像或名人。十字军战士依然认为这些铜像和石像里面住
着妖精和魔鬼。威尼斯人和法兰克人已经受到教皇和教会的谴责；
他们不想再冒险和这些过去的神灵较量。而且，当然了，所有这些
青铜熔化后都极具实用价值。赛马场是个无需挖掘的宝矿。一吨吨
的雕塑和金属装饰被砍倒，熔解，再重新铸成钱币。唯一幸存下来
并被完好无损运至威尼斯的艺术品，是 4 匹正飞快跨过皇帝马厩的
青铜马，这些马现在已经闻名于世。它们的复制品今天依然矗立在
圣马可教堂（Basilica di San Marco）的上方。[3]

可是海伦就没有这么幸运了：暴徒一来到她身边，事情就变成
了人身攻击。目睹这一切的拜占庭帝国官员尼基塔斯·蔡尼亚提斯
（Nicetas Choniates，他显然很喜欢这件和其他工艺品一起，沿赛马
场中央排成一行的金属制品）描绘了当时的情景：

> 那个长着白皙的手臂、漂亮的脚踝和细长脖子的海伦情况怎
> 么样？她曾把希腊的军队召集起来打倒特洛伊，并从那里航行到

尼罗河，经过很长一段时间之后，才返回拉科尼亚的住处。她能平息那些残忍的人吗？她能软化那些铁石心肠的人吗？不能！曾用自己的美貌俘虏了每一个目击者的她，现在却完全无法做到这一点，尽管她穿着华丽的服装；尽管她用青铜制成，看起来却像清晨的露珠那样清新，衣服、面纱、王冠和辫子全都散发着爱情的光泽。她的衣服比蛛网还要精致，面纱巧妙地装饰在合适的位置；黄金和宝石制成的王冠束在前额，光芒四射，一直垂至膝盖的辫子在微风中飘舞，用发带在背后紧紧地绑住。她的嘴唇像花杯微启，仿佛正准备说什么；她那优雅的笑容，一旦映入观者的眼帘，将立刻使他的内心充满喜悦；她那双闪亮的眼睛，弯弯的眉毛，美好的身材，是无法用语言形容，也无法为后代子孙描绘的。啊，海伦，廷达瑞俄斯的女儿，真正的美丽本身，厄洛特斯*（Erotes）的子孙，阿佛洛狄忒的宠儿，大自然最完美的馈赠，特洛伊人和希腊人争抢的目标，索恩（Thon）的妻子给你的那些消除痛苦和悲伤，并能让人忘却不幸的麻醉药在哪里？你那令人无法抗拒的爱情魅力在哪里？现在你为什么不像以前一样使用它们？然而，我猜，是命运三女神注定要你屈服于炽热的火焰，这样你的形象就再也无法燃起观者的情欲之火了。[4]

　　虽然尼基塔斯自己认为雕像的毁坏完全是受到物质利益的驱动，为了攫取更多青铜，然而基督教世界却流传着这样的谣言，说威尼斯人之所以毁掉海伦像，是为了替他们的特洛伊祖先报仇。就像"特洛伊因为（海伦的）可耻丑闻而被火烧个精光"一样，[5] 心中燃烧着复仇和贪婪之火的威尼斯人于是把海伦肢解、砸碎。

　　因此，今天的赛马场已经没有任何大型雕塑。只有几座镀金外

270

---

* 厄洛特斯，希腊神话中一群与爱情和性有关的带翅膀的神。

层已被剥去的方尖碑保存下来——原本高耸的艺术品留下的残余。海伦原本也在这里，但现在已看不到她的一丝痕迹。

纵观整个历史，这就是海伦的命运，一个如此令人向往和憎恶的女人被迫变成了鬼火（will-o'-the-wisp）——她的形状一直在变，今天出现在这里，明天就消失不见。她永远变幻莫测，正因为如此，她是完美的。她可以变成周围男人希望的样子；无论是像赛马场上那尊闪闪发亮，令人想起女性光辉岁月的倒霉青铜像，还是1204年受辱之后，被斩断四肢的残破纪念品，令人想起人类的贪婪和受诅咒的天性。

* * *

海伦的历史之旅和她从斯巴达到特洛伊，又从特洛伊返回的旅程一样颠簸。她已经被蹂躏和摧毁了无数次。当她遭受这类打击时，常常是侥幸逃过一劫。这位斯巴达王后可能挺过了青铜时代的真实战争，但是后面还有新的战争。讲述她早期生活以及和帕里斯之间恋爱故事的伟大史诗，例如在篇幅和范围上与《伊利亚特》和《奥德赛》不相上下的《塞普利亚》已经在中世纪的黑暗时代丢失了。那些只与海伦有关的悲剧和羊人剧，在埃及亚历山大图书馆的大火中毁于一旦。那些描绘了她鲜为人知的生活的瓶瓮不是被砸碎，就是依然埋在地下；温泉附近那些献给她的供品已经被流水冲走。她带领我们跳了一支欢快的舞蹈。这条从古到今的路途可能有些崎岖，然而海伦在这段艰难的时间之旅中，身边一直有荷马这个重要的朋友：一个作品本身非常具有代表性的艺术家，多亏了对他的作品的流传和模仿，一个被墨水涂黑的海伦才得以从古代莎草纸和羊皮纸的碎片中飞出来，进入现代世界。

39

海伦、荷马，以及幸存下来的机会

写在羊皮纸上的荷马史诗！

《伊利亚特》和尤利西斯的

所有冒险经历，这个和普里阿摩斯的王国作对的人！

全部写在一张羊皮上，

再折叠好几次收起来！

——马提亚尔（Martial），《隽语》

（*Epigram* 14），约 40—103 年 [1]

在大英博物馆一个不太起眼的箱子里，装着一小块本来钉在墙上的厚木板。[2] 它的历史可以追溯到罗马人占领埃及时期，很可能是挂在一个酒吧里面的。它那金属把手和学生式的潦草笔迹，使它看起来像极了一块美国西部酒吧的时髦招牌，或者是维多利亚时代的那种布道牌："没有什么地方比得上家"或"愿上帝保佑全家人"。实际上这块凹凸不平的木板上写的，是荷马史诗《伊利亚特》第 1 卷的第 468—473 行，诗人在这里赞扬了饮酒的乐趣。这块写着荷马诗句的厚木板是一位古代来的顽强的旅行者，现在已经面目全非，裂成碎片；其中 9 块是废物，1 块是珍宝。这块粗糙的招牌证明了荷马在古代的影响非常大，而且对于成千上万曾在它下面行走和饮酒的罗马居民来说，诗人的话是熟悉的提示。海伦的传记作者是文明世界里受欢迎的先知。

荷马史诗以及大部分古代典籍，从古至今一路走来的旅程都是非常惊险的。海伦是走过这趟艰难旅程的优秀人物之一。许多伟大的文学作品，许多历史记载，还有许多古代的居民都在半路弄丢了。这是一次障碍重重的旅途，而且因角色的转变，经历也明显不同。那些幸存者经常是在与众不同的情况下存活下来的。

* * *

272 1888 年 2 月 21 日，英国埃及学家威廉·弗林德斯·皮特里（William Flinders Petrie）正在埃及法尤姆（Fayum）的哈瓦拉（Hawara）墓地挖掘。他发现了一具 2 世纪的女性木乃伊。她的脑壳上依旧缀着 2 根乌黑的细辫子，她的头下枕着一卷莎草纸。最外层的纸已经烂掉，但是，小心翼翼展开它后，皮特里注意到里面用牢固的墨水写着一些文字。[3]

莎草纸被一层层展开，越到里面，字就越清晰，直到可以明显看出大段大段的《伊利亚特》第 1 卷和第 2 卷。现在，这卷莎草纸的碎片被夹在玻璃板中，保存在牛津的博德利图书馆。[4] 随着时间的流逝，纸张的边缘许多都散开了，呈现出蜘蛛网的形状。在这卷手稿的主体部分和边缘附近，叶状的纸莎草茎干清晰可见。考虑到有机纸的不稳定性，这些用碳基墨水写成的希腊字母显得过于工整了。烟黄色的莎草纸上，浮动着沉稳而有规律的荷马诗句。

这个来自哈瓦拉的埃及无名妇女选择将《伊利亚特》的第 2 卷

作为自己进入来世的缓冲，可能并非偶然。海伦首次露面是在第 2
卷，而且在一张损毁严重的莎草纸上，依然可以认出一小截她的名
字 "ELENES" 的最后 3 个字母："……NES"。哈瓦拉发现的荷马
史诗是《伊利亚特》现存各卷中最早也最完整的一卷。凭借那 3
个字母，海伦进入了文字记录。

　　在哈瓦拉发现的荷马史诗现在受到了绝对的尊崇。如果你去牛
津看它，你的背包会被一楼的保安锁起来，你拿着装有铅笔和便笺
的塑料文件袋，等在汉弗莱公爵（Duke Humfrey）那间充满了 15
世纪装饰风格的华丽阅览室里，图书管理员从一系列盒子和抽屉中
取出不同的钥匙，每把钥匙打开一个箱子，最后那把终于打开了保
存莎草纸文稿的柜子。

　　在汉弗莱公爵图书馆收藏的其他珍贵手稿中，可以看到海伦正
率领一支中世纪的狩猎队伍，或者像个丰满的日耳曼少女，被帕里
斯从日耳曼乡间的一座神庙拉走。[5] 在细心的收藏家和图书管理员
能保管这些独一无二的作品之前，蠹虫已经竭尽全力把它们毁了一
遍。在一本珍贵的手稿中，海伦静静安坐在皮纸深处，但是即使躲
在这里，那些执拗的环节动物（蛀虫的雏形）还是一路开凿，找到
了这名斯巴达王后。

* * *

　　2000 年来，荷马笔下的海伦是否能幸存下来，完全取决于荷马　273
史诗的抄写者。《伊利亚特》直到 1488 年才在佛罗伦萨印刷出版，
当时它是以复制本，即努力模仿手写体的形式印刷的。1581 年，《伊
利亚特》首次由亚瑟·霍尔（Arthur Hall）翻译成英文（从法语转
译，而不是希腊语或拉丁语）。当然，现在，有着巨大影响力的印
刷技术已经到来。随后出现了将近 6000 种不同的印刷文本。引人

注目的翻译者包括托马斯·霍布斯（Thomas Hobbes）、珀西·比希·雪莱（Percy Bysshe Shelley）、格莱斯顿和 T. E. 劳伦斯（T.E. Lawrence）。蒲柏（Pope，1688—1744）的版本出版次数最多。多年来，荷马史诗已经被翻译成许多种语言，包括土耳其语（1887）、塞尔维亚—克罗地亚语（1915）、意第绪语（1924）、波斯语（1925）、世界语（1930）、契维语（1957）、巴斯克语（1985）、阿塞拜疆语（1986）和卢森堡语（1995）。[6]

荷马史诗最初以莎草纸手卷的形式被记录下来，一如哈瓦拉发现的荷马史诗手稿。[7] 莎草是大量生长在尼罗河三角洲的一种特殊芦苇的名字。如果你拿一张现代的莎草纸，把它对着光亮处，你可以清楚地看到这种纸是怎么制成的——一条条纵横交错的纤维紧紧地压在一起。[8]

纵观整个古代，制作墨水的配方有许多种（一种是用栎瘿混合稀释的蛋清，还有一种是用灯黑＊）。笔是一头削尖的芦苇秆，笔头从中间劈开。抄工使用这些工具的技巧实在令人惊叹。尽管莎草纸表面有着无法预测的凹凸变化，书写时芦苇秆和翎毛管又非常容易裂开和溅墨，但许多古代世界留存下来的手稿都写着一行又一行漂亮工整的希腊文或拉丁文。这些作品大部分都是在古代的大型图书馆里完成的。莎草纸只写一面，写完后卷起来，阅读时按从左至右的顺序逐列展开。为了方便后来者，必须一边读一边把莎草纸再卷起来，因此图书馆里充满了这些芦苇做的再生纸发出的有节奏的刮擦声和沙沙声。

多亏了这些细心的抄工和书法家，他们不停地抄写和转录希腊和罗马作家，尤其是荷马的作品，我们才知道海伦长着一头金发，她让人心生畏惧，或者她疼爱自己的孩子赫尔迈厄尼。莎草纸残片

＊ 灯黑，制黑墨所用颜料之一，是在空气不足的情况下使植物或石油等物料燃烧所得。

证明了荷马的重要影响。迄今为止已经发现了 1550 块写有荷马史诗的莎草纸残片（而且这个数字还在逐年上升）。没有一位古代作家能与之比肩。

* * *

　　地理位置优越的亚历山大图书馆，在保存海伦的名字方面厥功至伟。这里的码头依旧非常热闹。面对油轮，渔船和游艇在水面上随波荡漾，显得泰然自若；船身的装饰有些乱，船帆上挂满了彩带和旗帜。兴奋的游客从地中海东部甚至更远的地方来到这里。不论从哪方面看，这座古城都拥有与其名声相匹配的辉煌。那座白天反射太阳光，晚上反射明火的著名的亚历山大灯塔，在向学子和学者们招手。亚历山大的创建者亚历山大大帝将会同意荷马的尊贵地位；对他来说，《伊利亚特》和《奥德赛》是两本具有象征意义的指南。公元前 334 年进入小亚细亚后，亚历山大径直去了特洛伊朝圣，据说这个野心勃勃、光芒四射、引人注目的年轻人睡觉时，会在枕头底下垫一把匕首和一本《伊利亚特》；人们不禁好奇，究竟哪样东西带给他更多的灵感。[9]在向外扩张的过程中，亚历山大把自己宣传为希腊人的统领——他正在为他们而战，以报公元前 5 世纪的波斯战争失败之耻，就像波斯国王薛西斯一世说波斯战争是为特洛伊报仇一样。

　　公元前 4 世纪末，托勒密一世（Ptolemy I）建造了亚历山大图书馆，后来他的儿子托勒密二世（Ptolemy II）进行了扩建，这座图书馆贪婪地搜罗各种古籍善本。手稿的年代越是久远，索要的价格就越高，这个道理很简单。有人认为，越少抄工经手的手稿，越有可能是"真"品。手稿经常查扣自那些停泊在亚历山大港的船只，原作留在了图书馆，副本则归还给主人。亚历山大的图书馆和博物

274

馆确实使描写这位斯巴达王后的许多文字资料得以留存至今。[10]

亚历山大的莎草纸文稿是按字母顺序（为全球首创）一卷卷储存在架子上的，可能就在柱廊后面的房间里，柱廊是学者和读者研读古籍选集的地方。[11]许多莎草纸手卷都贴有标签，上面写着作者的名字和族裔。如果图书管理员不是这么一丝不苟，我们很容易就失去海伦这个人物的线索。

亚历山大的莎草纸手卷数量惊人，一共有50多万张——一些是复制品，许多是文字相同的不同抄本；有来自古代世界各个偏僻角落（如巴比伦、马其顿和埃及）的《伊利亚特》和《奥德赛》。在这里工作的学者和文学爱好者面临着一项艰巨的任务——把这些收藏的文本变成标准化版本。

275

我们在寻找最原始的海伦时遇到的一个问题是，我们今天所读的荷马史诗已经经过较大的修改。许多抄工和图书管理员把自己的观点加进了古代的文本中。公元前284年，亚历山大博物馆的第一任图书馆馆长泽诺多托斯（Zenodotus），就删除了《伊利亚特》第3卷中描写女神阿佛洛狄忒给海伦拿来一张凳子的4句诗，[12]因为他认为神祇不应表现得如此卑微。事实上，在我们看来，原文的这一细节暗示了海伦和阿佛洛狄忒的亲密关系，以及海伦在众神眼里崇高的特权地位。泽诺多托斯实在不该瞎掺和。

其他作者也经历了类似的删减。大英博物馆藏有一份15世纪的《埃涅阿斯纪》，[13]第2卷的第567—588行胡乱地写在页边的空白处——一段描写海伦的生动短文。埃涅阿斯在特洛伊到处寻找这位斯巴达王后，当发现她畏畏缩缩地躲在维斯塔神庙（Temple of Vesta）时，埃涅阿斯高高举起宝剑，差一点把她杀死。记载这一片段的原始资料只有一种，那就是4世纪塞尔维乌斯（Servius）为维吉尔所作的注释。塞尔维乌斯说，删减最初是维吉尔的编辑瓦留斯（Varius）和图卡（Tucca）所为。审查员之所以这么做，是因为

"*turpe est viro forti contra feminam irasci*"——"勇士朝女人发火实在丢脸"。如果没有那道小小的注释，这几句诗将散佚，而我们从《埃涅阿斯纪》中所了解的海伦将仅仅是个邪恶的杀人犯，她的名字将由血淋淋的肌肉（被看成是冥府中肢体残缺不全的得伊福玻斯之口）哽咽地说出来：“这些都是拜海伦所赐。”[14]

* * *

2世纪，工艺技术主宰了许多文学作品的命运——决定哪些经典文本应该流传下来，哪些应该退出，并永远消失。莎草纸手卷开始变得过时，被我们书籍的前身手抄本（codex）所代替。古代世界曾零星出现过羊皮纸或皮纸（经过处理的动物皮），但是现在人们发现，把一张张羊皮纸用皮条或钩环装订起来后，更容易阅读，也更容易储存。[15]这种紧凑而新颖的书籍形式很有销路，许多作品从莎草纸转移到了手抄本上。在这一转换的过程中，许多莎草纸手卷被丢进沟渠，我们将永远不知道它们上面写着什么，永远不知道我们丢失了哪些思想、诗歌、历史，以及什么样子的海伦。

海伦顺利通过了古典时期的激流，还将面临中世纪黑暗时代的瓶颈。当时古代文化的传播已经变成少数人的责任，许多古典作品的内容在基督教看来都是有害的，然而对我们来说幸运的是，一些文本（例如欧里庇得斯的）依然被认为是学校和大学的重要教学工具，一些精选作品因此得以保存下来。人们认为，有9部或者10部欧里庇得斯的作品“在教学大纲上”，当中并没有《海伦》这部剧。然而，值得庆幸的是，有一份包括欧里庇得斯另外9个剧本，按字母顺序E到K排列的手稿流传下来，其中有一部就是以E打头的“Eleni”。[16]拜占庭学者德米特里·特里克利尼乌斯（Demetrius Triclinius）在14世纪发现了这份独一无二的珍贵手稿。

　　许多作品就没有这么幸运了。从6世纪到10世纪，在许多国家，写有文字的羊皮变得比文字本身还要有价值。羊皮纸上的诗歌、哲学、戏剧和政治演说被擦去或洗掉，从而为那些更有说服力或更实用的书面文件腾出位置——法律专著或神学小册子。有时，只有通过现代学者法医式的辛苦研究，仔细追踪残留在一个文本后面的另一个文本，我们才得以知道一个经典文本。这些都是重写本，就像海伦一样，被一次又一次地删除、重写。

40

虚妄之言

虚妄之言……错误地掩盖了真相，

和男人的狂怒

——利德盖特（Lydgate），

《特洛伊书》（*Troye Book*），序言，265—266

在这本写于 1412—1420 年的《特洛伊书》中，约翰·利德盖特认为荷马没能讲述特洛伊的真相。[1]荷马是海伦最重要的支持者，但他无法独占海伦。实际上，古代世界存在着许多"和荷马史诗相反的"特洛伊故事，因此对海伦的理解也不尽相同。民间依然流传着各种不同的神话和混乱的史诗，我们可以从希腊瓶画或哲学家、政治家、诗人和剧作家提供的线索中找到这些信息。斯特西克鲁斯告诉我们，特洛伊战争期间，海伦人在埃及。希罗多德赞同这种观点，他说自己和埃及的祭司谈过，对方证实这就是海伦"真实"的故事。[2]酷爱分析的修昔底德通过询问伯罗奔尼撒的当地人来为自己的理论提供证据，他认为是阿伽门农在经济上的野心勃勃和心理上的恃强凌弱，才使希腊舰队跨海来到特洛伊——不是因为热爱海伦，"和忠诚相比，我认为恐惧起的作用更大"，他说。[3]

一些故事则更加极端。60—120 年，狄奥·克利索斯当在罗马帝国游历时写了一本《论特洛伊人》（*Trojan Discourse*），他在书中说，事实上特洛伊从未被攻陷。这个理论看似非常大胆且出乎意料，可是，一旦想到罗马人自称是特洛伊人的直系后裔，也就不奇怪了，因为埃涅阿斯原本是特洛伊的一名牧羊人（或者王子，看你喜欢哪个版本），后来逃出了特洛伊，他的后代罗慕路斯和雷穆斯创建了罗马。因此，在罗马人看来，"西方"是他们的"祖先"特洛伊人创造的。在罗马的民间文化中，这些可爱的特洛伊人需要被歌颂，需要作为凯旋的战争英雄被纪念。

278 　　海伦曾经见证了希腊民主理想的诞生，现在，她发现自己又处于罗马帝国创建神话的中心。因为特洛伊的故事为西方提供了家谱，在罗马帝国陷落和中世纪期间，在荷马身上发生了一些有趣的事。许多作家背弃了这名伟大的诗人。随着罗马人的宣传和基督教的传播，维吉尔写的特洛伊故事《埃涅阿斯纪》大行其道，《伊利亚特》和《奥德赛》则失去了原有的正典地位。

作为一名单纯的诗人，荷马在许多方面被认为不适合作为道德说教的来源，而作为政治相关事件的证人，他的身份也相当可疑。荷马突然之间成了一个不可靠的人，成了一个用谎言包裹真相的"艺人"。[4]荷马仅仅是受到了缪斯的启发而已。通过"解剖"、科学地分析事实，分析确凿的证据和受访者的陈述，还有许多特洛伊的故事等待人们去发现，这已经变成一种流行的观点。[5]我们甚至有一个词来描述这种反荷马的立场——"Homerepanorthosis"（意为"纠正荷马"）。[6]

还有两个不太可靠的角色，迪克提斯（Dictys）和达瑞斯（Dares），他们极力宣传自己的作品，说它们与荷马史诗不同，记录了"真实"的事件。这是两个奇特的人；前者的写作时间在 2 世纪前后，后者的写作时间在 6 世纪，两人分别从希腊和特洛伊的角度进行记录。[7] 在整个古代和中世纪，人们对特洛伊战争的发生没有丝毫的疑问。还记得吗？塞维利亚的伊西多尔认为海伦被掳是世界史上的一个重要时刻。迪克提斯和达瑞斯把自己装扮成极为珍贵的信息源，作为战地记者亲临那场具有划时代意义的军事行动，两人因此赢得了中世纪人们的喜爱。

　　当然，由于他们写作的时间至少是在事件发生的 1500 年后，这两人不可能亲临现场，但两人都无耻地宣称自己写的是事实。迪克提斯为了证明自己如何"字字俱真"，甚至不惜杜撰自己的背景故事，让自己扮演克里特国王伊多梅纽斯（Idomeneus）的一名侍卫，在《伊利亚特》中，荷马曾提到这名国王率领 80 艘黑色战舰来到特洛伊。[8]

　　迪克提斯在序言里自称所说千真万确，然而不过是一次想象力的绝妙运用。序言中说迪克提斯和阿喀琉斯、埃阿斯、赫克托耳这些伟大英雄生活在同一时代，迪克提斯确保了自己作为目击证人记录的唯一文本就和他一起埋葬在克诺索斯附近的一座坟墓里。66 年的一次大地震之后，坟墓裂开，当地的牧羊人发现了这些莎草纸手卷，从而拯救了这份手稿。最终这些珍贵的文献来到了皇帝尼禄的手里，在他的坚决要求下，人们把古腓尼基语的文本翻译成了希腊语。这真是一篇精彩绝伦的营销文。

　　接下来的描述相当冗长无趣，这正符合迪克提斯的目的。毕竟，他是把自己的故事当作严谨的报告而不是富有诗意的故事来推销的。[9] 海伦在这里是个安静的小人物。和失去妻子相比，被自己的女性亲属［埃特拉（Aethra）和克吕墨涅（Clymene），海伦的两名侍女］抛弃对墨涅拉俄斯的影响似乎更大。帕里斯（在这个版本中名为亚历山大）是个心怀不轨的东方野蛮人，既垂涎海伦的财宝，又垂涎海伦的美色，"对财富和色欲的贪念使他误入歧途"。[10] 特洛伊人反抗并表示拒绝包庇海伦后，帕里斯想出了一个大规模屠杀特洛伊人的点子。只是因为安特诺尔（Antenor，特洛伊长者，国王普里阿摩斯的顾问）的介入，杀戮才没有开始。

墨涅拉俄斯并不像之前那些淫荡的希腊版本所说的，因为看了一眼海伦的胸脯就回心转意，而是通过奥德修斯的斡旋，让海伦回家。海伦和墨涅拉俄斯的回家之旅毫无情感可言，文章读起来像简要的旅行指南。假如迪克提斯的版本是唯一一部幸存的海伦史，那么这个毫无吸引力的次要人物很可能早就被人们遗忘了。

与此相反，达瑞斯则热衷于发掘这个故事的爱情趣味。达瑞斯的作品很可能写于 6 世纪，以反对迪克提斯故事中的偏希腊倾向。书中，达瑞斯让海伦和帕里斯的第一次相见，发生在海伦到希拉亚（Helaea）海港的黛安娜和阿波罗神庙祭拜期间。两人彼此对看了好一会儿，"深深为对方的美貌所吸引"。[11] 海伦和帕里斯一起离开后，在忒涅多斯岛上有过短暂的犹豫，最终满腔热情地开始了在特洛伊宫廷的生活。

达瑞斯试图通过令人印象深刻的统计数据来蒙蔽读者，从而提升自己的"目击者"资格。我们从这里得知战争持续了 10 年 6 个月零 12 天。他告诉我们，希腊一方有 866000 人遇难，特洛伊一方则有 676000 人死亡。达瑞斯的故事有一个附带的有趣点：海伦是因为报复才被掳走的，是普里阿摩斯家族和希腊人之间一系列挑衅和侮辱事件的一部分。达瑞斯的版本接近于青铜时代的真实情况，当时妇女会被用来交换，同时充当外交上的交易筹码。还有一个很小的可能性，那就是达瑞斯选取了一段吟游诗人吟唱的诗歌或口述的记忆，其中讲述了公元前 13 世纪青铜时代晚期地中海东部婚姻市场的故事。

值得注意的是，为了描绘海伦精致的五官，达瑞斯对她表现出了充分的轻蔑。这不是一个拥有女神脸庞的海伦——令人惊叹、令人敬畏、无法形容。这个海伦仅仅是个俗世的美人。达瑞斯笔下的 280 海伦不会让任何人瑟瑟发抖。据说她长得和她的兄弟一样，"一头金发，大大的眼睛，白皙的皮肤，优美的身段……她漂亮、单纯而又迷人。她的两条腿最美，她的嘴唇最可爱。她的眉间有一颗美人痣"。[12]

　　在整个古代，海伦的名声可能有起有落，但她从未消失。公元后的她和以前一样顽强。犹太教的传统已经把夏娃（Eve）定为第一个逾轨的女人，那么，一个信仰日益基督化的世界，会怎么看待一个不忠的斯巴达王后呢？

41

特洛伊的海伦和糟糕的撒马利亚人

> 那些过分受宠的人
>
> 将看到地狱里海伦的脸，
>
> 而那些爱得淡薄而睿智的人，
>
> 则可以在天堂见到约翰·诺克斯*（John Knox）。
>
> ——多萝西·帕克（Dorothy Parker）[1]，1936 年

正如一贯风趣幽默的作家多萝西·帕克所说的，在主流的基督教神学看来，海伦显然不是那种应该上天堂的女人，她属于地狱。

但是，如果你在耶稣受难的时间至 4 世纪之间走过迦密山（Mount Carmel）到耶路撒冷（Jerusalem）之间那条崎岖的石子路，你会在这片基督教信仰的腹地遇到一个海伦。

1931 年和 1932 年的夏天，一群研究撒马利亚城（Samaria-

---

* 约翰·诺克斯（1513—1572 年），苏格兰人，著名的宗教改革领袖，创立了苏格兰长老会，被誉为清教主义的创始人。

Sebaste）的英美考古学家在一个田野和果园混杂的地方，发现了一座废弃的圣所。圣所周围散落着一尊被砸烂的雕像碎片。这尊可怜的雕像原本是个可爱的女人，她穿着长袍和希玛纯（himation，一种搭在左肩，穿过右臂下方而后系住的外衣），是个尊贵人物。她的头上戴着"斯泰发耐"（stephane，一种花环或花冠）和精致的面纱。她的左手拿着一颗石榴和一穗小麦或大麦，右手举着一支巨大的火炬，火光从她的头顶一直照射到地面。她被简单地称为"Kore"，"女孩"。

石制品上残存的微量颜料说明，这尊石雕曾经被精心修饰过。花冠上有淡淡的绿色，火焰和面纱上的一丝红色很可能是金色涂层的底色。这个女孩的服装也曾被涂上鲜艳的色彩，雕塑下方的那些铭文刚刚上过漆。[2]

可是，有人却觉得这个漂亮的人儿非常讨厌。他们残忍地冒犯了她，不是出于愤怒就是出于恐惧。考古队的领袖 J. W. 克劳福特教授（Professor J.W. Crowfoot）在紧贴围墙的一个水槽里发现了她的头和部分火炬，剩余的火炬和她的右手则不见踪影。石像上的裂口干净有力。圣殿周围散落着大约 50 个烛台，证明这里曾经举办过某种已遭废弃的宗教活动。

这个女孩显然有着巨大的影响力，至少是个准女神。谷物是丰饶的象征，石榴则是死亡和性的象征。虽然海伦和这些强大的标志有联系实在不是什么出奇的事，但是许多神灵都可以拥有这些属性。仅靠石榴和谷物不足以形成判断，但火炬是个线索，提示着我们这个人可能和斯巴达王后有着某种联系。此时此刻，我们一定程度上得感谢维吉尔在《埃涅阿斯纪》中对海伦的精彩描写，他写海伦站在特洛伊的塔楼上，手里举着一支点燃的巨大火把，欢迎希腊军队进城，火把因此成为海伦的一个标志。[3]然而，专家们把这个女孩重新命名为"海伦"，其实另有原因。在现场其他地方，发现了一块由当地坚硬的石灰石制成的浮雕，上面刻着两只形状奇怪的帽子，

282

这个发现使考古学家几乎可以确定那尊雕像就是海伦。

从那标志性的帽子来看，这似乎是海伦的两个兄弟卡斯托耳和波吕丢刻斯，在希腊神话中，这对双胞胎曾把少女海伦从忒修斯手里解救出来。他们的头上有他们的典型标记，"圆锥形的帽子和橄榄叶编成的花冠，上面插着一颗六角星"。[4] 斯巴达和罗马都有类似的石雕，海伦的两侧站着她的两个双胞胎兄弟，共同构成一组三位一体的天神。

克劳福特教授和他的团队在巴勒斯坦发现的，是一处至少可以追溯到 2 世纪的宗教场所，这座圣殿于 4 世纪被大力捣毁：在基督教和异教斗争最激烈的时期。这是一处神秘的，可能和星象崇拜有关的场所，站在中间比周围高出一米多的，是一身华丽的天神海伦。

如何解释中东出现的海伦崇拜，在基督教正努力站稳脚跟之时出现的对一个女人的强烈崇拜？为了更接近答案，我们必须离开考古证据，转向书面资料。这里有一个线索，是有关海伦和一个男人的奇特故事，后者被亲切地称为"糟糕的撒马利亚人"。[5]

* * *

283　　　这个有记载的故事始于西门·马古（Simon Magus），一个富有魅力、特立独行之人，据说 35 年前后他住在撒马利亚。以巫术和魔法（魔法师"magician"一词即来源于他的名字"Magus"）而著名的他，似乎在这座繁忙的国际都市拥有一定的影响力;《使徒行传》（Acts of the Apostles，8:9—12）说他"使撒马利亚的百姓惊奇"。[6] 虽然犹太人认为撒马利亚的居民不纯洁，但这里是商人的乐土，是小贩、投机者和杂耍艺人聚集的绝佳地点。《使徒行传》告诉我们，作为最早一批传播福音的人，腓利（Philip）为了避免在耶路撒冷遭到迫害，开始在邻近的一座城镇表演神迹，很快便吸引了一大群人和许多皈依者。

西门·马古感到好奇，他必须好好了解这位对手。这名当地的魔法师观看了腓利行的奇迹之后，和其他许多撒马利亚人一样，信了腓利所传的福音，尽管西门后来试图从彼得和约翰手里购买圣灵（Holy Spirit）恩赐的权柄［"买卖圣职的行为"（act of simony）这个短语即来源于此］，这说明他更关心基督教内在的魔力，而不是任何重要的神学启示。[7]

西门·马古对福音的解释很不准确。据说他认为自己全身充满了神力，声称自己其实是人形的上帝，上帝的神力"大能"（Dunamis）的化身。西门·马古在这些观念的基础上成立了自己的教派，他将被打上基督教第一个异端的标签。直到6世纪，这个马古［他的信徒被称为"西门派"（Simonians）］都被牢牢地刻在异端的名录上，成为有史以来最著名的异端之一。奇怪的是，海伦好像是他那种放荡不羁的独特信仰的中心人物。

西门·马古的故事，大部分是由反对他的基督教正统作家殉道者查士丁（Justin Martyr）和爱任纽（Irenaeus，里昂的主教）在2世纪记录的，以及后来（可能）由爱任纽的门徒、罗马的希坡律陀（Hippolytus of Rome）在3世纪记录的。[8]这些短文的一个指导原则就是鉴定和贬低异端，因此，我们必须对其中一些大肆渲染的情节持保留态度。例如，查士丁对西门派"吃人肉"的攻击。

我们是从查士丁的短文中，首次明确得知马古的教派中有个名叫海伦（Helen 或 Helene）的女人。[9]西门派的信徒海伦是个混血儿，一个有血有肉、特别性感的女人，据说她是特洛伊海伦的转世。尽管同时具有超自然的存在，这个海伦却被视为真正的女人，一名提尔的妓女。希坡律陀特别怀疑马古从提尔"救出"海伦，并让她加入自己教派的动机："这个流氓爱上了这个名为海伦的贱妇，把她带来后，供自己享受［肉欲］……"[10]

　　马古和海伦（如果确实有这个人的话）看来是两个魅力十足的人，男人和女人不由自主地受其吸引，就像旅行者受到绿洲的吸引一样。一些学者认为，聚集在这两人身边的人越来越多，其中很大一部分是那些出身高贵的希腊"交际花"。[11] 从基督教分裂出来的宗教团体西门派很快在这一地区站稳脚跟，随后又扩展到整个罗马帝国。2 世纪时，马古和海伦依然受到罗马人的热情崇拜。[12]

　　西门·马古的教义似乎提倡性是通往拯救的道路。按照希坡律陀在《驳诸般异端》（*Refutation of All Heresies*）一书中的说法，西门赞同自由恋爱的思想，他的信徒有滥用麻醉品和纵欲的倾向。她们使用春药和爱情咒语，她们唤来魔鬼，她们干扰了男人的美梦。虽然这些指责来自敌对阵营，但我们依然可以相信，这种信仰最初仅仅是为了满足西门的性欲，而且可以肯定这一教派在笼络女性的同时，又大肆宣扬女性的魅力和强大。

　　西门的教派变成了"诺斯替派"（Gnostics）的一部分——之所以叫这个名字，是因为其信徒被认为有权获得神圣的知识（*gnosis*），能完全了解关于上帝的真理。基督教的神父告诉我们，诺斯替派信仰的核心是认为宇宙中存在一个绝对智慧，而这个智慧外表上是个女性。[13] 由于我们手头的西门派资料大部分都是后来的记载，这种对基督教信仰的极端阐释可能不过是基督教神父的侮辱，是搞臭西门派名声的绝妙方式。对这些证据的理解当然未有定论，但是，1945 年，在埃及拿戈玛第（Nag Hammadi）发现了用科普特文（Coptic）书写的诺斯替派经文残片。一张张莎草纸用皮革装订成册，然后塞进一个红色的陶罐——埃尔塔里夫山（Gebel el Tarif）山麓的农夫偶然发现的。翻译后可以明显看出，这些经文确实把女性的生命力置于诺斯替主义的核心：

　　　　无形的化身，无瑕的完美灵魂，永世的荣耀，芭碧萝（Barbelo），

通过揭示对无瑕灵魂的赞美，在永世的荣耀中臻于完美的荣耀
……这是他的化身的第一个思想。她成了一切的母亲，因为她先
于一切而存在……

西门·马古的思想中也有这些观点。他似乎也非常迷恋这种女　285
性的生命力，这些"神圣的女性"。也许他的故事确实不止基督教
神父对他的诽谤所说的那么简单。然而，不管他的女性中心论（海
伦在其中扮演着重要角色）是真的还是批评他的人所杜撰的，都几
乎无关紧要。重要的是，在基督教发展了大约 3 个世纪之后，马古
和他那个名叫海伦的著名伴侣令人信服地展现出了信仰的力量。信
仰异教的海伦被基督教神父忧心忡忡地谈论着。特洛伊的海伦化身
为撒马利亚的海伦后，依然是个令人无法忽视的可怕存在。不管对
海伦的崇拜是否因西门派的兴起而得到推广，海伦最后一定会去巴
勒斯坦检视自己的神庙。

* * *

如果把基督教神父的著作和当时犹太人和撒马利亚人的描述相
结合，就可以勾勒出（相当复杂的）西门派教义的大致轮廓，以及
海伦在其中的位置。西门派的信仰大致如下：西门就是上帝本人，
为了拯救自己的"恩诺亚"（*Ennoia*）——他的第一个观念，第一
个思想，一种阴性的思想和原始生命力，西门从天上来到人间。这
种阴性的思想"恩诺亚"［有时称为"埃皮诺亚"（*Epinoia*）］简单
而又雄心勃勃，是天使主人的创造物。然而，就在"恩诺亚"完成
了自己天使般的作品时，一众天使却因嫉妒纯洁完美的女性散发出
的耀眼光彩而起来反叛，把"恩诺亚"囚禁在世间一连串的女性体
内。特洛伊海伦体内的这一女性精神受到了众多男子的占有和侮辱，

受到众多情人的玷污。

1000 多年后，"恩诺亚"化身为一个名叫海伦的女子，重新出现在世间，这时她的身份是腓尼基的奴隶和提尔的妓女。这个海伦就是史籍中所记载的马古的情人。[14]

马古似乎决心将"恩诺亚"从几个世纪的束缚中解救出来，从而拯救人类。他通过认出（提尔的）海伦体内的"恩诺亚"（其他人只看到一个低贱的妓女），而达到这一博爱的目的。一些文献[15]告诉我们，西门·马古第一次见到海伦是在夜里，当时她正手持火把走在提尔的屋顶上。[16]屋顶是妓院的隐晦说法（希腊语"tegos"同时涵盖了这两个意思），可能我们从此描述中所得到的，仅仅是大量的文学和社会学资料（带有一点的想象），而不是历史事实。在《伊利亚特》的第 3 卷中，斯巴达王后海伦为了寻找希腊的勇士们，曾经同样站在高高的界墙上。另一种可能性是，海伦这个角色是西门的罗马信徒迟至 2 世纪才编造出来的。然而，海伦是否真实存在这个问题在某种意义上并不重要，它从属于一个更主要的问题。对这次调查来说，有着深远影响的地方在于，马古的配偶会被认为和海伦这个人有如此紧密和可靠的联系，她的名字依然很有影响力。

那些描写马古及其信徒的作者都急于强调他们和海伦以及特洛伊战争的关系。[17]希坡律陀等作家积极地拥抱了特洛伊这个主题：

> 她……始终存在于许多女人体内，她超凡的美貌令宇宙各势力感到烦恼。特洛伊战争也是因为她才发生的。因为埃皮诺亚当时存在于海伦体内，而所有的当权者都在请求她（的青睐），她出现的国家因此爆发了内讧和冲突。[18]

值得注意的是，在公元第一个千年的最初这些年里，海伦的影响依然被认为来自某种内在的神圣力量。她和浅薄的美丽完全无关，她是一股勃发的生命力。海伦的美貌可能"迷惑了[全世界的]当权者",但人们认为变化的起因,是她的核心部分,她的生命精神,她的智慧。在西门派的圣所中,西门经常象征着宙斯,海伦则象征着雅典娜／密涅瓦(Minerva)。虽然基督教神父笔下的海伦给人的感觉更像是阿佛洛狄式的朋友,但是信众把她和雅典娜／密涅瓦相提并论,则是对其智慧的赞美。[19]

异教徒海伦拥有一系列令人印象深刻的名字:索菲亚[20](Sophia,希腊语"智慧"的意思)、帕拉斯·雅典娜(Pallas Athena)、密涅瓦、萨皮安提亚(Sapientia)、万物之母(the Mother of All)、知识之本,以及可能意味深长的索菲亚·普鲁尼科斯(Sophia Prouneikos)。索菲亚·普鲁尼科斯是一种在追求享乐的过程中,在美的刺激下产生的智慧。海伦和基督教之间的风流韵事说明,那个时期异教和基督教之间,旧神和新神之间尚未有清晰的界限。那个时期的人类可以毫不费力地把原始的智慧想象成一名女性。[21]

* * *

基督教历史小说的早期例子——写于1世纪至4世纪,在整个中世纪特别流行的如《克莱门汀布道》(*Clementine Homilies*)和《克莱门文鉴》(*Recognitions*)都把西门写成一个可笑的恶棍,而海伦[名为露娜(Luna)或塞琳娜(Selena)]则是完美神权的化身。在这些文章中,西门谈到了自己对海伦外貌的迷恋,但他说他想"体面地"享有她。紧张而扣人心弦的情节(他会侵犯她吗?)从侧面解释了这些文字大受欢迎的原因。在这些颇有影响的道德故事中,我们又一次听说特洛伊战争之所以会打起来,是因为双方都认清了海伦的真面目——不是一个精灵,而是圣灵(The Spirit)本身……

　　他说他把这个海伦从最高的天上带到人间；成为王后，成为万物之母和智慧的化身，他说，因为她，希腊人和蛮族打起来了，他们眼前只有真理的影像；因为她其实就是真理，而且和最高的神在一起。[22]

　　希腊人也许认为海伦是神的工具，或者把她视为半神；在海伦成为基督教异端的时代，她本身就变成了上帝。[23]

　　西门·马古被一些人视为魔术师，被一些人视为魔鬼，而所有的基督教权威都视他为明确的威胁。可是尽管马古可以被批为彻底的异端，他们对海伦的态度却显得小心翼翼——带有些微的敬意。早期的基督教作家[24]没有把她（在她的化身中分别是提尔的海伦、特洛伊的海伦，以及"恩诺亚"本身）比作魔鬼，而是把她比作耶稣寓言中那只迷失的羊。[25]

　　海伦也许迷失过，但是没有人能否认她的魅力，就连最严厉的基督教神父也做不到这一点。她和那只迷失的羊一样，因为冒险精神而更加受到人们的宠爱。她被塑造成一个受了委屈、走失后又被找到的女性，而不是一件淫荡的性商品。诺斯替派的海伦是个受到诋毁的无辜者。海伦来到人间后，为人类承受了巨大的折磨。她的屡遭强暴是一种牺牲行为。西门·马古通过解救海伦（既是妓女同时又是特洛伊海伦的化身）来拯救人类。虽然海伦的这些角色一直没有离开，但正统基督教的反响却越来越大。

* * *

　　回想一下撒马利亚那尊破碎的异教徒雕像。一个身着彩衣的神秘人，一个和全身赤裸、肉欲满满的阿佛洛狄忒相比，更像是坚强聪明的雅典娜的女人。正如一名最早到新开挖的遗址参观的学者所

认为的，也许最先出现的是海伦崇拜。[26] 马古及其信众并没有把海

伦宣传为他们教派的新成员；相反，她养育了他们。如果异教徒海
伦在这里是个尊贵的存在，就像她在遍布地中海东部的其他神庙中
一样，那么马古很可能确实是一个到海伦的圣所祭拜的术士或者占
星家。一个崇拜有魅力的生命力的人，一个有自己的抱负，并让海
伦的人间替代品（一个名为海伦的妓女）陪伴在自己身边的信徒。[27]

　　或许这位女性神祇，这尊涂满油彩的海伦，是一个可行的替代
品，可以用来代替那些男性主宰的教派，包括基督教，后者于 1 世
纪至 4 世纪一直在争抢位置。除非构成威胁，否则没有人会被打上
异端的烙印。把海伦奉为神灵的思想（代表了基督教出现以前的一
种信仰形式）将对 4 世纪耶稣基督那些并不牢固的信众形成相当大
的挑战。显然有人因为过于胆怯而想除掉她，以至于把她在撒马利
亚的那尊雕像砸得稀巴烂。

＊　＊　＊

　　从这个时期开始，海伦就从基督教世界的天使变成了魔鬼。她
既是一只迷途的羔羊，又是一只披着羊皮的狼。从妓女海伦受到撒
马利亚人的崇拜，并在西门派的教义中作为一名女性上帝而受到赞
美开始，基督教当局就永远无法忽略她。[28] 她受到压制，但是并没
有消失。在一名 12 世纪基督教世界的杰出女性领袖看来，海伦跨
越了天使／妓女的鸿沟，基督教既无法摧毁她，也无法把她归为"控
告者"＊，[29] 同时又无法巧妙地把她送走，这些事实都为从政治上提高
自己提供了独特的机会。

＊　原文为"categorise"，作者在这里使用的是这个词的希腊语原意"kategoros"（详见尾注），
　即"在集会中提出控告的人"，《圣经》中多次提到撒旦是"控告者"，因此这里控告者
　也有魔鬼的意思。

42

PERPULCHRA——怎一个美字了得

"你开心吗？"他们问地狱里的海伦。

"开心？"她回答，"在特洛伊的塔楼全部倒塌；

普里阿摩斯失去儿子和王位之时？

这是一场史无前例的战争；

就连天神也掺和进来；而这一切都是

因为我！开心？

我应该说我很开心！"

——邓萨尼勋爵（Lord Dunsany），

《一次面谈》（An Interview）[1]，1938 年

华侨银行公司（Overseas-Chinese Banking Corporation）坐落于伦敦城（the City of London）附近的坎农街（Cannon Street）111 号，里面藏有一件形状模糊、满是污垢、差不多小型电视机那么大的东西。这件可疑的物品有一半隐藏在铁栅栏后面，但是只要你蹲下，就可以清楚地看出它是块石头。事实上，这块石头是伦敦

石（London Stone）的残余，是一种名为鲕粒岩的石灰岩。

这块石头（可能是个祭坛）原本的体积要大得多，在民众心目中，伦敦石有着神奇的魔力。在伦敦的历史上，这里始终是宣誓和通过法律的地方。曾经为伊丽莎白一世表演魔法的约翰·迪伊（John Dee）认为，伦敦石拥有超自然的属性；今天依然有人认为，它能够在 1941 年奇迹般地在德国人的轰炸中幸存下来并非偶然，而是它所在的那条地脉保护了它。虽然现在它坑坑洼洼，固执而卑微地待在那里，看起来像是一块被巨人小孩吮过的方糖，但在当年，这块石头可是备受尊崇。

伦敦石之所以和海伦的故事有关，是因为它是 3000 年前由一个特洛伊人带到伦敦的。至少在整个中世纪，不列颠都流传着这个说法（形式各异）。特洛伊陷落之后，城中居民和他们的后代散落到世界各地。最著名的难民当属埃涅阿斯，那个用马车拉着年老的父亲安喀塞斯逃离特洛伊，后来又建立了罗马城的年轻人。[2] 我们后来知道，罗马人自称是特洛伊人而不是希腊人的后代，而随着时间的流逝，欧洲各王室和城市纷纷用同样的起源故事来装饰自己的历史。

不列颠也不例外。我们从《不列颠史》[*Historia Brittonum*，据说是一个名叫尼尼奥斯（Nennius）的人所写] 中了解到，早在 9 世纪，就有个叫布鲁图斯的人（Brutus，有人说他是埃涅阿斯的兄弟，有人说是他的曾孙，各种说法都有）来到一个岛屿 [在后来的文献中，这个岛的名字叫"阿尔比恩"（Albion）]，并"在那里繁衍生息"。据说，从那时起，该岛就因为这第一个大老远跑来的移民，而被称为"布里托之地" [the land of Britto，"布立吞"（Britons）、"不列颠"（Britain）这些词就是这么来的]。

故事当然完全是虚构的。可是，考古证据却为我们揭示了一些相当奇特的东西。在泰晤士河河底的泥浆中，发现了一只黑色的双耳杯。杯子的年代可以追溯到青铜时代末或铁器时代初，产地则为安纳托利亚，即现在的土耳其。³这是 10 世纪末，一名商人（不是欧洲人就是安纳托利亚人）从帕里斯的故乡带回来的新奇事物。这个杯子可能不是第一手的，但是，散布于各个岛屿和泰晤士河入海口的居民可能接待过东方来的商人，他们可能听过特洛伊的故事，他们手里当然拿着安纳托利亚生产的工艺品。

12 世纪，蒙茅斯的杰弗里（Geoffrey of Monmouth）在他的畅销书《不列颠诸王史》（Historia Regum Britanniae）中，再次提到了特洛伊起源说，并加以扩展。整个基督教世界，从苏格兰到叙利亚，都在为政治继承权争得不可开交。对于有宏大野心的统治者来说，血统突然变得非常重要，它支撑着个人对旧领土和新地区的主张。杰弗里告诉我们，布鲁图斯经过了重重困难，在泰晤士河岸边建立了"新特洛伊"（Troia Nova），又称"特里诺文图姆"［Trinovantum，这是一个令人遗憾的失误；这个词其实来源于住在埃塞克斯（Essex）的特里诺文特部落（Trinovantes）的名称］。现在它的官方名称叫伦敦，或者新特洛伊（New Troy），其统治者则是普里阿摩斯、帕里斯、赫卡柏等人的化身。海伦，这个让人四肢瘫软的前特洛伊王妃，发现自己再次和国际政治纠缠在了一起。

对于当时的统治者来说，这一切都很方便。特洛伊故事非常好用。它向中世纪的民众提到了军队和英勇的事迹，提到了和强大的罗马文明的直接联系，最重要的是，它提到了无懈可击的王朝统治资格。如果埃涅阿斯是罗马强大力量的来源，而有个统治者又自称是埃涅阿斯的后代，那么他就可以证明自己毫无争议地拥有欧洲的土地。如果一个统治家族能将自己的领土和血统追溯至特洛伊王（Kings of Troy），再从那里追溯至上帝本身［布鲁图斯是西尔维厄斯（Silvius）的后代，是阿斯卡尼俄斯（Ascanius）的后代，是埃涅阿斯的后代，是普里阿摩斯的后代，是诺亚的后代，是亚当的后

代〕，⁴那它就将赢得民众在政治上的尊重和内心的信任。⁵

　　因此，从11世纪开始，法兰克人、诺曼人和英格兰人全都在大力传播特洛伊人的神话和历史。编年史作者写下对特洛伊历史和谱系的"真实"叙述，支持特洛伊起源说；诗人们根据特洛伊的故事创作了新的史诗，这些作品都受到了严肃的对待。亨利四世（Henry IV）要求苏格兰国王效忠时，就提到了自己的家谱来证明自己的合法资格：⁶其谱系一直可以追溯到特洛伊人布鲁特（Brut the Trojan）*。亨利和他的律师都认为，"古史"（old chronicles）中记录的谱系和法律一样有效。⁷1513年，为了给自己入侵法国的行动制造舆论，亨利八世（Henry VIII）下令出版了《特洛伊书》首个印刷本，当时书名已改为《特洛伊的历史、被围和毁灭》（*The hystorye, sege and dystruccyon of Troye*）。⁸迟至1714年，还有一名法国学者被当局投入监狱，原因是他竟然坚持认为法国人的祖先是日耳曼人而不是特洛伊人。⁹

　　阿基坦的埃莉诺（Eleanor of Aquitaine）成为亨利二世（Henry II）的王后之后，《不列颠诸王史》变成了一部法语写的史诗《布鲁特传奇》（*Roman de Brut*），并被献给这位特别受欢迎的中世纪君主，由此看来并非偶然。

　　"阿基坦女公爵和令上帝震怒的英格兰王后"（Duchess of Aquitaine and by the Wrath of God Queen of England）埃莉诺，是个不寻常的女人，也是个特别狡诈的权贵。特洛伊起源的故事对她和对任何国王一样重要，但是埃莉诺把自己和特洛伊的关系推进到了一个新的层面。她面临着一个几乎不可能完成的任务，在一个男人的世界生存下来并成为统治者。从年轻的女继承人到贵为太后，她和海伦之间建立了一种引人注目的独特关系，这种关系我认为是

---

* 布鲁特，即布鲁图斯。

她追求世俗权力和偶像地位的重要组成部分。

阿基坦公国的心脏是普瓦捷（Poitiers）的公爵大厅（Ducal Hall）。今天要抵达这里，你必须先穿过一个美丽的典型法国庭院，庭院四周可以看到华丽的铁艺阳台，空气中飘荡着巧克力面包的味道。这栋 12 世纪的大楼隐藏在 18 世纪的新古典主义外墙后面；这里现在依然是普瓦捷的法院所在地。过去，要进宫，得先过埃莉诺的侍从这一关，现在最大的危险则是门口那道滑得过快的玻璃门。法院的律师依然从墙上开的拱门进进出出，去接个电话或者给本地警察递根烟。

即使在科技上有一点阻碍，这个地方却值得一去，因为大厅的内部令人叹为观止。公爵大厅沉稳、整洁而又霸气，其风格为"安茹式"（Angevin design），即罗马和哥特式风格的独特混合体。建筑的线条大胆而简洁，然而每隔一段距离，就有一个为中世纪石匠所钟爱的形状怪异的滴水嘴和人头在俯视你。当年，这里大概非常热闹：怀揣请愿书的臣民，为特许状的用词而起争执的律师，弹琴的乐师和争宠的朝臣。一个新类型的海伦正是在这里被介绍给了安茹的宫廷，因为埃莉诺和她的丈夫亨利二世将坐在这里，聆听圣莫尔的伯努瓦（Benoît de Sainte-Maure）那首 30000 行的史诗《特洛伊传奇》（Roman de Troie）。

《特洛伊传奇》写于 1165—1170 年间，它掀起了一股历史叙事、隐秘信号和公开情感的旋风。

《特洛伊传奇》暗中给了安茹王朝一份可以追溯到公元前 1000 年左右的家谱，因此它成了一部极为重要的作品。一本 13 世纪翻译的《圣经》将《特洛伊传奇》纳入了《出埃及记》（Book of Exodus）。[10] 伯努瓦的史诗不断地被抄写和翻译，从而产生了大量的仿作。在整个中世纪及以后的文人和贵族阶层中保持海伦和特洛伊战争的知名度方面，这首宏伟、浪漫、温柔的诗歌起到了关键的作用。

《特洛伊传奇》不同寻常的一点，在于它令人惊讶地把海伦描绘成一个优雅而体面的人。这个海伦是个漂亮小姐，不是什么妓女。作者这么体贴是有充分理由的，海伦和帕里斯的关系，可以看成是对埃莉诺和亨利关系的映射。与海伦一样，埃莉诺也离开丈夫路易七世（Louis VII），嫁给了他的死对头（亨利二世）。与帕里斯一样，亨利也被埃莉诺"这个女人高贵的出身所吸引，尤其是贪恋她拥有的巨额财产，而欲火焚身，无法再耽搁下去……在很短的时间内，他就实现了自己渴慕已久的结合"。[11] 跟海伦和帕里斯一样，这两个中世纪有权势的人似乎也是在富裕的宫中彼此互相吸引。亨利和埃莉诺重修了许多堡垒式宫殿，并用新的艺术品将它们装饰一新，在诗中，海伦和帕里斯住的地方同样在大兴土木，他们同样拥有一间香闺（Chambre de Beautés），使他们的爱情臻于完美，并永远流传下去。[12]

事实上，伯努瓦把海伦和帕里斯的不合法关系写得动人、高雅而华美；被作者用来满足书中淫秽性丑闻需要的，是布雷塞达（Briseida，其原型是荷马史诗中的布里塞伊斯）和她的情人特洛伊罗斯（Troilus）。埃莉诺离开法国国王路易七世不到 8 个星期，就嫁给了亨利。关于他俩早就有染的传闻甚嚣尘上；威尔士的杰拉尔德（Gerald of Wales）说埃莉诺是个"不守妇道的婊子"（adulterino concubito）。[13] 在《特洛伊传奇》中，海伦和帕里斯的通奸行为被描写成一个追求个人爱情的合法机会。他们圆满的爱情充满了赤裸裸的性欲，但是不知何故，却不应该受到谴责：

> 帕里斯给了她莫大的安慰
> 也给了她莫大的尊重。
> 那天晚上他把她服侍得很好。[14]

293

12 世纪流通着许多和埃莉诺没有关系的其他讲述海伦和帕里斯的故事，与它们相比，伯努瓦的作品更显出这名诗人所受到的限制。

＊ ＊ ＊

从 8 世纪 80 年代查理曼大帝（Emperor Charlemagne）立志复兴高卢文化起，其重点主要在生动的写作技巧上，[15] 海伦的故事就已经成为诗意表达的教科书。作者们用海伦的故事来磨炼自己的诗艺。表面上看，一个让专职作者狂热推敲措辞的机会已经来临，但是，有人认为，个人发表虚构作品的自由也已经来临。例如，马修·德·旺多姆（Matthew de Vendôm）那本有教育意义的《诗的艺术》（*The Art of Versification*）。

《诗的艺术》写于 1175 年（当时埃莉诺经历了一系列的宫廷阴谋，还有传言说因为亨利的出轨，她已经失宠；她将被软禁 15 年，政治影响力几乎完全消失），其正式目的是展示不同的比喻手法。书中有标准的比喻：海伦的脸蛋"红扑扑，和雪白的肌肤展开了令人愉悦的搏斗"，还有"她闪亮的眼睛堪比天上的星星，并以迷人的坦率扮演着维纳斯的使者"。然而一些示范性语言却写得非常过火……

> 她面部最迷人的是两瓣
> 在渴望爱人之吻的红唇，那娇嫩如许，
> 依然不时爆发出阵阵笑声的红唇……
> ……她那柔白胜雪的光滑脖颈和肩膀
> 让位给了坚实可爱的乳房……
>
> 她轻盈而紧致的胸脯和腰肢，

> 最终让位给了浑圆的腹部。
> 接下来那个地方被誉为贤淑
> 的宝库、大自然的主宰、维纳斯的迷人
> 住所。关于那里隐藏的甜美和甘芳，
> 只有分享过的人才有发言权。[16]

《诗的艺术》之后，另一位修道士埃克塞特的约瑟夫在描写海伦面对帕里斯勾引的反应时，同样使用了缠绵的语言，"嘴唇贴紧他，夺走他的精液"。[17]

和伯努瓦不同，埃克塞特的约瑟夫不允许海伦拥有除肉欲以外的其他任何属性。在一段对她特别刻薄和鄙视的描写中，埃克塞特的约瑟夫显示出他一点也不关心海伦是个什么样的人，而只关心她长得如何，和她如何撩动男人的情欲：

> 她的耳朵形状很好，且不是太大，她的眼睛一直很警惕，她的鼻子对经过的每丝气味都很敏感，她的五官每一部分都在争宠，但是又反过来让人羡慕。她的下巴微微前突，光耀洁白，丰满的红唇微微噘起，这样落在上面的吻在往下压时就可以更加轻柔。她的脖子仿佛滑进了肩膀，她那不大的胸脯几乎盖住了整个乳房，她的手臂和侧胁均短小可爱。她走路时，步履活泼而轻盈，小脚轻轻地落在地上，优美的腿部运动，使四肢可以轻易地保持平衡。她唯一的瑕疵，是一颗出现在眉间的黑痣，这颗黑痣竟敢把她两条优美的弓形眉分开。[18]

伯努瓦笔下的海伦散发着强大的性魅力，但她并不是诗人同时代那些作者笔下所幻想出来的性对象。

* * *

　　插图版的伯努瓦《特洛伊传奇》展示了海伦嫁给帕里斯时双
方交换戒指的迷人画面：她骑在一匹白马上，优雅地进入特洛伊
城。帕里斯和普里阿摩斯先后牵着缰绳，这个极受尊重的标志还暗
示着，这些贵族，不论男女，不论希腊人还是特洛伊人，都享有
同等的地位。[19] 埃莉诺和这位斯巴达王后一样，是个著名的美人。
"她那过分的美貌，毁灭或伤害了国家。"马修·帕里斯（Matthew
Paris）写道。[20] 另一位编年史作者把这位年轻的女继承人形容为
"*perpulchra*"，"非常美"或者说"怎一个美字了得"。[21] 1204 年前
后创作的，以埃莉诺为原型的《布兰诗歌》（*Carmina Burana*），完
全可以用来献给海伦：[22] "假如全世界都属于我，从大海到莱茵河，
我愿献出一切，假如英格兰王后，躺在我的臂弯里。"[23] 埃莉诺肯定
意识到，那些在公爵大厅里聆听海伦故事的人，多半会把一个美得
令人窒息而又非常危险的斯巴达王后，和他们面前这个裹着皮草，
浑身珠光宝气的王后联系在一起。

* * *

　　埃莉诺的祖父威廉九世公爵（Duke William IX）是首个著名
的"诗人国王"（troubadour king，尽管事实上他一直都只是一名
公爵）。诗人们赞美愿望和憧憬，对他们有重要影响的，可能包括
奥维德那些技巧娴熟的艳情诗。海伦出现在了奥维德的许多作品中：
《拟情书》、《变形记》（*Metamorphoses*）、《爱情三论》（*Amores*）、
《爱的艺术》（*Ars Amatoria*）和《爱的医疗》（*Remedia Amor*）。她
在剧中经常是个轻佻奸诈的人，一个令人心碎的人，却可爱得足以
让人忘却她带来的种种烦恼。诗人吟唱的女性，总是美得令人难以

置信，而又总是那么遥不可及。这种"宫廷文化"（*civilisation de courteoisie*）是一种高度色情化的环境，虽然只是文学和音乐方面的例子，但女性的性魅力却受到认可和尊重。这些就是埃莉诺童年的功课。

阿基坦的埃莉诺传说中的爱情宫廷仅仅是传说而已，然而即使那些评判伤心绝望和理想爱情的戏剧没有出现在这座 12 世纪的宫廷里，也还有吟游诗人和爱情诗。尽管没有一纸资料证明埃莉诺资助了伯努瓦的创作（大部分类似的中世纪文献都没有），但是很显然，身为女公爵和王后的埃莉诺，在支持这部新的特洛伊史诗，这部有关帕里斯和海伦的新作品时，可能非常清楚自己正在做什么。对埃莉诺来说，海伦虽然独特，却是个理想的偶像。帕里斯向海伦献殷勤时，说了一番既温柔又吓人的话：

> 现在我把自己的心交给你，
> 你的爱情燃烧着我，
> 我已经完全倾向于你，
> 忠诚的爱人，忠诚的伴侣，
> 从今以后你将是我生命的全部：
> 对此你可以深信不疑。
> 一切都将听从你的指挥，
> 一切都将为你服务。[24]

296

埃莉诺本身非常优秀，编年史作者德维兹的理查德（Richard of Devizes）说她是个"举世无双的女人"（*femina incomparabilis*）。她有着罕见的野心，在处理国内外事务时也具有罕见的前瞻性。为了维持自己独特的地位和影响力，她需要主动把自己宣传成一个强大、迷人而又恐怖的人。她需要一个不合常规的楷模。因此，当她从公爵大厅飘荡的乐声中，听到那些讲述海伦有能力影响周围世界的台词时，我可以想象埃莉诺心想"这真是太棒了"，一边听一边颤抖的样子。

这两个女人之间还有另一个更微妙的对比。埃莉诺的信仰非常虔诚。为了纪念两人的婚姻，埃莉诺和亨利让人把他们的形象画在了埃莉诺家乡普瓦捷大教堂的玻璃上。埃莉诺依然从光彩夺目的东窗上俯视着你：由各种颜色的碎玻璃拼成的她一袭蓝衣，头上戴着一顶漂亮的金冠。国王和王后像怀抱新生婴儿一样，正轻轻地抱着两人之间的那尊大教堂模型。这不仅仅是虚荣。从她的几封信、许多特许状和死后赠给教会的遗产来看，埃莉诺显然是个忠实而虔诚的信徒。在她位于丰特夫罗（Fontevraud）的墓地上，她正安静地躺着读祈祷书。

伯努瓦在《特洛伊传奇》中着重强调的一点是，海伦是在基西拉岛的维纳斯（阿佛洛狄忒）神庙中祈祷时，被帕里斯带走的。伯努瓦遵循了达瑞斯所设计的"真实"版本。在欧洲各美术馆和私人藏品中，12 世纪—17 世纪的绘画和手抄本插图（包括《特洛伊传奇》的插图），经常展示了海伦在向爱神祷告时被拉走的情景。伯努瓦的史诗是许多这类作品的灵感来源。在许多画作中，这位斯巴达王后的两侧都有神像，而且点着蜡烛：一个宗教体系和肖像画中的海伦。伯努瓦笔下的海伦（与古典文献中零星出现的那些活跃的海伦相一致）不仅是被描绘的对象，还是作品的主人翁。

我认为，通过把自己比作具有武士气概的海伦，埃莉诺向基督教世界发出了一个隐秘信号。她给自己的定位不是天使也不是妓女，而是两者的有力结合。埃莉诺和海伦一样，不甘心当个旁观者。通过性格的力量和个人魅力，通过巧妙运用自己的智慧，她在设法占有一个中心位置。她是一个好色又优秀的女人。她和海伦一样，热衷于利用上帝赐给自己的天赋。

　　伯努瓦的《特洛伊传奇》为恢复海伦的名誉做出了很大贡献，这在很大程度上要归功于埃莉诺的影响，海伦作为神圣的统治者而非虚幻的妓女才获得了短暂却宝贵的缓刑。海伦就这样再次受到人们的赞美，并在中世纪欧洲的宫廷和权贵宅邸中不断受到称颂。写于1234年的普罗旺斯诗歌《弗拉门戈》（Flamenca）列举了歌手们可能演唱的曲目，其中有一首就是关于海伦的。[25] 海伦现在已经深深扎根于文学和贵族的世界。但她的故事并不仅仅回荡在这种高雅的环境中。很快她将冲回到大街上，而这一次是作为魔鬼的代理人。

43

与魔鬼共舞

使千帆齐发，并把伊利昂高耸入云的塔楼焚毁的，

是这张脸吗？

可爱的海伦，她的吻使我永生难忘。

她的唇吸走了我的魂；不知将飞向何方——

来吧，海伦，把我的魂还给我。

我将住在这里，因为天堂就在这两瓣唇之间，

一切与海伦无关的东西都是糟粕。

——克里斯托弗·马洛，《浮士德博士的

悲剧》（*The Tragical History of Dr Faustus*），约 1549 年

16 世纪最后十年，基特·马洛＊（Kit Marlowe）的《浮士德博士的悲剧》在伦敦首演后不到几天，第 5 幕中那句绝妙的五音步台词"使千帆齐发的，是这张脸吗？"已经在城中流传开来。[1] 这

＊ 即克里斯托弗·马洛，基特为克里斯托弗的昵称。

部作品在伊丽莎白时代戏剧界残酷的商业竞争中引起了轰动。观众很喜欢它，老板们喜笑颜开。舞台监督菲利普·亨斯洛（Philip Henslowe）[2]在日记中详细记录了演出的细节。亨斯洛日记是珍贵的史料，里面记载了《浮士德博士的悲剧》在伦敦的玫瑰戏院等地上演了无数场的盛况。这部戏直到 17 世纪还会定期上演。《浮士德博士的悲剧》真的十分成功。

《浮士德博士的悲剧》是 1574—1616 年（莎士比亚死那一年）40 年间伦敦上演的 800 多部戏剧中的一部。[3]在这座伊丽莎白时代的城市里，剧作家们展现出了惊人的生产力。除了那些保存下来的，还有大量的剧本湮没于时光之中，这些底稿不是因为作者的不满意而被销毁，就是在 1666 年的伦敦大火中毁于一旦。然而，在这个戏剧创作井喷的年代，一句绝望、骇人、香艳的台词却立刻引起了公众的关注。"使千帆齐发的，是这张脸吗？"这个问题透着极度的喜悦和极度的悲凉。

起初，这仅仅是马洛写的一段台词中的一句，后来，一个在泰晤士河南岸*来回踱步，苦苦回忆自己台词的演员把这句话念了好多遍。剧目轮流上演，剧本轮换频繁。演员们每星期工作 6 天，一年工作 49 个星期。[4]有许多脚本（一些写得很好，一些则是糟糕的打油诗）需要记住。

许多台词转眼就被忘个精光。但是很快，"这张使千帆齐发的脸孔"很快就越过泰晤士河，成为城里人们热议的话题。据估计，每天下午有 3000 到 4000 人从河的北岸跑到南岸，然后再赶回来。他们是乘坐来往于泰晤士河两岸的摆渡船，到"河畔"（Bankside）找乐子的，"河畔"位于伦敦的郊外，是个藏污纳垢之地。渡船横穿泰晤士河，或沿着现已永远被堵在地下的伦敦河道蜿蜒前行——

299

---

* 当时的戏院一般位于泰晤士河南岸的伦敦郊区。

那些业已消失的河流,例如弗利特河(River Fleet)和霍尔伯恩河(the Oldbourne);据说伊丽莎白一世本人会在晚上乔装打扮后,乘坐这些水上出租车。在这座贸易额占全国三分之二到四分之三的西方大都市,[5] 这个新兴的世界级枢纽中,海伦的名字再次回荡在这里的大河和大街上。

我们必须想象一下马洛的这句台词是在什么背景下流行起来的。《浮士德博士的悲剧》首演时,正是伊丽莎白统治下的伦敦最热和最臭的时候。梅毒和疫病横行。伦敦桥（London Bridge）上挂着人头,熊在戏院的可视范围内被马士提夫犬撕成碎片。妓女们亲自到戏院内招揽顾客,其他人则在不远的妓院［如"荷兰军营"（Holland Leaguer）］里坐着。

现在,南岸的大部分地方都变得整洁一新,有少数废弃之地遗留下来,其中一处堆满了塑料袋和罐头盒,周围的街上仍有妓女徘徊。在马洛那个时代,当街招徕顾客是非法的。高声向路人打招呼或投掷石子都是被禁止的行为,因此"娼妓们"（trulls and flurts）都站着等客,一些人身上打着烙印,一些人给乳头涂上颜色,她们全都渴望以出卖自己身体的方式来谋生。顾客可以挑选女妓、男妓或每晚都会恢复处女之身的雏妓。戏院经理经常从妓院获得收入。

300 性病非常流行。我们从一份 1584 年的《官员之鉴》(A Mirror of Magistrates) 中得知,用 "40 先令或更低的价格",就可以买到"一两壶酒、一个涂脂抹粉的妓女的拥抱和法国式的欢迎"。顾客在妓院和"温切斯特鹅"（Winchester geese）或"佛兰德斯母驴"（Flanders Mares）逗留期间,经常会谈到个人财物失窃的问题。[6] 对伊丽莎白时代的观众来说,性意味着危险。

在这出戏的一个版本中,海伦出场时,身边伴随着两个爱神——观众立刻明白,这是性爱女神维纳斯 / 阿佛洛狄忒的化身。[7] 马洛还巧妙而直接地把自己笔下这个 16 世纪的海伦和西门·马古的伴侣,

1世纪另一个充满性活力的海伦联系在一起。就在海伦和浮士德退场去拥抱亲热之前，舞台上唱起了一段赞美海伦的诗歌，令人想起西门派和诺斯替派经常提到的经文《雅歌》（Song of Solomon）：

> 啊，你比夜晚繁星点点
> 的天空还要美丽，
> 比出现在不幸的塞墨勒 * 面前的
> 光芒万丈的朱庇特还要耀眼，
> 比躺在任性的阿瑞塞莎 † （Arethusa）
> 蓝色臂弯中的天空之主还要可爱，
> 只有你可以做我的情人。

退场

（V.i. 102—8）

他的情人，马洛笔下的海伦是个极端残忍的恶魔。这出戏甚至象征性地暗示她是个女魔鬼、女妖精。如果浮士德退场去和女魔鬼海伦亲热，许多人就会知道，他俩从这时起将陷入万劫不复的境地。和海伦同床共枕是最大的快乐，同时也会带来最可怕的惩罚：永远被罚入地狱。[8]

* * *

为了利用自然光，玫瑰戏院或南岸其他戏院通常会在下午2点左右开始上演《浮士德博士的悲剧》这类戏剧。这些新的圆形剧场

---

* 塞墨勒，宙斯的凡人情妇，在赫拉的唆使下要求宙斯以神的面目出现，因忍受不了伴随宙斯出现的电光雷火而死。

† 阿瑞塞莎，希腊神话中的水中仙女，后来化作一汪泉水。

是一种没有固定屋顶的混合型建筑，庭院内既可举办逗熊活动，又可作为临时的演出场所。河畔一带地势低洼，有很多沼泽。玫瑰戏院只能容纳 1600 多人，《浮士德博士的悲剧》又风行一时，可想而知，在炎热的夏季里，坐着或站着观看这出悲剧，那种感受肯定是既闷热，气味又难闻。除了旁边（如果碰上那种一股大蒜味和尿骚味的"伦敦下等人"，则非常不幸）和那些到外面"摘玫瑰"（小解）的人身上发出的气味，还有一种南岸特有的臭味：染坊、制革作坊和浆洗工人全都在免费使用这条河。[9]

　　形形色色的观众在玫瑰戏院这种恶臭的环境中认识了海伦。伦敦新戏院最便宜的门票是一便士，不过再加几个铜板就可以买到软座或者更好的位置，这一时期的伦敦戏院是普罗大众消费的场所。考古研究显示，靠近舞台的地面全都被踩得很结实——见证了都铎时代戏剧观众的"疯狂"，他们挤成一团，用手轻拍或突然抓住演员。[10] 观众中占比最高的可能是市民和有成就的手工艺人，但是除了这些和富裕的商人以外，还有坐在皮条客和妓女对面的工匠、学生、公爵和公爵夫人。海伦和魔鬼的舞蹈，正是跳给这些形形色色的观众看的。

　　为了了解这位伊丽莎白时代的海伦一举成名的物质背景，我来到伦敦南岸的玫瑰戏院挖掘现场，并见到了一个意料之中的幽暗环境。[11] 残存的一丝舞台痕迹位于目前街道的水平线下大约 10 英尺（约 3 米），而且（为了保护而）浸泡在 2 英尺（约 0.6 米）深的蒸馏水中。舞台被一栋 20 世纪 80 年代的建筑围在中间，零星的沙砾和一条蜿蜒的红色灯管凸显出它的轮廓。空气潮湿，弥漫着麝香味，入口处摆有几个陶罐的复制品，剧院的经营者正是用它们来向老爷、夫人、主教、商人和密探收钱，从而收回投资的。但是这些罐子已经不再叮当作响，这是一个被混凝土和时间堵住了嘴的地方。

　　因此，这位伊丽莎白时代最长盛不衰的海伦，就是诞生在南岸的这处热闹、迷人而肮脏的场所。伦敦人特有的"多嘴多舌"（八卦和闲聊），给了新来的住户出名的机会。游客会注意到，不管是在最嘈杂的酒馆还是最高级的餐馆，伦敦人总是在不停地说、说、说。[12] 朝臣的支持，对演员和剧团来说必不可少，这些赞助人中有许多每天都会在圣保罗大教堂（St Paul's Cathedral）的中央通道［又名"保罗步道"（Paul's Walk）或"汉弗莱公爵步道"（Duke Humfrey's Walk）］和行家会面，聊天和交换信息。他们讨论的两件事分别是马洛的新剧和剧中最引人注目的人物"可爱的海伦"。在那些积极从马洛的作品中汲取灵感并模仿其台词的人当中，就有莎士比亚和琼森（Ben Jonson）。[13] 口碑就像口头诗歌和口述历史一样无迹可寻。然而可以肯定的一点是，在苦涩的火药味和马洛炙热优美的台词双双轰炸下，伊丽莎白时代的伦敦人再次使海伦成为大众心中的偶像。

302

马洛的海伦如一声巨响，突然出现在这座伊丽莎白时代的重要都市。戏剧制作人的生计，有赖于观众对鬼怪和奇特景观的喜爱。我们知道，为了吸引伊丽莎白时代的观众，1595 年，菲利普·亨斯洛花了 7 英镑 20 便士用于布置幻术和舞台装饰。《浮士德博士的悲剧》早期的一场演出曾吹嘘说有一个"天国的宝座"和"幕间表演和音乐"，后来又加了一条"龙"。1598 年，亨斯洛借用"海军大臣剧团"（Admiral's Men）的道具库，制作了一个让浮士德落入其中的"地狱入口"（Hell's Mouth）。[14] 1620 年，一名观众描述说："一群蓬头乱发的魔鬼嘴里含着点燃的哑炮，咆哮着登上舞台，鼓手们在化妆间制造雷声，而那些 20 便士雇来的人则在上面制造人造闪电。"[15] 对伊丽莎白时代的观众来说，《浮士德博士的悲剧》的制作方采用的这些特效唐突、粗野而又令人惊奇。其地狱式的特点特别适合本剧，因为《浮士德博士的悲剧》正是一部魔鬼般的作品。

伊丽莎白时代的人知道浮士德，是通过一本法兰克福出版，后来又在 1587 年前后被翻译成英语的书，书名叫做《约翰·浮士德博士无耻的一生和应得的死亡》（*The Historie of the Damnable Life, and Deserved Death, of Doctor John Faustus*）。这是一个讲述可怕诱惑的"真实"故事。约翰·浮士德（Johann Faust）真有其人，他是一名德国的学者和魔术师，他说自己是 16 世纪中叶海伦的老朋友西门·马古的弟子，而且酷似这位师父。与西门·马古的情况一样，浮士德的资料许多都来自敌视他的一方，因此我们必须仔细甄别。路德宗的改革者用浮士德的故事来告诫人们如何才能不卷入灵魂的世界。

＊　＊　＊

　　浮士德博士的生平非常简略。然而《约翰·浮士德无耻的一生和应得的死亡》一书无疑使读者相信，这位魔术师的灵魂确实在某个时刻被卖给了魔鬼，以换取世俗的快乐，包括见识海伦的肉体：

> 　　现在，为了让可怜的浮士德在他人生的第 23 个年头可以在午夜醒来时享受肉体的欢愉，希腊的海伦来到他身边……浮士德博士一看到她就被她俘虏，他开始向她求爱，让她做他的情妇：他如此喜欢她，几乎一刻也离不开她。去年她怀孕，给他生了个儿子……[16]

303

　　海伦成了一个被俘的情妇，是诱惑的化身，这种致命的欢乐将使浮士德坠入万劫不复的深渊。我们听说，宗教改革家路德（Martin Luther）的学生在浮士德家里发现了他可怕的结局："他的脑浆粘在墙上：因为魔鬼对着墙给了他一顿猛揍，他的眼珠子掉在一个角落，牙齿掉在另一个角落"，他们随后在外面看到"他的残肢断臂散落在马粪上，现场惨不忍睹……他的脑袋和全部关节已被敲碎"。

受这个恐怖的故事启发，马洛动笔为伦敦戏院写下了这部作品。

在马洛的故事中，浮士德不可能不犯罪——他注定要下地狱。他通往地狱之路的一个最重要的里程碑，就是他和淫荡的、发光的海伦的灵魂发生了性关系这件事。马洛的海伦不仅代表了毁灭，还代表了魔鬼本人。当时的通俗版画《死亡的艺术》（Ars Moriendi）就描绘了魔鬼把灵魂从死人嘴里拽出来的场面。[17] 海伦的"唇吸走了我的魂；不知它飞向何方"，浮士德在这里是个通灵的巫师，海伦则是亡灵化身的女妖。

海伦的形象一直都很模糊，但是在这里却有些不同。古代的作者把海伦想象成一个使天空充满光亮，从而与黑暗抗衡的明亮发光体，而在这里，海伦的光辉却笼罩着一层令人窒息的黑暗。海伦在《浮士德博士的悲剧》的剧本中和玫瑰戏院的舞台上闪闪发光，然而这种光环却被令人窒息的层层黑暗所包围。

这出戏完美地迎合了都铎时代观众的口味。舞台上出现的通灵巫师、神秘幻影和女巫，都是他们认为真实存在的东西。在欧洲，买卖灵魂刚刚被定为死罪，路德宗的信徒正掀起一股猎巫热。1586年，一个特别迟来的春天过后，特里尔（Trier）有"118个女人和2个男人"被烧死，原因是他们承认"冬季延长是他们实施的魔法所致"。[18] 但是在不列颠，人们的观点日益清教徒化，甚至到了否认这类力量存在的地步——但是人们却愿意相信超自然的存在。据说，马洛的《浮士德博士的悲剧》有一次上演期间，在演员和观众中造成了极大的混乱和恐慌，有人因为相信舞台上有太多魔鬼而昏了过去。[19]

304

仅仅40年前，英格兰的所有公开表演还都披着魔幻剧和道德剧的外衣。这些非正式批准的作品只宣传那些教会认可的思想。马洛的许多作品都含有亵渎神灵的成分，因此一名活生生的观众肯定会感到毛骨悚然。比方说，这个男人因为被一个淫荡的王后吻了一下，就拥有了不死之身——正统的基督教教义里面没有这一条。但它同时也是一部超越了善恶教训的道德剧，探讨了女人意味着什么，男人意味着什么，人类又意味着什么的问题。2000 年前，在阳光明媚的雅典卫城的斜坡上，同样有人提出了这些问题，而且和那时一样，现在问题的核心依然是海伦的灵魂。[20]

海伦让人感到困惑，在热爱古代的伊丽莎白文艺复兴时期，她是个人人都羡慕的完美的古代美人，[21]可是按照新近流行的基督教新教宣传的教义，她的行为却代表了最纯粹的罪恶。文艺复兴崇拜美，但是流行的新教价值观却支持宿命论，并认为罪恶的本质是不可饶恕。

由于莎士比亚、马洛、德克（Thomas Dekker）和海伍德（Thomas Heywood）拥有（虽然每个人的程度不尽相同）广泛的古典文学知识，他们丰饶的思想才得以接触那个由善变而残忍的神灵所统治的原始恐怖的古代世界。其结果便是创造力的可怕爆发。伊丽莎白时代的伦敦正在古代文艺复兴的影响和新教的严厉管制下蹒跚前行。这是一个不安的世界，宗教上的不确定性使得世界仿佛潮汐翻腾的海水。而在这股汹涌的海水中，海伦甚至从自己英雄般的王后位置上跌落到更远的地方。现在，对海伦入迷意味着卷入漩涡，从此漩涡中诞生的阿佛洛狄忒没有玫瑰，只有荆棘。

马洛生活在一个活跃的时代。公元前 5 世纪的雅典和 16 世纪的伦敦有很多相似之处。这座伊丽莎白时代的首都正处于政治、社会和文化的过渡期，各方面都呈现出一片欣欣向荣的景象。伦敦人开始认识那些从自己祖辈做梦也想不到的国家来的食物、提神饮料和故事。1605 年，活鳄鱼被进献给宫廷，骆驼在街上被兜售。伦敦人突然体验到各种未知和充满异域风情的事物，让这座世纪末的首都因此变得无法安宁。从 1550 年开始，伦敦的人口 50 年内增加了

将近70%。这座城市正在飞速发展，它充满了文化活力，这股浪潮 305
把海伦的名字迅速传至四面八方。

但是，同公元前5世纪的雅典一样，促进这种繁荣的动力之一，
正是对瘟疫造成的大规模和过早死亡的恐惧。

> 美人不过是一朵花，
>
> 皱纹会吞噬她，
>
> 明艳从天落下；
>
> 漂亮的王后年纪轻轻就死去；
>
> 尘土合上了海伦的眼睛。
>
> 我病了，我要死了
>
> 愿主怜悯我们！ [22]

诗人和剧作家纳什（Nashe）描绘了伦敦在瘟疫肆虐下难以避
免的可怕一幕。伊丽莎白时代的海伦确实全身沾满尘土，这是一个
就连永生的王后也不免一死的时代。[23] 马洛那句抒情的台词"这张
使千帆齐发的脸孔"有着奇妙的明亮音色，然而实际上，他的灵感
可能来源于希腊语讽刺作家琉善（Lucian）那部异常阴暗的作品。[24]
在170年前后琉善写了一本《死人对话集》（*Dialogues of the
Dead*），书中他想象在冥府见到了海伦的头颅。赫耳墨斯领着新来
的墨尼波斯（Menippus）参观冥府时，来到一堆白骨和头颅前面：

> 赫耳墨斯：这个头颅是海伦的。
>
> 墨尼波斯：为了这个人，一千艘满载武士的战船从希腊各地
> 出发；希腊人和野蛮人惨遭屠戮，城市变成了废墟。
>
> 赫耳墨斯：啊，墨尼波斯，你没见过活的海伦；否则你会和
> 荷马一样，说：

"为了这件珍品，他们多年的劳苦都是值得的"。

看看那些枯萎的花朵，颜色已经黯淡，除了一句丑陋，我们还能说什么呢？可是当它们盛开时，这些丑陋的东西却相当动人。

墨尼波斯：奇怪，希腊人没能意识到他们为之努力奋斗的是什么；是极其短暂，又很快凋谢的东西。

赫耳墨斯：我没有时间跟你说教。你挑个地方，然后躺下。我要去接些新来的死人了。[25]

306　　就这样，在玫瑰戏院的舞台上，这张使千帆齐发的脸孔真正获得复活，尽管是在古代的阴影下。就连那些最不怀好意的古代文献都让海伦免于一死和免于受辱，让她成为天上的星星、海里的精灵，或者让她和阿喀琉斯在极乐世界里谈情说爱。但是对许多伊丽莎白时代的人来说，海伦已经变成无尽死亡的象征。[26]

托特尔（Richard Tottel）在他 1557 年写的《歌谣与十四行诗》（*Songs and Sonettes*）中问到了海伦：

尸虫还没有吃掉她，

把她化成灰吗？

可怕的死神是否因为美貌、珍贵和好色

而压下了尸体的臭味？

托马斯·普罗克特在诗歌《海伦的抱怨》[Helen's Complaint，收录于他的《真理的胜利》（*The Triumph of Truth*）[27] 一书] 中，改写了历史，让海伦死在了特洛伊。可是，人们依然觉得马洛的海伦很有魅力，并不讨厌；剧作家那些饱蘸情感的台词流露出了他内心的渴望。马洛从一个贫穷的鞋匠家庭脱颖而出，这要归功于他所受的教育，教育使他认识了那些创建和存在于古代文献中的人，他贪婪地阅读古代文献。荷马这样的男人和海伦这样的女人，就是他的英雄和女英雄，是他的启蒙之路。

马洛的海伦是一种时代精神。她神秘、独特而又昙花一现，足以再次成为传奇。而这张使千帆齐发的脸孔之所以栩栩如生，恰恰是因为她可以不露一面就安全逃脱——浮士德的海伦是个鬼魂，只能以幽灵的形式显现。伊丽莎白时代"可爱的海伦"的形象印在了伦敦观众的脑海中，而不再是某个身着女装的小伙子在努力扮演这个世界上最漂亮的女人。

《浮士德博士的悲剧》的舞台指示完美提出了一个和海伦有关的最持久也最基本的问题。马洛的海伦"走在舞台上"但从不开口说话。她是真人还是鬼魂？她是幽灵还是偶像，是性行为或性幻想的产物？她是西门·马古的"恩诺亚"，那个千百年来困于不同人体内的神圣女性，还是一名不幸的泥足妇女，一名几千年来令人类想入非非的真实而又疲惫的存在？如何传递海伦的概念，如何演绎她？

舞台导演们用各种方式处理这个问题。1950 年，奥逊·威尔斯（Orson Welles）让艾莎·凯特（Eartha Kitt）上台扮演海伦，同时用艾灵顿公爵（Duke Ellington）的音乐做伴奏。1966 年，伯顿（Richard Burton）在牛津剧场（Oxford Playhouse）扮演浮士德，而扮演海伦的是身材丰满的伊丽莎白·泰勒（Elizabeth Taylor），当时他俩戏外的关系正濒临破裂。皇家莎士比亚剧团（RSC）在 1968 年的一次演出中，让海伦全身赤裸出现在舞台上；而在 1981 年曼彻斯特的一次演出中，海伦则在一阵金粉中从天而降。在约翰·巴顿（John Barton）1974—1975 年的舞台剧［由伊恩·麦克莱恩（Ian McKellen）饰演浮士德］中，"可爱的海伦"仅仅是个戴金色假发和面具，身穿透明睡衣的提线木偶。[28] 2003 年，由大卫·蓝（David Lan）导演，在小维克剧场（Young Vic）全场爆满的一次演出中，海伦根本就没有出现，只有电影明星裘德·洛（Jude

307

Law）扮演的浮士德被允许出现在舞台上。

我们记得，宙克西斯曾经为了找到描绘极致美貌的完美方法而煞费苦心。任何一个真实的海伦都只能让人希望破灭，可是诗中的海伦却始终可能拥有绝对完美的躯体。马洛诗意的语言使海伦摆脱了浮士德契约的束缚，摆脱了泰晤士河畔唾沫横飞、充满梅毒的污浊空气。她用一个吻让浮士德"永生难忘"的同时，也使她自己再度永生。对许多人来说，她一直都是"这张使千帆齐发的脸孔"，一个美而无形的诗意形象，这个形象起初在伊丽莎白时代的伦敦人的头上盘旋，现在它依然停留在空中。

44

海伦的涅墨西斯

你的名声确实传得很远，没有一个地方不知道你的美貌；美女中没有人的名字跟你一样——弗里吉亚没有，就是远到东边太阳升起的地方也没有。

——帕里斯把海伦比作维纳斯的美貌，
奥维德《拟情书》[1]，1 世纪

在《伊利亚特》中，宙斯劝阿佛洛狄忒说："打仗的事不适合你，我的孩子；你就负责照看婚姻，这股缓缓燃烧的渴望之火吧。"[2]性爱女神听从了劝告。柏林博物馆（Berlin Museum）有一只公元前 430 年左右绘制的小双耳瓶（*amphoriskos*，一种用于装化妆品或香水的陶罐），画中的海伦坐在阿佛洛狄忒怀里。[3]我们的女主人公看起来瘦瘦小小，天真无邪，正经受世事的历练。阿佛洛狄忒正在给这位未来王后的爱情之路指点迷津。为了避免这名年轻的新手因压力过大而崩溃，女神还带来了援军。厄洛斯正光着身子徘徊在角落里，还有一个年轻人正急切地拉着特洛伊王子的袖子，定定

地看着他，他是阿佛洛狄忒的另一个儿子——性欲之神希莫洛斯
（*Himeros*）。

帕里斯：在我看来最不可思议的一件事是，她竟然肯抛弃自
己的丈夫，和一个异国来的陌生人私奔。

阿佛洛狄忒：请你放宽心；我有两个漂亮的僮仆，性欲之神
和爱情之神；我会让他们一路指引你。爱情将会完全进入这个女
人的内心，使她爱上你，而性欲将整个进驻你的身体，让你变得
性感迷人。我也会在场，我还将邀请美惠三女神和我同行；就这样，
大家齐心协力，一定能说服她。[4]

海伦是为了激发人的欲望才来到世间的。为此，她被人类恨了
3000 年：因为在追求欲望的过程中，我们意识到了自己的需求和失
败。海伦体现了人类向往、渴求和掠夺自己没有的东西的欲望。[5]
海伦既美妙又可怕，因为不论你占有了她多少次，你都无法满足；
没有人能停止对她的欲望。忒修斯强奸了幼齿的海伦，但希腊的勇
士依然在排队等待和她牵手。帕里斯一度赢得了她的芳心，但是依
然有成千上万人准备为她赴死。墨涅拉俄斯猛攻特洛伊时，她已经转
投另一个特洛伊王子的怀抱，但是这位斯巴达国王依然想让她回家。

海伦的装束可能改变，但她的角色不会变。她就像一滴水银，
无论被劈开多少次，最后总能聚合在一起，她一直都是美满性爱的
象征。她是那种拥有奇妙的炼金术本领的受到祝福或受到诅咒的女
子，她把人脑和人心的激情融合在一起，使得世人不管原本的意图
多么好，都会无可救药地爱上她，从而导致灾难性的后果。她整顿、
管理我们的幻想。这就是海伦的名气长盛不衰的秘密，她胜过希腊
历史上许多轰动性人物，包括其他被掳走的少女、有权势的王后、
性感的女巫。这不仅是一个讲述美、性和死亡的故事，还是一个讲

述永恒渴望的故事，它诞生于希腊大陆的第一个文明。文明是躁动不安、贪婪的，它永远都渴求更多，渴求那些自己没有的东西。渴望驱使我们进入未知的领域，我们心甘情愿地上路，却又厌恶自己踏上的征程。厄洛斯，厄里斯；爱情与冲突。因为我们知道必须寻找她，但是因为我们知道寻找的结果，所以海伦使得她周围的人"瑟瑟发抖"。她经过的地方，都可以听到一片战栗之声。

千百年来，不同的文化对海伦的阐释无不反映了它们自己的所思所想。我们想给她分类，但是却做不到。她是一个逃离人们视线的美丽偶像。[6] 有时她是命运的牺牲品，有时她是一股自私自利的邪恶势力。对一些人来说，她的美貌足以使人原谅她所做的一切；对另一些人来说，她是情欲影响人类事务时，人类最为脆弱的明证。但是所有人都很清楚，一旦对海伦的容貌和形象进行提炼，剩下的就是一个不能再减的元素：一种性魅力，这种魅力如此强大又如此神秘，以至于男人愿意为它做任何事情（不管多么可怕的事）只为了占有这种魅力，从而占有她。

从柏林博物馆的那个希腊瓶上，我们可以看出被人类如此渴慕所受到的惩罚。海伦旁边站着另一个女人，正用手指着她，仿佛在谴责这个若有所思的王后。她就是命运和复仇女神涅墨西斯。她牢牢地盯着海伦，使海伦逃无可逃。一些神话编纂者告诉我们，水中仙子涅墨西斯是海伦的母亲，她们把美貌和命运密切联系在一起。[7]今天一提到涅墨西斯，希腊人又是诅咒又是唾弃，对她邪恶的力量避之唯恐不及。但是海伦，这个涅墨西斯曾经的孩子，则根本不在乎这些诅咒，被诋毁了 2500 年的她已经习惯了。

＊ ＊ ＊

海伦呼啸着穿过历史，而且常常一边走一边转圈。她被古希腊人尊为性爱女神，并在诺斯替主义的信仰中又做了一回性爱女神。
学术著作中说海伦应该对大量的事情负责，从推崇金发碧眼的雅利
安人（Ayran）至上论，[8] 到复活节彩蛋（富饶的象征），从好莱坞
典型的金发美女到我们圣诞树上挂的仙子——一种已被改得面目全
非的树精。[9] 人们从斯巴达宫殿把她抓来，然后把她留在和自己所
处的时代最般配的圣所、城堡、妓院、天堂或者地狱里。他们试图
表现她的精神和肉体之美，但是一直没有成功：他们这么做的同时，
也创造了越来越多的海伦。

> 自从我上次遵照吩咐踏进这道门槛，
> 毫无戒心参观了基西拉的神庙，
> 发现那里被一名特洛伊来的投机分子抢劫过以来，
> 又发生了很多事：四面八方的人都在讲述这个故事，
> 并且乐在其中。但是没有一个故事能令那个人满意，
> 这些故事都是围绕她的名字胡编乱造。[10]

* * *

说句离题的话。2001 年 9 月 11 日之后仅仅过了一个星期，一
辆当地的出租车就把我送往希思罗机场（Heathrow Airport）。我
的目的地是北美，我们不可避免地谈到最近几次袭击的原因。我的
出租车司机把整个悲剧的原因都推给了莫妮卡·莱温斯基（Monica
Lewinsky）。如果不是因为她，他说，布什政府将永远不会上台。
他认为布什之所以能当上总统（以及基地组织之所以这么猖獗），
都是因为一个放荡女人让比尔·克林顿的"下身把持不住"。我相
信许多古典时代的希腊男性会同意这种观点。

311　　　　克林顿的丑闻发生后，海伦和莫妮卡之间的联系已经由杰弗

里·图宾（Jeffrey Toobin）解释得相当清楚："从特洛伊的海伦到比弗利山庄（Beverly Hills）的莫妮卡，一系列的丑闻史证明，性拥有蒙蔽高等智慧的魔力。"[11] 和海伦一样，莫妮卡·莱温斯基在比尔·克林顿口中也没有名字，而是被称为"那个女人"，这着实令人印象深刻。

海伦是个典型。男人爱上她，和她发生性关系，然后，当可怕的事情发生时，就把一切责任都推到她头上。[12]

我们依然（带着令人遗憾的偏见）过分关注海伦故事中的"耻辱"而不是成功。千百年来，我们选择将后荷马时代的厌女世界观（这种世界观自公元前 5 世纪起，就在雅典等城市形成）作为我们的标准，但是海伦诞生于更早的时代。自从有历史记载的那一刻起，她的名字就没有被人们忘记过。她的幸存恰恰证明了她的价值。她之所以与众不同，是因为 3000 年来她始终是个既神圣又世俗的女性。世界一直在变化，文明来了又去，社会、文化和政治意识都已改变，诗人们唱了颂歌又被禁言，但是海伦的寿命比它们都长。

史前时代的神秘海伦怎么样了？那个坐在斯巴达宫殿石灰石上的、青铜时代的王后呢？那个统领着周围男人的贵族，那个拥有广袤土地的王后，那个熠熠生辉，全身散发着橄榄油和玫瑰香味，晚上会离开宫殿去主持狂热的礼拜仪式的女人。那个宅邸被画像、高级女祭司和绝色美女装点得美轮美奂的王后：她调制麻醉品，她和自己领地上的精灵手牵手走在一起。那个拥有权力、财富和尊重，地位极高的女人。

这个女人一生的事迹被深深嵌在了伯罗奔尼撒和安纳托利亚的土地上。她给我们留下了许多线索，但她没有给我们留下一具尸体。尽管从斯巴达城堡的环境来看，这确实是史料中没有记载的海伦的一部分，但我依然想分享自己的私人幻想，关于这位"世界的欲望"（the world's desire）：总有一天，她的尸体会被发现。因为只有当特洛伊的海伦变成一把干枯的骨头，只有当男人们看到没有牙齿的嘴巴、黯淡无光的戒指，和鸡爪般的残缺手指时，她才能最终得到安宁。只有那时，我们才会停止迫害她，才会停止指责她，只因为她是世界上最漂亮的女人。

312 海伦

所有希腊人都讨厌
这张白脸上温柔的眼睛，
其光泽一如
她站立之处的橄榄叶，
还有那双白皙的手。

所有希腊人都在诅咒
这张苍白的笑脸，
这张脸越白
他们就骂得越厉害，
因为他们想起了以前的迷醉
和以前的不幸。

希腊人冷漠地看着
这名因爱而生的上帝之女，
这个双脚清凉
膝部柔软的美女
他们确实可以喜欢上她
只要把她放在
葬礼用的柏木堆上烧成白骨。[13]

附 录

克里特岛克诺索斯发现的"蛇女神"（Snake Goddess）信徒，由彩陶制成。约公元前1650—前1550年，现藏于伊拉克利翁考古博物馆，拍摄者：Zde。

附录1

弥诺陶洛斯之岛

有个叫克里特的小岛……

被白浪翻滚的酒红色大海包围着——

美丽富饶的国度，人口多得

数也数不过来——

——荷马，《奥德赛》[1]

　　为了更好地理解海伦生活的世界，我们首先必须去伯罗奔尼撒海边，对着南面非洲的方向，找出地平线另一侧那个青铜时代的克里特岛。克里特岛，又名弥诺陶洛斯之岛，传说中米诺斯王的故乡，米诺斯文化的中心，公元前1450年左右被来犯的迈锡尼人侵占。精力充沛而又迫不及待的迈锡尼人受米诺斯人的恩惠颇多。截至公元前1450年，米诺斯文明已经在其家乡克里特岛存在了1000多年，成为爱琴海地区的霸主也将近500年。

　　在伊阿宋寻找金羊毛之前，在帕里斯拐走海伦，触发特洛伊战争之前，克里特岛是爱琴海的一颗宝石，是史前时代一个流着奶与蜜的地方。葱翠肥沃的自然环境，加之以周围一望无际的海水，使这座岛成为安全的文化温床。

　　克里特岛位于 3 个大陆之间，这样的轴心位置意味着它很早的时候就成为一个不同寻常的国际化城市。考古学家在岛屿的北部、南部和东部都发现了史前港口和国际贸易的痕迹。看来对于整个地中海东部地区的商人来说，这是个理想的中转站，不论是从埃及、叙利亚、希腊大陆，还是从意大利来。在岛屿东部的瓦伊（Vaï，风景明信片上，棕榈树覆盖着一片迷人的金色沙滩），当地人说，第一棵棕榈树，是一个埃及水手吃完自己从尼罗河边带来的椰枣之后，随口吐出的果核长出来的。

　　我最近一次造访克里特岛，是去研究岛屿东面帕莱卡斯特罗（Palaikastro）最新的挖掘成果。[2] 瓦伊的白色沙子烫得我的脚板生疼，正午 46 摄氏度的阳光把我的肩膀晒得起泡，我知道了为什么考古学家喜欢把这个岛屿称为中东的前哨，而不是使用那个更有名的爱德华时代的称号——"欧洲的发源地"。经过了早期国际化的克里特岛，从未失去它原有的东方味道。我在停留期间，曾被曼妙的歌声吸引而走进当地的酒吧，这是一种混合了阿尔及利亚通俗音乐（Rai）、布祖基琴和非洲流行乐的克里特岛本土音乐。街道两旁各家自有的香蕉树，仿佛阳光明媚的枝形吊灯。克里特岛过去和现在的小气候为它带来了不同一般的收成。岛上有一种童话般的感觉；那些迷信的人认为，这是一座受神灵庇护的岛屿。

　　青铜时代的克里特岛富庶而又高度文明，是个值得拥有的好地方——克里特岛的宫殿和港口提供了额外的丰厚油水。而大地之神似乎又让另一个野心勃勃的文明有了可乘之机。之前发生的一系列地震大大削弱了米诺斯人的力量。宏伟、恐怖而又壮观的锡拉岛火山喷发，导致了一连串的宗教和社会混乱。对米诺斯人来说，这或许不是"瞬间的毁灭"（apocalypse now），而是缓慢的死亡。[3]

因此，当雄心勃勃的迈锡尼人来到克里特岛时，肯定异常激动。在占领（是政变还是人道救援，就看你怎么理解那些材料了）之前的几百年里，希腊大陆的人可能觉得自己生活在这个南方大岛的阴影之下：克里特岛出产的所有东西都是最好的。有人把克里特人比作 20 世纪 70 年代的日本人[4]——吸收全球最优秀的文化，加以改造，再以新颖独特的米诺斯风格将之传播出去。

随便说出一种工艺或材料，多半都是经过米诺斯人大胆创新过的。超现实主义的石雕、精美的珠宝饰品、动人而又振奋人心的田园风壁画：一条画满整面墙壁的飞鱼，另一面墙壁则画着一只猫正偷偷走近一只羽毛艳丽的小鸟。这里有黑豹形状的翡翠斧头和牛角镀金的石牛雕塑，后者的水晶眸子依然在凝视周围的世界。

克里特还是一个孕育出动人神话故事的地方。欧罗巴（Europa）被化身为一头公牛的宙斯强奸的地方就是这里。半人半牛的怪物弥诺陶洛斯的巢穴，就在克诺索斯宫殿的中央，弥诺陶洛斯以人肉为食，它是王后帕西法厄（Queen Pasiphae）为满足自己的性欲而和一头白色大公牛交配的结果。在克里特岛上空，少年伊卡洛斯（Icarus）为了证明人类的成就而朝太阳的方向飞去，结果却一头扎向了地面，他那双自制的用蜡粘起来的翅膀融化了，他的身体被烤成了焦炭。

然而，还有一个不太为人知的克里特神话。讲的是技艺高超的发明家和工匠代达罗斯（Daedalus，倒霉的伊卡洛斯的父亲）造了一个巨大的金属机器人的故事。这个机器人名叫塔罗斯（Talos），他的任务只有一个——不惜一切代价保护自己的出生地克里特岛。必须保护这个重要的岛屿，以免它受到讨厌的入侵者打扰。还有一件同样重要的事情是，当地人不准离开克里特岛去寻找新的机遇。塔罗斯把克里特岛变成了一个监狱-堡垒。青铜时代的人们认为，米诺斯人的天赋非常值得以重兵守护。

* * *

某种意义上，这种排外的态度是必要的：在公元前的第二个千年里，国与国之间交流的机会非常多。我们可以从许多考古发现中，清楚地看出青铜时代克里特岛和邻国之间的关系。伊拉克利翁博物馆保存有一根非洲象牙，是在扎克罗（Zakro）宫殿的一个储藏室里发现的。也许这根象牙是作为异国来的新奇事物而陈列在宫里，也许它是物物交换的结果。现在这根象牙灰败朽烂，表面布满了裂痕和洞孔，令人作呕。

时间对其他的工艺品则要友好一些。锡蒂亚博物馆（Sitia Museum）有一尊异常精美的青年雕像（kouros，可能是一名年轻的神祇）用河马牙作为装饰，这种材质因其娇嫩的肉粉色而备受青睐。该雕像在克里特岛东部海滨帕莱卡斯特罗的一处圣所被发现时，已经裂成碎片，人们把他重新拼好，再用金箔和河马牙加以美化，这尊雕塑因此而被称为"用黄金和河马牙制成的小雕像"。

制作这尊雕塑的工匠们仔细地给他染上埃及蓝，还给他的眼睛嵌上水晶。他双手握拳，身上血管和肌肉凸起。每个脚趾甲和手指甲都刻得非常完美，尽管后者因为在手掌内部，我们看不到。那些表示头发的金色细丝紧贴在他美丽匀称的脸上。每一次我站在这个自信而强大的青年面前，我都得提醒自己，他不是米开朗基罗工作室的作品，而是史前的作品。难怪米诺斯人的审美受到整个爱琴海地区的赞扬和模仿。

地中海周围许多地方，包括锡拉岛，似乎都受到米诺斯文化的吸引。迈锡尼人的穿衣风格模仿了米诺斯人；他们绘制壁画时，也跟着他们的米诺斯老师有样学样；他们制作陶罐时，也是照着米诺斯人的图样做。海伦这样的妇女无疑会穿着她的克里特远亲设计的款式招摇过市，而这些富有创新精神的裁缝已经死了好几百年了。

巨大的陶罐上绘有独特的图案、章鱼和海草形的卷纹。人们一 318
开始认为这些图形为米诺斯文化所独有，但是最近斯巴达周围也发
现了类似的陶罐。[5] 斯巴达南面，紧挨着斯巴达的瓦菲奥出土了两
个刻有公牛和跳跃的人的金杯，这两个金杯带有明显的米诺斯风格
（或工艺）。从克里特岛向正北方行驶，米诺斯人将首先停靠基西拉
岛和拉科尼亚的港口伊西翁。继续沿着正北方向进入内陆，半天时
间即可抵达斯巴达。米诺斯风格固然富有活力，然而迈锡尼人才是
陶器制作的行家：他们有选择地使用黏土和泥釉，对煅烧工艺的理
解更加深入。大陆生产的陶罐质量更佳。在海伦生活的时期及之前，
拉凯戴蒙和热情的克里特岛居民之间，肯定存在持续、广泛和双向
的物质和思想交流。在《伊利亚特》中，海伦讲述了克里特岛和伯
罗奔尼撒之间的密切联系。在提到克里特王伊多梅纽斯时，她说："我
那真正的勇士墨涅拉俄斯经常在我们家设宴招待他。"[6] 伊多梅纽斯
国王派了 80 艘"黑色战舰"[7] 参加讨伐特洛伊的战争。当然，当帕
里斯留在斯巴达并喜欢上斯巴达人的王后海伦时，墨涅拉俄斯正在
克里特岛埋葬自己的祖父。

米诺斯人的影响遍及整个阿尔戈斯和拉科尼亚地区。大约在公
元前 1550 年，迈锡尼人甚至开始将死人埋在圆形的圆顶墓里，而
这正是克里特岛南部米诺斯人的做法。然而有一点明显的不同：对
米诺斯人来说这些是公共墓地，大量居民死后都葬在一起；但是在
迈锡尼等地，这些墓是为国王、贵族及其家人建造的。即使在勇士
死后也要给予其优厚的待遇，将他们葬在比其他人更高等级的地方，
这体现了一种对建筑的强烈热情。米诺斯人的墓室是集体的，迈锡
尼人的墓室则是为了表彰英雄行为和装点家族门面而建。

米诺斯人最重要的一项技能，被迈锡尼人吸收后又为他们自己
所用的，似乎是书写的天赋。

公元前 2000 年左右，克里特人发明了古代欧洲最早的文字，"克

里特象形文字"（Cretan Hieroglyphic），紧跟其后的是线形文字 A
（Linear A）；目前，这两种文字均尚未破译。1900 年阿瑟·埃文斯
在克里特岛的克诺索斯挖掘时，发现了这两种字母系统。但是埃文
斯还发现了另一个字母系统（线形文字 B），事实证明，这种字母
没有前面两种那么神秘。埃文斯死后过了 12 年，也就是 1953 年，
建筑师迈克尔·文屈斯（Michael Ventris）和烟瘾很重的美国天才
学者爱丽丝·科贝尔［Alice E. Kober，记录了破解线形文字 B 所
319　需的大部分资料收集工作的 18 万张长方形方格纸，就塞在"好彩"
（Lucky）和"弗里特伍德"（Fleetwood）的香烟盒里］[8] 破译了线
形文字 B 并证明了它是希腊语的早期形式。

　　受南方的创新者米诺斯人的启发，迈锡尼人似乎引进了书写文
字的想法，但是却用它来表达自己所说的希腊语。

　　由于文屈斯的破译，希腊文的历史一举向前推进了将近 1000
年。文屈斯及其合作者约翰·查德威克（John Chadwick）的兴奋
劲儿既可爱又富于感染力。查德威克把第一批有关线形文字 B 的文
献给剑桥大学出版社送去后，用线形文字 B 写了一张明信片给文屈
斯（当时在希腊）以示庆祝。[9]

　　　1. i-jo-a-na, mi-kae, ka-re-e

　　　2. sa-me-ro, pu-pi-ri-jo

　　　3. tu-po-ka-ra-pe-u-si

　　　4. a-ka-ta, tu-ka

　　　5. ka-mo-jo, ke-pu ra,
　　　　 i-jo-u-ni-jo-jo

　　　6. me-no, A-ME-RA 7

　　　1. 约翰问候迈克尔！

2. 今天我把书给了

3. 印刷厂。

4. 祝好运!

5. 于剑桥……

6. ……六月七日

多亏了这些破译者,我们才有了一扇直接了解海伦世界的文字窗口。这些主要在克里特岛的克诺索斯和哈尼亚,以及希腊大陆的皮洛斯、迈锡尼、梯林斯和底比斯发现的线形文字 B 泥板,原来记录的并不是精美的诗歌或外交协定——学者们在失望和冲动之下,说它们是"洗衣单"(laundry lists)。可是,洗衣单依然可以告诉我们男人和女人都穿些啥,洗衣费多少,以及洗衣店的经营者是谁。虽然这是一门简略的语言,充满了令人困惑的词语,我们就像是在阅读抵押贷款申请上的细则条款一般费劲,但是这些泥块却提供了生动的细节,片言只语即把读者送回了迈锡尼人的世界。例如,有些记录了某个牧羊人看管的羊群数量,另一些则记录了送给高级女祭司的橄榄油的惊人数目,甚至还有个别牲畜的名字:阿黑(Blacky)、阿花(Spotty)、白鼻(White-Nose)和白蹄(White-foot)。[10]

一旦开始使用文字,迈锡尼人就不再回头。年复一年,越来越多的克里特人的地盘变成了迈锡尼人的,直到这些希腊大陆来的人占据了主导地位。迈锡尼人本身拥有伟大的文明,但他们同时也是杰出的剽窃者,乐于利用另一种文明的成果为自己服务。米诺斯人之于迈锡尼人,就像古希腊人之于后来的罗马人,是灵感的由来和无处不在的文化源泉。他们逐渐成为一种文明,这种文明以幽灵的形式出现在一个被迈锡尼统治者严密控制的世界。[11] 像海伦这样的女人将从克里特人的传统中获益良多。

那次站在克里特岛北部沿海富尼(Phourni)山顶的墓葬遗址,

是我最深切感受到米诺斯和迈锡尼之间发生的文明迁移的时候。太阳从朱克塔斯圣山后面落下——山体本身庇护着阿涅摩斯匹利亚（Anemospilia）的神圣洞穴——墓地周围淡黄色的夕阳余晖一下子就消失不见了。刹那之间，只剩下一个个重修的米诺斯早期的拱形墓室，这些朴素的圆顶石庐是为了给动荡年代的男女尸体提供一个栖息地而修建的，当时各个新生社会都在争抢有利位置。山底下，可以看到后来的迈锡尼圆顶墓。现在，迈锡尼人将他们的逝者埋在各个家族的豪华墓地里。

在研究这些坟墓时，我强烈地感受到，人和权势会随着时间的流逝而发生迁移，同时留下足印。奇怪的是，不管克里特的统治者是谁：米诺斯人、迈锡尼人、土耳其人、德国人或者希腊人，有许多声音几千年来都没有丝毫改变。下面的农场养着鸭子，蜜蜂嗡嗡叫着，从一棵野生鼠尾草飞到另一棵，狗快活地叫着，接着从山谷传来一个男人的声音，他喊出了好像 3500 年前刻在线形文字 B 泥板上的一个字"ME-RI"："梅丽（MELI）！"他喊道，"多拿点蜂蜜来！"

附录2

"巴黎女人"

那么，男人们竞相争夺的海伦之美，或所有像阿佛洛狄忒这样的女人之美，又来自哪里？

——普罗提诺（Plotinus），

《论可理解之美》（*On the Intelligible Beauty*）[1]，约 260 年

我们极难判断米诺斯人对迈锡尼人思维模式的影响到底有多深，特别是在女人和宗教方面。然而，这又是个令人难以抗拒的调查方向，其特别的原因在于，克里特岛上的"女性"（fairer sex，在米诺斯—迈锡尼艺术中，女人的皮肤被漆成白色，男人则被漆成棕色）显得重要、强大而又突出。1900 年，阿瑟·埃文斯开始挖掘克诺索斯遗址，开挖的第二天他就发现了一尊小雕像，他立刻把她命名为阿佛洛狄忒。当宫殿群的壁画被发现时，人们看到好多女性聚集在一起，而她们周围通常都有一些神圣的符号。金色的图章戒指上，刻着袒胸露乳的女孩在摔跤、摇树，或抱着大捆的蔬菜。她们累倒在祭坛上，她们高高地坐在王位上。

我以前的古代史老师酷爱轰动效应。一个阴冷的 11 月下午，我和同伴们聚在一起看幻灯片。周围一片漆黑，空气有点闷，大多数同学都把头趴在桌子上，准备小睡一会儿。突然，一个乳房硕大的半裸女人出现在了屏幕上。她就是著名的克里特岛"蛇女神"，一个涂有眼影、腰肢纤细的严厉女子，两只裸露的乳房胀鼓鼓的，骄傲地耸立在紧身胸衣和层层叠叠华丽的条纹裙上方，一条大蛇盘在她的手臂和脖子上。其形象非常迷人。这个被称为女神的人，这个有点吓人的半裸美女，已经 3500 岁了，然而在我看来她依然是一具血肉之躯。是神也好，是人也罢，她完全就是女性力量和生殖力的象征。我想彻底弄清她的来历。

事实证明，我对这个女神的直觉是对的。这名彩陶"女神"有

322 4 个同伴，其中 2 个只剩下一些小的碎片。这 5 件雕像都是 1903 年阿瑟·埃文斯及其团队在克里特岛的克诺索斯宫殿发现的。它们的年代可以追溯到公元前 1600 年左右，每座雕像已经不知什么时候被仔细破坏过，然后和贝壳等许多奇奇怪怪的东西一起，被埋在储藏室地下一个很深的石坑里。接收这些肢体分离的残骸的处所，似乎是这座宏伟的宫殿建筑群最神圣的地方之一。这些妇女显然受到了降级处理，但是她们过于强大，不能不谨慎对待。这些小雕像被严格而认真地掩埋起来，正如一名同行所说，仿佛她们的执行人处理的是放射性物质。

爱德华时代的考古学家神化了这些妇女，他们认为，既然这些女人被雕刻得如此精美，看起来又很有权势的样子，那她们肯定是超自然生物的代表。现在人们认为，这些"蛇女神"其实更有可能是有生命的、会呼吸的信徒，是某种米诺斯自然崇拜或生殖崇拜中的高级女祭司。

如果你到得足够早或足够晚，从而成功避开了伊拉克利翁博物馆的人流（路过的那些混凝土柱子，被涂成和马路那头克诺索斯宫

殿的柱子一样的血红色），那么你就能和这些青铜时代的著名女性安静地待上几分钟。这些由彩陶精巧制成的、胸脯裸露、表情凶狠的女性正从玻璃匣子后面怒视着你。3 尊雕塑全都身着盛装，腰部紧紧地系着胸衣，胸衣下面是围裙，和类似有裙架支撑的大摆百褶裙。

现在，"蛇女神"在克里特岛随处可见。小巷里在贩卖她的廉价山寨复制品。岛屿南部一个裸体海滩的混凝土厕所的外墙上，画着她的巨幅肖像。一些学者认为，某种意义上，"蛇女神"及其信徒的身影在青铜时代的克里特岛同样随处可见。不管她是神还是人，她都代表了一个把女性视为图腾的时代。迈锡尼人强化了自己对米诺斯人的兴趣，并在公元前 1450 年左右占领克里特岛时，装船带走了大量的文化信仰。喜欢描绘女人，便是转移到希腊大陆的其中一个文化符号。

如果要追踪海伦力量的起源，我认为其源头就在克里特岛。岛上的画像中充斥着如此之多的妇女形象，以至于一些学者大胆地声称米诺斯时期的克里特岛是母系社会。这么说可能有点过于极端，但是在女性及其享有的权力和特权方面，克里特岛确实有些异乎寻常。

我们所掌握的有关史前宗教的实质性证据都是片面的，因此，任何关于其信仰的一般性描述都只能是一分分析，二分猜测。但是，由于海伦的世界（包括物质世界和精神世界）受到其米诺斯前辈的支配和影响，而且从大约公元前 1450—前 1200 年迈锡尼人似乎一直占领着那里，克里特岛出土的证据非常值得一看。小雕像、印章石、陶桌和壁画似乎为我们提供了线索，使我们得以一窥曾经居住和工作在这个岛屿上的大约 50 万人的信仰和生活。2

在一个精神事务和活生生的现实世界无法分割的年代，宗教信仰表现得强劲、活泼、勇敢也就不足为奇了。宗教似乎是动人的戏剧、马戏表演、降神会、摇滚音乐会和五朔节的杂糅。假如克里特岛的证据可信的话，那么最高阶层在这些令人兴奋的宗教仪式中肯定担任着积极和主导的角色。有人认为，青铜时代贵族的权力可能并非来自高贵的出身，而是来自他们充当人神之间的专业调停者而获得的地位。

对许多宫殿建筑群［例如克诺索斯、马利亚和岛屿南部斐斯托斯（Phaistos）的漂亮宫殿］来说，宗教仪式无疑是最重要的。为了参观斐斯托斯的宫殿，你必须远离希腊大陆，向着南方，朝利比亚海的方向驶去。这里的地形平坦而陌生：道路经过仿佛被弃于荒野中的巨大岩石——"奶酪馅饼"，当地人这么叫它们（虽然你可能觉得这些石头对早期的克里特人来说没那么舒适和惬意）——然后朝向海边，在肥沃的梅萨拉平原（Messara Plain）曲折穿行，直到抵达斐斯托斯的宫殿建筑群脚下。斐斯托斯的宫殿建筑群位于山岗上，现在被一片松树林包围着，必须爬过一段陡峭的山坡才能到达。干燥的热风在遗址周边呼呼地吹，但是这一轻快的环境却被西边一带沉默的大山抵消了，那就是带有双峰标志的神圣的伊达山。

我到这儿来，是为了寻找早期的米诺斯妇女形象，这些形象对海伦的迈锡尼世界有着直接的影响。[3]斐斯托斯的宫殿里发现了一张圆形的柱脚桌和一只陶碗，两件物品的设计和制作均非常用心，其年代可以追溯到大约公元前1900—前1700年——迄今为止并没有其他类似的发现，说明这是两件宗教用品。也许它们是在农业年份的特定时间拿出来酬神的，因为神灵使田里小麦青青，树上橄榄累累，藤上葡萄串串。碗和桌子均绘有看似在跳舞的女人——手臂摇摆，裙角飞扬，一些人看起来好像安了个鸟嘴。中间一个女人手里举着一株开花的植物。

印章石上，精心雕刻的微型缩影记录了盛大的游行场面。年轻女子挽着装满果树枝的篮子，聚集在树木周围，这些树像是摆放在基座上的盆栽一样。这些画面给人的第一印象是，这些精力充沛、体态丰满的少女正在赞美和引导自然：[4] 她们掌控着动物和鸟类。考古学家给她们起了"动物之母"（Mistress of Animals）、"鸟类之母"（Mistress of Birds）、"马儿之母"（Mistress of Horses）这类名字。

在反映自然的米诺斯绘画中，无处不在的是女性，掌管一切的似乎也是女性。而且可能因为如此，其他米诺斯图像中的女性也获得了极大的尊重。[5] 克诺索斯有一幅损毁严重的壁画，在伊拉克利翁博物馆中也被称为"游行壁画"（Procession Fresco），[6] 上面画着一名坐着的女性，她可能是化身为高级女祭司的女神，正被一群爱戴她的男女簇拥着。信徒们倒退着走，以示对这位衣饰异常奢华的人的尊重。

* * *

对女性神祇的崇拜最为疯狂的，似乎是在那些地形特别突出的地方。青铜时代的克里特人将宫殿和城镇作为自己的宗教中心，但他们也会到一些对他们而言具有重要宗教意义的地方去，例如山巅、河畔，或者地底的洞穴。建在这种荒郊野外的神庙、圣所和祭坛，有的依然保存至今，但是在其他地方，大自然的建筑已经足以容纳米诺斯人的虔诚信仰。

在这些荒凉的地方，人类活动的唯一线索，就是那些留下来的小供品，例如一只小小的陶牛，或者一个似乎在祈祷的女人——站立着，双手按在胸前，或者把拳头举到脑门处，以示崇拜。已经有陶制的甲虫出土，奇怪的是，还有仿佛从一个模子里出来的鼬鼠。阿瑟·埃文斯在克里特拉西提（Lasithi）附近的西克罗洞（Psychro Cave）发现的供品，是一个胖胖的爬行婴儿，婴儿只有不到 2 英寸（约 5 厘米）长，屁股却长得圆滚滚的。孩子好奇地抬着头。考古学家还挖出了一些代表残肢断臂的东西。在今天的天主教和希腊东正教会，如果有人断了胳膊，或得了腿部溃疡、乳腺癌等，他就会献上类似的金属供品。希腊人把它叫做"塔玛它"（ tamata ）。那些史前的陶制供品极有可能起着同样的安抚作用。许多遗址上都有一层层的灰，这说明仪式还伴随着大型的篝火。[7]

325　　克里特的博物馆馆长给我们讲了一个少年的有趣故事，这个少年使他们注意到了一个特别的发现（以及遗址）。在斯科蒂诺岩洞（ Skotino Cave，此洞在伊拉克利翁东面，往内陆方向步行大约一小时）考察时，这孩子发现了一尊损毁严重的小青铜像，好像是一个男人肩膀上扛着一只山羊。这尊雕像有 3500 年的历史。

斯科蒂诺岩洞有 160 米深。为了目睹崇拜和尊敬女性的极端场所，我曾经爬过崎岖不平的洞穴地面，跌跌撞撞地进入洞穴内部，洞里的岩石覆盖着一层泥浆（如融化的巧克力那般黏稠）和绿色黏液的混合物。越往里走，光线本身的色彩就越丰富——你正走在空气中，但是，很快你就会猛然发现，自己正在水下，或正在平静的绿色水雾中行走。

耳边不断传来流水涓涓、泼溅和滴落的声音，钟乳石和石笋仍在生长。一些矿物质在洞穴中央形成了巨大的球形物体。任何游客在这些巨物及其饱受摧残的岩心面前，都会相形见绌，它们的表面不时被各种各样艳绿色的苔藓和海藻勾勒得异常醒目。每块绿色植物都在等待自己的高光时刻：每天一次，光线会扫过那些没有被洞穴内歌门鬼城（ Gormenghast ）[*]式的岩石遮蔽的地方。洞壁上的一些地方会有一个小时左右的时间沐浴在阳光里，附着在那里的植物有了一丝短暂而疯狂的活命机会，得以制造它们生命所需的叶绿素。我们正是从这种地方去努力了解史前的精神景观。

---

[*]　歌门鬼城，英国作家马尔文·皮克（Mervyn Peake）最重要的作品、世界奇幻文学代表作"歌门鬼城四部曲"中的阴森城堡。

＊　＊　＊

关于青铜时代的印章石、陶罐和小雕像所描绘的女性形象，一个有说服力的解释是，女人负责着自然的健康，即种子的发芽和谷物的成熟。一个从狩猎和采集转向农耕的社会发现，在新的培育和人工方式下，自然对农民的依赖程度和农民对自然的依赖程度一样高。因此，当自然变成一种农业活动，自然的首席执行官们（那些女人）必须一直处在规定的位置上。粮食被储存在克里特岛克诺索斯或希腊大陆皮洛斯的宫殿建筑群里，而且可能由女祭司（即"克拉维福里"，意为"掌管钥匙的人"）看守着。

克诺索斯被认为是所有粮仓之母。[8] 其迷宫似的储藏室里陈列着好几百个大陶罐。肯定有人在这些富足而又酒香四溢的房间里穿行，安排什么东西应该放在哪里，决定小麦、大麦和橄榄应该如何储存，吩咐应该拿出多少食物酬谢神灵，同时组织整个社会的口粮分配。克诺索斯的大看台和神庙的壁画暗示宫中有大量的女性存在。画中这些成群结队的女性显然一开始就已经被认定不是歌舞队，也不是沉默而尽职的后宫女眷。埃文斯的挖掘团队把"坎波桑托壁画"（Campstook Fresco）中那个迷人的妇女命名为"巴黎女人"，因为她的发型看起来非常时髦，几乎可以肯定不是可有可无之人。这种女人很可能既接收丰收的成果，感谢神灵赐予好的收成，随后又控制着这些收成的使用和分配。

那将是一个权力极大的位置。想象一下青铜时代的食物生产是多么脆弱。史料中详细记载了在埃及发生的，可能由于 7 年饥荒而造成的恐慌；然而，据估计，只需 2 个年份收成不好，就可以清空克诺索斯那些原本塞得满满当当的食物储藏室；皮洛斯和迈锡尼宫殿的情况也一样，甚至还不如克诺索斯。掌管着大自然的食品柜的，将永远是一群可爱且不会擅离职守的女人。女人很重要，或许是因

326

为她们拥有某种特权，洞悉自然的奥秘和灵性的世界；这相当重要。
而像海伦这样的女人，假如她因为天赐的容貌而显得异常突出，那
她的重要性就只能用无以复加这个词来形容了。

＊　＊　＊

赫梯帝国的资料更加完整生动，有助于我们领会地中海东部地
区那些宗教上有权势的妇女所享有的实际好处。同时期的赫梯资料
讲到，神庙的女祭司适合做国王的配偶。一些泥板使我们知道，位
于宗教（在默认的情况下，还有世俗）金字塔顶端的妇女，能积聚
多少的物质财富。

除了"圣桑伽"（San Sanga，即高级女祭司），神庙中还有
具有一定影响力的女性，被称为"萨尔苏胡尔拉尔"（Sal.Suhur.
Lal）。我们听说，大约公元前 1400 年，神庙中有个名为库瓦塔拉
（Kuvatalla）的女人确实接受了当时国王阿努旺达（Arnuvanda）和
王后阿斯穆尼卡尔（Ašmunikal）馈赠的大量礼物。你可能以为君
王的这种感慨布施是为了讨好神灵，同时充实神庙本身的资源，然
而不是这样的，这些礼物是库瓦塔拉的永久财产，而且将来会被她
的孩子所继承。

327　　这块高 25 厘米、宽 17 厘米的功德碑永远记录了库瓦塔拉的
财产，现在在伊斯坦布尔考古博物馆（Istanbul Archaeological
Museum），依然可以看到这块刻有赫梯楔形文字，已经变成焦褐色
的泥板。泥板虽然有很大的裂缝，还有大块大块的文字缺失，但是
依然可以辨认出大部分的礼物清单：

……普利亚（Pulliya）家，2 名男子（Pulliyani, Ašarta）、3 名
男孩（Aparkammi, Iriyatti, Hapilu）、4 名妇女（Tešmu, Zidandu,

Ašakkummila, Huliyašuhani）、3 名女孩（Kapašanni, Kapurti, Paškuva）、2 名老妇（Arhuvaši, Tuttuvani），共 14 人；4 头牛、2 头驴、2 头奶牛、1 头小牛、1 头耕牛……安塔拉（Antarla）的汉塔皮（Hantapi）家，7.5 伊库*（iku）葡萄园、13 间房、30 名男子、18 名男孩、4 名男童、35 名老妇……共 110［人］。仆人中，2 名工匠、2 名厨师、1 名织布工、1 名胡里安裁缝、1 名鞋匠、1 名马夫……22 头牛、158 只羊、2 匹马、3 只骡子……伟大的国王阿努旺达、伟大的王后阿斯穆尼卡尔和尊贵的图塔利亚王子（Prince Tuthalia）把［这些东西］作为礼物，送给他们的仆人，女祭司库瓦塔拉。他们将不会向她的子孙要回任何东西。拥有最高权力的君主，伟大的国王阿努旺达及其妻子阿斯穆尼卡尔的誓言如铁，承诺如金。誓言不会取消也不会不履行。任何试图更改本誓言的人都将身首异处。[9]

高级女祭司库瓦塔拉的生活肯定相当滋润。

---

* Iku，苏美尔语，为面积单位，相当于 3600 平方米。7.5 伊库即 27000 平方米。

附录3

用石头、黏土和青铜制成的女人

我们所有人的母亲，
我们中年纪最大的人，
坚硬，
灿烂如岩石

生活在这片土地上的所有东西
都受到她的
滋养，
我所赞美的
是大地母神（Earth）

无论你是谁，
如何经过她的神域
来到这里
你是海里的生物，

还是空中的飞鸟，

都受到她的

滋养

由于她的宝藏

你收获了

漂亮的孩子

美好的收成

生命本身的给予，

和收回

任何人

都属于你……

　　　　　　　　　　　——《荷马颂歌 致大地母神》

　　　　　　　　　[*Homeric Hymn to the Earth*（Ge）] [1]

　　我们从斯巴达发现的最早的一尊具象雕塑是个女人。她很有可 ³²⁹ 能是一位母神（Mother-Goddess），由一群几乎不知道如何制作瓦罐，也不知道如何冶炼金属的人用石头雕刻而成。我们几乎无法判断这个年代久远的女人在社会、政治和文化方面的影响力。但是，这一类的考古发现（健壮、凶狠、体态丰满的生命赐予者）显然说明了在早期人类的心目中，女性有多强大。

　　爱琴海地区的整个史前时期，都出现了女性的雕像和小雕像。这些雕像许多都被埋在各家的垃圾坑里，其他的则是在坟墓里被发现的，有时单独一个，有时好几个在一起。有些是被故意损坏的，通常是从脖子处被整齐地折断，然后被埋起来。这是一种侵犯和不敬的行为吗？可能不是的。在史前时期打烂一件人造物品，尤其是一件人形雕像，很可能意味着承认其力量，或标志着它已进入另一个世界：这不是一种故意破坏的行为，而是崇敬的表现。一些女性雕像被带到具有重要宗教意义的地方（圣所、山巅、洞穴深处）作为礼物献给那些早已被人们忘怀的神祇。

这些女性雕像有成千上万个，各种形状和大小的都有。有些长着大象腿，肥得可怕，有些则消瘦、纤细。她们初次出现大约是在公元前29000年（尽管有些专家更为谨慎，认为这个时间在公元前25000年）。公元前8000—前3500年，她们大量出现在希腊和爱琴海东部地区。不管是体形优美还是立体主义式的，不管设计为站立还是躺下，这些新石器时代的雕像只有很小一部分是明显的男性。[2]直到公元前2500年，基克拉泽斯群岛仍在持续生产数量极多的女性小雕像。[3]石像表面的紫外光谱分析显示，这些雕像许多都涂有朱砂和石青，这些红色和蓝色颜料勾勒出头发、珠宝、面部五官、割线或针刺形成的文身。有一个吓人的例子是，雕像的面部和大腿用针扎满了一只只眼睛。[4]

这些默默注视着自己的缔造者日常生活的小个子女人，大都（尤其是来自基克拉泽斯群岛那些）有明显的性特征。很多时候，雕像上最主要的装饰就是一个明显表示阴部的三角形，和两只简单的乳房。这些非常重要的性别标志完全是从石头或陶土中凿出来的。有个女人来自拉科尼亚的斯库拉（Skoura），是海伦的老乡。她的大小和形状跟一个普通的长条面包差不多，样子非常笨拙，就是一个用黏土捏的，没什么明确形状的人，而且毫无生气，除了一只手的手指张开，直接指向下面的性器官。[5]

330　　　许多年来，这些女性小雕像，这些"母神"都没有受到重视。早期的收藏者形容她们"野蛮"和"讨厌、丑陋"。这些简单原始的形态无法和高度润饰过的希腊"古典"艺术比美，19世纪的人们往往认为它们更适合学术界，而不是被公众关注。今天，在塞尔维亚、克罗地亚和罗马尼亚的博物馆，我们依然可以在一个不起眼的房间里看到这样一尊孤零零的奇特雕像，和其他一堆乱七八糟的史前文物摆在一起。没有关于它出处的线索，没有展品标签冒险对它的身份做一番猜测，这类雕像在这里仍是二等公民。还有很多在库房里无人问津，未被研究，几乎被人遗忘。

然而，在有些地方，这些优雅而典型的亨利·摩尔（Henry Moore）*作品已经变得相当流行，却也不足为奇。我每次去雅典，总是径直前往古兰德里斯博物馆（Goulandris Museums）和贝纳基博物馆（Benaki Museums），这两座博物馆均位于时髦、高档的科洛纳基（Kolonaki）街区。特别是贝纳基，拥有一大批杂乱而精致的文物，年代跨度从史前一直到希腊独立战争†时期。伊曼纽尔·贝纳基斯（Emanuel Benakis）从尼罗河的棉花贸易中挣到了钱，这给了他在地中海东部地区跑来跑去、收集文物的资格，而这些文物一开始是准备作为商品卖出去的。

从繁忙得惊人的瓦西里西斯·索菲亚斯（Vasilissis Sofias）大街进入博物馆，街上耀眼的强光和匆忙的行人立刻被抛到身后。雕像被展示在合适的暗光中。儿童停止了叽叽喳喳，游客长时间凝视着这些石头雕成的女人，试图弄清楚她们的身份。当然，这些坦然裸露性器官的女性雕塑已经令学者困惑了几十年。问题是，在考古背景相对简单的地方，证据几乎可以适用于任何一种理论。这些迷人的雕像也不例外。因为这些雕像描绘了女人（来自一个我们既听不到人声，也极少能发现她们骨头的时代），我们不禁浮想联翩，希望这些用石头、黏土、骨头或象牙做成的沉默不语的人，可以使我们直接触摸遥远的过去。

然而实际上，这些小雕像有着许多不同的解释方式，因为它们本身的体形不尽相同。过去人们曾犯过错误，认为它们有一种固定

---

* 亨利·摩尔（1898—1986 年），英国雕塑家，高度精简和抽象的女性形象是其典型的雕塑风格。

† 希腊独立战争，19 世纪初期，希腊为反抗奥斯曼帝国而爆发的一场独立战争。

不变的含义，现在看来这种观点有些过于简单了。这些充满阳刚力量的女性有成千上万个，人们不得不考虑她们被发现时的不同背景，以及她们几千年来发生的变化。与一屋子的考古学家聊天，各种各样的观点纷至沓来；也许她们是商业上用的契约信物，是助产婆或者教育用具，是庆祝分娩这一人生最为重要的阶段到来的象征。她331们有没有可能是史前的肖像、盼望已久的婴儿的形象、为满足死者性欲和可笑嗜好而制作的玩具，或者完全就是一种视觉艺术，代表着一个显然不只包括男人和女人，还包括双性人和无性人的族群；有人甚至提出，它们是珍贵的色情用品吗？[6]

考古学家们很少能取得一致意见，但是，随着时间的流逝，某种可以称得上是共识的东西出现了。不管作用如何，这些雕塑都显示着某种权威。这些作品具有旺盛的生殖能力，这种能力主要依赖她们的性别。这些小雕像用最纯粹的视觉形态，表现了个人的自我觉醒。每一尊都在努力表达对人类本身的看法。随着这些人类形象的出现，人类如何用自己的创造力去理解周围世界第一次有了确凿的证据，而且他们似乎主要从女性的角度去理解周围世界。[7]不管这些雕像的真正用途是什么，它们都告诉我们，由于某种原因，海伦的直系祖先和远祖认为女性更加重要，因此必须为她们制作雕像。

附录4

强大的海伦——女上帝和女魔鬼

奥林匹斯山让其他的女人消失；
一天结束后，她们应该保持安静
且不必为明天担心。可是我却
没有任何休息可言。神灵对她这个
半神丝毫不像对自己那么仁慈。

——莎拉·蒂斯黛尔（Sarah Teasdale），
《特洛伊的海伦》（*Helen of Troy*），1884—1933 年

部分受到这些新发现的史前女性小雕像的启发，一种关于人类早期社会（那时人们相信上帝是女性）的传统论点有了进展。这种对史前人类如何看待和构建他们的世界的推定非常的干净利索，而且遵循以下的思路：一名超自然的母亲——经常被认为是大地母神（Mother Earth）或自然母神（Mother Natural）——曾经受到地中海东部地区（有人甚至认为，是全球）民众的顶礼膜拜；19 世纪末20 世纪初的考古学家、历史学家和科学家热情地提出了这一观点。

大地母神说在当时很吸引人，因为它支持了这样一种观点，即（精神上或政治上）由女性主导的社会是人类的"早期"形式。一个由大地母神监管的母系原始社会，是一个注定将变得更强大、更进步和更男性化的种族发展的合理起点。

当时的人们认为（许多人依然如此认为），在某个时刻，也许由于青铜技术的发明及其带来的巨大飞跃，也许由于北方游牧民族的入侵，女性的权威让位给了男性的冲劲。石器时代结束，青铜时代开始，爱琴海地区的居民踏上了一条把他们带离全能母神的精神之路，并最终创造了奥林匹斯山上的一众神灵，这些神灵为首的是长着"浓黑眉毛"[1]、性格独断专行的宙斯。

不无讽刺的是，20 世纪和 21 世纪的女权主义者也采用了类似的论点（虽然其逻辑依据完全不同），他们把早期的史前时代视为女上帝（She-God）统治的领域。从这个角度来看，这名女神主宰着一个女性"在卧室和会议室"，在街上和圣所均高人一等的黄金时代。因此，（他们如此辩论）这是一个神权统治、女人当权的母系社会，世界的自然形态（女人掌权）由其有远见而明智的早期居民实现并表现了出来。男人并非不在场，但他们默许如此。

有学者认为海伦自己就是这些女神中的一员，可能就是那个女上帝。他们认为，一个无所不包的母神，一个和自然力有着密切关系的女神，一直受到人们的顶礼膜拜，直到北方的入侵者到来并扰乱了希腊大陆上的原住民。许多人指出，海伦和性、强奸以及自然世界的联系使她成为这一精神化身的最佳人选。但是我却并不完全如此认为。考虑到那些女性小雕像的种类和它们被找到时的各种背景，我不仅为它们的相似之处感到震惊，也为它们之间巨大的差别感到震惊。我没有看到一个全能的女上帝，那个石器时代和早期青铜时代人们信仰的唯一对象，没有阴茎和胡子的史前的安拉或耶和华。我认为，我们把自己的一神教世界观投射到遥远的过去是错误的。真相很可能是，史前和古代世界认为那股绚烂、锋利、易变、无形的力量，即生命，就是女性。而且，这种女性神灵在任何时候都得到认可。文学出现后，我们立刻听到了有关生命之神盖亚的传闻——这个把生命气息吹进人类和神灵体内的强大女性。[2]

* * *

青铜时代的地中海东部地区大多信仰万物有灵论，认为处处皆是"生命力"（*animae*），它们以灵魂的形式存在。如果认为生命之灵本身是女性，那么在青铜时代的爱琴海地区，你势必会相信，麦穗、果实累累的橄榄枝，以及从荧光绿变为血红色的葡萄，它们的灵魂是女性。青铜时代的戒指和印章石上，刻着女人采集树枝和一篮篮水果和树叶，同时又在举行某种热烈的宗教仪式的画面，也许这些照顾自己乡村姐妹的女人正在地球上履行自己的职责。

我们所掌握的青铜时代的视觉和口头证据［小雕像、储物罐、故事（包括海伦的）、印章石、壁画、赞美诗］说明，在史前的大部分时间里，这些和食物、太阳、风、雨和火等生命基本要素联系在一起的灵魂，事实上大部分都是女性。她们可能是"虚拟的"女性，但她们依然是生命赖以生存的强大女性，是不断受到热情追求的神灵。

在古代世界，用来描述大自然的食品柜的语言充满了热情和公开露骨的词汇。农业被认为是天与地的神圣结合（*hieros gamos*）。丰产的欲望和性欲密不可分。许多对海伦的祭拜仪式也适用于对某个自然之神的祭拜。对青铜时代的肖像研究显示，高级女祭司及其助手的职责，便是利用一切手段，保持土地的肥沃和热情反馈。

人们经常把海伦和自然的丰饶以及自然的力量联系在一起，这是毫无疑问的。4 月或 5 月，站在斯巴达塞拉普涅的高处，环视下边的城镇，你也许正好能瞧见一支纯由女性组成的游行队伍，正在以乡间的仪式祭拜海伦：城中的少女手拿树枝，用"亚辛托斯"（*hyakinthos*）编成花环——几乎可以肯定就是四点红门兰（*Orchis quadripunctata*），[3]一种暮春开花的娇贵的本地植物。有个节日叫"海伦节"，另一个叫"*Helenephoria*"——后者举行时，会把"无比神圣的东西"（可能就是海伦之花）装在篮子里。[4]我们不清楚这两种仪式是否截然不同，不过有一点可以肯定，那就是它们举办的目的，都是纪念海伦，庆祝欣欣向荣的春天与自然美景。[5]

整个群岛都宣称和海伦有关，这进一步证明了海伦和自然环境以及自然特征之间的关系。在孟斐斯附近的埃及北部沿海，有个名为法罗斯（Pharos）的岛屿，这个岛屿又名"海伦之岛"（Helen's Island），据说海伦为了避免被蛇咬，曾在岛上种下以自己名字命名的植物。[6]普鲁塔克在他的《梭伦传》（*Life of Solon*）[7]中告诉我们，海伦在科斯岛（Cos）时，曾把一只金质的三足鼎扔进海里，后来这只鼎被打捞出来，渔民们为了这只鼎起了争执，直到"德尔斐神谕"（除此之外没有其他方法）出面，才平息了这场纷争。希腊作家帕萨尼亚斯为我们提供了其他的可能性，他说，海伦和阿喀琉斯在死后结婚了[8]〔阿喀琉斯在克里特岛上被称为"第五"（*pemptos*），因为他是海伦的第五个丈夫〕，两人在传说中的"白岛"（White Island，极乐世界的一部分）永远生活在一起。[9]对一些人来说，这使他们联想到完美英雄和完美女人结合的崇高场面，但是对另一些人来说，海伦在极乐世界停留的时光成了她淫荡嬉闹的借口。

2世纪中期的作家萨莫萨塔（Samosate）的琉善在他的滑稽讽刺作品《一个真实的故事》（*True Story*）中说，他看到海伦在和此地最漂亮的一帮家伙调情，直到心甘情愿被辛塔瑞斯（Scintharus）的儿子基尼拉斯（Cinyras）掳走："一个高大英俊的小伙子，〔小伙子〕很久以来就爱着海伦，而她自己疯狂地迷恋这个青年也已不是什么秘密。"不想再次被戴上绿帽的墨涅拉俄斯高声叫嚷起来。他们追上海伦情人乘坐的那艘船后，用"玫瑰花编的缆绳"将其拴牢。基尼拉斯及其同伙的阴茎被捆在一起，然后被送往"恶人该去的地方"。[10] 海伦低着头，羞愧地哭泣着，只挨了几句温和的责骂。

对人种学感兴趣的帕萨尼亚斯描述了海伦和罗德岛之间可怕的植物性联系。他说，罗德岛的居民亲口向他讲述了海伦的故事。墨涅拉俄斯死后，海伦被尼科斯特拉托斯（Nikostratos）和墨伽彭忒斯驱逐出去。[11] 这名四处碰壁、无家可归的王后向罗德岛上的贵族朋友寻求庇护。事实证明，这是个无望的选择。罗德岛的王后波吕克索（Polyxo）是个痛苦的寡妇，她的丈夫死于特洛伊战争，她痛恨海伦夺走了丈夫特勒波勒摩斯（Tlepolemos）的生命。为了报仇，波吕克索装出友好的样子，热情地款待海伦。当海伦在海里洗澡时，这名寡妇王后命令仆人装扮成 3 名复仇女神。这些冒充者辱骂和恐吓年老的海伦，后来又把她吊在树上，然后在一旁观看，直到她的身体停止抽搐，直到这个留下许多孤儿的女人咽下最后一口气为止。这个最有女人味的女人被自己的同类谋杀了。

可是，永远难以处理的是，海伦的故事并未就此停止。帕萨尼亚斯接着告诉我们这宗可怕的谋杀案有多自相矛盾，以及为什么罗德岛的居民（为特洛伊战争耗尽了东方入侵者的潜力和资源而感到高兴）会把海伦尊为树精海伦（Helen Dendritis），并为她盖了座"树精圣所"（Sanctury of the Trees）。

海伦在罗德岛上被奉为树精这件事可能证明了她到底是一名植物女神，一名和青铜时代晚期的生活和政治事件没有真正联系的神祇。希腊人会在树上张挂各种象征丰饶的东西，可能"海伦"就是其中一种。然而罗德岛的证据也有例外的地方。岛上一座基督教堂的地板上，嵌有一块长期遭到忽视的公元前 2 世纪的石碑。这块石

板现已被抢救出来，并保存在哥本哈根国家博物馆（Copenhagen
National Museum）[12]，石板上刻着密密麻麻的文字。每一行都详细
刻着献给林多斯（Lindos）的雅典娜神庙的供品。这里面就有海伦
和墨涅拉俄斯的名字。墨涅拉俄斯献上了他在特洛伊平原激战时从
帕里斯头上扯下的头盔，海伦则献上了一对手镯。[13] 在罗德岛人的
印象中，海伦既是树精，也是一名尊贵的访客，一名给奥林匹斯山
众神留下珠宝的富有而虔诚的王后。

　　正是在罗德岛上，我们和极其复杂的海伦面对面相遇了。帕萨
尼亚斯遇到的那些罗德岛人肯定称他们的树精为"树精海伦"，从
而和"斯巴达的海伦"区别开来，可是据说斯巴达的海伦也来过这
个岛屿。因此，罗德岛有两个截然不同的海伦。她们截然不同却又
互相依赖。每一个的生命周期都是另一个的反映。两人都是能促成
生死的强大自然力。两人都很重要，都令人期待和向往。两人都很
漂亮，都需要尊敬。也许男人和女人想试着理解土地的力量和性的
意义，通过这些活泼有趣、各地游历的史前居民，他们可以探索这
些思想。在英雄时代的演出名单中（青铜时代晚期的杰出人物）他
们找到了一个名气大到足以解决这些基本问题的人。

　　罗德岛上被人顶礼膜拜的神灵、出土了大量文物的塞拉普涅遗
址，以及从海伦温泉浴场的游泳者指间流过的灵魂，将这些和史诗
中那个耀眼的斯巴达王后联系在一起的，是一种对女性的力量毫无
怀疑的感觉。这种信仰似乎贯穿了青铜时代的大部分时间。以男子
气十足的宙斯为首的奥林匹斯山诸神，强有力地挑战着这一观念。
潮流已经改变，正如诗人赫西俄德在他那部颇有争议的神话诗《神
谱》（诗中讲道，普罗米修斯从众神那儿盗得火种后，宙斯为了惩
罚人类才创造了女人）中所做的清晰概括：

　　　　女人，这个住在男人中间，给他们造成巨大麻烦的致命族类，

在可恨的贫穷中，她们帮不了什么忙，可是在富裕的情况下却例
外……

宙斯在高处一声怒吼创造了女人，并让她拥有邪恶的本性，
成为男人的祸害。[14]

* * *

在某些人看来，原始时代的海伦代表了他们中最大的一团火，
太阳。他们认为，海伦和她的两个双胞胎兄弟（狄俄斯库里兄弟）
可能代表了希腊神话中某种罕见的事物——前希腊时期的印欧神
话。对一名女性及其双胞胎兄弟的崇拜，和全能的太阳神有关，甚
至可以追溯到希腊人来到希腊之前。类似的神话出现在《梨俱吠
陀》(Rig Veda)*和拉脱维亚（Latvia）的民间歌曲中。[15]拉脱维亚
的许多民间传统似乎保存了下来，没有被古典世界和基督教世界的
看法和观点所取代。[16]

在这一背景下，海伦被帕里斯掳去就好像夏天被冬天掳去一样，
是一个每年都会带来死亡和严重苦难的事件。一些希腊人认为，冬
天和气候恶劣时，太阳会迁移到非洲去。[17]太阳的（海伦的）离去
很少得到谅解。

* * *

因此，有许多学者确实认为（有时挺乐观，有时颇有说服力，
自始至终学识渊博），海伦本人如果不仅仅是一名女性神灵，那么
就是这些神灵中最出类拔萃的一个，这名众神中的王后，被"缩小

337

————————

* 《梨俱吠陀》，印度现存最重要、最古老的诗集。

到了合适的尺寸"[18]，从而成为一个适合写进荷马史诗的极其活跃的人。帕里斯爱上的不是一个女人，而是一名褪色的女神。

这一论题的时间线相当古怪。人们不禁要问，为什么荷马要大费周章地让海伦成为凡人，同时又在诗中把她神化？为什么后来的人决定让她再次变回女神，以此作为对荷马及其想象力的一种挖苦式的赞美？显然，荷马笔下的海伦更有可能是那些看起来确实不同凡响的、真正有血有肉的人中的一个。人们把对这个活力四射、魅力十足的人的回忆，和对一名活力四射、魅力十足的女神的回忆糅合在了一起。我不认为荷马笔下的海伦一开始就是女神，但一个极具魅力的拉科尼亚王后被认为是性爱女神的合适人选则是非常有可能的。或许在这个故事中，她如此性感，以至于被同龄人（这些人几乎区分不了肉体和精神）认为肯定是丰产女神的某个人类化身。

当然，那些认为海伦显然是个过时女神的人，忽视了像海伦这种引起轰动的女人（一个重要、聪明、性感的人）在青铜时代存在的可能性。我认为这种观点是错误的。我们已经习惯于在一个女性向来很少得到认可的社会中生活，因此很容易认为当女性成为公众关注的焦点时，那些女性的代表肯定特别优秀、特别超凡脱俗，甚至可以说，就是女神。但是情况可能并非如此。想象一下，在这样一个社会里，最重要和最强大的秘密，生命的诞生，显而易见地由女性掌控着，然后再推测一下，结果便是有血有肉的女性每天都享受着巨大而实实在在的尊敬。

请牢牢记住这样一个社会，在那里，生活物资和农产品被认为来源于一名女性神灵。想象一片土地，在那里，负责产品收集和分配的不是男人，而是妇女和女孩。突然间，那些人们记忆中的重要女性不再是虚无缥缈、形象模糊的超自然怪物，而是被视为处于社会中心的意识清醒的强者。

因此，海伦在有生之年里完全可以轻松地在世间行走。她死后，

关于这个耀眼生物的记忆和故事使她的灵魂得以不灭。现在，她在
公众的想象中已经成为一名神祇，然而，她在男人心目中的形象却
千变万化——公主、王后、妻子、情人、妓女、女英雄、星星和性
爱女神。不管她的装束如何，有一样东西永远不会变，即她永远都
是那个耀眼的海伦——"*Eleni*"。

附录5

皇家紫——凝血的颜色

> ……一波一波，如银子般珍贵的紫色……
>
> ——埃斯库罗斯，《阿伽门农》，959—960[1]

海伦从特洛伊回国，其中一站就是马塔拉（Matala）。[2] 对于公元前13世纪横跨东地中海的任何船只来说，马塔拉都是一个方便的，也许能带来收益的停靠点。马塔拉坐落在克里特岛南部一个面西的港湾内，绝佳的地理位置使它每晚都能欣赏到漂亮的日落，马塔拉现在是世界各国另类人士的大本营——有个新纪元团体（new age community）就住在此地的山洞里，直到20世纪70年代被取缔。[3]

从马塔拉沿着海岸线走上约4公里，就到了科莫斯（Kommos）考古遗址。我曾坐船重走了那段从特洛伊到此的水路。即将到达目的地时，小船由一开始的扬帆行驶改为人工划桨，驶过了这段怪石嶙峋的特别的海岸线。海湾拢着双臂，仿佛在欢迎我们，一层层的砂岩从海上望去，就像是搅打好的蛋白饼糊。科莫斯的挖掘工作直到1976年才开始，但是很快人们就发现这是个规模很大的青铜时代港口，可能服务于在内陆 9.6 公里外的斐斯托斯宫殿群。[4] 由海伦而联想到克里特岛的这段海岸是合适的。青铜时代晚期的商人和外交家，贵族和海上的流动劳工确实会在这里停留。

　　而在他们抵达港口之前，就已经闻到了科莫斯的气味，因为这里是紫色颜料的生产中心——古代世界最奢侈的商品之一。这种尊贵的颜料制造起来非常麻烦，牵涉到捕捞、肢解和熬煮（有时候是用尿液）一种名为骨螺的海底食肉贝类。

340

　　在科莫斯发现的这些史前海螺中，有许多壳上都钻了一个完美的小洞，证明在工厂化养殖期间，它们变成了食肉动物，通过攻击自己的同类而获得食物。这里的生产规模相当大，为国际市场提供染料。[5] 初到这里的人，会发现男男女女肩膀以下的胳膊都呈青灰色，这是骨螺送给人类的礼物。普林尼将这种骨螺做的染料形容为凝血的颜色。

　　在调查青铜时代贸易机制的同时，我去科莫斯附近潜水，希望能抓到这些海螺。窍门是在水下 10 英尺左右的地方跃离岩石，同时注意不要变成海胆的针垫。海螺现在已经相当稀少，但是当地的渔民说，40 年前，他们小的时候，海边到处都可以看到骨螺。拥有如此丰富的自然资源，科莫斯肯定是商人及其客户（地中海东部地区的王室家族）心中念念不忘的一个地方。[6] 在青铜时代晚期的赫梯、埃及和迈锡尼社会，紫色是王室的颜色。线形文字 B 泥板可能为我们提供了皇家紫这一概念的最早记录，有块泥板似乎描述了一种 "*porphyreos*"（紫色）和 "*wanakteros*"（高贵的，适合国王身份的）的纺织品。[7] 3500 年来，这个概念从未消退。

　　即使我们青铜时代的海伦从未真正踏足科莫斯，她无疑也听说过这个地方。迈锡尼和安纳托利亚文明中的贵族妇女都应该学会织布，最好的是会织紫色布。荷马说海伦在特洛伊时，大部分时间都在房间里织一块巨幅的布。考虑到单单把一件长袍的卷边染成紫色，就需要 12000 只骨螺，海伦这十年的全部成果（她那幅名为"死亡之色"的巨大的紫色斑岩一样的挂毯）会让那些紫色颜料产地的送货员忙个不停。海伦就这样坐在那里织布。特洛伊附近发现了一些用来制造紫色颜料的骨螺壳[8]，其中一个作坊里就发现了 10 公斤。[9]赫梯帝国的泥板显示，这座城市以纺织品著名。当时的贵族妇女会坐下来织布，这是毫无疑问的。她们织出来的复杂精美的作品最后可能会作为礼物，送给来访的外交官；可能会在盛大的公共典礼上穿着，也可能献给神灵，用来在仪式上把神像装扮得更美丽。这种手工织物可能需要好几年才能完成。只有贵族才会花这么多时间织造如此考究的布料。荷马想象她：

> 在织一张越来越大的网，一件深红色的褶裥长袍，
> 骑术精湛的特洛伊人和挥舞着青铜武器的阿尔戈斯人
> 因为她而在战神手中遭受的无数血战，
> 被她织进了一根根纬线之中。[10]

有人认为这几句是隐喻，此时海伦就是那名诗人，她正扯动着男人的生命线，讲述自己的故事，撰写一部代代传颂的史诗。某种意义上她（而不是荷马）才是那个吟游诗人，一个编造自己身边故事的女人。

值得注意的是，海伦织的这幅巨大的挂毯是紫色的，一种在古代世界令人联想到权力和死亡的颜色。海伦周围的男人正忍受着难以言表的痛苦，而她则坐在那里编织他们的不幸故事。也许，荷马也在尝试把前文字社会的重要商品、丰富的视觉形象，以及一个一直存在于公众记忆里的故事，和海伦联系在一起。在没有文字的情况下，图像起到了描绘的作用。而这个全世界最漂亮的女人既是两者的产物，也是两者的母亲。

尾 声

神话、史书和历史

> 我的名字可以出现在许多地方：我的人只能出现在一个地方。
>
> ——欧里庇得斯，《海伦》[1]

在本书的序言部分，我已经清楚地说明这是一部历史——一张由探究、观察、分析和神话组成的网。我希望这是个有效的方法：海伦本人是个由故事和历史累积起来的聚合物。我的资料来源有 4 种：考古、地形、历史和神话。我将它们结合起来，同时通过游览青铜时代妇女生活过的地方，像古人所做的那样感受远古时代的海伦，探讨受人顶礼膜拜的海伦、舞台上的海伦、艺术作品和政治旋涡中的海伦，通过这些方法来尝试了解真正的海伦。

故事的基础是荷马提供的，而后者的灵感则相应地来源于神话故事。[2] 荷马并非生活在特洛伊战争的年代；从某种意义上说，他对海伦的所有描写都是他想象出来的。海伦至少在荷马出生前 500 年就死了，他的故事是对古老记忆和古老神话的新演绎。[3] 荷马创作于一个激烈动荡的年代。他生活的时代恰逢欧洲文学发展的断裂期：他在成长时掌握了创作口头诗歌的古老技巧，长大后拥有了新的读写技术。[4] 我的目的不是简单地验证或者驳斥这些史诗的历史真实性。逐字查明每个神话是否确有其事是一件有趣却复杂的工程。神话和历史都是很容易受到影响的作品，一方的文字和形象经过塑造后，可以影响和左右另一方。本书的目的并不是让神话和现实两相对照，而是想知道为什么这两者可以快乐地共存，为什么一些角色在两个领域均生活得游刃有余。当施里曼去寻找荷马伟大的战争故事时，所有人都在笑他，但他后来发现了特洛伊，从那以后，世人在嘲笑他人之前总是得三思，再三思。

343　　关于"神话"的含义，值得我们了解得更详细一点。对古希腊人来说，神话（muthoi）并不是一个异想天开的独特的文学体裁。我们喜欢这么看待它们，但是大部分的希腊神话均来源于地中海地区的真实信仰、真实历史和真实的生活体验。在文字出现之前的那个世界里，"神话"，即口头传统，含义是"口头传递的信息"，是信息共享的一种重要方式。[5]

　　另一方面，那些贩卖神话的吟游诗人的目的，则是让自己的观众听得入迷，同时传播社会和政治信息，探索人类在世间的位置，以及分析人类的境况。海伦遇到了荷马这名最出色的传记作者，一个描写人性中的急迫和喜悦的人，一个告诉我们各种程度的真相的人。有了这样一个文字记载的开端，随着时间的流逝，海伦的传记注定将变得和现代偶像的传记一样畅销——一种由头条新闻、强烈的视觉图像和平凡生活组成的令人兴奋的混合物。她一直是，而且将永远是票房大卖的保证。她可能 3500 年前就死了，但她不太可能失去其现实意义。

大事年表

除非另有说明，否则所有早于公元前 500 年的日期都是近似值。

青铜时代的克里特岛

公元前 2000 年	中期米诺斯文明（MM）开始 MM I-II 旧王宫（Old Palaces）在克诺索斯等地建立的 这些建筑于公元前 1700 年左右毁于地震
公元前 1700 年	MM III 新王宫（New Palaces）建立
公元前 1600 年	晚期米诺斯文明（LM）开始
公元前 1425—前 1370 年	LM II-IIIAI 线形文字 B 开始在克诺索斯使用。迈锡尼人 开始统治爱琴海、影响米诺斯文明
公元前 1370 年	克诺索斯的宫殿被毁

青铜时代的希腊

公元前 1600 年	希腊青铜时代晚期（LH） 迈锡尼的环形墓圈 A 和 B
公元前 1550 年？	锡拉岛 / 圣托里尼岛（Santorini）火山爆发
公元前 1525—前 1450 年	（LH IIA） 迈锡尼人开始建造早期的圆顶墓和穴状墓

公元前 1450—前 1410 年	（LH IIB）
	米德亚附近发现了武士铠甲"登德拉铠甲"
公元前 1410—前 1370 年	（LH IIIAI）
xxiv	迈锡尼建造了"阿特柔斯宝库"
公元前 1370—前 1300 年	（LH IIIA2）
	乌鲁布伦沉船
	迈锡尼建造了克吕泰涅斯特拉之墓
公元前 1300—前 1200 年	（LH IIIBI）
	特洛伊战争？约公元前 1275—前 1180 年
	从迈锡尼的大祭司宅邸祭坛上发现了"迈锡尼女士"壁画
	希腊大陆各地发现的现存的线形文字 B 泥板可以追溯到大约公元前 1200 年
	迈锡尼宫殿的定居点有被毁的迹象

赫梯世界

公元前 1400 年	赫梯文献中第一次提到维鲁萨（特洛伊）和阿希亚瓦（希腊）。赫梯帝国正处于鼎盛时期
公元前 1360 年	基库里写了《马经》
公元前 1300 年	阿拉克桑杜统治着维鲁萨，来往文书：《阿拉克桑杜条约》
公元前 1275 年	埃及法老拉美西斯二世和赫梯国王之间爆发了卡迭石战役
公元前 1275—前 1250 年	特洛伊 VIh 被摧毁
公元前 1275—前 1180 年	特洛伊战争？
公元前 1250 年	"塔瓦伽拉瓦书"送抵阿希亚瓦国王
xxv 约公元前 1265—前 1240 年	哈图西里三世统治着哈图沙，普度赫帕为其王后
公元前 1230 年	赫梯帝国的两个藩属乌加里特和阿穆鲁因联姻问题而起纠纷
公元前 1223 年	赫梯文献中最后一次提到阿希亚瓦
公元前 1200 年	赫梯文献中最后一次提到维鲁萨
公元前 1175 年	赫梯帝国瓦解

希腊的"黑暗时代"

| 公元前 1100—前 800 年 | 迈锡尼城堡被遗弃，文化似乎消失 |
| 公元前 1000 年 | 多利安人到斯巴达和拉科尼亚定居 |

古风时期的希腊

公元前 800 年	斯巴达向外扩张，定居点包括阿米克莱
公元前 700 年	荷马史诗《伊利亚特》和《奥德赛》成文
公元前 650 年	《史诗集成》成书，其中包含《塞普利亚》
公元前 650 年	赫西俄德的作品面世——《工作与时日》(*Works and Days*)、《神谱》、《列女传》(*Catalogues of Women and Eoiae*)
	"海伦神庙"或"莫内莱恩"：建于斯巴达塞拉普涅，专门用于敬奉海伦和墨涅拉俄斯的神庙
公元前 650—前 550 年	萨福、斯特西克鲁斯、阿尔凯奥斯和阿尔克曼创作了描写海伦的抒情诗
	"莫内莱恩"发现了献给海伦的最早供品
公元前 650 年	米科诺斯装饰瓶制作完成，为现存描绘海伦和特洛伊战争最早的艺术品之一
	来库古对斯巴达社会进行改革

xxvi

古典时期的希腊

公元前 506 年	斯巴达和伯罗奔尼撒联盟的联军入侵阿提卡
公元前 500—前 450 年	希腊和波斯之间爆发波斯战争
公元前 480 年	温泉关战役
	波斯国王薛西斯造访特洛伊
公元前 500—前 400 年	雅典民主的飞速发展和雅典的"黄金时代"
公元前 447 年	开始建造帕台农神庙
	埃斯库罗斯、索福克勒斯和欧里庇得斯创作的悲剧在雅典上演，包括那些具体描写海伦和特洛伊战争的作品：
	公元前 472 年，埃斯库罗斯的《波斯人》 公元前 458 年，埃斯库罗斯的《阿伽门农》 公元前 415 年，欧里庇得斯的《特洛伊妇女》 公元前 412 年，欧里庇得斯的《海伦》 公元前 411 年，阿里斯托芬的《吕西斯特拉忒》 公元前 408 年，欧里庇得斯的《俄瑞斯忒斯》 约公元前 405 年，欧里庇得斯的《伊菲革涅亚在奥利斯》（死后才发表）

	公元前 431—前 404 年	雅典和斯巴达之间爆发伯罗奔尼撒战争，斯巴达成为希腊大部分地区的霸主
	公元前 430 年	希罗多德的《历史》成书
		修昔底德的《伯罗奔尼撒战争史》成书
xxvii	公元前 400 年	高尔吉亚写作《海伦颂》
	公元前 390—前 350 年	柏拉图的哲学著作中提到了海伦
	公元前 370 年	伊索克拉底写作《海伦颂》
	公元前 335—前 322 年	亚里士多德的哲学著作问世
	公元前 336—前 323 年	马其顿的亚历山大大帝征服了从希腊到印度的广袤地区
	公元前 334 年	亚历山大造访特洛伊
	公元前 280 年	亚历山大图书馆建成
	公元前 270 年	忒奥克里托斯在亚历山大写下《献给海伦的祝婚歌》

罗马帝国时代

	公元前 31—公元 14 年	屋大维（Octavian）在亚克兴（Actium）打败了马克·安东尼（Mark Antony）和克利奥帕特拉，执政时期的屋大维因此也被称为奥古斯都。罗马帝国诞生
	公元前 19 年	维吉尔逝世，《埃涅阿斯纪》出版，该书讲述特洛伊陷落后埃涅阿斯逃亡的故事
	约公元前 25—公元 17 年	奥维德的作品，包括《爱的艺术》《拟情书》《变形记》，许多都以海伦为主题
	14—68 年	朱里亚 - 克劳狄王朝（Julio-Claudian dynasty）。其统治者包括提比略（Tiberius，14—37 年在位）；克劳狄乌斯（Claudius，41—54 年在位）；尼禄（Nero，54—68 年在位）
		公元 64 年，罗马大火（据说尼禄当时正在唱特洛伊陷落的歌）
		公元 66 年，据说"发现"了迪克提斯描写特洛伊战争的手稿
	69—96 年	弗拉维王朝（Flavian Dynasty）
xxviii	79 年	维苏威火山爆发，摧毁了庞贝和赫库兰尼姆。《自然史》的作者老普林尼去世
	96—192 年	安东尼时代（Age of the Antonines）。统治者包括图拉真（Trajan，98—117 年在位）；哈德良（Hadrian，117—138 年在位）；马可·奥勒留（Marcus Aurelius，161—180 年在位）
	约 160 年	帕萨尼亚斯的《希腊志》（Guidebook to Greece）成书
		琉善的作品问世，包括那本《死人对话集》

约 200 年	爱任纽、希坡律陀、亚历山大的克莱门，和殉道者查士丁等一众基督教作家的著作，证明西门·马古是公元 1 世纪时候的人
	"女孩" / 撒马利亚的海伦雕像
	西门·马古和海伦成为罗马人崇拜的对象
	迪克提斯写下特洛伊战争的故事
306—337 年	君士坦丁一世统治的时代
	基督教获得官方的承认
（约 300—600 年）	达瑞斯描写特洛伊战争？
	"女孩" / 海伦像被毁

中世纪至 21 世纪

约 500 年	西罗马帝国灭亡
约 700 年	塞维利亚的伊西多尔把海伦的名字写进了影响世界历史的 132 个事件
1122—1204 年	阿基坦的埃莉诺的生卒年
约 1170 年	圣莫尔的伯努瓦为埃莉诺创作《特洛伊传奇》
约 1175 年	马修·德·旺多姆写下《诗的艺术》
约 1180 年	埃克塞特的约瑟夫完成《特洛伊战争》
1204 年	君士坦丁堡遭洗劫，赛马场的海伦雕像被毁
1475 年	威廉·卡克斯顿出版第一本印刷英语书《特洛伊故事集》
1594 年	文献记载中克里斯托弗·马洛的《浮士德博士的悲剧》首次上演的时间
1864 年	奥芬巴赫的轻歌剧《美丽的海伦》首演
1870 年	海因里希·施里曼开始挖掘特洛伊遗址
1876 年	海因里希·施里曼挖掘迈锡尼的环形墓圈 A
19 世纪 80 年代	古斯塔夫·莫罗创作了许多幅有关海伦的油画，包括《特洛伊城墙上的海伦》
1952—1953 年	迈克尔·文屈斯和约翰·查德威克破译了线形文字 B，并出版了相关著作
1961 年	希尔达·杜丽特尔（Hilda Doolittle）的《海伦在埃及》出版
2004 年	沃尔夫冈·彼得森（Wolfgang Peterson）拍摄电影《特洛伊》

xxix

缩 写

正文和文末的注释中使用了下列缩写：

BM   大英博物馆（British Museum）

CMS   《米诺斯和迈锡尼印章资料库》（*Corpus der Minoischen und Mykenischen Siegel*）

CTH   《赫梯文献目录》（*Catalogue des textes hittites*，Paris: E. Laroche, 1971）

EA   《阿马纳文书》（*The El-Amarna Letters*）

EGF   《希腊史诗残篇集》（*Epicorum Graecorum Fragmenta*，Göttingen: M. Davies, 1988）

FrGrH   《古希腊历史学家残篇集成》（*Fragmente Griechischen Historiker*, ed. F. Jacoby）

I.G.M.E.   希腊地质和矿产勘探研究所（Greek Institute of Geology and Mineral Exploration）

KBo   《来自博阿兹柯伊的楔形文字》（*Keilschrifttexte aus Boghazköi*，Leipzig and Berlin）

KUB   《来自博阿兹柯伊的楔形文字文献》（*Keilschrifturkunden aus Boghazköi*，Berlin）

LBA   青铜时代晚期（Late Bronze Age）

LCL   洛布古典丛书（Loeb Classical Library）

LH   希腊青铜时代晚期（Late Helladic）

LIMC   《古代神话图像词典》（*Lexicon Iconographicum Mythologiae Classicae*）

LM   晚期米诺斯文明（Late Minoan）

MM   中期米诺斯文明或迈锡尼考古博物馆（Middle Minoan or Mycenae Archaeological Museum）

NMA   雅典国家考古博物馆（National Archaeological Museum, Athens）

PMG　　《希腊抒情诗人》（ *Poetae Melici Graeci*，Oxford:: D. Page, 1962 ）

PMGF　　《希腊抒情诗人残篇》（ *Poetarum Melicorum Graecorum Fragmenta* ,Oxford:: M. Davies, 1991)

P.Oxy.　　《俄克喜林库斯莎草纸》（ *The Oxyrhynchus Papyri* ）

PRU IV　《"拉斯沙姆拉的任务"系列卷九：乌加里特的王宫四》（ *Le Palais Royal d' Ugarit IV, Mission de Ras Shamra Tome IX*,Paris; J. Nougayrol, 1956)

RS　　　　拉斯沙姆拉出土的泥板（ Tablets from Ras Shamra ）

STC　　　简明目录（ Short-Title Catalogue ）

注 释

前言与致谢

1. 19 世纪的作家曾大量使用这种表述，例如 H. 莱德·哈格德（H. Rider Hagard）、安德鲁·朗格（Andrew Lang）和奥斯卡·王尔德（Oscar Wilde）。

2. 我注意到，Meagher（2002）也使用了这种方法。

3. 只有当意大利人遇到巴尔干半岛来的一支部落时，才称呼他们为"Graikoí"。意大利人总称这些人为"Graeci"。古典时期的希腊人称他们自己为"Hellenes"。

4. 关于简要的介绍，请参考 Latacz（2004），133-134。

引 言

1. 这些描述性文字记录于 2002 年一次实地考察期间。

2. 这块石碑也可以倒过来读，然而不管如何解读，让墨涅拉俄斯心软的都是海伦的美貌。由于其中一面雕刻的武士个子更高一些，毛发也更加蓬松凌乱，因此有人认为这是在特洛伊平原度过了十个寒暑之后的墨涅拉俄斯，这种解释不无道理，请参考 Pomeroy（2002），116-117。

3. Marlowe, *Tamburlaine*, Part 2, Act II, Scene 4, lines 87-88.

4. 请参考 *Cypria*, Fragment 1："从前，无数的部落［部落挤在一起，压垮了］大地母亲宽广深沉的胸怀。把这一切看在眼里的宙斯心生怜悯，他灵机一动，想出一个计策，那就是煽动一场规模空前的特洛伊战争，以人类的死亡来减轻地球的负担。于是英雄们纷纷死于特洛伊战场，宙斯的目的也达到了。"Trans. M. Davies（1989），33。

5. Hesiod, *Works and Days* 159-165. Trans. H.G. Evelyn-Whit.

6. Sappho, fragment 16 and Hesiod, *Catalogues of Women and Eoiae* 68.

7. West（1975），2.

8. 意大利南部和西西里。

9. 这个故事见 Cicero, *On Invention* 2.1-2.3 以及 Pliny the Elder, *Natural History* 35.64-35.66。西塞

　　罗把故事背景设在克罗顿（Croton），老普林尼则设在阿格里根顿。

10. François-André Vincent, *Zeuxis et les filles de Crotone*.Paris, Louvre INV.8543. 这幅画的创作
　　时间并不确定：1789—1791 年。这个时期文森特一共创作了两幅这样的画。

11. 有关海伦的古代肖像研究的完整目录，请参考 Ghali-Kahil(1955) 和 *Lexicon Iconographicum
　　Mythologiae Classicae*, Vol. IV, nos. 1 和 2（后文简称 LIMC）。

12. *Iliad* 6.357-6.358. 这段译文选自 Austin (1994), 1。除非特别注明，下文所有节选自荷马
　　的《伊利亚特》和《奥德赛》的段落均来自罗伯特·菲格尔斯（Robert Fagles）的译
　　本，还会注明是第几行。同时还会附上希腊语版本的荷马作品在《洛布古典丛书》（Loeb
　　Classical Library，简称 LCL）中对应的行数。文中这一段的 LCL 检索号是 [LCL 6.357-
　　6.358]。

13. 闪米特人改写的腓尼基字母。

14. "史诗"（*epos*，"epic" 即来源于这个词）的意思是讲述英雄故事的叙事长诗。史诗最初
　　是为口头吟诵而作的。

15. 请参考 Hesiod, *Works and Days* 159。

16. 请参考，例如，Pausanias 3.22.9。

17. 人们认为有两代独眼巨人。第一代是忠心耿耿为奥林匹斯山上的众神服务的勤杂工，例
　　如，为宙斯锻造霹雳。奥德修斯从特洛伊返回故乡途中遇到了第二代独眼巨人波吕斐摩
　　斯（Polyphemus）。

18. 对该遗骨的描述表明，这块骨头很可能是猛犸象的肩胛骨。请参考 Mayor (2000)，尤其
　　是第 3 章，以及文中各处。

19. 相关的例子可以参考 *Iliad* 5.336-5.343 [LCL 5.302-5.308]。

20. 赫西俄德的文字同理。

21. 本书写作期间，牛津大学纸莎草学系在美国犹他州普雷沃市的杨百翰大学（Brigham
　　Young University, Provo, Utah）的帮助下，利用红外线技术进行研究，并宣布有望从埃及
　　的莎草纸残片中发现"散佚的"文献。

22. 请参考 Davies (1989), 32。古人传统上认为《塞普利亚》的作者是荷马或者一个叫斯塔
　　辛诺斯（Stasinus）的人。甚至有人说荷马把这部史诗送给了女婿斯塔辛诺斯，作为女儿
　　的嫁妆。

23. 另一个是克利奥帕特拉。两人的魅力当然有相似之处。请参考，例如，Lucan 的 *Civil War*
　　10.59-10.62："克利奥帕特拉，埃及的耻辱，可怕的拉丁姆复仇女神（Fury of Latium），
　　她的不忠使罗马付出了巨大的代价。漂亮而危险的斯巴达王后彻底摧毁了阿尔戈斯和特
　　洛伊，克利奥帕特拉同样使意大利陷入癫狂。"Trans. J. D. Duff. 克利奥帕特拉和海伦都被
　　认为是厄里倪厄斯（Erinyes）——复仇女神，海伦的例子见 Virgil, *Aeneid* 2.573。

24. Suetonius, *Nero* 38; Tacitus, *Annals* 15.39.

25. 请参考 Forrville (1952), 198, 209。

26. 卡克斯顿简明目录（Caxton *STC*）15375. 书名一般翻译为《特洛伊历史集》。卡克斯顿
　　于 1469 年 3 月开始翻译这本书，事实上他第一次印刷是在布鲁日（Bruges），时间是在
　　1475 或者 1476 年。这本书是根据拉乌尔·勒弗（Raoul Lefevre）的法语作著《特洛伊
　　故事集》（*Recueil des histoires de Troie*）翻译的。卡克斯顿翻译的这本书，现在有一本收
　　藏于加利福尼亚圣玛利诺的亨廷顿图书馆（Huntingdon Library, San Marino, California），
　　书的主人是英王爱德华四世（King Edeard IV）的妻子伊丽莎白·伍德维尔（Elizabeth

Woodvill)。更详细的资料，请参考 Blake（1976）和 Painter（1976）。

27. Euripides, *Helen* 22, Trans. R. Lattimore.

28. 这是根据现有证据得出的观点。青铜时代晚期的希腊可能出现了一些更完整和更生动的莎草纸文献，只是后来（虽然可能是暂时的）遗失了。

29. 感谢西尔文·科萨克对此问题的建议，并指出由于残碑往往都是些碎片，这项工作显然将既艰苦又费时。

30. 关于中世纪的修女和奥维德的《拟情书》，请参考 M.W. Labarge (1986) *Women in Medieval Life* (Harmondsworth: Penguin), 220。关于女修道院同性恋诗歌的现有例子，请参考 J. Boswell (1980) *Christianity, Social Tolerance and Homosexuality: Gay People in Western Europe from the Beginning of the Christian Era to the Fourteenth Century* (Chicago, IL: University of Chicago Press), 220-221。

31. 请参考 Maguire (orthcoming) *Shakespeare's Names*。谢谢马奎尔博士让我预先看了这本书。 349

32. 请参考 Jean-Luis Backé essay，in Brunel (1992), 522。

33. 《美丽的海伦》首演于 1864 年 12 月 17 日，圣桑（Saint-Saëns）说这件事标志着"高雅品位的堕落"。

34. J. W. von Goethe, *Maxims and Reflections*, Trans. E. Stopp(1998), 113-114 (London: Penguin). 歌德的私人信件表明，他花了许多年与海伦的观念作斗争。他在 1831 年的一封信中写道，他随身带着海伦的故事，视之为"内心的寓言"（inner fable）。

35. 感谢罗曼·罗斯提供了这个例子，这个例子来源于他一篇即将出版的论文"Myth and Female Identity in North Etruscan Burials of the Hellenistic Period: A Closer Look at the Urn of *velia cerinei* from Castiglioncello", in *Proceedings of the Sixth Conference of Italian Archaeology* (Supplement to Bulletin Antieke Beschavingen)。

36. *Odyssey* 4.162 [LCL 4.145]。

37. Euripides, *Andromache* 628.

38. Lycophron, *Alexandra* 850-851, Trans. G.W. Mair. 这个主题——没有男性子嗣这一点证明了海伦的堕落——被许多伊丽莎白时代的作家用作主题。

39. Shakespeare, *The Rape of Lucrece* 1471-1477.

40. *Eidolon* 是我们"idol"这个词的词根。

41. 正如前言所说的，荷马把希腊人称为亚加亚人、达南人和阿尔戈斯人。

42. 对特洛伊 VI（Troy VI）可能的灭亡时间的讨论，请参考 Mountjoy（1999）。

1　危险的地貌

1. Homer, *Iliad* 13.20-13.24 [LCL 13.17-13.19]。

2. 古希腊人用 "*kalliste*"（最美丽）来形容这个岛。这个岛屿的希腊语名字是西拉（Thira）或者锡拉（Thera）。13 世纪威尼斯人占领这里时把它改名为圣托里尼。

3. 我们根据不同的方法而把锡拉岛火山喷发的时间确定在公元前 1625—前 1550 年之间。关于讨论这一问题的摘要，请参考 Wiener (2003)。

4. Forsyth (1997), 103. 关于锡拉岛火山爆发数据的另一份全面总结，请参考 Manning (1999)。

5. Forsyth (1997), 113ff.

6. 请参考 Minoura et al. (2000)。

7. 请参考 Fitton (1995), 125ff。

8. "克弗梯乌"似乎是埃及底比斯雷克米尔(Rekhmire)墓的壁画对青铜时代克里特人的称呼。

9. 关于迁徙对疾病的影响,请参考 Arnott (2005a)。

10. 对公元前 16 世纪至公元前 12 世纪米诺斯人和迈锡尼人之间的接触有很多种理解方式。有关这一话题的许多文章,请参见本书的参考书目。

11. 有关"伟大的国王"这一表述,请参考《阿拉克桑杜条约》(*CTH 76*);赫梯的哈图西里三世和埃及的拉美西斯二世签署的条约(*CTH 91*);埃及的纳普特拉王后(Queen Neptera)写给赫梯的普度赫帕王后的信(*CTH 167*);埃及的拉美西斯二世给赫梯的普度赫帕王后的信(*CTH 158*);赫梯的哈图西里三世写给巴比伦的卡达什曼—恩利尔二世的信(*CTH 172*);以及赫梯的乌赫里—特舒普(Uhri-Teshshup?)写给亚述的阿达德—尼拉瑞一世(Adad-nirari I)的信(*CTH 171*)。所有这些资料的翻译,见 Beckman (1996)。

12. 请参考 Latacz (2004), 145。

13. 据估计,这些地震中有些肯定达到了里氏 6.2 级。有关公元前 13 世纪发生的强烈地震,请参考 Nur (1998), 140。有关彗星的影响,请参考 Masse (1998), 53。

14. 请参考 Sampson (1996), 114。

15. 在克里特岛克诺索斯宫殿群附近的古维斯(Gouves)有一个陶器作坊,制陶工具全部被扔往一个方向,地板上则覆盖着一层沉积物。请参考 Vallianou (1996)。

16. Papadopoulos (1996).

2　强奸、出生

1. *Cypria*,fragment 8 认为海伦的母亲是涅墨西斯。

2. Euripides, *Helen* 212-218,Trans. R. Lattimore.

3. 这幅马赛克画现藏帕福斯的库克利亚博物馆(Kuklia Museum),于 1980 年被盗。它的创作时间可以追溯到 2 世纪或者 3 世纪。请参考 *LIMC*,no. 42。

4. 阿尔戈斯博物馆的这块石碑由罗马人临摹自一幅公元前 6 世纪到前 5 世纪的希腊原作。这个构图曾被大量模仿;其中一幅被大英博物馆收藏:GR 2199。

5. 这幅画是为费拉拉的阿方索·德埃斯特公爵(Duke Alfonso d'Este of Ferrara)创作的,随后这幅画被送入法国宫廷,原作现已遗失。

6. 1838 年,诺森伯兰公爵(Duke of Northumberland)把这幅画捐献给国家美术馆时,曾写信坚持此画不该公开展览。现在这幅画正在展出:G1868。

7. 莱昂纳多于 1505 年开始创作这幅画,这幅画虽有许多摹本,原作现在却丢失了。

8. 约 1598—1600 年。

9. 2003 年的一次研究考察。

10. 从存世的少数几幅青铜时代晚期的壁画中,都可以看到鸟类,尤其是鸽子和燕子,从宗教图像的旁边飞过。

11. 有关海伦由蛋孵化而来的传说,可以参考的例子有 Euripides, Helen 257-259 和 Pausanias 3.16.1;以及 Gantz (1993), 320-321。梵蒂冈第一位神话编纂者(the First Vatican Mythographer, VM I 204)提出一个概念,即有两枚蛋被孵化,其中一枚里面是卡斯托耳和波吕丢刻斯,另一枚里面是海伦和克吕泰涅斯特拉。

12. 他们虽然父亲不同,却全部都从蛋壳里出生。

13. 古代文献列出了克吕泰涅斯特拉、卡斯托耳、海伦和波吕丢刻斯之间所有可能的亲子关系排列组合。相关梗概请参考 Deacy and Pierce（1997）。
14. Apollodorus, *The Library* 3.117.
15. 感谢彼得·沃伦帮忙确定青铜时代的物种。
16. Lucian, *Judgement of the Goddesses* 14 (2nd century AD),Trans. A.M. Harmon.
17. 对赫拉的典型描写是"雪白的胳膊"：请参考，例如，*Iliad* 24.66 [LCL 24.55]。在卢浮宫收藏的莎草纸文献阿尔克曼的 *Partheneion*（PGMF 1）中，哈格西克拉的脸被形容为"银白色"：关于这个词被用来指代白皙，请参考 Hutchinson (2001), 89, n. 55。
18. 请参考 B.M. Thomas (2002) 'Constraints and Contradictions: Whiteness and Feminity in Ancient Greece', in L. Llewellyn-Jones ed., *Women's Dress in the Ancient Greek World* (Duckworth and the Classical Press of Wales), 5, 文中探讨了女性坟墓中发现的白色碳酸铅粉末。公元前 4 世纪的作家色诺芬和阿里斯托芬也提及把白铅，或者铅白（*psimythion*）用作化妆品。请参考 Aristophanes, *Ecclesiazusae* 878; Xenophon, *Household Management* 10.2。
19. 属于德国画派（German school），他生于 1704 年，死于 1761 年。
20. J.G. Platzer, *The Rape of Helen*,The Wallace Collection: P634.
21. Joseph of Exeter, *Trojan War* 4.175-4.179. 经尼尔·赖特博士翻译并允许转载。
22. 帕萨尼亚斯生活和活动的时间约在 120 年到 180 年。
23. Pausanias 3.16.1,Trans. W.H.S. Jones and H.A. Ormerod.
24. J. Boardman (2002) *The Archaeology of Nostalgia* (Thames & Hudson).
25. 10 卷的羊皮纸或莎草纸——*volumen* 即拉丁文的"卷"。
26. Peter Brown 被引述的部分见 Freeman (1999), 148。
27. West (1975), 13 认为，海伦和蛋之间的联系可能和我们复活节"重视鸡蛋"的传统有关。
28. 据说阿佛洛狄忒给廷达瑞俄斯家的女人下了咒，诅咒她们艳遇不断，"结两三次婚，且不断抛弃丈夫"，因为廷达瑞俄斯没有给这位女神献上祭品。请参考 Stesichorus 23 (PMG)，和 Gantz (1993), 321。
29. 鸵鸟蛋其实是青铜时代晚期的一个特色；坚硬无比的蛋壳使它成为国际贸易中的豪华包装材料。最精美的物品会被装进空的鸵鸟蛋，然后坐上轻巧的小船，经过漫长而危险的旅途，来到大洋对岸，吸引那里的买家。鸵鸟蛋还被制成来通杯（*rhyton*），一种宗教仪式上使用的豪华酒杯。一共有 13 只鸵鸟蛋制成的来通杯被发现（其中一只在迈锡尼博物馆展出，MM1684）。有一只特别精美的来通杯是在迈锡尼的一个竖井式坟墓被发现的，它是从努比亚运过来的；这只来通杯装饰华美，上面有彩陶片（一种早期的玻璃）镶嵌的海豚：海豚的眼睛和游泳时拱起的身体，都用绿色和棕色的釉面衬托得更加明显。杯颈处也紧紧地贴着彩陶片。其他的鸵鸟蛋则装饰着银和镀金的青铜。在迈锡尼的"艺术家空间"（Room of the Artists），有一小块黄色的东西，经分析，发现这是一块树脂和硫磺的混合物，加热后会变成棕黑色的胶水。制作这些精细的艺术品——粘上这些精致而昂贵的小碎片——肯定得忍受难闻的臭味。所有资料来自 Sakellarakis (1990); 还可参考 Karo (1930-3), 238-239。
30. 进一步的讨论，见第 11 章。
31. 这座城市的女企业家群体称自己是"珀涅罗珀的女儿"（Daughter of Penelope，在荷马的《奥德赛》中，珀涅罗珀是奥德修斯忠实而温柔的妻子）。这些事业成功人士选择不做海伦的女儿。

32. 请参考 Wright (2004), 123, 160 以及文中各处。

3 消失的城堡

1. Homer, *Odyssey* 4.79-4.85 [LCL 4.71-4.75]．

2. 1993—1995 年，意大利和法国的考古队在底比斯挖掘出了新的泥板，并由 Vassilis L. Aravantinos、Louis Godart 和 Anna Sacconi 公布。

3. 一块来自底比斯王室档案馆的新的青铜时代线形文字 B 泥板首次令人兴奋地提到了一位 "拉凯戴蒙之子"：Gp 227.2。请参考 Aravantinos、Godart 和 Sacconi (2000) 首次公布的泥板，Palaima (2003) 写了评论。

4. 请参考 Catling (1977)。

5. 请参考 Wright (2004), 123, 160 和文中各处。

6. Thompson (1908/1909), 116.

7. "莫内莱恩" 建造的可能时间是公元前 700 年：请参考 Cartledge (1992), 55。

8. Herodotus 6.61.

9. Pausanias 13.9.9; Pindar 的 *Nemean Ode* 10.56 和 *Pythian Ode* 11.62-11.63 记录说狄俄斯库里兄弟卡斯托耳和波吕丢刻斯也葬在塞拉普涅；请参考 Pomeroy (2002), 114。

10. 诗人阿尔克曼回忆起 "坚固的塞拉普涅圣所"。请参考 Calame (1997), 201, n. 346, 和 Alcman, fragment 14(b)。

11. Tryphiodorus, *The Taking of Troy* 520.

12. 请参考 Catling (1977), 37-38。

13. Or *kreagra*.

14. Isocrates, *Encomium of Helen* 10.63.

15. Catling (1976), 14.

16. 本书写作期间，所有的铭文均由纽卡斯尔大学（Newcastle University）的托尼·斯帕福斯（Tony Spawforth）教授重新研究过。

17. 请参考 Thompson (1908/1909), 124。

18. 感谢理查德·卡特林的这条建议。

19. 可能这些女孩已经准备好，在征得海伦的灵魂同意之后，下山和斯巴达的男子订婚。请参考第 11 章。

20. 请参考 Odyssey 4, 各处，和本书第 32 章，p. 287。

21. 数据来自 French (2002), 62 和 Wardle and Wardle (1997), 17。然而，正如弗朗茨所指出的，克诺索斯的宫殿比以上所有人的都要大，它的面积达 12 万平方英尺（约 11150 平方米）。

22. 本书写作期间，塞拉普涅的挖掘报道依然源源不断地传来。感谢理查德·卡特林和赫克托·卡特林博士帮我处理这些资料。

23. Catling (1977), 33 和私人通信。

24. 同上。

25. *Odyssey* 4.80-4.81 [LCL 4.73-4.74]．

4 迈锡尼人

1. *Odyssey* 3.344 [LCL 3.305]；*Iliad* 7.207 [LCL 7.180] 和 11.52 [LCL 11.46]。

2. Aeschylus, *Agamemnon* 909-911.

3. 感谢 Nicola Wardle。请参考 *Inscriptiones Graecae* iv.4.9.7。

4. 事实上，施里曼发给希腊媒体的电报上写的是："这具尸体和统帅四方的阿伽门农长期以来在我脑海中的形象非常相似。"

5. 布卢姆斯伯里圈子（the Bloomsbury group）的人的签名都凑在一块，萨特打破常规，斜斜地写下自己的名字，金斯伯格留下了一首短诗。

6. 底比斯目前的考古发掘显示，这里其实是迈锡尼疆域中最重要和最有影响力的一个地方。

7. 埃利亚斯山（Mount Agios Elias）、扎拉山（Mount Zara）和鹰山（Aëtovouno）。

8. 伯罗奔尼撒半岛上遍布着迈锡尼人的定居点，如阿尔戈斯、斯巴达、皮洛斯、梯林斯、亚辛、克里奥奈、米德亚、佩拉纳、奥科墨努斯（Ochomenos）和埃费拉（Ephyra，科林斯古名）。

9. 泥板 714.1-714.2。

10. 军事、宗教和世俗事务全部由城堡控制。食物、生活用品和奢侈品被集中运到宫殿，然后再重新分配，以维持生存或者盈利。人们在湿软的泥板上用线形文字 B 记下了这一切，从人，到财产，一直到最后一只羊、最后一罐橄榄、最后一杯谷物、最后一颗无花果。本地人和外来的奴隶为宫廷生产食物，并将它们送到仓库集中储存。作为报酬，那些宫廷组织内部的人会分到自己的一份生活物资。边远地区的村民可能会被强制服劳役，一种沉重的徭役。政府官员，那些刻写线形文字 B 的人（一个识字的精英阶层，有人认为他们就是统治者）通过要求额外上交食物或者强迫农民服兵役，可以决定一个家庭是否有足够的粮食挨过冬天。

11. 请参考 *Odyssey* 4，各处。

12. 那些在迈锡尼展出的都是仿制品；原件收藏于雅典的国家考古博物馆。

13. 可以在迈锡尼考古遗址的崇拜中心（cult centre）找到；MM 2084。

14. 这些在竖井墓中发现的文物年代介于公元前 1600 年和前 1300 年之间。

15. 从大祭司宅邸（the House of High Priest）发现的迈锡尼女子壁画碎片，现藏雅典的国家考古博物馆（NMA 11670）。

16. 有关荷马史诗真实性的讨论，请参考 Latacz (2004), 216-249。

17. Hesiod, *Works and Days* 159.

18. 由德国考古研究所（German Archaeological Institute）组织的挖掘。

19. Iakovidis and French (2003), 22, n. 45.

20. 皮洛斯挖掘的泥板 Aa 701 和 515；请参考 Chadwick (1988), 79。他还对小亚细亚其他地方来的妇女做了分类，包括米利都人（Milesians）、尼迪安人（Knidians）、希俄斯人（Chians）和利姆诺斯人（Lemnians）。

21. 我们无法确定这些下等人享有什么样的自由，如果有的话。一些来自底层的人似乎更像是中世纪的农奴（bondsmen）——自由，拥有属于自己的一块地，但是对领主负有严格的义务。根据记载，在青铜时代晚期的近东，妇女和儿童都要从事一段时间的契约劳动以偿还家庭的债务或者积攒嫁妆。

22. 皮洛斯的 "*Lawiaiai*" 似乎意为 "俘虏" 或 "被当成战利品的女人"：Chadwick (1988), 83。

354

23. 约公元前 1352 年。

24. 关于这一发现，请参考 A.B. Knapp (1992) 'Bronze Age Mediterranean Island Cultures and the Near East, Part 1', *Biblical Archaeologist* 55.2 (June 1992), 52-72，尤其是 65-67。

25. 1955 年，在距离安曼 4.8 公里的机场工地挖出了一座小型神庙。除了其他文物之外，还发现了大量的迈锡尼陶器，1966 年耶路撒冷的英国考古队（the British School of Archaeology）再次对遗址进行挖掘，发现了更多的迈锡尼文物。其中一件 1955 年发掘的文物被安曼的博物馆收藏了（Amman 6261）。这是一只由碎片修复的双耳罐，上面画着一个驾驶战车的人，这件文物的年代可以追溯到 LHIIIA2。详细资料来自 Hankey (1967)，128 和 131ff。

26. 有关迈锡尼贸易范围的详细资料来自：Dickinson (1994); French (2002); Harding (1984); Wardle (2001)。

27. 迈锡尼人愉快地把米诺斯人的文化创新据为己有——文字和镶嵌陶瓷。请参考附录 1。

28. 迈锡尼时期的希腊各地有着惊人的一致性。严厉而高效的官员们遵循着一套相同的制度。例如皮洛斯、底比斯、迈锡尼和梯林斯的行政案卷都是按照同样的格式写成，这些地方都用着一套相同的重量和度量系统，相同的橄榄油桶塞和葡萄酒瓶塞，它们的语言相同，敬奉的神灵都也相同。国王、王后和官员、女祭司和男祭司之间有着相同的区分方式。那些有权有势者穿行于走廊、档案馆、前厅和储藏室之间，这些建筑物的形状惊人地相似。那些描绘宗教仪式和国家庆典的壁画看起来大同小异。大大小小的神庙都差不多，全希腊的贵族死后都会举行相同的葬礼，并按照相同的方式下葬。这些共性使得古希腊各城邦在文化和政治上有着紧密的联系，也使得在必要时，统一的军事行动成为可能。

29. 葬于迈锡尼的环形墓圈 B（Grave Circle B）。

30. 本段提到的所有有关"战斗造成的伤口"均来自 Arnott (1999), 500-501。

31. Goodison (1989), 106-107.

32. 迈锡尼的战斗女神可能逐渐演变成了雅典的保护神雅典娜。详细的讨论见 Rehak (1999)。

33. 线形文字 B 泥板为我们提供了关于僵化的迈锡尼社会分层的详细信息。"瓦纳克斯"指国王或者领主，有时"瓦纳克斯"似乎被用作神圣的称谓：French (2002), 127。"巴赛勒斯"（*basileus*）仅仅是手工业者的首领。地位更加重要的是"拉瓦格塔斯"（*lawagetas*）。这个头衔的意思似乎是"军队的领袖"，虽然确切的职责尚不清楚。"总督"叫"科雷特"（*koreter*），副总督叫"普罗科雷特"（*prokoreter*），随从叫"赫447台"，还有"泰勒斯塔斯"（*telestas*），它的意思是在宗教场合"履行使命之人"。妇女同样有着明确的称呼，尤其是在宗教领域。这里存在严格的等级制度（hierarchy），我们有必要记住这个词来源于古希腊语的"*hieros*"（神圣的）和"*arche*"（统治）。宫廷的档案中记录了宗教事务——"教会"和"国家"之间并没有明确的界限。或许端坐于城堡中的统治者（尤其当这名统治者是一个女人时）同时也被认为具有某种宗教权力。感谢丽莎·本多尔对本段线形文字 B 术语提供的帮助。

355　5　史前时代的公主

1. 推导出这些统计数据的样本必然很少。有关最新数据的详细总结，请参考 Arnott (2005a), 21-27。

2. 鲜花是非常重要的物产，以至于迈锡尼人的日历中有一个月以"*wordewios*"命名，意思是"玫瑰之月"。

3. 环带骨螺（Murex trunculus）似乎是拉科尼亚最常用的一个品种。感谢黛博拉·鲁西洛为我们解释有关海螺的疑问。

4. 荷马史诗中提到"华丽的衣料"的例子：请参考《伊利亚特》3.170 [LCL 3.141] 和 3.487 [LCL 3.419]；有关线形文字 B 中提到的，请参考皮洛斯出土的泥板 Fr 1225：Ventris and Chadwick (1973), 482. Clader (1976), 58-59。还可参考 Shelmerdine (1998), 109。

5. 光彩照人和明艳这两个词也经常被用来形容女神。这里有两个可能：第一，海伦被认为是一名准女神，因为生活中她给人们留下了光芒四射的印象；第二，海伦是一个被用来衬托神性观念的凡人。我们在阅读古代文献时，一再读到海伦身上散发出洁白明亮的光辉。"海伦这个明艳的女人回答普里阿摩斯。"荷马在《伊利亚特》3.207 [LCL 3.171] 中写道。她身上披着闪亮的斗篷。有人认为海伦的名字来源于印欧语系的词根"svarana"，意思是"闪闪发光的人"或"光彩照人者"，由于这个词而产生了希腊语的"elena"，意为火炬或者光亮。请参考 Skutsch (1987), 188-193。荷马在提到海伦时经常说"阿尔戈斯的海伦"（Argive Helen）。一个众所周知的解释便是她是希腊人（也被称为阿尔戈斯人）的代表，或者她是一个影响遍及阿尔戈斯平原的女人，但是还存在一种可能，那就是诗人在玩文字游戏。希腊语单词"arguros"首次出现是在荷马的《伊利亚特》中，意思是银或银白色。有关海伦天生"光彩照人"的进一步讨论，请参考 Clader (1976), 56-64。身体发光是女神的标志，但同时也是沾染了神性的人，即经历过或者正在感受天神显灵的凡人的标志。

6. *Odyssey* 19.56-19.63 [LCL 19.53-19.58]．

7. 请参考诺索斯出土的泥板 Sd 401 和皮洛斯出土的泥板 Ta 707。Ventris and Chadwick (1973), 366 和 342 分别做了介绍。

8. 克里特的伊拉克利翁博物馆藏有一件公元前 14 世纪的精美样本。

9. 请参考 Rehak (2005), 7。

10. Sakellarakis and Sapouna-Sakellaraki (1997), Vol. 2, 654 ff.

356

11. 还可参考第 14 章。

12. 迈锡尼人使用的颜料直接来自土地，从天然的泥土和氧化物中研磨出粉红色和丰富的黄色、绿色、淡紫色和铁锈色。一个明显的例外是"埃及蓝"（Egyptian blue）。画家工具盒中的这种宝贵颜料之所以会有这么个引人遐思的名称，是因为制作这种颜料的技术为古王国时期（Old Kingdom，约公元前 2500—前 2100 年）的埃及人所控制。通过加热熔块（一种玻璃状物质）和含铜的矿砂，便可获得一小块蓝色颜料。人工制成的蓝颜料可能是穷人（中较富裕的那些人）的青金石，可以使府邸看起来似乎到处都装饰着那种阿富汗或伊拉克产的宝石。

13. 请参考 Ventris and Chadwick (1973), 131。

14. 牙釉质发育不全而出现线条，请参考 Arnott (2005a)。

15. 托德·怀特劳根据广泛调查过的迈锡尼遗址的房屋规模和密度，估算出皮洛斯的迈锡尼定居点的人口在 3000 人左右，见 Voutsaki and Killen (2001)。感谢托德·怀特劳在青铜时代晚期爱琴海社会的人口数据方面提供的帮助。

16. 公元前 13 世纪末迈锡尼定居点的建筑也是为了军事行动而设计的。城堡变得更加坚固，四周被那些未加工的巨型石灰岩石块筑成的庞大石墙层层包围着。有一堵巨大的石墙横穿科林斯地峡（Isthmus of Corinth），从萨罗尼克湾（Saronic Gulf）向西延伸了整整一公里。在迈锡尼和邻近的梯林斯，都发现了幽深的秘密水槽（迈锡尼的深达 18 米多），这些都是为了在围城时有水用而生生从岩床上凿出来的。

17. 对这些名称的分析，请参考 Latacz (2004), 120-140 。"迈锡尼人"（Mycenaean）这个词也是 19 世纪的产物。

6　强奸"漂亮的海伦"

1. Hyginus, *Fables* 79.

2. Apollodorus, *Epitome* 1.23.

3. Diodorus of Sicily, 4.63.1-4.63.4.

4. Hellanikos *FrGrH* 4.323a: F19 (168b)。赫拉尼科斯（Hellanikos，约公元前 480—前 395 年）是一位著名的神话编纂者和编年史作者，但他的著作只有一些片段留世。后世的作者肯定认为这变童癖的一幕非常刺激。一名伊丽莎白时代的作者约翰·特鲁塞尔（John Trussel）在他的 *First Rape of Fair Hellen* (1595) 一书中坚持认为，海伦被强奸时只有 8 岁。他描写说气喘吁吁的忒修斯不得不停下来歇口气后，才能继续前进。另一种文学传统则认为忒修斯为了保存海伦的童贞而鸡奸了她：请参考 Thornton (1997), 85 和 n. 45。

5. 伊索克拉底是雅典的教育家和思想保守的小册子作家，生于公元前 436 年，卒于公元前 338 年。

6. Isocrates, *Encomium of Helen* 10.19,Trans. L. van Hook.

7. 2001 年 5 月的现场考察。

8. Trans. W. Barnstone (1962), quoted Freeman (1999), 142.

9. "rape"这个词来源于拉丁语"*rapiere*"，意思是"夺取"。在古代这个词不一定意味着发生性侵，但确实含有强行劫走的意思。

10. Rose (1926), 401.

11. 很可能更早：请参考 Cartledge (2002), 310。

12. Thompson (1908/1909), 124 和 127.

13. 鞭打至死几乎可以肯定是罗马人夸张的说法。

14. Plutarch, *Theseus* 26.

15. 许多神话均说海伦当时已有身孕，并诞下了女儿伊菲革涅亚，后来她把女儿留给姐姐克吕泰涅斯特拉抚养。帕萨尼亚斯（2.22.6）对这一文学传统进行总结，并认为伊菲革涅亚是忒修斯和海伦的孩子：例如，Stesichorus (*PMGF* 191)。伊菲革涅亚长大后在传奇故事中占有一席之地，成为了人祭的牺牲品（请参考第 27 章）。这名年轻女孩的命运是古希腊三大悲剧的核心：欧里庇得斯《伊菲革涅亚在奥利斯》《伊菲革涅亚在陶里克人中》(*Iphigeneia among the Taurians*) 和埃斯库罗斯《阿伽门农》。

16. Hellanikos *FrGrH* 4, 323a: F20 (134).

17. Plutarch, *Theseus* 32.3,Trans. B. Perrin. 还可参考 *Cypria*，fragment11（关于荷马史诗《伊利亚特》3.242 的注释），上面说"狄俄斯库里（在阿斐德纳）没有找到忒修斯，随后洗劫了雅典"。翻译 H.G. Evelyn-White。

18. 西西里的狄奥多洛斯（Diodorus of Sicily）讲述了这个故事：4.63.1-4.63.4，在他那部由许多卷组成的《历史丛书》(*Library*) 中，这是一部从神话时代写到公元前 60 年的世界史著作，在公元前 60—前 30 年间为埃及和罗马写成。

19. 公元前 432 年，斯巴达人向雅典人宣战。他们计划烧毁雅典的麦田，迫使雅典人出来应战。斯巴达是一个有着职业士兵的城邦，在斯巴达人看来，胜利是唾手可得的东西。但是狡

357

猾的雅典人没有上钩。通过比雷埃夫斯港（port of Piraeus），雅典可以源源不断地获得外部的食物补给，因此他们根本不急着和斯巴达人打仗。相反，他们在等待时机，按照自己的方式发动大规模的防御性军事行动，斯巴达人要取胜可不容易。接下来的27年里，双方互有输赢，因为彼此都在试探对方的力量和强弱。只有当斯巴达人夺取了波斯的黄金，并利用这些新得来的财富使自己成为一个海上和陆上均无比强大的城邦之后，天平才开始倒向他们一边。雅典的盟友们（除了萨摩斯）嗅出了失败和最高统治者软弱的气息，纷纷倒戈，站在了斯巴达一边。关于斯巴达历史的完美概述，请参考 Cartledge (2002)。

20. Herodotus 9.73 和 Thucydides 7.19.1.

21. 强奸事件似乎更多的和触犯城邦或者家族（oikos）的尊严有关，而并非双方是否自愿的问题。人们经常提到著名的强奸事件，认为它们是历史和政治的催化剂；请参阅强奸卢克蕾提亚（Lucretia）事件和抢夺萨宾妇女（Sabine women）事件。请参考 R. Omitowju (1997) 'Regulating rape: Soap operas and self-interest in the Athenian courts', in S. Deacy and K.F. Pierce, eds (1997) *Rape in Antiquity* (London: Duckworth) 和 R. Omitowoju (2002) *Rape and the Politics of Consent in Classical Athens* (Cambridge: Cambridge University Press)。

22. 古典时期的军事领袖援引了海伦被帕里斯掳走一事。例如，公元前322年，演说家希佩里德斯（Hyperides）在雅典将军利奥斯典纳斯（Leosthenes）的葬礼悼词中，分析认为利奥斯典纳斯在拉米亚战争（Lamian War）第一年年末所采取的军事行动，是为了保护全希腊妇女免于受到傲慢无礼的侵犯。海伦曾两次受到这种侵犯。

358

23. 这个词源于斯巴达的腹地拉科尼亚。

24. 罕见的混血后代会被称为"摩萨凯斯"（mothakes）。

25. 鉴于所有的男性"斯巴达人"只有一种职业可以选择，那就是当兵，可想而知斯巴达人将是一支不可忽视的力量。难怪他们会和当时的另一个重要城邦雅典你来我往，打得不可开交。这两个城邦有时是亲密的盟友，有时又是不共戴天的仇人。当双方都固守着自己的社会和政治理想时，冲突变得不可避免——最后，经过一场漫长而艰难，血腥而令人不满的战争，在公元前404年，斯巴达人终于战胜了雅典，并推倒了雅典的城墙。雅典的女乐师（住在城外的妓女）迅速改变立场，她们在火焰中，在雅典人的尸体上跳舞，庆祝一个帝国的终结。请参考 Xenophon, *Hellenica* 2.2.23。接下来35年，斯巴达统治了希腊世界的大部分地区。

26. Thucydides 1.10.2.

27. 除了卫城、剧场和莫内莱恩，现在斯巴达几乎所有的考古挖掘都属于"抢救性考古"（rescue archaeology）——只有当这座城市为了发展而清理出一块建筑用地或者某户人家的房子倒塌，露出古代地基时，才会进行。

28. 重甲步兵是斯巴达军队的主体。每个经过"阿戈革"系统训练的男性斯巴达公民都必须成为重甲步兵。

29. Pausanias 3.15.3.

30. Cartledge (2001), 150 和 161; 还可参考 L.H. Jefferey (1961) *The Local Scripts of Archaic Greece: A study of the origins of the Greek alphabet and its development from the eighth to the fifth centuries* BC (Oxford), 200, n. 24; M.N. Tod 和 A.J.B. Wace (1906) *A Catalogue of the Sparta Museum* (Oxford: Clarendon Press), 178, no. 447。

31. 这种宗教头饰名为"波洛斯"；它可能和迈锡尼妇女在宗教仪式上戴"波洛斯"有联系。

32. 关于占星术上的解释，请参考 Richer (1994)。

33. 祭拜海伦的仪式可能始于更早，但我们现有最早的证据是希腊化时期的。

34. 很容易理解为什么海伦及其兄弟在斯巴达会受到如此热烈的崇拜——别忘了，卡斯托耳和波吕丢刻斯被认为是这座城市的保护神，而海伦则是完美女性的象征——然而有趣的是，对这三兄妹的喜爱都会流传开来。海伦及其兄弟的形象出现在小亚细亚的硬币上，我们几乎可以肯定，这种偶像崇拜已经越过希腊大陆，传播到了其他地方。请参考 Larson (1995)，各处。亦见本书第 36 章。

35. 与此有关的更充分的讨论，请参考 Spawforth (1992)，各处。

36. 海伦还被称为阿尔戈斯的海伦。

7　美女如云之地斯巴达

1. 珀琉斯讲述和海伦结婚的问题。Euripides, *Andromache* 595-600 (5th Century BC). Trans. P. Vellacott.

2. Odyssey 4.341-4.342 [LCL 4.304-4.305]．

3. 对古代文献资料的综合分析显示，海伦和以下的人有过瓜葛：忒修斯、墨涅拉俄斯、帕里斯、希波库恩（Hippocoon）之子恩纳斯普洛斯（Enarsphoros）、伊达斯（Idas）和林萨斯（Lynceus）、科瑞忒斯（Corythos）、得伊福玻斯、阿咯琉斯和忒俄克吕墨诺斯（Theoclymenos）。请参考 Clader (1976), 71。

4. 在阿尔忒弥斯·奥尔提亚出土，可以追溯到同一世纪。

5. Carter (1988).

6. 请参考 Pomeroy (2002), 106, n. 2。

7. 后来甚至有评论说这些女孩吃乳房形的蛋糕。请参考 Pomeroy (2002), 106, n. 3。

8. 请参考 Griffiths (1972)，各处。

9. 有些不太可靠的资料显示，阿尔克曼一开始生活在吕底亚。

10. 《少女之歌 3》（P.Oxy. 2387）收藏于牛津萨克勒图书馆的莎草纸研究室（Papyrology Room）。《少女之歌 1》现收藏于卢浮宫（P.Louvr. E3320）。感谢 Nikolaos Gonis 的协助。

11. Alcman, *Partheneion* 1 and 3. Trans. S.B. Pomeroy (2002), 6 and 7.

12. 这一评价在罗马时期重新流行起来；请参考 Plutarch, *Lycurgus* 18.4. 斯巴达女孩无疑已经习惯了女性的陪伴；鉴于所有 7 岁至 30 岁的男性都住在纯男性的军营里，女性之间的情感纽带肯定非常强烈。

13. 请参考 Larson (1995), 68 和 176, n. 53, 书中引述了 C.M. Bowra 的观点，认为海伦即是阿尔克曼笔下的黎明女神奥提斯（Aotis）。

14. 青铜时代晚期可能也是这种情况。刻有线形文字 B 的泥板显示，迈锡尼人的神灵（不仅仅是他们的人间代表）拥有诸如羊群这样的财产，且神灵的名字出现在地主的名单中。关于底比斯的"珀特尼亚之家"（House of Potnia），请参考 Chadwick (1976), 93, 99；关于拥有土地，请参考 Chadwick (1976), 77, 114. 皮洛斯一块新拼接的线形文字 B 泥板为我们展示了一座"狄俄尼索斯的壁炉"（Hearth of Dionysus）；请参考 J.L. Melena (1996-1997) '40 Joins and Quasi-Joins of Fragment in Linear B Tablets from Pylos' 和 '13 Joins and Quasi-Joins of Fragment in the Linear B Tablets from Pylos', in *Minos* 31-32: 159-170; 关于羊群，请参考 Chadwick (1976), 93, 129。

15. *Odyssey* 13.469 [LCL 13.412] .

16. 位于希腊中部德尔斐神庙发出的神谕既评判时事，预测未来，还对城邦和个人历史给出字字珠玑的评价。形容斯巴达女孩为 "*kallistai*"（最美丽）的，正是一份公元前 7 世纪发布的德尔斐神谕。Parke and Wormell (1956), Vol. 1, 82。

17. Athenaeus, *Deipnosophists* 13.566a–b.

18. Xenophon, *Constitution of the Lacedaemonians* 1.3. 斯巴达发现的一个破碎陶瓮上，画着男人和女人一起纵饮的场面，没有任何迹象表明这些女人是 "*hetairai*"（妓女）。这个陶瓮现藏斯巴达博物馆。Pipili (1992) no. 196。

19. Plato, *Laws* 806A; 参看 *Republic* 4.452A。

20. 请参考 Cavanagh and Laxton (1984), 34-36。

21. Athenaeus, *Deipnosophists* 13.600f-13.60la。

22. Clearchus of Soli, fragment 73.

23. 请参考 Xenophon, *Household Management* 7.10。Trans. S.B. Pomeroy (2002), 9。

24. Pollux 4.102.

25. 关于斯巴达女孩的体育课及相关的原始资料，请参考 Pomeroy (2002), 112ff。

26. 关于 "小马驹"，请参考 Bowra (1961), 53；还可参考 Aristophanes, *Lysistrata* 1308-1315。

27. 在 Theocritus, *Idylls* 18.31 中，海伦自己则被比喻成一匹 "装饰战车的塞萨利亚马"（*Thessalian horse adorning its chariot*）。

28. 萨拉·波默罗伊（Sarah Pomeroy）曾指出，斯巴达女孩结婚前会把一头长发剪掉，而普林尼在他的《自然史》一书中则把母马鬃毛的剪短和性欲的减退联系在一起。Pliny, *Natural History* 8.164。

29. Pomeroy (2002), 139-170 简要阐明了对斯巴达研究，尤其是女性生活方面现有资料的疑问。

30. 据说奥古斯都的这次访问发生在公元前 21 年。请参考 Cartledge and Spawforth (1989 reprinted 1991, 2002), 199, 引述见 Cassius Dio 54.7.2。

31. Scholiast on Juvenal 4.53.

32. Ovid, *Heroides* 16.149-16.152.

33. 普罗佩提乌斯的生卒年约为公元前 50—前 2 年。

34. Trans. A. Dalby; taken from Dalby (2000), 146.

35. Xenophon, *Constitution of the Lacedaemonians* 1.4, 有关进一步的讨论，请参考 Pomeroy (2002), 25。

36. British Museum GR 1876.5-1876.10.1.

37. 有关莫内莱恩圣所的详细描写，见 Tomlinson (1992)。

38. Herodotus 6.61.

39. Pausanias 3.19.9.

40. Pausanias 3.7.7.

41. 海伦在与植物和花草有关的仪式上受到人们的祭拜，这一点可能暗示着人们把记忆中的她和原始的植物女神混在了一起，后者（ελενη）是古希腊芦苇、嫩枝和编织篮的名称来源。有人甚至会说她不过是一名自然女神而已。请参考 Clader (1976), 56-68。还可参考本书附录 4。

360

8 温柔的女孩

1. *The Myth of Sisyphus and Other Essays* (2000), Trans. J. O'Brien.

2. 请参考 Hallager and McGeorge (1992)，尤其是第 43 页。

3. 在女孩的成人仪式，例如 "*arkteia*" 上，那些初潮尚未来临的女孩子会在布劳隆（Brauron）和莫纳齐亚（Mounchia）的阿尔忒弥斯圣所扮演 "熊"，请参考 C. Sourvinou-Inwood (1988) *Studies in Girls' Transitions: aspects of the arkteia and age representation in Attic iconography*, Athens: Kardamitsa。

4. 请参考，例如 NMA 3180。

5. 对锡拉岛壁画的总结和进一步讨论，请参考 Rehak (2005)。非常感谢约翰·扬格（John Younger）让我提前看到这部著作。

6. 可以对锡拉岛和迈锡尼社会服装、饰品和仪式上的相似性进行详细的比较。

7. 在斯皮里登·马里纳托斯（Spyridon Marinatos）带领的、20 世纪 30 年代进行的调查和 20 世纪 60 年代组织的试探性挖掘之后。

8. 因为女神的旁边有一只猴子和一只格里芬，因此她可能是动物的主宰（Mistress of Animals），一名专门负责自然界的百兽女神（*potnia theron*）。

9. 请参考 Rehak (2005)。

10. 来自迈锡尼的 "城堡模型"（Citadel House mould）显示，迈锡尼同样有生产月亮形状的珠宝饰品。

11. 有关所有出土壁画的总结，请参考 Marinatos (1984)。

12. Morgan (1988), 31.

13. 进一步的讨论，请参考 Goodison and Morris (1998), 125。

14. Pliny, *Natural History* 21.17.31-21.17.32.

15. 埃伦·戴维斯（Ellen Davis）确定了锡拉岛的 6 种发型分别代表着性发育的 6 个阶段。请参考 Davis (1986)。

16. 这儿的门楣上同样画有一个可能代表了丰产的宗教标志 "献祭之角"（horns of consecration）——正往下滴血的牛角。这个形象几乎可以肯定同时代表了祭坛上的牺牲和流血的妇女。从旧石器时代起公牛就是丰产的象征。在剔骨仪式上或者受到刀剑袭击时，妇女的子宫都会变得清晰可见：请参考 D.O. Cameron (1981) *Symbols of Birth and of Death in the Neolithic Era* (London: Kenyon-Deane), 4-5。子宫的形状和牛头有着明显的相似之处，尤其是史前常见的那种野牛，那是一种站起来肩高 2 米，两根细长的牛角长达 30 公分，脚印有人头那么大的巨兽。滴血的牛角代表了女性的繁殖力。这些壁画很可能描绘了房间中实际进行的活动，诸如成年仪式或者入会仪式。

17. 在番红花采集者壁画的下方，"净身室"（lustal basin）那个区域。

18. 在塞斯特 3 号的底层，3 号房间。北墙。

19. 人们发现，个别古风和古典时代的女神雕像会有黄色或者金色的头发。例如，佩加蒙博物馆（Pergamon Museum）内那尊公元前 6 世纪的高大的 "柏林女神" 像（Berlin Goddess）就有一头黄色的卷发，而普拉克西特列斯（Praxiteles）那尊著名的裸体阿佛洛狄忒雕像也被认为长着一头金发。两位女神都因为性感而受到人们的尊敬。这可能是史前思想的残留，当时的人们认为金发和 "特殊的（性）能力" 有关。

20. 为了获得一磅（0.45 公斤）番红花粉，估计需要采集 25 万朵番红花：请参考 *Cambridge*

World History of Food, Vol. 2, eds. K.F. Kiple 和 K.C. Ornelas (Cambridge: Cambridge University Press, 2000), 1846. 克里特岛克诺索斯出土的 Np 系列线形文字 B 泥板上,出现了番红花的表意文字:请参考 Ventris and Chadwick (1973), 51。

21. 男性出现在锡拉岛其他场景的壁画中。出色的概述见 S. Sherratt (ed) (2000) The Wall Paintings of Thera, Proceedings of the First International Symposium, Petros M. Nomikos Conference Centre, Thera, Hellas, 30 August – 4 September 1997. 2 Vols. Athens: Petros M. Nomikos and The Thera Foundation。

22. British Museum,E773.

23. 请参考第 14 章。

24. 游客在访问锡拉岛之前应该先查询哪些壁画正在展出。

362

9 英雄的战利品

1. 海伦故事中的这一幕,在其他比武招亲的传奇故事中也有类似的情节:如阿塔兰忒 (Atalanta) 这样的女人,她强迫求婚者与她比试赛跑;伊俄卡斯忒 (Jocasta),她的儿子俄狄浦斯破解了斯芬克斯的谜语,于是获得了与母亲同床共枕和统治底比斯王国的权利;以及希波达弥亚,她的父亲和她的求婚者比赛战车,并且总是获胜。但是希波达弥亚喜欢珀罗普斯,希望能和他一起统治伊利斯王国,因此,当他接受挑战后,希波达弥亚在父亲的车轮里塞了一颗蜡栓——比赛进行途中,蜡栓融化,战车也翻了,她的父亲因此丧命。这种欺骗行为最终导致阿特柔斯家族受到诅咒。请参考 Pindar, Olympian Ode 1.25-1.96 和 Apollodorus, Epitome 2.3-2.10。 所有这些女人均须经过一番争夺才能得到。她们和海伦一样拥有庞大的资产,并且只与能证明自己值得的男人分享。

2. Hesiod, Catalogues of Women and Eoiae 68.

3. Apollodorus, The Library 3.10.8.

4. Euripides, Trojan Women, 987.

5. Hesiod, Catalogues of Women and Eoiae 68.

6. Excavation report: C. Tsountas (1889) 'Ereuna en te Lakonike kai ho taphos tou Vapheiou', in Archaiologike Ephemeris 129-172.

7. 古典时期,这里应该耸立着一尊 9 米高的阿波罗雕像。阿尔克曼的诗歌残篇 53 描绘了一次节日的盛宴——撒有芝麻的月亮形面包、蜂蜜做的甜点和给孩子们吃的亚麻籽。亚辛提亚节虽然没有明确涉及对海伦的崇拜,却与海伦节非常相似。请参考 Xenophon, Agesilaus 8.7 and Athenaeus, Deipnosophists 4.138e-4.139b。

8. Hesychius 1999. 亚历山大的赫西丘斯 (Hesychius) 在 5 世纪编纂了他的希腊语词典:它保存在一份 15 世纪的手稿中。

9. Athenaeus, Deipnosophists 4.139ff; Xenophon, Agesilaus 8.7; Plutarch, Agesilaus 19.5-19.6.

10. 阿米克莱的一尊宝座刻画了海伦惨遭忒修斯蹂躏和特洛伊战争的其他场景。Pausanias, 3.18.10-3.18.16。

11. Hesiod, Catalogues of Women and Eoiae 68. Trans. H.G. Evelyn-White.

12. 请参考 Hesiod, fragment:204.78ff. 和 197.4ff.,in Merkelbach and West edition (1967)。

13. Hesiod, Catalogues of Women and Eoiae 68.102-68. 105. Trans. H.G. Evelyn-White.

14. 在迈锡尼社会,人的地位(或者没有地位)每时每刻都受到官僚主义的强化。例如,线形文字 B 的泥板显示，只有某些人才允许用最优质的羊毛制作斗篷。

363   15. *Iliad* 2.56 [LCL 2.47]．

16. *Iliad* 2.539-2.543 [LCL 2.455-2.458]．

17. *Iliad* 10.306-10.310 [LCL 10.262-10.265]．

18. 2002 年英国怀尔德伍德（Wildwood）的实地考察。

19. 更详细的资料，请参考第 17 章。

20. 公元前 14 世纪，米坦尼王国（Mittani）的基库里写的《马经》已经在安纳托利亚广为流传。在伊斯坦布尔考古博物馆可以看到刻有驯马方法的泥板；例如 Bo 10407 (KBo III 5, IBoT II 136)。

21. 请参考 Hood (1953)。

22. 请参考 Konsolaki-Yannopoulou (1999) 和 (2000)。

23. *Iliad* 2.26 [LCL 2.23]．

24. 特洛伊也有此美誉 [LCL 2.287]。

25. 海伦的几个兄弟也以高超的骑术而著名。一首《荷马颂歌》描写他们"骑在飞驰的骏马上"；诗人阿尔克曼说他们是"骏马的主人，熟练的骑手"；阿尔凯奥斯则说"卡斯托耳和波吕丢刻斯骑着骏马，跨过广袤的陆地和海洋。"

26. 而我们青铜时代的海伦有没有骑马出来迎接他们呢？青铜时代晚期出现了女性骑马的形象，但全部都和宗教场景有关。有一尊公元前 13 世纪的阿提卡小雕像，展示了一位侧鞍骑马的女性形象。来自 Hélène Stathatos 的藏品：请参考 *Collection Hélène Stathatos* (1963) *Vol. III: Objets Antiques et Byzantins* (Strasbourg), 23-24 (no. 6) 和 Plate II, no. 6. 迈锡尼的一些精美壁画中出现了驾驶战车的妇女。队伍的排场巨大，她们头上戴着精致的帽子，可能是宗教游行。在梯林斯的壁画上，一群妇女驾驶着战车轰隆隆从墙上驶过，她们戴的猪牙头盔暗示着也许她们就是战争女神的原型。

27. Hesiod, *Catalogues of Women and Eoiae* 68.1-68.6. Trans. H. G. Evelyn-White.

28. Hesiod, *Catalogues of Women and Eoiae* 68; Euripides, *Iphigeneia in Aulis* 49-71; Apollodorus, *The Library* 3.10.8; Hyginus, *Fables* 78.

29. 青铜时代和主人葬在一起的马可能是主人死时被宰杀的（Marathon, Dendra）。Pausanias 3.20.9 告诉我们，在斯巴达通往阿卡迪亚的道路上，有一座名为"马墓"（The Horse's Tomb）的坟墓，墓中埋葬的就是廷达瑞俄斯献祭的那匹马。

10   王位继承人

1. Euripides, *Iphigeneia in Aulis* 67-75. Trans. P. Vellacott.

2. 现有的赫梯文字表明，体育比赛是大型社交集会上为了得到神的恩典而举办的。Hoffner (2002) 列举了比赛的项目：拳击、摔跤、扔石头、跑步、射箭和战车比赛。

3. "*Diethnes Politistiki Enosi Pammachon*"——国际帕玛科恩（Pammachon）文化联合会。感谢科斯塔斯·德尔韦尼斯 (Kostas Dervenis) 协调了这次比赛。

364   4. 请参考 Dervenis and Lykiardopoulos (2005)。

5. 请参考 Arnott (1999), 500。

6. Herodotus, 6.126ff.

7. 有关这些问题的完整论述，请参考 Finkelberg (1991)。

8. *Odyssey* 4.12-4.14 [LCL 4.10-4.12]．

9. Pausanias 2.18.6.

10. 有趣的是，墨伽彭忒斯没有被称为私生子，尽管他的母亲是奴隶，这暗示着可能代孕是一种可以接受的方式。请参考 Finley (1954)。

11. 土耳其沿岸的定居点清楚地表明，安纳托利亚和迈锡尼之间存在密切的贸易关系——克拉左美奈（Clazomenae）、帕纳兹特佩（Panaztepe）、科洛丰（Colophon）和以弗所（Ephesus）均发现了迈锡尼的陶器。这些都不是陌生的地方。

12. 请参考 Neville (1977), 5 和 n. 13。

13. 克里特岛的戈尔廷法典（Gortyn law code）——刻于公元前 5 世纪，但很可能描述了起源于青铜时代晚期的法令——同样详细说明了妇女的财产权。

14. 本段中线形文字 B 的信息均来自 2004 年 5 月至 2005 年 4 月与迈克尔·莱恩博士的私人往来书信。还可参考 Ventris and Chadwick (1973), 232ff。

15. 此地名为帕基亚纳（*pakijana*）。泥板的记录者似乎承认，埃里塔和声称有权获得这块地一定收益的"土地所有人"（allotment-holders）之间存在悬而未决的争端。埃里塔有一块特别的地，名为"埃托尼乔"（*etonijo*），似乎是献给某个神灵的，她还给了一个名为"乌瓦米贾"（*uwamija*）的女人一块地的收益，以这种形式向她赠送了一份荣誉礼物。在泥板记录者看来，女祭司埃里塔显然有权占有和处置自己的地产，包括将其所有权转赠他人。

16. 另一套泥板写的是，许多地主必须缴纳宗教"税"，也许如皮洛斯出土的另一套泥板（Es 系列）所要求的，为土地出产的十分之一。这些泥板表明，"税金"和个人获得的"收益"挂钩。

17. Hyginus, *Fables* 78—— 请参考译者 M. Grant 给的注释，74，其中提到亚里士多德讲过一个类似的故事：高卢国王佩塔（Petta）的女儿自己挑选丈夫。故事引自 Athenaeus *Deipnosophists* 576。还可参考 Euripides, *Iphigeneia in Aulis* 68-75。

18. 这一风俗无疑传到了西欧部分地区，而且直到不久前还盛行于德国的一些乡村，年轻女孩按照习俗被选定（auctioned）为"五月新娘"（May-wife）。春天开始时，这些女孩还是被动而温顺的"伴侣"，但是一踏入夏天，她们就有权选择自己的"舞伴"。如果一个女孩把一束花别在舞伴的帽子上，就说明她想和这个人在一起。请参考 West (1975), 12。

19. *Iphigeneia in Aulis* 68-75. Trans. P. Vellacott.

20. Hesiod, *Catalogues of Women and Eoiae* 68.

21. Hesiod, *Catalogues of Women and Eoiae* 68, 98-100.

11　王室婚礼

1. 又名《田园诗 18》（Idyll 18）。Trans. A. Verity.

2. 《祝婚歌》（*Epithalamia*）是按照惯例为婚礼前夜演唱的歌曲或诗歌，字面的意思是"洞房"（*thalamos*）"之外"（*epi*）。

3. 那位公元前 7 世纪合唱歌的代表人物，他的合唱歌生动地表现了斯巴达少女在欧罗塔斯河畔的表演。

4. 忒奥克里托斯诗中的一些细节可能还来自公元前 6 世纪西西里诗人斯特西克鲁斯写的另一首有关海伦的诗。斯特西克鲁斯的诗只有少量片段留存下来，但是这首诗似乎描绘了海伦早期生活的一些细节。请参考 Hunter (2002), 109 的注释。

5. Theocritus, *Idyll* 18.

6. Theocritus, *Idyll* 18. 43.6. Trans. S. B. Pomeroy (2002), 115.

7. 按照希腊的标准，18 岁已经算晚婚，斯巴达城邦的这一独特之处，显然在古风时代晚期以后开始得到认可。

8. Plutarch, Lycurgus 15.4.

9. 请参考 Hagnon of Tarsus in Athenaeus, *Deipnosophists* 13.602d-e。

10. 请参考 David (1992), 1 的讨论。

11. 请参考 Griffiths (1972), 27。

12. Theocritus, *Idyll* 18.8.

13. 床铺的资料来源：V 659（迈锡尼出土）和 Vn 851（皮洛斯出土）。

14. 对不同遗址食物的详细分析，请参考 Tzedakis and Martlew (1999)，各处。

15. 荷马也提到了这一传统：例如，赫尔迈厄尼在斯巴达举办的婚宴；皮洛斯为波塞冬举办的盛宴；以及从珀涅罗珀的追求者们粗鲁无礼的举动中可以看出这一传统的缺失。值得注意的是，线形文字 B 的泥板上记录了在皮洛斯为波塞冬举办的一次盛宴。请参考 Sherratt (2004), 315。

16. 与铁器时代英国部族首领的聚会形成了有趣的对比。

17. 泥板 Cn 1287。

18. Un 138。还可参考 Un 418, 718, 853 和 Cn 418。

19. 另一块泥板记录了有人为一次宴会送去 197 只绵羊。见克诺索斯出土的泥板 Uc 161。

20. 有些动物需跋山涉水 50 公里才能出现在餐桌上。Palaima (2004), 226。

21. 皮洛斯出土的泥板 Un 2，见 Ventris and Chadwick (1973), 221。

22. 皮洛斯 Ta 716。

23. 请参考 Isaakidou et al. ((2002)。颚骨上的肉都被剔去，这可能和荷马在 *Odyssey* 3.373 (LCL 3.332) 中描述的舌祭（sacrifice of tongues）有关。

24. 阿基亚·特里亚达修道院的石棺：请参考 Fitton (2002), 192 和 Immerwahr (1990), 100-102。

25. 本段和下一段中出现的人物均来自 2004 年 5 月 6 日丽莎·本多尔在剑桥麦克唐纳研究所 (McDonald Institute) 做的一次演讲，"Mycenaean Feasting at Pylos"。以及与约翰·基伦的交谈，同时还参考了 Ventris and Chadwick (1973)。

366

26. Uc 161，克诺索斯出土。

27. 对祭祀场所的陶器的分析显示，葡萄酒在青铜时代晚期一些更为私密的祭典仪式上起着重要作用，在大型宴会上也是如此——后者往往要消耗大量的葡萄酒。皮洛斯宫殿的另一个房间（第 9 室）里发现了另外 600 只基里克斯陶杯。迈锡尼祭坛残留的有机物中发现了松香葡萄酒的痕迹，其中既有当地生产的，也有装在大型的迦南罐（Canaanite jars）里，从巴勒斯坦沿岸的乌加里特和拉斯沙姆拉进口的。一只陶杯装着葡萄酒和蜂蜜酒的混合物。其他地方发现了泡着芸草和鼠尾草的酒。我们猜测芸草象征着怀念，但它也可以是镇定剂；今天的药剂师会警告我们使用这种药物的风险：其效果太不稳定。因此，虽然众神可能认为自己和青铜时代晚期居民的关系已经非常亲密，但是看起来这些人不管男女都喜欢使用麻醉剂和酒精，因为这样一来，和神灵的关系就更近了。

28. *Iliad* 4.401 [LCL 4.346]．一只酒瓶瓶塞上记录了皮洛斯岛的交货信息，其中提到了蜂蜜酒。

2004 年 10 月，我和考古学家霍利·马修（Holley Martlew）试喝了这种青铜时代的饮料。味道可口而且非常有效。

29. 克诺索斯的《折叠椅壁画》（Campstool Fresco）。

30. 请参考 Bendall (2004) 对皮洛斯第 60 室的描述。

31. 其重要性足以充当贵族的陪葬品，例如，瓦菲奥的墓室中发现了两个青铜罐、一把青铜勺和一把银勺，还有一个火盆。

32. 关于宴会和社交排场更完整的讨论，请参考 Bendall (2004)。

33. 大量的参考文献，见 Sherratt (2004), 316, n. 46。

34. *Odyssey* 9.3-11 [LCL 9.3-11]。

35. *Odyssey* 17.270-17.271.Trans. E.V. Rieu. [LCL 17.270-17.271]。

36. 英雄们在战场上描述真正的人生乐趣时，也几乎总是会提到音乐和舞蹈。从复仇心切的墨涅拉俄斯对特洛伊人的一番破口大骂中，我们可以一窥当时的娱乐活动，这些娱乐当然是铁器时代的，同时也极有可能是青铜时代的。

> 一个人可以做一切他想做的美好事情，
>
> 甚至睡觉，甚至做爱……
>
> 销魂的歌声、节拍和摇摆的舞姿。
>
> 一个人在完成他的战争使命之前，会渴望把所有这些乐事
>
> 都享受一遍。但这些特洛伊人却不是这样——
>
> 没有人能够满足他们的战斗欲！（Iliad 13.733-13.738［LCL 13.636-13.639]）

37. 虽然民族音乐家在还原这些远古的声音时遇到了诸多困难，因为许多乐器完全由有机物制成，已经彻底腐烂掉了，但是也有一些保存下来。青铜时代可能存在大量的乐器，尤其是打击乐器，今天的我们无法做任何猜测，因为久远的时光已经吞噬了它们的残骸。有一样名为"叉铃"（sistrum）的类似拨浪鼓的乐器（有用青铜制的，也有用陶土制的）保存下来。叉铃在古代非常流行。这种叉子、沙锤和算盘的奇怪混合物发出一种诡异而令人不安的声音。青铜制成的指钹和今天克里希那（Hari Krishna）的信徒使用的指钹毫无二致，很可能是东方的舶来品。克里特岛和乌鲁布伦的沉船中均发现了这种指钹。请参考 Bass (1987, 1996)。其他的舶来品是一只河马牙雕刻的大哨子，以及准备用作共鸣箱的未加工过的龟壳。1981 年，H. 罗伯特（H. Roberts）为大英博物馆复制了一把用龟壳做共鸣箱的里拉琴。请参考 Younger (1998), 17 和 H. Roberts (1981), 'Reconstructing the Greek Tortoise-Shell Lyre', in *World Archaeology* 12: 303-312. 在米洛斯费拉科庇（Phylakopi）的迈锡尼圣所挖掘出了青铜时代晚期的龟壳，龟壳的边缘有钻孔，这是为了固定琴颈而小心上去的。请参考 Renfrew (1985), 325-326. 英国考古队 1974—1977 年在雅典挖掘期间，东西两侧的神庙中均发现了龟壳的碎片。伦弗鲁指出，费拉科庇周围的乡村依然能够找到龟壳。《一首荷马颂歌》（A Homeric Hymn）描写了赫尔墨斯创造这些乐器（也被称作 "chelys-lyre"）的经过。

38. 请参考 Younger (1998), 37 和 Plate 24.3 (CMS II. 3.7)。

39. Agios Nikolaos, Archaeological Museum 11246.

40. 这只海螺是在马利亚出土的，发现的地点位于宫殿东北角的一栋建筑内。它的年代可

367

以追溯到 LMI（公元前 16—前 15 世纪）。请参考 C. Baurain and P. Darcque (1983), 'Un triton en pierre à Mallia', in *Bulletin de Correspondance Hellénique* 107:3-73。感谢彼得·沃伦提供的详细资料。

41. *Iliad* 9.225［LCL 9.189］.

42. 请参考 Plutarch, for the Life of Alexander (15) 和 Aelian, *Historical Miscellany* 9.38。

43. The Judgement of Paris, Attic black figure amphora, C.575-550BC. Paris, louvre F 13.

44. Paris, Louvre, Département des Peintures INV. 3696.

45. 看来女人偶尔也会弹琴。克里特岛东部的帕莱卡斯特罗出土了一组粗陶制的女偶，其中一人拿着一把里拉琴，另外三人手牵手形成一个半圆，在她面前跳舞。

46. 阿米克莱出土了一件特别精致的微型竖里拉琴，只有 8 厘米高。

47. Lang (1969).

48. *Odyssey* 17.287［LCL 17.261］.

49. Theocritus, *Idylls* 18.54-18.545. Trans. A. Verity.

50. 进一步的讨论请参考 Pantelia (1995), 79。作者指出，托勒密二世和姐姐阿尔西诺伊二世（Arsinoe II）的婚姻还将"加强他对埃及王位的控制和埃及人对他的崇拜"。海伦的故事可能也是如此。

12　赫尔迈厄尼

1. Ovid, *The Art of Love* 2.690f. Trans. R. Humphries.

2. 虽然大部分文献资料说海伦只有一个孩子，然而对所有涉及"海伦"的引文做一番整理之后，我们却得出一个结论，那就是海伦生了许多孩子——她和忒修斯私通生了伊菲革涅亚；和帕里斯私通，生了克里索斯（Corythos）、博墨诺斯（Boumonos）、埃达俄斯（Idaios）、阿加诺斯（Aganos），以及据说生父不明的埃提奥拉斯（Aithiolas）和尼科斯特拉图斯（Nicostratus, 后者请参考 Apollodorus, *The Library* 2ii, 2i)。《塞普利亚》残篇 12 提到普勒斯忒涅斯是海伦和墨涅拉俄斯的另一个孩子。

3. Hesiod, *Catalogues of Women and Eoiae* 204.94-204.95, in Merkelbach and West (1967).

4. 他是否在谈论一种代孕制？在这种制度中，贵族利用奴隶来提高他们的后代数量。*Odyssey* 4.14-4.17 [LCL 4.12-4.14].从这一时期的赫梯泥板可以看出，至少在安纳托利亚，代孕是可以接受的；"如果妻子两年内没有生产，她将为丈夫购买一名女奴；然而一旦女奴产下［男］婴，妻子就可以随便把她卖掉"：Darga (1993), 34。

5. Ventris and Chadwick (1973), 127 and 310.

6. 资料来自 2002 年的一次现场考察。

7. 公元前 7 世纪，许多陶制的女神人偶作为供品，被留在了斯巴达的阿尔忒弥斯·奥尔提亚圣所。请参考 Farrell (1908)。

8. Gg 705.

9. *Odyssey* 19.213-19.217 [LCL 19.186-19.189].

10. 民间传说，克里特岛的厄勒提亚岩洞还有使人怀孕的神秘功效。对洞内纯净水的化学分析显示，如果大量饮用，可能会导致腹泻。请参考 Rutkowski (1986), 65。

11. Pausanias 2.21.8.

12. 诗人斯特西克鲁斯遗留的残篇 13 上说，海伦被忒修斯强奸后，斯巴达王后修建了这座神庙。阿尔戈斯引以为荣的，是一座巨大的希腊－罗马式剧场。这座始建于公元前 3 世纪的建筑，今天依然可以容纳 20000 名观众。现在的孩子会在学校组织旅行时，在这处宽敞的遗址周围徜徉；但是一旦有戏剧上演，这个地方又会活跃起来，就像古希腊时期一样。蜂拥而至的古代人群中，许多女游客还会瞻仰厄勒提亚神庙，感谢女神赐予她们孩子，或者祈求女神再多赐几个，而她们这么做的时候，肯定会想起神庙的建造者，"那个全世界最美丽的女人"。今天的专家认为他们已经探明了厄勒提亚祭坛所在的位置，那个地方非常隐蔽，位于城内基督教堂的下方。

13. Angel (1977), 88-105. 有人对这一方法提出批评，但是结合对牙齿的分析，似乎可以做出判断，即女孩十二三岁就达到了性成熟。没有理由认为她们开始生育之前会有一个间隔期。从公元前 5 世纪起，人们就认为，对"女人"（gyne，这个词的含义是成熟女子，虽然也可以翻译为妻子）来说，初潮和结婚之间的间隔越短越好。对大多数青铜时代晚期的家族来说，女孩子小小年纪便怀孕是最理想的。

14. 请参考 Hallager and McGeorge (1992) 所发布的二号墓（Tomb II）证据。还可参考本书第 8 章的开头。

15. 请参考 Arnott (2005a)。

16. 迈锡尼的文字记载从未提及有关怀孕和生子的信仰和仪式，然而赫梯人的泥板却详细记录了分娩的仪式"Papanikri"。坦白说，这个仪式给人的感觉不太舒服。女人必须当着祭司的面在木凳上分娩。如果由于什么原因，凳子腿或者坐的地方裂了，祭司会紧张而疯狂地清除因破裂而显现出来的邪祟。母亲将不得不向神灵奠酒。绵羊和家禽将被宰杀作为供品，人们会用红线把一只羊羔绑起来，并给它穿上红色的衣服，戴上帽子、脚趾和脚踝也分别戴上戒指和镯子。第二天，新生儿看起来就好像被负责祭祀的人用棍子抽过一样。生孩子并不是个人的事，它是整个族群的事。请参考 Darga (1993), 104: A1 35 (Istanbul Archaeological Museum Bo. 2001)。

17. 请参考 Robertson (1990)，尤其是 24 和 Riddle (1992) 中描写古代避孕术的部分。

18. 截止到目前，共有 20 处埃及遗址发现了迈锡尼人的物品。请参考 Bryce (2005)。

19. 最古老的避孕方法似乎记载于威廉·弗林德斯·皮特里发现的莎草纸稿上，这些 1889 年在卡洪（Kahun）发现的文稿写于埃及第十二王朝的阿曼尼哈特三世（Amenenhat III）时期。一组写于公元前 1500 年前后，现在被称为"埃伯斯莎草纸"（Papyrus Ebers）的文稿包含了大量的信息。Papyrus Ebers 716。

20. 一张大约公元前 1400 年的莎草纸残片上写着，狂热的喃喃低语有时会有治疗效果——来自迈锡尼人统治时的克弗俤乌地区（克里特岛）有一种符咒："……用克弗俤乌的咒语驱除亚洲病魔……念咒语时需对着酵母、气体、液体和尿液。"

21. 请参考 Latacz (2004), 131-132, citing W. Helck (1979) *Die Beziehungen Ägyptens und Vorderasiens zur Ägäis bis ins 7. Jahrhundert v. Chr.*, 2nd edition (Darmstadt), 97; and P.W. Haider (1988), *Griechenland-Nordafrika: Ihre Beziehungen zwischen 1600 und 600 v. Chr.* (Darmstadt), 139, 14, n. 48。

22. Pliny, *Natural History* 24.38.59 ——除了药用，还可用于枝条编织和制作香水；详细资料来自 King (1998), 86f。

23. 有关这一话题的更详尽的讨论，请参考 King (1983)。

24. Plutarch, *Lycurgus and Numa* 3, 4. Trans. B. Perrin.

25. 大概生活于公元前 7 世纪至前 6 世纪的女诗人。关于萨福的生平，请参考本书第 378 页，

369

注释 2。

26. P. Oxy 1231, fragment 14. Trans. D. A. Campbell.

27. 她甚至受到了埃德海姆（Adhelm）的关注，这名盎格鲁-撒克逊的神学家在 673—706 年之间写信对自己的学生维特弗里斯（Wihtfrith）说，"我急切地恳求你注意的是，你这样做对神圣的正统信仰有什么好处呢？你把精力花在阅读和研究卑鄙的普罗塞尔皮娜（Proserpina）的种种邪恶罪行上，这个人的名字我连提也不愿意提；或者是在研究中颂扬和敬仰放荡的赫尔迈厄尼，这个墨涅拉俄斯和海伦的孩子，按照古代文献记载，靠着丰厚的嫁妆和俄瑞斯忒斯订了一段时间的婚约，后来她改变主意，嫁给了涅俄普托勒摩斯（Neoptolemus）。"Letter III, 'To Wihtfrith', in *Aldhelm: The Prose Works*. Trans. M. Lapidge and M. Herren (1979). (Cambridge: D.S. Brewer; Totowa, NJ: Rowman & Littlefield)。

28. Euripides, *Helen* 282-283.

29. 安德洛玛刻的故事见 Euripides, *Andromache* 206。

30. 约作于公元前 20 年。

31. Ovid, *Heroides* 8.91. Trans. H. Isbell.

370 **13　一个可喜的负担**

1. 8C 号墓穴（Tomb 8C）；请参考 Hallager and McGeorge (1992), 32。

2. Gates (1992) 对于儿童墓穴中发现的物品做了一番极为有趣和十分有用的调查。

3. 环形墓圈 B 的 Xi 号墓（Grave Xi, Grave Circle B）。

4. 请参考 Mylonas (1966), 105。

5. 在普罗西姆纳（Prosymna）——旅行家帕萨尼亚斯对赫拉神庙周围地区的称呼，Argos, 3.17.1——人们在儿童的尸体周围发现了小型的动物陶俑，说不定这些动物能在孩子前往来世途中，及时为他补充乳汁。墓穴中甚至还发现了一些马和马车的模型（虽然一些学者极力否认），这些东西被留下来，同样是为了安慰旅途中的孩子。值得注意的是墓中没有武器，这些孩子显然不是按照小战士的样子塑造的。

6. 布朗夫人（Mrs Brown）的丈夫是维多利亚时代的一名考古学家和海绵商人，布朗夫人据说犯下了一桩十恶不赦的罪行，原因是她弄丢了一个儿童墓穴中发现的珍贵的迈锡尼文物。埃伊纳岛（Aegina）的一处青铜时代晚期遗址里发现了一件金质玩偶，布朗夫人从走私犯手里得到了这只玩偶，而后她带着赃物坐船前往希腊。但是布朗夫人却在旅途中意外死去，她的尸体被抛进大海，这件金质玩偶也从此失去了踪影。Higgins (1979), 46-51; Gates (1992) 做了进一步的阐述。

7. NMA 28092 (EUM–331).

8. 墓地的发掘始于 1969 年。

9. 所有资料均来自 Tzedakis and Martlew (1999), 211-279。

10. NMA 2899.

11. 关于这件雕刻的详细描述，请参考 Wace (1939)，还可参考 *American Journal of Archaeology* 45, no. 1: 91; 和 *American Journal of Archaeology* 43: 697 and Fig 1。

12. 时间为 1989 年 8 月。

13. *Iliad* 3.207-3.213 [LCL 3.171-3.175]．

14. 男性偶尔也参加，不过这些仪式还是以单一性别为主。

15. 克诺索斯、皮洛斯、底比斯和迈锡尼的线形文字 B 泥板表明，许多妇女有特别的技能和特殊的职务名称。例如，有 "*raptriai*"（缝纫女工）和 "*lewotrokhowoi*"（给浴池放水的女工）。

16. KN Ap 639.

17. MY V 659. 感谢丽莎·本多尔提供这些名单。

18. Olsen (1998) 对这三种类型有非常清晰的说明：384ff.

19. 迄今为止未在线形文字 B 泥板中发现任何有关接生婆或奶妈的描述——这个空白几乎可以肯定是留存下来的机会和记录方法的问题，而不是对迈锡尼人习俗的评价。因此我们难以知道海伦这样的贵妇人是否会亲自哺育自己的孩子。神话故事似乎暗示上流社会的人会把孩子送给他人抚养。例如，阿波罗就寄养在忒弥斯（Themis）家，而不是由他的母亲勒托抚养。在《伊利亚特》对赫克托耳飞奔去见自己的妻子安德洛玛刻的描写中，我们似乎不仅看到了父爱，还看到了乳母的身影：

> 她［安德洛玛刻］现在和他在一起了，一个仆人跟在她身后
>
> 仆人的怀里抱着一个男孩，
>
> 还是个婴儿，正处于生命的最初阶段，
>
> 赫克托耳的儿子，他的宝贝
>
> 和星星一样光芒四射……
>
> （*Iliad* 6.471-6.475［LCL 6.399-6.401］）

20. 2004 年 9 月与伊丽莎白·弗朗茨博士会面。再次感谢弗朗茨博士对此项目的帮助。

21. 请参考本书第 14 章。费拉科庇已经发现了 5 尊名为"打击之神"的金属人偶，以及少量没有阴茎的男性雕塑。

14　高级女祭司海伦

1. 皮洛斯出土的泥板 Ae 303。Ventris and Chadwick (1973), 166。

2. *Iliad* 7.551-7.554(LCL 7.476-7.479].

3. Hesiod, *Theogony* 47-49. Trans. H.G. Evelyn-White.

4. 线形文字 B 的泥板（例如 Tn 316）中还有一个女宙斯，Diwia。丽莎·本多尔指出，宙斯在被奉上神坛时确实收到了丰厚的礼物，例如皮洛斯献给他一个金碗和一个男人（赫拉得到了一个金碗和一个女人）。

5. 请参考 Renfrew (1985), 302-310。

6. 请参考 Meagher (2002), 72。

7. 我们听说几百年后斯巴达国王阿格西劳斯（Agesilaus）在北非去世时（公元前 360 年或前 359 年），尸体就被涂上蜂蜜，然后运回家乡安葬。亚历山大一世的尸体据说被裹上蜂蜜和蜡之后，从巴比伦运回希腊。请参考 Diodorus of Sicily 18.26.3。伊利诺伊大学的研究显示，纯蜂蜜在保存火鸡肉时，效果比丁基羟基甲苯和抗氧化剂这些常规的防腐剂要好。

8. Meagher (2002), 56.

9. Ae 303.

10. 克里特岛克诺索斯的风暴女祭司（Prietess of the Winds）得到的馈赠是 30 升橄榄油。

11. 神秘的"基—里—特—维—贾"（*ji-ri-te-wi-ja*）是另一种具有神职权力的人。约翰·基伦指出，需要更多的资料，才能对女性在宗教场合的作用得出明确的结论。

12. 相关的对比请参考 Krzyszkowska (2005) 中的 CMS II.6 no. 74 (Plate 276) 和 CMS 1 no. 46 (Plate 505)。感谢奥尔加·克日斯基科斯卡提供的帮助。

13. 2004 年 10 月的实地考察。

14. Mycenae Archaeological Museum，MM 294.

15. NMA 4575.

16. 种种迹象表明，人们在祭坛为这名小女神举办过某种仪式。一个小小的陶瓷浴缸曾经装满了净水，圣坛（只有 60 厘米高）周围有 3 个准备放置供品的餐台。这里发现了装有供养女神的美酒和佳肴的容器。为了讨好房间里的精灵，人们把礼物留在这里：各种烹饪器皿、一个产自克里特岛的石碗，以及展示迈锡尼人艺术天分的象牙雕刻——尊长着英俊的年轻人头颅的人首狮身像。

372

17. Mycenae, Acropolis Treasure；NMA 942.

18. 另一幅展示人与自然密切关系的壁画位于底比斯，画中的女子行走时手里拿着罂粟花、纸莎草和岩玫瑰。Warren (1988), 26。

19. 关于印章石的最新研究，请参考 Krzyszkowska (2005)。

20. Thomas (1938-1939), 65-87.

15 美丽的海伦

1. *Iliad* 3.168-3.171 [LCL 3.139-3.142]。

2. Odyssey 7.103-7.107. Trans. E.V. Rieu, revised D.C.H. Rieu [LCL 7.104-7.107]。

3. *Iliad* 18.697 [LCL 18.596]。

4. 皮洛斯泥板 Fr 1225。

5. 请参考 Shelmerdine (1985)，各处。

6. Euripides, *Helen* 1224 中提到了海伦的"金色卷发"。更早期的 Sappho, fragment 23 用 "*xanthe*"（金黄色）形容她，可能是指她的一头金发。

7. PY AN 656 和 AN 218 可能有关于辫子编织工的介绍。

8. 给游客的忠告：核实一下皮洛斯遗址的开放时间。

9. 皮洛斯考古遗址中最有可能的生产区域是第 42 和 47 号场馆。

10. 松脂是松节油的主要成分，希俄斯岛上仍在大规模生产。

11. 感谢辛西娅·谢尔默丁提供这些资料，并指出有人递给她一块 LBA 的松脂，那块松脂依然保留着独特的香气。

12. Dayagi-Mendels (1998), 36.

13. 详细资料请参考 Manniche (1999)。"埃伯斯莎草纸"（约写于公元前 1500 年，请参考 370 页注 19）记录了医药和化妆品的配方。其中包括抗皱纹的秘方。

14. NMA 4575.

15. 感谢黛安娜·沃德，因为她我们才得以在 LBA 发现的基础上做一次真正的实验。

16. 这些壁画完成后过了 1000 多年，欧里庇得斯在《特洛伊妇女》一剧中写道，帕里斯的母亲指责海伦"过分招摇"（*Trojan Women* 1028. Trans. J. Morwood），以及为了吸引墨涅拉俄斯而费尽心思。但是欧里庇得斯把赫卡柏塑造成了一个古典时代而不是青铜时代的人。只有到了公元前 5 世纪左右，我们才有确切的书面证据证明，化妆被认为是一种欺骗手段——增强美貌，从而诱惑男人发生性关系——因此成了妓女的标志。青铜时代的海伦会涂上厚厚的、鲜艳的化妆品，以突出自己的形体和性别，但这并不意味着她是荡妇。

17. 也有其他类型的衣服。在一幅迈锡尼的绘画中，有件写实风格的女俑只穿了一件长袍。在一枚用银金制作的早期戒指上，刻着一名不是戴着脚镯就是裙下穿着宽松的"阿里巴巴"(Ali-Baba) 束脚裤的女性。壁画上的女人有的披着斗篷。从迈锡尼壁画和克里特岛一座坟墓所使用的颜料来看，一些女人穿着由兽皮包裹的裙子。 373

18. 关于牙雕制品的例子，请参考 Rehak (2005)；关于金质图章戒指的例子，请参考 NMA 3180。

19. Euripides, *Trojan Women* 1042.

20. Hughes-Brock (1998), 260.

21. Propertius 3.14.17-3.14.20. Trans. A. Dalby (2000), 146.

22. *Heroides* 16, 帕里斯写给海伦的信。Trans. H. Isbell。

23. Pliny, *Natural History* 33.23.81.

24. 大英博物馆 B376。

25. P. Forbes (1967) 363, 翻译自一篇 1937 年的杂文 'Le Sein d'Hélène'；祝贺 Vintage Direct 有个如此有趣的网站。

26. *Iliad* 3.273 [LCL 3.228] .

27. 感谢彼得·米利特（Peter Millett）。

16 金苹果

1. Isocrates, *Encomium of Helen* 54.Trans. L. van Hook.

2. 弧形的镜子照出来的形象会有些扭曲，脸会变小，身后的世界将看得更清楚。

3. 古代的画家和作家还经常让海伦和镜子成对出现。这个意象非常强大；她既是"*eidolon*"（幽灵、幻像），又是一个形象很有迷惑性的女人。如想做进一步的讨论，请参考 Hawley (1998)，46-47。关于镜子上出现的海伦形象，请参考 'Elina' in *LIMC*。

4. Fitzwilliam Museum，GR.19.1904.

5. 例如，*LIMC* nos. 83 和 86。

6. Euripides, *Trojan Women* 1107-1108.Trans. J. Morwood.

7. Euripides, *Orestes* 1112. Trans. P. Vellacott.

8. 例如，*Iliad* 3.146 [LCL 3.121]。

9. Hesiod, *Catalogues of Women and Eoiae* 68.45 以及各处。

10. Sappho, fragment 23；Euripides, *Helen* 1225. 从那以后的千百年里，英雄的头发都是金色的。身为艺术大师的罗马人甚至戴起了金色的假发，一方面是因为时髦，一方面是为了表明自己的英雄身份。

11. Quintus Smyrnaeus, *The Fall of Troy* 14.39-14.70. Trans. A.S. Way.

12. Ovid, *Metamorphoses* 3.138-3.252.

13. Byron, *Don Juan*, Canto the Fourteenth. 374

14. 埃及人对"美"非常狂热：关于他们在化妆品和其他美容用品上掌握的专门技术，请参考 Manniche (1999)。还有一首大约公元前 1450—前 1500 年写于莎草纸（Papyrus Chester Beatty 1）上的情诗，详细描写了女性美的构成要素：请参考 M. Lichtheim (1976) 翻译的 *Ancient Egyptian Literature*, Vol. 2, 182-185。感谢 Nicole Doueck 提供的帮助。

15. 古希腊语中有个混合词 "kalokagathia"，直译便是 "美丽而善良" 或 "外表和行为都同样高贵"，"kalos" 的意思是 "美丽"，"agathos" 的意思则是 "善良"。许多人认为这两者密不可分。男人（希腊人不会把 "kalokagathia" 这个词用在女人身上）因为美丽而善良，完美的脸孔简直就是完美精神表面的那层光泽。在白雪公主和灰姑娘的童话世界里，绝对的美貌同样暗示着绝对的善良。海伦的美（Kharis）同样是性成熟和性能力的展示。希罗多德告诉我们，有个名为克罗顿的菲利普斯（Philippus of Croton）的奥林匹克获胜者，仅仅因为体型完美，就受到埃盖斯塔人（Egesta，非希腊人）英雄般的崇拜。埃盖斯塔人在他的坟墓上建了座神庙供奉他，对他的崇拜持续了好几代人（Herodotus 5.47）。在柏拉图的《会饮篇》（Symposium）中，亚西比得（Alcibiades）——好色的叛徒，一度投靠雅典的死敌斯巴达——曾列举苏格拉底（众人皆知他相貌丑陋）是 "kalokagathia" 的一个著名特例。柏拉图的思想虽然一生中有过多次变化，但他早期的著作似乎都把美看成是美德的外在体现。其他的思想家则固守着 "美即善" 的主题。260 年，似乎出生于埃及，用希腊语写作，但是又起了个拉丁名字的普罗提诺（Plotinus）在他最著名的作品《论美》（On Beauty）中指出，善（to agathon）是美（to kalon）的最高形式。但是海伦，这个 "全世界最美的女人" 却令他感到不安。他在另一篇专题论文《论可理解的美》（On Intelligible Beauty）中问道："那么，使男人为她赴汤蹈火也在所不惜的海伦的美，以及所有和阿佛洛狄忒一样美的女人的美，又是从何而来的呢？" Plotinus, On Beauty (Ennead 1.6) 和 On Intelligible Beauty (Ennead 5.8). Trans. A.H. Armstrong。

16. 从 5 世纪起，新柏拉图学派（Neoplatonic）就认为，海伦的美代表了宇宙的美——一种把人类引入战争世界的美。请参考 Proclus, *Commentary on the Republic*。

17. 希罗多德和亚里士多德都饶有兴趣地写道，在许多古代文化中，美貌或漂亮的外表是拥有政治权力的正当理由。"由身材好（据说埃塞俄比亚就是这么做的）或者貌美的人任职的政府是寡头政府；因为身材高大或者相貌英俊的男人数量很少。"（Aristotle, *Politics* 1290b5. Trans. S. Everson.）Bion 的《埃塞俄比亚史》（Ethiopian History）告诉我们，埃塞俄比亚人把最英俊的那个人选为国王。参见 Athenaeus, *Deipnosophists* 13.566c。还可参考希罗多德："这些埃塞俄比亚人……据说是所有人中最高大也最漂亮的……他们认为城中那个身材最高且拥有与身高相匹配的力量的人，足以充当他们的国王。"Herodotus 3.20. Trans. A.D. Godley。

18. 高尔吉亚被认为是当时最优雅的演说家之一，而且据说曾在奥林匹亚的奥林匹克运动会上赢得将近 20000 名观众的喝彩，在他的家乡西西里也大受欢迎。如想了解高尔吉亚在古代世界的名气，请参考 Plato, *Gorgias* 458c。

19. 我记得 2004 年，自己曾瑟瑟发抖地站在伦敦购物中心（the Mall in London）的当代艺术中心（Institute of Contemporary Arts）外面，和一群人一起，满怀希望地等待着那场票已售罄的讨论会 "美是什么？"（What is Beauty？）有人退票。这是一个由各色人等组成的人群，既有艺术家和学者，也有游客和律师，既有看起来在从事广告行业的年轻人，又有神情疲惫的年轻母亲。在一个美丽的事物和美丽的人均可以轻而易举地制造出来的年代，我们似乎依然愿意相信，美本身具有一种抽象的品质。节目单承诺将对这一主题

进行生动的探讨。美为什么具有强大的力量？是否能给美的本质下个定义？到底什么是
美？这些问题看起来具有永恒的魅力。

20. 2 世纪或 3 世纪的 Athenaeus 在他所著的 *Deipnosophists* 的 13.565ff 和 13.609ff 中描述了
　　这类比赛，后者是 Theophrastus 记录的男性选美比赛。

21. 请参考 *Agones*: p. 73。

22. Hawley (1998), 53, n. 7 列举了许多有关忒涅多斯和莱斯博斯岛举办选美比赛的文献资料。

23. 请参考 Spivey (1996), 37, illustration 16: Staatliche Museen zu Berlin, no. F4221。

24. 阿里斯托芬在谈到雅典女孩接受的训练时说，美是完美的年轻女子必须具备的一项才能。
　　请参考 Calame (1997), 197, 关于阿里斯托芬的言论，见 *Lysistrata* 641-647。

25. Theocritus's *Idylls* 18.22-18.25, 39-40 的注释。

26. 当然这是一个长久以来的信仰；在 13 世纪的让·德·梅恩（Jean de Meun）所写的《玫瑰传奇》
　　（*Roman de la Rose*）一诗中，海伦同样被认为是一切美的标准。

27. 引文来自 M.E. Waithe (1992), *History of Women Philosophers*, Vol, 1: *Ancient Women Philosophers
　　600 BC–500 AD*: 198, citing Mozans（J.A. Zahm 的笔名），(1913), *Woman in Science*, 197-
　　199 (New York: Appleton)。

28. Athenaeus, *Deipnosophists* 12.554c.

29. 请参考 Hawley (1998), 38; 参见 Athenaeus, *Deipnosophists* 13.565。

30. 请参考，例如，*Cypria*，fragment 1；*Iliad* 24.28-24.30 [LCL 24.29-24.30]；以及 Ovid,
　　Heroides 16.51-16.88。如想获得更详细的文字和美术资料，请参考 Gantz (1993), 567-
　　571。

31. 和帕里斯一样，海伦在色欲面前同样难以自持。在欧里庇得斯的戏剧《特洛伊妇女》中，
　　海伦受到帕里斯母亲的唾弃："我儿子比所有其他男人都英俊。你一看到他就立刻淫心大
　　动。" Euripides, *Trojan Women* 991-992. Trans. M. Gumpert (2002), 79。

17　携礼物而来

1.　Diogenes Laertius, *Lives of Eminent Philosophers*, 5.18："他称美貌比任何介绍信都要有
　　效。" Trans. R.D. Hicks。

2.　这尊雕塑名为"安提凯希拉的男青年"（The Ephebe of Antikythera），可能出自西锡安的
　　克莱昂（Kleon of Sicyon）或欧弗拉诺尔（Euphranor）之手。

3.　荷马用了好几句话描写帕里斯为战争所做的准备，相比之下，描写墨涅拉俄斯的作战装
　　束就只有简短的两句："……相貌堂堂的帕里斯，金发海伦的丈夫 / 他先给自己的两腿
　　裹上制作精良的胫甲 / 在脚后跟扣上银制的踝扣 / 接着他给自己绑上胸甲 / 他的兄弟
　　吕卡翁（Lycaon）的胸甲是多么合身。/ 接着帕里斯把宝剑挂到肩膀上，/ 锋利的青铜刀
　　刃和镶着银钉的剑柄，/ 接下来是盾牌的背带，和他那块坚固厚实的盾牌 / 他强大的头颅
　　上戴着一项精心打造的头盔，/ 盔冠鬃毛森森，不停地晃来晃去，煞是吓人……" *Iliad*
　　3.385-3.394 [LCL 3.239-3.37]。

4.　关于那些知道希罗多德等作家的观点，或者和他们持相同观点的人，请参考第 23 章。

5.　请参考 Hyginus, *Fables* 91; 以及 Pindar, *Paean* 8a。这个故事也是索福克勒斯的佚作
　　Alexandros 中开场白的基础。

6.　*Iliad* 3.16-3.18 [LCL 3.15-3.17]。

7. Dares, *The Fall of Troy: a History*, 12. Trans. R.M. Frazer, Jr.

8. *O Polemos tis Troados*: 拜占庭帝国版《伊利亚特》(约 14 世纪)。Trans. Myrto Hatzaki. 感谢米特·哈扎吉博士让我使用他的翻译。

9. 通过一个名为涅柔斯(Nereus)的人之口。

10. Odes 1.19-1.24, in T. Creech (1684) *The Odes, Satyrs, and Epistles of Horace: Done into English*. London.

11. 赫梯人的神祇头发扎成马尾辫,上面再戴一项巨大的圆锥形帽子。

12. 请参考 Hoffner (2003) 和 Macqueen (1975), 101。

13. 我们从动物残骸中了解到,青铜时代的贵族会在安纳托利亚西北部的森林中追捕狼、熊、豹子和黑豹。

14. Latacz (2004), 28.

15. *Cypria*, fragment 1.

16. *Iliad* 3.44-3.45 [LCL 3.39] .

17. 他的后代罗慕路斯和雷穆斯后来建立了罗马城。

18. *Cypria*, fragment 10.

19. 克诺索斯泥板 Ld 573。

20. 请参考,例如,Boccaccio, *Concerning Famous Women*, 有关"墨涅拉俄斯之妻海伦"的部分。Boccaccio 坚持把它写成了一个一见钟情的故事:"他一看到天生丽质、雍容华贵、风情万种,而又渴望被仰慕的海伦,就深深爱上了她。"请参考 G.A. Guarino (1964) ,这句话即他的翻译。

21. *Cypria*, fragment 1.

22. 如想了解赫梯帝国和维鲁萨公国之间的关系史,请参考《阿拉克桑杜条约》(*CTH* 76 : 大批泥板残片)。

23. *Genesis* 23.3 and *II Kings* 7.6. 还可参考 Bryce (1998), 389-391。

24. 如想大致了解赫梯帝国的地理和气候,请参考 Hoffner (2003)。

25. 一些残片来自赫梯帝国的其他核心区域:托卡特(Tokat)省的塔比加(Tabigga)、乔鲁姆(Corum)省的沙皮努瓦(Shapinuwa)以及锡瓦斯(Sivas)省的萨里萨(Sarrisa)。

26. M. Riemschneider (1954) *Die Welt der Hethiter* (Stuttgart: Kilpper), 93f.

27. 公元前第二个千年初期,楔形文字传到安纳托利亚。

28. 请参考 Bryce (2003)。

29. *EA* 7.71-7.72 和 *EA* 7.64-7.70: 请参考 Moran (1992) 。在写这一段和上一段时,我严重倚赖 Bryce (2003) 。再次感谢他对本书提供的莫大帮助。

30. *Cypria* fragment 1. Apollodorus 在 *Epitome* 3.3 中说,墨涅拉俄斯招待了帕里斯 9 天,第 10 天才去参加祖父的葬礼。

31. Hesiod, *Catalogues of Women and Eoiae* 67.7. Trans. H.G. Evelyn-White.

32. Herodotus 2.113-2.119.

33. Dio Chrysostom, the *Eleventh* or *Trojan Discourse*. Trans. J.W. Cohoon.

34. Herodotus 2.112ff 完整地讲述了这个故事。

35. 例如,*EA* 4:47–50 afterMoran (1992)。

36. 在图特哈里四世(Tudhaliya IV)统治时期。

37. 请参考 Bryce (1998), 345 (RS 17.159 [PRU IV 126] 1-10) 。

38. 请参考 Bryce (1998), 344-347。

39. Trans. A.M. Miller (1996), 45.

18 亚历山大诱拐了海伦

1. Duffy (2002). 转载已征得作者的同意。

2. 荷马史诗中也把帕里斯叫做亚历山大，从此以后帕里斯就有了两个名字。荷马为什么要这么做？一个可能的原因是他把历史事实和安纳托利亚当地的神话混在了一起，于是给了特洛伊王子一个两边都有的英雄名字。

3. *Cypria*, fragment 1.

4. Apollodorus, *Epitome* 3. Trans. J.G. Frazer.

5. Ovid, *Heroides* 16 and 17.Trans. H. Isbell. 德莱顿在为其翻译的海伦写给帕里斯的情书所写的"导论"（Introductory Argument）中说，"整封信显示了女性的高超手腕"。Dryden, *Poetical Works*, 514 (Oxford Standard Authors), Cited in R. Trickett, 'The Heroides and English Augustans', in Martindale (1988), 193。

6. Apollodorus, *Epitome* 3.3.Trans. J.G. Frazer.

7. 1985—2005 年的实地考察。

8. Paris, Louvre OA 1839.

9. 作者被认为是 Gubbio：Paris, Louvre OA 1849。

10. 16 世纪制作的利摩日（Limoges）瓷器：Paris, Louvre OA 2044。

11. Paris, Louvre OA 7339.

12. 有关帕里斯的"*ate*"，请参考 *Iliad* 24.33 [LCL 24.28]，在 *Odyssey* 4.293 [LCL 4.261] 中，海伦提到了自己的"放纵"。还可参考 Lindsay (1974), 28。

13. Herodotus 2.120.

14. Croally (1994), 95.

15. *Iliad* 14.209-14.225 [LCL 14.170-14.183]．

16. *Iliad* 3.62 [LCL 3.53]．

17. *Iliad* 6.415 [LCL 6.350]．

18. 这个词语有时会被用来称呼女神的配偶。

19. 贝拉·维万特著作中的这个观点吸引了我。

20. "亚历山大诱拐了海伦"是塞维利亚的伊西多尔在解释海伦对其宇宙理论(7 世纪编纂成书)的重要性时所使用的条目。

19 女性比男性更具杀伤力

1. 此残篇 1906 年发现于埃及，1914 年格伦费尔和亨特将其公开。此处使用的译文由 Josephine Balmer 翻译，刊载于 (1984) *Sappho: Poems and Fragment* (London: Brilliance Books), 再版 (1992) (Newcastle upon Tyne: Bloodaxe)。转载已获许可。此残篇出现在 Margaret Reynolds (2003) *The Sappho History* (Palgrave: Macmillan), 6-7。

2. "萨福之辩"看来永远不会停止。有人说她是虚构的，是为了创立一种"女性"诗歌的体裁而杜撰出来的人。如想了解有关她可能是个虚构人物的理由，请参考 Prins (1999), 8。

3. Aelian, fragment 190. Trans.Trans. N.G. Wilson.

4. Plato, *Phaedrus* 235bc. Trans. M. Williamson (1995), 12.

5. *Palatine Anthology* 9.506; testimonia 60 in Sappho, trans. D.A. Campbell in Greek Lyric.

6. 文中提到的莎草纸手稿为"埃及探险协会"(Egypt Exploration Society)所有，现藏牛津的萨克勒图书馆，这些莎草纸文稿用文件夹或夹在两片玻璃之间来保存。对它们的研究仍在继续，每年都会有更多的资料公开，但是对它们的整理需要几代人才能完成。残篇16（编号为 P.Oxy.1233）保存于牛津的博德利图书馆。

7. Williamson (1995), 55.

8. 有关斯巴达人一妻多夫的习俗以及相关的古代资料，请参考 Pomeroy (2002), 46-48。

9. Plutarch, *Lycurgus* 15.6-15.7.

10. 科里修斯的作品写于国王阿纳斯塔修斯一世（Emperor Anastasius I）统治时期（491—518年）。

11. Colluthus, *The Rape of Helen* 314; 254; 393-294. Trans. A.W. Mair.

12. 更详细的名单，请参考 Bate (1986), 19。

13. 波爱修斯（Boethius）的《哲学的慰藉》（*Consolation of Philosophy*）一书中的插图。Cambridge, Trinity HallMS 12, folio 69r：请参考 Baswell and Taylor (1988), 297。这份手稿的下一页，画着阿伽门农端着一个盘子，盘子里是女儿伊菲革涅亚的头颅。

14. 请参考 Peter Green 的出色文章 'Heroic Hype, New Style: Hollywood Pitted Against Homer', in *Arion* 12.1 (Spring/Summer 2004): 171-187。

20　荡妇海伦

1. Clement of Alexandria, *Paidogogos – The Instructor* 3.2：'Against Embellishing the Body'. Trans. W. Wilson. 在之前一节题为'Against Excessive Fondness for Jewels and Gold Ornaments' (2.13) 的文章中，作者把那些本身长得不美，却又花大力气修饰自己的女人称为"海伦们"(Helens)。克莱门是希腊神学家，是基督教文学的创始人之一。他死于 215 年左右。

2. 书名的全称为 *Iliad of Dares Phrygius*；为方便起见，这里将称它为 *Trojan War*。

3. *Trojan War* 4.189. 约瑟夫的讲述以 Dares 的 *The Fall of Troy* 为基础。在书中的第 12 章，Dares 还描绘了她的美腿（*cruribus optimis*）。感谢尼尔·赖特在我写作这一段和其他段落时提供的帮助。

4. 亚历山大的克莱门在 *Paidogogos* 一书中详细讲述了海伦的风流韵事和她干下的丑事："因为她的头脑被玩乐给带偏了，纯洁的理性原则在缺乏《圣经》指导的情况下逐渐滑向淫泆，同时整个人将变得堕落，这是逾轨行为应得的惩罚。其中一个例子便是那些天使，他们否认上帝之美，转而追求那些会衰老的容颜，因此从天国坠落凡尘。" Chapter 2. Trans.W. Wilson。

5. 不仅如此，约瑟夫还剖开她的心、肺、脾和"好色"的肝脏进行检查："她那颗瘙痒难耐的敏感肝脏驱使她做出更加猥亵的行为，毁掉了她应得的美名，破坏了人们对她天生的喜爱和赞美。这肝脏是可怕的怪物，任何贪婪的兀鹰、滚动的石头、旋转的轮子或退潮的海水都奈何不了它；每逢她的欲望得到满足或有所消退，看似已经熄灭时，旧的火苗就会再次从肥沃的组织上腾起。一个器官就这样毁了海伦全身，当王国之间举刀相向时，人类本身也迎来了灭顶之灾。" *Trojan War* 4.193 ff. Trans. Neil Wright。

379

6. Joseph of Exeter,*Trojan War* 3.330-3.338.Trans. A.K.Bate. 这段译文确实取决于你对 *incumbens* 一词的理解，这个词既可以解释为海伦"在上"，又可以解释为她抱紧帕里斯的身体。

7. 德里尔在 1120 年前后出生于里尔（Lille）。

8. Alan de Lille, *The Plaint of Nature* 135 和 71.Trans. J.J. Sheridan. 还可参考 217。

9. Payer (1984), 22.

10. Brundage (1993), 87.

11. 请参考 Baswell and Taylor (1988), 306。

12. From Thomas Proctor's A Gorgeous Gallery of Gallant Inventions (1578), in Rollins (1926), 81.

13. Ross, *Mystagogus Poeticus* 161.

14. 实际上人们认为，海伦的美貌是她无节操的原因。正如 Thomas Heywood 1609 年在 *Troia Britannica* 中所写的："美貌和贞操是一对矛盾，/ 很难找到一个既漂亮又纯洁的女人……"

15. Ovid, *Art of Love* 359-372. Trans. J.H. Mozley.

21 阿佛洛狄忒的痛苦

1. Euripides, *Iphigeneiaat Aulis* 544-551.Trans. R.E.Meagher(2002), 28. 欧里庇得斯描绘了和性爱女神阿佛洛狄忒约会时的白热化场面。

2. *Cypria*, fragment 4.Trans. M. Davies (1989).

3. Colluthus, *The Rape of Helen* 155-158. Trans. A.W. Mair.

4. *Iliad* 3.461-3.471 [LCL 3.400-3.407] .

5. 请参考本章开头的引文。

6. 请参考 B. Geoffroy-Schneiter (2003) *Greek Beauty* (New York: Assouline), 5。

7. Hesiod, *Theogony* 190-206.

8. Pausanias 7.23.1-7.23.3.

9. Ovid, *Heroides* 16，123-125. Trans. G. Showerman.

10. Ovid, *Heroides* 16. (excerpts) Trans. G. Showerman.

11. Propertius, *Elegies* 2.15.13-2.15.14. Trans. G.P. Goold.

12. 所有涉及厄洛斯这方面的古代资料目录，请参考 Carson (1986), 148。

13. 厄洛斯还被认为喜欢美女："只要有美女存在，只要眼睛看得见，就没有人能摆脱厄洛斯的控制，这是一条宇宙真理。" Longus, *Pastorals of Daphnis and Chloe* (2nd–3rd century AD)。

14. Xenophon, *Memorabilia* 1.3.12.

15. Hesiod, *Theogony* 121.911.

16. Vernant (1991), 101, 翻译了阿尔克曼作品的片段。

17. 阿佛洛狄忒经常出现在自然风景画中。埃斯库罗斯的戏剧《阿伽门农》第 741 行说，海伦是一朵"吃掉人心的爱情之花"。

18. Marlowe, *The Tragical History of Dr Faustus*: 请参考第 43 章。

19. Gorgias, *Encomium of Helen* 4. Trans. D.M. MacDowell.

380

22 浪花四溅的海上航道

1. *Iliad* 3.54-3.57 [LCL 3.46-3.49]．

2. Colluthus, *Rape of Helen* 328ff. Trans. A.W. Mair.

3. *Iliad* 3.516-3.528 [LCL 3.441-3.450]．

4. 海伦作为双胞胎兄弟之间的一棵树出现在了伊西翁的硬币上：Lindsay(1974), 221, and n. 16, citing Chapouthier (1935), 149。

5. 请参考 Roscher (1884), 1950-1951 中有关海伦的论述。

6. Apollodorus, *Epitome* 3.3-3.4.

7. 附近马夫罗沃尼（Mavrovouni）的墓室在"二战"期间曾被德军用作掩体。

8. Paris, Louvre, Département des Arts graphiques INV. 20268.

9. 从人类彼此进行交易开始，动物皮毛就是商品流通的一个重要组成部分，因此，金属货币的前身塔兰特是一块块牛皮形状的青铜（一些尺寸和小狗差不多）也就不足为奇了。

10. Latacz (2004), 45.

11. 关于海伦这次旅行的全部目的地，请参考 Odyssey 4.80ff。

12. 据说最近一名注释者给她这颗星起名为"乌拉尼亚"（Ourania）——请参考 Lindsay (1974), 211, 有关海伦化为星星的观点，请参考有关 Statius, *Thebaid* 7.92 的注释。

13. 请参考，例如，R.A. Goldthwaite (1993) *Wealth and the Demand for Art 1300-1600* (Baltimore)。

14. Dares, *The Fall of Troy* 10.

15. 参见伊特鲁里亚人坟墓中的海伦形象；请参考第 14 页（引言）。

16. National Gallery, L667.

17. 2003 年的实地考察。

18. British Museum，ANE E29793 和 E29785. 关于阿马纳泥板的更多资料，请参考 Moran (1992)。

19. 发现的地点靠近土耳其的地中海沿岸，在希腊米斯（Megisti）岛对面。

20. Warren and Hankey (1989) 中对这种青铜时代的另类断代法做了归纳。

21. Cline (1994), xviii。迈克尔·韦德曾向我指出，去埃及最快的路线（在吹北风的情况下）可能是从克里特岛出发，向正南方行驶，抵达利比亚后再折向东，到尼罗河三角洲。回程可以利用傍晚从海岸吹来的轻风，沿着叙利亚—巴勒斯坦海岸扬帆向北行驶。感谢韦德对这一段提供的帮助。

22. Herodotus 2.117, citing *Cypria* fragment. Lloyd (1988) 在对这段文字的注释中写到，有关《塞普利亚》的其他文献记录与希罗多德的说法不符，前者提到，帕里斯在去特洛伊途中，曾在塞浦路斯和腓尼基短暂停留过；参见 Apollodorus, *Epitome* 3, 1ff。

23. *Iliad* 6.341-6.346 [LCL 6.289-6.292]．

24. 请参考，例如，线形文字泥板 B，Ae 303；Ventris and Chadwick (1973), 166。还可参考 Ventris and Chadwick (1973), 409—410 有关外国女俘和奴隶的介绍。有关赫梯的资料，请参考 Bryce (2002), 51-55，其中提到了，比方说，描绘赫梯社会对奴隶的相应惩罚的 KUB XIII 4。

25. 同样的，斯特西克鲁斯的作品只有一些片段留存下来。他的思想和诗歌再次出现在了柏拉图和欧里庇得斯等人的作品中。

26. Isocrates, *Encomium of Helen* 64; Plato, *Phaedrus* 243a; Pausanias 3.19.11.

27. 请参考 West (1975); 7 和 n. 10。
28. Herodotus, 2.112.
29. 关于埃及人崇拜海伦的进一步讨论，请参考 Visser (1938)。
30. Hekataios 的残篇中也提到海伦去过埃及：FrGrH1, F308, 309。
31. Herodotus 2.113-2.120. Trans. A. de Sélincourt.
32. 埃及最近发现了米诺斯风格的壁画。
33. 米诺斯人的统治地位使得地中海东部各国之间密切的贸易往来成为可能，但是直到公元前 13 世纪，才出现了一个遍布整个地中海东部地区的稳固持久的贸易链。

23 东方是东方，西方是西方

1. *Catullus 68.87ff*. Trans. F.W. Cornish.
2. 罗马时代，人们把一块石头雕刻成"omphalos"（肚脐）的形状并在德尔斐展示。现在这块石头依然在德尔斐博物馆（Delphi Museum）。
3. 海伦出现在了德尔斐的锡弗诺斯宝库（Siphnian treasury，可能雕刻于公元前 6 世纪）的墙饰上。根据希腊的民间传说，墨涅拉俄斯和奥德修斯到德尔斐询问是否应该到特洛伊去。神灵给出的指示是，他们必须首先向雅典娜圣殿（Athena Pronaia）献上阿佛洛狄忒给海伦的一条项链。青铜时代晚期的德尔斐似乎确实存在宗教活动——雅典娜圣殿的内殿中发现了 175 件迈锡尼的女性陶偶。
4. Pausanias 10.12.2. Trans. W.H.S. Jones.
5. 感谢费洛兹·瓦森尼亚（Phiroze Vasunia）在这方面提供的帮助。
6. Hall (1996) 在其编辑的埃斯库罗斯的《波斯人》一剧的序言中，说明了这部剧如何在许多其他的场合被人们用来达到政治目的。
7. P.Oxy.3965.
8. 关于公元前 5 世纪雅典人把特洛伊人和波斯人混为一谈，请参考 Erskine (2001), 61-92。
9. Herodotus 1.5 and 1.4. Trans. A.D. Godley.
10. Herodotus 6.32 and 6.31.
11. 属于卡里亚（Caria）地区。
12. 请参考 McQueen (2000), vii。
13. 希罗多德显然天生爱出风头。历史学家应该向公众朗读自己的作品，表现好的话将会得到捐款。他是一名古代有学识的街头艺人。据说修昔底德去奥林匹亚听了一场他的朗诵，被感动得流泪。然而，假如曾经存在学童式的迷恋的话，这种迷恋也没有持续多久，年轻的历史学家后来谴责（通过暗示）这位年长的历史学家传播的都是些荒诞不经的故事。
14. 公元前 5 世纪的希波克拉底在其著作《论空气、水和地方》（*Airs, Waters, Places*）中提到小亚细亚的宜人环境时说："这种情况下不可能产生勇气、耐力、勤勉和昂扬的精神，无论本地人还是外来移民。"（12）。
15. Euripides, *Trojan Women* 993-997. Trans. M. Hadas 和 J.H. McLean.
16. Euripides, *Helen* 926ff. Trans. R. Lattimore.
17. 请参考 Hall (1996), 10，关于公元前 5 世纪特洛伊人和波斯人的形象，请参考 Erskine (2001), 70—72 和 79—92，以了解稍微不同的观点。
18. Isocrates, *Encomium of Helen* 67-69. Trans. L. van Hook.

382

19. Seneca, *Troade* 892-898. Trans. A.J. Boyle.

20. 希腊和拜占庭的评论家在描述卡里亚人（与历史学家希罗多德生活在同一片地方的先辈，可能也是他遗传学上的祖先）时，往往选择把《伊利亚特》中那些描写希腊人凭"智慧"战胜了特洛伊人"蛮力"的段落视为"典型"，从而骄傲地宣称荷马是本质意义上的沙文主义者，是民族（此处指希腊）利益的狂热支持者。

21. 特洛伊的故事不断地被用作政治目的，拜占庭的作家们将其提升到了证明希腊拥有至高权威的地步，1580—1581 年，抒情诗人托尔夸托·塔索（Torquato Tasso）出版了他的《被解放的耶路撒冷》（*Gerusalemme liberata*），讲述基督教的十字军战士攻占耶路撒冷的故事。苏格兰古典学者托马斯·布莱克韦尔（Thomas Blackwell）在他的著作《荷马生平及著述探析》（*An Inquiry Into the Life and Writings of Homer*, 1735）中，形容希腊人侵特洛伊的行为是"一次惊人的聚会，集合了一个广阔而好战的自由国家中最勇敢的居民和高门大族的后裔；他们带着激情和武器，投入一场猛烈的战斗，对方气势上要比他们软弱"（301）：citing Williams (1993), 93ff.

22. KUB XIV 3 (*CTH* 181): 请参考 Bryce (1998): 321-324。

23. 有关阿希亚瓦名字的详细讨论，请参考 Latacz (2004), 121-128。

24. Strabo, *Geography* 4.169.

25. Tablet KUB 26.91 (Bo 1485).

26. 这段文字于 1924 年被发现，有人认为它提供了新的信息；文字的作者可能是说希腊语的阿希亚瓦国王，但他用赫梯的楔形文字书写也能解释得通。希腊大陆上的一名国王可能被牵扯进了安纳托利亚的事务，因此不得不用相同的语言与对方沟通。本书写作时这些资料尚未出版。

27. 有人结合小行星撞击地球后尘埃云造成的一连串自然灾害，来解释海伦故事的戏剧性。有些学者喜欢更为现实的推理——有人经过仔细的研究证明，特洛伊战争是一场捕鱼权引发的战争。然而树木年轮学的研究结果支持了自然灾害说。在时局日趋动荡的情况下，一桩牵涉到迈锡尼和特洛伊王室的丑闻可能非常具有煽动性。自有文字记录以来，地震造成的气候变化和生态灾难就一直伴随着人类战争。食物数量和供应量的变化，新的交流途径的消失或建立，以及定居点的覆灭，这些后果始终在不断地导致人类进入战争状态。我们没有理由认为史前的这个时期会有何不同。古人选择把战争归咎于海伦，而不是天上来的风暴和尘埃云。有关这一时期宇宙活动的讨论，请参考 M. Baillie (2000) *Exodus to Arthur: Catastrophic Encounters with Comets*. London: Batsford。

28. Aristotle, *History of Animals* 551a (24).

29. *Iliad* 9.412.

24 美丽的特洛阿德

1. 1914—1918 年第一次世界大战期间，诗人鲁珀特·布鲁克写了最后一封信回国，给维奥莱特·阿斯奎斯（Violet Asquith）。Keynes (1968), 662。

2. 1988 年的实地考察。

3. Margaret Adelaide Wilson, 'Gervais (Killed at the Dardanelles)', in Reilly (1981) 129.

4. Latacz (2004), 41.

5. Bryce (2005) 指出，安纳托利亚西部最重要的三个王国是米拉（Mira）、赛哈河国（the

383

Seha River Land）和维鲁萨——我们现在所说的特洛伊。

6. 文本资料证实了一些奇怪的进口物品，例如阿希亚瓦送给一名赫梯国王的神像。KUB v. 6 (*CTH 570*) ii.57-64。

7. Bryce (2002), 5.

8. 希腊文的单词和名字似乎已经融入了赫梯语，卢维语也是，卢维语可能是特洛阿德地区的语言。例如，卢维语中有个复合词 "*priiamuua*,"意思是 "特别勇敢"——我们是不是看到了国王普里阿摩斯（King Priam）名字的词根？一个和伟大国王很相称的名字？请参考 F. Starke (1997) 'Troia im Kontext des historisch-politischen und sprachlichen Umfeldes Kleinasiens im 2. Jahrtausend', in *Studia Troica* 7: 447-487, esp. 456-458。

9. *Iliad* 6.138-6.282 [LCL6.1119-6.1238] 讲述了特洛伊人格劳克斯（Glaucus）和希腊人狄俄墨得斯在战场上相遇的故事。格劳克斯透露自己的祖先来自希腊大陆的科林斯，后来被流放到安纳托利亚。之所以会被屈辱地逐出家园，都是好色王后安提亚（Antea）性欲过盛而又喜怒无常的缘故。出生于吕西亚（Lycia）地区的安提亚，疯狂地迷恋科林斯王子柏勒洛丰（Bellerophon），但她的追求都被拒绝了："……为柏勒洛丰着迷，/ 漂亮的安提亚渴望和他共结连理，/ 一切都在暗中进行。徒劳——她无法引诱 / 这个男人坚强的意志，和他成熟坚定的信念。"*Iliad* 6.188-6.190 [LCL 6.160-6.162]。求爱被拒的安提亚恼羞成怒，反咬一口，硬说是柏勒洛丰引诱她，她的丈夫气愤之下决定驱逐柏勒洛丰，并在他的行李中加了一道密旨，要求将他处斩。荷马这里所说的折叠式书写板——后来在乌鲁布伦沉船的无氧环境中被发现了——是荷马讲的许多故事并非来自没有文字的 "黑暗时代"，而是来自青铜时代晚期的又一明证。乌鲁布伦沉船中的书写板是木制的，有一块上面依然保存着蜡屑和象牙合叶。被驱逐到安纳托利亚西南部的吕西亚的柏勒洛丰，用行动证明了自己是一名真正的英雄，杀死了奇美拉（Chimaera）等怪物，在安纳托利亚的土地上建立了一个新王朝。*Iliad* 6.181-6.252 [LCL 6.154-6.211]。有关建立 "王朝"一事，请参考 *Iliad* 6.244-6.252 [LCL 6.206-6.211]。柏勒洛丰的一名后代就是正在为格劳克斯作战的吕西亚勇士。当两名分别来自吕西亚和希腊的战士发现彼此有着共同的祖先时，他们决定放下武器，改为向对方致敬。他们用交换礼物这一青铜时代和铁器时代希腊人钟爱的方式来巩固这段刚刚寻获的亲戚关系。这两个人不是并肩杀敌的战友，却发现他们是有血缘关系的弟兄。"……两个士兵跳下战车，/ 互相握手，并交换了友谊的契约。"*Iliad* 6.278-6.279 [LCL 6.232-6.233]。格劳克斯和狄俄墨得斯的这个小故事非常重要。它强调了女人是危险和不可靠的这一刻板观念。但它同时也记录了一个事实，那就是 "英雄时代"是一个种族交流的时代，是一个达达尼尔海峡和博斯普鲁斯海峡两岸的种族和个人双向流动的时代，是一个迈锡尼希腊人会经常出现在巴西克湾这类天然港口的时代。

10. 有人因此而认为荷马史诗的内容有一部分来自东方。在特洛阿德流浪的吟游诗人会吟诵全套的史诗，这些故事与 500 多年后出现的荷马史诗惊人地相似。荷马的故事本身可能有许多来源于赫梯，或者起码来源于经由赫梯帝国传来的巴比伦人和胡里安人的故事。文学作品《吉尔伽美什史诗》（*The Gilgamesh Epic*，最早用苏美尔语写成）中的一些章节，如果你把里面的吉尔伽美什名字替换成荷马史诗的名字，你会发现，它们简直一模一样。两部史诗都有诱惑男性的妖妇——美貌堪比瑟茜（Circe）和塞壬（Siren）——以及被有些人比作阿佛洛狄忒甚至海伦本人的伊什塔尔（Ishtar）。"库玛尔比史诗神话"(The Kumarbi Epic Cycle）可以理解为和赫西俄德有着极大的相似之处。

11. 已挖掘了 102 座坟墓，其中 35 座埋有人，一共出土了 95 具骸骨。感谢汉斯·詹森博士对此问题的帮助。

12. 1453 年，征服者穆罕默德（Mehmet the Conqueror）攻陷了君士坦丁堡，10 年后这名苏丹参观了特洛伊。这次旅行是一次很好的公关活动。这名奥斯曼统治者在这里宣布，通过打败希腊人，他已经为自己的特洛伊祖先复了仇。请参考 Rose (1998), 411。

13. Herodotus 7.43.

14. Cicero, *Pro Archia* 24. Trans. N.H. Watts.

15. 公元前 48 年，尤利乌斯·恺撒（Julius Caesar）在追赶其头号敌人庞培（Pompey）时巡视了这一带，他断言："帕加马（Pergamum）[特洛伊] 将会起来反抗罗马人。"他的这次视察被罗马作家卢坎（Lucan）生动地记录下来，从而得以不朽："他走在一个难忘的名字周围——焚毁的特洛伊……现在，贫瘠的树林和朽烂的枝干淹没了阿萨拉科斯的房子，树木用其已疲倦的根系占领了神灵的庙宇，整个帕加马都为灌木丛所覆盖：就连废墟也被遗忘了。"

16. 城门和城堡入口之间的距离只有大约 80 米。

385

25　伊利昂高耸入云的塔楼

1. H.D., *Helen in Egypt* 2.6, in H. Gregory (1961), 242. 转载已得到 New Directions Publishing, New York 的许可。请注意这里描写的是海伦在埃及，而不是海伦在特洛伊。

2. 请参考 Latacz (2004), 216, n. 4, citing M. Korfmann (1997), 'TROIA' – Ausgrabungen 1996, *Studia Troica*, 1; 1-71.

3. 古风时代的希腊人称之为"伊利昂"（*Ilion*）；后来又变成了"新伊利昂"（*Ilium Novum*）。

4. 请参考 Fitton (1995), 59。这段涂鸦文字于 17 世纪末被记录下来。

5. 1804 年，William Gell 在一本伦敦出版的，名为 *The Troad or The Topography of Troy* 的书中发表了克拉克的观点。

6. Fitton (1995), 59.

7. 施里曼的考古方式可能已经近于破坏，然而他其实是一长串到此地一游、没有远见的游客中的最后一位。其他人已经（可能是无意中）把希沙利克地下的青铜时代遗迹破坏殆尽。特洛伊是一个战略、（拜荷马等人的史诗所赐）文化和情感上均非常重要的地方，因此千百年来，它一再被夷为平地，又一再被重新占领。古希腊、希腊化、罗马和拜占庭时期的居民在建造自己的房屋时，都会拆用现成的建筑材料，从而和残存的考古地层黏接在一起。

8. Fitton (1995), 68.

9. 虽然施里曼的结论（和挖掘技术）有几分缺陷，当前的考古挖掘却证实了他的基本推测，那就是，希沙利克山的特洛伊遗址既是荷马笔下的伊利昂，也是青铜时代晚期的维鲁萨——一座富裕的城市和商埠，是公元前 13 世纪许多纷争的中心。当前考古发掘的进展，可以在 Project Troia 网站或杂志 *Studia Troica* 上查到。

10. Schliemann (1870) 'Les fouilles de Troie', in the *Levant Herald 13 June 1870*；还可参考 Allen (1999), 131。

11. 关于这批宝物确切情况的讨论，见 Easton (1981) and Traill (1984)。

12. 关于在莫斯科的普希金博物馆（Pushkin Museum）重新发现这批宝藏的报道，见 M. Siebler (1994) 'Eine andere Odyssee: Vom Flak-Bunker zum Puschkin Museum', in *Troia-Geschichte-Grabungen-Kontroversen*。Mainz: Antike Welt。同时见 Easton (1994)。

13. Moorehead (1994), 229.

14. Moorehead (1994), 92-95. 施里曼的日记和信件保存于雅典的格纳迪乌斯图书馆（Gennadius Library）。

15. Moorehead (1994), 35.

16. H. Schmidt (1902) *Heinrich Schliemann's Sammlung Trojanischer Altertuemer* (Berlin), 232-233.

17. 特洛伊发现的这类宝库证明，这座城市拥有绵绵不绝的罕见财富，无疑是从国际贸易中积聚的。

18. 房子于 1878 年开始建造。

19. 伊利乌·梅拉特隆本身集合了古代的各种风格。施里曼不惜斥巨资实现自己的家庭梦想，这项工程一共耗费了他 439650 德拉克马。墙上是斯洛文尼亚画家尤里·苏比克（Yuri Subic）临摹的庞贝壁画。马赛克地板的图案结合了特洛伊和迈锡尼的主题，房子由牢固的大门和栏杆把守，顺着栏杆是一排严肃的斯芬克斯像。这和施里曼幼时生活的那间长满苔藓的半木结构的小屋简直有天壤之别。现在伊利乌·梅拉特隆是希腊首屈一指的钱币博物馆；一个崇拜财神的人无意中为自己的偶像建了一座最精美的神庙，没有比这更恰如其分的了。

20. 1932—1938 年，挖掘工作在辛辛那提大学（the University of Cincinnati）的卡尔·布利根（Carl W. Blegen）的主持下进行，1981 年，曼弗雷德·科夫曼带领一支国际考古队在"巴西克特佩"继续挖掘。这项工作目前仍在继续，发现的文物保存在恰纳卡莱博物馆（Canakkale Museum）。详情见挖掘队的主管和工作人员编著的 *A Guide to Troia* (1999)，(Istanbul: Ege Press)。

21. 维鲁萨指特洛伊王国，而且几乎可以肯定是这座城市的名称。

22. 关于确定维鲁萨就是特洛伊，以及希沙利克山具有荷马史诗的历史元素的详细证据，散见于 Latacz (2004) 各处；关于维鲁萨的名称，具体可以参考 82—83。

23. Museum of Fine Arts, Boston, 13.186.

24. Madrid, Biblioteca Nacional no. 17805: Guido MS, fol. 46; (date c. 1350).

25. Jehan de Courcy, *Chronique Universelle, dite la Bouquechardière (Universal Chronicle)* .New York, Pierpont Morgan Library），M214, fol. 84.

26. Scherer (1963), 37, Fig. 37.

27. 画家圭多·雷尼画了一幅姿态绝妙的海伦像。雷尼这幅创作于 17 世纪的巨幅油画，现在悬挂在卢浮宫的一条走廊里。雷尼这幅画有其自身复杂的象征意味（构图似乎很大程度上考虑了当时的欧洲政治），但确实是一个很好的例子，说明我们不需要以强奸为核心事件，来欣赏海伦的故事。请参考 Colantuono (1997)。

28. 虽然荷马等人告诉我们，海伦的侍女中为首的是女总管埃特拉（忒修斯上了年纪的母亲，卡斯托耳和波吕丢刻斯从阿斐德诺营救少女海伦时，把她也一并拐走了）。

29. 对这个问题的出色讨论见 Ruth Bernard Yeazell (2000) *Harems of the Mind: Passages of Western Art and Literature*, New Haven, CT: Yale University Press。

30. "……菲朗妮斯和艾拉芳汀后来进行仿效，做出了类似的淫荡行为。"Trans. H. Parker (1992),

386

92。菲朗妮斯和艾拉芳汀是已知写过性爱手册的 9 名作者中的两位。一般认为菲朗妮斯生活于公元前 370 年前后，艾拉芳汀生活于公元前 1 世纪前后：请参考 Parker (1992), 94。

31. S.v. Astyanassa, 4. 261 in Suidae Lexicon, ed. A. Adler, Vol. 1, 393.

32. 有关古代性爱手册的进一步讨论，请参考 Parker (1992)。

33. Aeschylus, *Agamemnon* 403-408.

34. *LIMC*, no. 191.

35. 手稿的详细资料全部来自 Baswell and Taylor (1988)，以及 Buchthal(1971)。

36. *Iliad* 6.576 [LCL 6.483-6.485]。

37. II Kings 7:6.

38. H.P. and M. Uerpmann (2001) *Leben in Troia – Pflanzen und Tierwelt*, in: Archiaölogis-ches Landesmuseum Baden-Württemberg et al (eds) *Troia – Traum und Wirklichkeit* (Stuttgart: Theiss), 315, especially Fig. 325.

39. *CTH* 284.

40. 更详细的资料，请参考 S. Penner (1998) *Schliemanns Schachtgräberund der europäische Nordosten Studien zur Herkunft der frühmykenischen Streitwagenausstattung* [*Saarbrücker Beiträge zur Altertumskunde* 60] (Bonn)。

41. 例如，迈锡尼环形墓圈 A 五号竖井墓的墓碑，现存雅典国家考古博物馆，NMA 1428。

42. 请参考，例如，梯林斯的壁画；纳夫普里翁博物馆收藏的深腹双耳罐，no. 14336；收藏在伦敦的双耳罐 BM C357 上面的绘画。

43. 感谢迈克·洛德斯（Mike Loades）对这次活动所做的探索、指挥和协调工作。同时感谢建造战车的工匠罗伯特·赫福德（Robert Hurford）和驯马师乔纳森·沃特尔（Jonathan Warterer）。

44. 请参考 Bryce (2005)，第 4 章：'The Aegean Neighbours'。

45. 有时是 4 个人；1 名御者，1 名弓箭手和 2 名机动步兵。

46. *Iliad* 8.76-8.77 [LCL 8.64-8.65]。

47. *Iliad* 24.944 [LCL 24.804]。

48. 青铜时代地中海东部地区曾遭受严重的疟疾疫情。

26　东方的黄金屋

1. *Iliad* 2.912-2.914 [LCL 2.803-2.804]。

2. 泥板中浮现出来的赫梯文明属于一个非常强大的帝国，这个帝国由许多城邦和王国组成，大部分都有国王和王后统治。一些由哈图沙直接控制，一些有自己的统治者，还有一些属于"缓冲区"，例如，处在赫梯帝国和胡里安人的米坦尼王国（据有美索不达米亚北部大部分地区、叙利亚北部和安纳托利亚东部部分地区）之间。

3. 此处我主要参考了 Bryce (2002)，这是了解赫梯帝国不可或缺的一本入门书。

4. 详细的讨论见 A. Ünal (1994) 'The Textual Illustration of the "Jester Scene" on the Sculptures of Alaca Höyük', in *Anatolian Studies* 44: 207-218。

5. 请参考 A. Goetze (1957) *Kulturgeschichte Kleinasiens* (Munich: Beck), 94。

6. 我们还听说一些王室妇女被称为 SAL LUGAL.GAL（伟大的王后，法定王后）。

7. *CTH* 76.

8. 请参考 Latacz (2004), 118。

9. 至少有一点不应该被我们忽略，那就是荷马为角色所起的名字都非常符合他们生活的时代和地点。线形文字 B 泥板上的名字，有 58 个同样出现在荷马史诗中，包括一个叫阿喀琉斯的，这个名字刻在皮洛斯出土的一块泥板上，位于一长串领取节日口粮的工人名单之中（Fn 79），还有一个叫赫克托耳的，他是皮洛斯土地使用表中的一名"神的奴隶"（例如，Eb 913 和 En 74）。

10. "米拉瓦塔信件"（Milawata Letter）：*CTH* 182 (KUB 19.55 和 KUB 48.90)。"米拉瓦塔信件"讲述了特洛伊宫廷发生的一场阴谋，特洛伊国王（瓦尔姆）被废黜，而后又在赫梯帝国的帮助下复辟的事。

11. Edict of Telipinu：*CTH* 19.

12. Apology of Hattusili III.9.3.3 (*CTH* 81).

13. 阿佛洛狄忒没有出现在线形文字 B 泥板上，一些学者因此提出海伦是阿佛洛狄忒的原型这一猜测。

14. Hurrian Hymn to Ishtar, KUB XXIV (CTH 717) i.38-40, adapted by G. Beckman (2000) in 'Goddess Worship – Ancient and Modern', in A Wise and Discerning Mind: Essays in Honor of Burke O. Long, ed. S.M. Olyan and R.C. Culley (Providence), 11, from a translation by H. Güterbock (1983) 'A Hurro-Hittite Hymn to Ishtar', Journal of the American Oriental Society 103: 156.

15. 有几种图章留存至今：例如，"赫梯王后普度赫帕的图章"（Stamp Seal of Hittite Queen Puduhepa），Corum Museum 1.973.90。

16. RS 17.133.

17. 这次事件发生的具体时间已不可考——可能发生在乌尔希-泰舒卜（Urhi-Teshub）统治的约公元前 1272—前 1267 年，与哈图西里发生内战期间。

18. 在母亲的安排和监督下，公元前 1246 年秋，普度赫帕的女儿终于启程前往埃及，和拉美西斯二世完婚。然而故事到这里就中断了：和许多在贵族宫廷之间流动的女人一样，普度赫帕姗姗来迟的女儿似乎变成了法约姆（Fayum）后宫的又一名成员。

19. 请参考 Bryce (2002)，第 2 章：'The People and the Law'。

20. Clause 28a, 'The Laws'.

21. Clause 197, 'The Laws'.

22. "如果他要把他们带到王廷门前，并说：'我妻子不该死'，那么他可以救下妻子一命，但他同时也必须宽恕那名情夫。接下来他可以用面纱遮住她（他的妻子）。但是如果他说，"两个都必须死"，随后他们拨动转盘（roll the wheel），那么国王可以判他们死刑，也可以赦免他们。"（Clause 198, 'The Laws'）。

27 舰队出动

1. Aeschylus, *Agamemnon* 414-419. Trans. A. Carson.

2. 请参考 *Cypria*, fragment 1。

3. 在迪克提斯的版本中，墨涅拉俄斯一听说海伦在斯巴达出轨的事，就立刻从克里特岛派了一个外交使团前往特洛伊。

4. *Iliad* 3.247-3.269 [LCL 3.205—3.224] and Apollodorus, *Epitome* 3.28-3.29. 根据《塞普利亚》，

希腊派出使者，是首次尝试在特洛伊海岸登陆和一次小规模的战斗之后。按照希罗多德
2.118 的说法，使者是在希腊军队登陆特洛伊之后才派出的，但是却被告知海伦和她的珍
宝不在特洛伊，而在埃及。

5.   *Iliad* 11.143-11.165 [LCL 11.122-11.142]．

6.   Trans. Beckman (1996), 91-92.

7.   Extracted from KBo I 10 + KUB III 72 (CTH 172)Trans. A.L. Oppenheim (1967), *Letters from*
     Mesopotamia (Chicago and London), 139-140. Quotation taken from Bryce (1998), 293.

8.   请参考阿拉克桑杜泥板的第一段。

9.   请参考 Beal (1995), 547。

10. 请参考 Gantz (1993), 576-582。

11. 在一些版本中，舰队已经出发，希腊人一踏上特洛伊的领土，马上就派使节前去斡旋。
     这可能是《伊利亚特》的观点：请参考 *Iliad* 3.247-3.269 [LCL 3.205-3.224]。

12. *Iliad* 2.265 [LCL 2.227]．

13. *Iliad* 8.331-8.332 [LCL 8.291-8.292]．

14. 通常认为伊菲革涅亚是吕泰涅斯特拉的女儿，虽然在另外的神话中，她是海伦的女儿。
     一些神话认为，是海伦强大的魅力给了伊菲革涅亚生命，并导致了她的早夭。关于这个
     故事的古代资料概述，还可参考 Gantz (1993), 582-588。

15. 我们是从欧里庇得斯的《伊菲革涅亚在陶里克人中》和《伊菲革涅亚在奥利斯》两剧中
     第一次看到阿喀琉斯这个手段的。有关欧里庇得斯描写这个故事的不同版本，请参考
     Gantz (1993)。

16. Aeschylus, *Agamemnon* 259-278 [LCL 225-243]．Trans. A. Shapiro and P. Burian (2003)．

17. Euripides, *Iphigeneia at Aulis* 1166-1170. Trans. P. Vellacott. 演出是在 The Gate 看的。J.W.
     von Goethe, *Under the Curse*; Dan Farrelly 改编的一个新版本。

18. Euripides, *Iphigeneia at Aulis* 1264-1265. Trans. R.E. Meagher.

19. 尽管在 Euripides, *Iphigeneia at Aulis* 中，伊菲革涅亚把死亡看成是自己的荣耀。

20. *Iliad* 2.573ff [LCL 2.484ff]．

21. 请参考 E. Visser (1997) *Homers Katalog der Schiffe* (Stuttgart and Leipzig: Teubner), 746。

22. 有关这次考古发现的摘要，见 Latacz (2004), 240ff。

23. Godart and Sacconi (2001), 542.

24. Latacz (2004), Fig. 24.

25. 更详细的讨论，见 Latacz (2004), 92-100。

26. Latacz (2004), 154ff. and 260ff.

27. 乌加里特国王致阿拉西亚（Alashia，塞浦路斯的一部分）国王的信：RS 20.238, lines 27-
     31，来源于乌加里特档案。发表于 *Ugaritica* 5 中，为其中的第 24 篇。

390 28. 感谢迈克尔·韦德为本段内容提供了详细资料，他还告诉我们，公元前 1200 年左右，乌
     加里特有一支 150 艘船的舰队。

29. 如想获得更精确和完整的印象，请参考 Morgan (1988),chapters 9–10 and Colour Plate C。

30. 尽管我已经指出，特洛伊和斯巴达的海上距离其实非常近，然而在史诗的想象中，这段
     距离却非常遥远，正如阿喀琉斯在提到自己和特洛伊人之间并无私人恩怨，这是一次防
     范性的进攻时所说的（*Iliad* 1.184-1.185 [LCL 1.156-1.157]）："看看我们之间的无限路
     程……隐隐的群山，波涛汹涌的大海。"

28 海伦——城市的毁灭者

1. *Iliad* 2.420-2.423 [LCL 2.354-2.356] .

2. "στυγέω"（讨厌、畏惧）和 "óκρνόεις"（令人生畏）这两个词也出现在与海伦有关的描述中；进一步的讨论，请参考 Clader (1976)。

3. *Iliad* 2, 各处。

4. *Iliad* 1.1-1.2 [LCL 1.1-1.2] .

5. *Iliad* 1.33-1.36 [LCL 1.29-1.31] .

6. *Iliad* 13.830. Trans. J.–P. Vernant (1991), 100.

7. *Iliad* 13.959-13.960 [LCL 13.829-13.831] .

8. 有关东方女神伊什塔尔是战争／性爱化身的出色总结，见 Bryce (2002), 147。

9. 在希腊人的思想中，欲望和死亡、性爱和暴力是一枚硬币的两面，是同一种原始冲动的不同表述方式，因此一方总是能引来另一方。正如柏拉图所做的巧妙总结："斗争、对抗和人类冲突的原因无他，身体的欲望而已。" Plato, *Phaedrus* 66c。

10. *Iliad* 2.183-2.190 [LCL 2.157-2.162] .

11. *Iliad* 3.196ff. [LCL 3.162ff.] .

12. *Iliad* 3.179ff. [LCL 3.149ff.] .

13. *Iliad* 3.185-2.190 [LCL 3.145-3.148] .

14. 请参考 R. Naumann (1971) *Architektur Kleinasiens von ihren Anfängen bis zum Ende der hethitis-chen Zeit* (Tübingen: Ernst Wasmuth), 252。荷马说特洛伊以 "eudmetos purgos" （一座坚固的塔楼）而自豪。

15. Marlowe, *Dr Faustus* (B-Text) V.i.95.

16. 请参考 Korfmann 等人 (2004) 'Was There a Trojan War?' 关于对考夫曼等人所持观点的批评，请参考 D. Hertel and F. Kolb (2003) 'Troy in Clearer Perspective', in *Anatolian Studies* 53: 71-88 和 F. Kolb (2004) 'Troy VI: a Trading Centre and a Commercial City?', in *American Journal of Archaeology* 108: 577-614。

17. Korfmann (1993), 27ff.

18. *Iliad* 16.816ff. [LCL 16.698ff.] .

19. 请参考 Latacz (2004), 40 和 n. 47, 以及 Korfmann (1998)。

20. 1995 年的实地考察。

21. 曼彻斯特博物馆（Manchester Museum）1977.1048。这一流行的瓶饰图案有许多版本均描绘了这两人下棋下得如此入神，以至于雅典娜不得不提醒他们，战斗马上就要逼近他们。

22. 打仗的季节通常为 4 月到 9 月。

23. Alakšandu Treaty, 20.

24. 1997—1998.

25. Latacz (2004), 83.

26. *Iliad* 22.183 [LCL 22.153] .

27. 作为一份优秀的总结，可参考 Korfmann et al. (2004)。

28. 有关特洛伊 VI 的不同时间，请参考 Mountjoy (1999)。

29. 在特洛伊 VI 之后重建特洛伊 VII 时，特洛伊人在基岩上使用了泥土作为缓冲，这可能说明他们在经历了严重的地震灾害之后，试图使自己的建筑设计更加适应地震活动。更进一步的讨论请参考 Mountjoy (1999), 254-256, and Rapp and Gifford (1982), chapter 2。

29 死神的乌云

1. *Iliad* 16.407-16.413 [LCL 16.344-16.350].
2. *Iliad* 3.516-3.528 [LCL 3.441-3.450].
3. *Iliad* 6.68-6.70 [LCL 3.58-3.60].
4. 正如本书第 42 章所指出的，中世纪时期，荷马笔下疯狂而肮脏的血腥屠杀变成了一个有关品道德品质、远见卓识和治国本领的故事。
5. *Iliad* 5.161-5.164 [LCL 5.145-5.147] and 5.321-5.325 [LCL 5.290-5.293].
6. 请参考 Korfmann (1996), 34。
7. *Iliad* 2.650 [LCL 2.560].
8. 迈锡尼的伽玛墓（Grave Gamma）发现的一具残骸证明，还有一名战士在颅脑手术后活了下来。
9. 所有资料均来自 Arnott(1999)。感谢罗伯特·阿诺特对本项目的帮助。
10. 有关英雄时代生物战的讨论，请参考 Mayor (2003), 41-62。
11. *Iliad* 1.60 [LCL 1.52].
12. Bryce (2005). 文本来自 KBo IV 6 (*CTH* 380), obv. 10'-15'。Trans. O. Gurney。

30 美丽的死亡——KALOS THANATOS

1. Sorley (1922), 82. 这首诗还有下面这些句子："酒过三巡，故事开讲！老奥德修斯绝妙的阴谋，老阿伽门农他滥用指挥权，还有那个黄毛小子帕里斯——他一点也不关心海伦——除了惹恼她他其实什么也没做……"
2. Vernant (1991) 对这些思想有细致而全面的讨论。
3. 斯巴达人从小接受的教育是，在战场上愉快地接受死亡。
4. 在一个集体生活几乎完全在一系列公共空间进行的社会，公众的认可是人们存在的理由。正如韦尔南（J.-P. Vernant）所说："同样的词——*agathos, esthlos, aretē* 和 *timē*——可以是出身高贵、财富、成功、英勇无畏和名声的意思。这些概念之间并没有明显的界限。" Vernant (1991), 56。
5. 英国新石器时代的例子见 R. Mercer and F. Healy, eds (forthcoming), *Hambledon Hill, Dorset, England: Excavation and Survey of a Neolithic Monument Complex and its Surrounding Landscape*. English Heritage Archaeological Reports。
6. Sorley (1922), 85.
7. Pelly (2002), 10.
8. Patrick Shaw-Stewart, 'Untitled', in B. Gardner, eds. (1986) *Up the Line to Death: The War Poets 1914—18* (London: Methuen), 59-60. 帕特里克·肖-斯图尔特（Patrick Shaw-Stewart）在 1917 年的一次作战中英勇牺牲。还可参考本书第 37 章的 n22。
9. *Iliad* 18.623-18.626 [LCL 18.535-18.538].
10. J.-K. 于斯曼斯（J.-K. Huysmans）这样描绘这幅画："她站在险恶的地平线上，浑身是血，穿着一件缀满宝石的裙子，看起来就像一座神龛。她两眼圆睁，在紧张地注视着什么。

她的脚下躺着成堆的尸体。她就像一名邪恶的女神，把所有靠近她的人都毒杀殆尽。"

11. 第一次实地考察是在 1995 年 2 月。

12. 在莫罗的所有油画中，这位斯巴达王后都被刻画得强壮有力。在莫罗故居沿墙放置的摇   393
    摇晃晃的置物架上，摆着大量用铅笔和钢笔画的人体模特草图。一个身材结实的长腿女
    人是海伦的原型。除了她所塑造的许多海伦外，这个女人迥异于房间里的其他大部分女
    性形象（柔弱、裸体，和可以利用），她显得特别坚定。

13. 在三楼的一幅画中，海伦光滑空白的椭圆形脸庞和她上方苍白的月亮相呼应。Inv. No.
    58。

31　特洛伊陷落

1. Euripides, *Helen* 256ff. Trans. D. Kovacs.

2. *Iliad* 6.407 [LCL 6.344]．

3. 请参考 *Iliad* 3.218 [LCL 3.180]；6.408 [LCL 6.344]；6.421 [LCL 6.356]；and *Odyssey* 4.162。

4. *Iliad* 6.415-6.416 [LCL 6.351-6.352]．

5. 这是又一个为海伦而死的英雄，然而他死时却获得了美名。更深入的讨论见 Clader (1976)。

6. *Iliad* 24.909-24.913 [LCL 24.773-24.775]．

7. 为了探查特洛伊人防御的虚实，奥德修斯化身乞丐潜入特洛伊城，此时聪明的海伦认出
    了他，但是并没有将他扭送给自己的新盟友，而是给这位伊萨卡的统治者洗澡，并抹上
    油膏，同时发誓说自己已经改变心意，很想回家。多年后，这个故事传回了斯巴达宫廷，
    然而海伦企图出卖藏身于特洛伊木马中的希腊人的行为，推翻了这个故事。

8. 详情见维吉尔在《埃涅阿斯纪录》第 6 卷对这个故事的讲述。

9. Virgil, *Aeneid* 6.515-6.519.

10. *Odyssey* 4.310-4.324 [LCL 4.277-4.289] 讲述了这个故事。

11. 从阿波罗多罗斯的作品可以看出，Lesches 明显认为有 3000 人，但是学者们对这个数字
    有争议：请参考 Gantz (1993), 649 和 n. 86。

12. *Little Iliad*, Fragment 20.

13. BM 1899.2-19.1.

14. 资料来源于 KUB XIII 4, 请参考 Bryce (2002), 52。

15. 431-404 BC.

16. Thucydides, 3.67.

17. Thucydides, 5.116.

18. 这段表述来自蒂龙·格思里（Tyrone Guthrie）在纽约的演出。感谢迈克尔·伍德的帮助。

19. 底比斯编号 TH Gp 164：Godart and Sacconi (2001), 541。

20. Bryce (2002), 105.

21. Ovid, *Metamorphoses* 12.607-12.608 讲述了阿喀琉斯对于被箭射死的反感——由帕里斯"女
    人般的手"所射出的箭。

22. 然而，在中世纪和文艺复兴时期欧洲王室（他们把自己的家谱一直追溯到特洛伊人）
    的努力下，帕里斯的形象得到了改善。因此托马斯·普罗克特会在 *Gallery of Gallant
    Inventions* 中说出"如果海伦不是这么随便，帕里斯先生也不会在战斗中牺牲"这样的话；
    见 Rollins, eds. (1926)。

23. 赫梯和犹太文本均有提到寡妇嫁给丈夫兄弟的习俗；《旧约全书》称之为"收继婚"。

24. Hyginus, *Fables* 240 认为是海伦自己杀了得伊福玻斯。

25. Virgil, *Aeneid* 6.494-6.512. Trans. D. West.

26. Stesichorus, 201 PMG. 请参考 Gantz (1993), 651。

27. *Little Iliad*, fragment 19, *EGF*.

28. Euripides, *Orestes* 1286. Trans. M.L. West。

29. 古人当然没有漏掉这个双关语；罗马帝国时期，女人的生殖器被称为"*vagina*"（剑鞘）。

30. Mykonos Museum 2240 (c. 675 BC). *LIMC* no. 225; 请参考 E.C. Keuls (1985) *The Reign of the Phallus: sexual politics in ancient Athens* (Berkeley and London: University of California Press), 397-399。

31. 有关所有例子的进一步讨论，请参考 Hedreen (1996)。

32. 根据 Clement (1958), 49 而做的翻译。

33. Euripides, *Andromache* 629-630. Trans. J.F. Nims，in Grene and Lattimore (1958).

34. British Museum，GR 1865.7-1865.12.4.

35. 请参考 Pipili (1992), 179-184, 尤其是 183-184，关于伯罗奔尼撒地区出土的盾牌纹饰似乎描绘了海伦被墨涅拉俄斯重新找回，或者也可能是她被帕里斯诱拐的场景。

36. 请参考 French (2002), 16。

37. *The Collected Poems of Rupert Brooke* (New York: John Lane, 1915).

32　回到斯巴达

1. Gladstone (1858), Vol. 2, 488.

2. *Odyssey* 4.631-4.641 [LCL 4.561-4.569] .

3. 迄今为止，对迈锡尼人坟墓的分析显示，这似乎是一个从 20 岁出头牙齿就开始烂掉的民族。一名公元前 1340—前 1190 年期间埋在克里特岛阿尔迈尼公墓的 40 岁织工（对牙齿来说这诚然是个危险的职业），全部 32 颗牙已经掉了 23 颗。

4. Euripides, *Trojan Women* 1046-1050. Trans. K. McLeis.

5. Euripides, *Trojan Women*. Trans. K. McLeish.

6. 阿伽门农被害一事从公元前 7 世纪起便被提及。谋杀发生在浴室的第一个确定证明可以见 Aeschylus, *Oresteia*。埃斯库罗斯给克吕泰涅斯特拉手里塞了把刀子。

7. *Odyssey* 4.234 [LCL 4.210] .

8. *Odyssey* 4.141 [LCL 4.127] .

9. *Odyssey* 4.90-4.95 [LCL 4.81-4.85] .

10. 还可参考 Euripides, *Helen*, 各处。

11. Herodotus 2.119.3.

12. 公元前 360 年，著名的斯巴达国王阿格西劳斯死于利比亚一个叫"墨涅拉俄斯港"（the Harbour of Menelaus）的地方。墨涅拉俄斯港被提及，见 Strabo, *Geography* 17.3.22。

13. Aristodemus, *FrGrH* 22 F (1a).

14. 对这个问题全面有益的探讨见 Hughes (1989) 。人们把一块线形文字 B 泥板（皮洛斯泥板 Pylos tablet Tn 316）暂时解释为人牲名单和献给神灵的财宝清单。希腊大陆的坟墓出土了姿势或者形态很不寻常的尸骸。20 世纪 60 年代，考古人员对面积不大的卡扎马(Kazarma)

遗址的一座圆顶墓进行了挖掘；据说，在圆顶墓的入口内侧发现了两具跪着的骷髅。这些人显然是穷人，他们没有随葬物品，只有一条用橄榄核和杏仁核串成的项链。他们是否有可能是在墓地入口的石堆上被处死的奴隶或受宠的仆人？杀死他们，这样他们就能陪着主人或女主人进入冥府？从迈锡尼驱车大约 20 分钟，你将发现普罗西姆纳这处位于山顶上的优美遗址。这里的 7 号墓（Tomb VII）出土了一具奇特的青铜时代晚期的遗骸，遗骸放在一堆石头上，上面压着一块巨大的石灰石板。迈锡尼下城区的 15 号墓（Tomb 15）发现了 6 具尸体，这六个人似乎是同时死去或者被害，然后一个接一个地叠在一起。本注释的所有资料均来自 Hughes（1989）。

15. 2001 年的实地考察。

16. 有关阿卡尼斯周围考古发现的介绍，请参考 Sakellarakis and Sapouna-Sakellaraki(1997)。

17. 我们之所以有机会目睹这一罕见而可怕的场景，是因为仪式进行期间，克里特岛发生了地震。圣所的墙壁坍塌，压死了那些还在里面的人。或许米诺斯人相信，地震之神波塞冬通过土地的战栗发来了警告。或许这个被牺牲的正当盛年的男子，是人们为了安抚善变、可怕的神灵而献上的孤注一掷的供品？线形文字 B 泥板上出现了波塞冬的名字：有关克诺索斯和皮洛斯发现的例证，例如 Un 718，请参考 Ventris and Chadwick (1973)，126。

18. *Odyssey* 4.146-4.147 [LCL 4.130-4.132]．

19. Barber (1994).

20. 根据 Strabo, *Geography* 13.1.33 的说法，帕里斯和他的妻子俄诺涅葬在一起。这本书写于奥古斯都和提比略统治时期，大约在公元前 7—公元 18 年之间。

21. 一只抓着鹅的雄鹰飞过，这个现象被认为预示着奥德修斯将重新夺回自己的妻子珀涅罗珀和伊萨卡的宫殿。

22. Euripides, *Orestes* 62-66. Trans. D. Kovacs.

23. 对于海伦和墨涅拉俄斯的斯巴达宫殿的描写，请参考 *Odyssey* 4。

24. 有关海伦使用麻醉剂说明了她性格的两重性的讨论，请参考 Bergen (1981)。

25. *Odyssey* 4.220-4.226 [LCL 4.220-4.226]．Trans. E.V. Rieu.

26. 感谢布莱德利·C. 伦兹（Bradley C. Lenz）教授提供的信息，他说，鉴于海伦和墨涅拉俄斯与埃及有着深厚的渊源，这种药物还有可能是曼陀罗，曼陀罗和葡萄酒混合后饮用，能使人进入一种恍惚的状态。

27. Hughes-Brock (1998), 251. 还有 8 字形盾牌形状的珠子。

28. 伊普索帕塔（Ipsopata）出土的一枚印章石上刻着一个女人的形象，这个女人好像在一个年轻男子的帮助下，正从泥土里升上来——是麻醉剂的作用而出现的神灵显圣吗？Thomas (1938-1939)。

29. 一张公元前 1552 年的底比斯莎草纸上提到了鸦片。

30. 请参考 Arnott (2005b)。

31. 就连希腊大陆和克里特岛上更为常见的虞美人（*Papaver rhoeas L.*，又名红罂粟），也被用作温和的镇静剂。

32. *Odyssey* 4.341-4.342.

33　王后之死

1. Euripides, *Orestes* 1130-1310. Trans. P. Vellacott. 公元前 5 世纪雅典和阿尔戈斯结盟之后，雅典的剧作家把这个迈锡尼的故事搬到了阿尔戈斯。

2. Euripides, *Orestes* 1639-1643. Trans. P. Vellacott.

3. Euripides, *Orestes* 1683-1690. Trans. P.Vellacott. 这首合唱歌有三句结束语，如果不算那三句结束语，这里就是全剧的结尾。韦拉科特（P. Vellacott）在序言中指出，也许欧里庇得斯在他职业生涯结束，即将离开雅典前往马其顿之际，急切地想扭转他一直以来所呈现的海伦模棱两可的形象，因此在这"最后一次向自己的同胞做的私人致辞"（1972；68）中，把她写成了一个令人同情的角色，最终按照父亲宙斯的意愿封神。

4. Ovid, *Metamorphoses* 15.232. Trans. F.J. Miller.

5. Pausanias 3.19.9 描写海伦被复仇的波吕克索绞死。

6. 在特洛伊战争发生之前的大约 300 年里，希腊大陆上的贵族们举行的葬礼还要铺张。许多圆顶墓起初装饰得美轮美奂，后来却遭弃置，与此同时穴状墓则以丰富的祭品为傲。给亲友或统治者举办一个风光的葬礼，让他们尽可能华丽地从现世进入冥界，似乎已经成为一种习俗。到了公元前 14 世纪末，葬礼的排场似乎有所收敛，物品都留给了生者而不是死者。感谢索菲娅·沃茨基对本节提供的帮助。

7. 两座坟墓的名称如此；我们不知道里面实际埋葬的国王和王后的名字。

8. 例如，土耳其的统治者维利帕夏（Veli Pasha）就洗劫了"克吕泰涅斯特拉之墓"，这次行动使他一夜暴富。Wace (1964) 指出，这座坟墓可能在维利帕夏来之前就被盗过，但是维利帕夏几乎可以肯定是毁了墓的穹顶。

9. 虽然发现了大量骸骨，但这些骸骨的性别经常被弄错，或者根本就没有标明性别。要确定一样文物属于谁往往非常困难。

10. 请参考 Persson (1931), 16，文中讲述在一名王后的左手腕上发现了一枚玛瑙做的印章石。

11. 克里特岛阿卡尼斯的圆顶墓 D，可以追溯到 LHIIIA2 时期（约公元前 1350 年）。请参考 Sakellerakis and Sapouna-Sakellaraki (1997) 的描述。有关金冠的描述：186。 富尼的圆顶墓（请参考附录 1）。

12. 同上。

13. Cavanagh and Mee (1998), 109.

14. 刻有这些场景的陶制"拉纳克"保存于底比斯博物馆（Thebes Museum）：还可参考 Cavanagh and Mee (1995), 45-61; and Immerwahr (1995), 109-121。

15. 孩子出现在这里可以有许多种解释。他们是死者的儿女？孩子是否有辟邪作用？年幼者是否有可能赶在死者下葬或火化之前，设法收集他们的生活经验？孩子象征着延续和重生？

16. "克吕泰涅斯特拉之墓"是索菲亚·施里曼挖掘的。

17. Wace (1921-1923).

18. 阿卡尼斯的圆顶墓 D。

19. Sakellarakis and Sapouna-Sakellaraki (1997), 186.

20. 2004 年 5 月的实地考察。

21. 感谢弗赖森布鲁赫博士。考古发掘报告的内容来自 Persson (1931), 13-14。

22. 请参考 Demakopoulou (1990), 122。 墓的年代可以追溯到 LHIIB-LHIIIA1 时期。

23. 这是两只基里克斯陶杯。

24. 请参考阿基亚·特里亚达石棺 [Agia Triada Sarcophagus，又称阿伊亚·特里亚达（Ayia Triadha）和哈吉尔·特里亚达（Hagia Triada）] 侧面画的里拉琴师。图示见 Immerwahr (1990)，插图 50—53。

25. 亚辛的一座坟墓中，有对年约 40 岁的夫妇彼此缠绕在一起。女人的头部分枕在男人的头上：请参考 Hughes (1989), 43。他们是死于活人祭还是自杀？随另一半的步履而去的忠诚妻子（或者忠诚丈夫）？

34 英雄时代落幕

1. Barkan (2000), 106, Trans. Boccaccio, *Concerning Famous Women*.

2. 请参考 Forsdyke (1956) 62ff.；希罗多德估计这个时间大约在公元前 1250 年；忽略 Douris 公元前 1334 年的"过分推测"，对于特洛伊战争发生的时间，古代学者推测的平均结果是公元前 1203 年。

3. 感谢斯皮罗斯·B. 帕夫利德斯博士提供的非常有用的爱琴海地区地震资料；有关公元前 5 世纪至公元 18 世纪希腊的地震活动，还可参考 Ambraseys (1996)。

4. 关于建造方法对地震中死亡人数的影响，请参考 Nur (1998), 144；请比较 1993 年强度达到 6.8 级，共造成 10000 人死亡的亚美尼亚地震，和 1989 年强度达到 7 级，共造成 50 人死亡的加利福尼亚地震。

5. 请参考 Papadopoulos (1996)。

6. 感谢蒂姆·柯比（Tim Kirby）。

7. 感谢肯尼斯·沃德、黛安娜·沃德和伊丽莎白·弗朗茨。

8. "打击之神"和"风暴神"（Storm-gods）的小雕像都有着明显的东方特征——它们可能是单独或者作为一种图像学的影响而从别国（例如叙利亚）引进的。请参考 Houston-Smith (1962); 以及 D. Collon (1972), 'The Smiting God: A Study of a Bronze in the Pomerance Collection in New York', in *Levant* 4: 111-134; J.V. Canby (1969), 'Some Hittite Figurines in the Aegean', in *Hesperia* 38: 141-149。

9. *Iliad* 2.661 [LCL 2.570]．

35 "芬芳的宝库"

1. H.D., *Helen in Egypt*, 1.8 (Palinode), 见 Gregory (1961), 16: Achilles to Helen。

2. Pausanias 2.32.7-2.32.8.

3. 1988 年第一次实地考察时的记录。

4. Pausanias 2.35.

5. *Iliad* 2.650 [LCL 2.650]．

6. Pausanias 2.35.5-2.35.8 和 2.34.2.

7. Isocrates, *Encomium of Helen*, 10.63.

8. 2003 年 11 月 10 日聆听由（英国）希腊考古协会（Greek Archaeological Committee）主办，考古学家亚历山大·马扎拉基斯-埃尼安（Alexander Mazarakis-Ainian）教授在伦敦国王学院大礼堂所做的演讲时的记录。

9. 有关当前已公开的证据，请参考 Archaeological Reports 2002-2003: 75-76。即将公开的

证据将发表在 Inside the Adyton of a Greek Temple: Excavations on Kythnos (Cyclades)，in
*Architecture and Archaeology in the Cyclades: Colloquium in honour of J.J. Coulton, Oxford
University, Lincoln College*。感谢亚历山大·马扎拉基斯—埃尼安教授提供的资讯。

10. Pindar, *Olympian Ode* 7.32. 感谢西蒙·霍恩布鲁尔教授。

398

11. 斯巴达人和阿卡迪亚人的入侵一直持续到公元前 4 世纪。有关公元前 4 世纪 60 年代阿格
西劳斯在埃及的军事行动，请参考 Wide(1893) 和 Cartledge (1987), 328-329 。

12. 埃及海伦的崇拜者中包括（埃及的）托勒密王朝。

13. Herodotus 2.212.

14. F.T. Griffiths (1979), 88 上说海伦信仰，尤其是对纯洁的海伦的信仰，在埃及非常流行，同
时认为这座"外国的阿佛洛狄忒"神庙就是海伦神庙，并引用了 Herodotus 2.112 中的话
为证；然而 Plutarch, *Moralia* 857b 中也说海伦和墨涅拉俄斯在埃及人中有相当高的威望。
卡利马科斯（Callimachus，一名希腊化时期的诗人，公元前 3 世纪曾任亚历山大城的王
家图书馆馆长）在他的 *Pannychis* (fragment 227 Pf.) 中，同时颂扬了海伦和她的两个兄弟
狄俄斯库里兄弟(*Diegesis* 10.7)。请参考 Hunter (1996); Visser (1938), 19-20 和 Wide (1893),
345。

15. 博物馆于 1908 年买下了这只金盘子。盘子的来源不详。

16. 这些铭文是 58 年（尼禄统治的第 5 个年头）1 月 9 日，一个名叫 Ploutas 的人刻上去的。
Perdrizet (1936), 5-10 and Plate 1。

17. Chapouthier (1935).

18. Rosivach (1994), 28.

19. Lycophron, *Alexandra* 852-855.

20. 'A Plea for Christians'：W.R. Schoedel, ed. and trans. (1972) *Athenagoras: Legatio and De
Resurrectione* (Oxford: Clarendon Press).

21. 2004 年 10 月。

22. 这个字母，如果加上表示送气的前缀 C，则变成了古希腊语的 He。

36　海洋的女儿

1. Euripides, *Orestes* 1629-1643, 1673-1674. Trans. P. Vellacott.

2. 生殖崇拜中的人形偶像会定期被庙祝从神庙和圣所里拿出来，放到河流或温泉中清洗；
据说水能使她们回到原始状态，重新变得纯洁。

3. Hesiod, fragment 24，见 Merkelbach and West(1967) 。海伦母亲的另一个人选是涅墨西斯，
涅墨西斯一开始也是海中仙女。

4. Pausanias 2.2.3.

5. Pausanias 2.2.3.

6. 罗马人于公元前 146 年毁了这座城，又于公元前 44 年进行重建。

7. 请参考 Williams (1986), 21 ，作者认为色情活动并非发生在神庙和圣所内部。

8. Pindar, fragment 107, 11.18ff.

9. Strabo, *Geography* 8.6.20.

10. 请参考 Williams (1986), 18。

11. 基督徒非常清楚阿佛洛狄忒对男性思想的控制力，为了让信徒的注意力从肉体之爱转移

到精神之爱，他们做出了不懈的努力。和一般人认为的相反，基督徒并没有否认性爱的力量；他们和索福克勒斯、欧里庇得斯等剧作家一样，认为性爱是"一种危险的东西"。在科林斯生活了 2 年，每天都望着高耸入云的阿佛洛狄忒神庙的保罗在他的《保罗达哥林多人前书》(*Letter to the Corinthians*) 中，并没有提到地狱之火，他说，"与其欲火攻心，倒不如嫁娶为妙"(《哥林多前书 7: 9》)。保罗在这里使用了希腊人的比喻和象征手法。

12. 根据两只 6 世纪初的双耳罐，考古学家曾对海伦名字的由来展开了有趣的讨论，请参考 Skutsch (1987), 190; 还可参考 R. Arena (1967), *Le inscrizione Corinzie su vasi. Accad. Dei Lincei*, series 8 xiii 2 (Rome): nos. 15 and 29。 399

13. 一些现代希腊人依然会向"'αγια' Ελενη"祈祷（在莱斯博斯岛，这个名称偶尔会用来指彩虹），虽然这里可能和圣海伦娜（St Helena）混淆了，后者是君士坦丁大帝的母亲。请参考 Skutsch (1987), 92。

14. Stephanus of Byzantium, *Ethnika* 265.5. 拜占庭的斯蒂芬斯（Stephanus of Byzantium）是当时住在拜占庭的文法学家，他可能和罗马皇帝查士丁尼（Justinian）同一个时代。

15. 名为墨赛斯（Messeis）: Pausanias 3.19.9。

16. Pausanias 2.32.7.

17. 虽然海伦在许多地方都受到共和国时代和帝国时代罗马人的尊崇，但是在他们看来，海伦是个有争议的女性。她与被塞克斯图斯·塔克文（Sextus Tarquinius）强奸后自杀的卢克蕾提亚不同，海伦从特洛伊回来后依然活得好好的，既不思悔改，也没有受到惩罚。她肯定不是罗马好女孩的模范。海伦和罗马教会法典中的其他女性形象——美狄亚（Medea）和克利奥帕特拉一起，挑战着罗马人的美德观。

18. 图拉真是 98—117 年的罗马皇帝。关于这个祭坛的说明，请参考 *LIMC* no. 19。

19. Pliny, *Natural History* 19.92. Trans. H. Rackham. 参看 Dalby (2003), 131。

20. Pliny, *Natural History* 21.59.4.

21. Strabo, *Geography* 9.1.22.

22. 这场希腊内战从 1946 年一直持续到 1949 年。

23. 又称"圣伊拉斯莫之火"（St Erasmus' Fire）。

24. 我们对索西比乌斯了解不多，除了他来自斯巴达，写作的年代可能在公元前 3 世纪以外，几乎一无所知。

25. Statius, *Thebaid* 792-793. Trans. O. Skutsch (1987), 192. 还可参考 *Silvae* 3.2.8-3.2.12 和 Sosibius *FrGrH* 595。

37　海伦在雅典

1. Joseph of Exeter, *Trojan War* 6.953-6.958. Trans. Neil Wright. 经译者允许转载。

2. 多利安人在占领斯巴达时自称是大力神赫拉克勒斯的后裔，他们有必要强调自己和当地英雄之间的联系——这也是海伦崇拜受到提倡的原因之一。他们必须证明自己是本地人。从这个角度来看，海伦已经具有相当的政治影响力。

3. Cartledge (1997), 6. 400

4. 欧里庇得斯的生卒年约为公元前 485—前 406 年。

5. 海伦的理由简单明了："哈，是你生了帕里斯。"海伦曾这么说。对欧里庇得斯的《特洛伊妇女》一剧优秀而全面的研究，请参考 Croally (1994)。

6. Cartledge (1997), 17.

7. 请参考 Goldhill (1997), 57-58。书中猜测场内大约有 14000 名观众。

8. 有关酒神节的权威描写，请参考 S. Goldhill (1990), 'The Great Dionysia and Civic Ideology', in J.J. Winkler 和 F. Zeitlineds, *Nothing to Do with Dionysos? Athenian Drama in Social Context* (Princeton, NJ: Princeton University Press)。

9. 请参考 Isager and Skydsgaard (1992), 44-66 中有关农具的介绍。

10. 关于节日的激动气氛，请参考 Taylor (1999), 21-22。政府设立了戏剧基金（Theoric fund, 可能是伯里克利在任时设立的），从而使得名单上最穷的市民也买得起戏票（约 2 个银币）。 妇女则没有看戏的资格。请参考 Goldhill (1997), 67。

11. 一些戏票留存下来，保存在雅典的市政广场博物馆（Athenian Agora Museum），但对于这 些票是戏票还是游戏筹码，仍存在激烈的讨论。

12. 请参考 Pickard-Cambridge (1988), 272，文中讲到，在乡下的酒神节（Rural Dionysia）举 行期间，干果、坚果和糕点也可以用作投掷的武器，假如戏太无聊或演得太糟糕的话。 还可参考 Demosthenes, *On the Crown*, 262。

13. 如果你今天造访此地，你会意识到卫城同时也设立了自己的舞台背景。透出红色纹理的 巨大的大理石块赫然耸立在观众上方。这些不同凡响的巨石生动地证明了，对许多希腊 人而言，神灵也有资格看一场世俗的精彩戏剧。

14. Boardman (1985), 234: metopes 24 and 25.

15. 罗马的斗兽场也是这种情况。关于剧场的妇女，请参考 Cartledge(1997), 8 and Goldhill (1997), 62ff。

16. 关于希腊戏剧中的妇女，请参考 Foley (1981)。

17. 关于面具和演员的道具，请参考 Taylor (1999), 18。

18. Plutarch, *Life of Pelopidas* 29.4-29.6.

19. Athenaeus, *Deipnosophists* 12.573d.

20. 塞涅卡（Seneca）和恩尼乌斯（Ennius）等罗马的悲剧作家曾经尝试创作自己的《特洛伊 妇女》。1 世纪至 2 世纪，欧里庇得斯曾有 10 部戏剧被古代世界选为学校的教材，这是 其中的一部。虽然后来索福克勒斯名声大噪，但是 1524 年伊拉斯谟（Erasmus）把欧里 庇得斯的《赫卡柏》翻译成拉丁文之后，这部戏成了文艺复兴时期最受欢迎的古代戏剧 之一，对欧里庇得斯的研究也重新兴起。未来的伊丽莎白一世曾在家庭教师罗杰·阿谢 姆（Roger Ascham）的指导下翻译欧里庇得斯的作品，以此来学习古希腊语。《特洛伊妇 女》是 20 世纪最经常上演的欧里庇得斯作品，包括 1919 年和 1920 年国际联盟（League of Nations）成立时。所有资料均来自 J. Morwood 的译本 (2000) 序言，除了伊丽莎白一世 学习希腊语的信息，后者请参考 Rice (1951), 47。

21. 请参考 Goldhill (1986), 20。

22. 请参考 Goldhill (1986), 19-20。这首据信是帕特里克·肖-斯图尔特于第一次世界大战期 间写于加里波利的无题诗（见本书第 266 页），模仿了埃斯库罗斯对海伦名字的揶揄："啊， 船舶和城市的地狱，/像我这样的人的地狱，/可怖的海伦第二，/我为什么要跟着你？"

23. 描绘海伦被诱拐和回国这类主题的精致瓶画，可以在 L.B. Ghali-Kahil 的杰出著作 *Les Enlèvements et le retour d' Hélène dans les textes et les documents figurés* (1955) 中找到。

24. Euripides, *Electra* 1018-1034 (1997) *Euripides: Medea, Hippolytus, Electra, Helen*. Trans. J. Morwood. Intro. Edith Hall (Oxford: Clarendon Press).

25. Thucydides 2.46. Trans. Rex Warner.

26. Xenophon, *Household Management* 7.30.

27. 对欧里庇得斯《海伦》一剧的深入研究，请参考 Foley (2001)。

28. Euripides's *Cyclops* 179ff. Trans. W. Arrowsmith。有人认为，希腊观众会觉得 "*peri meson ton aukhena*"（意为 "套在脖子上"）这个短语有些下流，因为 "脖子" 或 "中间" 也有阴茎的意思，而 "项链" 这个词既可以指私人脖子上的锁链，也可以指狗的项圈。

29. 请参考 Coles (1996), 123。海伦同时也在喜剧《涅墨西斯》(*Nemesis*，公元前 431 年) 和卡拉提诺斯 (Kratinos) 的《酒神亚历山大》(*Dionysalexandros*，公元前 430 年) 中露了面。

30. Fragments 70-76 in R. Kassel and C. Austin eds. (1983) *Poetae Comici Graeci*, Vol. 2 (Berlin: de Gruyter). 亚力克西斯约生活于公元前 372—前 270 年。

31. 巴里 (Bari) 的博物馆藏有一件普利亚 (Apulia) 出土的希腊瓶，瓶身上描绘了海伦出生的情况，这幅画很可能是一部嘲笑特洛伊妓女的羊人剧的直观表现。海伦的继父廷达瑞俄斯似乎正在用斧头砸开丽达的蛋。画中的人物形象滑稽，眼神透着邪恶。Bari, Museo Archaeologico 3899。

32. Aristophanes, *Lysistrata* 1302-1316.Trans. A.H. Sommerstein.

38 失而复得的海伦

1. Trans. W.H. Parker (1988), 175 (No. 68).

2. 关于这份手抄本的描写，请参考 Bianchi Bandinelli (1955), 37-39。

3. 圣马可广场 (Piazzetta) 立柱上的那只 "圣马可之狮" (Lion of St Mark) 也可能是从君士坦丁堡运来的：请参考 Brown (1996), 17. 4 匹马的原件现保存在圣马可博物馆 (Museo Marciano) 内。

4. Nicetas Choniates, *Historia* 10.652. Trans. H.J. Magoulias.

5. 同上。

39 海伦、荷马，以及幸存下来的机会

1. Trans. P.H. Young (2003), 59.

2. British Museum，*GR* 1906.10-20.2.

3. Petrie (1889), 24.

4. Oxford, Bodleian Library，MS. Gr.class. a. 1 (P)/1-10.

5. 感谢布鲁斯·巴克一本菲尔德博士指出这些藏品的位置。那个胖胖的 "日耳曼" 海伦可以在科隆的圭多所著的《特洛伊历史》(*Historia Troiana*) 的手抄本残片（手抄本约制作于 1440 年德国南部）中找到：MS. Germ. D.1, fol. 5r。与海伦有关的其他博德利藏品，包括奥尔良的雅克·米莱 (Jacques Milet of Orléans) 翻译的法文版《特洛伊历史》(*Histoire de Troye*) 手抄本（写于 1461 年）：MS. Douce 336, fol. 167r；以及 *Miroir du Monde* 的第 1 卷，这是一本用法语写的通史，内容从创世纪一直到基督诞生，其历史或许可以追溯到 1463 年以前：MS. Douce 336, fol.32。最后这本有一幅海伦被船只掳走的小画像。

6. 这两段的所有资料均采自 P.H. 扬 (P.H. Young) 详尽的研究成果 *The Printed Homer: A 3,000 Year Publishing and Translation History of the Iliad and the Odyssey* (2003)。   402

7. 荷马史诗似乎直到公元前 7 世纪才被记录下来。随后的 1500 年里，只有那些超级富豪才有机会得到史诗的手稿，然而更重要的是，荷马的文字（因此以及海伦的形象）也存在于公众的意识中，并通过职业的吟游诗人之口，一代代地传下去。这个传统一直持续到 19 世纪；施里曼说他小时候，有个喝醉酒的磨坊主信步走进一间小杂货铺，朗诵了一段荷马史诗，就当付清了几杯威士忌的酒钱，当时这个后来的考古学家正在店里帮忙卖鲱鱼和清洁地板。请参考 Schliemann (1880); 还可参考 Traill (1995), 17-18。

8. 普林尼在他的 *Natural History*, 13.68-13.89 中讲述了莎草纸的制作方法，和这种神奇植物的其他用途："当地人把纸莎草的根当木材用，不仅拿它来烧火，还拿来制作各种器皿和盒子。他们甚至把纸莎草编成船，剥它的皮织成船帆和席子，还有布料、毯子和绳子。他们生嚼纸莎草，也有煮熟了吃的，但是只吃它的汁液。"Trans. J.F. Healy。

9. Plutarch, *Life of Alexander* 8.2 and Strabo, *Geography* 13.594.

10. 关于亚历山大图书馆的历史，请参考 Casson (2001)，第 3 章。

11. 本书正在写作时，考古学家正在亚历山大挖掘，以期弄清图书馆和博物馆的运作方式。

12. *Iliad* 3.492-3.497 [LCL 3.423-3.426]．

13. Harley MS 2472f. 19b.

14. Virgil, *Aeneid* 6.494-6.512. Trans. D. West.

15. 对古代文本变迁全面而权威的研究，请参考 Reynolds and Wilson (1991)。

16. 这份手稿被命名为 L，其副本被命名为 P：对这个文本来历的简要介绍，请参考 Dale (1967)，xxix–xxxi 中有关版本和注释的文字。我们不知道这份手稿是如何来到德米特里·特里克利尼乌斯手里的，但是看起来它至少应该起源于公元前 200 年左右为亚历山大图书馆抄写的母本。

40　虚妄之言

1. John Lydgate, *Troye Book* (1412-20), Prologue, 265-266.

2. Herodotus, 2.113-2.120.

3. Thucydides, 1.9-1.11. Trans. Rex Warner.

4. "[荷马] 在撒谎 / 他的诗都是杜撰出来的 / 他站在希腊人一边。"Chaucer, *House of Fame* 3.386-3.388. 更多的例子，见 Myrick (1993), 8-9, n. 5。

5. 以约翰·利德盖特为例。利德盖特是一名修士，亨利五世（Henry V）还是威尔士亲王时，曾委托他写一本《特洛伊书》。这部新史诗是在宏伟的伯里圣埃德蒙兹（Bury St Edmunds）修道院完成的，今天我们依然可以看到这栋建筑物残破的废墟。利德盖特的版本被认为更"前沿"，也更"真实"。与其他的中世纪作家和编年史作者一样，利德盖特没有把荷马史诗作为自己的资料来源，而是选择了他认为目睹过真正的特洛伊战争的那些人，例如迪克提斯和达瑞斯。

6. 请参考 Myrick (1993), 9 和 n. 7。

7. 确定迪克提斯和达瑞斯的年代是一件非常麻烦的事：关于各种观点的汇总，请参考 Frazer (1966), Myrick (1993) 和 Merkle (1994)。Frazer (1966), 7 指出，直到 20 世纪初，人们才找到证据——一张写着希腊语的莎草纸残片，正面是 206 年的所得税申报表——证明现存拉丁文版本的迪克提斯是从希腊语翻译过来的。

8. *Iliad* 2.747 [LCL 2.652]．

403

9. Merkle (1994) 指出了很有趣的一点，即故事一开始虽然充满了诗情画意，但随着海伦被
   掳的可怕消息传来，这些伟大的希腊人也开始逐渐变得堕落。默克勒（S. Merkle）认为   404
   迪克提斯这么写可能是为了揭露战争对人性造成的灾难性后果。

10. Dictys, 1.7. Trans. R.M. Frazer Jr.

11. Dares, 10 Trans. R.M. Frazer, Jr.

12. Dares, 12. Trans. R.M. Frazer Jr. 埃克塞特的约瑟夫的《特洛伊战争》、乔叟对这个故事的
    复述，以及爱尔兰人的特洛伊故事（*Togail Troi*）似乎都是在达瑞斯版本的基础上创作的。

41 特洛伊的海伦和糟糕的撒马利亚人

1. *The Collected Poems of Dorothy Parker* (1936), 94. (New York: The Modern Library). 衷心感
   谢彼得·沃特金牧师允许我作引用。

2. 所有描述均来自 Crowfoot et al. (1957)。

3. Virgil, *Aeneid* 6.515-6.528.

4. 请参考 Vincent (1936), 221 和 n. 1, 所引述的 J. W. 克劳福德（J.W. Crowfoot）的话。

5. 这个绰号来自爱德华兹的文章 'Simon Magus, the Bad Samaritan' (1997)。感谢马克·爱
   德华兹对本章的帮助。

6. 撒马利亚曾经是以色列的首都，但是公元前 8 世纪亚述人入侵后，这里的居民变成了巴
   比伦人、亚兰人和分散的以色列人。这个地区非常富饶，而且从城中可以俯瞰那条贯穿
   巴勒斯坦的南北大道，非常有利于防守。

7. 腓利继续前往加沙（Gaza，路上收下了一个皈依的埃塞俄比亚阉人），西门则留在撒马利
   亚，成为这门新兴宗教的一名新信徒。

8. 关于希坡律陀是否是希坡律陀文集（Hyppolytan corpus）的唯一作者，学术界仍有争议。
   请参考，例如，J.A. Cerrato (2002) *Hippolytus between East and West: The Commentaries and
   the Provenance of the Corpus* (Oxford: Oxford University Press) and A. Brent (1995) *Hippolytus
   and the Roman Church in the Third Century: Communities in Tension before the Emergence of
   a Monarch-Bishop* (Leiden: Brill)。

9. Helene 为海伦这个名字当时的常见的拼法。

10. Hippolytus, *Refutation of All Heresies* 6.19. Trans. F. Legge.

11. 请参考 Hoffman (1995), 16, n. 30。

12. 殉道者查士丁在他的《第一护教篇》（*First Apology*，约 160 年）中，记录了罗马人对西
    门和海伦的崇拜，甚至提到为西门立了雕像，尽管人们普遍认为他弄错了雕像的身份。

13. 有人认为，《旧约·箴言》中提到了这种被认为是"神的思想"(the Idea of the Godhead) 或
    "万物之母"的女性智慧；例如，《箴言》9.1 和 8.19。

14. 有关马古及其配偶海伦的主要原始资料见下一条注释。

15. Hippolytus, *Refutation of All Heresies* 6.19; and Justin Martyr, *Apology* 1.26.3.

16. 提尔可能别有含义，因为这里和腓尼基的其他地方都存在明显的"母神"（阿施塔特 / 塞
    琳娜 [Astarte/Selene]）崇拜。请参考 Haar (2003), 264。

17. 特洛伊木马被用来讽刺那些不信教者的无知："弗里吉亚人把它拉进城，稀里糊涂地导致
    自己的覆灭，异教徒（这些家伙在我的理解范畴之外）的无知同样导致了他们自己的覆
    灭。"Epiphanius, *Panarion* 21.3.3. Trans. F. Williams. 海伦的特洛伊故事确实很容易被这种

异端邪说利用。在诺斯替教派看来，海伦的磨难是典型的"女性悲惨故事……从苦难中诞生的女神善良而富有创造力，却会遭受损失、痛苦、羞辱和限制"。Mortley (1981), 55.

18. Hippolytus, *Refutation of All Heresies* 6.19. Trans. F. Legge.

19. 西门和海伦的信徒必须时刻记住给予他们的教主应有的尊重，称他们为"主人和夫人" (Lord and Lady)，而不是西门和海伦，否则"会因为对他们的神秘一无所知而被驱逐出去"。请参考 Hippolytus, *Refutation of all Heresies* 6.20. Trans. F. Legge。西门的雕像继续被塑造成宙斯的模样，直到 3 世纪；而海伦，则在彻底离开阿佛洛狄忒之后，以雅典娜的形式，再次恢复了理智。请参考 Irenaeus, *Against Heresies* 1.23.4。

20. 关于"索菲亚"（Sophia）这个词在诺斯替主义思想中的含义，请参考 S. Petrement (1990) *A Separate God: The Christian Origins of Gnosticism* (San Francisco: Harper) 或 E. Pagels (1978) *The Gnostic Gospels* (New York: Random House)。

21. 伊皮法纽（Epiphanius）认为，大概 1000 年前，荷马也意识到了海伦并不仅仅是个任性的希腊人，而是真正且唯一的神灵的一次显灵。"因为她就是'恩诺亚'，荷马称之为海伦。这就是为什么荷马要描写她站在塔楼上，用火光告知希腊人她反对弗里吉亚人的计划。但是，正如我所说的，他用亮光来象征上天展示的光明。"而从西门·马古描述自己的妓女同伴的这段话，可以看出他自己应该也支持这种看法："在希腊和特洛伊时代以及远古时代，在这个世界之前和之后，这个女人一直在凭借看不见的力量复制自己。她就是现在和我在一起的那个人，因为她，我来到尘世。"Epiphanius, *Panarion* 21.3.1.Trans. F. Williams。

22. *Clementine Homilies* 2.25.Trans. A. Roberts and J. Donaldson (1870). 这部作品告诉我们，海伦和西门都是施洗者约翰（John the Baptist）的门徒。

23. 她的故事被诺斯替教派用作实用的典型。正如一名诺斯替教派的权威所说："……海伦和西门的故事，象征着一颗坠入这黑暗愚昧世界的灵魂的故事；身为妓女，却准备弃恶从善并接受天国来的配偶、她的解放者和救世主（Saviour）的故事。永恒的女性魅力和男性伴侣的魔法结合得非常巧妙，以致诞生了一个注定将永世流传的楷模和传奇。"Filoramo (1990), 149-150。 西门把海伦从提尔的性奴役中解救出来，正如帕里斯把海伦从一个无趣丈夫的床上解救出来一样。人们发现，这则充满了肉欲的爱情故事，其实是灵魂之旅的寓言。这就是海伦，她在一个新的异端思想不断出现却日渐基督化的环境下受尽折磨，但最终获得救赎，成为天上的神。

405 24. Epiphanius, *Panarion* 21.3.5.

25. "一个人若有一百只羊，一只走迷了路，你们的意思如何？他岂不撇下这九十九只，往山里去找那只迷路的羊么？若是找着了，我实在告诉你们，他为这一只羊欢喜，比为那没有迷路的九十九只的欢喜还大呢。"《马太福音》18:12—13。

26. 请参考 Crowfoot 等人 (1957)，8。

27. 马克·爱德华兹曾向我指出，西门·马古有时会被认为是一种古老的撒马利亚信仰的代表，在基督教的诺斯替派出现之前，一些"诺斯替主义的"观念（例如造物神和最高神之间的差别）已经隐藏在这种古老的信仰中。

28. 请参考 Quispel (1975), 300。还可参考 *Reallexikon für Antike und Christentum* (1988), vol. 14: 343。

29. 此处指"归类"（categorise）这个词的希腊语本意，即集会中的控告者"kategoros"。

42　PERPULCHRA——怎一个美字了得

1. Lord Dunsany, 'An Interview' in *Mirage Water* (1938), 61 (London: Putnam).
2. 维吉尔的《埃涅阿斯纪》歌颂的就是这位足智多谋的英雄。
3. I.N. Hume (1956) Treasure in the Thames, 49-51 and Plate V. London: Frederick Muller.
4. 这是蒙茅斯的杰弗里所说的英格兰的王家世系；关于王家世系，其他作者和其他民族提出了许多不同的版本。
5. 对这些论题更完整的讨论，见 Waswo (1995)。对中世纪英格兰在使用和滥用特洛伊故事方面的出色总结，请参考 Benson (1980)。
6. Robert III, 1390-1406.
7. Nicholson (1974), 220.
8. *STC* 5579.
9. Simon (1961).
10. Jean Bonnard (1884) *Les Traductions de la Bible en vers français au moyen âge*.
11. Gervase of Canterbury, 写于 1160 年后。
12. O'Callaghan (2003), 311-313.
13. Giraldus Cambrensis, *De Principis Instructione Liber* 8.300.
14. Benoît de Sainte-Maure, *Roman de Troie* 4769-4771. Trans. T.F. O'Callaghan (2003), 307.
15. 关于这次文艺复兴的程度，学界仍有争议。这次复兴有时又被称为"加洛林文艺复兴"（Carolingian Renaissance）。
16. Matthew of Vendôme, *The Art of Versification* 56.23-57.8. Trans. A.E. Galyon (1980).
17. Joseph of Exeter, *Trojan War* 3.329ff. Trans. A. K. Wright.
18. *Trojan War* 4.180-4.192. Trans. N. Bate.
19. 关于这些论点的微妙之处，O'Callaghan (2003) 中有详细的讨论。
20. 感谢 Alison Weir 提供此引文。
21. 请参考 A. Weir (1999) *Eleanor of Aquitaine* (London: Jonathan Cape)。
22. Codex 4660, Bayerische Staatsbibliothek, Munich. 歌中还提到了赫卡柏、帕里斯，可能也有海伦。
23. 埃兹拉·庞德在 Canton II 中，把海伦和埃莉诺这两个女人合为一体。还可参考 C.F. Terrell (1993) *A Companion to the Cantos of Ezra Pound* (Berkeley, Los Angeles and London: University of California Press), 5-6。
24. Benoît de Sainte-Maure, *Roman de Troie* 4741-4748. Trans. T.F. O'Callaghan (2003), 306.
25. 请参考 Highet (1949), 580, 46。

406

43　与魔鬼共舞

1. 马洛的《浮士德博士的悲剧》第一场有记录的演出，是 1594 年 9 月 30 日在伦敦河畔的玫瑰戏院进行的。请参考 Bevington and Rasmussen (1993), 48。可能在此之前曾在肖迪奇（Shoreditch）的戏院演出过。
2. 亨斯洛是一名企业家（假如当时有企业家的话），从事山羊皮、制币，以及戏剧领域的交易。
3. Hall (1998), 114.

4. 在 1594—1595 年的演出季，"海军大臣剧团"（第一个把马洛的《浮士德博士的悲剧》搬上舞台的剧团）一共演了 38 场，其中 21 场是新戏。

5. 数字来自 Hall (1998), 114-159。

6. 如想了解大致的情况，请参考 Emerson (2002)。

7. 马洛的《浮士德博士的悲剧》直到他死后才出版。这出戏有两个较早的版本 A 版（1604）和 B 版（1616），两个版本之间差别非常大。海伦夹在两名爱神之间出场的场只出现在 B 版的第五幕第一场（Act V, scene i）。

8. 对这一场景的解释存在很大的争议。虽然大家普遍认为海伦实际上是个女妖精，浮士德和她发生性性关系的结果是永世不得超生，但也有不同的看法。请参考，例如，Ormerod and Wortam (1985), Allen (1968) 和 Greg (1946)。

9. 制革业和浆洗业特别繁荣是在 17 世纪。

10. Bowsher (forthcoming).

11. 2003 年 7 月的实地考察。

12. 莎士比亚通过李尔王（King Lear）之口抱怨了伦敦人热爱八卦（自中世纪起便有了"多嘴多舌"的称号）的天性，"整天谈论'谁在家，谁不在家'，好像我们是上帝的探子似的"。

13. 感谢乔纳森·贝特教授对这个问题的帮助。关于莎士比亚对《理查二世》（Richard II）(4.1.271-4.1.279) 台词的修改，请参考 Bate (1997), 113-115。

14. 请参考 Bowsher (1998), 67。

15. 请参考 Sir John Melton, *Astrologaster; or the Figure-Caster*。

16. Quispel (1975), 301: *Faustus*, Chapter 55, English version: *The Damnable Life and Deserved Death of Dr John Faustus* (London: 1592).Trans. P.F. Gent. (New York, Da Capo Press; Amsterdam: Theatrum Orbis Terrarum, 1969). 马洛正是根据 P.F. 根特（P. F. Gent）的译本创作了《浮士德博士的悲剧》一剧。

17. 请参考 Hattaway (1982), 181。

18. Riggs (2004), 234.

19. 这种过分恐惧的著名例子见 Chambers (1923), Vol. 3, 423。感谢朱利安·鲍舍对本段落的帮助。

20. 尤其是欧里庇得斯和埃斯库罗斯的悲剧。

21. 伊丽莎白一世本身被形容为"美丽的特洛伊王后第二"：见 James (1997), 18。

22. Thomas Nashe, 'Summer's Last Will and Testament' (1590-1596).

23. 莎士比亚在写到海伦时，往往把她和死神联系在一起："她下流的血管里流的每一滴血 / 都有一个希腊人为之牺牲；她腐臭的尸体的 / 每一吩 *（scruple）都有一个特洛伊人惨死"（*Troilus and Cressida*, 4.1.70-4.1.73）和"让我看看那个引发这场骚乱的婊子 / 我要用指甲把她撕成碎片！/ 多情的帕里斯炽热的欲望确实引发了 / 这场把特洛伊烧个精光的怒火；/ 你的眼神点燃了这场大火，/ 在特洛伊此地，由于你的眼神的罪过，/ 多少父子母女难逃一死"（*Rape of Lucrece* 1.471-1.477）。

24. Seneca, *Troades* 26-27 同样存在这一遗风："强盗们抢走了特洛伊人的宝贝；1000 艘船也载不完这些贵重物品。" Trans. A.J. Boyle；还可参考 Tertullian, *De anima* 34。 巴蒂斯

---

* 吩，英国重量单位，为一喱（0.0648 克）的二十分之一。

塔·斯巴尼奥利〔Baptista Spagnuoli，又叫巴蒂斯塔·曼图亚努斯（Baptista Mantuanus）〕编了一本当时流行的课本。这本书由 10 首拉丁田园诗组成。有趣的是，第 4 首田园诗的第 154 行是："廷达瑞俄斯的女儿海伦让爱琴海上布满了船只"（Tyndaris Aegeas onerauit nauibus vndas）。马洛是否也知道这个使千帆齐发的海伦呢？请参考 Baldwin (1944)。

25. Lucian, *Dialogues of the Dead* 18. Trans. F.G. and H.W. Fowler.

26. 伊丽莎白时代确实有人为海伦辩护。例如，约翰·奥格尔（John Ogle）1594 年所写的《特洛伊的哀歌》（*Lamentation of Troy*），书中不仅谴责是神发动了战争，还把海伦奉为神明。

27. 可能写于 1595 年前后。

28. 请参考 Bevington and Rasmussen (1993) 对这一版本的《浮士德博士的悲剧》所做的介绍：53—56。

44 海伦的涅墨西斯

1. Ovid, *Heroides* 16.141-16.144. Trans. G. Showerman.

2. *Iliad* 5.492-5.493 [LCL5.428-5.429]．

3. Heimarmene Painter, Berlin, Staatliche Antikensammlungen 30036.

4. Lucian, *The Judgement of the Goddesses* 15. Trans. A.M. Harmon.

5. 请参考 Plato, *Symposium* (200e)："厄洛斯（Eros）永远是对某物，对某种自己所缺少的东西的渴望。"关于这些观念的进一步论述，请参考 Caldwell (1987)。R. S. 考德威尔 (R. S. Caldwell) 的观点 (p. 89) 是"地狱肯定比厄洛斯早到"。

6. 与阿佛洛狄忒不同的是，海伦很少以裸体的形象出现。性爱女神的形象肆意奔放，海伦则经常裹紧衣服，似乎在躲什么人。海伦的形象有些模糊。男人们的目光在寻找她，却又害怕会看到什么。帕里斯一看到她，世界就变了；《塞普利亚》（fragment1）告诉我们，阿喀琉斯只有看过她一眼后才肯参加战斗；墨涅拉俄斯一见到海伦，立马回心转意。古人发现，海伦是探索"欲望的源头在于看"这一观点最好的工具。阿尔克曼说"人类眼睛发出的温柔电波是情欲的起源"。M.S. Cyrino (1995) *In Pandora's Jar: Lovesickness in Early Greek Poetry* (Lanham, MD), 83, 援引了阿尔克曼的残篇 3.61, 引文见 Worman (1997), 167, n. 53。

7. *Cypria* fragment 8 [Athenaeus 8.334b]． 408

8. 然而，有趣的是，纳粹更喜欢把珀涅罗珀视为忠贞不二的金发女郎：请参考，例如 H. Bengl (1941) 'Die Antike und die Erziehung zum politischen Deutschen', in *Die Alten Sprachen* 6: 5。感谢凯蒂·弗莱明指出这一点。

9. 有人认为，罗德岛上对树精海伦的崇拜起源于将女性的雕像挂在树上这一仪式。人们在刻画海伦时，经常让她的发带垂到胳膊上，好像这样就可以把她挂到树上。请参考 West (1975), 13。

10. Goethe, *Faust*, Vol. 2. Trans. D. Luke.

11. Doniger (1999), 42.

12. 我们只能希望 21 世纪初片酬最高的海伦，那个在沃尔夫冈·彼得森的好莱坞史诗片《特洛伊》中出镜的德国超模没有体现我们的时代精神。海伦在里面是具皮笑肉不笑的躯壳，一个既没个性又没能力的女人，一张平淡无奇的漂亮脸蛋，一个唯唯诺诺的虚伪花瓶——与人们记忆中真实的海伦应该的样子相差十万八千里。从某种意义上来说，20 世纪 50 年代和 60 年代的低俗小说和宽荧幕电影更好地抓住了海伦的精髓：请参考约翰·厄斯金(John Erskine) 的小说《特洛伊海伦的私生活》(*The Private Life of Helen of Troy*)，这本书于 1925 年首次出版，但是在 1952 年再版时，用了一张厄尔·伯吉 (Earle Bergey) 画的丰满的海伦像作为封面，从而引发争议。"她的欲望引发了特洛伊战争"，这部通俗版的小说尖叫道，还在封面上夸口说这是完整和无删节版。

13. H.D. (1957) *Selected Poems* (New York: Grove Press) .

附录1   弥诺陶洛斯之岛

1. *Odyssey* 19.194-19.196 [LCL 19.172-19.173] .

2. 2003 年的实地考察。

3. 我们依然无法断定米诺斯被迈锡尼取代，是渐进的转变还是血腥的剧变；是一个对当地人同化和相互融合的过程，还是种族灭绝事件。我们只知道这个转变无法逆转。到了公元前 1450—前 1400 年，埃及、叙利亚和塞浦路斯等地的米诺斯陶器完全被迈锡尼陶器所取代。

4. 感谢蒂姆·柯比提出这个富有创造力的观点。

5. 请参考佩拉纳的发现，相关报道见 Spyropoulos (1998) 。

6. *Iliad* 3.277-3.278 [LCL 3.232-3.233] .

7. *Iliad* 2.747 [LCL 2.652] .

8. 资料来自托马斯·G. 帕莱玛 2004 年 3 月向伦敦大学古典学研究所（Institute of Classical Studies）提交的论文 "The Education of Michael Ventris"。

9. "The Decipherment of Linear B and the Ventris-Chadwick Correspondence" :exhibition in the Fitzwilliam Museum, Cambridge, 2003.The Mycenaean Epigraphy Group and the Chadwick Fund, Faculty of Classics, Cambridge. Exhibition catalogue by Lisa Bendall: 39.

10. 那些写有牛的名字的泥板来自克诺索斯，包括（按照上文的名字顺序）Ch 896 (*Kelainos*)；Ch 896 (*Aiwolos*)；Ch 897 (*Stomargos*)；Ch 899, 1029 (*Podargos*)。请参考 J. Killen (1992-1993) 'The oxen's names on the Knossos Ch tablets', in *Minos* 27-28: 101-107。

11. 关于这一课题详细而全面的讨论，请参考 K.A. and D. Wardle (1997) 。

附录2   "巴黎女人"

1. (*Enneads* 5.8).Trans. A.H. Armstrong.

2. 感谢莱斯利·菲顿对本段的帮助。

3. 1989 年的实地考察。

4. 有趣的是，米诺斯的印章石从未失去其图腾作用。20 世纪初，从农户家里找出了许多印章石，母亲们依然在使用这种被称为"奶石"(galoptres) 的冰凉小球，它们被塞在奶妈的乳房旁边，以确保她产出优质的乳汁。Fitton (1995), 123. 尽管在 3500 多年的时间里，经历过米诺斯文明的"消失"、奥斯曼帝国的统治和德国人入侵所带来的文化断层，但是当地人肯定有一种代代相传的观念认为，在繁殖和养育的重要时刻，这些冰冷的小小艺术品能发挥真正的力量。

5. 米诺斯之戒 (Ring of Minos) 是一件令人惊叹的作品,戒指本身和一颗卡拉玛塔 (Kalamata)

橄榄差不多，其表面密布着某种树木崇拜的图像。戒指几经转手，直到最近才回到希腊政府手中。把这件四处流浪的宝贝弄回家并锁起来，官员们肯定大大松了一口气。

6. 详情请参考 Immerwahr (1990), 174-175。

7. 请参考 Fitton (2002), 58-59。

8. 有关克诺索斯储藏室的介绍，请参考 Fitton (2002), 70-72, 和 134。

9. 请参考 Darga (1993), 103: A131 (Istanbul Archaeological Museum, Bo. 2004)。

附录3 用石头、黏土和青铜制成的女人

1. *Homeric Hymns* (1980), 1. Trans. C. Boer. 转载已获得 Spring Publications, Texas 的许可。

2. 有人认为这些雕像可能是无性人或者双性人。

3. 大约从公元前 2500 年起，一些雕像开始用铜、铅和青铜制作。从公元前 6000 年起，赤陶成为雕像制作中最常用的一种原料。感谢科林·伦弗鲁教授对本段的帮助。 410

4. 请参考 Broodbank (2002), 63-64。文身似乎很有代表性，考古学家发现了带有残留颜料的铜针和骨针。

5. Goulandris Museum Inv. 828, c. 7000-3000 BC.

6. 请参考 *Cambridge Archaeological Journal* 6:2 (1996), 281-307 各处。

7. 从目前掌握的证据来看，旧石器时代晚期（Upper Paleolithic Period，约公元前 35000—前 9000 年）似乎是人类最早制作旨在永久保留的图像和符号的时代。

附录4 强大的海伦——女上帝和女魔鬼

1. *Iliad* 1.633 [LCL 1.528]。

2. 请留意附录 3 开头的 Homeric Hymn to the Earth (Ge)。

3. West (1975), n. 5, 引用 Gow 10.8 的话。

4. Pollux 10.191.

5. Theocritus, *Idyll* 18. 请参考第 11 章。

6. 海伦是为了避开埃及国王索尼斯（King Thonis）的注意才被困于岛上的。把海伦送去那里的是索尼斯的妻子波吕达谟娜（Polydamna），因为"担心这个外国人比她还漂亮"。见 Aelian, *On the Characteristics of Animals* 9.21. Trans. A.F. Scholfield。

7. Plutarch, *Life of Solon* 4.

8. Philostratus, *Heroicus* 20.32ff. 说有座祭祀海伦和阿喀琉斯的神庙。

9. Pausanias 3.19.11-3.19.13.

10. Lucian, *True Story* 2.25-2.27. Trans. A.M. Harmon.

11. Pausanias 2.18.6 说这两个年轻人是墨涅拉俄斯和一名女奴所生的儿子。Hesiod, *Catalogues of Women*, 70, 说他们是海伦和墨涅拉俄斯的儿子。

12. Copenhagen National Museum 7125, 于 20 世纪初的发掘中被发现：请参考注释 13。

13. B. 11: 请参考 C. Blinkenberg (1941) *Lindos II: Fouilles de l'Acropole 1902—1914*。碑文（Inscriptions），Vol. I, 148-199, 特别是 166 (Berlin: de Gruyter; Copenhagen: G.E.C. Gad)。

14. Hesiod, *Theogony* 591-602. Trans. H.G. Evelyn-White.

15. 请参考 West (1975) 和 Skutsch (1987)。

16. 请参考 West (1975)。
17. Hesiod, *Works and Days* 527ff. and Herodotus 2.24-2.26.
18. 请参考 Clader (1976) 和 Meagher (2002) 各处。讨论的例子可参考 Austin (1994), p. 86。

411 附录5 皇家紫——凝血的颜色

1. Aeschylus, *Agamemnon* 959-960. Trans. A. Shapiro and P. Burian.
2. 迪克提斯 6.4 说海伦和墨涅拉俄斯中途曾经停靠克里特岛："克里特人听说海伦来了，许多男人和女人从全岛跑过来，希望一睹这个几乎把全世界都卷入战争的女人。"Trans.R.M. Frazer。
3. 2003 年我最近一次去那里时，"最后一名真正的嬉皮士"依然在镇上溜达，手里拿着手工卷制的雪茄，头顶着茶壶套。
4. 科莫斯的发掘报告可以在挖掘者编辑的系列出版物中找到：J.W and M.C. Shaw, eds (1995—2000) *Kommos: an excavation on the south coast of Crete by the University of Toronto and the Royal Ontario Museum under the auspices of the American School of Classical Studies at Athens*。
5. 一些跨国活动的工匠在其身后留下了一些线索。青铜时代晚期，有一艘停泊在港湾里的叙利亚-巴勒斯坦船，锚从缆绳（可能是用大麻或者亚麻做的）上脱落了，然后就在海底躺了 3000 年，从未被发现。锚的形状非常简单，就像一块只钻了三个孔的瑞士奶酪。但它却证明这个港口曾经充斥着来自五湖四海的嘈杂声音。它证明了这里是个交易和交流的地方，是游客到访的地方，是海上不利风向的受害者避难的地方，是国际贸易蓬勃发展的地方。
6. 线形文字 B 泥板似乎谈到了 "*po-pu-re-ja*" ——生产紫色染料的女染工。请参考 D. Ruscillo (forthcoming) *To Dye For: Murex dye production in the Aegean and its social and economic impact in the Greek Bronze Age*。感谢黛博拉·鲁西洛对此提供的帮助，同时感谢她给我看了她尚未付印的作品样稿。伯罗奔尼撒地区也有生产紫色颜料。
7. 感谢丽莎·本多尔对此问题的帮助。
8. 染料骨螺（Murex brandaris）是这一地区最常见的品种。再次感谢黛博拉·鲁西洛。
9. 请参考 Latacz (2004), 43 and n. 52, citing P. Jablonka。
10. *Iliad* 3.151-3.154 [LCL 3.125-3.128]。

尾声 神话、史书和历史

1. Euripides, *Helen* 588.
2. 《伊利亚特》和《奥德赛》的作者身份问题在未来的很长时间里都将困扰着学者——然而目前流行的看法认为，荷马是一个公元前 8 世纪至前 7 世纪生活在爱琴海东部岛屿（例如希俄斯）或小亚细亚海岸的人。
3. 在男性吟游诗人之间口口相传的希腊神话中，人类的形成有四个阶段。第一批人类是大地女神盖亚的孩子，盖亚同时赋予了神灵和人类生命。这批最先出生的人生活在一个和平繁荣的黄金时代，因而被称为人类的黄金种族。接下来是白银种族，一个不知奥林匹斯山众神为何物的极端母姓社会，他们的生活悲惨可怜。这个麻烦的族群被青铜种族所代替，这个过程的第一阶段是一些相信神灵却非常好战的可怜人，第二阶段是那些相信神灵，参加过特洛伊战争，后来（满足了必要的条件之后）又在极乐世界永远生活的灵魂高贵的英雄们。古风和古典时代的希腊居住着黑铁种族，他们不公、残忍，而又频频发生动乱。海伦在青铜种族和白银种族之间起着纽带的作用。每个阶段的结束，都是既暴烈又突然。目前的科学研究观察到青铜时代许多树木都长得很缓慢，这说明这是一个宇宙活动过多的时期。一些科学家认为，公元前 2807 年左右一颗彗星撞击地球，造成了全球性的灾难——这颗彗星的冲击力据估计在 10^5 到 10^6 百万吨之间。关于岩人 (rock-men) 和巨大深渊、洪水和神圣毁灭的故事，可能是对公元前 2350 年左右发生的气候严重变化的可怕描述，当时，好几个青铜时代的文明都消失了。这些故事也可能是对公元前 1800 年爱琴海地区发生的一次严重沙尘暴事件的模糊记忆——频繁的火山活动所造成的尘埃云。关于彗星的影响，请参考 Masse (1998), 53；关于气候变化和沙尘暴事件，请参考 Verschur (1998), 51。荷马似乎记录了地震和宇宙运动（这里出场的是一颗陨石）出现在特洛伊的战场上。"一声响雷！宙斯放出一道可怕的闪电 / 炽热的白光射向狄俄墨得斯队伍的马蹄 / 随着一道耀眼的烟雾，闪电劈开了大地——/ 熔化的硫磺炸向天空 / 受惊的骏马，畏缩地躲在战车后——华丽的缰绳从涅斯托耳的手中滑脱。"*Iliad* 8.152-7 [LCL 8.133-7]。

4. Latacz (2004), 151.

5. 一群澳大利亚原住民对 8000 年前一个真实而遥远的地方被洪水淹没的故事有着独特而清晰的记忆。潜水人员在波斯湾的海底考察时，发现水下 1000 英尺（305 米）的地形，和原住民描述的简直一模一样，分毫不差。请参考 C. Tudge (1988) *Neanderthals, Bandits and Farmers: how agriculture really began* (London: Weidenfeld & Nicolson)。

参考文献

古籍和译文的版本

下列版本只包括被本书引用了具体译文的作品名称。所有未经翻译的希腊文和拉丁文引文均来自相关的《洛布古典丛书》。

Aelian, *Historical Miscellany*

N.G. Wilson (1997) 3 vols. Loeb Classical Library. Cambridge, MA: Harvard University Press.

Aelian, *On the Characteristics of Animals*

A.F. Scholfield, trans. (1959) 3 vols. Loeb Classical Library. Cambridge, MA: Harvard University Press.

Aeschylus, *Agammenon*

A. Shapiro and P. Burian, trans. (2003) in *The Oresteia*. Oxford: Oxford University Press.

Alcaeus

A.M. Miller, trans. (1996) in *Greek Lyric: an anthology in translation.* Indianapolis and Cambridge: Hackett Publishing.

Apollodorus, *Epitome; The Library*

J.G. Frazer, trans. (1921) 2 vols. Loeb Classical Library. New York and

London: Heinemann.

Aristophanes, *Lysistrata*

A.H. Sommerstein, trans. (1990) Warminster: Aris & Phillips.

Aristotle, *Politics*

S. Everson, trans. (1996) in *The Politics and the Constitution of Athens.*
Cambridge: Cambridge University Press.

Carmina Priapea

W.H. Parker, trans. (1988) in *Priapea: Poems for a Phallic God.* London and
Sydney: Croom Helm.

Catullus

F.W. Cornish, trans. (1988) Loeb Classical Library. London: Heinemann;
Cambridge, MA: Harvard University Press.

Cicero, *Pro Archia*

N.H. Watts, trans. (1923) Loeb Classical Library. London: Heinemann;
Cambridge, MA: Harvard University Press.

Clement of Alexandria, *The Instructor*

W. Wilson, trans. (1867–8) Ante-Nicene Christian Library 12. Edinburgh.

Clementine Homilies and Recognitions

A. Roberts and J. Donaldson, trans. (1870) Ante-Nicene Christian Library 17.
Edinburgh.

Colluthus, *The Rape of Helen*

A.W. Mair, trans. (1963) in *Oppian, Colluthus, Tryphiodorus.* Loeb Classical
Library. London: Heinemann.

Cypria

1) M. Davies, trans. (1989) in *The Epic Cycle.* Bristol: Bristol Classical Press.

2) H.G. Evelyn-White, trans. (1974) in *Hesiod: The Homeric Hymns and
Homerica.* Loeb Classical Library. London: Heinemann; Cambridge, MA: Harvard
University Press.

Dares, see next entry

Dictys and Dares

R.M. Frazer, Jr, trans. (1966) in *The Trojan War: The Chronicles of Dictys of*

Crete and Dares the Phrygian. Bloomington and London: Indiana University Press.

Dio Chrysostom, *the Eleventh or Trojan Discourse*

J.W. Cohoon, trans. (1932) 5 vols. Loeb Classical Library. London: Heinemann; Cambridge, MA: Harvard University Press.

Diodorus of Sicily

C.H. Oldfather, trans. (1933) 12 vols. Loeb Classical Library. London: Heinemann; Cambridge, MA: Harvard University Press.

Diogenes Laertius, *Lives of Eminent Philosophers*

R.D. Hicks, trans. (1925) 2 vols. Loeb Classical Library. London: Heinemann; Cambridge, MA: Harvard University Press.

Epiphanius, *Panarion*

F. Williams, trans. (1987) 2 vols. Leiden and New York: Brill.

Euripides, *Andromache*

1) P. Vellacott, trans. (1972) in *Euripides' Orestes and other plays*. Harmondsworth: Penguin.

2) J.F. Nims, trans. (1953) in R. Lattimore and D. Grene (eds), *Euripides*, Vol. III, *The Complete Greek Tragedies*. Chicago and London: University of Chicago Press.

Euripides, *Cyclops*

W. Arrowsmith, trans. (1956) in R. Lattimore and D. Grene (eds), Euripides, Vol. II, *The Complete Greek Tragedies*. Chicago and London: University of Chicago Press.

Euripides, *Helen*

1) R. Lattimore trans. (1956) in R. Lattimore and D. Grene (eds), Euripides, Vol. II, *The Complete Greek Tragedies*. Chicago and London: University of Chicago Press.

2) D. Kovacs. trans. (2002) Loeb Classical Library. Cambridge, MA and London: Harvard University Press.

Euripides, *Iphigeneia in Aulis*

P. Vellacott, trans. (1972) in *Euripides' Orestes and other plays*. Harmondsworth: Penguin.

Euripides, *Orestes*

1) P. Vellacott, trans. (1972) in *Euripides' Orestes and other plays.* Harmondsworth: Penguin.

2) D. Kovacs, trans. (2002) Loeb Classical Library. Cambridge, MA and London: Harvard University Press.

3) M.L. West, ed. with trans. and commentary (1987). Warminster: Aris & Phillips.

Euripides, *The Trojan Women*

1) J. Morwood, trans. (2000) in *The Trojan Women and other plays.* Oxford World's Classics. Oxford: Oxford University Press.

2) M. Hadas and J.H. McLean, trans. (1936) *The Plays of Euripides.* New York: Dial Press.

3) K. McLeish, trans. (1995) in *After the Trojan War.* Reading: Absolute Books.

Gorgias, *Encomium of Helen*

D.M. MacDowell, trans. (1982) Bristol: Bristol Classical Press.

Herodotus, *Histories*

1) A.D. Godley, trans. (1982) 4 vols. Loeb Classical Library. London: Heinemann; Cambridge, MA: Harvard University Press.

2) A. de Sélincourt, trans. (1954) Harmondsworth: Penguin.

Hesiod, *Catalogues of Women and Eoiae; Theogony; Works and Days*

H.G. Evelyn-White, trans. (1974) in *Hesiod: The Homeric Hymns and Homerica.* Loeb Classical Library. London: Heinemann; Cambridge, MA: Harvard University Press.

Hesiod, *Fragments*

R. Merkelbach and M.L. West (eds) (1967) Oxford: Clarendon Press.

Hippolytus, *Refutation of All Heresies*

F. Legge, trans. (1921) 2 vols. London: Society for Promoting Christian Knowledge; New York: Macmillan.

Homer, *The Iliad*

R. Fagles, trans. (1998) London: Penguin.

Homer, The Odyssey

1) R. Fagles, trans. (1996) New York: Viking.

2) E.V. Rieu, trans. (1991) revised D.C.H. Rieu. London: Penguin.

Homeric Hymns

C. Boer, trans. (1980) revised edition. Irving, TX: Spring Publications.

Hyginus, Fables

M. Grant, trans. (1960) in The Myths of Hyginus. Lawrence: University of Kansas Publications.

Isocrates, Encomium of Helen

L. van Hook, trans. (1928) Vol. 3. Loeb Classical Library. London: Heinemann.

Lucan, Civil War

1) S.M. Braund, trans. (1992) Oxford: Clarendon Press.

2) J.D. Duff, trans. (1928) Loeb Classical Library. London: Heinemann.

Lucian, Dialogues of the Dead

F.G. and H.W. Fowler, trans. (1905) in The Works of Lucian of Samosata. Oxford: Clarendon Press.

Lucian, The Judgement of the Goddesses

A.M. Harmon, trans. (1913) 8 vols. Loeb Classical Library. London: Heinemann. Lycophron, Alexandra

A.W. Mair, trans. (1921) Loeb Classical Library. Cambridge, MA and London: Harvard University Press.

Ovid, The Art of Love

1) R. Humphries, trans. (1958) London: John Calder.

2) J.H. Mozley, trans. (1979) revised G.P. Goold. Loeb Classical Library. London: Heinemann; Cambridge, MA: Harvard University Press.

Ovid, Heroides

1) H. Isbell, trans. (1990) London: Penguin.

2) G. Showerman, trans. (1977) revised G.P. Goold. Loeb Classical Library. London: Heinemann; Cambridge, MA: Harvard University Press.

Ovid, Metamorphoses

F.J. Miller, trans. (1977) 2 vols, revised G.P. Goold. Loeb Classical Library. London: Heinemann; Cambridge, MA: Harvard University Press.

Pausanias, *Description of Greece*

W.H.S. Jones and H.A. Ormerod, trans. (1918 1—171) 5 vols. Loeb Classical Library. London: Heinemann.

Pliny, *Natural History*

1) J.F. Healy, trans. (1991) Harmondsworth: Penguin.

2) H. Rackham, trans. (1938) 10 vols. Loeb Classical Library. London: Heinemann; Cambridge, MA: Harvard University Press.

Plotinus, *On Beauty; On the Intelligible Beauty*

A.H. Armstrong, trans. (1966) in *Enneads*, Vols. 1 and 5. Loeb Classical Library. London: Heinemann; Cambridge, MA; Harvard University Press.

Plutarch, *Lives: Lycurgus and Numa; Theseus*

B. Perrin, trans. (1914) Vol. 1. Loeb Classical Library. London: Heinemann; Cambridge, MA: Harvard University Press.

Plutarch, *On Sparta*

R. Talbert, trans. (2005 revised edition). Harmondsworth: Penguin.

Propertius, *Elegies*

G.P. Goold, ed. and trans. (1990) Loeb Classical Library. London: Heinemann; Cambridge, MA: Harvard University Press.

Quintus Smyrnaeus, *The Fall of Troy*

A.S. Way, trans. (1913) Loeb Classical Library. London: Heinemann.

Sappho

D.A. Campbell, trans. (1990) in *Greek Lyric*, Vol. 1. Loeb Classical Library. Cambridge, MA: Harvard University Press.

Seneca, *Trojan Women*

A.J. Boyle, trans. (1994) in *Troades*. Leeds: Francis Cairns.

Theocritus, *Idylls*

A. Verity, trans. (2002) Oxford: Oxford University Press.

Thucydides, *History of the Peloponnesian War*

R. Warner, trans. (1972) Harmondsworth: Penguin.

Virgil, *The Aeneid*

D. West, trans. (1990) London: Penguin.

其他作品

A Guide to Troia: by the Director and Staff of the Excavations (1999) Translated K. Gay and D.F. Easton. Istanbul: University of Tübingen: Troia Project.

Adler, A. (ed.) (1928) *Suidae Lexicon*. Vol. 1. Leipzig: Teubner.

Allen, D. C. (1968) *Image and Meaning: Metaphoric traditions in Renaissance poetry*. Baltimore, MD: Johns Hopkins University Press.

Allen, S. H. (1999) *Finding the Walls of Troy: Frank Calvert and Heinrich Schliemann at Hisarlik*. London and Berkeley: University of California Press.

Ambraseys, N. N. (1996) 'Material for the Investigation of Seismicity of Central Greece', in S. Stiros and R.E. Jones (eds), *Archaeoseismology*. Athens: IGME and the British School at Athens.

Angel, J. L. (1977) 'Ecology and Population in the Eastern Mediterranean', in World Archaeology 4.1: 88–105.

Angel, J. L. and Bisel, S. C. (1985) 'Health and Nutrition in Mycenaean Greece', in N. C. Wilkie and W.D.E. Coulson (eds), *Contributions to Aegean Archaeology: Studies in honor of William A. McDonald*. Dubuque, IA: Kendall/ Hunt.

Aravantinos, V. L., Godart, L., Sacconi, A. (eds) (2000) *Les Tablettes en linéaire B de la Odos Pelopidou. Édition et Commentaire* (Thèbes Fouilles de la Cadmée 1). Pisa: Istituti editoriali e poligrafici internazionali.

Arkins, B. (1990) *Builders of My Soul: Greek and Roman themes in Yeats*. Gerrards Cross, Bucks: Colin Smythe.

Arnott, R. (1999) 'War Wounds and their Treatment in the Aegean Bronze Age', in R. Laffineur (ed.), POLEMOS: *Le contexte guerrier en Égée à l'Âge du Bronze*. Vol. 2. Liège: Université de Liège; Austin: University of Texas.

Arnott, R. (2005a) 'Disease and the Prehistory of the Aegean', in H. King (ed.), *Health in Antiquity*. London: Routledge.

Arnott, R. (2005b) *Disease, Healing and Medicine in the Aegean Bronze Age*. Leiden: Brill.

Åström, P. and Demakopoulou, K. (1996) 'Signs of an Earthquake at Midea', in S. Stiros and R.E. Jones (eds), *Archaeoseismology*. Athens: IGME and the British

School at Athens.

Austin, N. (1994) *Helen of Troy and her Shameless Phantom*. Ithaca, NY: Cornell University Press.

Austin, R. G. (1964) *Virgil: Aeneidos liber secundus*. Text and commentary. Oxford: Clarendon Press.

Baldwin, T. (1944) *William Shakespere's Small Latine and Lesse Greeke*. Urbana: University of Illinois Press.

Barber, E. W. (1994) Women's Work: The First 20,000 Years. New York and London: W.W. Norton.

Barber, R. L.N. (1992) 'The Origins of the Mycenaean Palace', in J.M. Sanders (ed.), *Philolakon: Lakonian studies in honour of Hector Catling*. London: British School at Athens.

Barkan, L. (2000) 'The Heritage of Zeuxis: Painting, rhetoric and history', in A. Payne, A. Kuttner and R. Smick (eds), *Antiquity and Its Interpreters*. Cambridge: Cambridge University Press.

Bass, G. F. (1987) 'Oldest Known Shipwreck Reveals Splendour of the Bronze Age', in *National Geographic Magazine* 172.6: 692–733.

Bass, G. F. (1996) *Shipwrecks in the Bodrum Museum of Underwater Archaeology*. Museum of Underwater Archaeology Publications.

Bassi, K. (1993) 'Helen and the Discourse of Denial in Stesichorus' Palinode', in *Arethusa* 26: 51–75.

Baswell, C. (1995) *Virgil in Medieval England: Figuring the Aeneid from the twelfth century to Chaucer*. Cambridge: Cambridge University Press.

Baswell, C. and Taylor, P. B. (1988) 'The Fair Queene Eleyne in Chaucer' s Troilus', in *Speculum* 63: 293–311.

Bate, A. K. (1986) Joseph of Exeter: Trojan War: I-III. Edited with translation and notes. Warminster: Bolchazy-Carducci Publishers; Atlantic Highlands, NJ: Aris & Phillips.

Bate, J. (1994) *Shakespeare and Ovid*. Oxford: Clarendon Press.

Bate, J. (1997) *The Genius of Shakespeare*. London: Picador.

Beal, R. H. (1995) 'Hittite Military Organisation', in J.M. Sasson (ed.), *Civilisations of the Ancient Near East*. New York: Scribner; London: Simon & Schuster and Prentice Hall International.

Beckman, G. (1996) *Hittite Diplomatic Texts*. Ed. H.A. Hoffner. Atlanta, GA: Scholars Press.

Bendall, L. (2004) 'Fit for a King? Exclusion, hierarchy, aspiration and desire in the social structure of Mycenaean banqueting', in P. Halstead and J.C. Barrett (eds), *Food, Cuisine and Society in Pre-Historic Greece*. Proceedings of the 10th Aegean Round Table, University of Sheffield, 19–21 January 2001. *Sheffield Studies in Aegean Archaeology 5*. Oxford: Oxbow Books.

Benson, C. D. (1980) *The History of Troy in Middle English Literature: Guido delle Colonne's* Historia destructionis *Troiae in medieval England*. Woodbridge: D. S. Brewer; Totowa, NJ: Rowman & Littlefield.

Bergen, A. T. (1981) 'Helen's "Good Drug" : Odyssey IV 1–305', in S. Kresic (ed.), *Contemporary Literary Hermeneutics and Interpretation of Classical Texts*. Ottawa: Ottawa University Press.

Bergen, H. (1906) *Lydgate's Troy Book: AD 1412–1420. Edited from the best manuscripts, with introduction, notes and glossary*. London: published for the Early English Text Society by Kegan Paul, Trench, Trubner.

Bettini, M. and Brillante, C. (2002) *Il Mito di Elena: immagini e racconti dalla Grecia a oggi*. Torino: G. Einaudi.

Bevington, D. and Rasmussen, E. (eds) (1993) *Doctor Faustus, A- and B-texts (1604, 1616)*. The Revel Plays. Manchester: Manchester University Press.

Bianchi Bandinelli, R. (1955) *Hellenistic-Byzantine Miniatures of the Iliad* (Ilias Ambrosiana). Olten: U. Graf.

Billigmeier, J. -C. and Turner, J. A. (1981) 'The Socio-Economic Roles of Women in Mycenaean Greece: A brief survey from evidence of the Linear B tablets', in H.P. Foley (ed.), *Reflections of Women in Antiquity*. New York, London and Paris: Gordon & Breach Science.

Birns, N. (1993) 'The Trojan Myth: Postmodern reverberations', in *Exemplaria 5.1* (Spring): 45–78.

Blake, N. F. (1976) *Caxton: England's first publisher*. London: Osprey.

Blegen, C. W. (1963) *Troy and the Trojans*. London: Thames & Hudson.

Boardman, J. (1985) *The Parthenon and its Sculptures*. London: Thames & Hudson.

Boedeker, D. (ed.) (1997) *The World of Troy: Homer, Schliemann and the*

Treasures of Priam. Washington, DC: Society for the Preservation of the Greek Heritage.

Bowra, C. M. (1961) *Greek Lyric Poetry: from Alcman to Simonides*. Oxford: Clarendon Press.

Bowsher, J. (1998) *The Rose Theatre: An archaeological discovery*. London: Museum of London.

Bowsher, J.M. C. (forthcoming) 'Encounters between Actors, Audience and Archaeologists at the Rose Theatre, 1587–1989'. CHAT 2003: Encounters between Past and Present: Archaeology and Popular Culture. Museum of London Archaeological Service.

Branigan, K.(ed.) (1998) *Cemetery and Society in the Aegean Bronze Age*. Sheffield: Sheffield Academic Press.

Brewster, H. (1997) *The River Gods of Greece: Myths and mountain waters in the Hellenic world*. London: I.B. Tauris.

Bridges-Adams, W. (1961) *The Irresistible Theatre*. London: Secker & Warburg.

· Broodbank, C. (2002) *An Island Archaeology of the Early Cyclades*. Cambridge: Cambridge University Press.

Brown, P. F. (1996) *Venice and Antiquity: The Venetian sense of the past*. New Haven, CT and London: Yale University Press.

Brumble, H. D. (1998) *Classical Myths and Legends in the Middle Ages and Renaissance: A dictionary of allegorical meanings*. London and Chicago, IL: Fitzroy Dearborn.

Brundage, J. A. (1993) '"Let Me Count the Ways" : Canonists and theologians contemplate coital positions' , in J.A. Brundage (ed.), *Sex, Law and Marriage in the Middle Ages*. Aldershot, Hants: Variorum.

Brunel, P. (ed.) (1992) *Companion to Literary Myths, Heroes and Archetypes*. Translated from the French by W. Allatson, J. Hayward, T. Selous. London: Routledge.

Bryce, T. (1998) *The Kingdom of the Hittites*. Oxford: Clarendon Press.

Bryce, T. (2002) *Life and Society in the Hittite World*. Oxford: Oxford University Press.

Bryce, T. (2003) *Letters of the Great Kings of the Ancient Near East: The royal correspondence of the Late Bronze Age.* London: Routledge.

Bryce, T. (2005) *The Trojans.* London: Routledge.

Buchthal, H. (1971) *Historia Troiana: Studies in the history of medieval secular illustration.* London: Warburg Institute, University of London.

Calame, C. (1997) *Choruses of Young Women in Ancient Greece: Their morphology, religious role and social function.* Trans. D. Collins and J. Orion. Originally published in French in 1977. Lanham, MD and Oxford: Rowman & Littlefield.

Caldwell, R. S. (1987) *Hesiod's Theogony: translated with introduction, commentary, and interpretive essay.* Focus Classical Library. Newburyport, MA: R. Pullins.

Calnan, K. A. (1992) 'The Health Status of Bronze Age Greek Women'. PhD dissertation (unpublished). University of Cincinnati.

Camus, A. (2000) 'L'exil d'Hélène', in *The Myth of Sisyphus.* Trans. Justin O'Brien. London: Penguin.

Canfora, L. (1989) *The Vanished Library.* Trans. M. Ryle. London: Hutchinson Radius.

Carson, A. (1986) *Eros the Bittersweet: An essay.* Princeton, NJ: Princeton University Press.

Carter, J. B. (1988) 'Masks and Poetry in Early Sparta', in R. HÄgg, N. Marinatos and G. Nordquist (eds), *Early Greek Cult Practice.* Proceedings of the Fifth International Symposium of the Swedish Institute in Athens, 26–29 June 1986. Stockholm: Swedish Institute in Athens.

Cartledge, P. (1987) *Agesilaos and the Crisis of Sparta.* London: Duckworth.

Cartledge, P. (1992) 'Early Lakedaimon: The making of a conquest-state,' in J.M. Sanders (ed.), *Philolakon: Lakonian studies in Honour of Hector Catling.* Oxford: British School at Athens.

Cartledge, P. (1993 2nd edn, 2002) *The Greeks: A portrait of self and others.* Oxford: Oxford University Press.

Cartledge, P. (1997) '"Deep Plays": Theatre in process in Greek civic life', in P.E. Easterling (ed.), *The Cambridge Companion to Greek Tragedy.* Cambridge: Cambridge University Press.

Cartledge, P. (2001) *Spartan Reflections.* London: Duckworth.

Cartledge, P. (2002a) *Sparta and Lakonia: A regional history 1300–1362 BC*. Second edition. London: Routledge.

Cartledge, P. (2002 revised edn.) *The Spartans: An epic history*. London: Channel 4 Books.

Cartledge, P. and Spawforth, A. (1989) *Hellenistic and Roman Sparta: A tale of two cities*. London: Routledge.

Casson, L. (2001) *Libraries in the Ancient World*. New Haven, CT and London: Yale University Press.

Catling, H. W. (1975) 'Excavations of the British School at Athens at the Menelaion, Sparta 1973–1975', in *Lakonikai Spoudai* 2: 258–269.

Catling, H. W. (1976) 'Archaeology of Greece', in *Archaeological Reports* 22: 3–33. Published by the Council of the Society for the Promotion of Hellenic Studies and the Managing Committee of the British School at Athens.

Catling, H. W. (1977) 'Excavations at the Menelaion, Sparta, 1973–1976', in *Archaeological Reports* 23: 24–42. Published by the Council of the Society for the Promotion of Hellenic Studies and the Managing Committee of the British School at Athens.

Catling, H. W. and Cavanagh, H. (1976) 'Two Inscribed Bronzes from the Menelaion, Sparta', in *Kadmos* 15: 145–157.

Cavanagh, W. G. and Laxton, R. R. (1984) 'Lead Figurines from the Menelaion and Seriation', in *Annual of the British School at Athens* 79: 23–36.

Cavanagh, W. G. and Mee, C. (1995) 'Mourning before and after the Dark Age', in C. Morris (ed.), *Klados: Essays in honour of J.N. Coldstream*. London: Institute of Classical Studies.

Cavanagh, W. G. and Mee, C. (1998) *A Private Place: Death in pre-historic Greece*. Jonsered: Paul Åströms Förlag.

Chadwick, J. (1976) *The Mycenaean World*. Cambridge: Cambridge University Press.

Chadwick, J. (1988) 'The Women of Pylos', in J.P. Olivier and T.G. Palaima (eds), *Texts, Tablets and Scribes: Studies in Mycenaean epigraphy and economy offered to Emmett L. Bennett Jr. Minos Supplement 10*. Salamanca: University of Salamanca.

Chambers, E. K. (1923) *The Elizabethan Stage*, Vol. III. Oxford: Clarendon

Press.

Chapouthier, F. (1935) *Les Dioscures au service d'une déesse: étude d'iconographie religieuse*. Paris: E. de Boccard.

Clader, L. L. (1976) *Helen: The evolution from divine to heroic in Greek epic tradition*. Leiden: Brill.

Clarke, H. (1981) *Homer's Readers: A historical introduction to the Iliad and the Odyssey*. Newark: University of Delaware Press.

Clement, P. A. (1958) 'The Recovery of Helen', in Hesperia 27: 47–73.

Cline, E. H. (1994) *Sailing the Wine-Dark Sea: International trade and the Late Bronze Age Aegean*. Oxford: Tempus Reparatum.

Colantuono, A. (1997) *Guido Reni's Abduction of Helen: The politics and rhetoric of painting in seventeenth-century Europe*. Cambridge: Cambridge University Press.

Coles, L. H. (1996) 'Thinking with Helen: A reading of Euripides' Helen'. PhD dissertation (unpublished). University of Cambridge.

Croally, N.T. (1994) *Euripidean Polemic: The Trojan Women and the function of tragedy*. Cambridge and New York: Cambridge University Press.

Crowfoot, J. W., Crowfoot, G. M., Kenyon, K. M. (1957) *The Objects from Samaria*. London: Palestine Exploration Fund.

Crowley, J. L. and Laffineur, R. (eds) (1992) *Eikon: Aegean Bronze Age Iconography: Shaping a methodology*. Proceedings of the 4th International Aegean Conference, University of Tasmania, Hobart, Australia, 6–9 April 1992. Liège: Université de Liège.

Currie, S. (1998) 'Poisonous Women in Roman Culture', in M. Wyke (ed.), *Parchments of Gender: Deciphering the body in antiquity*. Oxford: Clarendon Press.

Dakoronia, P. (1996) 'Earthquakes of the Late Helladic III Period (12th Century BC) at Kynos (Livanates, Central Greece)', in S. Stiros and R.E. Jones (eds), *Archaeoseismology*. Athens: IGME and the British School at Athens.

Dalby, A. (2000) *Empire of Pleasures: Luxury and indulgence in the Roman world*. London: Routledge.

Dalby, A. (2003) *Food in the Ancient World from A–Z*. London: Routledge.

Dale, A.M. (1967) *Euripides' Helen*. Edited with introduction and commentary. Oxford: Clarendon Press.

Darga, M. (1993) 'Women in the Historical Ages', in *Woman in Anatolia: 9000 years of the Anatolian Woman*. Turkish Republic Ministry of Culture: General Directorate of Monuments and Museums.

Dassmann, E. and Klauser, T. (eds) (1988) *Reallexikon für Antike und Christentum*. Volume 14. Stuttgart: Anton Hiersemann.

David, E. (1992) 'Sparta's Social Hair', in *Eranos* 90: 11–21.

Davies, M. (1989) *The Epic Cycle*. Bristol: Bristol Classical Press.

Davis, E. N. (1986) 'Youth and Age in the Thera Frescoes', in *American Journal of Archaeology* 90: 399–406.

Dayagi-Mendels, M. (1989) *Perfumes and Cosmetics in the Ancient World*. Jerusalem: Israel Museum.

Deacy, S. and Pierce, K. F. (eds) (1997) *Rape in Antiquity*. London: Duckworth and the Classical Press of Wales.

Demakopoulou, K.(ed.) (1988) *The Mycenaean World: Five centuries of early Greek culture 1600–1100 BC*. Athens: Ministry of Culture.

Demakopoulou, K. (1990) 'The Burial Ritual in the Tholos Tomb at Kokla, Argolis', in R. HÄgg and G. C. Nordquist (eds), *Celebrations of Death and Divinity in the Bronze Age Argolid*. Proceedings of the Sixth International Symposium at the Swedish Institute in Athens, 11–13 June 1988. Stockholm: Swedish Institute in Athens.

Demakopoulou, K.(ed.) (1996) *The Aidonia Treasure: Seals and jewellery of the Aegean Late Bronze Age*. Athens: Ministry of Culture.

Dervenis, K. and Lykiardopoulos, N. (2005) *Martial Arts of Ancient Greece and the Mediterranean*. Esoptron, Athens.

Dickinson, O. T.P.K. (1994) *The Aegean Bronze Age*. Cambridge: Cambridge University Press.

Doniger, W. (1999) *Splitting the Difference: Gender and myth in ancient Greece and India*. Chicago, IL: University of Chicago Press.

duBois, P. (1984) 'Sappho and Helen', in J. Peradotto and J.P. Sullivan (eds), *Women in the Ancient World: The Arethusa papers*. Albany, NY: State University of New York.

Duby, G. and Perot, M. (1992) *Power and Beauty: Images of women in art*.

London: Tauris Park.

Duffy, C. -A. (2002) *Femine Gospels*. London: Picador.

Easton, D. F. (1981) 'Schliemann's Discovery of "Priam's Treasure" : Two enigmas', in *Antiquity* 55: 179–183.

Easton, D. F. (1994) 'Priam' s Gold: The Full Story', in *Anatolian Studies* 44: 221–243.

Edwards, M. (1997) 'Simon Magus, the Bad Samaritan', in S. Swain and M. Edwards (eds), *Portraits: Biographical representation in the Greek and Latin literature of the Roman Empire*. Oxford: Clarendon Press.

Ehrenberg, M. (1989) *Women in Prehistory*. London: British Museum Publications.

Ehrhart, M. J. (1987) *The Judgment of the Trojan Prince Paris in Medieval Literature*. Philadelphia: University of Pennsylvania Press.

El-Abbadi, M. (1990) *The Life and Fate of the Ancient Library of Alexandria*. Unesco.

Emerson, G. (2002) *Sin City: London in pursuit of pleasure*. London: Granada.

Engels, D. (1980) 'The Problem of Female Infanticide in the Greco-Roman World', in *Classical Philology* 75: 112–120.

Erickson, C. (1999) *The First Elizabeth*. London: Robson.

Erskine, A. (2001) *Troy Between Greece and Rome: Local tradition and imperial power*. Oxford: Oxford University Press.

Faris, A. (1980) *Jacques Offenbach*. London: Faber.

Farnell, L. R. (1921) *Greek Hero Cults and Ideas of Immortality*. Oxford: Clarendon Press.

Farrell, J. (1908) 'Excavations at Sparta, 1908: Archaic terracottas from the sanctuary of Orthia', in the *Annual of the British School at Athens* 14: 48–73.

Fields, N. (2004) *Troy* c. 1700–1250 BC. (Fortress 17) London: Osprey.

Filoramo, G. (1990) *A History of Gnosticism*. Trans. A. Alcock. Oxford: Blackwell.

Finkelberg, M. (1991) 'Royal Succession in Heroic Greece', in *Classical Quarterly* 41.ii: 303–316.

Finley, M. I. (1954) 'Marriage, Sale, and Gift in the Homeric World'. Reprinted from *Seminar*, an annual extraordinary number of the *Jurist* 12: 7–33.

Washington, DC: School of Canon Law, the Catholic University of America.

Fitton, J. L. (1995) *The Discovery of the Greek Bronze Age*. London: British Museum Press.

Fitton, J. L. (2002) *Minoans*. Peoples of the Past series. London: British Museum Press.

Foley, H. P. (1981) 'The Conception of Women in Athenian Drama', in H. Foley (ed.), *Reflections of Women in Antiquity*. New York: Gordon & Breach.

Foley, H. P. (2001) 'Anodos Dramas: Euripides' *Alcestis and Helen*', in H.P. Foley (ed.), *Female Acts in Greek Tragedy*. Princeton, NJ: Princeton University Press.

Forbes, P. (1967) *Champagne: The wine, the land and the people*. London: Victor Gollancz.

Foreville, R. (ed.) (1952) *Guillaume de Poitiers: Histoire de Guillaume le Conquérant*. Edited with translation. Paris: Les Belles Lettres.

Forsdyke, J. (1956) *Greece Before Homer: Ancient Chronology and Mythology*. London: Max Parrish.

Forsyth, P. Y. (1997) *Thera in the Bronze Age*. American University Studies series. New York: P. Lang.

Frazer, J. G. (1898) *Pausanias's Description of Greece*. Translated with a commentary. 6 vols. London.

Frazer, R. M., Jr (1966) *The Trojan War: The chronicles of Dictys of Crete and Dares the Phrygian*. Translated with introduction and notes. Bloomington and London: Indiana University Press.

Freeman, C. (1999) *The Greek Achievement: The foundation of the western world*. London: Allen Lane, Penguin Press.

French, E. (2002) *Mycenae: Agamemnon's Capital*. Stroud, Glos: Tempus.

French, E. B. (1981) 'Mycenaean Figures and Figurines: Their Typology and Function', in R. HÄgg and N. Marinatos (eds), *Sanctuaries and Cults in the Aegean Bronze Age*. Proceedings of the First International Symposium of the Swedish Institute in Athens, 12–13 May 1980. Stockholm: Swedish Institute in Athens.

Galaty, M. L. and Parkinson, W. A. (eds) (1999) *Rethinking Mycenaean Palaces: New interpretations of an old idea*. Los Angeles: Institute of Archaeology,

University of California.

Galyon, A. E. (1980) *The Art of Versification: Matthew of Vendôme.* Translated with introduction. Ames: Iowa State University Press.

Gammond, P. (1980) *Offenbach: His life and times.* Speldhurst: Midas.

Gantz, T. (1993) *Early Greek Myth: A guide to literary and artistic sources.* Baltimore, MD and London: Johns Hopkins University Press.

Gardner, B. (1964) *Up the Line to Death: The war poets 1914–1918.* London: Methuen.

Gates, C. (1992) 'Art for Children in Mycenaean Greece', in J.L. Crowley and R. Laffineur (eds), *Eikon: Aegean Bronze Age iconography: Shaping a methodology.* Proceedings of the 4th International Aegean Conference, University of Tasmania, Hobart, Australia. Liège: Université de Liège.

Ghali-Kahil, L. (1955) *Les Enlèvements et le retour d'Hélène dans les textes et les documents figurés.* 2 vols. Paris: E. de Boccard.

Gimbutas, M. (1999) *The Living Goddesses.* Berkeley, CA and London: University of California Press.

Gladstone, W. E. (1858) *Studies on Homer and the Homeric Age.* Vol. 2. Oxford: Oxford University Press.

Glenn, J. R. (ed.) (1987) *A Critical Edition of Alexander Ross's 1647 Mystagogus Poeticus, or The Muses' Interpreter.* New York: Garland.

Godart, L. and Sacconi, A. (2001) 'La Géographie des États myceniens'. *Académie des Inscriptions et Belles-Lettres. Comptes Rendus des Séances de l'Année,* April–June 1999, Paris.

Goldhill, S. D. (1986) *Reading Greek Tragedy.* Cambridge: Cambridge University Press.

Goldhill, S. D. (1997) 'The Audience of Athenian Tragedy', in P.E. Easterling (ed.), *The Cambridge Companion to Greek Tragedy.* Cambridge: Cambridge University Press.

Goldhill, S. D. (2003) *Who Needs Greek?: Contests in the cultural history of Hellenism.* Cambridge: Cambridge University Press.

Goodison, L. (1989) *Death, Women and the Sun: Symbolism of regeneration in early Aegean religion. Bulletin of the Institute of Classical Studies,* Supplement 53. London: Institute of Classical Studies.

Goodison, L. and Morris, C. (eds) (1998) *Ancient Goddesses: The myths and the evidence.* London: British Museum Press.

Goold, G. P. (1990) 'Servius and the Helen Episode', in S.J. Harrison (ed.), *Oxford Readings in Virgil's* Aeneid. Oxford: Clarendon Press.

Graziosi, B. (2002) *Inventing Homer: The early reception of epic.* Cambridge: Cambridge University Press.

Green, P. (2004) 'Heroic Hype, New Style: Hollywood pitted against Homer', in *Arion* 12.1 (Spring/Summer 2004): 171–187.

Greene, E. (ed.) (1996) *Reading Sappho: Contemporary approaches.* Berkeley: University of California Press.

Greene, E. (ed.) (1996) *Re-reading Sappho: Reception and transmission.* Berkeley: University of California Press.

Greg, W. G. (1946) 'The Damnation of Faustus', in *Modern Language Review* 41: 97–107.

Gregory, E. (1997) *H.D. and Hellenism: Classical lines.* Cambridge: Cambridge University Press.

Gregory, H. (ed.) (1961) Helen in Egypt, *by* H.D. New York: New Directions.

Griffin, J. (2001) 'East is East and West is West', in *The Spectator*, October 2001.

Griffiths, A. (1972) 'Alcman's Partheneion: The morning after the night before', in *Quaderni Urbinati Di Cultura Classica* 14: 7–30.

Griffiths, F. T. (1979) *Theocritus at Court.* Leiden: Brill.

Guarino, G. A. (1964) *Boccaccio:* Concerning Famous Women. Translated with introduction and notes. London: Allen & Unwin.

Güterbock, H. G. (1984) 'Troy in Hittite Texts? Wilusa, Ahhiyawa and Hittite History', in M.J. Mellink (ed.), *Troy and the Trojan War.* A symposium held at Bryn Mawr College, October 1984. Bryn Mawr, PA: Bryn Mawr College.

Gumpert, M. (2001) *Grafting Helen: The abduction of the classical past.* Madison: University of Wisconsin Press.

Gurney, O. (1975) *The Hittites.* London: Allen Lane.

Guterl, F. and Hastings, M. et al. (2003) 'The Global Makeover', in *Newsweek*, 10 November 2003: Atlantic edition.

H.D. (Hilda Doolittle) (1957) *Selected Poems.* New York: Grove Press.

Haar, S. C. (2003) *Simon Magus: The first Gnostic?* Berlin: Walter de Gruyter.

HÄgg, R. and Marinatos, N. (eds) (1981) *Sanctuaries and Cults in the Aegean Bronze Age.* Proceedings of the First International Symposium of the Swedish Institute in Athens, 12–13 May 1980. Stockholm: Swedish Institute in Athens.

HÄgg, R. and Nordquist, G. C. (1990) *Celebrations of Death and Divinity in the Bronze Age Argolid.* Proceedings of the Sixth International Symposium at the Swedish Institute in Athens, 11–13 June 1988. Stockholm: Swedish Institute in Athens.

Hall, E. (1989) *Inventing the Barbarian: Greek self-definition through tragedy.* Oxford: Clarendon Press.

Hall, E.(ed.) (1996) *Aeschylus:* Persians. Translated with introduction and commentary. Warminster: Aris & Phillips.

Hall, E. (2000) 'Introduction' to *Euripides: Selections.* Ed. and trans. J. Morwood for Oxford World Classics. Oxford: Clarendon Press.

Hall, P. (1998) *Cities in Civilisation: Culture, innovation and urban order.* London: Weidenfeld & Nicolson.

Hallager, B. P. and McGeorge, P. J.P. (1992) *Late Minoan III Burials at Khania: The tombs, finds and deceased in Odos Palama.* Göteborg: Paul Åströms Förlag.

Hamilton, N. (1996) 'The Personal is Political' , in *Viewpoint – Can We Interpret Figurines?,* in *Cambridge Archaeological Journal* 6.2: 281–307.

Hankey, V. (1967) 'Mycenaean Pottery in the Middle East: Notes on finds since 1951' , in Annual of the British School at Athens 62: 104–147.

Hanson, A. E. (1990) 'The Medical Writers' Woman' , in D. Halperin, J. Winkler, F. Zeitlin (ed), *Before Sexuality: The construction of erotic experience in the ancient world.* Princeton, NJ: Princeton University Press.

Harding, A. F. (1984) *The Mycenaeans and Europe.* London: Academic.

Harding, J. (1980) *Jacques Offenbach: A biography.* London: Calder.

Hartog, F. (1988) *The Mirror of Herodotus: The representation of the other in the writing of history.* Translated from the French by J. Lloyd. Berkeley and London: University of California Press.

Hattaway, M. (1982) *Elizabethan Popular Theatre: Plays in performance.* London: Routledge & Kegan Paul.

Hawley, R. (1998) 'The Dynamics of Beauty in Classical Greece' , in D.

Montserrat (ed.), Changing Bodies, *Changing Meanings: Studies on the human body in antiquity.* London and New York: Routledge.

Hedreen, G. (1996) 'Image, Text, and Story in the Recovery of Helen', in *Classical Antiquity* 15.1: 152–184.

Hedreen, G. (2001) *Capturing Troy: The narrative functions of landscape in archaic and early Greek classical art.* Ann Arbor: University of Michigan Press.

Higgins, R. A. (1979) *Minoan and Mycenaean Art.* Revised edition. London: Thames & Hudson.

Highet, G. (1949) *The Classical Tradition: Greek and Roman influences on western literature.* Oxford: Clarendon Press.

Hoffman, D. L. (1995) *The Status of Women and Gnosticism in Irenaeus and Tertullian.* Lewiston and Lampeter: Edwin Mellen Press.

Hoffner, H. A. (2003) 'Daily Life Among the Hittites', in R.E. Averbeck, M.W. Chavalas, D.B. Weisberg (eds), *Life and Culture in the Ancient Near East.* Potomac, MD: CDL Press.

Hood, S. (1953) 'A Mycenaean Cavalryman', in *Annual of the British School at Athens* 48: 84–93.

Hood, S. (1978) *The Arts in Pre-historic Greece.* Harmondsworth: Penguin.

Hopkins, D. C. (2002) *Across the Anatolian Plateau: Readings in the archaeology of ancient Turkey.* Boston, MA: American Schools of Oriental Research.

Houston-Smith, D. (1962) 'Near Eastern Forerunners of the Striding Zeus', in *Archaeology* 15.2: 176–183.

Hughes, D. D. (1989) *Human Sacrifice in Ancient Greece.* London and New York: Routledge.

Hughes-Brock, H. (1998) 'Greek Beads of the Mycenaean Period (ca. 1650–1100 BC): The age of the heroines of mythology', in L.D. Sciama and J.B. Eicher (eds), *Beads and Bead-Makers: Gender, material culture and meaning.* Oxford: Berg.

Hunter, R. (1996) *Theocritus and the Archaeology of Hellenistic Poetry.* Cambridge: Cambridge University Press.

Hunter, R.(ed.) (2002) *Theocritus'* Idylls. With introduction and explanatory notes, and translated by A. Verity. Oxford: Oxford University Press.

Hutchinson, G. (2001) *Greek Lyric Poetry: A commentary on selected larger pieces (Alcman, Stesichorus, Sappho, Alcaeus, Ibycus, Anacreon, Simonides, Bacchylides, Pindar, Sophocles, Euripides).* Oxford: Oxford University Press.

Iakovidis, S. E. and French, E. B. (2003) *Archaeological Atlas of Mycenae.* Athens: Archaeological Society at Athens.

Immerwahr, S. A. (1971) *The Athenian Agora: Results of Excavations Conducted by the American School of Classical Studies at Athens.* Vol. XIII: The Neolithic and Bronze Ages. The American School of Classical Studies at Athens: Princeton, NJ.

Immerwahr, S. A. (1990) *Aegean Painting in the Bronze Age.* University Park, PA and London: Pennsylvania State University Press.

Immerwahr, S. A. (1995) 'Death and the Tanagra larnakes', in J.B. Carter and S.P. Morris (eds), *The Ages of Homer: A tribute to Emily Townsend Vermeule.* Austin: University of Texas Press.

Ingram, A. J.C. (1978) 'Changing Attitudes to "Bad" Women in Elizabethan and Jacobean Drama'. PhD dissertation (unpublished). University of Cambridge.

Isaakidou, V., Halstead, P., Davis, J. and Stocker, S. (2002) 'Burnt Animal Sacrifice at the Mycenaean "Palace of Nestor", Pylos', in *Antiquity* 76: 86–92.

Isager, S. and Skydsgaard, J. E. (1992) *Ancient Greek Agriculture: An introduction.* London: Routledge.

James, H. (1997) *Shakespeare's Troy: Drama, politics and the translation of empire.* Cambridge: Cambridge University Press.

Jones, N. (1999) *Rupert Brooke: Life, death and myth.* London: Richard Cohen.

Jordan, R. H. (1999) *Virgil:* Aeneid II. Edited with introduction, notes, bibliography and vocabulary. Bristol: Bristol Classical Press.

Kallendorf, C. (1999) *Virgil and the Myth of Venice: Books and readers in the Italian Renaissance.* Oxford: Clarendon Press.

Kallet, L. (2000) 'The Fifth Century: Political and military narrative', in R. Osborne (ed.), *Classical Greece: 500–323 BC.* Oxford: Oxford University Press.

Karo, G. H. (1930–1933) *Die SchachtgrÄber von Mykenai.* München: F. Bruckmann.

Kaster, R. (1990) *The Tradition of the Text of the Aeneid in the Ninth Century.* New York and London: Garland Publishing.

Kennedy, D.(ed.) (2002) *The Oxford Encyclopedia of Theatre and Performance.* Vol. 2 (M–Z). Oxford: Oxford University Press.

Keynes, G.(ed.) (1968) *The Letters of Rupert Brooke.* London: Faber.

Kilian, K. (1996) 'Earthquakes and Archaeological Context at 13th century BC Tiryns', in S. Stiros and R.E. Jones (eds), *Archaeoseismology.* Athens: IGME and the British School at Athens.

King, H. (1983, rev. edn 1993) 'Bound to Bleed: Artemis and Greek women', in A. Cameron and A. Kuhrt (eds), *Images of Women in Antiquity.* London and Canberra: Croom Helm.

King, H. (1998) Hippocrates' Woman: Reading the female body in ancient Greece. London and New York: Routledge.

Koloski-Ostrow, A. O. and Lyons, C. L. (1997) *Naked Truths: Women, sexuality and gender in classical art and archaeology.* London: Routledge.

Konsolaki-Yannopoulou, E. (1999) 'A Group of New Mycenaean Horsemen from Methana', in P. Betancourt, V. Karageorghis, R. Laffineur and W.-D. Niemeier (eds), *Meletemata II: Studies in Aegean archaeology presented to Malcolm H. Wiener as he enters his 65th year.* Liège: Université de Liège; Austin: University of Texas.

Konsolaki-Yannopoulou, E. (2002) 'A Mycenaean Sanctuary on Methana', in R. HÄgg (ed.), *Peloponnesian Sanctuaries and Cults.* Proceedings of the Ninth International Symposium at the Swedish Institute in Athens, 11–13 June 1994. Stockholm: Swedish Institute in Athens.

Korfmann, M. (1993) 'Troia – Ausgrabungen 1992', in *Studia Troica* 3: 1–37.

Korfmann, M. (1996) 'Troia – Ausgrabungen 1995', in *Studia Troica* 6: 1–63.

Korfmann, M. (1998) 'Troia: An ancient Anatolian palatial and trading center: Archaeological evidence for the period of Troia VI/VII', in *Classical World* 91: 369–85.

Korfmann, M., Hawkins, J. D., Latacz, J. (2004) 'Was There a Trojan War?', in *Archaeology* 57.3 (May/June): 36–41.

Kracauer, S. (2002) *Jacques Offenbach and the Paris of His Time.* Trans. G. David and E. Mosbacher. Foreword by G. Koch. New York: Zone; London: MIT Press.

Krzyszkowska, O. (2005) *Aegean Seals: An introduction.* Bulletin of the

Institute of Classical Studies Supplement 85. London: Institute of Classical Studies.

Laffineur, R. and Niemeier, W. -D. (eds) (1995) *Politeia: Society and state in the Aegean Bronze Age.* Liège: Université de Liège.

Lang, M (1969) *The Palace of Nestor at Pylos in Western Messenia Vol 2: The Frescoes.* Princeton, NJ: Princeton University Press.

Larson, J. (1995) *Greek Heroine Cults.* Madison: University of Wisconsin Press.

Latacz, J. (2004) *Troy and Homer: Towards a solution of an old mystery.* Translated from the German by Kevin Windle and Ross Ireland. Oxford: Oxford University Press

Lewartowski, K. (2000) *Late Helladic Simple Graves: A study of Mycenaean burial customs.* BAR International Series 878. Oxford: Archaeopress.

Lexicon Iconographicum Mythologiae Classicae (1988) Vol. IV, nos. 1 and 2 (Eros-Herakles). Zurich and Munich: Artemis.

Licht, H. (1932) *Sexual Life in Ancient Greece.* Ed. L.H. Dawson and trans. J.H. Freese. London: Routledge.

Lichtheim, M. (1976) *Ancient Egyptian Literature.* Vol. 2. Berkeley: University of California Press.

Lindsay, J. (1974) *Helen of Troy: Woman and goddess.* London: Constable.

Lloyd, A. B. (1988) *Commentary on Herodotus Book II.* Vol. 3. Leiden and New York: Brill.

Luce, J. V. (1999) *Celebrating Homer's Landscapes: Troy and Ithaca Revisited.* New Haven, CT and London: Yale University Press.

Luke, D. (1994) *Goethe: Faust Part Two.* Translated with introduction and notes. Oxford: Oxford University Press.

Lyons, D. (1997) *Gender and Immortality: Heroines in ancient Greek myth and cult.* Princeton, NJ: Princeton University Press.

MacDonald, D. R. (1994) *Christianizing Homer: The Odyssey, Plato and the Acts of Andrew.* New York and Oxford: Oxford University Press.

MacLeod, R. (2001) *The Library of Alexandria: Centre of learning in the ancient world.* London: I.B. Tauris.

McQueen, E. I. (ed.) (2000) *Herodotus VI.* With introduction, commentary and bibliography. London: Bristol Classical Press.

Macqueen, J. G. (1975) *The Hittites and Their Contemporaries in Asia Minor*. London: Thames & Hudson.

Magoulias, H. J. (ed.) (1984) *O City of Byzantium: Annals of Nicetas Choniates*. Trans. H.J. Magoulias. Detroit: Wayne State University Press.

Mandel, C. (1980) 'Garbo/Helen: The self-projection of beauty by H.D.', in *Women's Studies* 7: 127–135.

Manniche, L. (1999) *Sacred Luxuries: Fragrance, aromatherapy and cosmetics in ancient Egypt*. London: Opus.

Manning, S. W. (1999) *A Test of Time: The volcano of Thera and the chronology and history of the Aegean and east Mediterranean in the mid second millennium BC*. Oxford: Oxbow.

Marchand, S. L. (1996) *Down from Olympus: Archaeology and philhellenism in Germany, 1750–1970*. Princeton, NJ: Princeton University Press.

Marinatos, N. (1984) *Art and Religion in Thera: reconstructing a Bronze Age society*. Athens: Mathioulakis.

Marinatos, N. (1993) *Minoan Religion: Ritual, image and symbol*. University of Columbia, SC: University of South Carolina Press.

Marinatos, N. (2000) *The Goddess and the Warrior: The naked goddess and mistress of animals in early Greek religion*. London and New York: Routledge.

Marrou, H. (1956) *A History of Education in Antiquity*. Trans. George Lamb. London: Sheed & Ward.

Marsh, J.(ed.) (1999) *Dante Gabriel Rossetti: Collected writings*. London: J.M. Dent.

Martindale, C. (ed.) (1988) *Ovid Renewed: Ovidian influences on literature and art from the Middle Ages to the twentieth century*. Cambridge: Cambridge University Press.

Martindale, C. and Martindale, M. (1990) *Shakespeare and the Uses of Antiquity: An introductory essay*. London: Routledge.

Masse, W. B. (1998) 'Earth, Air, Fire and Water: The archaeology of Bronze Age cosmic catastrophes', in B.J. Peiser, T. Palmer and M.E. Bailey (eds), *Natural Catastrophes During Bronze Age Civilisations: Archaeological, geological, astronomical and cultural perspectives*. BAR International Series 728. Oxford: Archaeopress.

Mayer, K. (1996) 'Helen and the Dios Boule', in the *American Journal of Philology* 117: 1–15.

Mayor, A. (2000) *The First Fossil Hunters. Palaeontology in Greek and Roman Times.* Princeton, NJ: Princeton University Press.

Mayor, A. (2003) *Greek Fire, Poison Arrows and Scorpion Bombs: Biological and chemical warfare in the ancient world.* London: Duckworth.

Meagher, R. E. (2002) *The Meaning of Helen: In search of an ancient icon.* Wauconda, IL: Bolchazy-Carducci.

Mee, C. (1998) 'Gender Bias in Mycenaean Mortuary Practices', in K. Branigan (ed.), *Cemetery and society in the Aegean Bronze Age.* Sheffield: Sheffield Academic Press.

Merkle, S. (1994) 'Telling the True Story of the Trojan War: The eyewitness account of Dictys of Crete', in J. Tatum (ed.), *The Search for the Ancient Novel.* Baltimore, MD: Johns Hopkins University Press.

Meskell, L. (1995) 'Goddesses, Gimbutas and "New Age" archaeology', in *Antiquity*, 69: 74–86.

Minoura, K., Imamura, F., Kuran, U., Nakamura, T., Papadopoulos, G. A., Takahashi, T., Yalciner, A. C. (2000) 'Discovery of Minoan Tsunami Deposits', in *Geology* 28.1: 59–62.

Moorehead, C. (1994) *The Lost Treasures of Troy.* London: Weidenfeld & Nicolson.

Moran, W. L. (1992) *The Armana Letters.* Edited with translation. Baltimore MD: Johns Hopkins University Press.

Morgan, L. (1988) *The Miniature Wall Paintings of Thera: A study in Aegean culture and iconography.* Cambridge: Cambridge University Press.

Mortley, R. (1981) *Womanhood: The femine in ancient Hellenism, Gnosticism, Christianity and Islam.* Rozelle: Delacroix Press.

Mountjoy, P. (1999) 'The Destruction of Troy VIh', in *Studia Troica* 9: 253–293.

Murgia, C. E. and Rodgers, R. H. (1984) 'A Tale of Two Manuscripts', in *Classical Philology* 70: 145–153.

Mylonas, G. E. (1966) *Mycenae and the Mycenaean Age.* Princeton, NJ: Princeton University Press

Mylonas, G. E. (1983) *Mycenae Rich in Gold*. Athens: Ekdotike Athenon Publishers.

Myrick, L. D. (1993) *From the* De Excidio Troiae Historia *to the* Togail Troí: *Literary-cultural synthesis in a medieval Irish adaptation of Dares'* Troy Tale. Heidelberg: C. Winter.

Neville, J. W. (1977) 'Herodotus on the Trojan War', in *Greece and Rome* 24: 3–12.

Nicholson, R. (1974) *Scotland: The later Middle Ages*. Edinburgh: Oliver & Boyd.

Nikolaidou, M. and Kokkinidou, D. (1997) 'The Symbolism of Violence in Late Bronze Age Palatial Societies of the Aegean: A gender approach', in J. Carman (ed.), *Material Harm: Archaeological studies of war and violence*. Glasgow: Cruithne Press.

Nilsson, M. P. (1932) *The Mycenaean Origin of Greek Mythology*. Cambridge: Cambridge University Press.

Nilsson, M. P. (1950) *The Minoan-Mycenaean Religion and Its Survival in Greek Religion*. Lund: C.W.K. Gleerup.

Nixon, L. (1981) 'Changing Views of Minoan Society', in O. Krzyszkowska and L. Nixon (eds), *Minoan Society*. Proceedings of the Cambridge Colloquium 1981. Bristol: Bristol Classical Press.

Nixon, L. (1994) 'Gender Bias in Archaeology', in L.J. Archer, S. Fischler and M. Wyke (eds), *Women in Ancient Societies: An illusion of the night*. Basingstoke, Hants: Macmillan.

Nixon, L. (1999) 'Women, Children and Weaving', in P. Betancourt, V. Karageorghis, R. Laffineur and W.-D. Niemeier (eds), *Meletemata* II: *Studies in Aegean archaeology presented to Malcolm H. Wiener as he enters his 65th year*. Liège: Université de Liège; Austin: University of Texas.

Norgaard, L. and Smith, O. L. (eds) (1975) *A Byzantine* Iliad. Copenhagen: Museum Tusculanum.

Nur, A. (1998) 'The End of the Bronze Age by Large Earthquakes?', in B.J. Peiser, T. Palmer and M.E. Bailey (eds), *Natural Catastrophes During Bronze Age Civilisations: Archaeological, geological, astronomical and cultural perspectives*. BAR International Series 728. Oxford: Archaeopress.

O' Callaghan, T. F. (2003) 'Tempering Scandal: Eleanor of Aquitaine and Benoît de Sainte-Maure' s Roman de Troie' in B. Wheeler and J.C. Parsons (eds), *Eleanor of Aquitaine: Lord and Lady*. New York and Basingstoke, Hants: Palgrave Macmillan.

Olsen, B. A. (1998) 'Women, Children and the Family in Late Aegean Bronze Age: Differences in Minoan and Mycenaean constructions of gender' , in *World Archaeology* 29.3: 380–392.

Ormerod, D. and Wortam, C. (eds) (1985) *Christopher Marlowe, Dr Faustus: The A-Text*. Nedlands: University of Western Australia Press.

Oswald, E. (1905) *The Legend of Fair Helen as told by Homer, Goethe and others: A study*. London: John Murray.

Painter, G. D. (1976) *William Caxton: A quincentenary biography of England' s first printer*. London: Chatto & Windus.

Palaima, T. G. (2003) Review of V.L. Aravantinos, L. Godart and A. Sacconi (eds), *Les Tablettes en linéaire B de la Odos Pelopidou. Édition et Commentaire* (Thèbes Fouilles de la Cadmée 1), in *American Journal of Archaeology* 107.1: 113–115.

Palaima, T. G. (2004) 'Sacrificial Feasting in the Linear B Tablets' , in J.C. Wright (ed.), *The Mycenaean Feast. Hesperia* 73.2: 217–246.

Pantelia, M. C. (1995) 'Theocritus at Sparta: Homeric allusions in Theocritus' Idyll 18' , in *Hermes* 123: 76–81.

Papadopoulos, G. (1996) 'An Earthquake Engineering Approach to the Collapse of the Mycenaean Palace Civilisation of the Greek Mainland' , in S. Stiros and R.E. Jones (eds), *Archaeoseismology*. Athens: IGME and the British School at Athens.

Parke, H. W. and Wormell, D.E.W. (eds) (1956) *The Delphic Oracle*. 2 vols. Oxford: Blackwell.

Parker, H. N. (1992) 'Love's Body Anatomized: The ancient erotic handbooks and the rhetoric of sexuality' , in A. Richlin (ed.), *Pornography and Representation in Greece and Rome*. New York and Oxford: Oxford University Press.

Payer, P. J. (1984) *Sex and the Penitentials: The development of a sexual code 550–1150*. Toronto and London: University of Toronto Press.

Peiser, B. J., Palmer, T. and Bailey, M.E. (eds) (1998) *Natural Catastrophes*

During Bronze Age Civilisations: Archaeological, geological, astronomical and cultural perspectives. BAR International Series 728. Oxford: Archaeopress.

Pelly, K. (2002) 'Trojan Themes and the Classical Ethos in British Poetry of the First World War'. MPhil thesis (unpublished). Faculty of Classics, University of Cambridge.

Perdrizet, P. (1936) 'Objects d'Or de la Période Impériale au Musée Égyptien du Caire: Hélène, soeur d'Aphrodite', in *Annales du Service des Antiquités de l'Égypte* 36: 5–10.

Persson, A. W. (1931) *The Royal Tombs at Dendra near Midea.* Lund: C.W.K. Gleerup.

Petrie, W. M. F. (1889) *Hawara, Biahmu and Arsinoe.* Ed. A.H. Sayce. London. Pickard.

Cambridge, A.W. (1968) *The Dramatic Festivals of Athens.* Second edition. Revised by J.Gould and D.M. Lewis. Oxford: Clarendon Press.

Pipili, M. (1992) 'A Lakonian Ivory Reconsidered', in J.M. Sanders (ed.), *Philolakon: Lakonian studies in honour of Hector Catling.* Oxford: British School at Athens.

Pomeroy, S. B. (2002) *Spartan Women.* New York and Oxford: Oxford University Press

Posluszny, P.(ed.) (1989) *Thomas Nashe,* Summer's Last Will and Testament: a *critical modern-spelling edition.* New York: Peter Lang.

Postle, M. and Vaughan, W. (1999) *The Artist's Model from Etty to Spencer.* London: Merrell Holberton.

Prag, J. and Neave, R. (1997) *Making Faces: Using forensic and archaeological evidence.* London: British Museum Press.

Price, T. H. (1978) *Kourotrophos: Cults and representations of the Greek nursing deities.* Leiden: Brill.

Prins, Y. (1999) *Victorian Sappho.* Princeton, NJ; Princeton University Press.

Quispel, G. (1975) 'Faust, Symbol of Western Man', in *Gnostic Studies* II (Istanbul): 288–307.

Raaflaub, K. A. (1998) 'Homer, the Trojan War and History', in *Classical World* 91.5: 405–413.

Rapp, G. and Gifford, J. A. (1982) *Troy: The archaeological geology.*

Supplementary Monograph 4. University of Cincinnati for Princeton University Press.

Reckford, K. J. (1981) 'Helen in Aeneid 2 and 6', in *Arethusa* 14: 85–99.

Rehak, P. (1999) 'The Mycenaean Warrior Goddess Revisited', in R. Laffineur (ed.), POLEMOS: *Le contexte guerrier en Égée à l'Âge du Bronze*. Liège: Université de Liège; Austin: University of Texas.

Rehak, P. (2002) 'Imag(in)ing a Woman's World in Bronze Age Greece: The frescoes from Xeste 3 at Akrotiri, Thera', in N. Rabinowitz and L. Auanger (eds), *Among Women: From the homosocial to the homoerotic in the ancient world*. Austin: University of Texas Press.

Rehak, P. (2005) 'Children's Work: Girls as acolytes in Aegean ritual and cult' (ed. J.G. Younger), in J. Rutter and A. Cohen (eds), *Coming of Age: Constructions of childhood in the ancient world*. Princeton, NJ: American School of Classical Studies, Athens.

Rehm, R. (1992) *Greek Tragic Theatre*. London: Routledge.

Reilly, C.(ed.) (1981) *Scars Upon My Heart: Women's poetry and verse of the First World War*. London: Virago.

Renfrew, C. (1985) *The Archaeology of Cult: The sanctuary at Phylakopi*. London: British School of Archaeology at Athens. Thames & Hudson.

Reynolds, L. D. and Wilson, N. G. (1974, 3rd edn. 1991) *Scribes and Scholars: A guide to the transmission of Greek and Latin literature*. Second edition. Oxford: Clarendon Press.

Rice, G. P., Jr (1951) *The Public Speaking of Queen Elizabeth: Selections from her official addresses*. New York: Columbia University Press.

Richer, J. (1994) *Sacred Geography of the Ancient Greeks: Astrological symbolism in art, architecture and landscape*. Trans. C. Rhone. Albany: State University of New York Press.

Riddle, J. M. (1992) *Contraception and Abortion from the Ancient World to the Renaissance*. Cambridge, MA: London: Harvard University Press.

Riggs, D. (2004) *The World of Christopher Marlowe*. London: Faber.

Robertson, W. H. (1990) *An Illustrated History of Contraception*. Carnforth, Lancs: Parthenon.

Rollins, H. E. (ed.) (1926) *A Gorgeous Gallery of Gallant Inventions (1578)*.

Cambridge, MA: Harvard University Press.

Roscher, W. H. (1884) *Ausführliches Lexikon der griechischen und römischen Mythologie*. 6 vols. Leipzig: Teubner.

Rose, C. B. (1998) 'Troy and the Historical Imagination', in *Classical World* 91.5: 386–403.

Rose, H. J. (1929) 'The Cult of Artemis Orthia', in R.M. Dawkins (ed.), *The Sanctuary of Artemis Orthia at Sparta: excavated and described by members of the British School at Athens, 1906–1910*. London: Society for the Promotion of Hellenic Studies.

Rosivach, V.J. (1994) *The System of Public Sacrifice in Fourth-Century Athens*. Atlanta, GA: Scholars Press.

Rühfel, H. (1984) *Das Kind in der Griechischen Kunst: von der minoisch-mykenischen Zeit bis zum Hellenismus*. Kulturgeschichte der Antiken Welt 18. Mainz am Rhein: Verlag von Philipp von Zabern.

Rutkowski, B. (1986) *The Cult Places of the Aegean*. New Haven, CT: Yale University Press.

Rutter, J. (2003) 'Children in Aegean Prehistory', in J. Neils and J.H. Oakley (eds), *Coming of Age in Ancient Greece: Images of childhood from the classical past*. New Haven, CT and London: Yale University Press.

Said, E. W. (1978) *Orientalism*. London: Routledge & Kegan Paul.

Sakellarakis, J. A. (1990) 'The Fashioning of Ostrich-Egg Rhyta in the Creto-Mycenaean Aegean', in D.A. Hardy (ed.), *Thera and the Aegean World* III. Proceedings of the Third International Congress, Santorini, Greece, 3–9 September 1989. Vol. 1: *Archaeology*. London: Thera Foundation.

Sakellarakis, Y. and Sapouna-Sakellaraki, E. (1997) *Archanes: Minoan Crete in a new light*. 2 vols. Athens: Ammos Publications/Eleni Nakou Foundation.

Sampson, A. (1996) 'Cases of Earthquakes at Mycenaean and Pre-Mycenaean Thebes', in S. Stiros and R.E. Jones (eds), *Archaeoseismology*. Athens: IGME and the British School at Athens.

Saunders, C. (2001) *Rape and Ravishment in the Literature of Medieval England*. Cambridge: D.S. Brewer.

Schama, S. (1995) *Landscape and Memory*. London: HarperCollins.

Scherer, M. (1963) *The Legends of Troy in Art and Literature*. New York and

London: Phaidon Press for the Metropolitan Museum of Art.

Schliemann, H. (1880) *Ilios: The city and country of the Trojans*. London: John Murray.

Schmitz, G. (1990) *The Fall of Women in Early English Narrative Verse*. Cambridge: Cambridge University Press.

Scranton, R., Shaw, J. W. and Ibrahim, L. (1978) *Kenchreai: Eastern port of Corinth*. Vol. 1: *Topography and Architecture*. Leiden: Brill.

Sewter, E. R.A. (1953) *Fourteen Byzantine Rulers: The Chronographia of Michael Psellus*. Translated with introduction. London: Routledge & Kegan Paul.

Shapiro, H. A. (1999) 'Cult Warfare: The Dioskouroi between Sparta and Athens', in R. HÄgg (ed.), *Ancient Greek Hero Cult*. Proceedings of the Fifth International Seminar on Ancient Greek Hero Cult, organised by the Department of Classical Archaeology and Ancient History, Göteborg University, 21–23 April 1995. Stockholm: Swedish Institute in Athens.

Shawcross, T. (2003) 'Reinventing the Homeland in the Historiography of Frankish Greece: The Fourth Crusade and the legend of the Trojan War', in *Byzantine and Modern Greek Studies* 27: 120–152.

Shelmerdine, C. W. (1985) *The Perfume Industry of Mycenaean Pylos*. Göteborg: Paul Åströms Forlag.

Shelmerdine, C. W. (1998) 'The perfumed oil industry' in J.L. Davis (ed.), *Sandy Pylos: An Archaelogical History from Nestor to Navarino*. Austin: University of Texas.

Shelmerdine, C. W. and Palaima, T. G. (eds) (1984) *Pylos Comes Alive: Industry & administration in a Mycenaean palace*. Papers of a symposium sponsored by the Archaeological Institute of America regional symposium fund. New York: Fordham University.

Sheridan, J. J. (ed.) (1980) *The Plaint of Nature: Alan of Lille*. Translation with commentary. Toronto: Pontifical Institute of Medieval Studies.

Sherratt, S. (2004) 'Feasting in Homeric Epic', in J.C. Wright (ed.), *The Mycenaean Feast*. Hesperia 73.2: yo301–337.

Simon, R. (1961) *Nicolas Fréret, académicien, 1678–1749*. Geneva: Institut et Musée Voltaire.

Skutsch, O. (1987) 'Helen, Her Name and Nature', in *Journal of Hellenic*

Studies 107: 188–193.

Snodgrass, A. M. (1967) *Arms and Armour of the Greeks*. London: Thames & Hudson; Ithaca, NY: Cornell University Press.

Sorley, C. H. (1922) *Marlborough: And other poems*. Cambridge: Cambridge University Press.

Sourvinou-Inwood, C. (1995) *'Reading' Greek Death: To the end of the classical period*. Oxford: Clarendon Press.

Spawforth, A. J.S. (1992) 'Spartan Cults under the Roman Empire' in J.M. Sanders (ed.), *Philolakon: Lakonian Studies in Honour of Hector Catling*. Oxford: British School at Athens.

Spencer, T. (1952) 'Turks and Trojans in the Renaissance', in *Modern Language Review* 47: 330–333.

Spivey, N. J. (1996) *Understanding Greek Sculpture: Ancient meanings, modern readings*. London: Thames & Hudson.

Spivey, N. J. (2004) *Ancient Olympics*. Oxford: Oxford University Press.

Spyropoulos, T. G. (1998) 'Pellana: The administrative centre of pre-historic Lakonia', in W.G. Cavanagh and S.E.C. Walker (eds), *Sparta in Lakonia*. Proceedings of the 19th British Museum Classical Colloquium held with the British School at Athens and King's and University Colleges, London, 6–8 December 1995. London: British School at Athens.

Stiros, S. and Jones, R. E. (1996) *Archaeoseismology*. Athens: IGME and the British School at Athens.

Suzuki, M. (1989) *Metamorphoses of Helen: Authority, difference and the epic*. Ithaca, NY and London: Cornell University Press.

Taplin, O. (1992) *Comic Angels: And other approaches to Greek drama through vasepaintings*. Oxford: Clarendon Press; New York: Oxford University Press.

Taylor, D. (1999) *The Greek and Roman Stage*. Bristol: Bristol Classical Press.

Taylour, Lord W. (1983) *The Mycenaeans*. Revised edition. London: Thames & Hudson.

Thomas, H. (1938–1939) 'The Acropolis Treasure from Mycenae', in *Annual of the British School at Athens* 39: 65–87.

Thompson, D. P. (2003) *The Trojan War: Literature and legends from the*

Bronze Age to the present. Jefferson, NC: McFarland.

Thompson, M. S. (1908–1909) 'Terracotta Figurines: Lakonia I. – Excavations at Sparta 1909', in *Annual of the British School at Athens* 15: 116–126.

Thornton, B. (1997) *Eros: The Myth of Greek Sexuality.* Boulder, CO: Westview Press.

Tomlinson, R. A. (1992) 'The Menelaion and Spartan Architecture', in J.M. Sanders (ed.), *Philolakon: Lakonian studies in Honour of Hector Catling.* Oxford: British School at Athens.

Traill, D. (1995) *Schliemann of Troy: Treasure and deceit.* London: John Murray

Traill, D. A. (1984) 'Schliemann's "Discovery" of "Priam's Treasure" : A re-examination of the evidence', in *Journal of Hellenic Studies* 104: 96–115.

Tringham, R. and Conkey, M. (1998) 'Rethinking Figurines: A critical view from the archaeology of Gimbutas', in L. Goodison and C. Morris (eds), *Ancient Goddesses: The myths and the evidence.* London: British Museum Press.

Tzedakis, Y. and Martlew, H. (eds) (1999) *Minoans and Mycenaeans: Flavours of their time.* National Archaeological Museum 12 July–27 November 1999. Athens: Kapon.

Vallianou, D. (1996) 'New Evidence of Earthquake Destructions in Late Minoan Crete', in S. Stiros and R.E. Jones (eds), *Archaeoseismology.* Athens: IGME and the British School at Athens.

Vandiver, E. (1999) 'Millions of the Mouthless Dead' : Charles Hamilton Sorley and Wilfred Owen in Homer's 'Hades', in *International Journal of the Classical Tradition 5.3* (Winter): 432–455.

Ventris, M. and Chadwick, J. (1973) *Documents in Mycenaean Greek.* Second edition. Cambridge: Cambridge University Press.

Vernant, J. -P. (1991) *Mortals and Immortals: Collected Essays.* Ed. F.I. Zeitlin. Princeton, NJ: Princeton University Press.

Verschur, G. L. (1998) 'Our Place in Space', in B.J. Peiser, T. Palmer and M.E. Bailey (eds), *Natural Catastrophes During Bronze Age Civilisations: Archaeological, geological, astronomical and cultural perspectives.* BAR International Series 728. Oxford: Archaeopress.

Vincent, L. H. (1936) 'Le Culte d' Hélène à Samarie', in *Revue Biblique* 45:

221–232.

Visser, E. (1938) *Götter und Kulte im ptolemÄischen Alexandrien.* Amsterdam: NV Noord-Hollandsche Uitgevers-Mij.

Voutsaki, S. (1992) 'Society and Culture in the Mycenaean World: An analysis of mortuary practices in the Argolid, Thessaly and the Dodecanese' . PhD dissertation (unpublished). University of Cambridge.

Voutsaki, S. (1998) 'Mortuary Evidence, Symbolic Meanings and Social Change: A comparison between Messenia and the Argolid in the Mycenaean period' , in K. Branigan (ed.), *Cemetery and Society in the Aegean Bronze Age.* Sheffield: Sheffield Academic Press.

Voutsaki, S. and Killen, J. (eds) (2001) *Economy and Politics in the Mycenaean Palace States.* Proceedings of a conference held on 1–3 July 1999 in the Faculty of Classics, Cambridge. Cambridge Philological Society, Supplementary Volume 27.

Wace, A. J.B. (1921–1923) 'Excavations at Mycenae: IX – the tholos tombs' , in *Annual of the British School at Athens* 25: 283–402.

Wace, A. J.B. (1964) *Mycenae: An archaeological history and guide.* Reprinted edition. London: Hafner.

Wace, A. J. B. and Stubbings, F. H. (eds) (1962) *A Companion to Homer.* London: Macmillan.

Wace, H. (1939) 'The Ivory Trio: The ladies and boy from Mycenae' . Pamphlet.

Walton, J. M. (1987) *Living Greek Theatre: A handbook of classical peformance and modern production.* New York: Greenwood Press.

Wardle, D. (1988) 'Does Reconstruction Help? A Mycenaean dress and the Dendra suit of armour' , in E.B. French and K.A. Wardle (eds), *Problems in Greek Prehistory.* Papers presented at the Centenary Conference of the British School of Archaeology at Athens, Manchester, April 1986. Bristol: Bristol Classical Press.

Wardle, K. A. and Wardle, D. (1997) *Cities of Legend: The Mycenaean world.* London: Bristol Classical Press.

Wardle, K. A. (2001) 'The Palace Civilisations of Minoan Crete and Mycenaean Greece 2000–1200 BC' , in *The Oxford Illustrated History of Prehistoric Europe.* Oxford: Oxford University Press.

Warren, P. (1988) *Minoan Religion as Ritual Action.* Göteborg: Gothenburg

University.

Warren, P. and Hankey, V. (1989) *Aegean Bronze Age Chronology*. Bristol: Bristol Classical Press.

Waswo, R. (1995) 'Our Ancestors, the Trojans: Inventing cultural identity in the Middle Ages', in *Exemplaria* 7.22: 269–290.

Weir, A. (2000) *Eleanor of Aquitaine: By the wrath of God, Queen of England*. London: Pimlico.

West, M. L. (1975) *Immortal Helen*. Inaugural lecture at Bedford College, University of London.

Wide, S. (1893) *Lakonische Kulte*. Leipzig: B.G. Teubner.

Wiener, M. (2003) 'Time Out: The current impasse in Bronze Age archaeological dating', in K.P. Foster and R. Laffineur (eds), *METRON: Measuring the Aegean Bronze Age*. Proceedings of the 9th International Aegean Conference, Yale University, 18–21 April 2002. Liège: Université de Liège; Austin: University of Texas.

Williams, C. B. (1993) *Pope, Homer and Manliness: Some aspects of eighteenth-century classical learning*. London: Routledge.

Williams, C. K., II (1986) 'Corinth and the Cult of Aphrodite', in M.A. Del Chiaro and W.R. Biers (eds), *Corinthiaca: Studies in honour of Darrel A. Amyx*. Columbia: University of Missouri Press.

Williamson, M. (1995) *Sappho's Immortal Daughters*. Cambridge, MA: Harvard University Press.

Winkler, J. J. and Zeitlin, F. (eds) (1990) *Nothing to Do with Dionysos? Athenian drama in its social context*. Princeton, NJ: Princeton University Press.

Wood, M. (1985) *In Search of the Trojan War*. London: BBC Books.

Woodford, S. (1993) *The Trojan War in Ancient Art*. London: Duckworth.

Worman, N. (1997) 'The Body as Argument: Helen in four Greek texts', in *Classical Antiquity* 16.1: 151–203.

Wright, J. C. (ed.) (2004) *The Mycenaean Feast*. Hesperia 73.2. Princeton, NJ: American School of Classical Studies at Athens.

Wright, W. A. (ed.) (1904) *English Works of Roger Ascham*. Cambridge: Cambridge University Press.

Yates, F. (1975) *Astraea: The imperial theme in the sixteenth century*. London and Boston: Routledge & Kegan Paul.

Yener, K. A. and Hoffner, H. A. (eds) (2002) *Recent Developments in Hittite Archaeology and History: Papers in memory of Hans G. Güterbock*. Ed. with the assistance of S. Dhesi. Winona Lake, IN: Eisenbrauns.

Young, P. H. (2003) *The Printed Homer: a 3,000 Year Publishing and Translation History of the Iliad and the Odyssey*. Jefferson, NC and London: McFarland.

Younger, J. G. (1998) *Music in the Aegean Bronze Age*. Studies in Mediterranean Archaeology and Literature, Pocket-book 144. Jonsered: Paul Åströms Förlag.

Zeitlin, F. (1981) 'Travesties of Gender and Genre in Aristophanes' *Thesmophoriazousae*', in H.P. Foley (ed.), *Reflections of Women in Antiquity*. New York: Gordon & Breach.

Zeitlin, F. (1996) *Playing the Other: Gender and society in classical Greek civilisation*. Chicago, IL: Chicago University Press.

Zweig, B. (1993a) 'The Only Women Who Give Birth to Men: A Gynocentric, Cross-Cultural View of Women in Ancient Sparta.' In Mary DeForest, ed, *Woman's Power, Man's Game: Essays on Classical Antiquity in Honor of Joy King*, pp 32–53. Wanconda, IL: Bolchazy-Carducci.

Zweig, B. (1993b) 'The Primal Mind: Using Native-American models to study women in ancient Greece', in N.S. Rabinowitz and A. Richlin (eds), *Feminist Theory and the Classics*. New York and London: Routledge.

索 引

（索引中的页码系原书页码，即本书页边码）

A

尼可罗·德尔·阿巴特 Abbate, Niccolò dell'：《诱拐海伦》Abduction of Helen 155

亚该亚人／亚加亚人 Achaioí/Achaeans xxxvi, 44

阿喀琉斯 Achilles 10, 73, 86, 199, 204, 208, 215, 232, 334—335

科林斯卫城 Acrocorinth 252—253

阿佛洛狄忒神庙 Aphrodite's temple 253—254

埃德海姆 Adhelm，盎格鲁 - 撒克逊的神学家 Anglo-Saxon theologian 369n27

阿德剌斯忒亚 Adrasteia 248

阿德拉斯托斯 Adrastus 79

密室 adyton 246

斯巴达国王阿格西劳斯 Aegesilaus, King of Sparta 371n7

国王埃勾斯 Aegeus, King 244

埃涅阿斯 Aeneas 6, 119, 122, 155, 277, 290-291, 293

《埃涅阿斯纪》Aeneid 参见维吉尔

埃斯库罗斯 Aeschylus 5, 260

《阿伽门农》Agamemnon 184, 191, 195(n16), 206, 224-225, 263, 339, 380n17

《俄瑞斯忒亚》Oresteia 35

《波斯人》Persians 166-167

埃特拉 Aethra 51, 279

迈锡尼国王阿伽门农 Agamemnon, King of Mycenae xxv, xxvii, 34, 80

在海伦的比武招亲大赛上 at Helen's marriage contest 73, 81

死亡 death 24, 195, 230

杀死伊革革涅亚 kills Iphigeneia 194-196

和特洛伊战争 and Trojan War 7, 10, 78, 157, 193, 194, 204, 211, 279

"阿伽门农的面具" 'Agamemnon's Mask' 35

"英雄时代" 'Age of Heroes' 5, 6, 33

阿基亚·特里亚达 Agia Triada, 克里特：宫殿 Crete: palace 241

阿基亚·特里亚达·帕里亚布科尼亚 Agia

Triada Palaioboukounia，伊利斯：双耳罐 Elis: krater 238

圣尼古拉奥斯博物馆 Agios Nikolaos Museum, 克里特：海螺石雕 Crete: stone conch 85-86

阿格里根顿 Agrigentum，西西里：赫拉神庙 Sicily: temple of Hera 3

阿希亚瓦 Ahhiyawa，地区 land of 169, 170

镶嵌 aiamenos 42

埃癸斯托斯 Aigisthos 78, 195, 230

埃阿斯 Ajax 39, 199, 204, 208, 222, 230

法老奥克亨那坦 Akhenaten, pharaoh 127

阿卡德语 Akkadian（语言 language）126

阿克罗蒂里 Akrotiri 63
   参见锡拉岛

阿拉加·霍裕克 Alaca Höyük, 土耳其：金纺锤 Turkey: golden spindle 232

《阿拉克桑杜条约》Alakšandu Treaty 187, 207, 350n11

阿尔凯奥斯 Alcaeus 130, 363n25

亚西比德 Alcibiades 374n15

阿尔克曼 Alcman 31, 53, 81, 152, 362n7, 363n25
   《少女之歌》Partheneia 56-58, 351n17

亚历山大大帝 Alexander the Great 86, 175, 263, 274, 371n7

暴君亚历山大 Alexander，tyrant 263

亚历山大城 Alexandria，埃及 Egypt 81, 261, 274
   图书馆 Library 272, 274, 275
   博物馆 Museum 274

亚力克西斯 Alexis：有关海伦的喜剧 comedies about Helen 265

阿马纳 Amarna 参见 阿马纳 Tel el Amarna

安布罗西的《伊利亚特》Ambrosian Iliad 267

法老阿蒙诺菲斯三世 Amenophis III, pharaoh 39, 93

乌加里特国王亚米唐陆二世 Ammistamru II, King of Ugarit 129

阿穆鲁 Amurru 129

阿米克莱 Amyklai 71-73, 242

安纳托利亚 / 安纳托利亚人 Anatolia/ Anatolians xxxvi, 8, 12, 80, 124-125
   王位之争 rival potentates 187-189

安喀塞斯 Anchises 290

阿涅摩斯匹利亚（"风之洞"）Anemospilia('Cave of Winds'), 克里特 Crete 231, 320

弗拉·安吉利科 Angelico, Fra 7

以动物献祭 animal sacrifices 31, 85, 247-248, 262

万物有灵论 animism 334-335

安提克鲁斯 Anticlus 220

安提凯希拉 Antikythera: 帕里斯的雕像 statue of Paris 120

安提马科斯 Antimachos 191

阿斐德纳 Aphidnia：山中城堡 hill-fortress 51

阿佛洛狄忒 Aphrodite xxxii, xxxiii
   怀孕和诞生 conception and birth 148-150, 250
   给廷达瑞俄斯家的女人下的诅咒 curse on Tyndareid women 354n28
   和厄洛斯 and Eros 151
   和海伦 and Helen 10, 104, 132, 135, 146, 148, 151, 152, 275, 308
   和"帕里斯评判"and 'Judgement of Paris' 121, 148-149
   和魅力 and kharis 56
   情人 lovers 204
   救帕里斯 saves Paris 210-211

神庙 shrines 157, 246-247

科林斯卫城上的神庙 temple on Acrocorinth 252-253

肯彻里埃的神庙 temple at Kenchreai 252

还可参见 新娘子阿佛洛狄忒的圣所

有美丽臀部的阿佛洛狄忒 Aphrodite Kallipugos, 神庙(西西里) temple of (Sicily) 118

阿波罗 Apollo xxv, 72, 118, 182, 207, 212, 236, 250, 370n19

阿波罗多罗斯 Apollodorus: Epitome 3 132

阿帕琉纳斯 Ap(p)aliunas 207

阿凯亚·克里奥奈 Archaiai-Kleonai: 考古遗址 archaeological site 242

阿卡尼斯 Archanes, 克里特 : 女性骨骼 female skeletons 42, 115

阿瑞斯 Ares xxv, 204

阿尔戈斯人 Argeioí/Argives xxxvi, 44, 134, 165, 205

阿尔戈斯 Argos 76, 245, 395n1

希腊 - 罗马式剧场 Greco-Roman theatre 368n12

厄勒提亚神庙 shrine to Eileithyia 92

阿尔戈斯博物馆 Argos Museum

陶偶 terracotta figurine 98-99

墓碑 tombstone 23

斯巴达国王阿里斯顿 Ariston, King of Sparta 61

阿里斯托芬 Aristophanes:《吕西斯特拉忒》Lysistrata 59, 224, 266

亚里士多德 Aristotle 5, 117, 120

《政治学》Politics 374n17

阿尔迈尼公墓 Armenoi cemetery, 克里特 Crete 饮器和烹饪器皿 drinking and cooking vessels 239

残骸 skeletons 39, 97

赫梯国王阿努旺达 Arnuvanda, King of the Hittites 326, 327

芳香剂 aromatics 108, 183

阿尔忒弥斯 Artemis 194, 196

阿尔忒弥斯·奥尔提亚圣所 Artemis Orthia, sanctuary of 50-51, 54, 59

香水瓶 aryballos 31

小亚细亚 Asia Minor 参见安纳托利亚 / 安纳托利亚人

亚辛 Asine, 希腊 : 骸骨 Greece: skeletons 39, 396n25

赫梯王后阿斯穆尼卡尔 Ašmunikal, Queen of the Hittites 326, 327

日光兰 asphodels 252

亚述人 Assyrians 403n6

阿斯蒂安萨 Astyanassa 182

阿斯蒂阿纳克斯 Astyanax 221

阿塔兰忒 Atalanta 362n1

雅典娜 Athena xxxii, 58, 104, 119, 205, 211

Athenaeus: Deipnosophists 375n20

雅典纳哥拉 Athenagoras: 致马可·奥勒留和康茂德的一封信 letter to Marcus Aurelius and Commodus 248

雅典 / 雅典人 Athens/Athenians 30, 52, 67, 222, 242, 259-260, 304, 305

酒神节 Great Dionysia 261-262

博物馆 museums 330, 还可参见国家考古博物馆

剧场 theatre 216, 260-262

狄奥尼索斯剧场 Theatre of Dionysus 260, 262, 266

女人 women 72

阿索斯 Athos, 山 Mount 225

阿特柔斯家族 Atreus, House of xxxiii, 80, 81,

363n1

阿塔西亚 Attarssiya 184

圣奥古斯丁 Augustine, St 117

奥古斯都大帝 Augustus, Emperor 59

奥利斯 Aulis, 希腊 Greece 194-196, 197

弗朗西斯科·桑托·阿韦利 Avelli, Francesco Xanto: 陶盘画《诱拐海伦》Abduction of Helen 133

B

巴比伦 / 巴比伦人 Babylon/Babylonians 126, 127, 192

河畔 Bankside, 伦敦 London 299, 300

"野蛮人" / "野蛮" 'barbarians' / 'barbarism' 125, 168, 169

约翰·巴顿 Barton, John: 马洛的浮士德博士 Marlowe's Doctor Faustus 307

美貌 beauty 2, 25, 117, 120
　海伦的美 Helen's 2, 3, 25–26, 60–61, 117–118, 119, 173, 241
　选美比赛 beauty contests (kallisteia) 117

贝纳基博物馆 Benaki Museum, 雅典 Athens 330

伊曼纽尔·贝纳基斯 Benakis, Emanuel 330

阿穆鲁国王本特希纳 Benteshina, King of Amurru 129

"柏林女神"（6 世纪）'Berlin Goddess' (6th century) 361n19

柏林博物馆：小双耳瓶 Berlin Museum: amphoriskos 308, 309

埃克托尔·柏辽兹 Berlioz, Hector 7

巴西克湾 Besik Bay 173–175, 176, 198, 220
　墓地 cemetery 175

巴西克特佩 Besik Tepe, 阿喀琉斯冢 'Mound of Achilles' 175–176

庆生托盘 birth trays，意大利 Italian 157

野猪獠牙头盔 boar's–tusk helmets 40, 74–75

船 / 舰队 boats/ships 12, 19, 64, 119, 156, 158, 159, 196, 200–201, 245

乔万尼·薄伽丘 Boccaccio, Giovanni:《关于著名的女性》Concerning Famous Women 240, 377n20

博德利图书馆 Bodleian Library，牛津 Oxford 137; 哈瓦拉荷马 Hawara Homer 272

博德鲁姆 Bodrum，土耳其 Turkey 167

波爱修斯 Boethius:《哲学的慰藉》Consolation of Philosophy 139(n13)

波格兹卡雷博物馆 Bogazkale, Museum of 189

波加斯科 Bogazköy 242
　石刻 rock–carvings 124

彼奥提亚 Boiotia，希腊 Greece 21, 196, 197, 238

博斯普鲁斯海峡 Bosphorus, the 166, 225

波士顿美术馆 Boston Museum of Fine Arts：海伦瓶 Helen vase 180–182

新娘子阿佛洛狄忒的圣所 Bridal Aphrodite, sanctuary of 244–245, 253

布雷塞达 Briseida 292

布里塞伊斯 Briseis 204, 292

不列颠的"建立" Britain, 'founding of ' 290

大英博物馆，伦敦 British Museum, London
　《埃涅阿斯纪》Aeneid 275
　阿马纳泥板 Amarna tablets 158–159
　乳形杯 breast–shaped cup 111
　写有荷马史诗的木板 plank with lines from Homer 271
　化妆盒 pyxis 66
　希腊瓶 vase 222

本杰明·布里顿 Britten, Benjamin 35

鲁珀特·布鲁克 Brooke, Rupert 7, 172

《墨涅拉俄斯和海伦》'Menelaus and Helen' 225–226

特洛伊人布鲁特 Brut the Trojan 291

布鲁图斯 Brutus 290, 291

巴比伦国王布尔纳-布里亚什 Burna–Buriyash, King of Babylon 127

理查德·伯顿 Burton, Richard 306

C

尤利乌斯·恺撒 Caesar, Julius 384n15

开罗博物馆 Cairo Museum：金盘 gold dish 247

卡利马科斯 Callimachus：*Pannychis* 398n14

弗兰克·卡尔弗特 Calvert, Frank 178

阿尔贝·加缪 Camus, Albert 7

《海伦的放逐》'Helen's Exile' 62

《西奥多真经》*Canons of Theodore* 145

罗马卡比托利欧博物馆 Capitoline Museums, Rome 23–24

卡赫美士 Carchemish：石刻 rock–carvings 124

《布兰诗歌》*Carmina Burana* 295

卡珊德拉 Cassandra xxxiii, 66, 184, 203, 221, 230

卡斯托耳和波吕丢刻斯 / 狄俄斯库里兄弟 Castor and Pollux/the Dioscuri xxxi, 24, 26, 51, 53–54, 80, 282, 336

化为星星 as stars 156, 254–255

卡图卢斯 Catullus 165

威廉·卡克斯顿 Caxton, William：《特洛伊故事集》*The Recuyell of the Historyes of Troye* 7

约翰·查德威克 Chadwick, John 319

哈尼亚，克里特岛 Chania, Crete

线形文字 B 泥板 Linear B tablets 319

坟墓 tombs 62, 96

卡俄斯 Chaos xxvi, 150, 205

战车 / 战车御者 chariots/charioteers 183–185

查理曼大帝 Charlemagne 293

杰弗里·乔叟 Chaucer, Geoffrey 7, 146

儿童 children 96, 97–99, 221–223

坟墓 burials 62, 97

尼基塔斯·蔡尼亚提斯 Choniates, Nicetas 269–270

基督教作家 / 基督教教会 Christian writers/ Christianity 144–146, 253, 255, 268, 281–282, 304

还可参见诺斯替派；西门·马古；正统基督教，希腊等条目

阿加莎·克里斯蒂 Christie, Agatha 35

克律塞伊斯 Chryseis 204

克律塞斯 Chryses 204

西塞罗 Cicero 6

On Invention 347n9

基尼拉斯 Cinyras 335

西塞隆 Cithairon 225

爱德华·克拉克 Clarke, Edward 177

西锡安的暴君克利斯提尼 Cleisthenes, tyrant of Sicyon 78

亚历山大的克莱门 Clement of Alexandria：

《导师基督》*The Instructor* 144, 378n4

《克莱门汀布道》*Clementine Homilies* 287

克利奥帕特拉 Cleopatra 348n23

比尔·克林顿 Clinton, Bill 310–311

克吕墨涅 Clymene 279

克吕泰涅斯特拉 Clytemnestra xxxi, xxxiii, 24, 34, 66, 79, 194, 195, 230, 235, 236, 264

货币 coinage 75, 109, 156

莱科波利斯的科里修斯 Colluthus of
　　Lycopolis：《绑架海伦》Rape of Helen 139,
　　149, 153
科隆的圭多 Colonne, Guido delle 182
君士坦丁大帝 Constantine, Emperor 177
君士坦丁堡 Constantinople 177, 268, 384n12
　　赛马场 Hippodrome 268, 270
　　还可参见伊斯坦布尔
比赛 contests
　　选美 beauty 117–119
　　拳击和摔跤 boxing and wrestling 73, 78
　　比武招亲 marriage 71, 73–75, 76, 77,
　　　　78–79, 362n1
　　音乐 musical 245
　　奥林匹克运动会 Olympic Games 252, 261
　　皮提亚运动会 Pythian Games 165
　　水上运动 water–sports 245
避孕药 contraceptives 93
科林斯 Corinth 67, 252, 259
　　博物馆 Museum 253
剑桥基督圣体学院 Corpus Christi College,
　　Cambridge：帕克图书馆收藏的手稿 Parker
　　Library manuscript collection 143
科斯岛 Cos, island of 334
化妆品 cosmetics 25, 53, 108, 109, 159, 253,
　　308
Courcy, Jehan de: Chronique Universelle, dite
　　la Bouquechardiere 181(n25)
托马斯·克里奇 Creech, Thomas：《贺拉
　　斯……的颂歌》The Odes……of Horace
　　121
克里特岛 Crete 156, 161, 317
　　斧头 axes 84
　　"克里特象形文字"'Cretan Hieroglyphic'
　　318

头戴罂粟果花冠的女神 goddess with
　　seedhead diadem 233
戈尔廷法典 Gortyn law code 364n13
线形文字 A Linear A 318
线形文字 B 泥板 Linear B tablets 见克诺索
　　斯
米诺斯人 Minoan 19, 315, 320, 321, 322;
　　参见克诺索斯
迈锡尼人统治时期 under Mycenaeans 20,
　　39, 80–1, 315, 316, 322, 323
神话 myths 316–317
石棺 sarcophagus 85
供品 votive offerings 324–325
参见阿基亚·特里亚达；圣尼古拉奥斯；
　　阿涅摩斯匹利亚；阿卡尼斯；阿尔迈尼；
　　哈尼亚；厄勒提亚岩洞；伊索巴塔；克
　　诺索斯；科莫斯；帕莱卡斯特罗；富尼；
　　瓦伊
J. W. 克劳福特教授 Crowfoot, Professor J. W.
　　282
十字军东征 / 十字军战士 Crusades/
　　Crusaders 268
基克拉泽斯群岛 Cyclades, the 159
　　雕塑 figurines 329
　　还可参见基斯诺斯岛；锡拉岛
巨石建筑 Cyclopean masonry 5, 38, 170,
　　356n16
《塞普利亚》Cypria 6, 122, 132, 148–149,
　　159, 270, 347n4, 350n1, 389n4, 408n6
塞浦路斯 Cyprus 22, 150, 156, 159
基西拉 Cythera 参见 Kythera

D

代达罗斯 Daedalus 317
达奈人 / 达南人 Danaoí/Danaans xxxvi, 44

但丁 Dante Alighieri 7

　《地狱》Inferno 146

达达尼尔海峡 Dardanelles, the 172, 173, 242

达瑞斯 Dares 121(n7), 278, 279–280, 298

波斯国王大流士一世 Darius I, of Persia 166

希腊的"黑暗时代"（公元前1100—前800

　年）'Dark Ages', Greek (1100–800 BC)

　37, 193, 241, 242, 243, 278

中世纪的黑暗时代 Dark Ages, medieval

　275–276, 290

雅克－路易·大卫 David, Jacques–Louis :《帕

　里斯和海伦的爱情》Les Amours de Paris

　et d'Hélène 86–87

死亡的光荣 death, glory of 214–217

死人面具，青铜时代 death–masks, Bronze

　Age 3

克劳德·德彪西 Debussy, Claude 35

约翰·迪伊 Dee, Dr John 289

得伊福玻斯 Deiphobus xxxi, 223, 275

狄凯里亚 Dekeleia 51

托马斯·德克 Dekker, Thomas 304

德尔斐 Delphi 165–166

德尔斐神谕 Delphic Oracle 58, 165, 166, 167,

　231, 334

得墨忒尔圣所 Demeter, sanctuary of 245

登德拉 Dendra :坟墓中的发现 tomb finds

　74–75, 238–239

迪克提斯 Dictys 278–279

狄奥·克里索斯托 Dio Chrysostom 128

　《论特洛伊人》Trojan Discourse 277

第欧根尼·拉尔修 Diogenes Laertius 120

狄俄墨得斯 Diomedes 80, 211

狄俄尼索斯剧场（雅典）Dionysus, Theatre

　of (Athens) 260, 262, 266

"害群之马"狄俄尼索斯 Dionysus of the

Black Goat 245

狄俄斯库里兄弟 Dioscuri, 参见卡斯托耳和波

　吕丢刻斯

疾病 diseases 19, 41, 97

多利安人 Dorians 50, 51–52, 167, 247

衣服款式 dress–styles

　米诺斯人 Minoan 109, 317–318

　迈锡尼人 Mycenaean 98, 109–110, 111

墓道 dromos 238

德莱顿 Dryden, John 7, 377n5

卡罗尔·安·达菲 Duffy, Carol Ann :《美》

　'Beautiful' 131

大仲马 Dumas, Alexandre :《巴黎的莫西干

　人》Les Mohicans de Paris 1

第十八世邓萨尼勋爵爱德华·普朗科特

　Dunsany, Edward Plunkett, 18th Lord :《一

　次面谈》'An Interview' 289

劳伦斯·达雷尔 Durrell, Lawrence :《特洛伊》

　'Troy' 41

染料 dyes 41, 64, 109, 339–340

E

地震 earthquakes 20–21, 240–241, 316

蛋 eggs :其象征意义 as symbols 26–27

埃及／埃及人 Egypt/Egyptians 11, 39, 78,

　81, 102, 126, 189, 233, 242, 326

　和美人 and beauty 376n14

　避孕药 contraceptives 93

　和赫梯人签订《永恒和约》'Eternal

　　Treaty' with Hittites 192

　海伦在埃及 Helen in 128, 156, 160–161,

　　230–231, 232, 277

　海伦崇拜 Helen's cult 247, 250

　商贸 trade 158, 159

　还可参见哈瓦拉；俄克喜林库斯

幽灵 eidolon 11, 160, 219

厄勒提亚 Eileithyia xxxii, 91–92

　神庙 shrine 92

厄勒提亚岩洞，克里特 Eileithyia Cave, Crete 92

埃拉提亚，福基斯 Elateia, Phokis : 城堡 citadel 242

阿基坦的埃莉诺 Eleanor of Aquitaine 291, 292, 293, 294, 295–297

　坟墓 tomb 296

厄勒克特拉 Electra 224, 232, 235

埃列昂 Eleon 197

艾拉芳汀 Elephantine 182

伊利斯 Elis

　选美比赛 beauty contests 117, 118

　战车比赛 chariot races 363n1

伊丽莎白一世 Elizabeth I 263, 289, 299

恩尼乌斯 Ennius :《特洛伊妇女》Trojan Women 400n20

恩诺亚 Ennoia 285, 287, 306

《史诗集成》Epic Cycle 6, 205

　还可参见《塞普利亚》;《小伊利亚特》

Epiphanius: Panarion 404n17, 404n21

伊拉斯谟 Erasmus, Desiderius 400n20

厄里斯 Eris 119, 150, 204

埃里塔（"女祭司"）Erita （'the Priestess'） 80

埃尔米奥尼，希腊 Ermioni, Greece 158

厄洛斯 Eros xxvi, 148, 151, 152, 180, 308, 309, 400n11

Erskine, John: The Private Life of Helen of Troy 408n12

《永恒和约》'Eternal Treaty' 192

伊特鲁里亚 Etruscans, the

　镜子 mirror 225

骨灰瓮 urns 11

秩序 eunomia 52

欧里庇得斯 Euripides 6, 117, 205, 230, 260, 276

　《安德洛玛刻》Andromache 11(n37), 55, 95, 224

　《安德洛墨达》Andromeda 263

　《独目巨人》Cyclops 265

　Electra 264

　《赫卡柏》Hecuba 265, 400n20

　《海伦》Helen 8, 22, 95, 121, 168, 204, 220, 262, 265, 266, 276, 342

　《伊菲革涅亚在奥利斯》Iphigeneia at Aulis 78, 81, 148, 149, 150, 195–196

　《俄瑞斯忒斯》Orestes 116, 235, 236–237, 250

　《特洛伊妇女》Trojan Women 71, 106, 109–110, 116, 168, 222, 230, 260–261, 262, 263, 372–373n16, 375n31, 400n20

欧罗巴遭强奸 Europa, rape of 316

欧罗塔斯河 Eurotas, River 22, 30, 49, 50, 54, 55, 118, 156

阿瑟·埃文斯 Evans, Arthur 19, 318, 321, 322, 324, 326,

《特洛伊的陷落》Excidium Troie 139

F

约翰·浮士德博士 Faust, Dr Johann 302–303; 还可参见克里斯托弗·马洛

庆典 festivals 72, 165, 261–262, 334

扣衣针 fibulae 31

小雕像 / 雕像 figurines/figures

女性 female 72, 329–331

　青铜 / 金属（斯巴达）bronze/metal (Spartan) 53, 59

基克拉泽斯群岛 Cycladic 329

"女神"'goddess' 103, 109, 329–330

陶器制品 terracotta 30, 31, 53, 98–99, 101, 238

还可参见"蛇女神"

男性 male 75, 99, 101

菲拉金浮雕，卡帕多西亚 Firaktin relief, Capadocia 188

剑桥菲茨威廉博物馆 Fitzwilliam Museum, Cambridge：刻有海伦像的镜子 Helen mirror 115–116

普罗旺斯诗歌《弗拉门戈》Flamenca (Provençal poem) 297

亚麻制品 flax–products 43, 109

食物和饮料 food and drink 30, 31, 41, 58, 72, 82–84, 239, 353n10, 362n7

法兰克人 Franks, the 291

伊丽莎白·弗朗茨博士 French, Dr Elizabeth 225

壁画 frescoes 101

米诺斯 Minoan 85–86, 105, 316, 321, 324, 326

迈锡尼 Mycenaean 25, 30, 37, 42–43, 62, 98, 102, 107, 108, 109, 110, 354n28

在皮洛斯发现的 from Pylos 73, 87, 105, 109

在锡拉岛发现的 from Thera 63, 64–66, 71, 109, 111, 198

罗杰·弗赖伊 Fry, Roger 35

G

盖亚 Gaia xxvi, 150, 333

加里波利 Gallipoli 173, 216

伽倪墨得斯 Ganymede 121

赫梯王后盖苏拉维亚 Gassulawiya, Queen of the Hittites 213–214

蒙茅斯的杰弗里 Geoffrey of Monmouth：《不列颠诸王史》Historia Regum Britanniae 290

德国东方学会 German Oriental Society 125

交换礼物 gift–exchanges 123, 126–127, 128, 129, 156

《吉尔伽美什史诗》Gilgamesh Epic, The 384n10

艾伦·金斯伯格 Ginsberg, Allen 35

威廉·格莱斯顿 Gladstone, William 7, 229, 273

诺斯替派 Gnostics 284–285, 287, 309, 404n23

"女神"雕像 / 小雕像 'goddess' figures/ figurines 103, 109, 329–331

"神石"'god–stones' 207–208

约瑟夫·戈培尔 Goebbels, Joseph 35

赫尔曼·戈林 Goering, Hermann 35

约翰·冯·歌德 Goethe, Johann von 7, 10

《浮士德》Faust 310(n10)

《陶里斯的伊菲革涅亚》Iphigenie auf Tauris 195

西蒙·戈德希尔 Goldhill, Simon：《解读希腊悲剧》Reading Greek Tragedy 263–264

金器 goldwork 36–37, 42, 62, 72, 104, 109

高尔吉亚 Gorgias：《海伦颂》Encomium 117, 152(n19)

酒神节 Great Dionysia 261–262

希腊 / 希腊人 Greece/Greeks xxxv–xxxvi, 12, 20

和"野蛮人"and 'barbarians' 125, 168, 169, 170

波斯战争 Persian Wars 166–167

还可参见雅典，德尔斐等城市；迈锡尼人；

斯巴达

希腊内战 Greek Civil War 254

伯纳德·派恩·格伦费尔 Grenfell, Bernard Pyne 138

纪尧姆·德·普瓦捷 Guillaume de Poitiers 7

伊西翁 Gythion 154, 155, 172, 318

H

发型 hair–styles

　　女性 female 64–65, 83, 107

　　男性 male 107, 122

哈利卡纳苏斯 Halicarnassus 167

亚瑟·霍尔 Hall, Arthur：（翻译）《伊利亚特》(trs.) *Iliad* 273

赫梯帝国的伟大君主 Hatti, Great Kings of 124, 125

哈图沙 Hattusa 124–125, 189, 242

　　赫梯泥板和文书 Hittite tablets and texts 125–126, 174, 190

赫梯国王哈图西里三世 Hattusili III, King of the Hittites 169, 189

埃及法尤姆的哈瓦拉 Hawara, Fayum, Egypt：《伊利亚特》*Iliad* 272, 273

H.D.

　　《海伦》*Helen* 312

　　《海伦在埃及》*Helen in Egypt* 177, 244

赫克托耳 Hector xxxi, 10, 120, 122, 171, 177–179, 183, 204, 220, 370n19

　　死亡 death 215, 219, 220

　　墓碑 tomb 177

赫卡柏 Hecuba xxxiii, 109, 151, 168, 261

海伦 Helen xxxi, 3–4

　　和阿佛洛狄忒 and Aphrodite 146, 148–149, 151, 152, 157, 210–211, 247, 275, 308

和雅典剧场 and Athenian theatre 259–260

美貌 beauty 2, 3, 25–26, 60–61, 115–116, 117–118, 172, 206, 240

出生 birth 24–25, 26

胸脯 breasts 109–111, 224

基督徒对海伦的态度 Christian attitudes to 281–288

概念 conception 22–24

崇拜／崇拜的场所和神庙 cults/cult sites and shrines 9, 11, 27, 31, 32, 53, 55–56, 58, 59, 60, 156, 158, 246–248, 250–252, 254

达瑞斯笔下的海伦 Dares' 279–280

死亡 death 235–237, 240

和得伊福玻斯 and Deiphobus 223–224

和德尔斐神谕 and Delphic Oracle 166, 167

衣着 dress 109–110, 111, 317–318

在埃及 in Egypt 128, 156, 160–161, 230–231, 232, 277

阿基坦的埃莉诺和 Eleanor of Aquitaine and 291, 292, 293, 294–297

为赫克托耳写的悼词 funeral speech for Hector 219

作为女神 as goddess 11, 24, 333, 334, 335–338; see also cults

和赫尔迈厄尼 and Hermione 91, 94–95, 153, 232

荷马史诗中的海伦 Homer's 4–5, 6, 10–11, 55, 81, 91, 98, 102, 106, 111, 135, 145, 149, 203–205, 206, 220–221, 232–234, 270, 277, 340–341, 342, 343

和活人祭 and human sacrifice 231–232

和"帕里斯评判" and 'Judgement of Paris' 118–119, 148

在马洛的《浮士德博士》一剧中 in Marlowe's *Doctor Faustus* 298, 299, 300, 301–307

为她举行的比武招亲大会 marriage contest for 71, 73–75, 76, 77, 78

和墨涅拉俄斯 and Menelaus 80–83, 85–86, 91, 106, 224–225, 229–231

在镜子上 on mirrors 115–116

拥有的不同名字 names given to 286

和涅墨西斯 and Nemesis 309–310

画作／画像 paintings/pictures of 2–3, 9, 10, 24–25, 132–133, 134, 155, 157–158, 218–219, 386n27, 还可参见希腊瓶

住的宫殿 palace of 29–30, 31–32

被帕里斯掳走／吸引后逃往特洛伊 and Paris's rape/seduction and flight to Troy 7, 122–123, 127–130, 132–135, 136, 138–140, 144–147, 151, 153–158, 171, 190, 265–266, 279, 292–293

被忒修斯强奸 raped by Theseus 49, 50, 51, 62, 71, 92

恢复名誉 rehabilitation of 292–293, 294–297

以"圣艾尔摩之火"的形象出现 as St Elmo's Fire 255

明艳的外表 'shing' appearance of 41, 106–107, 110

雕像 statues 133, 268, 269–270

石碑上的海伦 on stelae 1–2, 53

和"特洛伊木马计" and the Trojan Horse 11, 221

和特洛伊战争 and the Trojan War 204–205, 206, 215, 218–220

在特洛伊 in Troy 10, 128–129, 183, 190, 191, 194, 203, 206

瓶瓮上描绘的海伦 vase portrayals 4, 6, 116, 180–181, 182, 264, 308, 309–310

被视为妓女 as whore 11, 105, 143–146, 292

树精海伦 Helen Dendritis 335, 336, 408n9

特洛伊的海伦有限公司 Helen of Troy Ltd 2

海伦（马古教派的信徒）Helene (in Magus sect) 283–286

海伦之岛 Helene, island of 参见马克罗尼索斯

海伦节（节日）*Heleneia* (festival) 72, 334

土木香脑 helenin (C6H8O) 253

海伦之花 *Helenium* 参见海伦之花 *Inula helenium*

海伦的温泉浴场 Helen's Baths 参见鲁特拉埃拉尼斯

塞拉普涅山的"海伦神庙" 'Helen's Temple', Therapne hill 30–31

赫拉尼科斯 Hellanikos 356n4

英格兰国王亨利二世 Henry II, of England 291, 292, 293, 294

英格兰国王亨利四世 Henry IV, of England 291

英格兰国王亨利八世 Henry VIII, of England 291

菲利普·亨斯洛 Henslowe, Philip 298, 302

阿瑞纳的赫帕特 Hepat of Arinna 188

赫费斯提翁 Hephaestion 175

赫拉 Hera xxv, 118, 119, 134, 205, 351n17
    基斯诺斯岛上的神庙 shrine on Kythnos 246–247
    阿格里根顿的神庙 temple at Agrigentum 3

赫拉克勒斯 Heracles 5, 53, 198
    克里奥奈的神庙 temple at Kleonai 242

克里特的伊拉克翁博物馆 Heraklion

Museum, Crete

青铜船（残骸）bronze boat (remains) 157–158

象牙 elephant's tusk 317

"游行壁画" Procession Fresco 324

"蛇女神" 'Snake Goddesses' 322

希腊瓶 vase 101

赫库兰尼姆 Herculaneum：《丽达和天鹅》（壁画）Leda and the Swan (wall–painting) 23

赫耳墨斯 Hermes xxxii, 119, 204, 305

赫尔迈厄尼 Hermione 79, 91, 94–95, 153, 232, 236

伯罗奔尼撒半岛的赫尔迈厄尼城 Hermione town, Peloponnese 244, 245

希罗多德 Herodotus 167–168

《历史》Histories 60–61, 78–79, 117, 128, 133, 159, 160–161, 167, 168, 230–231, 247, 277, 374n15, 374n17, 389n4

赫西俄德 Hesiod 2, 37, 250–251

《列女传》Catalogues of Women and Eoiae 2(n6), 71, 73, 76, 118(n9), 127

《神谱》Theogony 102, 149–150, 152, 336

《工作与时日》Works and Days 2(n5), 37(n17)

托马斯·海伍德 Heywood, Thomas 304

希拉里亚 Hilareia 24, 26

海因里希·希姆莱 Himmler, Heinrich 35

希波克莱德斯 Hippokleides 77–78

《希波克拉底文集》Hippocratic Corpus 94

希波达弥亚 Hippodamia 78, 362n1

罗马的希坡律陀 Hippolytus of Rome 283

《驳诸般异端》Refutation of All Heresies 284, 286

希沙利克山 Hisarlik Hill 34, 176, 177–178, 180, 185, 206

《不列颠诸王史》Historia Regium Britanniae 291

《约翰·浮士德博士无耻的一生和应得的死亡》Historie of the Damnable Life, and Deserved Death of Doctor John Faustus, The 302

赫梯人 Hittites, the 8, 12, 78 123, 128, 129, 170–171, 187, 242

风尚 fashions 122

马匹和战车 horses and chariots 183, 184, 185

法律 laws 126, 190

婚姻 marriage 190

女祭司 priestesses 102, 326

"妾"和情妇 'secondary wives' and concubines 187

泥板和文书 tablets and texts 8–9, 126, 183, 186–187, 192–193, 197

"塔瓦伽拉瓦书" Talagalawa letter 169

和约 treaties 189, 192–193

和特洛伊 and Troy 123–124

还可参见王后盖苏拉维亚；哈图沙；穆尔西里二世；王后普度赫帕，

托马斯·霍布斯 Hobbes, Thomas：（翻译）《伊利亚特》(trs.) Iliad 273

《返乡》Homecomings 6

荷马 Homer 37, 79, 102, 112, 169, 177, 184, 197, 230, 236, 267, 270, 278, 337, 341, 342, 343, 410n2

关于海伦的描写参见海伦

还可参见《伊利亚特》；《奥德赛》

《荷马颂歌 致大地母神》Homeric Hymn to the Earth 328

贺拉斯 Horace：《颂歌》Odes 121

基库里的《马经》（赫梯文献）Horse Book

of Kikkuli (Hittite text) 183, 363n20

马 / 马术 horses/horsemanship 75–77,
183–185

活人祭 human sacrifices 33, 194–196,
231–232

大卫·休谟 Hume, David 117

亚瑟·亨特 Hunt, Arthur 138

胡里安人 Hurrians 126, 127, 192
献给伊什塔尔的颂歌 hymn to Ishtar 188

Huysmans, J.K. 392n10

亚辛提亚节（节日）*Hyakinthia* (festival) 72

亚辛托斯 Hyakinthus 72

I

伊卡洛斯 Icarus 316, 317

伊达山 Ida, Mount 225, 323

克里特岛的伊达安洞穴 Idaean Cave, Crete
157

克里特国王伊多梅纽斯 Idomeneus, King of
Crete 210, 278 318

《伊利亚特》（荷马史诗）*Iliad* (Homer) xxxv,
4–6, 44, 87, 174, 176
"安布罗西"（米兰的荷马史诗）
'Ambrosian' (Milan Homer) 267–268
拜占庭（版《伊利亚特》）Byzantine (*O
Polemos tis Troados*) 121(n8)
第一次印刷 first printing 273
残片 fragment of 273
幸存下来 survival of 271, 272–273
译本 translations of 273
不同的版本 variant versions 274
对下列人物事物 的描写和引文
descriptions and quotations from :
埃阿斯 Ajax 39
安德洛玛刻 Andromache 183

"战舰清单"'Catalogue of Ships'
196–197, 198, 212, 245
格劳克斯和狄俄墨得斯 Glaucus and
Diomedes 383n9
赫克托耳和安德洛玛刻 Hector and
Andromache 370n19
海伦 Helen 4–5, 6, 80, 91, 98, 106, 111,
135, 145, 146, 149, 153–154, 183,
203–205, 206, 220–221, 234, 286,
340–341
赫拉 Hera 134
伊多梅纽斯 Idomeneus 278, 318
墨涅拉俄斯 Menelaus 210–211
帕里斯 Paris 86, 120, 121, 122, 135, 153,
154, 159–160, 210–211, 220
波塞冬和大海 Poseidon and the sea 17,
172
特洛伊战争 Trojan War 12, 21, 74, 184,
186, 194, 197–198, 203–205, 207, 211,
213, 217
宙斯 Zeus 100, 308

雅典的伊利乌·梅拉特隆 Iliou Melathron,
Athens 179

伊姆布罗斯 Imbros 170

教皇英诺森三世 Innocent III, Pope 268

海伦之花 *Inula helenium* 253–254, 334

伊菲革涅亚 Iphigeneia xxxiii, 66, 194–196,
231, 264, 357n15

里昂主教爱任纽 Irenaeus, Bishop of Lyons 283

鸢尾油 iris, oil of 108

灌溉 irrigation 38

伊什塔尔 Ishtar 188

塞维利亚的伊西多尔 Isidore of Seville 278
《词源》*Etymologies* 7

伊索克拉底 Isocrates：为海伦而作的颂歌

Encomium on Helen 31, 49, 115, 168–169

克里特岛的伊索巴塔 Isopata, Crete：金戒指 gold ring 104

伊斯坦布尔 Istanbul

考古博物馆的泥板 Archaeological Museum tablet 326–327

还可参见君士坦丁堡

象牙／象牙制品 ivory/ivories 36, 41, 42, 53, 62, 97–98, 109, 156, 158, 159

J

伊阿宋和"阿尔戈"号上的众英雄 Jason and the Argonauts 119, 315

珠宝饰品 jewellery

"海伦的珠宝"'Helen's Jewels' 179

米诺斯的 Minoan 316

迈锡尼的 Mycenaean 3, 36, 42, 43, 98, 104, 110, 333

伊俄卡斯忒王后 Jocasta, Queen 78, 362n1

本·琼森 Jonson, Ben 301

约旦 Jordan：安曼机场 Amman Airport 39

埃克塞特的约瑟夫 Joseph of Exeter：《特洛伊战争》*Trojan War* 25–26, 143–144, 259, 294

"帕里斯评判"'Judgement of Paris' 77, 118–19, 148–149

克里特岛的朱克塔斯山 Juktas, Mount (Crete) 233, 322

朱莉亚（奥古斯都的女儿）Julia (daughter of Augustus) 254

殉道者查士丁 Justin Martyr 283

《第一护教篇》*First Apology* 404n12

K

巴比伦国王卡达什曼·恩利尔二世

Kadashman–Enlil II, King of Babylon 192

卡迭石战役 Kadesh, battle of 124, 183–184, 193

《卡迭石和约》(《永恒和约》) Kadesh, Treaty of ('Eternal Treaty') 192

卡德美亚山 Kadmeia, hill of：迈锡尼建筑的破坏层 Mycenaean destruction layer 21

《卡利亚斯和约》Kallias, Peace of 167

选美比赛 *kallisteia* 请参见选美比赛 beauty Contests

简陋的房屋 *kalyvia* (shacks) 37–38

卡帕蒂亚（"掌管钥匙的人"）Kapatija ('the Keybearer') 80

卡拉贝尔 Karabel：石刻 rock-carvings 124

卡斯塔纳斯 Kastanas 233

卡扎马 Kazarma：圆顶墓 *tholos* tomb 394n14

肯彻里埃遗址 Kenchreai, ruins of 251, 252

刻尔 Ker 150, 218

魅力 *kharis* 56, 61, 112, 229

艾莎·凯特 Kitt, Eartha 306

克里奥奈 Kleonai 242

美名 *kleos* 112, 265

克里特岛的克诺索斯宫殿 Knossos palace, Crete 20, 316, 321, 323

壁画 frescoes 84–85, 105, 321, 324, 326

线形文字 B 泥板 Linear B tablets 91, 92, 96, 319

"蛇女神"'Snake Goddesses' 321–322

储藏室 storerooms 325–326

爱丽丝·科贝尔 Kober, Alice E. 319

眼影的使用 kohl, use of 108

阿尔戈斯附近的科克拉 Kokla, near Argos：圆顶墓中的发现 *tholos* tomb finds 239

克里特岛的科莫斯考古遗址 Komnos

archaeological site, Crete 339–340

曼弗雷德·考夫曼教授 Korfmann, Professor Manfred 180, 206

卡拉奈岛 Kranai, island of 154–155, 266

金银财宝 ktema 80

声望 kudos 112

库瓦塔拉（神庙的女祭司）Kuvatalla (temple-priestess) 326–328

基里克斯陶杯（饮器）kylikes (drinking vessels) 83

基西拉岛 Kythera (Cythera), island of 157, 159, 296, 318

基斯诺斯岛 Kythnos, island of：供品 votive offerings 246–247

L

拉凯戴蒙 Lakedaimonia/Lacedaimon 29, 32, 248, 318

希腊拉科尼亚 Lakonia, 希腊 Greece 29, 248
　参见斯巴达

语言 languages 20, 126, 169, 174

裘德·洛 Law, Jude 307

D. H. 劳伦斯 Lawrence, D. H.：《丽达和天鹅》 Leda and the Swan 23

T. E. 劳伦斯（翻译）Lawrence, T. E.：（trs.）《伊利亚特》 Iliad 273

丽达 Leda xxv, 27, 250
　和天鹅 and the Swan 22–24, 25–26

欧泊亚的勒夫坎第 Lefkandi, Euboia：城堡 citadel 242

莱尔瓦尼 Lelwani 213

利姆诺斯 Lemnos 170, 225

莱昂纳多·达芬奇 Leonardo da Vinci 7, 25
　《丽达和天鹅》Leda and the Swan 23

莱斯博斯 Lesbos：选美比赛 beauty contests 117

琉喀波斯之女（希拉里亚和福柏）Leucippides, the (Hilareia and Phoebe) 24, 26

莫妮卡·莱温斯基 Lewinsky, Monica 310–311

阿兰·德里尔 Lille, Alan de：《大自然的哀叹》 The Plaint of Nature 144–145

线形文字 A 的字母系统 Linear A script 318

线形文字 B 的字母系统 / 泥板 Linear B script/tablets 8, 38, 42, 43, 83, 98, 102, 109, 318–320, 340
　克诺索斯出土的 from Knossos 91, 92, 96, 318
　皮洛斯出土的 from Pylos 36, 76, 80, 83, 107
　底比斯出土的 from Thebes 197, 198, 223, 319
　塞拉普涅出土的 from Therapne 32
　梯林斯出土的 from Tiryns 319

亚麻 linen 109

《小伊利亚特》 Little Iliad 6, 223

伦敦 London 290, 304–305
　河畔 Bankside 299, 300–301
　伦敦石 London Stone 289–290
　瘟疫 plague 305
　玫瑰戏院 Rose Theatre 298, 300–301, 303, 305

埃德温·朗 Long, Edwin
　《被选中的五人》 The Chosen Five 2–3
　《寻找美人》 The Search for Beauty 3

法国国王路易七世 Louis VII, of France 292

鲁特拉埃拉尼斯（海伦的温泉浴场）Loutra Eleni (Helen's Baths) 251–252, 253, 336

巴黎的卢浮宫和博物馆 Louvre Palace and Museum, Paris 57, 87, 132–134

卢坎 Lucan：《内战》*Civil War* 348n23,
    384–385n15
琉善 Lucian
    《死人对话集》*Dialogues of the Dead* 305
    《诸神的对话》*The Judgement of the
        Goddesses* 25(n16), 308(n4)
    《一个真实的故事》*True Story* 335
卢卡人居住区 Lukka Lands 169, 170
马丁·路德 / 路德教派 Luther, Martin/
    Lutherans 302, 303
吕西亚 Lycia 170
卡尔基斯的吕哥弗隆 Lycophron of Chalcis：
    《亚历山大城》*Alexandra* 11(n38), 247
来库古（"立法者"）Lycurgus（'the Law–
    Giver'）52
约翰·利德盖特 Lydgate, John：《特洛伊书》
    The Troye Book 277, 403n5
吕底亚 / 吕底亚人 Lydia/Lydians 156, 167
里格达米斯 Lygdamis 167
竖琴 lyres 85, 87

M
伊恩·麦克莱恩 McKellen, Ian 307
西门·马古 Magus, Simon 283–285, 286–288,
    300, 302
安杰罗·迈 Mai, Angelo 267–269
马克罗尼索斯岛 Makronissos, island of 254
马利亚宫殿（克里特岛）Mallia (Crete), palace
    of 18, 109, 323
    海螺石雕 stone conch from 85–87
曼彻斯特博物馆 Manchester Museum：双耳
    大饮杯 *skyphos* 208
马拉松战役 Marathon, battle of 51, 167
克里斯托弗·马洛 Marlowe, Christopher 7
    《帖木尔大帝》*Tamburlaine* 2(n3)

《浮士德博士的悲剧》*The Tragical History
    of Dr Faustus* 152(n18), 206, 298–299,
    300, 301–302, 303–304, 305, 306–307
比武招亲大会 marriage contests 71, 73–75,
    76, 77, 78–79, 362n1
马提亚尔 Martial：《隽语》*Epigram* 14, 271
"描绘帕里斯评判的大师" 'Master of the
    Judgement of Paris'：庆生托盘 birth tray
    157
克里特岛的马达拉 Matala, Crete 339
药物 medicine 64, 93, 97, 212, 213, 233, 254
麦格罗斯塔特 Megalostrata 59
墨伽彭忒斯 Megapenthes 91, 335
米洛斯战役 Melos, battle of 222
埃及孟斐斯 Memphis, Egypt 160
    海伦的雕像 statue of Helen 247
莫内莱恩 Menelaion, the 30, 53, 61
斯巴达国王墨涅拉俄斯 Menelaus, King of
    Sparta xxv, 79, 80
    外表 appearance 65
    孩子 children 80, 92
    参加为海伦举办的比武招亲大会和婚礼
        contest for Helen and wedding 10, 73,
        78, 81, 83
    在克里特 in Crete 127, 132, 147, 318
    和帕里斯交战 fight with Paris 80, 210–211
    和海伦的死 and Helen's death 235–236,
        250
    和特洛伊围城 and siege of Troy 191, 193,
        194, 199
    原谅海伦，返回斯巴达 sparing of Helen
        and return to Sparta 11, 109–110, 156,
        180–181, 229–231, 263, 279
    和海伦在斯巴达 in Sparta with Helen 55,
        233

墨尼波斯 Menippus 305

伯罗奔尼撒地区的迈萨纳 Methana,
    Peloponnese
    骑马人雕像 horseman figurines 75
    仪式 ritual 245

米开朗基罗·博那罗蒂 Michelangelo
    Buonarroti:《丽达》Leda 23

阿尔戈斯附近的米德亚 Midea, near Argos 241

"米兰的荷马史诗"'Milan Homer' 267–269

"米拉瓦塔信件"'Milawata Letter' 188(n10)

米利都 Miletus 39, 80

米诺斯人 Minoans 19, 20, 39, 93, 315, 316,
    320, 321, 322–323
    墓地 burials 318
    穿衣风格 dress–styles 109, 317–318
    壁画 frescoes 84–85, 105, 316, 321, 324, 326
    金杯 gold cups 318
    印章石 seal–stone 85
    文字 writing 318–319

米诺斯王 Minos, King 19

弥诺陶洛斯 Minotaur 51, 317

《官员之鉴》Mirror for Magistrates, A 300

镜子 mirrors 53, 59, 115–116, 225, 238

古斯塔夫·莫罗 Moreau, Gustave 218–219
    《特洛伊城墙上的海伦》Helen at the
        Ramparts of Troy 218
    《斯卡恩门的海伦》Helen at the Scaean
        Gate 219

死亡率 mortality rates 31, 92–93, 97

大地母神 Mother Earth/Goddess 329,
    332–333

埃及穆卡纳 Mukana, Egypt 39

染料海螺 murex sea–snails 339–340, 341

赫梯国王穆尔西里二世 Mursili II, King of
    the Hittites 223

音乐和乐器 music and musical instruments
    59, 85–86, 87, 100, 187, 261, 366–367n37

穆斯科比 Muskebi 81

迈锡尼 Mycenae 32, 33, 34–36, 44, 72, 242, 326
    水槽 cisterns 356n16
    祭坛 cult centre 42, 93, 103–104
    雕像和人偶 figurines and idols 75, 99, 103,
        241
    壁画 frescoes 42, 62, 102, 103, 108
    坟墓 graves 39, 96–97, 212
    牙雕 ivories 97, 98
    珠宝饰品 jewellery 69, 104
    线形文字 B 泥板 Linear B tablets 319
    狮子门 Lion Gate 35, 102–103
    施里曼的发掘 Schliemann's excavations
        34–35, 36, 39
    "斯芬克斯"头像 'Sphinx' head 103
    "克吕泰涅斯特拉之墓"'Tomb of
        Clytemnestra' 237, 238
    "阿特柔斯宝库"'Treasury of Atreus'
        237, 238

迈锡尼人 Mycenaeans, the xxxvi, 12, 19–20,
    21, 79, 126, 240–243
    战车 chariots 183–184, 185
    城堡 citadels 225, 还可参见迈锡尼
    和埃及人的关系 and Egyptians 95, 242
    扩张 expansionism 38, 78–79
    雕像和人偶 figurines and idols 30, 31, 72,
        75, 98–99, 103, 241, 253
    食物和饮料 food and drink 84–86
    壁画 frescoes 25, 30, 37, 42–43, 98, 102,
        107, 109, 110, 111, 112, 354n28
    黄金制品 goldwork 36–37, 42, 62, 72, 109
    坟墓和墓葬 graves and burials 39, 42,
        96–97, 212, 237–239

　　和赫梯人的关系 and Hittites 12, 170–172,
　　　　242

　　象牙制品 ivories 36, 41, 42, 62, 97–98, 109

　　珠宝饰品 jewellery 3, 36, 42, 43, 98, 104,
　　　　110, 333

　　米诺斯人的影响 Minoan influences
　　　　317–318, 322–323

　　陶器 pottery 30, 31, 32, 39, 41, 248–249, 318

　　奴隶 slaves 38

　　圆顶墓 tholos tombs 36, 42, 238, 248, 249,
　　　　318

　　商业贸易 trade 12, 20, 39, 41, 43, 174

　　和特洛伊人的关系 and Trojans 128–130,
　　　　170–171

　　兵器 weaponry 36, 39–40, 44

　　文字 writing 319, 320

　　还可参见迈锡尼；皮洛斯；塞拉普涅；梯
　　　　林斯

米科诺斯 Mykonos, island of：陶缸 pithos 223

N

纳夫普利翁博物馆 Nafplion Museum 74

埃及拿戈玛第 Nag Hammadi, Egypt 284

托马斯·纳什 Nashe, Thomas
　　《关于四旬斋的事》Of Lenten Stuff 71

伦敦国家美术馆 National Gallery, London：
　　庆生托盘 birth tray 157

纳芙蒂蒂王后 Nefertiti, Queen：圣甲虫
　　scarab 159

涅墨西斯 Nemesis 248, 309–310, 350n1

尼尼奥斯 Nennius：《不列颠史》Historia
　　Brittonum 290

皇帝尼禄 Nero, Emperor 7, 278

涅斯托耳 Nestor 203, 230
　　宫殿 palace 请参见皮洛斯

《新科学家》杂志 New Scientist Magazine 2

尼科斯特拉托斯 Nikostratos 336

诺曼人 Normans, the 291

《返乡》Nostoi, the 230

O

拜占庭版《伊利亚特》O Polemos tis Troados
　　(Byzantine Iliad) 121(n8)

黑曜石刀片 obsidian blades 108

奥德修斯 Odysseus 10, 65, 78, 191, 193, 194,
　　199, 221, 230, 265, 279, 348n17, 392n7

《奥德赛》Odyssey（荷马史诗）4, 5, 34, 274
　　和下列内容有关的描写和引文：
　　descriptions and quotations from：
　　　克里特岛 Crete 315
　　　厄勒提亚岩洞 Eileithya caves 92
　　　海伦 Helen 6, 11(n36), 31, 55, 135, 146,
　　　　232
　　　赫尔迈厄尼 Hermione 91
　　　婚礼 marriage feasts 83–86
　　　墨涅拉俄斯 Menelaus 229
　　　奥德修斯 Odysseus 230, 还可参见奥德
　　　　修斯
　　　关于油脂的使用 on use of oil 106–107
　　　斯巴达 Sparta 58
　　　斯巴达宫殿 Spartan palace 29, 33, 36
　　　忒勒马科斯 Telemachus 29, 31
　　　特洛伊木马 Trojan Horse 221

底比斯国王俄狄浦斯 Oedipus, King of
　　Thebes 78, 362n1

雅克·奥芬巴赫 Offenbach, Jacques：《美丽
　　的海伦》La Belle Hélène 10

芳香油 oils, perfumed 107–108, 216–217

橄榄油 olive oil 41, 106–107, 241

希腊奥林匹亚 Olympia, Greece 5, 58

奥林匹克运动会 Olympic Games 252, 261

奥林匹斯山 Olympus, Mount 100, 119

莫里斯·德·欧比奥 Ombiaux, Maurice des：
《海伦的乳房》'Sein d'Hélène' 110–111

土地"收益"onata 80

奥尼亚山 Oneia, Mount 251

鸦片／罂粟 opium/opium poppies 233

俄瑞斯忒斯 Orestes 24, 79, 195, 235, 236

奥尔提亚 Orthia 50

鸵鸟蛋 ostrich eggs 27

乌拉诺斯 Ouranus 150

奥维德 Ovid 6
《爱情三论》Amores 295
《爱的艺术》The Art of law (Ars Amatoria)
91, 145, 146–147, 295
《拟情书》Heroides 9, 60, 95, 105, 110,
132, 151, 295, 308
《变形记》Metamorphoses 237, 295
《爱的医疗》Remedia Amoris 295

埃及的俄克喜林库斯（巴哈纳沙）
Oxyrhynchus (Bahnasa), Egypt 137

P

克里特岛的帕莱卡斯特罗 Palaikastro, Crete
318
发现的青年雕像 kouros from 317

帕拉米迪–普罗诺亚公墓 Palamidi–Pronoia
cemetery：发现的文物 finds 212

塞浦路斯的帕福斯 Paphos, Cyprus：阿佛洛
狄忒圣所 sanctuary of Aphrodite 22

莎草纸手卷 papyrus rolls 273, 274–275
荷马史诗残片 Homeric fragment 273

帕里斯 Paris xxv, 8, 120–121
亚历山大的别名 alternative name of
Alexander 187, 279

外貌 appearance 120, 121–122

死亡 death 11, 223, 232

"评判"'Judgement' of 78, 118, 148–149

和墨涅拉俄斯 and Menelaus 80, 154, 191,
193, 210–211

音乐家 as musician 86

在奥维德的《拟情书》中的形象 in Ovid's
Heroides 308

诱拐／引诱海伦 rape/seduction of
Helen 7, 122–123, 127–129, 132–135,
136, 138–140, 144–151, 157, 171, 279,
292–293

和海伦一起返回特洛伊 return to Troy with
Helen 153–156, 159–60, 180–182, 190,
265–266, 294–295

被海伦嘲讽 scorned by Helen 211, 220

雕像（安提凯希拉出土）statue (from
Antikythera) 120, 122

马修·帕里斯 Paris, Matthew 295

多萝西·帕克 Parker, Dorothy 281

马修·帕克 Parker, Matthew 143

王后帕西法厄 Pasiphae, Queen 316

帕特洛克罗斯 Patroclus 86, 175, 207, 230

圣保罗 Paul, St：《保罗达哥林多人前书》
letter to Corinthians 398–399n11

帕萨尼亚斯 Pausanias 26
《希腊志》Periegisis Hellados 26, 27, 61,
79, 92, 150, 237(n5), 244, 245–246, 251,
253, 334, 335

珀伊托 Peitho 180

珀琉斯 Peleus 118, 119

佩立翁山 Pelion, Mount 86, 118, 119

佩拉纳 Pellana：挖掘工作 excavations
248–249

伯罗奔尼撒半岛 Peloponnese, the 20, 22, 77,

161, 172, 244–246, 248–249

地震 earthquakes 20–21, 240

罂粟 opium poppies 233

还可参见迈锡尼；斯巴达

伯罗奔尼撒战争 Peloponnesian War 51, 222

伊利斯国王珀罗普斯 Pelops, King of Elis 5, 79, 362n1

珀涅罗珀 Penelope 78, 230, 354n31, 408n8

香水 perfumes 41, 107–108, 182–183

《关于少女》Peri Parthenion 94

伯里克利 Pericles：悼词 Funeral speech 264–265

珀耳塞福涅 Persephone 51

波斯帝国 Persian Empire 120, 175

波斯战争 Persian Wars 166–167, 198, 274

阿克塞尔·佩尔森 Persson, Axel 238–239

圣彼得·达米安 Peter Damian, St 145

威廉·弗林德斯·皮特里 Petrie, William Flinders 272

克里特岛的斐斯托斯宫殿 Phaistos palace, Crete 323–324, 339

Φ 型陶偶 phi–type terracotta figurines 99–100, 253

菲朗妮斯 Philaenis 182

腓利 Philip, St 283

菲利普斯 Philippus 375n15

菲罗克忒忒斯 Philoctetes 73, 76

福柏 Phoebe 24, 26

克里特岛的富尼 Phourni, Crete：墓地遗址 burial site 320

品达 Pindar 50, 252

《奥林匹亚颂歌》Olympian Ode 247

大陶罐（储存罐）pithoi (storage jars) 41, 101, 226, 241, 325

瘟疫 plague 212–213, 231, 305

普拉提亚战役 Plataea, battle of 167, 222

普拉塔尼斯塔斯 Platanistas：崇拜海伦的场所 Helen cult site 53, 55–56, 58

柏拉图 Plato 6, 117, 137

《会饮篇》Symposium 374n15

约翰·格奥尔格·普拉策 Platzer, Johan Georg：《掳走海伦》The Rape of Helen 25

迈锡尼国王普勒斯忒涅斯 Pleisthenes, King of Mycenae 367–368n2

老普林尼 Pliny the Elder：《自然史》Natural Histories 110, 253, 254, 340, 347n9, 402n8

普罗提诺 Plotinus

《论美》On Beauty 374n15

《论可理解之美》On the Intelligible Beauty 321, 374n15

普鲁塔克 Plutarch

《来库古传》Life of Lycurgus 82, 94, 138, 139

《佩洛披达斯传》Life of Pelopidas 363

《梭仑传》Life of Solon 334

《道德论集》Moralia 398n14

法国普瓦捷 Poitiers, France：公爵大厅 Ducal Hall 291, 292, 296

波利比乌斯 Polybius 138

斯巴达的一妻多夫制 polyandry, Spartan 138–139

罗德岛王后波吕克索 Polyxo, Queen of Rhodes 335, 395n5

亚历山大·蒲柏 Pope, Alexander：(翻译)《伊利亚特》(trs.) Iliad 273

波塞冬 Poseidon xxxii, 17

珀特尼亚 potnia 102

陶器 pottery 参见雕像；希腊瓶

埃兹拉·庞德 Pound, Ezra 7

普拉克西特列斯 Praxiteles：《阿佛洛狄忒》

Aphrodite 361n19

怀孕 pregnancies 92–93

国王普里阿摩斯 Priam, King xxxiii, 10, 119,
121, 128, 161, 187, 191, 205, 294

死亡 death 220

宫殿 palace 178

"普里阿摩斯的珍宝" 'Priam's Treasure'
179–180

普里阿匹亚 Priapea：《献给阳具之神的诗歌》
'Poems for a Phallic God' 267

女祭司 priestesses 102, 104–105, 325,
326–327

托马斯·普罗克特 Proctor, Thomas

Gallery of Gallant Inventions 393n22

《海伦的抱怨》'Helen's Complaint' 306

《海伦堕落一事对卖淫业的影响》*The
Reward of Whoredome by the Fall of
Helen* 146

普罗佩提乌斯 Propertius：《挽歌》*Elegies*
60, 110

埃及国王普罗透斯 Proteus, King of Egypt
128, 231

Ψ 型陶偶 psi–type figurines 99

克里特岛的西克罗洞 Psychro Cave, Crete：
供品 votive offerings 324

托勒密一世 Ptolemy I 274

托勒密二世 Ptolemy II 274

成人仪式 puberty rites 50–51

赫梯王后普度赫帕 Puduhepa, Queen of the
Hittites 188–190

印章 seal 189–190

紫色染料 purple dye 41, 339–341

皮拉德斯 Pylades 235, 236

皮洛斯 Pylos 354n28, 356n15

壁画 frescoes 62, 73, 86, 105, 109

线形文字 B 泥板 Linear B tablets 80,
83–84, 100, 107, 212, 223, 319

"涅斯托耳宫殿" 'Nestor's Palace' 31–32,
36, 43, 84, 107, 230, 325, 326

香水制造业 perfume manufacture 108

女奴 slave women 38

皮提亚 Pythia 166

皮提亚运动会 Pythian Games 165

化妆盒 *pyxis* (cosmetics box) 66

Q

士麦那的昆塔斯 Quintus of Smyrna：《特洛
伊的陷落》*The Fall of Troy* 116

R

拉美西斯二世 "大帝" Rameses II ('the
Great') 124, 183–184, 189, 193

《克莱门文鉴》*Recognitions* 287

《特洛伊故事集》*Recuyell of the Historyes of
Troye, The* 7

圭多·雷尼 Reni, Guido：《诱拐海伦》*The
Abduction of Helen* 386n27

诵诗者 *rhapsodes* 100, 220

罗德岛 Rhodes, island of 159, 335–336, 409n9

高脚杯 goblet 110

德维兹的理查德 Richard of Devizes 296

阿蒂尔·兰波 Rimbaud, Arthur：《地狱一季》
Season in Hell 49

青铜时代的戒指 rings, Bronze Age 3, 15, 42,
156, 333

理查德·罗宾逊 Robinson, Richard：《邪恶的
报应》*The Reward of Wickedness* 146

让·德·梅恩《玫瑰传奇》*Roman de la
Rose*, Jean de Meun 375n26

乔凡尼·弗朗西斯科·罗马内利 Romanelli,

Giovanni Francesco : 壁画 wall–painting 9

罗马人 Romans 7, 54, 271, 278

　　还可参见罗马

罗马 Rome 7, 59

　　卡比托利欧博物馆 Capitoline Museums
　　23–24

　　"金宫" Domus Aurea 7

　　建城 founding of 277, 290, 291

　　朱图耳娜水潭的祭坛 Lacus Juturnae altar
　　227, 253

伦敦玫瑰戏院 Rose Theatre, London 298,
　　300–301, 303, 305

亚历山大·罗斯 Ross, Alexander :
　　Mystagogus Poeticus 146

但丁·加百利·罗塞蒂 Rossetti, Dante
　　Gabriel 7

　　《特洛伊城》'Troy Town' 106

彼得·保罗·鲁本斯 Rubens, Peter Paul

　　《诱拐海伦》Abduction of Helen 155

　　《丽达和天鹅》Leda and the Swan 23

伯恩茅斯的罗素–科特斯藏品 Russell–Cotes
　　collection, Bournemouth 2

S

《伊利昂的陷落》Sack of Ilium 6

牛津的萨克勒图书馆 Sackler Library, Oxford
　　57

番红花 saffron 41, 64, 66, 109

"圣艾尔摩之火" St Elmo's Fire 255

圣莫尔的伯努瓦 Sainte–Maure, Benoît de :

　　《特洛伊传奇》Roman de Troie 292–293,
　　294–297

萨拉米斯战役 Salamis, battle of 166

巴勒斯坦的撒马利亚 Samaria–Sebaste,
　　Palestine 284

（破碎的）女性雕像 female statue (broken)
　　281–282, 288

萨摩斯岛 Samos, island of 167

萨莫色雷斯 Samothrace 170

萨皮努瓦泥板 Sapinuwa tablets 187

萨福 Sappho 2, 6, 94, 117, 136–137, 197

　　《残篇 16》Fragment 136, 137–138, 139

埃及萨卡拉 Saqqara, Egypt : 莎草纸手卷的发
　　现地 papyri from 57

让–保罗·萨特 Sartre, Jean–Paul 35

《海伦的淫荡婚姻》（羊人剧）'Satyric
　　Marriage of Helen, The' (satyr play)
　　265–266

尊敬的亚奇博德·萨依斯 Sayce, Reverend
　　Archibald 124

斯卡曼德河 Scamander River 177, 206, 209

弗里德里希·席勒 Schiller, Friedrich 9

海因里希·施里曼 Schliemann, Heinrich 30,
　　34, 35, 36, 39, 178–180, 186, 207, 342

索菲亚·施里曼（原名恩加斯特梅诺斯）
　　Schliemann, Sophia (née Engastromenos)
　　179, 396n16

抄写者 scribes 273

海螺 sea–snails 参见染料海螺

印章石 seal–stones 42, 101, 103, 104, 156,
　　189, 323, 333–334

塞涅卡 Seneca :《特洛伊妇女》Troades
　　(Trojan Women) 169(n19), 400n20, 407n24

塞尔维乌斯 Servius 275

塞萨雷·德·塞斯托 Sesto, Cesare da :《海伦
　　的诞生》Birth of Helen 25

威廉·莎士比亚 Shakespeare, William 7, 301,
　　304

　　《鲁克丽丝受辱记》Lucrece 407n23

　　《特洛伊罗斯与克瑞西达》Troilus and

Cressida 292, 407n23

帕特里克·肖－斯图尔特 Shaw–Stewart, Patrick :《无题诗》untitled poem 217–218

珀西·比希·雪莱 Shelley, Percy Bysshe : 翻译《伊利亚特》(trs–) *Iliad* 273

舰队 ships 请参见船

西西里 Sicily 82, 160, 165

神庙 temples 3, 118

西锡安 Sicyon : 统治家族 House of 78

求婚比赛 marriage contest 79

西顿 Sidon 156

"西门派" Simonians 283

西蒙尼得斯 Simonides 166

西农 Sinon 221

克里特岛的锡蒂亚博物馆 Sitia Museum, Crete : 青年雕像 *kouros* 317

克里特岛的斯科蒂诺岩洞 Skotino Cave, Crete 325

拉科尼亚斯库拉 Skoura, Laconia : 小雕像 figurine 329

奴隶 slaves 38, 160, 222

米诺斯的"蛇女神"'Snake Goddesses', Minoan 321–322

信徒 votary of 317

苏格拉底 Socrates 52, 118, 151–152, 160

梭伦 Solon 136–137

索菲亚·普鲁尼科斯 Sophia Prouneikos 286

索福克勒斯 Sophocles 94, 260

《追讨海伦》散佚 *Helenes Apaitesis* (lost play) 191

查尔斯·汉密尔顿·索利 Sorley, Charles Hamilton

《我没有带我的〈奥德赛〉》'I Have Not Brought My Odyssey' 215

《为了纪念》'In Memoriam' 217

索西比乌斯 Sosibus 255

《苏达辞书》*Souda* (encyclopaedia) 182

巴蒂斯塔·斯巴尼奥利(巴蒂斯塔·曼图亚努)斯 Spagnuoli, Baptista (Baptista Mantuanus) 407n24

斯巴达／斯巴达人 Sparta/Spartans 27, 51–52

卫城 acropolis 26

气候 climate 22

行为准则 codes of behaviour 53–54

秩序 eunomia 52

考古挖掘和发现 excavations and findings 27–28, 29, 47, 53, 84, 87

女性仪式 female rituals 55–58

少女的训练体制 girls' traing regime 58–60

和海伦 and Helen 3, 12, 27, 51, 52, 53–54, 55, 118

"掳掠式婚姻"'marriage by capture' 82

婚礼 marriage feasts 83–85

伯罗奔尼撒战争 Peloponnesian War 51, 222

瘟疫 plague 231

政治和社会制度 political and social systems 52

一夫多妻制 polygyny 138–139

和西西里 and Sicily 81, 160

"排外条例" xenelasia 52

仪式化友谊 *xenos/xenia* 122–123

还可参见斯巴达博物馆；塞拉普涅

斯巴达博物馆 Sparta Museum 1, 31, 56, 91–92

石碑 stele 1–2

斯巴达 Sparti 53

埃德蒙·斯宾塞 Spenser, Edmund 7

T. G. 斯派罗普洛斯博士 Spyropoulos, Dr T.

G. 248, 249

Statius: *Thebaid* 255(n25)

拜占庭的斯蒂芬斯 Stephanus of Byzantium 253(n14)

斯特西克鲁斯 Stesichorus 160, 224, 230, 265, 277, 365n4, 368n12

陶罐 stirrup jars 108

斯特拉波 Strabo：《地理学》 *Geography* 170, 252

约翰·斯特劳斯 Strauss, Johann 7

意大利苏埃苏拉的墓地 Suessula cemetery, Italy：陶瓶 vase 180–181

《特洛伊故事集》 *Sumas de Historia Trojana* 139

青铜时代的外科手术 surgery, Bronze Age 212

公共食堂 syssition 52, 82

T

"塔瓦伽拉瓦书" Talagalawa letter 169

塔罗斯 Talos 317

彼奥提亚的塔纳格拉 Tanagra, Boiotia：棺材上的绘画 coffin paintings 238

塔耳塔罗斯 Tartarus xxxii, 150

塔鲁维萨 Taruwisa 197–198

T 型人偶 tau–type figurines 99

陶里斯 Tauris 196

泰格图斯山 Tayegetus, Mount 24, 27, 60, 72

伊丽莎白·泰勒 Taylor, Elizabeth 306

莎拉·蒂斯黛尔 Teasdale, Sarah：《特洛伊的海伦》 *Helen of Troy* 332

阿马纳 Tel el Amarna 39
泥板 tablets 124, 158–159

忒勒马科斯 Telemachus 29, 31, 232

《铁列平法令》 Telipinu, Edict of 188

忒涅多斯 Tenedos 2, 191, 221, 279

选美比赛 beauty contests 117

松脂 terebinth resin 212

陶偶 terracotta figurines 参见雕像

泰晤士河 Thames, River：安纳托利亚文物 Anatolian artefacts 290

塔那托斯 Thanatos xxxii, 150, 218

埃及底比斯 Thebes, Egypt 156

希腊底比斯 Thebes, Greece 21, 78, 105, 170, 197, 241, 259, 354n28
壁画 fresco 110
线形文字 B 泥板 Linear B tablets 197, 198, 223, 319

忒奥克里托斯 Theocritus 81
《献给海伦的祝婚歌》 *Epithalamium* for Helen 81–83
《田园诗》 *Idylls* 87

锡拉岛 Thera, island of 317
火山爆发 eruption 17–19, 20, 63, 316
挖掘 excavations 63
壁画 frescoes 63, 64–66, 71, 109, 111, 198
番红花 saffron 64

斯巴达的塞拉普涅山 Therapne hill, Sparta 1, 29–31, 32–33, 61, 253, 255, 334

温泉关战役 Thermopylae, battle of 167

雅典国王忒修斯 Theseus, King of Athens xxxi, 158
强奸海伦 rape of Helen 49, 50, 51, 62, 71, 92

"忒修斯之石" 'Theseus' Rock' 243

忒提斯 Thetis 118–119

科林斯湾的提斯贝 Thisbe, Gulf of Corinth：戒指 ring 104

圆顶墓 *tholos* tombs 36, 42, 238, 248, 249, 318

索里科斯历 Thorikos calendar 247

修昔底德 Thucydides 53, 205, 277

迈克尔·蒂皮特 Tippett, Michael 7

梯林斯宫殿建筑群 Tiryns palace complex 32, 37–38, 170, 233, 245, 354n28

　水槽 cisterns 356n16

　壁画 frescoes 62, 105

　线形文字 B 泥板 Linear B tablets 319

泰坦 Titans 150

特勒波莱莫斯 Tlepolemos 335

杰弗里·图宾 Toobin, Jeffrey 311

理查德·托特尔 Tottel, Richard :《歌谣与十四行诗》Songs and Sonettes 306

贸易／贸易路线 trade/trade routes 12, 19, 20, 39, 41, 43, 52, 156, 158–160, 161, 165, 174, 230, 290, 316, 339, 340

环钻术 trepanations 212

德米特里·特里克利尼乌斯 Triclinius, Demetrius 276

特里诺文特部落 Trinovantes, the 290

《特洛伊的故事》Trjumanna Saga 139

特洛阿德 Troad, the 8

特洛伊罗斯 Troilus 292

特洛伊木马 Trojan Horse 请参见特洛伊战争

特洛伊战争 Trojan War xxix, 7, 38, 166–167, 170–171, 245

　希腊人和特洛伊人之间的交流 and communication between Greeks and Trojans 174

　发生的时间 dating of 3, 6, 188, 240

　特洛伊的灭亡 destruction of Troy 170, 221–223, 240, 242, 290

　战前希腊人的谈判 Greek negotiations before 191, 193–194

　荷马史诗中的描写 Homer's descriptions 12, 21, 74, 184, 186, 194, 197–198,

　　203–206, 211, 217

　希腊舰队起航 and launch of Greek ships 194, 196–197, 198–199, 203

　特洛伊围城 Siege of Troy 37, 208–209, 210, 211–212

　和特洛伊木马 and Trojan Horse 11, 221

《特洛伊战争》Trojanerkrieg 139

《特洛伊的故事》Trojanska Prica 139

诗人 troubadours 295

特洛伊 Troy 39, 170, 172, 174, 177, 182, 206, 207

　生产的布料 cloth production 341

　考古挖掘和发现 excavations and finds 12, 30, 34, 122, 178–180, 183, 186, 206–207, 208

　"神石" god–stones 207–208

　海伦在特洛伊 Helen in 10, 183, 190, 191, 194, 203, 206

　希沙利克山的特洛伊遗址 Hisarlik Hill as site of 34, 176, 177–178, 180, 185, 206

　和赫梯帝国 and Hittites 8–9, 123–124, 183, 186

　荷马史诗中的名称 Homer's names for 197–198

　马匹 horses 183

　有关的神话传说 myths about 7, 289–291

　毁灭的预言 prophecy of destruction 119, 121

　被赫拉克勒斯洗劫 sacked by Heracles 198

　"斯卡恩门" Scaean Gate 206, 207, 219

　围城 siege of 参见特洛伊战争

　亚历山大大帝来访 visited by Alexander the Great 274

　参见特洛伊战争

《特洛伊》电影 Troy (film) 140, 408n12

《特洛伊书》Troy Book, The 291

约翰·特鲁塞尔 Trussel, John :《金发海伦的第一次被强奸》First rape of fair Hellen 356n4

里斐奥多鲁斯 Tryphiodorus :《攻占特洛伊》The Taking of Troy 31

克里斯托·特松塔斯 Tsountas, Christos 72

图卡 Tucca 275

斯巴达国王廷达瑞俄斯 Tyndareus, King of Sparta xxxii, 22, 24, 128

　比武招亲大会 marriage contest 71, 75, 76, 77, 78

U

乌加里特 Ugarit 129

乌鲁布伦沉船 Uluburun shipwreck 159, 174, 212

V

克里特岛的瓦伊 Vaï, Crete 315–316

伯罗奔尼撒半岛的瓦菲奥 Vapheio, Peloponnese

　金杯 gold cups 318

　坟墓 tomb 72

瓦留斯 Varius 275

瓶瓮和容器 vases and vessels 39, 116

　小双耳瓶 amphoriskos 308, 309

　香水瓶 aryballos (perfume jar) 31

　雅典的 Athenian 264

　描绘特洛伊战争的（大英博物馆）depicting Trojan War (British Museum) 222

　酒杯 drinking cup 117–178

　意大利的 Italian 180–181, 182

　基里克斯陶杯 kylikes 85

梨形瓮（佩拉纳出土）piriform (from Pellana) 248–249

大陶罐（储存罐）pithoi (storage jars) 41, 101, 224, 241, 325

对海伦的描绘 portraying Helen 4, 6, 116, 180–181, 182, 264, 308, 309–310

对帕里斯的描绘（卢浮宫）portraying Paris (Louvre) 86

双耳大饮杯（阿提卡出土）skyphos (from Attica) 208

"勇士瓶" Warrior Vase 44–45

马修·德·旺多姆 Vendôme, Matthew de :《诗的艺术》The Art of Versification 293–294

威尼斯 / 威尼斯人 Venice/Venetians 268, 270

　圣马可大教堂的铜马 horses, St Mark's Cathedral 268–269

迈克尔·文屈斯 Ventris, Michael 318–319

大主教西奥克利托·宾波斯 Vimpos, Archbishop Theokletos 179

弗朗索瓦·安德烈·文森特 Vincent, François–André :《宙克西斯和克罗托内的女儿们》Zeuxis et les filles de Crotone 3(n10)

维吉尔 Virgil 6

　《埃涅阿斯纪》Aeneid 221, 223, 233(n25), 275, 278, 282, 还可参见埃涅阿斯

圣洁莓 Vitex agnus castus 93

供品 votive offerings 30, 92, 157, 246–247, 249, 324

W

特洛伊国王瓦尔姆 Walmu, King of Troy 188

战斗女神 Warrior Goddess 40

"勇士瓶" 'Warrior Vase' 44–45

兵器 weaponry 39–40, 44, 156, 212, 215

奥逊·威尔斯 Welles, Orson：马洛的《浮士德博士》Marlowe's *Doctor Faustus* 306

德皇威廉二世 Wilhelm II, Kaiser 125

威廉一世（"征服者"）William I（'the Conqueror'）7

公爵威廉九世 William IX, Duke 295

Wilson, Margaret Adelaide：'Gervais (Killed at the Dardanelles)' 173

威尔特郡的威尔顿别墅 Wilton House, Wiltshire 25

维鲁萨 Wilusa 123–124, 180, 187, 197–198, 207, 208

女人 women

雅典的 Athenian 265

和美貌 and beauty 参见美貌

和避孕药 and contraceptives 93–94

和化妆品 and cosmetics 108–109

壁画上的描画 depictions in frescoes 27, 37, 62–63, 64–67, 101–102, 111, 321, 324, 326

服装 dress 109, 111; 还可参见珠宝饰品

和葬礼 and funerary rites 238

赫梯帝国的 Hittite 187, 326–327

作为王位继承人 as kingmakers 78–79

和月经 and menstruation 94, 254

米诺斯的 Minoan 322, 323–324, 325–326

死亡率 mortality 41, 92

和怀孕 and pregnancy 92–93

女祭司 priestesses 102, 104–105, 325, 326–327

成人礼 puberty rites 50, 62

奴隶 slaves 38, 98, 160

斯巴达的 Spartan 53, 54, 55–60, 72, 81–82, 138–139

和剧场 and theatre 262

特洛伊的 Trojan 204

战士 warrior 40

弗吉尼亚·伍尔芙 Woolf, Virginia 35

文字 writing

"克里特象形文字" 'Cretan Hieroglyphic' 318

赫梯文字 Hittite 126

还可参见线形文字 A; 线形文字 B

X

仪式化友谊 xenia, xenos, xenwia 122–123, 126, 127, 128

色诺芬（历史学家）Xenophon (historian) 52

《家政论》*Household Management* 265

色诺芬奥林匹克冠军 Xenophon (Olympic champion) 252

波斯国王薛西斯一世 Xerxes I, of Persia 175, 275

Y

W. B. 叶芝 Yeats, W. B. 7

《丽达和天鹅》'Leda and the Swan' 22

《摇篮曲》'Lullaby' 155

Z

克里特岛的扎克罗宫殿 Zakro palace, Crete：象牙 elephant's tusk 317

泽诺多托斯 Zenodotus 275

宙斯 Zeus xxv, xxvi, 2, 58, 101–102, 119, 203, 242, 308, 333, 336

和伽倪墨得斯 and Ganymede 121

和赫拉 and Hera 134

强奸欧罗巴 rape of Europa 316

强奸丽达 rape of Leda 22

宙克西斯 Zeuxis 3, 307